연시조성 연구

제목 없이 합철된 연시조와
탈착형 연시조

연시조성 연구

제목 없이 합철된 연시조와
탈착형 연시조

양희철

보고사
BOGOSA

머리말

   이 책 『연시조성 연구(連時調性 研究): 제목 없이 합철된 연시조와 탈착형 연시조』는, 연시조를 연시조이게 하는 결속, 종결, 구조, 주제 등의 연시조성을 좀더 논리적으로 분석적으로 연구하는 방법을 통하여, 연시조의 연구가 당면한 두 문제, 즉 제목 없이 합철된 연시조와 탈착형 연시조를 찾아내고 해석하는 문제를, 해결하기 위하여 썼다.

   우리는 연시조를 연구하면서 다음과 같은 문제들을 안고 있다. 『청구영언(진본)』에는 이미 밝혀진 제목 없이 합철된 신흠의 연시조 1편 외에 제목 없이 합철된 다른 연시조들은 없는가? 『청구영언(진본)』에 30수의 시조가 각각 수록된 이간과 김천택은 연시조는 짓지 않고 단시조만 지었는가? 시조사에서 매우 중요한 위치에 있는 여항육인은 연시조는 짓지 않고 단시조만 지었는가? 구조와 주제의 파악에서 너무나 많은 문제를 보여온 『유원십이곡』(안서우)은 연시조 1편(또는 연시조 1편과 단시조 1편)이 아니라, 제목 없이 합철된 2편의 연시조와 2편의 단시조가 아닌가? 이 네 문제를 묶어서 한마디로 말하면, 제목 없이 합철된 연시조를 찾아내고 해석하는 문제이다. 이 문제는 연시조의 연구가 당면한 문제임에 틀림이 없다. 그것도 연시조의 연구가 당면한, 결코 단순하거나 가벼운 문제가 아니라, 진지하게 연구해야 할 문제이다.

우리는 연시조를 연구하면서 또 다른 문제들도 안고 있다. 〈도산십이곡〉, 〈고산구곡가〉, 〈강호연군가〉, 〈화암구곡〉, 〈어부별곡〉 등등은 각각 연시조 한 편인가 아니면 연시조 두세 편인가? 왜 연시조는 단일구조뿐만 아니라, 중복구조와 복합구조도 보여주는가? 왜 연시조의 복합구조는 균형성만을 보여주지 않고, 비균형성도 보여주는가? 왜 연시조는 단일한 화제뿐만 아니라 복수의 화제를, 그것도 층위가 다른 화제 또는 소재도 한 작품에서 노래하는가? 왜 연시조는 대제목, 중제목, 소제목 등을 달기도 했는가? 이 문제들 역시 연시조의 연구가 당면한 문제들이다. 이 문제들을 모두 해결할 수 있는 쪽에서 한마디로 묶어서 말하면, 탈착형 연시조(연시조에서 그 일부를 떼어내서 연시조 또는 연시조들로 수용하기도 하고, 붙여서 연시조로 수용하기도 하는 연시조)를 찾아내고 해석하는 문제이다. 이 문제 역시 연시조의 연구가 당면한 문제임에 틀림이 없다. 그것도 연시조의 연구가 당면한, 결코 단순하거나 가벼운 문제가 아니라, 진지하게 연구해야 할 문제이다.

이 두 문제, 즉 제목 없이 합철된 연시조를 찾아내고 해석하는 문제와 탈착형 연시조를 찾아내고 해석하는 문제는, 연시조의 연구가 당면한 문제임에 틀림이 없다. 그런데 문제는 이 두 문제를 모두 해결할 수 있는 연구 방법이다. 즉 제목 없이 합철된 연시조를 찾아내고 해석하는 데 필요한 연구 방법과, 탈착형 연시조를 찾아내고 해석하는 데 필요한 연구 방법이 문제이다. 이 제목 없이 합철된 연시조와 탈착형 연시조를 찾아내고 해석하는 하나의 연구 방법을 찾아내는 것은 쉽지 않아 보인다. 그러나 이 두 문제는 물론, 모든 연시조를 가장 기본적인 측면에서 해석할 수 있는 연구 방법의 문제는, 연시조를 연시조이게 하는 연시조성이 무엇인가를 연구할 때에 풀린다. 즉 연시조를 연시조이게 하는 결속, 종결, 구조, 주제 등의 연시조성을 연구할 때에 모두 해결된다. 먼저 연시조로 추정되는 단시조들의 자료들에서 연시조성을 연구하면, 제목 없이 합철된 연시조를 찾아내고 해석할 수 있다. 그리고 연시조에서 떼어낸 부분의 연시조성을 연구하면, 탈착형 연시조의 여부를 판단할 수 있다. 결국 연시조로 추정되는 단시조들의 자료나, 연시조에서 떼어낸 자료에서 연시조성을 연구하면, 제목 없이 합철된 연시조와 탈착형 연시조를 찾아낼 수 있고, 대상 작품의 연시조성을 연구하면, 그것이 바로 제목 없이 합철된 연시조와 탈착형 연시조의 작품론적 해석이 된다.

이렇게 연시조를 연시조이게 하는 결속, 종결, 구조, 주제 등의 연시조성을 연구하는 방법으로, 연시조의 두 문제, 즉 제목 없이 합철된 연시조와 탈착형 연시조를 찾아내고 해석하는 문제를 해결하고자 쓴 것이 이 책이다. 이 때문에, 제1부에서는 연시조를 연시조이게 하는 결속, 종결, 구조, 주제 등의 연시조성과 연시조의 연구가 당면한 두 문제를 2편의 논문에서 다루었다. 특히 탈착형 연시조는 작가와 독자가 탈착형 연시조로 수용하였다는 논거들을 먼저 보고, 수용사적 자료가 전하지 않는 경우에는 연시조성만으로도 탈착형 연시조를 논하는 것이 충분함을 정리하였다. 제2, 3부에서는 제목 없이 합철된 연시조 10편을 찾아내서, 제목 없이 합철된 사대부의 연시조와 제목 없이 합철된 여항인의 연시조로 나누고, 10편의 논문에서, 그 연시조성을 연구하였다. 그리고 제4, 5, 6부에서는 어부가 계통의 탈착형 연시조의 이해에 도움을 주는 탈착형 어부가 2편, 어부가 계통의 탈착형 연시조 4편, 육가 계통의 탈착형 연시조 4편, 기타의 탈착형 연시조 2편 등을 3부로 나누고, 12편의 논문에서, 그 어부가성과 연시조성을 연구하였다. 이렇게 연구한 24편의 논문(이 중에서 11편은 이미 발표한 글을 다듬은 것이고, 나머지 13편은 이 책에서 처음으로 발표하는 글임)을 책으로 묶었기에, 책의 제목을 『연시조성 연구(連時調性 硏究): 제목 없이 합철된 연시조와 탈착형 연시조』로 하였다.

이 책에서 정리한 결속, 종결, 구조, 주제 등의 연시조성을 통하여 제목 없이 합철된 연시조와 탈착형 연시조 20편을 찾아내서 해석한 점은, 이 자체만으로도 필자의 즐거움이다. 게다가 이 글에는 주목할 만한 세 가지의 사실도 포함되어 있다. 하나는 연시조를 연시조이게 하는 연시조성의 요소로, 기왕의 연구들이 모두 인정하고 있는 구조와 주제 외에, 연시조의 표현에서 결속과 종결을 정리하였다는 사실이다. 이 연시조를 연시조이게 하는 결속, 종결, 구조, 주제 등의 연시조성은 연시조가 무엇인가를 말해주면서, 연시조를 가장 기본적인 측면에서 연구하는 방법이기도 하다. 이로 보면, 이 결속, 종결, 구조, 주제 등의 연시조성은 연시조의 문학성 연구와 창작에서 적지 않은 기여를 할 수 있을 것으로 판단한다. 다른 하나는 제목 없이 합철된 연시조 10편(신흠의 2편, 이간의 2편, 안서우의 2편, 김천택의 2편, 김성기의 1편, 김유기의 1편)을 찾아서 그 연시조성을 연구하였다는 사실이다. 이 새로 정리한 연시조의 작품들과 작가들은, 조선조 연시조의 자료를 풍부하게 하면서, 조선조 연시조의 실상을 이해하는 데 적지 않은 기여를 할 수 있을 것으로 판단한다. 마지막 하나는 탈착형 연시조를 통하여 연시조를 향유하는 방법의 일면을 정리하였다는 사실이다. 탈착형 연시조는 연시조의 일부를 떼어서 향유하기도 하고 붙여서 향유하기도 한다. 이 때 떼어낸 부분들은 거의가 파격 구조이고, 붙여서 보면 거의가 정격 구조이다. 그리고 작품의 전반부에서 떼어낸 부분들은 거의가 개방 형식이고, 작품의 후반부에서 떼어낸 부분들과 작품 전체는 거의가 폐쇄 형식이다. 이 파격 구조와 정격 구조, 개방 형식과 폐쇄 형식 등을 연시조 한 작품으로 향유할 수 있었다는 사실은 매우 놀라운 사실이다. 물론 이 탈착형으로 작품을 향유하는 방법은 〈용비어천가〉, 판소리, 어부가 등에서도 발견된다.

이렇게 주목되는 세 가지 사실들과, 연시조와 어부가 22편의 결속, 종결, 구조, 주제 등의 연시조성과 어부가성을 정리한 점, 그리고 이 책으로 나손(羅孫) 선생님과의 학문적 약속을 이행하게 된 점 등은, 필자가 이 책을 내면서 즐거워하는 점들이다.

이 즐거움을 향유할 수 있게 이끌어 주신 선생님들께, 평생 공부를 할 수 있게 도와주신 조부님과 부모님께, 무한한 감사를 드린다. 그리고 종심의 연치에도 항상 물심양면으로 옆에서 공부를 도와주고 있는 집사람에게 다시 한번 고마움을 표한다.

끝으로 좋은 책을 만들어 주신 보고사의 김흥국 사장님과 이순민 선생님께 감사를 표한다.

2021년 7월 22일
여름이 무성한 좌구산록에서
양 희 철

차례

제2부 _ 제목 없이 합철된 사대부의 연시조 …123

제3부 _ 제목 없이 합철된 여항인의 연시조 ···233

제4부 _ 탈착형 어부가와
어부가 계통의 탈착형 연시조 ···287

제5부 _ 육가 계통의 탈착형 연시조 ···467

제6부 _ 기타의 탈착형 연시조 ···573

제1부

연시조의 연시조성과 두 문제

연시조성과 연시조의 두 문제

1. 서론

이 글은 연시조의 연구가 당면한 두 문제, 즉 제목 없이 합철된 연시조의 논거의 문제와 탈착형 연시조의 논거의 문제를, 연시조의 연시조성인 작품의 내적 논거(결속, 종결, 구조, 주제 등)와 수용사적 논거를 통하여, 해결하는 데 연구의 목적이 있다.

얼마 전까지만 해도 연시조의 연구는 기왕에 연시조로 알려져 있는 작품들을 주로 연구해 왔다. 그러나 언제부터인가 문집이나 가집에 제목 없이 합철된 연시조를 찾아서 연구하기 시작했다. 이렇게 문집이나 가집에 제목 없이 합철된 연시조를 찾아서 연구하는 작업은 주로 세 문헌, 즉 이세보의 시조집, 안서우의『유원십이곡』,『청구영언』(진본) 등을 중심으로 이루어지고 있다. 이세보의 시조집에서는, 진동혁(1981), 오종각(1999), 김윤희(2015), 김승우(2018) 등에 의해, 구조와 주제의 측면에서, 제목 없이 합철된 연시조로, 〈월령체시조(또는 달거리시조)〉, 〈사행시조〉, 〈농부가〉, 〈(순창)팔경가〉 등의 연시조 4편이 정리되었다.『유원십이곡』에서는, 양희철(2017a)에 의해, 결속, 종결, 구조, 주제 등의 측면에서, 제목 없이 합철된 두 연시조와 단시조가 정리되었다. 그리고『청구영언』(진본)에서는, 성기옥(1996)과 김석회(2001)에 의해, 구조와 주제의 측면에서 신흠의 작품 131~136(또는 그 전후)이 연시조로 정리되었고, 양희철에 의해, 결속, 종결, 구조, 주제 등의 측면에서, 신흠의 작품 131~136과 작품 125~130(양희철 2017b)은 물론 김천택, 김성기, 김유기 등등의 작품들에서도 제목 없이 합철된 연시조들이 정리되었다(양희철 2017c, d).

　이렇게 제목 없이 합철된 연시조를 찾아서 연구하는 과정에서 좀더 명확하게 해야 할 것이 하나 있다. 바로 결속, 종결, 구조, 주제 등은 연시조를 확정하는 데 충분한 조건들인가 하는 문제이다. 특히 김천택의 제목 없이 합철된 연시조를 정리한 논문의 심사과정에서 나온, 편찬자의 입장에서 제기한 부정적 입장은 해당 논문에서 해명되었지만, 언제라도 다른 형태로 다시 나올 수 있는 문제의 제기이다. 이 문제는 제목 없이 합철된 연시조를 찾아서 연구하는 연구들이 당면한, 그리고 또 당면할 수 있는 문제이다. 이 문제에는 다음과 같은 문제들도 포함되어 있다. 『청구영언(진본)』에는 이미 밝혀진 제목 없이 합철된 신흠의 연시조 1편 외에 제목 없이 합철된 다른 연시조들은 없는가? 『청구영언(진본)』에 30수의 시조가 각각 수록된 이간과 김천택은 연시조는 짓지 않고 단시조만 지었는가? 시조사에서 매우 중요한 위치에 있는 여항육인은 연시조는 짓지 않고 단시조만 지었는가? 구조와 주제의 파악에서 너무나 많은 문제를 보여온 『유원십이곡』(안서우)은 연시조 1편(또는 연시조 1편과 단시조 1편)이 아니라, 제목 없이 합철된 2편의 연시조와 2편의 단시조가 아닌가? 이 네 문제를 묶어서 한마디로 말하면, 제목 없이 합철된 연시조를 찾아내고 해석하는 문제이다. 이 문제 중에서 제목 없이 합철된 연시조를 찾아낼 수 있는 논거를 정리하는 것이 이 글의 연구 목적의 하나이다.

　연시조는 태생적으로 탈착형의 기본 성격을 갖고 있다. 즉 연시조의 기본단위가, 연(stanza)이 아니라, 단시조(평시조, 엇시조, 사설시조 등의 어느 1수)라는 점에서, 태생적으로 단시조로 분리될 수 있는 탈착형의 기본 성격을 갖고 있다. 이런 사실은 연시조를 구성한 어느 한 단시조가 연시조에서 분리되어, 하나의 단시조로도 수용된다는 사실에서 알 수 있다. 그리고 이런 사실은 좀더 확대하면, 단시조 2수 이상이 연시조로 분리되는 탈착형 연시조일 수도 있다는 것이다. 말을 바꾸면 최소한 떼어내서 수용한 부분(들)이 연시조 또는 연시조들이 되기도 하는 탈착형 연시조일 수도 있다는 것이다.

이 탈착형 연시조의 문제는 다음의 문제들과도 연결되어 있다. 〈도산십이곡〉, 〈고산구곡사〉, 〈강호연군가〉, 〈화암구곡〉, 〈어부별곡〉 등은 각각 연시조 한 편인가 아니면 연시조 두세 편인가? 왜 연시조는 단일구조뿐만 아니라, 중복구조와 복합구조도 보여주는가? 왜 연시조의 복합구조는 균형성만을 보여주지 않고, 비균형성도 보여주는가? 왜 연시조는 단일한 화제뿐만 아니라 복수의 화제를, 그것도 층위가 다른 화제 또는 소재를 한 작품에서 노래하는가? 왜 연시조는 대제목, 중제목, 소제목 등을 달기도 했는가?

이 문제들을 풀 수 있는 탈착형 연시조의 가능성은 여기현[1]과 김석회[2]의 글에서 그 징후가 약간 보이다가 양희철에 의해 전면적으로 주장

---

1 여기현(1988:151)은 〈전가팔곡〉을 연구하면서 다음과 같이 탈착형 연시조와 연결될 수 있는 주장을 하였다. "제 2곡부터 제 5곡까지는 춘하추동의 사계절의 추이에 따른 강호의 생활을 노래하고 있다. 이 네 수의 노래만을 따로 떼어 놓으면 사시가라 이름지을 수 있을 것이다."

2 김석회(1995:161~162)는 〈농가(구장)〉를 연구하면서 다음과 같이 탈착형 연시조와 연결될 수 있는 주장을 하였다. "이상과 같이 「農歌九章」은 前六首와 後三首로 구조적으로 양분되어 있다. 이것은 연시조의 형태가 6곡계와 9곡계가 그 주류를 이루고 있는 사실과 일정한 관련이 있는 현상으로 볼 수 있을 것인데, 「農歌九章」은 前六首가 그것

되었다.

　　탈착형(脫着形) 연시조는 한 작품의 연시조에서 그 일부를 떼어서 연시
조로 수용할 수도 있고, 붙여서 하나의 연시조로 수용할 수 있는 연시조를
말한다. 이 탈착형(脫着形) 연시조는 착탈형(着脫形) 연시조로 부를 수도
있다. 이런 탈착형은 조선조의 문학인 『용비어천가』, 판소리, 연시조 등에
서 발견된다.

　　『용비어천가』에서 그 일부만을 떼어서 〈여민락〉으로 수용하기도 하고,
붙여서 『용비어천가』로 수용하기도 하였다. 그리고 판소리의 경우에는, 어
느 한 부분을 분리하여 마당 또는 대목으로 수용하기도 하고, 붙여서 판소
리 전편으로 수용하기도 하였다.

　　탈착형의 연시조로는 이 글에서 다루려는 〈강호구가〉와 다음의 14편이
있다. …….(양희철 2016:415~416)

　이렇게 개념과 문화적 현상을 간단하게 정리하고, 결속, 종결, 구조,
주제 등을 통하여 13편[3]의 연시조를 탈착형으로 정리하였다. 그리고 그
후에 8편[4]의 탈착형 연시조를 더 정리하였다. 이 정리들은 연시조에서

　자체로 상호 긴밀한 한 편의 구조로 완결되어 있고, 그 위에 긴밀성은 조금 떨어지지만
느슨하게 한 편으로 묶일 수 있는 後三首가 첨가된 구조라고 할 수 있다. 그리하여 「農歌
九章」은 "농번기의 하루일과"에 "가을의 충만감"을 얹어 놓은 구조를 이루고 있다."
3　구체적으로 분석한 13편은 〈도산십이곡〉(이황), 〈고산구곡가〉(이이), 〈화암구곡〉(유
　박), 〈황강구곡가〉(권섭), 〈술회(가)〉(정광천), 〈전원사시가〉(신계영), 〈오륜가〉(박선
　장), 〈오륜가〉(박인로), 〈강호구가〉(나위소), 〈풍아별곡〉(권익륭), 〈전가팔곡〉(이휘일),
　〈농가(구장)〉(위백규), 〈매화사〉(안민영) 등이다. 〈강호연군가〉(장경세)와 〈영언십이
　장〉(신지)은 구체적인 분석이 없이 제목만 열거하였다가 뒤에 구체적으로 분석하였다.
4　8편의 탈착형 연시조는 『유원십이곡』에 합철된 〈유원일흥가〉(6수, 양희철 2017a), 『청
　구영언』(진본)에 제목 없이 합철된 〈방옹사시가〉(6수, 신흠), 〈방옹망기가〉(6수, 신흠)
　(양희철 2017b), 〈남파취유가〉(6수, 김천택), 〈성현충신가〉(5수, 김천택)(양희철 2017c)
　등의 4편, 〈오대어부가〉(9수, 이중경)(양희철 2017e), 〈강호연군가〉(12수, 장경세)(양

떼어낸 부분들 또는 텍스트들을 각각 하나의 연시조로 묶는 결속과 종결
은 물론 통일된 구조와 주제를 가진 경우(양희철 2016:180, 240, 351,
415, 437, 442 등등)에 그 해당 작품을 탈착형 연시조로 정리한 것이다.

이렇게 진행된 탈착형 연시조의 연구는 두 가지의 보완을 필요로 한
다. 하나는 탈착형 연시조를 좀더 찾아내서 탈착형 연시조의 전모를 정
리하는 것이다. 다른 하나는 결속, 종결, 구조, 주제 등을 검토하여 탈착
형 연시조를 찾고 설명하는 작품 중심의 연구를, 작가와 독자 중심의
연구에서 보완하는 것이다. 결속, 종결, 구조, 주제 등의 연시조성을 검
토하여 탈착형 연시조를 정리한 방법은 작품 중심의 연구에서는 충분한
동의를 받고 있다. 그런데 이 작품 중심으로 본 탈착형 연시조의 정리에
대해, 작가와 독자 중심의 수용사적 연구에서는, 탈착이 가능하도록 지
었다는 기록이나, 탈착하여 수용하였다는 기록이 없다고 주장하면서,
탈착형 연시조를 부정하려 한다. 그러나 문집과 가집에 전하는 기록들
을 조금만 주의 깊게 검토하면, 탈착이 가능하도록 지었다는 기록이나,
탈착하여 수용하였다는 기록을 어느 정도까지는 보완할 수 있다.

이에 작가와 독자를 포함한 수용자 측면에서도 탈착형 연시조의 논거
가 적지 않게 발견된다는 점을 보완한 다음에, 수용사적 자료가 전하지
않는 작품들에서는, 앞에서 정리한 작품 중심의 논거인 결속, 종결, 구
조, 주제 등의 연시조성만을 검토하는 것으로도, 탈착형 연시조의 존재

희철 2018a), 〈영언십이장〉(12수, 신지)(양희철 2018b) 등이다.

이 책에서 처음으로 정리한 탈착형 연시조로는 〈어부단가〉(5수, 이현보), 〈어부사〉(5
장, 이중경), 〈어부별곡〉(6장, 이중경), 〈영회잡곡〉(6수, 김득연), 〈산정독영곡〉(6수,
김득연), 〈천운순환가〉(5수, 이간), 〈자행자처가〉(6수, 이간), 〈사우가〉(4수, 이신의)
등의 8편이 있다. 그리고 『악장가사』의 〈어부가〉(12장)와 이현보의 〈어부장가〉(9장)는
탈착형 어부가에 속한다.

를 충분하게 확인할 수 있다는 사실을 보완하려 한다.

2. 연시조의 개념과 연시조성

연시조의 개념과 연시조성(連時調性, 연시조를 연시조이게 하는 성격)은 지금까지 그렇게 문제가 되지 않았다. 왜냐하면, 현재까지 문헌들에서 연시조로 기록되어 있거나 정리되어 있는 작품들의 공통요건을 정리하면 되었기 때문이다. 그러나 얼마 전부터 문헌들에서 연시조로 정리되어 있지 않은 일군의 시조군(時調群)을 하나의 연시조로 정리하고 연구하기 시작하면서, 연시조의 개념과 연시조성이 문제가 되고 있지만, 이 문제를 진지하게 검토한 적이 없다. 특히 이 연시조의 개념과 연시조성은, 시조집이나 문집에 다른 시조들과 함께 수록되어 있는, 제목 없이 합철된 연시조를 찾아내는 데 결정적인 준거가 될 뿐만 아니라, 탈착형 연시조(연시조의 일부분을 떼어서 연시조로 수용하기도 하고 붙여서 연시조로 수용하기도 하는 연시조)를 찾아내는 데 결정적인 준거가 된다. 그런데 이렇게 중요한 연시조의 개념과 연시조성을 진지하게 검토한 적이 거의 없다. 이에 이 장에서는 연시조의 개념과 연시조성을 검토 정리하여, 연시조의 연구가 당면한 두 문제를 해결할 수 있는 초석을 마련하고자 한다.

2.1. 연시조의 개념

연시조의 개념을 기왕의 논의에서 검토하기 위하여, 먼저 '연시조'의 개념을 처음으로 정리한 글을 보자.

또한 이와 類似하면서도 「景幾何如歌」的 漢臭가 勝한 漁父歌系統의 詩歌가 短歌의 集合이면서도 分章式 長歌 비슷한 形態를 갖추고 있는 點으로 連時調와 接近하고 있으며(고정옥 1949:16)

二. 李賢輔의 「漁父歌」(長歌), 周世鵬의 「五倫歌」, 李滉의 「陶山十二曲」, 李珥의 「高山九曲歌」, 權好文의 「閑居十八曲」, 張經世의 「江湖戀君歌」, 金尙容의 「五倫歌」·「訓戒子孫歌」, 尹善道의 「五友歌」·「漁父四時詞」 같은, 몇개의 時調가 一群이 되어 多少의 <u>連結性을 가지고 있는, 分章式 長歌와 비슷한 形態의 時調群을 이른 말이다.</u>(고정옥 1949:16)

첫 번째 인용에서 처음으로 '연시조'라는 용어를 보여준다. 그리고 이 '연시조'라는 용어를 각주로 풀이한 것이 두 번째 인용이다. 이 인용으로 보면, 연시조는 "몇개의 時調가 一群이 되어 多少의 連結性을 가지고 있는, 分章式長歌와 비슷한 形態의 時調群을 이른 말이다."로 정리되어 있다.

이 연시조의 개념은 그 후에 두 부분에서 수정되고, 두 내용이 첨가되기도 했다.

첫째로, '몇개의 시조'가 '두 수 이상의 시조'로 수정되었다. '두 수 이상의 시조'는 김기동(1976)과 장순하(1991)에서부터 보이기 시작하며, 현금에는 거의 모든 글에서 수용하고 있다. 그리고 '두 수 이상의 시조'에서 '시조'를 '평시조'로 바꾼 글들도 있으나, 연시조를 구성하는 시조는 평시조인 경우가 대다수이지만, 간혹 엇시조나 사설시조인 경우도 있다는 점에서, '시조'로 쓰거나 연시조와 구분되는 '단시조(單時調)'로 쓰는 것이 바람직해 보인다.

둘째로, '하나의 제목에' 또는 '하나의 제목 아래'라는 조건이 첨가되

기도 했다. 이 조건은 이태극(1959), 박규홍(1984), 장순하(1991) 등의
글에서 보인다. 1980년대까지만 해도 거의 모든 연시조는 제목을 가지
고 있는 것들이었다. 이런 사실만 보면, 이 조건의 첨가는 의미있는 정
리이다. 그러나 그 후에 시조집이나 문집에서 제목 없이 합철된 연시조
가 발견되면서, 이 조건의 첨가는 특별한 의미를 갖지 못하게 되었다.

　셋째로, '하나의 주제 아래'라는 조건이 첨가되었다. 이 조건의 첨가
는 김동준(1974), 임주탁(1990), 장순하(1991) 등등에서 보인다. 한 편
의 연시조를 이루는 단시조들을 하나로 묶을 수 있는 근거가 바로 통일
된 하나의 주제라는 점에서, 이 조건의 첨가는 당연한 것으로 판단한다.

　넷째로, '다소의 연결성을 가지고 있는, 분장식 장가와 비슷한 형태'
라는 조건은 두 형태로 수정되었다. 하나는 '다소의 연결성'을 '연결성이
있는 것과 없는 것'으로 양분하고, '연결성이 있는 것'으로 한정하면서,
'연결성'을 다른 용어로 수정한 형태이다. 다른 하나는 '분장식 장가와
비슷한 형태'를 '연(聯, stanza)'으로 수정한 형태이다. 후자는 문제[5]를
포함하고 있어, 전자만을 정리하려 한다. 연결성이 있는 것과 없는 것의
양분은 다음의 두 글에서 보인다.

　　연이어 쓴 한 수 한 수를 시상의 전개상 전후에 있는 各首와 관련지어
　　생각하지 않고도 독립된 한 수 작품으로 이해 감상할 수 있는 것과 그렇지
　　않은 것이 있다. 후자의 경우는 연이어 쓴 한 수 한 수가 마치도 自由詩에
　　있어서의 聯의 구실을 하고 있는 것이다. 〈훈민가〉의 경우 전자에 속하고,

5　연시조를 구성하고 있는 단시조를 '연(聯, stanza)'으로 본 주장은 최승범과 박규홍에
　서 보인다. 연시조를 구성하고 있는 단시조들은 구조상에서는 연과 같은 기능을 보여준
　다. 그러나 연이 아니라, 단시조, 즉 독립된 시조로도 존재한다는 점에서, 연으로 정리
　하기는 어렵다.

〈주문답삼수〉의 경우는 후자에 속한다. 이것을 連作과 聯作으로 구분하여 표기할 수도 있겠다.(최승범 1985:130)

연시조에는 한편이 단일한 주제 밑에 연작된 것과, 주제가 각기 다른 여러 수를 하나의 통괄된 제목으로 묶은 것의 두 유형이 있다.(장순하 1991)

전자의 인용에서는 전후의 단시조와 관련지어 생각하지 않고도 독립된 한 수로 감상할 수 있는 것(연작/連作)과 그렇지 않은 것(연작/聯作)을 나누었다.[6] 이는 전후의 연결성 여부로 나눈 것이다. 그리고 후자의 인용에서는 주제를 기준으로 하나의 주제로 통합되는 작품과 각기 다른 주제를 보여주는 단시조들이 하나의 제목으로 묶인 경우를 나누었다. 이는 검토한 측면은 다르지만, 그 내용을 보면, 전후의 연결성이 있는 주제와 전후의 연결성이 없는 주제를 보여주는 작품으로 나눈 것으로, 전후의 연결성 여부로 나누었다고 정리할 수 있다. 전후의 연결성이 없는, 말을 바꾸면 개별적인 주제들을 노래한 작품들에 하나의 제목을 부

---

6 이 연작(連作)의 개념과 통하면서 다소 다른 개념을 보이는 것이 성기옥의 연작시조(連作時調)이다. 이 연작시조는 시조의 연 구성을 설명하면서 나온 용어이다. 우선 시조의 연은 연의 독립성이 강하고, 연과 연 사이의 흐름은 단속적으로 차단되는 특성을 보인다고 정리하였다. 그 다음에 이런 특성 때문에 시조의 작가들은 이 연과 연 사이의 단속성을 보상할 다양한 완결성 극복의 장치를 사용해 왔다는 것이다. 그런데 이러한 장치는 쉽게 눈에 띌 만큼 문면에 드러나는 경우도 있고, 숨어 있어 좀체로 찾기 어려운 경우도 있으며, 어떤 경우는 그러한 장치의 발견이 거의 불가능하여 연시조로 보기 어려운 경우도 있다는 것이다. 이 중에서 마지막 경우를 설명하면서 연작시조라는 용어를 사용하였다. 해당 각주를 인용하면 다음과 같다. "4) 예를 들어 신흠의 〈放翁詩餘〉, 金得硏의 〈山中雜曲〉처럼 표면상 연시조 형태를 띠면서도 그러한 장치를 사용하지 않아 전체를 하나의 작품으로 간주하는 연시조로 보기도 어렵고, 각각을 하나의 독립된 개별작품으로 간주하는 단시조로 보기도 어려운 경우를 예상할 수 있다. 이 경우 내적 짜임이나 장치는 발견할 수 없더라도 단일한 제재나 주제 아래 수렴된다면 이는 연시조와는 또다른 형태의 연작시조로 볼 수 있다."(성기옥 1998:114)

여한 작품의 대표로 〈훈민가〉와 〈율리유곡〉을 들었다.

이렇게 양분된 것들 중에서 연결성이 없는 것을 제외하고, '다소의 연결성을 가지고 있는, 분장식 장가와 비슷한 형태'를 '연을 이루고 있는 형태'[7]로 바꾸거나, 다음과 같이 '단순히 단형시조의 군집이 아니라 의미 있는 연결체', '긴밀한 구성', '하나의 유기적인 작품' 등으로 바꾼 글이 나왔다.

> 하나의 연시조 작품은 단순히 단형시조의 군집이 아니라 의미있는 연결 체로서 집합적인 성격을 지니고 있다. 연시조는 동일한 주제, 제약된 시간 과 공간, 긴밀한 구성이라는 세 자질을 갖추고 있다. 그러므로, 연시조는 각 장으로 분리되기보다는 하나의 유기적인 작품으로 연구되어야 한다.(임 주탁 1990:7)

이 인용에서는 연시조의 세 자질을 정리하면서, '다소의 연결성을 가 지고 있는, 분장식 장가와 비슷한 형태'에 대응하는 '단순히 단형시조의 군집이 아니라 의미있는 연결체', '긴밀한 구성', '하나의 유기적인 작품' 등을 보여주고 있다.

---

7 이 '연을 이루고 있는 형태'는 박규홍의 글이다. 그 글을 보면, "앞에서 '連時調' 혹은 '聯詩調' 등의 명칭으로 擧論된 〈江湖四時歌〉·〈陶山十二曲〉·〈高山九曲歌〉·〈閑居 十八曲〉·〈訓民歌〉 등의 作品은 短時調와는 구분이 되는 일종의 形式美를 지니고 있음 이 分明하다. 그리고, 그런 形式의 時調는 모두 다음의 要件을 갖추고 있음을 알 수 있다."고 설명하면서, "1) 한 篇의 作品은 반드시 題目을 가진다. 2) 한 篇의 作品은 두 首 이상의 平時調로 구성되어 있다. 3) 한 題目 아래에서의 每首는 하나의 平時調로 서 완성된 形態를 取해서, 하나의 聯으로서 全體와 有機的 關係를 이룬다." 등의 세 요건을 들었다. 그 다음에 이어서 "이런 要件을 바탕으로 하나의 槪念을 設定하자면, "한 題目 아래 2首 이상의 平時調가 聯을 이루고 있는 형태"라고 할 수 있다."고 연시조 의 개념을 정리하면서, '연을 이루고 있는 형태'를 보여주었다.(박규홍, 1984:7~8)

지금까지 정리한 바와 같이 연시조의 개념은 고정옥이 처음에 제시한 개념으로부터 적지 않은 변화를 보여주었다. 그리고 기왕의 개념 정리를 보면, 거의 손색이 없다고 할 수 있다. 단지 아쉬운 점은, 이 개념만을 가지고 창작과정이나 작품분석의 항목을 쉽게 이끌어낼 수 없다는 점이다. 연시조의 개념과 연시조의 창작과정이나 작품분석은 별개의 사안으로 볼 수도 있지만, 연시조의 개념으로부터 연시조의 창작과정이나 작품분석의 항목을 쉽게 이끌어낼 수만 있으면, 이 또한 연시조의 창작과 연구에 도움이 되리라고 판단한다. 이에 연시조의 창작과정이나 작품분석의 항목을 쉽게 이끌어낼 수 있도록 연시조의 개념을 다시 간단하게 정리해보면 다음과 같다.

우선 임주탁이 연시조의 세 자질을 정리한 글을 바탕으로 연시조의 개념을 정리하면, '하나의 주제를 보여주기 위하여, 제약된 시간과 공간을 배경으로, 긴밀하게(/유기적으로) 구성한, 단시조들의 의미있는 연결체' 정도가 된다. 이를 조금만 바꾸면, '하나의 주제를 보여주기 위하여, 시간, 공간, 논리 등의 측면에서, 긴밀하게(/유기적으로) 구성한, 단시조들의 연결체' 정도가 된다. 이 정리에서는 '의미있는'을 주제를 보여준 것으로 이해하여, '하나의 주제를 보여주기 위하여'에 흡수시켰다.

이 개념을 창작의 절차와 관련시켜서 보면, 두 측면이 빠져 있다. 하나는 취재에서 보이는 제재(題材)의 측면이고, 다른 하나는 구상 다음에 나오는 기술(記述)의 측면이다. 이 두 측면을 보완하여 앞에서 정리한 개념을 다시 정리하면, '하나의 주제를 보여주기 위하여, 시간, 공간, 논리 등의 측면에서, 제재를 긴밀하게(/유기적으로) 구성하고 기술한 단시조들의 연결체'가 된다. 그리고 이 개념을 정의의 형식에 맞게 바꾸면, [연시조는 하나의 주제를 보여주기 위하여, 시간, 공간, 논리 등의 측면에서 제재를 단시조들의 연결체로 긴밀하게(/유기적으로) 구성하고 기술한 시조이다.]가 된다.

2.2. 연시조의 연시조성

앞에서 정리하였듯이, [연시조는 하나의 주제를 보여주기 위하여, 시간, 공간, 논리 등의 측면에서 제재를 단시조들의 연결체로 긴밀하게(/유기적으로) 구성하고 기술한 시조이다.]로 정의할 수 있다. 이번에는 이 정의에 입각하여, 연시조를 연시조이게 하는 연시조의 기본 성격인 연시조성을 기왕의 작품연구와 관련지어 정리하려 한다.

먼저 거의 명확한 것으로 주제와 구조를 들 수 있다. 주제는 작가가 해당 연시조를 통하여 표현하거나 전달하려는 핵심적인 내용, 사상, 의미 등으로, 이 주제가 없으면 그 작품은 연시조가 될 수 없다. 이런 점에서 주제는 연시조를 연시조이게 하는 기본 성격의 연시조성을 보여준다고 정리할 수 있다.

구조 역시 연시조의 기본 성격을 보여준다. 연시조는 두 수 이상의 단시조(單時調, 평시조, 엇시조, 사설시조)로 구성되어 있다. 이 단시조들을 하나의 연시조로 묶는 것의 하나가 구조이다. 이 구조는 구성과 연결된 것이어서 세 측면에서 정리된다. 하나는 시간의 질서와 연결된 배경시간의 구조이고, 다른 하나는 공간의 질서와 연결된 배경공간의 구조이며, 마지막 하나는 논리와 연결된 논리적 구조이다. 어느 연시조나 논리적 구조를 모두 가지고 있다. 이에 비해 배경시간의 구조와 배경공간의 구조는 보여주지 않고, 어느 한 시간이나 어느 한 공간으로 통일된 경우도 있다. 이런 점에서 논리적 구조를 기본으로 이에 배경시간의 구조와 배경공간의 구조가 더해지기도 하는 구조도 연시조를 연시조이게 하는 연시조의 기본 성격이라고 정리할 수 있다.

주제와 구조는 작품연구에서 전통적인 영역이다. 그리고 주제는 단시조의 연구에서도 다루는 영역이다. 이에 비해 단시조들 사이의 구조와 결속은 단시조가 아닌 연시조에서만 다루는 영역이며, 단시조들의 연결을 마지막에 어떻게 종결하느냐 하는 문제도 단시조에서는 다루지 않고 연시조에서만 다루는 영역이다. 게다가 결속과 종결은 작품연구에서 전통적인 영역이 아니었다가, 최근에 연구하기 시작한 영역이다. 이 결속과 종결은 작문으로 보면 구상 다음에 나오는 기술(記述)과 연결된 영역으로 연시조를 연시조이게 하는 기본 성격임을 차례로 보자.

결속은 주로 텍스트 언어학과 문체론에서 연구하여왔다. 외국이론과 관련이 없는 영역에서 이 결속과 관련된 선행 연구와 언급을 찾는다면, "연과 연 사이의 단속성을 보상할 다양한 완결성 극복의 장치 … 내적 짜임이나 장치"(성기옥 1998:114)를 들 수 있다. 그리고 연시조의 연구에서 이 결속은 〈오우가〉를 중심으로 1990년대에 시작(고영근 1996, 고성환 1996, 조해숙 1997, 양희철 2015)되었고, 최근에 비교적 많은 검토(양희철 2016)가 이루어졌다. 이렇게 연구대상의 작품이 한정되어 있고, 관심 연구자가 극히 제한적이어서, 연시조 나아가 고전시가를 연구하는 많은 연구자들은 이 결속을 잘 알지 못한다. 그러나 연시조는 고전시가 중에서 어느 장르보다도 특징적인 결속과 종결을 보여줄 수 있는 장르이며, 그 실제에서도 많은 결속을 보여준다. 이를 간단하게 보자.

연시조는 초장, 중장, 종장 등으로 구성된 단시조들로 구성되어 있다. 이로 인해 계기적 구조에서는 단시조와 단시조를 연쇄법에 의해 결속시킬 수 있다. 그리고 병립적 구조에서는, 연시조를 이루는 단시조들은 단시조 자체는 물론, 초장, 중장, 종장, 그리고 초장의 전구와 후구, 중장의 전구와 후구, 종장의 전구와 후구 등을 이루는 문장, 구문, 단어, 격어미, 종결어미 등에서 반복표현을 통하여 다양한 결속을 보여준다.

즉 반복표현에 의한 결속을 보이는 것이다. 한 예로 제1수의 초장 첫구와 제2수의 초장 첫구에서, 같은 단어나 같은 격어미의 반복을 통하여 제1수와 제2수의 결속을 보여줄 수 있다. 다른 예로 제1수의 종장 끝구와 제2수의 종장 끝구에서 같은 서술어를 반복함에 의해 제1수와 제2수의 결속을 보여줄 수 있다. 이런 반복은 어간, 격어미, 종결어미, 단어, 구문, 문장 등등의 여러 언어의 영역에서 모두 보여줄 수 있다. 그리고 이 반복은 대칭표현의 모습으로 나타나기도 한다. 대칭표현은 대칭축을 중심으로 그 상하가 대칭하면서 주어진 텍스트의 결속을 보여준다. 이런 결속을 모두 설명할 필요는 없다. 이런 결속은 단시조들의 단순한 나열(羅列)이나 집적(集積)에서는 발견할 수 없고, 연시조에서만 볼 수 있는 현상이다. 이런 점에서 결속도 연시조를 연시조이게 하는 연시조성의 하나라고 정리할 수 있다.(좀더 구체적인 결속은 이어지는 논문 「연시조 표현의 결속과 종결」에서 구체적으로 다룰 것이다.)

　이런 결속은 앞에서 간단하게 언급한 형태의 결속으로만 나타나지 않고, 결속과 종결이 결합된 형태로도 나타난다. 이는 종결과 함께 설명한다.

　종결도 한국시가의 연구에서 거의 관심이 없던 영역이다. 이 영역은 1980년대의 한국문학연구, 그 중에서도 서사 또는 소설에서 종결의 문제가 서구에서와 함께 관심의 영역이 되면서, 한국시가의 연구에서도 관심의 대상이 되어 왔다. 그러나 그 관심은 한두 사람에 머물렀으며, 그 결과는 매우 초라했다. 그러던 연구가 「연시조 종결의 표현 유형」(양희철 2010a)에서 비교적 넓게 정리되었다. 이 정리는 외국문학에서 연시(聯詩)의 종결을 표현 측면에서 보여주듯이, 연시조에서도 텍스트의 종결을 표현 측면에서도 다양하게 보여준다는 사실을 명확하게 하였다. 그리고 이 종결은 좀더 확대되면서 앞에서 정리한 결속과도 연결되어 있다는 사실을 『연시조 작품론 일반: 결속, 종결, 구조, 주제 등을 중심으로』(양희철 2016)에서 폭넓게 보여주었다. 게다가 이 종결은 결속과 더불어 탈착형 연시조에서 떼어낸 부분의 텍스트가 연시조인가 아닌가를 확인하는 준거로도 쓰이기 시작했다. 이렇게 검토되어온 종결도 연시조를 연시조이게 하는 연시조성의 한 요소라는 사실을 보자.

앞에서 정리했듯이, 결속이 연시조를 연시조이게 하는 연시조성을 보여준다는 점에서, 결속과 연결된 종결들을 앞의 글(양희철 2010a)에서 간단하게 인용하면서 정리해보자.

대칭표현에 의한 결속, 그 중에서도 시작 부분과 마지막 부분의 대칭표현에 의한 결속은 주어진 텍스트를 하나의 텍스트로 결속한다. 동시에 이 대칭표현은 시작 부분에 대칭된 부분이 마지막 부분이라는 점에서, 해당 텍스트의 마지막 부분이 종결에 해당한다는 사실을 보여주면서, 대칭표현에 의한 종결을 보여준다.

이 대칭표현에 의한 결속과 종결의 표현은 다시 변화된 네 형태도 보여준다. 하나는 대칭표현에서 후미를 도치시킨, 대칭표현의 후미 도치형이다. 다른 하나는 대칭표현에서 후미를 반복한, 대칭표현의 후미 반복형이다. 다른 하나는 대칭표현에서 후미를 전환한, 대칭표현의 후미 전환형이다. 마지막 하나는 대칭표현의 후미 전환형에서 후미를 도치시킨, 대칭표현의 후미 전환·도치형이다.

반복표현에 의한 결속은 반복표현을 반복하는 한, 그 텍스트가 언제 종결될지를 모른다. 이럴 경우에 종결을 보여주는 것이 반복표현의 후미 전환이다. 이 반복표현의 후미 전환 역시 해당 텍스트의 결속과 종결을 보여준다.

이 반복표현의 후미 전환에 의한 결속과 종결은 다시 변화된 하나의 형태도 보여준다. 즉 이 반복표현의 후미 전환형에서 후미를 다시 도치시킨, 반복표현의 후미 전환·도치형이다.

반복표현의 후미 전환형의 반대형에 해당하는 것이 후미 반복형이다. 이 유형은 같지 않은 형태를 보여주다가 후미에서 바로 앞의 형태를 반복하여 종결을 보여주는 유형이다.

이렇게 대략 정리되는 종결도 연시조를 연시조이게 하는 연시조성의 하나이다. 특히 이 종결은 서본결이나 기승전결의 구조에서와 같이 '결'을 보여주지 않는 구조로 되어 있는 작품에서, 그 작품이 미완의 작품이 아니라 완결된 작품이라는 사실을 보여주는 징표이기도 하다.

지금까지 연시조의 개념을 정리하고, 그 개념에 기초하여 연시조를 연시조이게 하는 연시조성으로, 결속, 종결, 구조, 주제 등을 정리하였다. 이 결속, 종결, 구조, 주제 등의 연시조성은 이어서 정리할 연시조 연구가 당면한 두 문제를 해결하는 데 매우 중요한 논거가 된다.

3. 제목 없이 합철된 연시조의 논거

이 장에서는 제목 없이 합철된 연시조의 논거를 정리하고, 그 논거의 일부인 결속과 종결이 제목 없이 합철된 연시조의 발견에서 얼마나 유용한가를 『유원십이곡』을 예로 증명하려 한다.

3.1. 제기될 수 있는 문제와 그 예방적 논거

서론에서 언급했듯이, 제목 없이 합철된 연시조는 이세보의 시조집, 안서우의 『유원십이곡』, 『청구영언』(진본) 등에서 주로 연구되어왔다. 이 중에서 이세보의 시조집에서 제목 없이 합철된 연시조로 정리된 4편에 대하여는 별다른 이의가 없이 연시조로 수용되고 있다. 즉 〈월령체시

조(또는 달거리시조)〉[『풍아』(대) 제44~55수, 『풍아』(별집) 제36~47
수)], 〈사행시조〉[『풍아』(대) 제1~13수], 〈농부가〉[『풍아』(대) 제56~67
수, 『풍아』(별집) 제48~59수, 『풍아』(소) 제61~72수], 〈(순창)팔경가〉
[『풍아』(대) 제68~75수, 『시가』(단) 제51~58수, 『풍아』(별집) 제60~67
수)] 등을 제목 없이 합철된 연시조로 정리한 것에 대하여 별다른 이의가
없다.

그리고 안서우의 『유원십이곡』에서 제목 없이 합철된 연시조로 정리
된 두 작품은 정리된 지가 얼마 되지 않아서, 학계에서 잘 모르는 내용으
로, 이에 대한 이의는 아직까지 없다.

이에 비해 『청구영언』(진본)에 수록된 김천택의 시조에서 정리한 제
목 없이 합철된 연시조의 경우에는, 심사과정에서 가벼운 이의가 있었
다. 이 이의는 이것으로 끝나지 않고, 『청구영언』(진본)에 수록된 신흠
(申欽, 1566~1628), 이간(李侃, 1649~1699), 김성기(金聖基, ?~?), 김
유기(金裕器, ?~?) 등의 시조에서 정리한 제목 없이 합철된 연시조에
대하여도, 같은 이의를 제기할 수도 있다. 이에 이 장에서는 제목 없이
합철된 연시조들의 논거를 다시 한번 정리하고자 한다.

김천택의 제목 없이 합철된 연시조의 정리는 결속, 종결, 구조, 주제
등을 근거로 하였다. 이 글에 대하여 제기되었던 문제는 다음과 같다.
즉 『청구영언』(진본)을 편찬하면서, 김천택은 "가집 편찬자로서 다른 작
가들의 작품을 수록하는 데 있어, 해당 작품이 연시조인가를 따져 서발
문 등 관련 기록까지를 그대로 수록하려고 했다."고 없는 말을 만들어
서, 부정적인 입장을 취하기도 했었다.

이에 대한 해명은 앞의 글(양희철 2017c)에서 하였다. 이를 바탕으로,
『청구영언』(진본)에 수록된, 신흠, 이간, 김천택, 김성기, 김유기 등의
제목 없이 합철된 연시조들의 논거를 다시 정리하면 다음의 네 가지이다.

첫째로, 김천택은 가집 편찬자로서 다른 작가들의 작품을 수록하면서, 서발문 등의 관련 기록까지를 그대로 수록하려고 했지만, "해당 작품이 연시조인가를 따져 서발문 등 관련 기록까지를 그대로 수록하려고 했다."는 근거는 발견되지 않으며, 서발문이 없는 경우에는 이런 주장을 하기도 어렵다는 사실이다. 『청구영언』(진본)을 보면, 서발문을 인용한 부분이 적지 않다. 그러나 "해당 작품이 연시조인가를 따져" 보았다는 기록은 어느 부분에도 없다. 기껏해야 김천택은 "또한 우리나라 명공석사(名公碩士)의 작품 및 민간가요(民間歌謠) 중에서 음률에 맞는 수백여 편을 수집하여 그 잘못된 것을 바로잡아 한 권의 책을 이루었다."[又蒐取我東方名公碩士之所作 及閭井歌謠之自中音律者數百餘関 正其訛謬 衰成一拳. 『청구영언』(진본) 序, 김학성 2009:146~148]는 기록이 전부이다. 또한 『청구영언』(진본)에 수록된 작품들의 상당수는 서발문이 없다. 그리고 이세보나 안서우와 같이 가집이나 문집에 이미 제목 없이 합철된 연시조들은, 이 작품들을 『청구영언』(진본)에 옮겨 실을 때에, 제목 없이 합철된 연시조로 정리할 수밖에 없다. 이런 점들에서 작품의 결속, 종결, 구조, 주제 등의 연시조성에 근거하여 제목 없이 합철된 연시조로 정리한 글을, 김천택은 "해당 작품이 연시조인가를 따져 서발문 등 관련 기록까지를 그대로 수록하려고 했다."는 근거 없는 말을 만들어서 부정하기는 어렵다고 판단한다.

둘째로, 신흠, 이간, 김천택, 김성기, 김유기 등은 연시조를 짓지 않고, 단시조만 지었다고 보기가 어렵다는 문제이다. 『청구영언』(진본)에는 신흠의 작품 30수, 이간의 작품 30수, 김천택의 작품 30수, 김성기의 작품 8수, 김유기의 작품 10수 등이 수록되어 있다. 이렇게 많은 작품을 남긴 신흠, 이간, 김천택, 김성기, 김유기 등은 당대의 유명한 시인들이고, 가인들이다. 그리고 많은 작가들은 단시조와 연시조를 함께 지었지,

단시조만 지은 경우는 거의 없다. 또한 이들이 활동한 당대는 이미 연시조가 보편화된 시기이다. 이런 시기에 이 유명한 작가들이 연시조는 짓지 않고, 단시조만 지었다고 보기는 어렵다. 이런 점에서도 제목 없이 합철된 연시조로 정리된, 신흠, 이간, 김천택, 김성기, 김유기 등의 작품들은 인정되어야 할 것으로 판단한다.

셋째로, 『청구영언』(진본)에 수록된 신흠의 시조 일부가 이미 제목 없이 합철된 연시조로 정리되었다는 사실이다. 『청구영언』(진본)에 수록된 신흠, 이간, 김천택, 김성기, 김유기 등의 일부 시조들을 결속, 종결, 구조, 주제 등의 측면에서 제목 없이 합철된 연시조로 정리(양희철 2010년대 후반)하기 전에, 이미 성기옥(1996:233~235)과 김석회(2001:89)는 구조와 주제의 차원에서 신흠의 작품 131~136(또는 그 전후)을 연시조로 정리하였다. 이렇게 양희철이 제목 없이 합철된 연시조로 정리한 작품들은 성기옥과 김석회의 연구와 같은 선상에 있다는 점에서도, 제목 없이 합철된 연시조로 정리된, 신흠, 이간, 김천택, 김성기, 김유기 등의 작품들은 인정되어야 할 것으로 판단한다.

넷째로, 단시조의 단순한 나열(羅列)이나 집적(集積)에서는 발견할 수 없는 연시조성, 즉 단시조들을 하나의 연시조로 묶는 결속과 종결은 물론, 통일된 구조와 주제가, 제목 없이 합철된 연시조로 정리한 작품들에서 발견되었다는 사실이다. 연시조를 연시조이게 하고, 단시조의 단순한 나열이나 집적에서 발견할 수 없는 것이, 연시조의 결속, 종결, 구조, 주제 등의 연시조성이다. 한 수의 단시조에서도 그 결속, 종결, 구조, 주제 등을 검토할 수는 있다. 그러나 그 결속, 종결, 구조, 주제 등은 한 수의 단시조를 대상으로 한 것으로, 두 수 이상이 묶인 텍스트를 검토 대상으로 한 결속, 종결, 구조, 주제 등과는 완전히 다른 논의이다. 이 연시조에서 발견되는 결속, 종결, 구조, 주제 등에서, 그 일부인 구조와 주제의 차원은 앞에서 인용한 성기옥(1996:233~235)과 김석회(2001: 89)의 글에서 보이며, 그 효용성이 검증된 것이고, 연시조를 연시조이게 하는 결속, 종결, 구조, 주제 등의 차원은 양희철의 글들에서 보이며, 그 효용성이 인정되었다. 이렇게 연시조를 연시조이게 하는 결속, 종결, 구조, 주제 등의 연시조성이, 제목 없이 합철된 연시조로 정리한 작품들에서 발견된다는 점에서도, 이 작품들은 제목 없이 합철된 연시조로 인정되어야 할 것으로 판단한다.

 이상과 같은 점에서, 제목 없이 합철된 연시조의 발견은 그 논거 측면에서 충분하다고 생각한다. 특히 연시조를 연시조이게 하는 결속, 종결, 구조, 주제 등의 연시조성은 제목 없이 합철된 연시조의 발견에서 핵심적인 논거라고 정리할 수 있다.

3.2. 결속과 종결의 효용성 예증

 제목 없이 합철된 연시조의 발견과 해석에서 결속과 종결이 얼마나 효용성이 있으며, 결정적인가를, 이 절에서 예증하고자 한다. 연시조성을 보여주는 결속, 종결, 구조, 주제 등에서 구조와 주제는 전통적으로 제목 없이 합철된 연시조를 발견하고 해석하는 논거들이다. 이에 비해 결속과 종결은 최근에 제목 없이 합철된 연시조를 발견하고 해석하는 논거로, 많은 독자들에게 익숙하지 않은 논거이다. 이에 이 결속과 종결이 제목 없이 합철된 연시조를 발견하고 해석하는 데 얼마나 효용이 있는가를『유원십이곡』에 실린 단시조 13수 중에서 전반부의 7수를 예로 검토 정리하고자 한다.

 『유원십이곡』은 13수로 구성된 한 편의 연시조로 본 주장(심재완과 그의 주장을 따른 주장들), 12수로 구성된 연시조로 본 주장(정형용

1950, 김용찬 2016a, b), 연시조 두 편과 단시조 두 편으로 본 주장(양희철 2017a) 등으로 나뉘며, 구조는 크게 보아 다섯 경우로 나뉜다.

첫째는 서장, 제1~8수, 제9~11수, 제12수 등의 4분 또는 4단락의 구조로 본 경우이다. 정혜원(1995:74)은 서장(유교적 생활철학), 제1~8수(세상과 절연하고 物外의 공간에서 自足하는 강호생활의 기쁨), 제9~11수(出處 사이의 심리적 갈등을 거쳐 귀거래를 결정하기), 제12수(강호생활로도 치유될 수 없는, 현실생활에서 느끼는 개인적 울분) 등으로 구성된 4분 또는 4단락의 구조로 보았다. 윤정화(2001:121)는 서장, 제1~8장(강호자연에 은거하는 삶의 기쁨), 제9~11장(출처 사이에 방황하는 시적자아의 의식세계), 제12장(현실적 울분) 등의 구조로 정리하였는데, 정혜원의 것과 거의 비슷하다.

둘째는 첫째 경우를 약간 변형시킨 경우이다. 김상진(2008:23~31)은 제Ⅰ단락(서장, 화자의 다짐), 제Ⅱ단락(제1장, 제2~7장, 제8장, 위장된 강호의 즐거움), 제Ⅲ단락(제9장~제11장, 제12장, 출처에 대한 표명과 강호의 삶에 대한 불만) 등의 구조로 보았다.

셋째는 1연(서사), 2~7연(전6곡의 언지 모방), 8~13연(후6곡의 언학 모방) 등의 3단 구조로 본 경우이다. 이현자(2002a:214)는 〈도산십이곡〉과 같이 육가 계통의 구조로 보았는데, 이는 "'유원십이곡'은 12곡이라는 제목과 산림에 은거하는 생활을 노래부르는 양식으로 읊었다는 점에서" 육가의 수용으로 본 주장(최재남 1987:341)을 참고한 것으로 판단된다.

넷째는 셋째 경우와 거의 같게 '전6수(제2~7수)'와 '후6수(제8~13수)'의 구조로 본 경우(김용찬 2016a, b)이다. 이 주장에서는 제1수를 연시조와 무관한 작품으로 보면서, 이 작품은 13수가 아니라 12수로 구성되었다고 보았다.

다섯째는 13수를 두 편의 연시조와 두 편의 단시조가 합철된 것으로 본 경우이다. 양희철(2017a)은 제1수를 이어지는 연시조와 무관한 단시조로, 제2~6수(5수)를 서본의 구조를 보여주는 〈유원농포가〉라 할 수 있는 연시조로, 제7~12수(6수)를 기승전결의 구조를 보여주는 〈유원일홍가〉라 할 수 있는 연시조로, 제13수를 바로 앞의 연시조와 무관한 단시조로 각각 보았다.

이 다섯 경우는 세 부분에서 큰 차이를 보인다. 첫째는 제1수를 이어지는 연시조의 서장으로 정리(정혜원, 윤정화, 김상진, 이현자)하거나 이어지는 연시조와는 무관한 단시조로 정리(김용찬, 양희철)한 차이이다. 둘째는 제13수를 바로 앞에 온 연시조의 마지막 수로 정리(정혜원, 윤정화, 김상진, 이현자, 김용찬)하거나 바로 앞에 온 연시조와는 무관한 단시조로 정리(양희철)한 차이이다. 셋째는 제2~13수 또는 제2~12수를 양분하면서, 제2~9수(8수)와 제10~13수(4수)로 양분(정혜원, 윤정화, 김상진)하거나, 제2~7수(6수)와 제8~13수(6수)로 양분(이현자, 김용찬)하거나, 제2~6수(5수)와 제7~12수(6수)로 양분(양희철)한 차이이다.

어떻게 13수의 단시조에 대하여 이렇게 다른 구조론적 해석을 할 수 있을까? 양희철만이 '서본'과 '기승전결'이라는 구조론 또는 형식론에서 쓰는 용어를 쓰고 있으며, 나머지 주장들은 구조를 이야기하면서도, 구조론이나 형식론의 용어를 거의 사용하지 못하고, 겨우 '서장'이나 '서사'라는 용어만 사용하고 있다. 게다가 이 주장들의 일부에서는 자신들이 정리한 구조로 볼 때에, 『유원십이곡』은 완결되지 않거나 미흡한 작품으로 보았다. 즉 정혜원(1995)은 "일관성의 결여"를 지적하고, 김상진(2008)은 이 작품의 구조적 성격을 "유기적 결합체인 육가계 연시조에는 미흡하지만 그 나름대로의 연작성을 지니면서 연시조로서의 기능은 어느 정도 유지"한다고 보았다. 이 주장들은 작품 자체의 문제를 지적하

고 있지만, 자신들이 분석한 구조에 문제가 있지 않은가를 되돌아보아
야 할 문제를 감지하지 못하고, 오히려 작품에 문제가 있는 것으로 오해
했다고 볼 수도 있다. 그리고 이렇게 다른 구조론은 이 작품의 주제에서
도 매우 이질적인 주장들을 도출하게 하였다. 이렇게 구조와 주제의 해
석에서 큰 차이를 보이는 기왕의 주장들은, 연시조의 작품연구에서 구
조론과 주제론이 당면한 문제를 가장 잘 보여주는 한 예가 되는 것 같다.

그러면 왜 이렇게 서로 엇갈리는 구조를 주장할까 하는 문제를 간단
하게 보자. 첫째는 '유원십이곡'이란 어휘를 너무 쉽게 〈도산십이곡〉과
같이 1편의 연시조로 보았다는 문제이다. '유원십이곡'에는 1편의 연시
조라는 의미가 있다. 그러나 이런 의미만 갖고 있는 것이 아니라, 유원
에서 지은 12곡의 시조라는 의미도 갖고 있다. 이 중에서 양희철의 경우
를 제외한 나머지 해석들은 후자의 가능성을 너무 도외시하고 전자의
가능성만을 생각한 결과가 문제를 발생시켰다고 판단한다. 둘째는 단락
들의 내부 구조(또는 하부 구조)를 세밀하게 검토하지 않았다는 문제이
다. 양희철의 경우에는 단락들의 내부 구조까지 세밀하게 정리를 하였
다. 그러나 나머지 해석들은 단락의 내부 구조를 구조론 또는 형식론의
측면에서 세밀하게 정리하지 않고, 단락의 내용 또는 의미만을 포괄적
으로 정리하였다. 이로 인해 『유원십이곡』의 구조를 성공적으로 설명하
지 못하였다고 판단한다. 셋째는 구조와 밀접한 관계에 있는 결속과 종
결을 검토하지 않은 문제이다. 대다수의 연구들은 구조와 주제만을 연
구하면서, 구조의 설명에 도움을 주는 결속과 종결을 검토하지 않았다.
단락의 내부 구조까지 철저하게 검토하였다면, 구조의 설명은 성공할
수 있었을 것이다. 그렇지 않으면, 구조의 설명에 많은 도움을 주기도
하고, 어느 경우에는 구조의 설명에 거의 결정적인 결속과 종결을 검토
하였다면, 구조의 설명에 성공할 수 있었을 것이다. 양희철의 경우를

제외한 나머지 연구들에서는 이 결속과 종결을 검토하지 않아, 구조의 설명에 실패하였다고 판단한다.

이에 연시조성을 보여주는 결속과 종결이 얼마나 효용성이 있는가를 『유원십이곡』의 일부로 예증하고자 한다. 이하는 전에 쓴 글(양희철 2017a)을 인용하면서 압축한 것이다.

『유원십이곡』의 13수 중에서 전반부의 7수를 밑줄 친 부분에 유의하면서 먼저 보자. 연시조 〈유원농포가〉라 부를 수 있는 부분에만 제1~5수의 순번을 붙이고, 그 전후에 나온 2수에는 단시조의 순번을 달지 않았다.

> 니ᄆᆞᆷ 져버아 ᄂᆞᆷ의 ᄆᆞᆷ 싱각 ᄒᆞ니
> 나 슬ᄒᆞ면 ᄂᆞᆷ 슬코 ᄂᆞᆷ 됴ᄒᆞ면 나 됴ᄒᆞ니
> 모로미 기소불념(己所不念)을 믈시어인(勿施於人) ᄒᆞ리라.

> 문장(文章)을 ᄒᆞ쟈 ᄒᆞ니 인생식자(人生識字) 우환시(憂患始)요.
> 공맹(孔孟)을 비호려 ᄒᆞ니 도약등천(道若登天) 불가급(不可及)이로다.
> <u>이 내 몸 쓸 디 업ᄉ니</u> 성대농포(聖代農圃) 되오리라. (제1수)

> 청산(靑山)은 무스 일노 무지(無知)ᄒᆞᆫ 날 ᄀᆞᆺᄐᆞ며
> 녹수(綠水)는 엇지ᄒᆞ야 무심(無心)ᄒᆞᆫ 날 ᄀᆞᆺᄐᆞ뇨.
> 무지(無知)타 웃지 마<u>라</u> 요산요수(樂山樂水)ᄒᆞᆯ가 ᄒᆞ노라. (제2수)

> 홍진(紅塵)에 절교(絶交)ᄒᆞ고 백운(白雲)으로 위우(爲友)ᄒᆞ야
> 녹수(綠水) 청산(靑山)에 시롬 업시 늘거가니
> 이 듕의 무한지락(無限之樂)을 헌ᄉ홀가 두려웨라. (제3수)

> 경전(耕田)ᄒᆞ야 조석(朝夕)ᄒᆞ고 조수(釣水)ᄒᆞ야 반찬(飯饌)ᄒᆞ<u>며</u>

장요(長腰)의 하겸(荷鎌)ᄒ고 심산(深山)의 채초(採樵)ᄒ니
내 생애(生涯) 이ᄲᅮᆫ이라 뉘라셔 다시 알리. (제4수)

내 생애(生涯) 담박(澹泊)ᄒ니 긔 뉘라셔 ᄎᄌ 오리.
입오실자(入吾室者) 청풍(淸風)이오 대오음자(對吾飮者) 명월(明月)
이라.
이 내 몸 한가(閑暇)ᄒ니 주인(主人)될가 ᄒ노라. (제5수)

인간(人間)의 벗 잇단말가 나는 알기 슬희여라.
물외(物外)에 벗 업단말가 나는 알기 즐거웨라.
슬커나 즐겁거나 내 분인가 ᄒ노라.

이 7수 중에서 가운데 5수가 연시조 한 작품으로 정리되는데, 이를
먼저 결속과 종결의 측면에서 보자.

결속과 종결의 측면에서 제1~5수는 제1단락(제1수), 제2단락(제2, 3
수), 제3단락(제4, 5수) 등의 3단락으로 나뉘며, 단락내 결속과 단락간
의 결속 및 종결을 보인다.

제2단락(제2, 3수)은 두 측면에서 단락내 결속을 보여준다. 하나는
제2수의 종장[“무지(無知)타 웃지 마라 요산요수(樂山樂水)홀가 ᄒ노
라.”]과 제3수의 종장[“이 듕의 무한지락(無限之樂)을 헌ᄉ홀가 두려웨
라.”]에서 밑줄 친 부분인 “–홀가 –라”의 반복표현을 통하여 보여준 단
락내의 결속이다. 다른 하나는 제2, 3수가 보여준 청산과 녹수를 즐기는
같은 소재의 반복에 의해서 보여준 단락내 결속이다.

제3단락(제4, 5수)은 연쇄법에 의해 단락내 결속을 보여준다. 제4수
의 종장[“내 생애(生涯) 이ᄲᅮᆫ이라 뉘라셔 다시 알리.”]과 제5수의 초장[“내
생애(生涯) 담박(澹泊)ᄒ니 긔 뉘라셔 ᄎᄌ 오리.”]에서, “내 생애(生涯)

… 뉘라셔 ○○ ○리.”의 구문을 연쇄법에 의해 반복하면서 단락내 결속을 보여준다.

이번에는 단락간의 결속과 종결을 보자. 앞에서 인용한 제1~5수의 밑줄 친 부분에서는 네 종류의 대칭표현이 발견된다.

첫째로, [‘ᄒ니’(제1수 초장)-대칭축(제3수 초장)-‘ᄒ니’(제5수 초장)]의 대칭표현이다. 제1수의 초장에 나온 ‘ᄒ쟈 ᄒ니’의 ‘ᄒ니’와 제5수의 초장에 나온 ‘담박(澹泊)ᄒ니’의 ‘ᄒ니’는 제3수를 대칭축으로 대칭하는 대칭표현이다.

둘째로, [“이 내 몸 … -니 … -라”(제1수 종장)-‘이 듕의’(대칭축, 제3수 종장)-“이 내 몸 … -니 … -라”(제5수 종장)]의 대칭표현이다. 제1수의 종장인 “이 내 몸 쓸 디 업스니 성대농포(聖代農圃) 되오리라.”와 제5수의 종장인 “이 내 몸 한가(閑暇)ᄒ니 주인(主人)될가 ᄒ노라.”에서 반복하는 “이 내 몸 … -니 … -라”의 구문은, 제3수의 종장을 대칭축으로 대칭하는 대칭표현이다.

셋째로, [‘-며’(제2수 초장)-대칭축(제3수 초장)-‘-며’(제4수 초장)]의 대칭표현이다. 제2, 4수의 초장 후미에 나온 ‘ᄀᆮ트며’와 ‘반찬(飯饌)ᄒ며’의 두 ‘-며’는 제3수의 초장 후미를 대칭축으로 대칭하는 대칭표현이다.

넷째로, [‘-라’(제2수 종장)-대칭축(제3수 종장)-‘-라’(제4수 종장)]의 대칭표현이다. 제2, 4수의 종장 중간에 나온 ‘마라’와 ‘이쓴이라’의 두 ‘-라’는 제3수의 종장 중간을 대칭축으로 하는 대칭표현이다.

이상의 제1, 5수의 대칭표현(첫째와 둘째의 대칭표현)을 A-A로, 제2, 4수의 대칭표현(셋째와 넷째의 대칭표현)을 B-B로, 대칭축을 X로 부호화하면, 이 텍스트가 [A(제1수)-B(제2수)-X(제3수)-B(제4수)-A(제5수)]의 대칭표현으로 결속되어 있음을 알 수 있다. 이 결속은 5수의 단시조들을 결속하는 동시에, 3단락의 단락간의 결속도 보여준다. 그리고 이 대칭표현에서, 제1, 5수의 대칭표현은 시종(始終)의 대칭표현으로, 시작인 제1수에 대칭인 제5수가 종결임도 보여준다. 이런 대칭표현을 통한 대칭적 결속과 종결은 제1~5수가 독립된 텍스트일 수 있음을 말해주면서, 제1수 앞에 있는 단시조와 제5수 다음에 있는 단시조가 제1~5수로 구성된 연시조와는 무관한 단시조임을 보여준다.

이렇게 결속과 종결은 제1~5수로 구성된 연시조의 범위와 단락을 보여주면서, 『유원십이곡』의 구조를 밝히는 데 거의 결정적인 역할을 한다.

이번에는 앞에서 정리한 결속과 종결이 보여준 단락을 참고하면서, 이 작품의 구조와 주제를 비교적 쉽게 정리할 수 있다는 사실을 보자. 이를 보기 위해 제1~5수의 주제와 이에 기초한 세 단락의 주제를 인용하면 다음과 같다.

> 제1단락(제1수): 문장에도 공맹에도 쓸 수 없는 몸이니, 성대농포나 되겠다.
> 제2단락(제2, 3수): 청산과 녹수를 즐기고 청산과 녹수에서 즐거움을 누리며 늙어간다.
> 제2수: 청산과 녹수가 망기한(세상에 무지하고 무심한) 나와 같기에 나는 요산요수(농포의 삶)를 하려 한다.
> 제3수: 망기하고('紅塵에 絶交ᄒ고') 백운을 벗삼아 청산과 녹수에서 무한한 즐거움을 누리며 늙어간다.
> 제3단락(제4, 5수): 농촌에서 자족적 생활을 하며, 찾아오는 청풍과 명월의 주인이 되겠다.
> 제4수: 경전(耕田), 조수(釣水), 채초(採樵) 등을 통한 농촌의 자족적 생활만을 하니, 나(시적 화자)를 알리 누구인가?
> 제5수: 나(시적 화자)를 알고 찾아오는 것은 청풍과 명월이니, 청풍과 명월의 주인이 되고자 한다.

이 단시조별, 단락별 주제에 기초하여 구조를 정리하면 다음과 같다.

제2단락인 제2, 3수에서는 망기하고 청산과 녹수를 즐기는 삶을 노래한 것은 같다. 이는 서사(제1수)에서 선언한 성대농포의 구체적인 삶을 노래한 것으로 본사에 해당한다. 그런데 그 정도로 보면, 제2수와 제3수는 점층적 구조를 보여준다. 즉 제2수에서는 망기를 '(세상에) 무지하고 무심한'으로 보여주었는데, 제3수에서는 이보다 강하게 망기를 '홍진을 절교하고'로 보여주었다. 그리고 제2수에서는 즐거움을 '요산요수'의 '요(樂)'로 보여주었는데, 제3수에서는 이보다 강하게 '무한지락(無限之樂)'으로 보여주었다. 이런 사실로 보아, 제2, 3수는 제1수(서사)에 이어진 본사이고, 제2수와 제3수의 구조는 점층적 구조로 정리할 수 있다. 이 제2, 3수의 본사를 제4, 5수의 본사와 구별하기 위하여, 제2, 3수는 본사1로 제4, 5수는 본사2로 부르려 한다.

제3단락의 제4, 5수는, 문답의 구조로 볼 수도 있고, 서본의 구조로 볼 수도 있다. 전자는 제4수의 질문과 제5수의 질문과 대답을 문답의 구조로 본 것이고, 후자는 제4수의 질문을 서사로 보고, 제5수의 문답 (초장과 중장)과 주인이 되려는 마음(종장)을 본사로 본 것이다. 문답의 구조로 보든, 서본의 구조로 보든, 제3단락(제4, 5수)의 주제는 [농촌에서 자족적 생활을 하며, 찾아오는 청풍과 명월의 주인이 되겠다.](농포가 되어 청풍과 명월의 주인이 되려는 삶)로 정리할 수 있다. 이 주제는 농포의 삶이란 점에서 제2단락(제2, 3수)의 주제(농포가 되어 청산과 녹수를 즐기는 삶)와 비교하면, 병렬적이지만, 그 정도까지를 계산하면, 점층적이다. 이런 점에서 제2단락(본사1)과 제3단락(본사2)의 구조는 점층적 구조로 정리할 수 있다.

이상을 종합하면, 〈유원농포가〉의 구조는, 서사(제1수)-본사(제2, 3수의 본사1과 제4, 5수의 본사2가 결합된 점층적 구조)로 구성된 서본의 구조이며, 본사1(제2, 3수)의 내부 구조는 점층적 구조이고, 본사2(제4, 5수)의 내부 구조는 문답의 구조 또는 서본의 구조이다. 그리고 〈유원농포가〉의 주제는 [농포가 되어, 청산과 녹수를 즐기며 늙고, 청풍과 명월의 주인이 되겠다.]로 정리할 수 있다.

이제 결론적으로 결속과 종결이 작품연구에서 갖는 효용성이 얼마나 큰가를 정리해보자. 앞의 설명과정에서 보았듯이, 작품을 지으면서 기술(記述) 차원에서 보여준 결속과 종결을 찾아내면, 연시조의 범위 또는 경계, 단락, 구조, 주제 등을 쉽게 정리할 수 있다. 앞에서는 〈유원농포가〉라 할 수 있는 5수(『유원십이곡』 13수의 순서로는 제2~6수)만을 설명하였지만, 〈유원일흥가〉라 할 수 있는 6수(『유원십이곡』 13수의 순서로는 제7~12수)를 연구한 글(양희철 2017a, 이 글은 이 책에 수록되어 있음)에서도 결속과 종결의 효용성이 여실히 드러나 있다. 나아가 『청구영언』(진본)에서 제목 없이 합철된 연시조들을 찾아내고 연구한 글들(양희철 2010년대 후반, 이 글들은 모두 이 책에 수록되어 있음)에서도 결속과 종결의 효용성이 두드러지게 드러나 있다. 이런 점들로 보아, 연시조를 지으면서 기술 차원에서 보여준 결속과 종결은, 연시조를 연시조이게 하는 것으로, 연시조의 개념은 물론, 제목 없이 합철된 연시조의 발견과 연시조의 작품론에서 중요하게 다루어야 할 용어이며 영역이라고 판단한다.

4. 탈착형 연시조의 논거

이 장에서는 탈착형 연시조의 논거를, 연시조성에 이어서, 수용사적 측면과, 탈착형 연시조와 비탈착형 연시조의 비교 측면에서 보완하고자 한다.

4.1. 탈착형 연시조의 연구가 당면한 문제

탈착형 연시조는 양희철이 2016년에 그 이전에 썼던 글들을 책으로 정리하면서 폭넓게 정리한 연시조의 형태이다. 이 탈착형 연시조는 그 내적 논거로, 작품 전체는 물론, 떼어서 수용한 텍스트들도, 연시조를 연시조이게 하는 연시조성, 즉 연시조의 기본 성격인 결속, 종결, 구조, 주제 등을 가지고 있다는 사실을 들었다. 이 내적 논거로 보면, 탈착형 연시조를 부정할 수 없다. 특히 작품 중심으로 연구를 할 때에, 이 탈착형 연시조를 부정하기 어렵다. 이런 탈착형의 문화 현상은 『용비어천가』와 판소리에서 확인된다고 하였다. 『용비어천가』의 경우에, 그 일부를 떼어서 〈여민락〉으로 수용하기도 하고, 붙여서 『용비어천가』 전체로 수용하기도 한다. 그리고 판소리의 경우에, 어느 한 부분을 떼어서 수용하기도 하고, 붙여서 전체로 수용하는 현상과 같다.

이렇게 탈착형 연시조는 작품 내적 논거와 문화 현상에서 그 위치를 확보하여왔다. 그 후에 김천택의 시조 중에서 제목 없이 합철된 연시조를 정리하면서, 그 일부가 탈착형 연시조라는 글을 썼다. 그런데 이 글을 심사하는 과정에서 수용사적 측면에서 부정적인 심사평이 나오기도 했다. 그 부정적인 내용을 모두 수용할 필요는 없지만, 그 일부 특히 수용사적 논거를 보완하는 것은 필요해 보인다. 왜냐하면 수용사적 논거는 탈착형 연시조의 연구가 당면한 문제로 언제든지 지속적으로 제기될 수도 있기 때문이다.

다만, 필자가 주장한 탈착형 연시조의 가능성에 대해서는 솔직히 회의적인바, 작자가 그러한 의도 하에 작품을 지었다는 명시적인 근거가 적어

도 심사자가 알고 있는 선에서는 없을 뿐더러 당대의 가창 방식에 대한 일
반적인 정보들을 고려해 보더라도 지지하기가 쉽지 않기 때문이다.(심사평
이 되어 논자는 알 수 없음)

이 인용에서는 탈착형 연시조의 가능성을 두 측면에서 당차게 부정하
였다. 하나는 심사자가 알고 있는 선에서, 탈착형의 의도 하에 작품을
지었다는 명시적 근거가 없다는 점이고, 다른 하나는 당대의 가창 방식에
대한 일반적인 정보들을 고려해 보아도 탈착형의 가능성이 없다는 점이
다. 이 용감한 비판은 당대의 수용사적 자료를 구체적으로 검토해 보지
않은 문제를 보이지만, 탈착형 연시조의 주장이 보완해야 할 부분을 지적
한 것만은 분명하다.

앞의 심사평은 다음과 같은 내용도 보여주었다.

'결속과 종결'에서는 계속해서 대칭표현, 대칭적 결속을 강조하고 있는
데, 그렇다면 이러한 대칭적 결속이 어떤 의미를 갖는지에 대한 서술이 필
요하다. 전체 연시조를 탈착형으로 볼 수 있거나 혹은 부분적으로 결속되
고 있음을 보여준다는 근거인가? 과연 이러한 근거만으로 전체 연시조 작
품을 탈착형으로 볼 수 있는지 역시 의문이다. 이에 대한 논의가 설득력을
가지려면 실제 그렇게 향유, 유통되었던 텍스트 외적 근거 역시 언급되어
야 할 것이다.(심사평이 되어 논자는 알 수 없음)

이 인용의 전반부에서는 두 가지 문제를 보인다. 하나는 대칭표현이
갖는 결속과 종결의 기능을 이해하지 못한 문제이다. 이 결속과 종결은
앞에서 언급했듯이 한국시가의 연구에 도입된 지가 얼마 되지 않는 개념
들이다. 이 개념에 대한 이해는 '2'장과 이어지는 논문 「연시조 표현의
결속과 종결」로 돌린다. 다른 하나는 탈착형 연시조의 개념을 오해한
문제이다. 탈착형 연시조는 연시조의 일부를 떼어내서 그 부분을 다시

연시조로 수용할 수도 있고, 붙여서 연시조로 수용할 수도 있는 작품에 한정한 개념이다. 이런 탈착형 연시조를 연시조 전체가 탈착형 연시조라고 주장하였다고 보고 비판한 것은 오해에 지나지 않는다. 그리고 이 인용의 후반부는, 전반부에서 지적한 문제의 연장선 위에 있지만, 탈착형 연시조의 주장이 갖고 있는 문제, 즉 향유와 유통의 수용사적 문제를, 자료 측면에서 보완해야 하는 문제를 지적하고 있다.

4.2. 수용사를 직접 보여주는 작품들

탈착형 연시조로 수용되었다는 수용사적 사실의 논거는 세 종류의 기록에서 확인할 수 있다.

한 종류는 작가가 어떤 작품을 지으면서, 탈착이 가능하게 지었거나, 일차로 어느 부분까지만을 완결된 작품으로 지었고, 그 다음에 나머지 부분도 지었다는 사실을 보여주는 기록을 찾아내는 것이다. 후자의 경우에 문제가 되는 것은 일차로 지은 부분이 완결된 작품이라는 사실을 보여주는 기록이 거의 없는데, 이를 보완할 수 있는 방법은, 떼어낸 부분의 텍스트가 연시조라는 사실을 결속, 종결, 구조, 주제 등에서 증명하면 된다.

다른 한 종류는 중제목을 확인하는 것이다. 연시조들을 보면, 작품 전체의 대제목(大題目), 단시조들에 붙인 소제목(小題目), 단시조들을 묶은 중간의 중제목(中題目) 등을 보여주기도 한다. 이 중에서 중제목은 해당 연시조를 중제목 단위로 수용할 수 있게 지었다는 점에서, 중제목을 가지고 있는 작품들은 탈착형 연시조이다.

마지막 한 종류는 독자들이 어느 부분을 독립된 연시조로 읽었다는 기록을 찾아내는 것이다. 연시조에서 어느 부분(들)을 연시조로 읽었다는 수용사적 논거가 있으면, 이 작품 역시 탈착형 연시조이다.

이렇게 정리되는 세 논거를 보여주는 작품으로 〈도산십이곡〉, 〈강호
연군가〉, 〈어부별곡〉, 〈오륜가〉(박인로), 〈오륜가〉(박선장), 〈전원사시
가〉 등이 있다. 이를 6항으로 나누어서 보자.

4.2.1. 〈도산십이곡〉

〈도산십이곡〉(이황, 1501~1570)은 수용사적 측면에서도 탈착형 연
시조임을 수월하게 정리할 수 있게 하는 작품이다. 〈도산십이곡발(陶山
十二曲跋)〉을 보면, 〈도산십이곡〉이 탈착형 연시조임을 수용사적 측면
에서도 보여준다.

> 오른쪽 〈도산십이곡〉은 도산의 노인이 지은 바이다. ··· 그러나 오늘날
> 의 시는 옛날의 시와 달라서 읊을 수는 있으나 노래할 수는 없다. 만약 노
> 래하고 싶으면 반드시 俚俗의 말로 지어야 하니, 대개 나라 풍속의 음절이
> 그렇지 않을 수 없기 때문이다. 그런 까닭에 일찍이 이별의 〈육가〉를 대략
> 모방하여 도산육곡 두 편을 지으니, 그 하나는 言志요, 또 하나는 言學이
> 다. 아이들로 하여금 아침 저녁으로 익혀 노래하게 하여, 안석에 기대어
> 그것을 듣고자 한다. 또 아이들로 하여금 스스로 노래하며 스스로 뛰고 춤
> 추게 하면, 더럽고 인색함을 거의 씻어 깨끗이 하고, 느끼어 움직임이 거침
> 없이 통할 것이니, 노래하는 자와 듣는 자는 서로 유익함이 없지 않으리라.
> ··· 가정 44년 을축년(명종 20년, 1565) 모춘(3월) 16일 산노인 쓰다.(右陶
> 山十二曲者 陶山老人之所作也. ··· 然今之詩 異於古之詩 可詠而不可歌
> 也 如欲歌之 必綴以俚俗之語 蓋國俗音節 所不得不然也. 故嘗略倣李歌
> 而作 爲陶山六曲二焉 其一言志 其二言學 欲使兒輩 朝夕習而歌之 憑几
> 而聽之, 亦令兒輩 自歌而自舞蹈之 庶幾可以 蕩滌鄙吝 感發融通 而歌者
> 與聽者 不能無交有益焉 ··· 嘉靖四十四年歲乙丑暮春旣望 山老書.)

인용의 밑줄 친 부분을 보면, 〈도산십이곡〉은 이별의 〈육가〉를 모방

한 두 편으로 되어 있다. 즉 〈언지〉와 〈언학〉의 두 텍스트이다. 그런데 우리는 이 둘이 합친 〈도산십이곡〉을 하나의 작품으로 보기도 한다. 이런 사실은 인용의 시작 부분에서 〈도산십이곡〉이라고도 불리었다는 점에서 알 수 있다. 이는 말을 바꾸면, 〈도산십이곡〉은 두 텍스트의 합으로 볼 수도 있고, 한 작품에 〈언지〉와 〈언학〉이라는 중제목이 붙은 것으로 볼 수도 있다는 것이다. 어느 것으로 보든, 〈도산십이곡〉은 〈언지〉와 〈언학〉으로 떼어서 수용할 수도 있고, 붙여서 〈도산십이곡〉으로 수용할 수도 있는, 탈착형의 연시조임에 틀림이 없다.

그리고 〈도산십이곡〉을 두 편의 텍스트로 떼어서 수용하였다는 사실은 『도산육곡』과 『아악부가집(雅樂部歌集)』에서도 확인된다. 『도산육곡』은 퇴계 이황의 친필로 된 〈도산육곡〉 2첩과 1566년에 쓴 발문(嘉靖四十四年 歲乙丑 暮春 旣望 山老書)을 판각하여 간행한 서책이다. 그 판목(版木)이 현재 도산서원에 전한다. 〈도산육곡〉 2첩의 제목은 〈도산육곡지일(陶山六曲之一)〉과 〈도산육곡지이(陶山六曲之二)〉이다. 그리고 『아악부가집(雅樂部歌集)』를 보면, 〈도산육곡지일(陶山六曲之一)〉과 〈도산육곡지이(陶山六曲之二)〉의 편목 아래 작품을 싣고 있다.

이상과 같이 〈도산십이곡〉은 창작자인 작가와 독자의 진술에서도, 즉 수용사적 측면에서도, 탈착형 연시조의 논거를 보여준다. 따라서 〈도산십이곡〉은 연시조를 연시조이게 하는 결속, 종결, 구조, 주제 등의 작품 내적 논거에서 탈착형 연시조(양희철 2016)일 뿐만 아니라, 작품 외적 논거인 수용사적 측면에서도 탈착형 연시조라는 사실을 확인할 수 있다.

4.2.2. 〈강호연군가〉

〈강호연군가〉(張經世, 1547~1615) 역시 수용사적 측면에서도 탈착형 연시조임을 정리하는 데 도움을 주는 관련 산문을 갖고 있다. 『사촌집

(沙村集)』을 보면, "퇴계 선생의 〈도산육곡〉을 모방하여 〈강호연군가〉를 지었다."(效退溪先生陶山六曲 作江湖戀君歌)고 되어 있으며, 〈전육곡(前六曲)〉과 〈후육곡(後六曲)〉이라는 제목하에 작품이 실려 있다. 그 내용은 〈도산육곡(전, 후)〉의 것과 다르게, 전6곡에서는 '애군우국지성(愛君憂國之誠)'을 후6곡에서는 '성현학문지정(聖賢學問之正)'을 노래하였다고 정리되어 있다. 그리고 김정균(金鼎均)이 찬한 묘지(墓誌)의 일부("公於我東諸賢中 最慕退溪先生 擬和陶山六曲詩 作江湖戀君歌 使子弟及門徒 諷而論之 前六曲 愛君而憂時也 後六曲 尊朱而斥陸也")에도 이와 비슷한 내용이 실려 있다.

이상과 같이 〈강호연군가〉는 작가가 전육곡과 후육곡으로 지었다는 기록의 논거, 중제목(전육곡, 후육곡)의 논거, 독자가 전육곡과 후육곡으로 수용하였다는 논거 등을 보여준다. 따라서 〈강호연군가〉 역시 연시조를 연시조이게 하는 결속, 종결, 구조, 주제 등의 작품 내적 논거에서 탈착형 연시조(양희철 2018a)일 뿐만 아니라, 작품 외적 논거인 수용사적 측면에서도 탈착형 연시조라는 사실을 확인할 수 있다.

4.2.3. 〈어부별곡〉

〈어부별곡〉(이중경, 1599~1678)은 〈자서(自序)〉("…師其體而倣其曲 乃自製九曲五章 而其前後三章 並六章 則省六曲之合爲十二者 而各取其半也…")에서와 같이, 〈전삼장(前三章)〉과 〈후삼장(後三章)〉이란 중제목을 보여주면서, 탈착형 연시조임을 보여준다. 이는 이황의 〈도산십이곡〉이 〈언지〉(전6수)와 〈언학〉(후6수)으로 분리되어 수용되기도 하고, 붙여서 〈도산십이곡〉으로 수용하기도 하는 탈착형과 같은 형태이다. 단지 다른 점은 전체 12수를 6장으로 축소하고, 전6수와 후6수를 전삼장과 후삼장으로 축소한 점이다.

이렇게 〈어부별곡〉은 전삼장과 후삼장으로 떼어서 수용하기도 하고, 붙여서 〈어부별곡〉으로 수용한 수용사적 논거를 가지고 있다. 게다가 전삼장과 후삼장은 각각 연시조를 연시조이게 하는 결속, 종결, 구조, 주제 등의 내적 논거도 보여준다(「이중경의 〈어부별곡〉」 참조). 이런 점들로 보아, 〈어부별곡〉 역시 연시조를 연시조이게 하는 작품 내적인 측면에서도 탈착형 연시조이고, 수용사적 측면에서도 탈착형 연시조임을 명확하게 보여준다고 정리할 수 있다.

4.2.4. 〈오륜가〉(박인로)

〈오륜가〉(박인로, 1561~1642)는 25수의 장편 연시조로, '부자유친(父子有親)'(5수), '군신유의(君臣有義)'(5수), '부부유별(夫婦有別)'(5수), '형제우애(兄弟友愛)'(5수), '붕우유신(朋友有信)'(2수), '총론(總論)'(3수) 등의 중제목으로 묶여 있다. 이는 일차로 작가가 이 작품을 여섯 텍스트로 분리할 수 있도록 지었음을 보여주며, 이차로 독자가 이 작품을 여섯 텍스트로 분리하여 수용하였음을 보여준다. 게다가 '부자유친'(5수), '군신유의'(5수), '부부유별'(5수), '형제우애'(5수) 등의 네 텍스트는 각각 서(제1수)-본(제2~4수, 점층적 구조)-결(제5수)의 구조와, 전체 다섯 수의 결속과 종결도 보여주고, '총론'(3수)은 대칭적 구조와 전체 3수의 결속과 종결도 보여주면서, 독립된 연시조의 성격도 보여준다.

이런 점에서, '부자유친', '군신유의', '부부유별', '형제우애', '붕우유신', '총론' 등의 중제목은 〈오륜가〉(박인로)가 여섯 텍스트로 분리되어 연시조로 수용되기도 하고, 〈오륜가〉 한 텍스트로 합쳐서 수용되기도 하였다는 수용사적 논거를 보여준다고 할 수 있다. 따라서 〈오륜가〉 전체는 물론, '부자유친', '군신유의', '부부유별', '형제우애', '붕우유신', '총론' 등의 텍스트들은 연시조를 연시조이게 하는 결속, 종결, 구조,

주제 등의 작품 내적 논거에서 탈착형 연시조(양희철 2016)일 뿐만 아니라, 작품 외적 논거인 수용사적 측면에서도 탈착형 연시조라는 사실을 확인할 수 있다.

4.2.5. 〈오륜가〉(박선장)

〈오륜가〉(박선장, 1555~1616)는 〈오륜가소서〉(1612년)로 보면, 강신(講信, 鄕約에서 조직체의 성원들이 한 자리에 모여서 술을 마시며 신의를 새롭게 다지던 일)의 저녁에 〈오륜가〉(5수)를 짓고, 또 '난'(3장)을 지었다[作五倫歌 又作三章之亂].[8] 이어서 지었다는 점에서 연작시조라고 부를 수도 있다. 동시에 이는 5수의 텍스트, 3수의 텍스트, 8수의 텍스트 등으로 탈착되었음을 의미한다. 특히 3장의 '난'은 중제목이 되어 이 부분이 분리되어 연시조로 수용되었음을 보여준다. 게다가 전5수와 후3수의 텍스트들은 각각 연시조를 연시조이게 하는 결속, 종결, 구조, 주제 등을 보여주며, 동시에 전5수와 후3수가 결합한 〈오륜가〉의 텍스트도 연시조를 연시조이게 하는 결속, 종결, 구조, 주제 등을 보여준다(양희철 2016). 이런 점에서 〈오륜가〉(박선장)는 '난(亂)'의 중제목을 통하여 탈착형 연시조의 수용사적 논거를 직접 보여준다고 정리할 수 있다.

이 〈오륜가〉(박선장)는 수용사적 논거를 간접적으로도 보여준다. 이는 다음 절에서 논의할 것이다.

---

8 "某竊歎叔季人心日渝 中宵仰屋 以爲學古訓者 雖或爲物欲所蔽 喪其良心 而開古人書 卽湯然覺悟者有之 其不曉文義者 因物有遷 終於下流而止耳 此非可哀之甚者耶 因述鄙懷 作五倫歌 又作三章之亂 以示勸懲之義 今玆講信之夕 猥進于左右 幸願諸君子 垂覽採之 如何."(『수서집』권지4, 〈五倫歌小序〉)

4.2.6. 〈전원사시가〉

〈전원사시가〉(신계영, 1577~1669)는 춘, 하, 추, 동, 제석 등의 소제목과 중제목을 갖고 있다. 이 중에서 '제석'의 중제목은 '제석' 2수가 탈착형 연시조로 지었다는 사실을 직접 보여준다. 이는 박선장의 〈오륜가〉에서 '난' 3장을 중제목으로 보여주면서, 이 작품이 탈착형 연시조로 지었다는 수용사적 논거를 직접 보여주는 것은 같다. 그리고 〈전원사시가〉는 사시의 텍스트, 제석의 텍스트, 사시와 제석이 합친 텍스트로 나누어서 각각의 결속, 종결, 구조, 주제 등을 검토해 본 결과, 이 세 텍스트들은 연시조를 연시조이게 하는 결속, 종결, 구조, 주제 등을 모두 구비하고 있다(양희철 2016). 이런 점에서 〈전원사시가〉는 '제석'의 중제목을 통하여 탈착형 연시조의 수용사적 논거를 직접 보여준다고 정리할 수 있다.

이 〈전원사시가〉는 수용사적 논거를 간접적으로도 보여준다. 이는 다음 절에서 논의할 것이다.

이상에서 정리한 바와 같이, 〈도산십이곡〉, 〈강호연군가〉, 〈어부별곡〉, 〈오륜가〉(박인로), 〈오륜가〉(박선장), 〈전원사시가〉 등의 여섯 작품은, 수용사적 측면에서도 탈착형 연시조로 수용되었다는 사실을 보여준다. 이런 논거들은, 연시조를 연시조이게 하는 결속, 종결, 구조, 주제 등의 연시조성에만 근거하여 정리한 탈착형 연시조설의 문제를 불식시켜준다. 즉 탈착형 연시조설에 대하여 수용사적 측면에서 논거가 없다는 문제가 제기되었었는데, 이 문제는 앞에서 정리한 수용사적 논거들에 의해 불식된다.

4.3. 수용사적 논거를 간접적으로 보여주는 작품들

수용사적 논거를 직접 보여주고 동시에 간접적으로도 보여주는 작품

으로 〈오륜가〉(박선장)와 〈전원사시가〉가 있다. 그리고 수용사적 논거
를 직접 보여주지 않고, 단지 간접적으로만 보여주는 작품으로 〈전가팔
곡〉, 〈농가(구장)〉, 〈영언십이장〉 등이 있다. 이 작품들을 차례로 간단
하게 보자.

4.3.1. 〈오륜가〉(박선장)

〈오륜가〉(박선장)는 '부자, 군신, 부부, 형제, 붕우' 등의 소제목도 보
여준다. 이 소제목들은 이 다섯 수가 오륜을 노래하였다는 점에서, '오
륜'이란 중제목으로 묶여서 수용됨을 암시하면서, 이 작품이 탈착형 연
시조임을 말해주는 수용사적 논거를 간접적으로 보여준다. 특히 이 작
품은 연시조를 연시조이게 하는 결속, 종결, 구조, 주제 등에서는 이미
탈착형 연시조가 보이는 탈착성을 보여주었고(양희철 2016), 앞에서 정
리했듯이, '난'(3장)이란 중제목은 이미 이 작품이 탈착형 연시조로 지어
졌음을 수용사적 측면에서 보여준다는 점에서, '부자, 군신, 부부, 형제,
붕우' 등의 소제목을 통한 '오륜'이란 중제목의 암시는 이 작품이 탈착형
연시조임을 말해주는 수용사적 논거를 간접적으로도 보여준다고 정리
할 수 있다.

4.3.2. 〈전원사시가〉

〈전원사시가〉(신계영, 1577~1669)는 춘, 하, 추, 동, 제석 등의 소제
목과 중제목을 갖고 있다. 이 중에서 '춘, 하, 추, 동' 등의 소제목들은
'사시'라는 중제목을 암시한다. 이 암시는 이 중제목으로 이 부분이 떼어
져서 수용될 수 있음을 간접적으로 보여준다. 그런데 이 작품은 '제석'(2
수)이란 중제목을 통하여, 앞에서 정리했듯이, 이미 이 작품이 탈착형
연시조로 지어졌음을 보여주는 수용사적 논거를 보여주었다. 그리고

〈전원사시가〉를 사시의 텍스트, 제석의 텍스트, 사시와 제석이 합친 텍스트로 나누어서 각각의 결속, 종결, 구조, 주제 등을 검토해 본 결과, 이 세 텍스트들은 이미 연시조를 연시조이게 하는 결속, 종결, 구조, 주제 등을 모두 구비하면서 탈착형 연시조임(양희철 2016)을 보여준다. 이런 점들을 감안할 때에, '춘, 하, 추, 동' 등의 소제목들을 통하여 보여준 중제목 '사시'의 암시도 이 작품이 탈착형 연시조로 지어졌다는 사실을 간접적으로 보여주는 논거라고 판단할 수 있다.

4.3.3. 〈전가팔곡〉

〈전가팔곡〉(이휘일, 1619~1672)도 소제목을 보여준다. 즉 '원풍(願豊)'(제1수), '춘(春)'(제2수), '하(夏)'(제3수), '추(秋)'(제4수), '동(冬)'(제5수), '신(晨)'(제6수), '오(午)'(제7수), '석(夕)'(제8수) 등이다. 이 중에서 제2~5수는 '춘하추동'의 '사시(四時)'로 '사시' 또는 '전가의 사시'라는 중제목을 간접적으로 보여준다. 그리고 제6~8수는 '신오석'의 '삼시(三時)'로 '삼시' 또는 '전가의 삼시'라는 중제목을 간접적으로 보여준다. 이 간접적으로 보여주는 두 중제목은 이 작품이 탈착형 연시조로 지어졌음을 수용사적 측면에서 간접적으로 보여줄 수도 있다. 그런데 이 〈전가팔곡〉을 사시(춘하추동)의 텍스트, 삼시(신오석)의 텍스트, 사시와 삼시가 합친 텍스트로 나누어서 각각의 결속, 종결, 구조, 주제 등을 검토해 본 결과, 이 세 텍스트들은 연시조를 연시조이게 하는 결속, 종결, 구조, 주제 등을 모두 구비하면서 탈착형 연시조의 가능성을 작품 내적으로 보여주고 있다(양희철 2016). 그리고 서론에서 언급했듯이, 제2~5수는 춘하추동의 사시 텍스트로 분리될 수도 있음이 여기현(1988:151)에 의해 언급되기도 했다. 이런 점들을 감안하면, '사시'(또는 '전가의 사시')와 '삼시'(또는 '전가의 삼시')의 중제목을 암시하는 '춘, 하, 추, 동'과 '신,

오, 석'의 소제목들은 이 작품이 탈착형 연시조로 지어졌음을 간접적으로
보여주는 수용사적 논거라고 보아도 무리는 없을 것으로 판단한다.

4.3.4. 〈농가(구장)〉

〈농가(구장)〉(위백규, 1727~1798)도 소제목들을 보여준다. '조출(朝
出)'(제1수), '적전(適田)'(제2수), '운초(耘草)'(제3수), '오게(午憩)'(제
4수), '점심(点心)'(제5수), '석귀(夕歸)'(제6수), '초추(初秋)'(제7수),
'상신(嘗新)'(제8수), '음사(飮社)'(제9수) 등이다. 제1~6수의 소제목들
은 '농촌의 하일(夏日)'로 묶이면서 '농촌의 하일'이란 중제목을 간접적
으로 보여준다. 그리고 제7~9수는 '농촌의 추경(秋景)'으로 묶이면서
'농촌의 추경'이란 중제목을 간접적으로 보여준다. 이 두 중제목은 〈농
가(구장)〉가 탈착형 연시조로 지어졌거나, 탈착형 연시조로 수용되었음
을 간접적으로 보여줄 수도 있다. 그런데 〈농가(구장)〉를 전6수의 텍스
트, 후3수의 텍스트, 9수의 텍스트 등으로 나누어서 각각의 결속, 종결,
구조, 주제 등을 검토해 본 결과, 이 세 텍스트들은 연시조를 연시조이
게 하는 결속, 종결, 구조, 주제 등을 모두 구비하면서, 이 작품이 탈착
형 연시조라는 사실을 작품 내적으로 보여주고 있다(양희철 2016). 그리
고 서론에서 언급했듯이, 전6수의 텍스트와 후3수의 텍스트는 분리될
수도 있음이 김석회(1995:161~162)에 의해 언급되기도 했다. 이런 점들
을 감안하면, '농촌의 하일'과 '농촌의 추경'이란 중제목을 간접적으로
보여주는 '조출, 적전, 운초, 오게, 점심, 석귀' 등과 '초추, 상신, 음사'
등의 소제목들은 이 작품이 탈착형 연시조로 수용되었다는 수용사적 논
거를 간접적으로 보여준다고 정리할 수 있다.

4.3.5. 〈영언십이장〉

〈영언십이장〉(일명 〈화도산십이곡〉, 申墀, 1706~1780)은 〈도산십이곡〉을 모방한 작품이지만, 〈도산십이곡〉이나 〈강호연군가〉와 같이 탈착형 연시조라는 사실을 수용사적 측면에서 직접 보여주지 않는다. 즉 작가가 전6수와 후6수로 지었다는 기록도 없고, 독자가 그렇게 수용하였다는 기록도 없으며, 중제목을 붙인 것도 아니다. 단지 발문의 일부("右十二章 盖和陶山十二章遺意")를 통하여, 〈도산십이곡〉의 유의(遺意)에 화(和)한 작품이란 사실을 통하여, 이 작품도 탈착형 연시조라는 사실을 간접적으로 보여줄 수도 있다. 그런데 이 작품은 이미 전6장의 텍스트, 후6장의 텍스트로 나누어 검토해 본 결과, 연시조를 연시조이게 하는 결속, 종결, 구조, 주제 등을 보여주면서, 이 작품이 탈착형 연시조로 지어졌음을 작품 내적으로 보여주고 있음을 확인한 바가 있다 (양희철 2018b). 이런 점에서 발문의 일부("右十二章 盖和陶山十二章遺意")는 이 작품이 수용사적 측면에서 탈착형 연시조로 수용되었음을 간접적으로 보여주는 논거라고 정리할 수 있다.

이상과 같이, 〈오륜가〉(박선장), 〈전원사시가〉, 〈전가팔곡〉, 〈농가(구장)〉 등은 소제목들을 통하여 탈착형 연시조의 수용사적 논거로 판단되는 중제목을 간접적으로 보여주고, 〈영언십이장〉은 탈착형 연시조의 수용사적 논거를 간접적으로 보여주는 발문을 보여주며, 이들 다섯 작품은 결속, 종결, 구조, 주제 등을 통하여 탈착형 연시조의 작품 내적 논거를 보여주었다. 이런 점들에서 이 다섯 작품은 수용사적 논거를 간접적으로도 보여주는 탈착형 연시조라고 정리할 수 있다.

4.4. 수용사적 논거가 전하지 않는 탈착형 연시조

앞의 두 절에서, 연시조를 연시조이게 하는 결속, 종결, 구조, 주제 등을 통하여 탈착형 연시조의 작품 내적 논거인 연시조성만으로 정리한 탈착형 연시조론의 한계, 즉 탈착형 연시조론의 작품 외적 논거인 수용사적 논거를 제시하지 않은 한계를 보완하였다. 그 결과 앞의 두 절에서 제시한 탈착형 연시조론의 작품 외적 논거인 수용사적 논거로 보면, 이제 탈착형 연시조론의 한계는 극복되었다고 할 수 있다.

이 절에서는 수용사적 논거가 전(傳)하지 않는 탈착형 연시조가 비탈착형 연시조와 변별되는 점을 좀더 보완하고자 한다. 연시조에서 두 수 이상을 떼어내서 연시조로 수용한 부분이 결속, 종결, 구조, 주제 등을 보여준다는 점에 그치지 않고, 6수(/6장)로 기승전결(제1수:기, 제2, 3수:승, 제4, 5수:전, 제6수:결) 또는 서본결(제1수:서, 제2~5수:본, 제6수:결)의 구조를 보이는 작품들에서, 탈착형 연시조가 비탈착형 연시조와 변별되는 점을 정리하여, 탈착형 연시조의 정리에서, 연시조를 연시조이게 하는 결속, 종결, 구조, 주제 등의 연시조성이 가지는 의미를 좀더 보완하고자 한다.

먼저 〈언지〉 6수를 예로, 그 결속, 종결, 구조, 주제 등을 보고, 전3수와 후3수로 분리되지 않는, 비탈착형 연시조임을 보자.

〈언지〉 6수의 결속은 순차적 결속과 대칭적 결속으로 정리된다.

순차적 결속은 2수의 순차적 결속과 4단락의 순차적 결속으로 정리된다. 2수의 순차적 결속은 제2단락(제2, 3수)과 제3단락(제4, 5수)에서 단락내 결속을 보여준다. 즉 제2수와 제4수의 종장들에서 종결어나 종결어미를 갖추지 않은 일탈표현을 통하여 제2단락(제2, 3수)의 단락내 결속과 제3단락(재4, 5수)의 단락내 결속을 보여준다. 그리고 4단락의 순차적 결속은 단락간(제1, 2단락, 제2, 3단락, 제3, 4단락)의 결속으로 대구 형식의 반복이라는 차원에서 이루어져 있다.

대칭적 결속은 4단락의 대칭적 결속과 6수의 대칭적 결속으로 정리된다. 4단락의 대칭적 결속은 두 대칭표현에 의해 이루어져 있다. 즉 ['이 듕에'(제2단락의 첫수 종장)-대칭축-'이 듕에'(제3단락의 첫수 종장)]의 대칭표현과 ['ᄒᆞ몰며'(제1단락 종장)-대칭축-'ᄒᆞ몰며'(제4단락 종장)]의 대칭표현에서, 'ᄒᆞ몰며'를 A로, '이 듕에'를 B로 바꾸면, [A(제1단락)-B(제2단락)-X(대칭축)-B(제3단락)-A(제4단락)]의 대칭표현이 된다. 이 대칭표현은 제1~4단락의 결속을 보여주면서, 동시에 시종(始終)의 대칭표현에 의해 종결도 보여준다. 6수의 대칭적 결속도 보여주는데, 이는 [A(제1수)-B(제2수)-C(제3수)-X(대칭축)-C(제4수)-B(제5수)-A(제6수)]의 대칭표현으로, 〈언지〉의 대칭적 결속을 보여준다. 그리고 이 대칭적 결속은 시종의 대칭을 통하여 〈언지〉 6수의 종결까지도 보여준다.

종결은 세 종류이다. 두 종류는 앞에서 정리한 대칭적 결속들(4단락의 대칭적 결속과 6수의 대칭적 결속)에서 정리한 종결들이다. 이 종결들은 이 〈언지〉가 전후 또는 상하의 대칭표현을 통하여 대칭적 결속을 보여주고, 이 대칭적 결속은 시작 부분에 대칭하는 끝부분이 종결임도 보여준다. 마지막 하나는 반복 형식의 일탈에 의한, 반복의 후미 전환에 의한 종결이다. 제1~5수의 종장들은 14~15음절의 일반형을 보이면서 이 작품의 규범을 형성한다. 즉 제1, 3수의 종장들은 각각 14음절이고, 제2, 4, 5수의 종장들은 각각 15음절이다. 이에 비해 제6수(제4단락)의 종장은 "ᄒᆞ몰며 어약연비(魚躍鳶飛) 운영천광(雲影天光)이사 어늬 그지 이슬고"에서와 같이 20음절의 장형이다. 이는 앞의 규범을 일탈한 것이다. 이 일탈은 제5수까지의 규범의 지속을 중지한다는 점에서, 반복의 후미 전환에 의한 종결의 표현이다.

〈언지〉는 기승전결의 구조를 보인다. 즉 〈언지〉는 천석고황 지속의

의지(제1수, 기)-천석고황 지속의 이유(제2·3수, 승)-천석고황 지속에
서의 경계(제4·5수, 전)-천석고황 지속의 목표/경지(제6수, 결) 등의
기승전결의 논리적 구조이다. 그리고 이 구조로 보면, 〈언지〉 6수의 주
제는 [군자지도와 그 즐거움으로 나아가기]로 정리된다.

　이렇게 정리되는 〈언지〉를 전3수와 후3수로 나누면, 각각 연시조성
에서 부족한 부분을 보이면서 독립성을 보여주지 못한다. 전3수의 경우
에는 서본의 구조로 보고, 독선과 겸선을 위하여 천석고황의 의지를 버
리지 않겠다는 주제를 보여준다. 그리고 순차적 결속을 보여준다. 그러
나 종결을 보여주지 못하면서 연시조의 연시조성을 상실한다. 그리고
후3수의 경우는 순차적 결속을 보여주고, 반복표현의 후미 전환에 의한
종결을 보여준다. 그러나 그 구조가 모호하고 이로 인해 어떤 주제를
보여주려 하였는가가 모호하여, 연시조의 연시조성을 상실한다. 이런
점들로 보아, 〈언지〉 6수는 다시 전3수와 후3수로 떼어내서 연시조로
수용할 수 없는 텍스트임을 정리할 수 있다. 즉 〈도산십이곡〉은 전6수와
후6수로 떼어내서 연시조로 수용할 수도 있고, 붙여서 연시조 수용할
수 있는 탈착형 연시조이지만, 전6수(언지)는 다시 전3수와 후3수로 떼
어내서 연시조로 수용할 수 없는 텍스트로, 탈착형 연시조가 아님을 정
리할 수 있다.

　이렇게 6수(/6장)로 이루어진 기승전결이 더 이상 전3수(/3장)와 후3
수(/3장)로 이루어진 서본과 서본이나, 서본과 본결로 분리되지 않는 예
에는, 앞에서 살핀 〈도산십이곡〉의 〈언지〉는 물론, 〈언학〉이 있다. 그
리고 〈영언십이장〉의 전6장과 후6장 역시 이에 속한다. 즉 각각 6장으
로 이루어진 기승전결을 보여주면서, 더 이상 전3장과 후3장으로 이루
어진 서본과 서본이나, 서본과 본결로 분리되지 않는다. 이 〈언지〉, 〈언
학〉, 전6장(〈영언십이장〉), 후6장(〈영언십이장〉) 등은 각각 다시 전3수

(/전3장)와 후3수(/후3장)로 분리되어 연시조가 되지 못한다는 점에서, 탈착형 연시조가 아니다. 이 경우에 유의할 것은 〈도산십이곡〉과 〈영언 십이장〉은 각각 탈착형 연시조이지만, 이 두 작품을 이루는 〈언지〉, 〈언 학〉, 전6장, 후6장 등은 각각 탈착형 연시조가 아니라는 점이다.

앞에서 정리한 〈도산십이곡〉의 〈언지〉와 〈언학〉, 〈영언십이장〉의 전 6장과 후6장 등은 6수(/6장)로 기승전결을 보여주지만, 각각 다시 전3 수(/전3장)와 후3수(/후3장)의 두 연시조를 보여주지 못한다. 이에 비해 탈착형 연시조에 속하는 〈어부별곡〉은 6장으로 기승전결을 보여주면 서, 다시 전3장과 후3장의 두 연시조를 보여준다. 이를 간단하게 보자.

〈어부별곡〉의 전3장 텍스트는, 그 결속과 종결을 반복표현의 후미 전환과 대칭표현에 의해 보여준다. 전자는 제1장과 제2장의 종장에서 "… 내 … -라."의 구문을 반복하다가 이를 제3장의 종장에서 일탈하는 것으로 보여준다. 후자는 [대구(제1장 초장)-대칭축(제2장 초장)-대구 (제3장 초장)]의 대칭표현과 ['내'(제1장 중장)-대칭축(제2장 중장)- '내'(제3장 중장)]의 대칭표현에 의해 보여준다. 이 반복표현의 후미 전 환과 대칭표현은 제3장이 이 텍스트에서 종결임을 보여준다. 그리고 전 3장 텍스트에서, 그 구조는 서사(제1장)와 본사(제2, 3장, 점층적 구조) 로 구성된 서본의 구조이며, 이 구조에 근거하여 이 전3장 텍스트의 주 제는 [모친의 시묘살이를 마친 이후에 마음을 둘 곳을 물외의 자연으로 정함]으로 정리할 수 있다.

후3장 텍스트는, 그 결속과 종결을 반복표현의 후미 전환과 대칭표현 에 의해 보여준다. 전자는 제4, 5장에서 '내'와 주제격 '-는/은'을 반복 하다가 제6장에서 이를 일탈함에 의해 보여준다. 후자는 ['없-'(제4장 초장)-대칭축(제5장)-'없-'(제6장 종장)]의 대칭표현과 ['없-'(제4장 종장)-대칭축(제5장)-'없-'(제6장 종장)]의 대칭표현에 의해 보여준다.

이 대칭표현에서 시작 부분인 제4장에 대칭된 제6장이 종결임을 보여준다. 그리고 후3장 텍스트는 본사(제4, 5장, 점층적 구조)와 결사(제6장)로 구성된 본결의 구조와, 이에 기반한 주제 [위국충심의 마음을 내어 보일 곳이 없어 위국충심의 사회시나 짓고, 산고수장(山高水長)의 좋은 물외에서 한 한인으로 허물없이 삶]도 보여준다.

이렇게 연시조 〈어부별곡〉은 6장으로 기승전결의 구조를 보여주는 작품이며, 동시에 전3장과 후3장으로 나눈 텍스트에서도 각각 연시조를 연시조이게 하는 결속, 종결, 구조, 주제 등을 모두 보여준다. 이는 6수로 기승전결을 이루면서도, 비탈착형 연시조인 〈언지〉, 〈언학〉, 전6장(〈영언십이장〉), 후6장(〈영언십이장〉) 등이 보여주지 않는 특성을, 탈착형 연시조인 〈어부별곡〉이 보여주는 특성이다. 이와 같이 6수(/6장)로 기승전결의 구조를 갖고 있으면서, 다시 전3수(/전3장)와 후3수(/후3장)의 연시조로 수용되기도 하는 탈착형 연시조에는 〈술회(가)〉(정광천), 〈방옹망기가〉(신흠), 〈유원일흥가〉(안서우) 등이 있다. 그리고 이와 비슷하게 6수(/6장)로 기승전결(제1수:기, 제2, 3수:승, 제4, 5수:전, 제6수:결)의 구조 대신 서본결(제1장:서, 제2~5장:본, 제6장:결)의 구조를 갖고 있으면서, 다시 전3수(/전3장)와 후3수(/후3장)의 연시조로 수용되기도 하는 탈착형 연시조에는 〈방옹사시가〉(신흠)와 〈남파취유가〉(김천택)가 있다. 〈산정독영곡〉(김득신)은 양자 어느 것으로도 볼 수 있다.

이렇게 6수(/6장)로 기승전결을 보이는 작품을 예로 볼 때에, 탈착형 연시조와 비탈착형 연시조는 연시조를 연시조이게 하는 연시조성을 보여주는 결속, 종결, 구조, 주제 등을 모두 갖춘 부분으로 떼어내서 수용할 수 있는 부분이 있느냐 없느냐에 따라서 확연하게 갈린다. 즉 탈착형 연시조에 속한 작품들은 떼어내서 연시조로 수용할 수 있는 부분을 갖고 있다. 이에 비해 비탈착형 연시조에 속한 작품들은 떼어내서 연시조로 수용할 수 있는 부분을 갖고 있지 않다. 이런 점에서도 떼어내서 연시조로 수용할 수 있는 부분의 결속, 종결, 구조, 주제 등을 탈착형 연시조의 내적 논거로 삼은 데에 문제가 없다고 생각한다. 특히 앞의 두 절에서 정리한 탈착형 연시조의 수용사적 논거로 보아, 수용사적 논거가 전하지 않는 탈착형 연시조의 경우에는, 결속, 종결, 구조, 주제 등의 작품 내적 논거인 연시조성만으로도 탈착형 연시조를 확정하는 데에 문제가 없다고 판단한다.

5. 결론

지금까지 연시조의 개념과 연시조성을 정리한 다음에, 제목 없이 합철된 연시조의 논거 문제와 탈착형 연시조의 논거 문제를 검토 정리해 보았다. 그 중요한 내용을 요약하여 결론을 대신한다.

먼저 연시조의 개념과 연시조성에서 정리한 중요한 내용은 다음과 같다.

1) 연시조의 개념은 고정옥이 정리한 이래 적지 않은 변화를 보이면서, 현재는 '하나의 주제를 보여주기 위하여, 시간, 공간, 논리 등의 측면에서, 긴밀하게(/유기적으로) 구성한, 단시조들의 연결체' 정도에 이르렀다.

2) 1)에서 정리한 개념에 제재의 측면과 기술(記述)의 측면을 보완하면, '하나의 주제를 보여주기 위하여, 시간, 공간, 논리 등의 측면에서, 제재를 긴밀하게(/유기적으로) 구성하고 기술한 단시조들의 연결체'가 된다.

3) 2)의 개념을 정의의 형식에 맞게 바꾸면, [연시조는 하나의 주제를

보여주기 위하여, 시간, 공간, 논리 등의 측면에서 제재를 단시조들의 연결체로 긴밀하게(/유기적으로) 구성하고 기술한 시조이다.]가 된다.

4) 3)의 연시조의 정의를 바탕으로 연시조의 연시조성을 검토한 결과 결속, 종결, 구조, 주제 등으로 정리하였다.

5) 결속과 종결은 작품연구에서 전통적인 영역이 아니었다가, 최근에 연구하기 시작한 영역으로, 작문으로 보면 구상 다음에 나오는 기술(記述)과 연결된 영역으로, 연시조를 연시조이게 하는 연시조성의 둘이다.

6) 결속과 종결은 단락내의 결속은 어떻게 하고, 한 단락은 어떻게 종결하며, 단락들의 결속, 즉 한 텍스트의 결속은 어떻게 하고, 한 텍스트의 종결은 어떻게 하는가 하는 문제를 보여준다는 점에서 연시조성으로 정리하였다.

7) 연시조는 시간, 공간, 논리 등의 측면에서 제재를 단시조들의 연결체로 긴밀하게(/유기적으로) 구성하였다는 점에서, 논리적 구조를 기본으로 이에 배경시간의 구조와 배경공간의 구조가 더해지기도 하는 구조도, 연시조를 연시조이게 하는 연시조성의 하나로 정리하였다.

8) 주제는 작가가 해당 연시조를 통하여 표현하거나 전달하려는 핵심적인 내용, 사상, 의미 등으로, 이 주제가 없으면 그 작품은 연시조가 될 수 없다는 점에서, 주제는 연시조를 연시조이게 하는 연시조성을 보여준다고 정리하였다.

제목 없이 합철된 연시조의 논거를 정리하는 과정에서 정리한 중요한 것은 다음과 같다.

1) 제목 없이 합철된 연시조는 이세보의 시조집, 안서우의 『유원십이곡』, 『청구영언』(진본) 등에서 주로 연구가 되어왔으며, 이세보의 시조집과 안서우의 『유원십이곡』에서 정리한 제목 없이 합철된 연시조에는 지금까지 제기된 문제가 없다.

2) 『청구영언』(진본)에 수록된 김천택의 시조에서 정리한 제목 없이 합철된 연시조의 경우에는, 심사과정에서 가벼운 이의("가집 편찬자로서 다른 작가들의 작품을 수록하는 데 있어, 해당 작품이 연시조인가를 따져 서발문 등 관련 기록까지를 그대로 수록하려고 했다.")가 있었는데, 이 이의는 이것으로 끝나지 않고, 『청구영언』(진본)에 수록된 신흠, 이간, 김성기, 김유기 등의 시조에서 정리한 제목 없이 합철된 연시조에 대하여도, 같은 이의를 제기할 수 있어, 제목 없이 합철된 연시조들의 논거를 다시 한번 정리하였다.

3) 김천택은 가집 편찬자로서 다른 작가들의 작품을 수록하면서, 서발문 등의 관련 기록까지를 그대로 수록하려고 했지만, "해당 작품이 연시조인가를 따져 서발문 등 관련 기록까지를 그대로 수록하려고 했다."는 만들어낸 말의 근거는 발견되지 않으며, 서발문이 없는 경우에는 이런 주장을 하기도 어렵다.

4) 많은 작가들이 단시조와 연시조를 함께 지었고, 당대는 이미 연시조가 보편화된 시기라는 점에서, 『청구영언』(진본)에 많은 작품이 수록된 신흠(30수), 이간(30수), 김천택(30수), 김성기(8수), 김유기(10수) 등이 당대의 유명한 시인들과 가인들로, 연시조는 짓지 않고, 단시조만 지었다고 보기는 어렵다는 점에서, 신흠, 이간, 김천택, 김성기, 김유기 등의 제목 없이 합철된 연시조들은 인정될 수밖에 없다.

5) 구조와 주제의 차원에서 『청구영언』(진본)에 수록된 신흠의 작품 131~136(또는 그 전후)이 연시조로 정리된 이후에, 『청구영언』(진본)에 수록된 신흠, 이간, 김천택, 김성기, 김유기 등의 일부 시조들이 결속, 종결, 구조, 주제 등의 측면에서 제목 없이 합철된 연시조로 정리되었다는 점에서, 이 정리들은 인정된다고 보았다.

6) 단시조의 단순한 나열(羅列)이나 집적(集積)에서는 발견할 수 없

는 연시조성, 즉 단시조들을 하나의 연시조로 묶는 결속과 종결은 물론, 통일된 구조와 주제가 제목 없이 합철된 연시조로 정리한 작품들에서 발견되었다는 사실이다. 이 사실에서 든 연시조를 연시조이게 하는 결속, 종결, 구조, 주제 등의 연시조성은 제목 없이 합철된 연시조의 핵심 논거이다.

7) 결속과 종결이 제목 없이 합철된 연시조를 발견하고 해석하는 데 얼마나 효용이 있는가를 『유원십이곡』의 전반부 7수를 예로 검토한 결과, 결속과 종결은 연시조의 범위 또는 경계, 단락, 구조, 주제 등을 쉽게 정리할 수 있게 한다는 사실을 확인할 수 있었다.

8) 제목 없이 합철된 연시조는 서론에서 제기한 다음의 문제들에 대한 답이 된다. 『청구영언(진본)』에는 이미 밝혀진 제목 없이 합철된 신흠의 연시조 1편 외에 제목 없이 합철된 다른 연시조들은 없는가? 『청구영언(진본)』에 30수의 시조가 각각 수록된 이간과 김천택은 연시조는 짓지 않고 단시조만 지었는가? 시조사에서 매우 중요한 위치에 있는 여항육인은 연시조는 짓지 않고 단시조만 지었는가? 구조와 주제의 파악에서 너무나 많은 문제를 보여온 『유원십이곡』(안서우)은 연시조 1편(또는 연시조 1편과 단시조 1편)이 아니라, 제목 없이 합철된 2편의 연시조와 2편의 단시조가 아닌가? 이 문제들은 제목 없이 합철된 연시조로 보면, 거의가 풀리게 된다.

탈착형 연시조의 논거를 수용사적 측면과, 탈착형 연시조와 비탈착형 연시조의 비교 측면에서 보완한 내용은 다음과 같다.

1) 탈착형 연시조는 양희철(2016)이 그 이전에 썼던 글들을 책으로 정리하면서 폭넓게 정리한 연시조의 형태인데, 그 내적 논거로, 작품 전체는 물론, 떼어서 수용한 텍스트들도, 연시조를 연시조이게 하는 연시조성, 즉 연시조의 기본 성격인 결속, 종결, 구조, 주제 등을 가지고

있다는 사실을 들었다. 그리고 이런 탈착형의 문화 현상은 『용비어천가』
와 판소리에서 확인된다고 하였다.

2) 탈착형 연시조는 작품 내적 논거와 문화 현상에서 그 위치를 확보
하였지만, 그 후에 수용사적 논거를 보완하는 것이 필요해 보인다는 문
제가 심사과정에서 제기되었는데, 이 문제는 다음과 같이 해소되었다.

3) 탈착형 연시조로 수용되었다는 수용사적 사실의 논거는 세 종류의
기록에서 확인할 수 있다. 한 종류는 작가가 어떤 작품을 지으면서, 탈
착이 가능하게 지었거나, 일차로 어느 부분까지만을 완결된 작품으로
지었고, 그 다음에 나머지 부분도 지었다는 사실을 보여주는 기록을 찾
아내는 것이다. 다른 한 종류는 연시조들이 보이는 작품 전체의 대제목
(大題目), 단시조들에 붙인 소제목(小題目), 단시조들을 묶은 중간의 중
제목(中題目) 중에서 중제목을 찾아내는 것이다. 마지막 한 종류는 독자
들이 어느 부분을 독립된 연시조로 읽었다는 기록을 찾아내는 것이다.

4) 3)의 세 수용사적 논거들을 직접 보여주는 작품으로 〈도산십이곡〉,
〈강호연군가〉, 〈어부별곡〉, 〈오륜가〉(박인로), 〈오륜가〉(박선장), 〈전
원사시가〉 등이 있다.

5) 수용사적 논거를 간접적으로 보여주는 작품으로 〈오륜가〉(박선
장), 〈전원사시가〉, 〈전가팔곡〉, 〈농가(구장)〉, 〈영언십이장〉 등이 있다.

6) 4)와 5)에서 제시한 탈착형 연시조론의 작품 외적 논거인 수용사적
논거로 보아, 연시조를 연시조이게 하는 결속, 종결, 구조, 주제 등을
통하여 탈착형 연시조의 작품 내적 논거만으로 정리한 탈착형 연시조론
의 한계, 즉 탈착형 연시조론의 작품 외적 논거인 수용사적 논거를 제시
하지 않은 한계는 극복되었다고 판단한다.

7) 수용사적 논거가 전(傳)하지 않는 탈착형 연시조가 비탈착형 연시
조와 변별되는 점을 좀더 보완하고자, 6수(/6장)의 기승전결로 구성된

탈착형 연시조와 비탈착형 연시조를 비교해보았다. 그 결과 탈착형 연시조와 비탈착형 연시조는 연시조를 연시조이게 하는 연시조성(결속, 종결, 구조, 주제 등)을 모두 갖춘 부분으로 떼어내서 수용할 수 있는 부분이 있느냐 없느냐에 따라서 확연하게 갈린다는 점에서, 떼어내서 연시조로 수용할 수 있는 부분의 결속, 종결, 구조, 주제 등을 탈착형 연시조의 내적 논거로 삼은 데에 문제가 없다는 점을 다시 한번 확인하였다.

8) 탈착형 연시조는 서론에서 제기한 다음의 문제들에 대한 답이 된다. 〈도산십이곡〉, 〈고산구곡가〉, 〈강호연군가〉, (화암구곡), 〈어부별곡〉 등등은 연시조 한 편인가 아니면 두세 편인가? 왜 연시조는 단일구조뿐만 아니라, 중복구조와 복합구조도 구성하였는가? 왜 연시조의 복합구조는 균등성만을 보여주지 않고, 비균형성도 보여주는가? 왜 연시조는 단일의 화제뿐만 아니라 복수의 화제를, 그것도 층위가 다른 화제 또는 소재를 한 작품에서 노래하는가? 왜 연시조는 대제목, 중제목, 소제목 등을 달기도 했는가? 이 문제들은 탈착형 연시조로 보면, 거의가 풀리게 된다.

이상에서 정리한 바와 같이, 연시조의 연구가 당면한 두 문제, 즉 제목 없이 합철된 연시조와 탈착형 연시조를 찾아내고 해석하는 문제 중에서, 제목 없이 합철된 연시조와 탈착형 연시조를 찾아낼 수 있는 논거의 문제를 해결하였다. 이제 남은 문제는 연시조성인 결속, 종결, 구조 주제 등의 측면에서, 제목 없이 합철된 연시조와 탈착형 연시조를 찾아내서 구체적으로 해석하는 문제이다. 이 중에서 전자의 문제는 제2, 3부에서 해결하고, 후자의 문제는 제4, 5, 6부에서 해결하고자 한다. 이 제2~6부에서 제목 없이 합철된 연시조와 탈착형 연시조를 찾아내서 구체적으로 연시조성을 정리하고 나면, 앞에서 제기한 두 문제, 즉 제목 없이 합철된 연시조와 탈착형 연시조를 찾아내고 해석하는 두 문제는 물론, 이 두 문제와 연결되어 있는 다양한 문제들은 거의가 해결될 것으로 판단한다.

연시조 표현의 결속과 종결

1. 서론

이 글은 연시조의 표현이 보여주는 결속과 종결을 정리하는 데 연구의 목적이 있다.

연시조를 연시조이게 하는 연시조성을, 바로 앞의 글에서 결속, 종결, 구조 주제 등으로 정리하였다. 그러면 이 중에서 결속과 종결은 무엇이며, 얼마나 정리되었는가를 생각해보자. 앞의 글에서 대충 검토 정리한 바와 같이 결속과 종결은 그 연구가 상당히 미약하고, 전체적인 윤곽이 거의 정리되지 않은 상태에 있다. 이에 먼저 연시조의 결속과 종결에 대한 기왕의 연구가 어떻게 진행되어왔는가를 정리하면 다음과 같다.

결속은 주로 텍스트 언어학과 문체론에서 연구하여왔다. 외국이론과 관련이 없는 영역에서 이 결속과 관련된 선행 연구와 언급을 찾는다면, "연과 연 사이의 단속성을 보상할 다양한 완결성 극복의 장치 … 내적 짜임이나 장치"(성기옥 1998:114)를 들 수 있다. 그리고 연시조의 연구에서 이 결속은 〈오우가〉를 중심으로 1990년대에 시작(고영근 1996, 고성환 1996, 조해숙 1997, 양희철 2015)이 되었고, 최근에 비교적 많은 검토(양희철 2016)가 이루어졌다. 이렇게 연구대상의 작품이 거의 한정되어 있고, 관심 연구자가 극히 제한적이어서, 연시조 나아가 고전시가를 연구하는 많은 사람들은 이 결속을 잘 알지 못한다.

종결도 한국시가의 연구에서 거의 관심이 없던 영역이다. 이 영역은 1980년대의 한국문학연구, 그 중에서도 서사 또는 소설에서 종결의 문제가 서구에서와 함께 관심의 영역이 되고, 동시에 시적 종결을 다룬 바바라 스미스(B. H. Smith)의 『시의 종결(POETIC CLOSURE)』이 들어오면서, 한국시가의 연구에서도 관심의 대상이 되어 왔다. 그러나 그 관심은 한두 사람에 머물렀으며, 그 결과는 매우 초라했다.[1] 그러던 연구가 「연시조 종결의 표현 유형」(양희철 2010a)[2]에서 비교적 넓게 정리되었다. 이 정리는 외국문학에서 연시(聯詩)의 종결을 표현 측면에서 보여주듯이, 연시조에서도 텍스트의 종결을 표현 측면에서 뚜렷하게 보여준다는 사실을 명확하게 하였다.

이렇게 결속과 종결이 분리되어 연구되다가, 결속과 종결을 함께 다룬 글을 종합한 책(『연시조 작품론 일반: 결속, 종결, 구조, 주제 등을 중심으로』, 양희철 2016)이 나왔다. 이 책에서는 결속과 종결을, 단락내의 결속과 종결은 물론, 작품 전체를 이루는 단락간의 결속과 종결을 다루었다.

---

1 근대시를 대상으로 연구한 글에는 「한국 근대시의 종결 유형 연구」(방인태 1984; 1991)가 있다. 그리고 고전시가와 민요의 종결 유형은 『우리시문학연구』(방인태 1991)에서 논의되었다. 그런데 시조의 종결을 보면, 223~227면에서 간단하게 언급하고 있으며, 그나마 연시조에 대한 언급은 전혀 없다.

2 이 글은 세 글에 기반을 두고 있다. 2009 시조학술세미나(2009. 7. 18)에서 발표(「양희철 2009)한 글에서는 논리적 결말과 순차적 구조의 결말을 간단하게 정리하였다. 두 논문(양희철 2010b, 2010c)에서는 대칭표현과 일탈표현에 의한 결말을 정리하였다. 이 글들에서 쓰던 '결말'이란 용어를 2010a에서는 '종결'이란 용어로 바꾸어 썼다.

앞의 2009년에 발표한 글을 준비하면서 읽은 글들과 생각은 필자가 연시조를 본격적으로 연구하게 된 전기가 되었다. 이 발표의 기회를 제공해 주셨을 뿐만 아니라, 그간 학회에서 여러모로 학문을 도와주신 김학성 교수님께 깊은 감사를 드립니다.

그런데 양희철의 책은 결속과 종결을 30여 편[3]의 작품별로 정리한 것이지, 종합적으로 정리한 것은 아니다. 이로 인해 아직도 연시조의 결속과 종결에 대한 전체적인 측면을 종합적으로 이해하기는 어렵다. 게다가 30여 편만으로는 그 용례가 부족하다.

이에 이 글에서는 전에 쓴 두 글(양희철 2010a, 2016)에서 정리한 결속과 종결에, 이 책에서 정리한 20여 편의 작품별 결속과 종결을 더하여, 연시조 표현의 결속과 종결을 종합적으로 정리하고자 한다.

2. 반복표현의 결속과 후미 종결

반복표현은 연시조의 단락내에서는 물론 단락간에서도 결속을 보여주고, 후미에서는 종결을 보여준다. 동시에 반복표현은 그 후미에서의 도치, 반복, 전환 등과 결합하여 해당 단락내에서는 물론, 단락간에서도 결속과 종결을 보여주기도 한다. 이 중에서 반복표현이 단락간에서, 즉 한 편의 작품에서 보여주는 결속과, 작품의 후미에서 보여주는 종결만을 이 장에서 정리하고자 한다.

---

3 이 글에서 다룬 작품은 32편이다. 〈강호구곡〉, 〈고산구곡가〉, 〈남강유람가〉, 〈도산육곡1(언지)〉, 〈도산육곡2(언학)〉, 〈방진산군수가〉, 〈병산육곡〉, 〈북정음〉, 〈비가십수〉, 〈오우가〉, 〈전가팔곡〉 〈풍아별곡〉, 〈황강구곡가〉 〈감성은가〉, 〈강호사시가〉, 〈근답강복중영언〉, 〈농가〉, 〈동유록〉, 〈동유음〉, 〈매화사〉, 〈병술술회가〉, 〈사시가〉, 〈소상팔경〉, 〈수사오장〉, 〈어부사〉, 〈오륜가〉, 〈오륜가오장〉, 〈육영〉, 〈전원사시가〉, 〈호아곡사장〉, 〈화암구곡〉, 〈회작국주가〉 등이다.

2.1. 반복표현의 결속

반복표현이 보여주는 결속은 그 양상에 따라, 획일적 결속, 연쇄적 결속, 교차적 결속, 순차적 결속, 격구식 결속, 기타 등의 여섯 유형으로 정리할 수 있다.

2.1.1. 획일적 결속

획일적 결속은 반복되는 표현을 획일적으로 사용하여 해당 작품의 단시조들을 하나의 작품으로 결속한다. 이에 해당하는 작품은 다음과 같다.

> 〈호아곡사장〉(조존성): '아희야'(초장)의 반복표현(제1~4수)
> 〈유원일흥가〉(안서우): 'ᄒ노라'(종장)의 반복표현(제1~6수)
> 〈어은동천가〉(김성기): "… ―이 …."(종장)의 반복표현(제1~4수)

이 세 작품들은 각각 하나의 표현을 획일적으로 반복하면서, 각각 하나의 작품으로 결속되어 있음을 보여준다.

2.1.2. 연쇄적 결속

반복표현은 연쇄법으로도 나타나는데, 이 연쇄법으로 해당 작품을 하나의 작품으로 결속하기도 한다. 〈병중술회가〉(정광천)가 이 연쇄적 결속을 보여준다.

제1수 종장의 후반에는 "봉친종로(奉親終老)호려 ᄒ노라"가 나온다. 이에 포함된 '봉친(奉親)'을 제2수의 초장에서는 '양친(養親)을 ᄒ렷더니'로 받는 연쇄를 보인다. 그리고 제2수의 종장 후반에는 "피창자천(彼蒼者天)을 밋나이다"가 나온다. 이에 포함된 '천(天)'을 제3수의 초장에서는 '하늘님아'로 받는 연쇄를 보인다. 이 두 연쇄적인 표현들은 이 작품의 결속을 보여준다.

2.1.3. 교차적 결속

교차적 결속은 다음의 두 작품에서 보인다.

> 〈대재청한가〉(김유기): "… ―라"(제1수 종장), "… ―ㄹ이 줄(이) 이시랴."(제2수 종장), "… ―라"(제3수 종장), "… ―ㄹ이 줄(이) 이시랴."(제4수 종장)
> 〈자행자처가〉(이간): 하리라(제1수 종장), 하노라(제2수 종장), 하리라(제3수 종장), 하노라(제4수 종장), 하리라(제5수 종장), 하노라(제6수 종장)

이 작품들은 각각 두 종류의 표현을 ABAB 또는 ABABAB로 교차시키면서 반복표현을 보인다. 이 역시 이 작품들이 이 교차되는 반복표현에 의해 하나의 작품으로 결속되어 있음을 보여준다.

2.1.4. 순차적 결속

순차적 결속은 "일곡, 이곡, 삼곡, …… 구곡"(〈오대어부가〉 이중경)에서와 같이 표현된 내용 또는 의미에서 순차를 보일 때도 보인다. 그러나 이 글에서 쓰는 순차적 결속은 반복표현이 순차적으로 나타날 때에 한정하여 쓴다.

> 〈오우가〉(윤선도): 대구(초장과 중장)의 반복표현(제1, 2수의 결속), 감탄문(중장)의 반복표현(제1, 2수의 결속), 대구(초장과 중장)의 반복표현(제2, 3수의 결속), "… ―ㄴ ○(○)뿐인가 하노라"(종장)의 반복

표현(제2, 3수의 결속), 주제어와 부사(중장)의 반복표현(제3, 4수
의 결속), 대구(초장)의 반복표현(제4, 5수의 결속), '-는다'(중장)의
반복표현(제4, 5수의 결속), 의존명사 '것'과 주격어미 '이'(초장)의
반복표현(제5, 6수의 결속), "… -니 … ᄒ노라"(종장)의 반복표현
(제5, 6수의 결속)

〈도산육곡1(언지)〉(이황): 대구(초장)의 반복표현(제1단락인 제1수와
제2단락의 첫수인 제2수, 제1, 2단락의 결속), 대구(초장과 중장)의
반복표현(제2단락의 끝수인 제3수와 제3단락의 첫수인 제4수, 제2,
3단락의 결속), 대구(초장)의 반복표현(제3단락의 끝수인 제5수와
제4단락인 제6수, 제3, 4단락의 결속)

〈도산육곡2(언학)〉(이황): '-ㄹ고'(종장)의 반복표현(제1단락인 제1수
와 제2단락의 첫수인 제2수, 제1, 2단락의 결속), 연쇄법(중장과 종
장)의 반복표현(제2단락 끝수인 제3수와 제3단락의 첫수인 제4수,
제2, 3단락의 결속), 대구법(중장과 종장)의 반복표현과 '-라'(종장)
의 반복표현(제3단락의 끝수인 제5수와 제4단락인 제6수, 제3, 4단
락의 결속)

〈강호연군가〉의 전6수(장경세): 주격 '-이'(초장)의 반복표현과 '-노
라'(종장)의 반복표현(제1단락의 끝수인 제2수와 제2단락의 첫수인
제3수, 제1, 2단락의 결속), "○○이 (○) ○○ᄒ이"(초장)의 반복표
현(제2단락의 첫수인 제3수와 제3단락의 첫수인 제5수, 제2, 3단락
의 결속)

〈강호연군가〉의 후6수(장경세): "… -이 … -에/이 …"(초장)의 반복표
현(제1단락의 끝수인 제8수와 제2단락의 첫수인 제9수, 제1, 2단락
의 결속), "-의 -이 …"(초장)의 반복표현(제2단락의 끝수인 제10수
와 제3단락의 첫수인 제11수, 제2, 3단락의 결속)

〈영언십이장〉의 전6수(신지): 호격 '-야'(종장)의 반복표현(제1단락인
제1수와 제2단락의 첫수인 제2수, 제1, 2단락의 결속), "… -니 …
-라"(종장)의 반복표현(제2단락의 끝수인 제3수와 제3단락의 첫수인
제4수, 제2, 3단락의 결속), 종결어미 '-라'(종장)의 반복표현(제3단

락의 끝수인 제5수와 제4단락인 제6수, 제3, 4단락의 결속)

〈영언십이장〉의 후6수(신지): 처격조사 '-에'(초장)의 반복표현과 "-를 (…) 나… 흐노라"(종장)의 반복표현(제1단락인 제7수와 제2단락의 첫수인 제8수, 제1, 2단락의 결속), 연결어미 '-니'(종장)의 반복표현(제2단락의 끝수인 제9수와 제3단락의 첫수인 제10수, 제2, 3단락의 결속), "○○은/난 ○○○이오 ○○난/은 ○○○라/이라"(초장)의 반복표현(제3단락의 끝수인 제11수와 제4단락인 제12수, 제3, 4단락의 결속)

이 작품들은 같은 표현의 반복에 의해서, 제1, 2수(/단락)의 결속, 제2, 3수(/단락)의 결속, 제3, 4수(/단락)의 결속 등과 같이 순차적으로 결속을 보인다. 이 순차적 결속 역시 해당 작품들 또는 텍스트들이 하나의 작품 또는 텍스트로 결속되어 있음을 보여준다.

2.1.5. 격구식 결속

이에 속한 작품들은 두 유형으로 나눌 수 있다. 하나는 6수에서 보이는 ABCABC의 유형이고, 다른 하나는 12수에서 보이는 ABCDEFABCDEF의 유형이다.

2.1.5.1. ABCABC의 유형

이 유형에 속한 작품은 다음과 같다.

〈영회잡곡〉(김득연): "늙어(니) ……"(초장)의 반복표현(제1수, 제4수), "…… 흐노라."(종장)의 반복표현(제1수, 제4수), "-이 -이 -니 -이 -겨 …"(초장)의 반복표현(제2수, 제5수), "… -이어니 … 엇-"(종장)의 반복표현(제2수, 제5수), "… 내 …"(중장)의 반복표현(제3수,

제6수)

〈산정독영곡〉(김득연): "… -에 …"(종장)의 반복표현(제1수, 제4수), "-(이) … -의/에 -을 -니"(초장)의 반복표현(제2수, 제5수), "○○이 … -에/이 …"(초장)의 반복표현(제3수, 제6수)

〈방옹사시가〉(신흠): "… -에 … -고"(중장)의 반복표현(제1수, 제4수), "엇더타 …"(중장)의 반복표현(제2수, 제5수), "… -을 … ᄒᄂ-."(종장)의 반복표현(제3수, 제6수)

〈방옹망기가〉(신흠): "○○이 ○○○ᄒ니 …."(종장)의 반복표현(제1수, 제4수), "… -ㄴ가 ᄒ노라."(종장)의 반복표현(제2수, 제5수), "-만리(萬里) -에 (…) 므스일- (…)."(중장)의 반복표현(제3수, 제6수)

〈어부별곡〉(이중경): "… -ㄹ 더 업세라."(종장)의 반복표현(제1장, 제4장), "○○에/예 …"(종장)의 반복표현(제2장, 제5장), "… -이 …"(종장)의 반복표현(제3장, 제6장)

이 다섯 작품들은 모두 6수(/6장)로 구성되어 있으며, 제1수(/제1장)와 제4수(/제4장)에서, 제2수(/제2장)와 제5수(/제5장)에서, 제3수(/제3장)와 제6수(/제6장)에서 각각 서로 상응하는 같은 표현을 격구(隔句)식으로 반복한다. 이로 인해 이 작품들은 ABCABC의 유형을 보인다. 특히 〈어부별곡〉은 작가가 전3장과 후3장을 나누면서 탈착형 연시조임을 말해주었다. 그리고 이 작품들은 모두가 탈착형 연시조에 속한다. 이런 사실로 보면, ABCABC의 유형은 전후가 각각 다른 텍스트로 분리되기도 하는 탈착형 연시조의 결속이 보이는 특성 중의 하나라고 정리할 수 있다.

2.1.5.2. ABCDEFABCDEF의 유형

이 유형에 속한 작품은 다음과 같다.

〈강호연군가〉(장경세): "○○에 ○(○)(이) 붉-"(초장)의 반복표현(제1
수, 제7수), "○○에 ○(이) ⋯"(초장)의 반복표현(제2수, 제8수), "○
○이 (⋯) ○○의/이 ⋯"(초장)의 반복표현(제3수, 제9수), "⋯ -이
⋯(을) 몰/모르-"(종장)의 반복표현(제4수, 제10수), "⋯ -이 ⋯ "(초
장)의 반복표현(제5수, 제11수), "⋯ 나- ⋯ "(종장)의 반복표현(제6
수, 제12수)

〈영언십이장〉(신지): "⋯ -에 ⋯"(초장)의 반복표현(제1수, 제7수), "⋯
伴鷗亭(에) -니"(초장)의 반복표현(제2수, 제8수), "굽어/앙(仰)-
⋯ 앙(仰)/부(俯)ᄒ니 ⋯"(초장)의 반복표현(제3수, 제9수), "⋯ -한
이/하니 ⋯"(중장)의 반복표현(제4수, 제10수), "이- ⋯"(중장)의 반
복표현(제4수, 제10수), "-은 -고/오 -난 ⋯"(초장)의 반복표현(제5
수, 제11수), "우리도 ⋯ -오리라"(중장)의 반복표현(제5수, 제11수),
"⋯ -ㄴ가 ᄒ노라"(중장)의 반복표현(제6수, 제12수)

이 두 작품 역시 전6수와 후6수로 분리되기도 하는 탈착형 연시조이
다. 그런데 이 두 작품은 앞에서 정리한 바와 같이, 제1수와 제7수에서,
제2수와 제8수에서, 제3수와 제9수에서, 제4수와 제10수에서, 제5수와
제11수에서, 제6수와 제12수에서 각각 같은 표현을 격구식으로 반복하
면서, ABCDEFABCDEF의 유형을 보인다. 이 역시 탈착형과 통하는 결
속이다.

2.1.6. 기타

이에 속한 작품으로 셋이 있다.

〈강호사시가〉(맹사성): '-로다'(중장)의 반복표현(제1, 2수의 결속), 연
결어미(중장, 두고, 삼아)의 반복표현(제3, 4수의 결속), '-에'(중장,
溪邊에, 小艇에)의 반복표현(제1, 3수의 결속)

〈사시가〉(황희): '−에'(초장, 江湖에, 삿갓에)의 반복표현(제1, 2수의
결속), '−에'(중장, 綠陰에, 그르헤, 비에)의 반복표현(제2, 3, 4수의
결속)

〈강호사시가〉에서는 '−로다'의 반복표현(제1, 2수의 결속)과 연결어
미(두고, 삼아)의 반복표현(제3, 4수의 결속)을 보여준다. 여기에 제2,
3수의 결속을 보여주는 반복표현이 더해지면, 순차적 결속이 된다. 그
런데 이 작품에서는 이 순차적 결속을 취하지 않고, 제1, 3수의 격구식
결속을 취하고 있다. 이런 점에서 이 작품의 결속은 순차적 결속과 격구
식 결속을 혼용하였다고 정리할 수 있다.

〈사시가〉에서는 '−에'의 반복표현을 보여준다. 이 반복표현은 제1,
2수의 결속과 제2, 3수의 결속만을 보면 순차적 결속이다. 그리고 제2,
3, 4수의 결속만 보면 획일적 결속이다. 이런 점에서 이 작품은 순차적
결속과 획일적 결속을 혼용하였다고 정리할 수 있다.

〈자행자처가〉(이간): 'ᄒ리라'(종장)의 반복표현(제1수, 제3수), "… −면
…"(초장)의 반복표현(제2수, 제4수), "… −ᄒ면 −ㄴ가 ᄒ노라"(종장)
의 반복표현(제2수, 제4수), 'ᄒ리라'(종장)의 반복표현(제3수, 제5
수), "○○을 ○○ᄒ면 ○○인들 ○○ㄹ소냐"(중장)의 반복표현(제4
수, 제6수), "… 밧긔 … ᄒ노라"(종장)의 반복표현(제4수, 제6수)

이 작품에서는 일차로 제1, 2수에서 보이는 세 표현들을 제3, 4수에서
반복한다. 즉 'ᄒ리라'(제1수 종장), "… −면 …"(제2수 초장), "… −ᄒ면
−ㄴ가 ᄒ노라"(제2수 종장) 등을, 'ᄒ리라'(제3수 종장), "… −면 …"(제4
수 초장), "… −ᄒ면 −ㄴ가 ᄒ노라"(제4수 종장) 등으로 반복하면서, 제1,
2수와 제3, 4수가 ABAB의 격구식으로 결속되어 있음을 보여준다. 그리

고 이차적으로 제3, 4수에서 보이는 세 표현들을 제5, 6수에서 반복한다. 즉 'ㅎ리라'(제3수 종장), "○○을 ○○ㅎ면 ○○인들 ○○ㄹ소냐"(제4수 중장), "… 밧긔 … ㅎ노라"(제4수 종장) 등을, 'ㅎ리라'(제5수 종장), "○○을 ○○ㅎ면 ○○인들 ○○ㄹ소냐"(제6수 중장), "… 밧긔 … ㅎ노라"(제6수 종장) 등으로 반복하면서, 제3, 4수와 제5, 6수가 CDCD의 격구식으로 결속되어 있음을 보여준다. 이렇게 보면 이 작품은 격구식 결속을 보인다고 할 수 있다. 그런데 제1~4수를 격구식으로 묶고, 다시 제3~6수를 격구식으로 묶으면서 작품 전체를 묶는 방법에는 순차적 결속이 포함되어 있다. 이런 점에서 이 작품은 격구식 결속과 순차적 결속을 함께 쓰고 있다고 정리할 수 있다.

2.2. 후미 반복표현의 종결

다른 표현들을 보여주다가 작품의 마지막 두 수 또는 단락에서 같은 표현을 반복하여 종결을 보여주는 유형이다. 이에 해당하는 작품들은 다음과 같다. 편의상 마지막 두 수 또는 단락에서 반복된 같은 표현만을 정리한다.

〈유원일흥가〉(안서우): 연결어미 '-니'(초장과 중장)의 반복표현과 "이 제 … -ㅎ니 … ㅎ노라"(중장)의 반복표현(제5수, 제6수)
〈황강구곡가〉(권섭): 'ㅎᄂ다'(종장)의 반복표현(제9수, 제10수)
〈강호구가〉(나위소): 'ㅎ건마ᄂ'(중장)의 반복표현과 "두어라 … -인가 ㅎ노라"(종장)의 반복표현(제8수, 제9수)
〈영언십이장〉의 후6수(신지): 대구 "○○은/난 ○○○이오 ○○난/은 ○ ○○라/이라"(초장)의 반복표현(제11수, 제12수)
〈영언십이장〉(신지): 대구 "○○은/난 ○○○이오 ○○난/은 ○○○라/ 이라"(초장)의 반복표현(제11수, 제12수)

〈비가〉(이정환): '호노라, 호노라'(두 종장)의 반복표현(제5단락의 제1
수, 제5단락의 제2수)

이 작품들은 마지막 두 수 또는 단락에서 같은 표현의 반복을 보여준
다. 이는 같은 표현을 반복하다가 후미에서 전환을 통하여 결속과 종결
을 보여주는 유형의 반대라고 할 수 있다. 즉 다른 표현들을 반복하다가
후미에서 같은 표현을 반복하여 종결을 보여주는 유형이다.

3. 반복표현과 연계된 결속과 종결

반복표현과 연계된 결속과 종결은 세 유형으로 나뉜다. 반복표현의
후미 전환에 의한 결속과 종결, 반복표현의 후미 도치에 의한 결속과 종
결, 반복표현의 후미 전환과 도치에 의한 결속과 종결 등으로 삼분된다.

3.1. 반복표현의 후미 전환에 의한 결속과 종결

이 절에서는 같은 표현의 열거 반복과 그 후미 전환에 의한 결속과
종결, 다른 표현의 교체 반복과 후미 전환에 의한 결속과 종결 등을 나누
어 정리하고자 한다.

3.1.1. 같은 표현의 열거 반복과 후미 전환

'반복표현의 후미 전환형'은, 반복되는 단위(1수와 2수 이상)에 따라
나눌 수 있고, 반복된 표현에 따라 나눌 수 있다. 반복되는 단위는 이
항에서는 그렇게 중요하지 않아, 반복된 표현에 따라 다음과 같이 나눌
수 있다.

3.1.1.1. 의존형태소

의존형태소 중에서 반복표현의 후미 전환에 나오는 것은 격어미와 종결어미이다. 이를 작품별로 정리하면 다음과 같다.

　　　〈사시가〉(황희): '-에'(江湖에, 제1수 초장), '-에'(삿갓에, 제2수 초장),
　　　　'-에'(大棗 불근 골에, 제3수 초장), '-희논'(뫼희논, 제4수 초장)
　　　〈어부별곡〉의 후3장(이중경): '-는/은'(太平時代는, 제4장 중장), '-는
　　　　/은'(少年時 ᄆ옴은, 제5장 중장), '-니'(山高水長ᄒ니, 제6장 중장)

이 두 작품에서는 같은 격어미를 반복하다가 후미에서 전환을 보인다. 이는 같은 격어미의 반복에 의해 결속을 보여주다가 후미에서 전환에 의해 종결을 보여주는 것이다.

　　　〈주문답〉(정철): '-아'(조차, 제1수 초장), '-아'(사괴실가, 제2수 초
　　　　장), '-이'(살려니, 제3수 초장)
　　　〈주문답〉(정철): '-니'(ᄒᄂ니, 제1수 중장), '-니'(ᄃ니더니, 제2수 중
　　　　장), '-든'(닛거든, 제3수 중장)
　　　〈회작국주가〉(김득연): '-쇼셔'(ᄒ쇼셔, 제1수 종장), '-쇼셔'(자쇼셔,
　　　　제2수 종장), '-리라'(ᄃ외리라, 제3수 종장)
　　　〈오륜가〉의 난(3수)(박선장): '-냐'(變홀너냐, 제6수 중장), '-냐'(너기
　　　　ᄂ냐, 제7수 중장), '-리'(ᄇ리리, 제8수 중장)
　　　〈전가팔곡〉의 신오석(이휘일): '-라'(ᄒ노라, 제6수 종장), '-라'(보내
　　　　리라, 제7수 종장), '-오'(ᄒ리오, 제8수 종장)
　　　〈남강유희가〉(유심영): '-난냐'(왓난냐, 제1수 중장), '-난냐'(붉어난냐,
　　　　제2수 중장), '-난냐'(아난냐, 제3수 중장), '-이라'(錦囊이라, 제4수
　　　　중장)
　　　〈오륜가〉의 군신유의(박인로): '-오라'(ᄒ노라, 제1수 종장), '-오라'(설
　　　　웠로라, 제2수 종장), '-오라'(모르로라, 제3수 종장), '-오라'(바리로

라, 제4수 종장), '-리다'(비로리다, 제5수 종장)

〈매화사〉(안민영): 비생략형(오르더라, 제1수 종장), 비생략형(ㅎ더라, 제2수 종장), 비생략형(ㅎ노라, 제3-5수 종장), 비생략형(아슬소냐, 제6수 종장), 비생략형(ㅎ리오, 제7수 종장), 생략형(이시리, 제8수 종장)

이 작품들은 같은 종결어미나 같은 문법적 범주를 반복하다가 후미에서 전환을 보여주고 있다. 같은 종결어미나 문법적 범주의 반복은 결속을 보여주고 그 전환은 종결을 보여준다.

3.1.1.2. 자립형태소

같은 단어나 문법적 범주를 반복하다가 후미에서 전환한 작품은 다음과 같다.

〈오륜가〉의 난(박선장): '그려도'(제6수 종장), '그려도'(제7수 종장), '百年도'(제8수 종장)

〈병중술회가〉(정광천): '다만 혼자'(제1수 종장), '다만 혼자'(제2수 종장), '언제쩨'(제3수 종장)

〈회작국주가〉(김득연): '오시니'(제1수 초장), '오시니'(제2수 초장), '사닷커든'(제3수 초장)

〈동유음〉(신교): '안자노니'(제1수 중장), '안자노니'(제2수 중장), 'ᄎᄌ오니'(제3수 중장)

〈동유음〉(신교): '琴, 壺酒'(短琴 壺酒로, 제1수 중장), '琴, 壺酒'(三尺(琴) 一壺酒로, 제2수 중장), 일탈표현(匹馬 單童으로, 제3수 중장)

〈북정음〉(신교): 'ㅎ여라'(제1수 종장), 'ㅎ여라'(제2수 종장), 'ㅎ노라'(제3수 종장)

〈어부별곡〉의 후3장(이중경): '내'(제4장 초장), '내'(제5장 초장), '청산'(제6장 초장)

〈병산육곡〉(권구): 생략된 '나'(제1수 종장), '나'(제2수 종장), '나'의 상
징(太空浮雲, 제3수 종장), '내'(제4수 종장), '나'의 상징(翩翩孤鳳,
제5수 종장), '수삼어촌'(數三漁村이, 제6수 종장)

〈화암구곡〉(유박): 용언의 종결형(古槎梅ㅣ라, 제1수 초장), 용언의 종
결형(石榴핀다, 제3수 초장), 용언의 종결형(煙籠이라, 제5수 초장),
용언의 종결형(煙霞宿이라, 제7수 초장), 부사구(섭플 친 후, 제9수
초장)

〈전원사시가〉(신계영): '아희야-아희야'(제1, 2, 3, 4단락), '우리도-百
年이'(제5단락)

이 작품들을 보면, 같은 단어나 같은 문법적 범주를 반복하다가 후미
에서 전환을 보여주고 있다. 반복은 결속을 의미하고 전환은 종결을 의
미한다.

3.1.1.3. 구절

같은 구절을 반복하다가 후미에서 전환한 작품은 다음과 같다.

〈호아곡사장〉(조존성): '-에 -이/가'의 반복표현(제1, 2, 3수의 초장,
'西山에 날(이), 東澗에 비(이/가), 南畝에 일(이)')과 전환(제4수의
'北郭에 새술': '北郭에서 새술을')

〈소상팔경〉(이후백): '-이라'(종장)와 '-노라'(종장)의 반복표현(제1단
락인 제1, 2수, 제2단락인 제3, 4수, 제3단락인 제5, 6수)과 전환표
현('-는고'와 '-리라', 제4단락인 제7, 8수)

〈강호연군가〉의 후6수(장경세): '-에/의 -이'(尼丘에 일월이, 제7수 초
장), '-에/의 -이'(窓前에 풀이, 제8수 초장), '-에/의 -이'(孔孟의
嫡統이, 제9수 초장), '-에/의 -이'(江西의 議論이, 제10수 초장),
'-에/의 -이'(丈夫의 몸이, 제11수 초장), '-는'(得君行道는, 제12수
초장)

이 작품들은 같은 구절을 반복하다가 후미에서 전환하고 있다. 같은 구절의 반복은 결속을 의미하고 전환은 종결을 의미한다.

3.1.1.4. 문장과 시조형

같은 문장이나 시조형을 반복하다가 후미에서 전환한 작품은 다음과 같다.

> 〈강호사시가〉(맹사성): "이 몸이 ○○(閒暇, 서늘, 消日)히 옴도 亦君恩
> 이샷다."(제1, 2, 3수 종장), "이 몸이 ○○ ○○(칩지 아니)히 옴도
> 亦君恩이샷다."(제4수 종장, 반대의 부정을 통한 완서법)
> 〈사시가〉(황희): 비행간걸침(제1, 2, 3수의 중장과 종장), 행간걸침(제4
> 수의 중장과 종장, "외로운 비에 삿갓 쓴 겨 늘그니 / 낙디예 마시
> 깁도다 눈 깁픈 줄 아는가")
> 〈도산육곡1(언지)〉(이황): 단형시조(제1~5수), 장형시조(제6수)
> 〈영언십이장〉의 전6수(신지): 두 세 문장(제2수는 두 문장, 제1, 3~5수
> 는 세 문장), 한 문장(제6수)
> 매화사(안민영): 동형 문장의 반복("… ‒ㄹ 제 … ‒더라", 제1, 2수의
> 두 중장), 동형 문장의 반복("… ᄒ노라", 제3, 4, 5수의 세 종장), 동
> 형 문장의 반복("아(무/모)리 … 봄뜻‒ …", 제6, 7수의 두 종장), 단
> 일 문장의 비반복("… 뉘 이시리", 제8수의 종장)

이 작품들은 같은 문장이나 시조형을 반복하다가 후미에서 전환을 보인다. 같은 문장이나 시조형의 반복은 결속을 의미하고, 후미의 전환은 종결을 의미한다.

3.1.2. 다른 표현의 교체 반복과 후미 전환

2수 또는 3수를 단위로 반복되는 경우에, 교차되는 반복표현 또는 순환되는 반복표현을 후미에서 전환한 경우이다. 이에 속한 예는 다음과 같다.

> 〈어부단가〉(이현보): '-를'(人世를, 제1수 종장), '-애'(江湖애, 제2수 종장), '-를'(一般淸意味를, 제3수 종장), '-애'(一生애, 제4수 종장), '-어라'(두어라, 제5수 종장)
>
> 〈전원사시가〉(신계영): "(무엇이) -니 (무엇이) -다."의 반복(제1단락의 두 초장), "(무엇이) -ㄴ다."와 "(무엇이) -니"(제2단락의 제1수 초장과 제2수 초장), "(무엇이) -니 (무엇이) -다."의 반복(제3단락의 두 초장), "(무엇이) -ㄴ다."와 "(무엇이) -니"(제4단락의 제1수 초장과 제2수 초장), "이바 아희둘아 -다 -어 마라"의 반복(제5단락의 두 초장)
>
> 〈오륜가〉의 군신유의(박인로) : "이몸은 … -을 … -오라"(제1수 종장), '-오라'의 복합용언(뫼압고 설웟로라, 제2수 종장), "이몸은 … -을 … -오라"(제3수 종장), '-오라'의 복합용언(비겨 바릯로라, 제4수 종장), "上帝쯰 … -를 … -이다"(제5수 종장)
>
> 〈풍아별곡〉의 6곡 텍스트(권익륭): '-를/을 됴하 ᄒ나'(고됴를 됴하 ᄒ나, 제1곡), '-를/을 -ㄹ지니'(질고를 몰을지니, 제7곡), '-를/을 됴하 ᄒ나'(제8곡), '-를/을 -ㄹ지니'(듕심을 즐길지니, 제9곡3), '-를/을 됴하 ᄒ나'(제10곡), '-를/을 됴하 ᄒ나'의 일탈(빅년 후 도라 보오, 제11곡)
>
> 〈육영〉(권섭): '아마도'(제1수 종장), '-라'(제2수 종장), '아마도'(제3수 종장), '-라'(제4수 종장), '슬토록'(제5수 종장), '-ㄴ다'(제6수 종장)
>
> 〈농가(구장)〉(위백규): 대구(제1수 초장), 대구(제2수 초장), 민요적 표현(aaba, 제3수 초장), 대구(제4수 초장), 대구(제5수 초장), 민요적 표현(aaba, 제6수 초장), 대구(제7수 초장), 대구(제8수 초장), 민요

적 표현(aaba)을 일탈한 대구(제9수 초장)

이 작품들은 교차되는 반복표현을 보이다가 후미에서 전환을 하면서 결속과 종결을 보여준다. 〈어부단가〉〈전원사시가〉〈오륜가〉(박인로) 등은 5수 또는 5단락으로 ABABT의 유형을, 〈풍아별곡〉(6곡의 텍스트) 은 ABABAT의 유형을, 〈육영〉은 ABABTT의 유형을, 〈농가(구장)〉은 AABAABAAT의 유형을 통하여 반복표현의 후미 전환을 보여주면서, 각 각 결속과 종결을 보여준다.

3.2. 반복표현의 후미 도치에 의한 결속과 종결

이 유형의 결속과 종결은 다음의 작품에서 보인다.

> 〈오륜가〉(주세붕): '-ㅇ이다'(마로링이다, 제1수 종장), '-ㅇ이다'가 아
> 닌 종결(업스샷다, 제2수 종장), '-ㅇ이다'(마옵생이다, 제3수 종
> 장), '-ㅇ이다'가 아닌 종결(드릴실가, 제4수 종장), '-ㅇ이다'가 아
> 닌 종결(ᄒ리라, 제5수 종장), '-ㅇ이다'(마로링이다, 제6수 종장)
> 〈술회(가)〉(정광천): '-아'('모로리라', 제1수 종장끝), '-요'('ᄒ려뇨',
> 제2수 종장끝), '-아'('ᄒ오리라', 제3수 종장끝), '-아'('ᄒ오리라',
> 제4수 종장끝), '-아'('ᄒ여스라', 제5수 종장끝), '-요'('ᄒ리요', 제
> 6수 종장끝)

〈오륜가〉의 경우에, 제1~4수의 끝시어들을 보면, 홀수에서는 '-ㅇ이 다'(A)를 반복하고, 짝수에서는 '-ㅇ이다'가 아닌 시어(B)를 반복한다. 이에 비해 제5수와 제6수에서는 앞의 '-ㅇ이다'와 이것이 아닌 표현이 도치되어 있다. 이는 2수 1단위의 교차되는 반복표현의 후미를 도치시 킨 후미 도치형(ABABBA)으로 결속과 종결을 보여준다.

〈술회(가)〉의 경우에, 이 작품은 제3, 4수를 대칭축으로 제1, 2수의 '아-요'와 제5, 6수의 '아-요'가 대칭한 대칭표현으로 볼 수도 있으나, 전3수와 후3수가 나뉜다는 점에서, 제3, 4수의 중간을 경계로 하는 '아-요-아'의 반복표현(아-요-아-아-요-아)에서 후미를 도치(아-요-아-아-아-요)한 반복표현의 후미 도치형으로 정리하였다. 이는 3수 1단위의 교차되는 반복표현인 ABAABA에서 후미를 도치시킨 후미 도치형 (ABAAAB)으로 결속과 종결을 보여준다.

3.3. 반복표현의 후미 전환과 도치에 의한 결속과 종결

이에 속한 작품으로 셋이 있다.

〈감성은가〉(양주익): "-도 聖恩이요 -도 聖恩이라(초장), … 聖恩이라 (중장), -(ㄴ/ㄹ)가 호로라(종장)" 등의 반복표현(제1, 2, 3수), "다 聖恩만 못ᄒ여라"(중장)와 "비로니 우리 님긔"(종장)의 전환표현(제4 수), "-도 聖恩이요 -도 聖恩이라(초장), … 聖恩이라(중장), -(ㄴ/ ㄹ)가 호로라(종장)" 등의 표현(제5수)

〈방진산군수가〉(강복중): 단형시조(제1~3수), 장형시조(제4수), 단형 시조(제5수)

〈매화사〉(안민영): 단형시조(제1~6수), 장형시조(제7수), 단형시조(제 8수)

이 세 작품은 2차에 걸쳐 변화를 보인 유형이다. 같은 표현이나 단형 시조의 반복인 AAAAA와 AAAAAAAA에서 일차로 마지막 수를 전환한 AAAAT와 AAAAAAT를 만들고, 이차로 후미를 도치시킨 AAATA와 AAAAAATA를 만든 것이다. 이 반복표현의 후미 전환과 도치 역시 결속 과 종결을 보인다.

4. 대칭표현과 연계된 결속과 종결

대칭표현과 연계된 결속과 종결은 다섯 유형으로 나뉜다. 대칭표현에 의한 결속과 종결, 대칭표현의 후미 도치에 의한 결속과 종결, 대칭표현의 후미 반복에 의한 결속과 종결, 대칭표현의 후미 전환에 의한 결속과 종결, 대칭표현의 후미 도치와 전환에 의한 결속과 종결 등이다. 이를 다섯 절로 나누어 정리한다.

4.1. 대칭표현에 의한 결속과 종결

결속과 종결을 보여주는 대칭표현은 3수 또는 3단락이 이루는 최소 기본형(AXA의 대칭표현), 이 최소 기본형에서 대칭표현의 대칭이 확대된 대칭의 확대형[A(…)X(…)A의 대칭표현], 대칭표현의 단위가 2~4수 또는 2~4단락으로 확대된 확대형1[AB(CD)X(DC)BA의 대칭표현], 대칭표현의 단위가 2~4수 또는 2~4단락으로 확대된 확대형2[AA(AA)X(AA)AA의 대칭표현], 대칭표현의 단위가 2~4수 또는 2~4단락으로 확대된 확대형3[AB(CD)XAB(CD)의 대칭표현], 기타(혼합형의 대칭표현) 등의 6유형으로 정리한다.

4.1.1. AXA의 대칭표현

최소 기본형은 3수 또는 3단락이 대칭표현을 이루는 유형이다. 이에 속한 작품들을 대칭되는 것이 무엇이냐에 따라 의존형태소, 단어(자립형태소), 구문, 문장 등으로 정리할 수 있다.

4.1.1.1. 의존형태소

대칭된 표현을 어간, 격어미, 선어말어미, 연결어미, 종결어미 등의 순서로 정리하면 다음과 같다.

<어부별곡>의 후3장(이중경): ['없-'(업슬러냐, 제4장 초장)-대칭축(제
5장)-'없-'(업시, 제6장 종장)]

<오륜가>의 총론(3수)(박인로): ['-ᄂ'(바ᄂ, 제1수 중장)-대칭축(제2
수 중장)-'-ᄂ'(文字ᄂ, 제3수 중장)]

<전가팔곡>의 신오석(이휘일): ['-ᄂ다'(흔다, 제6수 초장)-대칭축(제7
수)-'-ᄂ다'(난다, 제8수) 초장]

<풍계육가>(이정): ['-ᄅ, -ᄅ'(ᄃ닷노ᄅ, 드런노ᄅ, 제1단락의 첫수인
제1수의 초장 중장) -대칭축(제2단락인 제3, 4수의 중간)-'-ᄅ, -
ᄅ'(ᄆᄅ, ᄆ셔워ᄅ, 제3단락의 첫수인 제6수의 초장 중장)]

이 예들은 어간의 대칭, 격어미의 대칭, 종결어미의 대칭 등을 AXA
의 대칭표현으로 보여주고 있다. 이 대칭표현은 처음과 끝을 대칭으로
표현하면서, 전체의 결속을 보여주고, 동시에 시작 부분의 대칭인 끝부
분이 종결이란 사실을 보여준다.

4.1.1.2. 자립형태소(단어)

단어를 대칭시킨 작품은 다음과 같다.

<병중술회가>(정광천): ['終老'(奉親終老, 제1수 종장)-대칭축(제2수)-
'終老'(老奉을 뫼시고 樂天終老, 제3수 종장)]

<동유음>(신교): ['듯ᄒ여라'(제1수 종장)-'ᄒ노라'(제2수 대칭축)-'듯
ᄒ여라'(제3수 종장)]

<북정음>(신교): ['아마도'(제1수 종장)-'ᄒ물며'(제2수 종장 대칭축)-
'아마도'(제3수 종장)]

<전가팔곡>의 신오석(이휘일): ['가쟈스라'(제6수 중장)-대칭축(제7수)-

'가쟈스라'(제8수 중장)]

이 예들은 단어를 AXA의 대칭표현으로 보여주고 있다. 이 대칭표현
은 처음과 끝을 대칭으로 표현하면서, 전체의 결속을 보여주고, 동시에
시작 부분의 대칭인 끝부분이 종결이란 사실을 보여준다.

4.1.1.3. 문장과 단어

문장과 단어의 대칭표현을 함께 쓴 예로는 [대구, '내'(제1장 초장,
중장)-대칭축(제2장 초장)-대구, '내'(제3장 초장, 중장)](이중경 〈어부
별곡〉의 전3장)이 있다. 이 대칭표현 역시 결속과 종결을 보여준다.

4.1.1.4. 구문과 문장

구문과 문장을 대칭시킨 작품들은 다음과 같다.

> 〈동유음〉(신교): ['아마도 ○○○○이'(제1수 종장)-'아마도 ○○를'(제2
> 수, 대칭축)-'아마도 ○○○○이'(제3수 종장)]
> 〈주문답〉(정철): ["이제야 … 엇(더)리"(제1수 종장)-"진실로 … 아니
> 랴"(제2수, 대칭축)-"이제야 … 엇(더)리"(제3수 종장)]
> 〈북정음〉(신교): ["… -아(안자) … -니"(제1수 중장)-대칭축(제2수)-
> "… -아(모라) … -니"(제3수 중장)]
> 〈오륜가〉의 총론(박인로): ["-면 불(不)- 흐리라"(제1수 종장)-대칭축
> (제2수 종장)-"-면 불(不)- 흐리라"(제3수 종장)]
> 〈강호연군가〉의 전6수(장경세): ["엇더타 … ?"(제1단락의 첫수 종장)-
> 대칭축(제2단락의 첫수 종장)-"엇더타 … ?"(제3단락의 첫수 종장)]
> 〈풍계육가〉(이정): [초장과 중장의 대구(제1단락의 첫수인 제1수)-초장
> 의 대구(대칭축, 제2단락의 첫수인 제3수)-초장과 중장의 대구(제3
> 단락의 첫수인 제5수)]

이 예들은 구문이나 문장을 AXA의 대칭표현으로 보여주고 있다. 이 대칭표현은 처음과 끝을 대칭으로 표현하면서, 전체의 결속을 보여주고, 동시에 첫부분의 대칭인 끝부분이 종결이란 사실을 보여준다.

4.1.2. A(…)X(…)A의 대칭표현

이에 속한 대칭표현도 의존형태소, 자립형태소, 구문, 문장 등을 보인다는 점에서 이 기준에 따라 정리할 수 있다. 그러나 이 대칭표현에 속한 것들은 대칭표현이 나타나지 않는 부분이 특성이란 점에서, 한 편을 이루는 시조의 수효에 따라, 편의상 4, 5, 6수의 경우와 8, 9, 10수의 경우로 양분하면 다음과 같다.

4.1.2.1. 4, 5, 6수의 대칭표현

먼저 4수의 대칭표현을 보자.

> 〈전가팔곡〉의 춘하추동(이휘일): ['봄 오-'(제2수 초장)-대칭축(제3, 4
>   수의 중간)-'봄 오-'(제5수 종장)]
> 〈전가팔곡〉의 춘하추동(이휘일): ['집'(제2수 종장)-대칭축(제3, 4수 중
>   간)-'집'(제5수 종장)]
> 〈사우가〉(이신의): ["얻디/엇디- ○○을 ○○ ○○○○○ㄴ니"(제1수 종
>   장)-대칭축(제2, 3수 중간)-"얻디/엇디- ○○을 ○○ ○○○○○ㄴ
>   니"(제4수 종장)]

이 작품들은 4수로 되어 있으며, 그 중의 제1수(또는 첫수)와 제4수(또는 끝수)가 대칭표현을 보여준다. 이를 부호화하면, [A(제1수)-(제2수)-X(대칭축, 제2, 3수의 중간)-(제3수)-A(제4수)]가 된다.

〈어부단가〉(이현보): [“… -니 … -로다.”(제1수 초장)-대칭축(제3수)-
“… -니 … -로다.”(제5수 초장)]

〈어부단가〉(이현보): [‘시름’(제1수 초장)-대칭축(제3수)-‘시름’(제5수
종장)]

〈오륜가〉(김상용): [‘ᄒ여라’(제1수 종장)-‘ᄒ리라’(제3수 종장 대칭
축)-‘ᄒ여라’(제5수 종장)]

이 작품들은 5수로 되어 있으며, 그 중의 제1수와 제5수가 대칭표현
을 보여준다. 이를 부호화하면, [A(제1수)-(제2수)-X(대칭축, 제3수)-
(제4수)-A(제5수)]가 된다.

〈오륜가〉(주세붕): [‘-고야 마로닝이다’(비ᄒ고야 마로닝이다, 제1수 종
장)-대칭축-‘-고야 마로닝이다’(절ᄒ고야 마로닝이다, 제6수 종장)]

〈오우가〉(윤선도): [‘-의 주어’(東山의 둘, 제1수 중장)-대칭축-‘-의
주어’(밤듕의 光明이, 제6수 중장)]

〈오우가〉(윤선도): [‘내 벋’(제1수 초장)-대칭축-‘내 벋’(제6수 종장)]

〈오우가〉(윤선도): [“… ᄒ니 …”(제1수 초장)-대칭축-“… ᄒ니 …”(제6
수 종장)]

이 작품들은 6수로 되어 있으며, 그 중의 제1수와 제6수가 대칭표현
을 보여준다. 이를 부호화하면, [A(제1수)-(제2, 3수)-X(대칭축, 제3,
4수의 중간)-(제4, 5수)-A(제6수)]가 된다.

이렇게 앞의 작품들은 각각 4수, 5수, 6수 등으로 이루어져 있지만,
그 첫수와 끝수가 대칭하는 대칭표현을 공통적으로 가지고 있어, A
(…)X(…)A의 대칭표현의 유형이라고 할 수 있다. 이 대칭표현은 첫수와
끝수가 대칭하면서 각각의 작품 또는 텍스트를 하나로 묶는 결속의 기능
을 하며, 동시에 첫수와 끝수가 대칭되면서 시작 부분인 첫수에 대칭되

는 끝수가 끝부분에서 종결의 기능을 한다는 사실도 보여준다.

4.1.2.2. 8, 9, 10수의 대칭표현

8수의 대칭표현은 〈전가팔곡〉에서 보인다.

〈전가팔곡〉(이휘일): ['이 中의'(제1수 종장)-대칭축(제4, 5수의 중간)-
'이 中의'(제8수 종장)]

이 작품은 8수로 되어 있으며, 그 중의 제1수와 제8수가 대칭표현을
보여준다. 이를 부호화하면, [A(제1수)-(제2, 3, 4수)-X(대칭축, 제4,
5수의 중간)-(제5, 6, 7수)-A(제8수)]가 된다.

〈농가(구장)〉(위백규): ['츠례'(제1수 종장)-대칭축(제5수)-'츠례'(제9
수 종장)]
〈강호구가〉(나위소): ['-니'('먹이시니', 제1수 초장)-'-다'(제5수, 대칭
축)-'-니'('생애(生涯)ᄒ니', 제9수 초장)]

이 작품들은 9수로 되어 있으며, 그 중의 제1수와 제9수가 대칭표현
을 보여준다. 이를 부호화하면, [A(제1수)-(제2, 3, 4수)-X(대칭축, 제
5수)-(제6, 7, 8수)-A(제9수)]가 된다.

〈고산구곡가〉(이이): ['九曲'(제1수 초장)-대칭축(제5수와 제6수의 중
간)-'九曲'(제10수 초장)]
〈고산구곡가〉(이이): ['-더-'('모로더니', 제1수 초장)-대칭축(제5수와
제6수의 중간)-'-더-'('ᄒ더라', 제10수 종장)]
〈고산구곡가〉(이이): ['사롬/人'(사롬, 제1수 초장)-대칭축(제5수와 제
6수의 중간)-'사롬/人'(遊人, 제10수 종장)]

이 작품은 10수로 되어 있으며, 그 중의 제1수와 제10수가 대칭표현을 보여준다. 이를 부호화하면, [A(제1수)-(제2, 3, 4, 5수)-X(대칭축, 제5, 6수의 중간)-(제6, 7, 8, 9수)-A(제10수)]가 된다.

이렇게 앞의 작품들은 각각 8수, 9수, 10수 등으로 이루어져 있지만, 그 첫수와 끝수가 대칭하는 대칭표현을 공통적으로 가지고 있어, A(…)X(…)A의 대칭표현의 유형이라고 할 수 있다. 이 대칭표현은 첫수와 끝수가 대칭하면서 각각의 작품을 하나로 묶는 결속의 기능을 하며, 동시에 첫수와 끝수가 대칭되면서 시작 부분인 첫수에 대칭되는 끝수가 끝부분에서 종결의 기능을 한다는 사실도 보여준다. 이런 점에서 이 유형의 작품 또는 텍스트는 대칭표현에 의한 결속과 종결을 보여준다고 정리할 수 있다.

4.1.3. AB(CD)X(DC)BA의 대칭표현

이 유형에 속한 작품들 역시 한 편을 이루는 시조의 수효 또는 단락의 수효에 따라 정리하는 것이 설명을 쉽게 한다.

4.1.3.1. 4수 또는 4단락의 대칭표현

4수 또는 4단락의 대칭표현을 보여주는 작품은 다음과 같다.

〈사시가〉(황희): ['-다'(하다, 제1수 초장)-대칭축(제2, 3수의 중간)-'-다'(업다, 제4수 초장)], ['-에/혜'(綠陰에, 제2수 중장)-대칭축(제2, 3수의 중간)-'-에/혜'(그르혜, 제3수 중장)], ['-혜/예'(뒤뫼혜, 제1수 종장)-대칭축(제2, 3수의 중간)-'-혜/예'(낙디예, 제4수 종장)], '-이/(이)'(牧童이, 제2수 종장)-대칭축(제2, 3수의 중간)-'-이/(이)'(술(이), 제3수 종장)]
〈어은동천가〉(김성기): ["○○에 ○○ㄴ ○○(야, 호격) … (명령형)."(제

2수 초장)-대칭축-"○○에 ○○ㄴ ○○(야, 호격) … (명령형)."(제3
수 초장)], ["(…) -이(주격) …."(제2수 중장)-대칭축-"(…) -이(주
격) …."(제3수 중장)], ["어듸셔 (…) -이(주격) …."(제1수 종장)-대
칭축-"어듸셔 (…) -이(주격) …."(제4수 종장)]

〈대재청한가〉(김유기): ["○○ ○○을 ○○○ ○○○○"(제1수 중장)-대
칭축-"○○ ○○을 ○○○ ○○○○"(제4수 중장)], ["… -고 ○업시
…"(제2수 중장)-대칭축-"… -고 ○업시 …"(제3수 중장)]

〈남강유회가〉(유심영): ['-니'(심엇더니, 제2수 초장말)-대칭축(제2, 3
수 중간)-'-니'(오니', 제3수 초장말)], [생략법(향긔 조쳐 …, 제2수
중장말)-대칭축(제2, 3수 중간)-생략법(가지 가지 …, 제3수 중장
말)], ["우리도 … 놀가"(제1수 종장)-대칭축(제2, 3수 중간)-"우리
도 … 놀가"(제4수 종장)

〈도산육곡1(언지)〉(이황): ['ᄒᆞ믈며'(제1단락인 제1수의 종장)-'이 듕
에'(제2단락의 첫수인 제2수의 종장)-대칭축-'이 듕에'(제3단락의
첫수인 제4수의 종장)-'ᄒᆞ믈며'(제4단락인 제6수의 종장)]

〈도산육곡2(언학)〉(이황): ['듕에 -를'(제1단락인 제1수의 종장)-마로
리(제2단락의 첫수인 제2수의 종장)-대칭축-마로리(제3단락의 첫
수인 제4수의 종장)- '듕에 -를'(제4단락인 제6수의 종장)]

〈도산육곡2(언학)〉(이황): ['듕에 -를'(제1단락인 제1수의 종장)-'우리'
(제2단락의 첫수인 제2수의 종장)-대칭축(제2, 3단락의 중간)-'우
리'(제3단락의 끝수인 제5수의 종장)-'듕에 -를'(제4단락인 제6수의
종장)]

이 작품들은 4수 또는 4단락으로 이루어져 있으며, 앞의 정리에서
볼 수 있듯이, 제1수와 제4수 또는 제1단락과 제4단락이 대칭표현을 보여
주고, 동시에 제2수와 제3수 또는 제2단락과 제3단락이 대칭표현을 보여
준다. 이를 부호화하면, [A(제1수)-B(제2수)-X(대칭축, 제2, 3수의 중
간)-B(제3수)-A(제4수)] 또는 [A(제1단락)-B(제2단락)-X(대칭축, 제

2, 3단락의 중간)-B(제3단락)A(제4단락)]가 되며, 이를 다시 종합하면 ABXBA의 대칭표현이 된다.

4.1.3.2. 5수의 대칭표현
5수의 대칭표현을 보여주는 작품은 다음과 같다.

〈어부단가〉(이현보): ['-랴'(제1수 종장)-'-라'(제2수 종장)-'-ㄹ고' (대칭축, 제3수)-'-라'(제4수 종장)-'-랴'(제5수 종장)]

〈오륜가(5수)〉(박선장): [주부(寸마도 못힐 푸리, 제1수 초장)-대칭축 (제3수)-주부(남으로 삼긴 거시, 제5수 초장)], ['-을 모ᄅ면'(제2수 종장)-대칭축(제3수)-'-을 모ᄅ면'(제4수 종장)]

〈오륜가〉의 부자유친(박인로): [연결어미(어려우니, 제1수 중장)-의문 형 종결어미(섬길런고, 제2수 중장)-대칭축(뭇ᄌ오며, 제3수 중장)- 의문형 종결어미(이실소냐, 제4수 중장)-연결어미(삼아, 제5수 중장)]

〈천운순환가〉(이간): [ᄒ노라(제1수 종장)-ᄒ여라(제2수 종장)-ᄒ여라 (제3수 종장, 대칭축)-ᄒ여라(제4수 종장)-ᄒ노라(제5수 종장)]

〈성현충신가〉(김천택): ['-에'(尼山에, 제1수 초장)-대칭축(제3수)-'- 에'(져믄날에, 제5수 초장)], ['-에'(開來學에, 제1수 중장)-대칭축 (제3수)-'-에'(八年燕霜에, 제4수 중장)], ["○○○○는 … -ㄴ고"(제 2수 중장)-대칭축(제3수)-"○○○○는 … -ㄴ고"(제4수 중장)]

〈유원농포가〉(안서우): ['ᄒ니'(제1수 초장)-대칭축(제3수 초장)-'ᄒ 니'(제5수 초장)], ["이 내 몸 … -니 … -라"(제1수 종장)-'이 듛의'(대 칭축, 제3수 종장)-"이 내 몸 … -니 … -라"(제5수 종장)], ['-며'(제2 수 초장)-대칭축(제3수 초장)-'-며'(제4수 초장)], ['-라'(제2수 종 장)-대칭축(제3수 종장)-'-라'(제4수 종장)]

〈어부사〉(이중경): ['내'(제2장 초장)-대칭축(제3장 초장)-'내'(제4장 초 장)], ['나'(제2장 중장, 종장)-대칭축(제3장 중장)-'나(〈내)'(제4장 중장, 종장)], ['모르-'(모롤소냐, 제2장 중장)-대칭축(제3장 중장)-

'모르-'(몰래라, 제4장 중장)], ['차ㅇ의'('此中의', 제1장 종장)-대칭
축(제3장 중장)-'차ㅇ의'(此生의, 제5장 종장)]

이 작품들은 5수로 이루어져 있으며, 앞의 정리에서 볼 수 있듯이,
제1수와 제5수가 대칭표현을 보여주고, 동시에 제2수와 제4수가 대칭표
현을 보여준다. 이를 부호화하면, [A(제1수)-B(제2수)-X(대칭축, 제3
수)-B(제4수)-A(제5수)]의 대칭표현이 된다.

4.1.3.3. 6수의 대칭표현

6수의 대칭표현은 다음의 작품들에서 보인다.

〈도산육곡2(언학)〉(이황): ['듕에 -를'(제1수 종장)-대칭축-'듕에 -를'
(제6수 종장)], [초장과 중장의 대구(제2수)-대칭축-초장과 중장의
대구(제5수)], [중장과 종장의 연쇄법(제3수)-대칭축-중장과 종장
의 연쇄법(제4수)]

〈영회잡곡〉(김득연): ["… 벗/버디 없- … -니"(제3수 초장)-대칭축-
"… 벗/버디 없- … -니"(제4수 초장)], ["-이 -이 -니 -이 -겨 …"
(제2수 초장)-대칭축-"-이 -이 -니 -이 -겨 …"(제5수 초장)],
["… -이어니 … 엇-"(제2수 종장)-대칭축-"… -이어니 … 엇-"(제
5수 종장)] ["늙- …… ᄒ노라"(제1수)-대칭축-"늙- …… ᄒ노라"
(제6수)]

〈산정독영곡〉(김득연): ["-이 … -이 … -다."(제3수 초장)-대칭축(제3
수와 제4수의 중간)-"-이 … -이 … -다."(제4수 초장)], ["… -니"
(제2수 초장)-대칭축(제3수와 제4수의 중간)-"… -니"(제5수 초
장)], ["… 엇-리"(제1수 종장)-대칭축(제3수와 제4수의 중간)-"…
엇-리"(제6수 종장)]

〈방옹사시가〉(신흠): ["… 離別을 … ᄒᄂ-."(제1수 종장)-대칭축(제3,
4수의 중간)-"… 離別을 … ᄒᄂ-."(제6수 종장)], ["엇더타 …."(제

2수 종장)-대칭축(제3, 4수의 중간)-"엇더타 …."(제5수 종장)],
["○○ ○○에 … -고"(제3수 중장)-대칭축(제3, 4수의 중간)-"○○
○○에 … -고"(제4수 중장)], ["… -흔 … ㅎ-."(제3수 종장)-대칭
축(제3, 4수의 중간)-"… -흔 … ㅎ-."(제4수 종장)]

〈방옹망기가〉(신흠): ["… -희/혜 … 의문형"(제1수 중장)-대칭축(제3,
4수의 중간)-"… -희/혜 … 의문형"(제6수 중장)], ["(…) -이(주격)
-니 … 엇-리"(제1수 종장)-대칭축(제3, 4수의 중간)-"(…) -이(주
격) -니 … 엇-리"(제6수 종장)], ["… -ㄴ가 ㅎ노라."(제2수 종장)-
대칭축(제3, 4수의 중간)-"… -ㄴ가 ㅎ노라"(제5수 종장)], ["… -에
… -ㄴ다."(제3수 중장)-대칭축(제3, 4수의 중간)-"… -에 … -ㄴ
다."(제4수 중장)]

〈유원일흥가〉(안서우): ['인간의'(제1수 초장)-대칭축(제3, 4수의 중
간)-'인간의'(제6수 초장)], ['물외에'(제1수 중장)-대칭축(제3, 4수
의 중간)-'물외에'(제6수 중장)], ['-니'(제2수 초중종장)-대칭축(제
3, 4수의 중간)-'-니'(제5수 초중종장)], ['-홀'(제3수 초장)-대칭
축(제3, 4수의 중간)-'-홀'(제4수 초장)]

이 작품들은 6수로 이루어져 있으며, 앞의 정리에서 볼 수 있듯이,
제1수와 제6수가, 제2수와 제5수가, 제3수와 제4수가 각각 대칭표현을
보여준다. [A(제1수)-B(제2수)-C(제3수)-X(대칭축, 제3, 4수의 중간)-
C(제4수)-B(제5수)-A(제6수)]의 대칭표현이 된다.

이렇게 앞에서 검토한 작품들은 4수(또는 4단락), 5수, 6수 등으로
이루어져 있으며, AB(CD)X(DC)BA의 대칭표현을 보여준다. 이 대칭표
현 역시 해당 작품을 하나로 묶는 결속의 기능을 하며, 시종의 대칭에
의해 끝수가 종결에 해당한다는 사실도 보여준다.

4.1.4. AA(AA)X(AA)AA의 대칭표현

이 유형에 속한 작품들 역시 한 편을 이루는 시조의 수효 또는 단락의
수효에 따라 정리하는 것이 설명을 쉽게 한다.

4.1.4.1. 5수 또는 5단락의 대칭표현

5수 또는 5단락의 대칭표현은 다음의 작품들에서 보인다.

> 〈오륜가〉의 형제유애(박인로): [의문형(重홀넌가, 제1수 중장)-의문형
> (잇ᄂ냐, 제2수 종장)-대칭축(제3수)-의문형(모르ᄂ고, 제4수 중
> 장)-의문형(알리오, 제5수 종장)]
> 〈방진산군수가〉(강복중): ['-다'(돗ᄒ여다, 제1수 종장)-'-다'(돗ᄒ예
> 다, 제2수 종장)-'-쇼'(쥬쇼셔, 제3수 종장 대칭축)-'-다'(드쟛ᄂ
> 다, 제4수 종장)-'-다'(ᄒ네다, 제5수 종장)]
> 〈비가〉(이정환): ['ᄒ노라'(제1단락의 끝수인 제2수)-'ᄒ노라'(제2단락
> 의 끝수인 제4수)-'업세라'(제3단락의 끝수인 제6수, 대칭축)-'ᄒ노
> 라'(제4단락의 끝수인 제8수)-'ᄒ노라'(제5단락의 끝수인 제10수)],
> ['ᄒ-, ᄒ-'(제1단락)-'ᄒ-, ᄒ-'(제2단락)-'없-, 없-'(제3단락, 대
> 칭축)-'ᄒ-, ᄒ-'(제4단락)-'ᄒ-, ᄒ-'(제5단락)]

이 작품들은 5수 또는 5단락으로 이루어져 있으며, 앞의 정리에서 볼
수 있듯이, 제1, 2수(또는 제1, 2단락)의 반복표현을 제4, 5수(또는 제4,
5단락)에서 반복하면서 제1, 2수(또는 제1, 2단락)와 제4, 5수(또는 제4,
5단락)의 대칭표현을 보여준다. 이를 부호화하면, [A(제1수)-A(제2수)-
X(대칭축, 제3수)-A(제4수)-A(제5수)] 또는 [A(제1단락)-A(제2단락)-
X(대칭축, 제3단락)-A(제4단락)-A(제5단락)]가 되며, 이를 다시 종합
하면 AAXAA의 대칭표현이 된다.

이렇게 AAXAA에 속한 작품들은 중앙의 대칭축을 좌우 또는 상하로
대칭하면서, 대칭표현에 의한 결속과 종결을 보여준다.

4.1.4.2. 9수의 대칭표현

9수의 대칭표현은 다음의 작품들에서 보인다.

> 〈강호구가〉(나위소): ['ᄒ노라'(제1~3수)-비대칭(제4수)-'ᄒ노라'(제5
> 수, 대칭축)-비대칭(제6수)-'ᄒ노라'(제7~9수)]
> 〈화암구곡〉(유박): [비대구(제1~4수의 중장)-대구(대칭축, 제5수의 중
> 장)-비대구(제6~9수의 중장)], [비대구(제1~4수의 초장과 중장)-
> 대구(대칭축, 제5수의 초장과 중장)-비대구(제6~9수의 초장과 중
> 장)], ['-∅-'의 현재시제(제1~4수의 중장들)-'-었더-'의 과거시제
> (대칭축, 제5수의 중장)-'-∅-'의 현재시제(제6~9수의 중장들)]

〈강호구가〉는 9수로 이루어져 있으며, 제1~3수의 반복표현을 제7~9
수에서 반복하면서 대칭을 이룬다. AAA(A)X(A)AAA의 대칭표현으로 정
리할 수 있다.

〈화암구곡〉은 9수로 이루어져 있으며, 제1~4수에서 반복한 반복표현
을 제6~9수에서 다시 반복하면서, 제1~4수와 제6~9수가 대칭표현을
보여준다. 이를 부호화하면 AAAAXAAAA의 대칭표현이다.

이렇게 AA(AA)X(AA)AA에 속한 작품들은 중앙의 대칭축을 좌우 또
는 상하로 대칭하면서, 대칭표현에 의한 결속과 종결을 보여준다.

4.1.5. AB(CD)XAB(CD)의 대칭표현

이 유형에 속한 작품들 역시 한 편을 이루는 시조의 수효 또는 단락의
수효에 따라 정리하는 것이 설명을 쉽게 한다.

4.1.5.1. 5수의 대칭표현

5수로 ABXAB의 대칭표현을 보여주는 작품들을 보자.

> 〈오륜가(5수)〉(박선장): ['-로 -러낫다'(제1수 중장)-'… -야'(니줄ㄴ
> 냐, 제2수 중장)-대칭축(제3수)-'-로 -러낫다'(제4수 중장)-'… -
> 야'(두드리랴, 제5수 중장)]
>
> 〈오륜가〉(김상용): [원인의 연결어미(至親이라, 제1수 초장)-행동전제
> 법의 연결어미("… -되 …ᄒ야", 제2수 초장)-대칭축(제3수 초장)-
> 원인의 연결어미(ᄂ화시니, 제4수 초장)-행동전제법의 연결어미
> ("… -되 …ᄒ야", 제5수 초장)], [설의법(이실소냐, 제1수의 중장)-
> 명령법("… -야/여 … -라", 제2수 중장)-대칭축(제3수 중장)-설의
> 법(잇ᄂ가, 제4수의 중장)-명령법("… -야/여 … -라", 제5수 중장)]
>
> 〈오륜가〉의 형제유애(박인로): ['-라'(ᄒ리라, 제1수)-설의법(잇ᄂ냐,
> 제2수)-대칭축(ᄒ노라, 제3수)-'-라'(ᄒ노라, 제4수)-설의법(알리
> 오, 제5수)]
>
> 〈어부별곡〉(이중경): ["… -롤/를 -니 …"(제1장 종장)-대칭축(제3
> 장)-"… -롤/를 -니 …"(제5장 종장)], ["… -이 … -노라"(제2장 종
> 장)-대칭축(제4장)-"… -이 … -노라"(제6장 종장)]
>
> 〈근답강복중영언〉(이미): ['-오라'(ᄒ노라, 제1수 종장)-'-이라'(아뢰
> 리라, 제2수 종장)-'-고'(홀고, 제3수 종장, 대칭축)-'-오라'(ᄒ노
> 라, 제4수 종장)-'-이라'(잇ᄂ니라, 제5수 종장)]

이 작품들은 모두가 5수로 이루어져 있으며, 제1수와 제4수가 반복표
현을 보여주고, 제2수와 제5수가 반복표현을 보여주면서, 대칭축인 제3
수를 기준으로 그 전후가 대칭하는 ABXAB의 대칭표현을 보여준다.

4.1.5.2. 9수의 대칭표현

9수로 ABCDXABCD의 대칭표현을 보여주는 작품은 다음과 같다.

> 〈오대어부가〉(이중경): "○○을/롤 ○을/올 삼○ ○○을 …"(제1곡 중장,
> 제6곡 중장), "…… ㅎ노라"(제1곡 종장, 제6곡 종장), "… -의/에
> …"(제2곡 초장, 제7곡 초장), "… -에/의 …"(제2곡 중장, 제7곡 중
> 장), "○○희/의 …"(제2곡 종장, 제7곡 종장), "… -니 …"(제3곡 중
> 장, 제8곡 중장), "이 ○올 -의/에 …"(제3곡 종장, 제8곡 종장), "…
> -예/에 돌라/도라-"(제4곡 초장, 제9곡 초장), "… -의/예 …"(제4
> 곡 중장, 제9곡 중장), 대칭축(제5곡)
> 〈화암구곡〉(유박): ['비대칭'(제1수)-'달, 거문고'(제2수)-'술, 시름'(제3
> 수)-'비대칭'(제4수)-대칭축(제5수)-'비대칭'(제6수)-'달, 거문고'(제
> 7수)-'술, 시름'(제8수)-'비대칭'(제9수)]

〈오대어부가〉에서는 제1수와 제6수가, 제2수와 제7수가, 제3수와 제
8수가, 제4수와 제9수가 각각 반복표현을 보여주면서, 전4수와 후4수가
대칭하는 ABCDXABCD의 대칭표현을 보여준다. 그리고 〈화암구곡〉에
서는 전4수의 두 번째인 제2수와 후4수의 두 번째인 제7수에서 반복표현
을 보여주고, 전4수의 세 번째인 제3수와 후4수의 세 번째인 제8수에서
반복표현을 보여주면서, 제5수를 대칭축으로 전후가 대칭하는 (A)BC(D)
X(A)BC(D)의 대칭표현을 보여준다. 이는 ABCDXABCD의 대칭표현과
같은 형태로 볼 수 있다.

지금까지 검토한 AB(CD)XAB(CD)의 대칭표현 역시 해당 작품을 하
나로 묶는 결속의 기능을 하며, 전후 대칭이란 점에서 시작에 대칭된
끝부분이 종결임도 보여준다.

4.1.6. 기타: 혼합형의 대칭표현

위의 어느 유형에도 속하지 않는 대칭표현들이 있다. 세 작품에서 나타나는데 각각 다른 형태를 보인다.

> 〈도산육곡1(언지)〉(이황): [초장의 대구(제1수)-초장의 대구(제2수)-초장과 중장의 대구(제3수)-X(대칭축)-초장과 중장의 대구(제4수)-초장의 대구(제5수)-초장의 대구(제6수)]
>
> 〈오륜가(8수)〉(박선장): ["… -니 … 몰-"(제1수 종장)-"… -느냐, -면 …"(제2수 중·종장)-'-도 -ㄹ'(제3수 종장)-비대칭(제4수)-대칭축(제4, 5수의 중간)-비대칭(제5수)-"… -니 … 몰-"(제6수 종장)-"… -느냐, -면 …"(제7수 중·종장)-'-도 -ㄹ'(제8수 종장)]
>
> 〈강호구가〉(나위소): ['ᄒ노라'(제1수 종장)-'-인가 ᄒ노라'(제2수 종장)-'-인가 ᄒ노라'(제3수 종장)-비대칭(제4수 종장)-'ᄒ노라'(제5수 종장, 대칭축)-비대칭(제6수 종장)-'ᄒ노라'(제7수 종장)-'-인가 ᄒ노라'(제8수, 대칭축)-'-인가 ᄒ노라'(제9수)]

〈도산육곡1(언지)〉은 '초장의 대구'를 A로 '초장과 중장의 대구'를 B로 부호화하면, [A(제1수)-A(제2수)-B(제3수)-X(대칭축)-B(제4수)-A(제5수)-A(제6수)]의 대칭표현을 보인다. 이 대칭표현은 AAXAA의 대칭표현과 ABXBA의 대칭표현을 혼합한 형태이다.

〈오륜가(8수)〉는 "… -니 … 몰-"을 A로, "… -느냐, -면 …"을 B로, '-도 -ㄹ'을 C로 부호화하면, [A(제1수)-B(제2수)-C(제3수)-(D)(제4수)-X(대칭축)-(D)(제5수)-A(제6수)-B(제7수)-C(제8수)]의 대칭표현이다. 이는 ABC(D)XABC(D)의 대칭표현과 ABCDXDCBA의 대칭표현을 혼합한 형태이다.

〈강호구가〉는 'ᄒ노라'를 A로, '-인가 ᄒ노라'를 B로, 부호화하면,

[A(제1수)−B(제2수)−B(제3수)−(C)(제4수)−X(대칭축, 제5수)−(C)(제5
수)−A(제6수)−B(제7수)−B(제8수)]의 대칭표현이다. 이는 대칭표현 ABC
(D)XA BC(D)와 대칭표현 BBBBXBBBB를 혼합한 형태이다.

이렇게 이 작품들은 혼합된 대칭표현을 보이지만, 작품들을 한 편의
작품으로 묶는 결속의 기능과 시종의 시조나 시종의 시조 묶음이 대칭이
되면서 종결의 기능을 보여주는 것은 같다.

4.2. 대칭표현의 후미 도치에 의한 결속과 종결

이 유형은 〈자행자처가〉에서 보인다.

> 〈자행자처가〉(이간): [“… −흔 後에 ⋯−ㄹ손가 … ᄒ리라.”(제1수 초중종
> 장)−“… ᄒ리라”(대칭축, 제3수)−“… −흔 後에 ⋯−ㄹ손가 … ᄒ리
> 라”(제5수 초중종장)], [“… ᄒ노라.”(제2수 종장)−“… ᄒ노라”(대칭
> 축, 제4수 종장)−“… ᄒ노라”(제6수 종장)], [“… −면 ….”(제3수 초
> 장)−대칭축(제3수와 제4수 중간)−“… −면 ….”(제4수 초장)], [“○○
> 을 ○○○면 ○○인들 …(의문형)”(제3수 중장)−대칭축(제3수와 제4
> 수 중간)−“○○을 ○○○면 ○○인들 …(의문형)”(제4수 중장)]

제1수와 제5수의 대칭표현을 A−A로, 제2수와 제6수의 대칭표현을
B−B로, 제3수와 제4수의 대칭을 C−C로 부호화하면, 이 작품은 [A(제1
수)−B(제2수)−C(제3수)−X(대칭축)−C(제4수)−A(제5수)−B(제6수)]가
된다. 이는 ABC(D)X(D)CBA의 대칭표현에서 D를 생략하고 후미의 BA
를 AB로 도치시킨 유형이다.

이 대칭표현의 후미 도치 역시 이 작품을 한 편으로 묶는 결속의 기능
을 하며, 동시에 끝부분에서 종결의 기능도 보여준다.

4.3. 대칭표현의 후미 반복에 의한 결속과 종결

대칭표현의 후미 반복에 의한 결속과 종결은 〈동유록〉(박순우)에서 보인다.

먼저 이 작품의 제1~5수는 [A(제1수)-B(제2수)-X(대칭축, 제3수)-B(제4수)-A(제5수)]의 대칭표현을 보여준다. 이 대칭표현을 구성하는 대칭표현은 셋이다. ['업스니'(제1수 중장)-대칭축(제3수)-'업스니'(제5수 중장)], ["아마도 … -ㄴ가 ㅎ노라"(제1수 종장)-대칭축(제3수)-"아마도 … -ㄴ가 ㅎ노라"(제5수 종장)], ["아희야 … ㅎ(노)라"(제2수 종장)-대칭축(제3수)-"아희야 … ㅎ(여)라"(제4수 종장)] 등의 대칭표현이다. 이 세 대칭표현은 [A(제1수)-B(제2수)-X(대칭축, 제3수)-B(제4수)-A(제5수)]의 대칭표현을 구성한다. 다음으로 제6수의 종장은 제5수의 종장인 "아마도 … -ㄴ가 ㅎ노라"를 반복하면서, 이 작품을 [A(제1수)-B(제2수)-X(대칭축, 제3수)-B(제4수)-A(제5수)-A(제6수)]형으로 만든다.

이런 점에서 이 작품은 대칭표현의 후미 반복에 의해 결속과 종결을 보여준다고 정리할 수 있다.

4.4. 대칭표현의 후미 전환에 의한 결속과 종결

이 절에서는 대칭표현의 후미 전환에 의해 결속과 종결을 보여주는 작품들을 두 유형으로 정리하고자 한다. 하나는 AAXAA의 대칭표현에서 후미를 전환한 AAXAT의 유형이고, 다른 하나는 ABXBA의 대칭표현에서 후미를 전환한 ABXBT의 유형이다.

4.4.1. AAXAT에 의한 결속과 종결

이 유형에 속한 작품들의 대칭표현과 후미의 전환을 작품별로 정리하면 다음과 같다.

> 〈천운순환가(天運循環歌)〉(이간): ['-니'(어듸 가니, 제1수 초장)-'-니'(츠자 가니, 제2수 초장)-'-로다'(釣磯로다, 제3수 초장, 대칭축)-'-니'(가다 ㅎ니, 제4수 초장)-'-되'(依舊하되, 제5수 초장)]
>
> 〈근답강복중영언〉(이미): ['-아'(아닌가, 제1수 초장끝)-'-아'(만나꽤라, 제2수 초장끝)-'-이'(만나보니, 제3수 초장끝)-'-아'(흔아바, 제4수 초장끝)-'-이'(ㅎ니, 제5수 초장끝)]
>
> 〈근답강복중영언〉(이미): [의문형(아닌가, 제1수 중장)-의문형(홀고, 제2수 중장)-평서형(彪彪흔드, 제3수 중장)-의문형(널넛던고, 제4수 중장)-평서형(업드, 제5수 중장)]
>
> 〈전원사시가〉(신계영): ["아희야 … 갈게 ㅎ야라"의 반복(제1단락의 두 종장)-"아희야 … -라 … -야"의 반복(제2단락의 두 종장)-"아희야 … "의 반복과 비동일구문'(대칭축, 제3단락의 두 종장)-"아희야 … -고 쟈- ㅎ노라"의 반복(제4단락의 두 종장)-'아희야, 아희야'의 일탈(우리도, 百年이)과 "… -노라"의 반복(제5단락의 두 종장)]
>
> 〈비가〉(이정환): ['ㅎ-'의 공동 어간과 다른 어미(ㅎ여라, ㅎ노라, 제1단락)-'ㅎ-'의 공동 어간과 다른 어미(홀고, ㅎ노라, 제2단락)-'없-'의 공동 어간과 다른 어미(업서라, 업세라, 제3단락)-'ㅎ-'의 공동 어간과 다른 어미(ㅎ시는다, ㅎ노라, 제4단락)-'ㅎ노라'의 공동 어간과 공동 어미(ㅎ노라, ㅎ노라, 제5단락)]

이 작품들은 모두가 5수 또는 5단락으로, 대칭표현인 [A(제1수/제1단락)-A(제2수/제2단락)-X(대칭축, 제3수/제3단락)-A(제4수/제4단락)-A(제5수/ 제5단락)]에서 후미를 전환한 [A(제1수/제1단락)-A(제2수/제2단락)-X(대칭축, 제3수/제3단락)-A(제4수/제4단락)-T(제5수/제5단

락)]의 유형을 보이면서, 대칭표현의 후미 전환에 의한 결속과 종결을
보여준다.

4.4.2. ABXBT에 의한 결속과 종결

이 유형에 속한 작품들의 대칭표현과 후미의 전환을 작품별로 정리하
면 다음과 같다.

> 〈전원사시가〉(신계영): ['–럿다'(누르럿다, 제1단락의 첫수인 제1수의
> 중장)–'–로다'(소리로다, 제2단락의 첫수인 제3수의 중장)–'–거고
> 야'(피거고야, 제3단락의 첫수인 제5수의 중장)–'–로다'(거예로다,
> 제4단락의 첫수인 제7수의 중장)–'–ᄂ니라'(가ᄂ니라, 제5단락의 첫
> 수인 제9수의 중장)]
> 〈전원사시가〉(신계영): ['–다'(잇다, 제1단락의 끝수인 제2수의 초장)–
> '–니'(빗겨시니, 제2단락의 끝수인 제4수의 초장)–'–로다'(거에로
> 다, 제3단락의 끝수인 제6수의 초장)–'–니'(덥거니, 제4단락의 긑수
> 인 제8수의 초장)–'–라'(마라, 제5단락의 끝수인 제10수의 초장)]
> 〈오륜가〉의 부부유별(박인로): ["… 삼겨시니"(제1수 초장)–"… –ㄹ 적의
> –게 삼겨시니"(제2수 초장)–대칭축(가질 것가, 제3수 초장)–"… –ㄹ
> 적의 –게 삼겨시니"(제4수 초장)–"… 重홀넌가"(제5수 초장)]

이 작품들은 모두가 대칭표현인 [A(제1수 또는 제1단락)–B(제2수 또
는 제2단락)–X(대칭축, 제3수 또는 제3단락)–B(제4수 또는 제4단락)–
A(제5수 또는 제5단락)]에서 후미를 전환한 [A(제1수 또는 제1단락)–B
(제2수 또는 제2단락)–X(대칭축, 제3수 또는 제3단락)–B(제4수 또는
제4단락)–T(제5수 또는 제5단락)]의 유형을 보이면서, 대칭표현의 후미
전환에 의한 결속과 종결을 보여준다.

4.5. 대칭표현의 후미 도치와 전환에 의한 결속과 종결

대칭표현의 후미를 도치시키고 다시 전환함에 위해 결속과 종결을 보여주는 작품은 넷이다.

〈오륜가〉의 부자유친(박인로): ['-오라'(ᄒ노라, 제1수 종장)-'-렷로라'(보렷로라, 제2수 종장)-대칭축(ᄒ오리라, 제3수 종장)-'-어라'(섬겨서라, 제4수 종장)-'-렷로라'(ᄒ렷로라, 제5수 종장)]

이 작품은 ABXBA의 대칭표현에서 후미를 전환한 ABXBT로 바꾸고, 다시 후미를 도치시킨 ABXTB로 다시 바꾼 유형이다. 이 ABXTB는 대칭표현(ABXBA)의 후미를 전환한 형태(ABXBT)의 후미를 다시 도치시킨 형태로 역시 결속과 종결을 보여준다.

〈남파취유가〉(김천택): ["므스일 ○○○ ○○○ 아니 ○고 어이리"(제1수 종장)-대칭축(제3, 4수의 중간)-"므스일 ○○○ ○○○ 아니 ○고 어이리"(제5수 종장)], ["엇더타 ○○○○○이 …"(제2수 종장)-대칭축(제3, 4수의 중간)-"엇더타 ○○○○○이 …"(제6수 종장)], ['-이어니'(제1수 중장)-대칭축(제3, 4수의 중간)-'-이어니'(제5수 중장)], ['-ㄴ 後'(제3수 종장)-대칭축(제3, 4수의 중간)-'-ㄴ 後'(제4수 초장)], ['-소'(마소, 제2수 초장)-대칭축(제3, 4수의 중간)-'-소'(보소, 제6수 초장)], ['-은/는 -가'(제2수 중장)-대칭축(제3, 4수의 중간)-'-은/는 -가'(제6수 중장)].

이 〈남파취유가〉에서 제1수와 제5수의 대칭표현을 A-A로, 제2수와 제6수의 대칭표현을 B-B로, 제3수와 제4수의 대칭표현을 C-C로 부호화를 하면, 이 작품은 ABCXCBA의 대칭표현에서 후미의 BA를 AB로 도치시킨, ABCXCAB로 정리할 수 있다. 그런데 앞에서 B-B로 정리한 ["엇더타 ○○○○○이 …"(제2수 종장)-대칭축(제3, 4수의 중간)-"엇더타 ○○○○○이 …"(제6수 종장)]를, 전환을 포함한 대칭표현으로 보면 다르게 정리된다. 즉 "엇더타 明年看花伴이 눌과 될 줄 알리오."(제2수 종장)를 단순하게 대칭표현으로 반복하지 않고, "엇더타 有限흔 人生이 아니 놀고 어이리."(제6수 종장)로 전환하였다는 점에서 보면, 앞에서 정리한 B-B는 B-T로 수정된다. 이 수정을 포함시켜서 보면, 〈남파취유가〉 역시 대칭표현의 후미 전환과 도치에 의한 ABCXCTA의 유형이 된다.

이번에는 다른 표현의 교체반복과 후미의 전환과 도치를 보인 작품을 보자. 이에는 〈화암구곡〉과 〈농가(구장)〉가 있다.

> 〈화암구곡〉(유박): 대구(제1수 초장), 비대구(제2수 초장), 대구(제3수 초장), 비대구(제4수 초장), 대구(제5수 초장), 비대구(제6수 초장), 대구(제7수 초장), 대구(제8수 초장), 변화를 수반한 대구(제9수 초장, "白水에 벼를 갈고 靑山에 섭플 친 후")

이 작품을 부호화하면, ABABXBAAT의 형태이다. 이는 제5수의 X를 대칭축으로 하는 ABABXBABA의 대칭표현에서 후미를 도치시킨 ABAB XBAAB를 만들고, 다시 후미를 전환한 ABABXBAAT로 만든 형태이다.

〈농가(구장)〉(위백규) 역시 대칭표현의 후미를 도치시키고 그 다음에 후미를 전환한 형태이다. 즉 ABABXBABA의 대칭표현에서 후미의 BA를 AB로 도치시킨 ABABXBAAB로 만들고, 다시 후미의 B를 T로 전환하여 ABABXBAAT로 만든 형태이다. 그런데 이 〈농가(구장)〉는 앞에서 살핀 〈화암구곡〉보다 약간 복잡하다. 이런 사실을 보기 위해, 〈농가(구장)〉에서 초장을 빼고 중장과 종장만을 보자.

비 뒷 무근 플이 뉘 밧시 짓텃든고
두어라 추례 지운 일이니 미는 대로 미오리라 (제1수)

고동플 뜻머기며 깃믈 ㅈ 느려갈 제
어듸셔 픔진 벗님 홈씌 가쟈 ㅎ눈고 (제2수)

바라기 역괴를 골골마다 둘너내쟈
쉬 짓튼 긴 스래는 마조 잡아 둘너내쟈 (제3수)

淸風의 옷길 열고 긴 파람 홀리불 제
어듸셔 길 가는 손님 아는 드시 머무는고 (제4수)

내 밥 만흘셰요 네 반찬 젹글셰라
먹은 뒷 흔숨 줌경이야 네오 내오 달올소냐 (제5수)

계변의 발 싯고 홈의 메고 돌아올 제
어듸셔 牛背草笛이 홈씌 가쟈 빈아는고 (제6수)

五六月 어제런둧 七月이 브롬이다
아마도 하느님 너희 삼길 제 날 위ᄒᆞ야 삼기샷다 (제7수)

새 밥 닉을 째예 새 술 걸릴셰라
아마도 밥 들이고 잔 자블 째예 豪興계워 ᄒᆞ노라 (제8수)

흐튼 슌비 흐린 술을 고개 수겨 권홀 째여
뉘라셔 흙쟝고 긴노래로 추례 춤을 미루는고 (제9수)

이 정리에서 보면, 제5수를 대칭축으로 그 전후가 "… −ㄹ 제(중장)
/ 어듸셔 … −ㄴ고(종장)"의 대칭표현을 보여주는데, 이를 제8수가 일탈

하고 있다. 그리고 이 "… ─ㄹ 제(중장) / 어디셔 … ─ㄴ고(종장)"의 대칭 표현과 비슷한 "… ─ㄹ 째여(중장) / 뉘라셔 … ─ㄴ고(종장)"가 제9수에 서 발견된다. 이는 홀수의 단시조들에서는 이런 표현을 보여주지 않는 다는 점에서 보면 역시 일탈표현이다.

이 두 일탈표현들은 이 텍스트의 대칭표현에서 후미의 제8수와 제9수 를 도치시키고, 다시 후미를 전환하였다는 사실을 이해할 수 있게 한다. 즉 대칭표현(ABABXBABA)에서 후미의 BA를 AB로 도치시켜서 대칭표 현의 후미 도치형인 ABABXBAAB를 만들고, 다시 후미의 B를 T로 전환 하여 대칭표현의 후미 도치와 전환형인 ABABXBAAT로 만들었다고 정 리할 수 있다.

이렇게 이 작품들은 대칭표현에서 그 후미를 도치시키고 다시 전환한 형태들이다. 이 형태는 대칭표현의 후미를 도치시키고 다시 전환하였다 는 점에서, 한 작품 또는 한 텍스트의 결속과 종결을 보여준다고 정리할 수 있다. 대칭표현 자체만으로도 종결의 기능을 보여주는데, 굳이 후미 에서 종결의 기능을 하는 후미의 도치, 반복, 전환, 도치와 전환 등을 다시 한번 가미한 이유는 표현상에서 보이는 차이로, 이 차이에 기인한 효과는 추후에 좀더 검토해 보아야 할 것으로 보인다.

5. 결론

지금까지 연시조 표현의 결속과 종결을 검토 정리하였다. 그 결과를 간단하게 정리하는 것으로 결론을 대신하려 한다.

먼저 '2'장에서 정리한 반복표현의 결속과 후미 종결을 요약하면 다음 과 같다.

1) 결속을 보여주는 반복표현은 그 양상에 따라, 획일적 결속, 연쇄적 결속, 교차적 결속, 순차적 결속, 격구식 결속, 기타 등의 여섯 유형으로 정리하였다.

2) 획일적 결속은 반복되는 표현을 획일적으로 사용하여 해당 작품의 단시조들을 하나의 작품으로 결속한다. 이에 해당하는 작품으로는 〈강호사시가〉(맹사성), 〈호아곡사장〉(조존성), 〈유원일흥가〉(안서우), 〈어은동천가〉(김성기) 등이 있다.

3) 연쇄적 결속은 연쇄법을 이용한 결속이다. 이에 해당하는 작품으로는 〈병중술회가〉(정광천)가 있다.

4) 교차적 결속은 두 표현을 교차하면서 작품을 결속한다. 이에 해당하는 작품으로는 〈대재청한가〉(김유기)와 〈자행자처가〉(이간)가 있다.

5) 순차적 결속은 제1, 2수(/단락)의 결속, 제2, 3수(/단락)의 결속, 제3, 4수(/단락)의 결속 등과 같이 작품 또는 텍스트를 순차적으로 결속한다. 이에 해당하는 작품 또는 텍스트에는 〈오우가〉(윤선도), 〈도산육곡1(언지)〉(이황), 〈도산육곡2(언학)〉(이황), 〈강호연군가〉의 전6수(장경세), 〈강호연군가〉의 후6수(장경세), 〈영언십이장〉의 전6수(신지), 〈영언십이장〉의 후6수(신지) 등이 있다.

6) 격구식 결속은 작품 또는 텍스트의 전후 또는 상하를 격구식으로 결속하며, 6수에서 보이는 ABCABC의 유형과 12수에서 보이는 ABCDEFABCDEF의 유형이 있다. 전자의 유형에 속한 작품으로는 〈영회잡곡〉(김득연), 〈방옹사시가〉(신흠), 〈방옹망기가〉(신흠), 〈어부별곡〉(이중경) 등이 있고, 후자의 유형에 속한 작품으로는 〈강호연군가〉(장경세)와 〈영언십이장〉(신지)이 있다.

7) 기타에 속한 작품은 셋이다. 〈강호사시가〉(맹사성)에서는 순차적 결속과 격구식 결속을 혼용하였고, 〈사시가〉(황희)에서는 순차적 결속

과 획일적 결속을 혼용하였으며, 〈자행자처가〉(이간)에서는 격구식 결속과 순차적 결속을 혼용하였다.

8) 후미 반복표현의 종결은 다른 표현들을 보여주다가 작품의 마지막 두 수 또는 단락에서 같은 표현을 반복하여 종결을 보여주는 유형이다. 이에 속한 작품 또는 텍스트로는 〈유원일흥가〉(안서우), 〈황강구곡가〉(권섭), 〈강호구가〉(나위소), 〈영언십이장〉의 후6수(신지), 〈영언십이장〉(신지), 〈비가〉(이정환) 등이 있다.

'3'장에서 정리한 반복표현과 연계된 결속과 종결을 요약하면 다음과 같다.

반복표현과 연계된 결속과 종결은 반복표현의 후미 전환에 의한 결속과 종결, 반복표현의 후미 도치에 의한 결속과 종결, 반복표현의 후미 전환과 도치에 의한 결속과 종결 등의 세 유형으로 나뉜다.

1) 반복표현의 후미 전환에 의한 결속과 종결은, 같은 표현의 열거 반복과 그 후미 전환에 의한 결속과 종결, 다른 표현의 교체 반복과 후미 전환에 의한 결속과 종결 등으로 나뉜다.

2) 같은 표현의 열거 반복과 후미 전환에 의한 결속과 종결은 의존형태소, 자립형태소, 구절, 문장과 시조형 등을 반복표현으로 사용하였다. 의존형태소를 반복표현으로 이용한 작품으로는 〈사시가〉(황희), 〈어부별곡〉의 후3장(이중경), 〈주문답〉(정철), 〈회작국주가〉(김득연), 〈오륜가〉의 '난'(박선장), 〈전가팔곡〉의 신오석(이휘일), 〈남강유희가〉(유심영), 〈오륜가〉의 군신유의(박인로), 〈매화사〉(안민영) 등이 있다. 자립형태소를 반복표현으로 이용한 작품으로는 〈오륜가〉의 '난'(박선장), 〈병중술회가〉(정광천), 〈회작국주가〉(김득연), 〈동유음〉(신교), 〈북정음〉(신교), 〈어부별곡〉의 후3장(이중경), 〈병산육곡〉(권구), 〈화암구곡〉(유박), 〈전원사시가〉(신계영) 등이 있다. 구절을 반복표현으로 이용한 작

품으로는 〈호아곡사장〉(조존성), 〈소상팔경〉(이후백), 〈강호연군가〉의 후6수(장경세) 등이 있다. 문장과 시조형을 반복표현으로 이용한 작품으로는 〈강호사시가〉(맹사성), 〈사시가〉(황희), 〈도산육곡1(언지)〉(이황), 〈영언십이장〉의 전6수(신지), 매화사(안민영) 등이 있다.

3) 다른 표현의 교체 반복과 후미 전환에 의한 결속과 종결은 교체 반복의 표현으로 격어미, 단어, 구문, 문장, 대구 등을 이용하며, 5수 또는 5단락으로 ABABT의 유형을 보이는 〈어부단가〉, 〈전원사시가〉 〈오륜가〉(박인로) 등, 6수로 ABABAT의 유형을 보이는 〈풍아별곡〉(6곡의 텍스트), 6수로 ABABTT의 유형을 보이는 〈육영〉, 9수로 AABAABAAT의 유형을 보이는 〈농가(구장)〉 등이 있다.

4) 반복표현의 후미 도치에 의한 결속과 종결은 〈오륜가〉(주세붕)와 〈술회(가)〉(정광천)에서 보인다. 〈오륜가〉는 2수 1단위의 교차되는 반복 표현에서 후미에서 도치시킨 후미 도치형(ABABBA)으로 결속과 종결을 보여주고, 〈술회(가)〉는 3수 1단위의 교차되는 반복표현인 ABAABA에서 후미를 도치시킨 후미 도치형(ABAAAB)으로 결속과 종결을 보여준다.

5) 반복표현의 후미 전환과 도치에 의한 결속과 종결은, 같은 표현이나 단형시조의 반복인 AAAAA와 AAAAAAAA에서 일차로 마지막 수를 전환한 AAAAT와 AAAAAAAT를 만들고, 이차로 후미를 도치한 형태인 AAATA와 AAAAAATA를 만든, 〈감성은가〉(양주익), 〈방진산군수가〉(강복중), 〈매화사〉(안민영) 등에서 보인다.

'4'장에서 정리한 대칭표현과 연계된 결속과 종결을 요약하면 다음과 같다.

대칭표현과 연계된 결속과 종결은, 대칭표현에 의한 결속과 종결, 대칭표현의 후미 도치에 의한 결속과 종결, 대칭표현의 후미 반복에 의한 결속과 종결, 대칭표현의 후미 전환에 의한 결속과 종결, 대칭표현의 후미 도치와 전환에 의한 결속과 종결 등의 다섯 유형으로 나뉜다.

1) 결속과 종결을 보여주는 대칭표현은, 3수 또는 3단락이 이루는 최소 기본형(AXA의 대칭표현), 이 최소 기본형에서 대칭표현의 대칭이 확대된 대칭의 확대형[A(⋯)X(⋯)A의 대칭표현], 대칭표현의 단위가 2~4수 또는 2~4단락으로 확대된 확대형1[AB(CD)X(DC)BA의 대칭표현], 대칭표현의 단위가 2~4수 또는 2~4단락으로 확대된 확대형2[AA(AA)X(AA)AA의 대칭표현], 대칭표현의 단위가 2~4수 또는 2~4단락으로 확대된 확대형3[AB(CD)XAB(CD)의 대칭표현], 기타(혼합형의 대칭표현) 등의 6유형으로 정리하였다.

2) 3수 또는 3단락이 이루는 최소 기본형은 AXA의 대칭표현으로, 대칭에 사용된 표현은 의존형태소, 단어(자립형태소), 구문, 문장 등이다. 의존형태소에 의한 AXA의 대칭표현은 〈어부별곡〉의 후3장(이중경), 〈오륜가〉의 총론(박인로), 〈전가팔곡〉의 신오석(이휘일), 〈풍계육가〉(이정) 등에서 보인다. 자립형태소(단어)에 의한 AXA의 대칭표현은 〈병중술회가〉(정광천), 〈동유음〉(신교), 〈전가팔곡〉의 신오석(이휘일) 등에서 보인다. 문장과 단어에 의한 AXA의 대칭표현은 〈어부별곡〉의 전3장(이중경)에서 보인다. 구문과 문장에 의한 AXA의 대칭표현은 〈동유음〉(신교), 〈주문답〉(정철), 〈북정음〉(신교), 〈오륜가〉의 총론(박인로), 〈강호연군가〉의 전6수(장경세), 〈풍계육가〉(이정) 등에서 보인다.

3) 최소 기본형에서 대칭표현의 대칭이 확대된 대칭의 확대형은 A(⋯)X(⋯)A의 대칭표현으로, 대칭에 사용된 표현은 의존형태소, 자립형태소, 구문, 문장 등이며, 이 확대형은 4, 5, 6수의 대칭표현과 8, 9, 10수의 대칭표현으로 정리하였다. 4수의 대칭표현은 〈전가팔곡〉의 춘하추동(이휘일), 〈사우가〉(이신) 등에서, 5수의 대칭표현은 〈어부단가〉(이현보), 〈오륜가〉(김상용) 등에서, 6수의 대칭표현은 〈오륜가〉(주세붕),

〈오우가〉(윤선도) 등에서 보인다. 8수의 대칭표현은 〈전가팔곡〉(이휘일)에서, 9수의 대칭표현은 〈농가(구장)〉(위백규), 〈강호구가〉(나위소) 등에서, 10수의 대칭표현은 〈고산구곡가〉(이이)에서 보인다.

4) 대칭표현의 단위가 2~4수 또는 2~4단락으로 확대된 확대형의 하나인 AB(CD)X(DC)BA의 대칭표현은 4수(또는 4단락), 5수, 6수 등에서 보인다. 4수 또는 4단락의 대칭표현은 〈사시가〉(황희), 〈어은동천가〉(김성기), 〈대재청한가〉(김유기), 〈남강유희가〉(유심영), 〈도산육곡1(언지)〉(이황), 〈도산육곡2(언학)〉(이황) 등에서 보인다. 5수의 대칭표현은 〈어부단가〉(이현보), 〈오륜가(5수)〉(박선장), 〈오륜가〉의 부자유친(박인로), 〈천운순환가〉(이간), 〈성현충신가〉(김천택), 〈유원농포가〉(안서우), 〈어부사〉(이중경) 등에서 보인다. 6수의 대칭표현은 〈도산육곡2(언학)〉(이황), 〈영회잡곡〉(김득연), 〈산정독영곡〉(김득연), 〈방옹사시가〉(신흠), 〈방옹망기가〉(신흠), 〈유원일홍가〉(안서우) 등에서 보인다.

5) 대칭표현의 단위가 2~4수 또는 2~4단락으로 확대된 확대형의 하나인 AA(AA)X(AA)AA의 대칭표현은 5수(또는 5단락), 9수 등에서 보인다. 5수 또는 5단락의 대칭표현은 〈오륜가〉의 형제유애(박인로), 〈방진산군수가〉(강복중), 〈비가〉(이정환) 등에서 보인다. 9수의 대칭표현은 〈강호구가〉(나위소), 〈화암구곡〉(유박) 등에서 보인다.

6) 대칭표현의 단위가 2~4수 또는 2~4단락으로 확대된 확대형의 하나인 AB(CD)XAB(CD)의 대칭표현은 5수, 9수 등에서 보인다. 5수의 대칭표현은 〈오륜가(5수)〉(박선장), 〈오륜가〉(김상용) 〈오륜가〉의 형제유애(박인로), 〈어부별곡〉(이중경), 〈근답강복중영언〉(이미) 등에서 보인다. 9수의 대칭표현은 〈화암구곡〉(유박), 〈오대어부가〉(이중경) 등에서 보인다.

7) 기타(혼합형의 대칭표현)에는 AABXBAA를 보인 〈도산육곡1(언

지)〉, ABC(D)X(D)ABC를 보인 〈오륜가〉(박선장), ABB(C)X(C)ABB를 보인 〈강호구가〉 등이 있다.

8) 대칭표현의 후미 도치에 의한 결속과 종결은 ABCXCAB의 〈자행자처가〉(이간)에서 발견된다.

9) 대칭표현의 후미 반복에 의한 결속과 종결은 ABXBAA의 〈동유록〉(박순우)에서 발견된다.

10) 대칭표현의 후미 전환에 의한 결속과 종결은 AAXAT의 유형과 ABXBT의 유형으로 나뉜다. AAXAT에 의한 결속과 종결은 〈천운순환가〉(이간), 〈근답강복중영언〉(이미), 〈전원사시가〉(신계영), 〈비가〉(이정환) 등에서 보인다. ABXAT에 의한 결속과 종결은 〈전원사시가〉(신계영), 〈오륜가〉(박인로)의 부부유별 등에서 보인다.

11) 대칭표현의 후미 도치와 전환에 의한 결속과 종결은, 〈오륜가〉의 부자유친(박인로) 〈남파취유가〉(김천택), 〈화암구곡〉(유박), 〈농가(구장)〉(위백규) 등에서 보인다.

이렇게 요약되는 내용으로 보아, 연시조 표현의 결속과 종결은 그 존재가 명확하며, 연시조를 연시조이게 하는 연시조성의 네 항목(결속, 종결, 구조, 주제) 중에서 두 항목이라고 정리할 수 있다. 이로 인해 이 연시조 표현의 결속과 종결은 연시조의 작품론과 창작론에서 반드시 다루어야 할 항목들이라고 할 수 있다. 그리고 이 글에서는 단락간의 결속과 종결이 단락내의 결속과 종결을 거의 대신할 수 있다고 생각하고, 이 글의 목적이 제목 없이 합철된 연시조의 논거와 탈착형 연시조의 논거에 있어, 단락내의 결속과 종결을 다루지 않았다. 다루지 않은 단락내의 결속과 종결은 시학을 정리하는 자리에서 보완하고자 한다.

제2부

제목 없이 합철된 사대부의 연시조

신흠의 연시조1 〈방옹사시가〉

1. 서론

이 글은 『청구영언』(진본)에 전하는 신흠(申欽, 1566~1628)의 시조 중에서, 작품 131~136(상촌 16~21)이 탈착형 연시조라는 사실을, 결속, 종결, 구조, 주제 등을 검토 정리하는 방법으로, 정리하는 데 연구의 목적이 있다.

『청구영언』(진본)에 전하는 신흠의 작품 131~136(상촌 16~21) 또는 그 전후를 연시조로 보기 시작한 것은 성기옥(1996)이다. 그 당시까지 『청구영언』에 수록된 신흠의 시조 30수를 단시조들의 집적(集積)으로 보아 온 것에 문제를 제기하면서, 이 시조들의 연작성을 검토하였다. 그 결과 1613년 동짓날 전후에서 시작된 겨울→봄→여름으로의 계절적 진행이 곧 전체 흐름의 기본틀을 형성하고 있다는 결론[1]을 내리면서, '봄'을 노래한 작품 130~139(상촌 15~24)에 속한 작품 131~135(상촌 16~20)의 5수를, 연군을 주제로 하는, 사시가계 연군시조[2]로 보았다.

---

1 [겨울 1] 제1수~제 8수: 자아의 굳건한 의지다짐 → 자연과의 동화
   [겨울 2] 제9수~제14수: 歸田의 심회 토로 → 자연과의 동화
   [봄] 제15수~제24수: 연군의 정념과 의지의 재다짐 → 자연과의 동화
   [초여름] 제25수~제30수: 세태에 대한 좌절감 → 노래하는 뜻(성기옥 1996:240)

김창원(1999)은 『청구영언』(진본)의 작품 132~136(상촌 17~21)의 5수를 인용한 다음에, 이 5수의 주제를 연정으로 보고, 봄→여름→가을→겨울→봄의 순서를 사시가계 연시조의 것이 아니라 악부의 것으로 보면서, 연시조설을 부정하였다. 김석회(2001a, b)는 작시론적 측면에서 30수의 구성을 9수-6수-6수-9수의 4단 또는 6수-3수-6수-6수-6수-3수의 6단으로 정리를 하였다.[3] 그리고 이 정리에 포함된 '한식탄(寒食歎) 성격의 제3단 6수'(진본 『청구영언』의 작품 131~136, 상촌 16~21)의 논의에서는, 그 이전의 연구들이 보인 문제[4][5]를 지적하면서, 서사,

---

2   "다만 여기에도 다른 계절이 끼어들어 계절의 순차적 흐름을 방해하는 예외적 현상이 없는 것은 아니다. 봄을 배경으로 한 제15수에서 21수 사이에 여름·가을·겨울이 제18-20수에 걸쳐 끼어들어 있음이 그것이다. 이 역시 제17-20수가 그 자체로서 봄→여름→가을→겨울로 이어지는 정연한 짜임을 지닌다는 점에서 무조건 예외적으로 처리할 성질의 것은 아니다. 序詞에 해당하는 바로 앞의 제16수(내 가슴 헤친 피로 님의 양ㅈ 그려내여 / 高堂 素壁에 거러 두고 보고지고 / 뉘라셔 離別을 삼겨 사롬 죽게 ㅎᄂ고)와 더불(…표 인용 생략…)어, 이들은 戀君의 심경을 4계절의 변화에 얹어 토로하는 四時歌 양식의 연군시조로서 독립된 한 덩이를 이루고 있기 때문이다. 다시 말해 寒食을 맞자 죽은 先王(선조)에 대한 북받치는 그리움의 정념을, 5수의 사시가계 연군시조 형태로 완결시켜 드러낸 결과라 할 수 있다."(성기옥 1996:233~235)

3   동지음(冬至吟)에 준하는 제1단 6수, 동지음(冬至吟) 이후의 딸림 서정 3수, 상촌잡영(象村雜詠)에 준하는 제2단의 6수, 한식탄(寒食歎) 성격의 제3단 6수, 관물관세(觀物觀世) 유형의 제4단 6수, 구체적인 잔치의 흥을 노래한 마지막 3수.

4   "김창원은 이 대목의 제2수 이하 다섯 수를 한데 묶어 논의하면서, 이들은 신흠 자신의 실체험에 근거한 것이 아니고 중국 악부를 의방하여 지은 것으로 보고, 그 내용적 성격 또한 연군시와는 구별되는 보통의 애정시임을 주장하였다. 그는 그 이유로 이들 시조가 내침을 당한 여인의 정서와는 전혀 달리 멀리 떠나간 임을 그리워하며 기다리는 고독한 여인의 정서라는 점과 인생본연의 무상감에 기초한 애상과 비애가 주조를 이루고 있는 점을 들었다. 그러나 이러한 견해는 연군시와 애정시가 그토록 뚜렷하게 준별되는 것인가에 관한 기본적 의문은 차치해 두더라도, 이 시조들이 지향하고 있는 그리움의 대상을 잘못 짚은 것으로 여겨진다. 그는 현존하는 권력의 실체인 광해군을 염두에 두고 논의를 펴고 있는 것으로 보이는데, 그것은 실상과 전혀 맞지 않는다. 〈방옹시여〉에 표백된 모든 그리움은 돌아가신 선조 임금을 향한 것이 명백하기 때문이다. 이렇게 본다면, 이 시조들에 드러나는 그리움의 양상이나 애상과 비애의 정서가 이상한 것이 아니고

춘하추동, 결사 등으로 구성된 연군의 연시조로 보았다.[6] 정소연(2005)
은 시조 30수를 제1단락(시조1, 2, 서사), 제2단락(시조3~9, 본사1의
주자학적 세계관①:시름), 제3단락(시조10~15, 본사1의 상수역학적 세
계관①:극복), 제4단락(시조16~21, 본사2의 주자학적 세계관②:시름),
제5단락(시조22~28, 본사2의 상수역학적 세계관②), 제6단락(시조29,
30, 결사) 등으로 구성된 서사, 본사, 결사 등의 구조로 보았다. 그리고
이에 포함된 제4단락의 설명에서는 6수의 설명에 그쳤다. 양태순(2008)
은 이 6수와 한시의 관련 양상을 주제, 소재, 갈래, 시기 등의 측면에서
검토하면서, 주제를 연정과 연군으로 보았다.

이상과 같이 정리되는 기왕의 연구들은 『청구영언』(진본)에 전하는
신흠의 작품 131~136(상촌 16~21)의 이해에 많은 도움을 주었다. 그러
나 좀더 검토해 볼 문제도 남아 있다. 즉 작품 131~136(상촌 16~21)은

자연스럽고도 당연한 것으로 볼 수가 있다. 은총을 바라는 단순한 연군시가 아니라
죽고 없는 이를 애절하게 그리는 추모시의 맥락이기 때문이다. 여성의 목소리나 여성적
정조, 여성적인 포즈를 취하는 것 등이 악부시의 전통에 기대고 있다는 것은 물론 사실일
것이다. 그러나 이로 말미암아 이 시조들의 세계가 상촌 자신의 체험이나 정서와 무관한
것이라고는 볼 수 없다."(김석회 2001a:90~91)

5 "아울러 제16수를 序首로 하고 후속하는 네 수를 사시가의 구조로 파악하여 제16수
이하 다섯 수를 사시가계 연군시조 계열로 묶었던 성기옥의 경우도 이 대목의 구조적
독립성을 제대로 주목하지 못한 결과, 제15수를 發端으로 삼아 제24수에 이르러 마무
리가 되는 "봄의 시조" 중의 한 대목으로 잡았는데, 이는 앞서 살핀 바대로 작품들의
구조적 실상이나 내용적 흐름에서 멀어진 분단이라 할 수 있다. 제15수는 제2단의 결사
에 해당하는 대목이어서 제3단에 해당하는 이 대목의 한식탄 6수와는 준별되며, 제21
수 또한 내용의 성격상 제22수 이하와는 판이하기 때문이다."(김석회 2001a:91)

6 "… 후속하는 6수인 제16수에서 제21수까지의 일단은 돌아가신 선조 임금에 대한 한
편의 추모곡이라 할 수 있다.
  자신을 알아주고 중용했던 선조 임금에 대한 절절한 그리움을 四時歌의 틀 속에 담은
것이다. 제1수는 序詞라 할 수 있고, 제2, 3, 4, 5수는 각각 春夏秋冬이며, 제6수는
結詞의 구조를 띠고 있는 것이다."(김석회 2001a:89, 거의 비슷한 내용이 김석회 2001b:
326에서도 보인다.)

연작시조에 포함되어 있는 연시조인가 아닌가, 연시조라면 그 결속, 종결, 구조, 주제 등은 무엇인가. 결속과 종결은 검토된 적이 없다. 그리고 구조에서는 서사, 춘하추동, 결사 등과 봄→여름→가을→겨울→봄의 순서가 논의되었으며, 주제에서는 연군, 연정, 연정과 연군 등이 논의되었는데, 이는 좀더 논리적으로 정리할 필요가 있다.

　이에 이 글에서는 『청구영언』(진본)에 전하는 신흠의 작품 131~136 (상촌 16~21)의 결속, 종결, 구조, 주제 등을 검토 정리하는 방법으로, 이 작품이 탈착형의 연시조라는 사실을 정리하고자 한다.(이 6수는 성기옥과 김석회가 보여주듯이, 사시가계 연군시가 또는 사시가라는 점에서, 이 글에서는 이 6수를 편의상 〈방옹사시가(放翁四時歌)〉로 부른다.) 그리고 이 〈방옹사시가〉는 전3수의 텍스트, 후3수의 텍스트, 6수의 텍스트 등으로 탈착되는 탈착형의 연시조라는 점에서, 세 텍스트로 나누어 설명한다.[이 글은 「신흠의 제목 없이 합철된 두 연시조」(양희철 2017b)를 나누어서 다듬은 것임]

2. 전3수의 텍스트

　이 장에서는 전3수 텍스트의 결속과 종결을 먼저 다루고, 구조와 주제를 이어서 다루려 한다.

2.1. 결속과 종결

　전3수의 결속과 종결을 보기 위하여, 전3수를 먼저 보자.

내 가슴 헤친 피로 님의 양ᄌ 그려내여
고당(高堂) 소벽(素壁)에 거러 두고 보고지고
뉘라셔 이별(離別)을 삼겨 사롬 죽게 ᄒᄂ고? (제1수, 청진 131)

한식(寒食) 비온 밤의 봄 빗치 다 퍼졋다.
무정(無情)ᄒ 화류(花柳)도 째를 아라 픠엿거든
엇더타 우리의 님은 가고 아니 오ᄂ고? (제2수, 청진 132)

어졋밤 비온 후(後)에 석류(石榴)곳이 다 픠엿다.
부용(芙蓉) 당반(塘畔)에 수정렴(水晶簾)을 거더두고
눌 향(向)ᄒ 기픈 시름을 못내 프러 ᄒᄂᄂ? (제3수, 청진 133)

먼저 단락내 결속을 보자. 제2단락(제2, 3수)에서는 "… 비온 ○의/에 ○(○)○이 다 -엿다."의 반복표현에 의한 단락내 결속을 보여준다. 이 결속은 "한식(寒食) 비온 밤의 봄 빗치 다 퍼졋다."(제2수 초장)와 "어졋 밤 비온 후(後)에 석류(石榴)곳이 다 픠엿다."(제3수 초장)에서 파악할 수 있다.

제1단락(제1수)과 제2단락(제2, 3수)의 단락간의 결속과 종결인, 이 텍스트의 결속과 종결은 두 대칭표현에 의해 이루어졌다.

첫째로, ["○○ ○○에 ○○○○ ○○○고"(제1수 중장)-대칭축(제2수 중장)-"○○ ○○에 ○○○○ ○○○고"(제3수 중장)]의 대칭표현이다. 이 대칭표현은 "고당(高堂) 소벽(素壁)에 거러 두고 보고지고"(제1수 중장)와 "부용(芙蓉) 당반(塘畔)에 수정렴(水晶簾)을 거더두고"(제3수 중장)에서 파악할 수 있다.

둘째로, ["누- (…) -을 … ᄒᄂ-."(제1수 종장)-대칭축(제2수 종장)-"누- (…) -을 … ᄒᄂ-."(제3수 종장)]의 대칭표현이다. 이 대칭표현은 "뉘라셔 이별(離別)을 삼겨 사롬 죽게 ᄒᄂ고."(제1수 종장)와 "눌

향(向)흔 기픈 시름을 못내 프러 흐느뇨."(제3수 종장)에서 파악할 수 있다.

이 두 대칭표현은 두 단락은 물론 이 전3수 텍스트의 결속을 보여준다. 동시에 시종(始終)의 대칭표현으로 시작의 제1수에 대칭인 제3수가 종결임도 보여준다.

2.2. 구조와 주제

배경시간의 구조에서는 제2수와 제3수가 봄과 여름의 순차적 구조를 보여준다. 제3수의 배경시간이 여름이라는 사실은 "석류꽃이 다 피었다."에서 알 수 있다.

논리적 구조는 서사(제1수)와 본사(제2, 3수)의 구조이다. 이런 사실을 차례로 보자.

제1수에서는 연군의 정을 절실(切實)하게 그리고 있다. 그것도 돌아가신 임금에 대한 연군의 정을 뼈저리고 통렬하게 그리고 있다. 돌아가신 임금을 대상으로 하였다는 사실은, 고당(高堂) 곧 높은 사당(祠堂)에서 추정할 수 있으며, 나라에서 종묘와 각 능원(陵園)에 제향(祭香)하는 날인 한식(寒食, 제2수)으로 알 수 있다. 그리고 연군의 정을 절실하게 그렸다는 사실은, 초장인 "내 가슴 헤친 피로 님의 양ᄌ 그려내여"와 종장인 "뉘라셔 이별(離別)을 삼겨 사롬 죽게 흐ᄂ고."에서 알 수 있다. 게다가 내 가슴 헤친 피로 그려내어 고당(高堂) 소벽(素壁)에 걸으려는 님의 양자는, '고당(高堂) 소벽(素壁)'의 상호원문인 〈희제왕재화산수도가(戲題王宰畫山水圖歌)〉[7](두보, 712~770)를 감안하면, 장엄한 임금

---

7 十日畫一水   열흘에 강물 하나를 그리고,
   五日畫一石   닷새에 바위 하나를 그렸네.

의 양자를 그 이전의 누구보다도 생생하게 잘 그린 것이다. 이는 그 이전의 누구보다도 절실한 연군의 정을 의미한다. 이런 점들로 보아, 제1수의 주제는 [가슴 헤친 피로, 사별한 님의 양자를 그려내어 고당(高堂) 소벽(素壁)에 걸어 두고 보고 싶은 연군]으로 정리할 수 있다.

제2수에서는 한식날 밤에 느끼는 연군의 정을 노래하고 있다. 그것도 나라에서 종묘와 각 능원(陵園)에 제향(祭香)하는 한식날 비가 온 밤에, 봄빛이 자연에 다 퍼져서, 무정한 꽃과 버들도 때를 알아 피었는데, 우리의 님은 가고 오지 않는다고, 돌아가신 임금에 대한 연군의 정을 노래하였다. 이런 점들로 보아, 제2수의 주제는 [비온 한식날 밤에 봄빛이 다 피어, 무정한 화류도 다시 피었는데, 가고 오지 않는 님을 그리는 연군]으로 정리할 수 있다. 이 주제는 제1수의 개괄적인 연군의 정을 한식날 느끼는 개별적인 연군의 정으로 바꾸었다는 점에서 본사로 정리할 수 있다.

제3수에서는 비온 후에 석류꽃이 다 핀 날, 부용당반에서 수정렴을 걷어두고, 선조를 향한 깊은 시름을 풀어내고 있는데, 그 표현이 상당히

能事不受相促迫	뛰어난 재주는 촉박을 받아들이지 않아,
王宰始肯留眞跡	왕재는 비로소 참된 그림 솜씨를 남겼구나.
壯哉崑崙方壺圖	장엄하구나 곤륜산과 방호의 그림이여,
掛君高堂之素壁	그대 집 흰 벽에 걸렸네.
巴陵洞庭日本東	파릉과 동정호와 해가 솟는 동쪽과,
赤岸水與銀河通	적안의 물이 은하수로 통하니,
中有雲氣隨飛龍	그 속에 용이 구름을 타고 하늘로 오르는구나.
舟人漁子入浦漵	뱃사공과 어부는 갯가로 들어가고,
山木盡亞洪濤風	산의 나무는 큰 파도 일으키는 바람으로 다 기울어졌네.
尤工遠勢古莫比	멀리 보이는 모양을 더욱 들어맞게 그려 옛 그림과 비할 수 없으니,
咫尺應須論萬里	지척 같은 가까운 곳을 두고도 응당 만리 먼곳 일을 의논하겠구나.
焉得幷州快剪刀	병주의 잘 드는 칼을 어찌 구하여,
翦取吳松半江水	오송강의 절반을 저렇게 베어 가져 왔는고.

우회적이다. 누구를 향하여 어떤 깊은 시름을 풀고 있는지를 직설적으로 보여주지 않고 있다. 이를 추정해 보자. '눌 향한 깊은 시름'에서, '눌 향한'은 '선조를 향한'으로 이해되고, '깊은 시름'은 영창대군(永昌大君, 1606~1614)을 보필하지 못함에서 오는 깊은 시름으로 이해된다. 왜냐하면, 상촌이 선조(1552~1608)의 총애를 받아, 상촌의 장남인 익성(翊聖)이 선조의 딸인 정숙옹주(貞淑翁主)의 부마가 되었고, 고위직을 두루 거쳤으며, 선조로부터 영창대군의 보필을 부탁받은 유교칠신(遺敎七臣)으로, 1613년 계축옥사에서 파직된 이후에, 김포의 향촌인 상촌에서 이 작품을 지었기 때문이다. 이런 점들로 보아, 제3수의 주제는 [비온 후에 석류꽃이 다 핀 날(여름), 부용당반에서 수정렴을 걷어두고, 깊은 시름에 **빠져** 그리는 연군]으로 정리할 수 있다.

지금까지 정리한 각수별 주제를 다시 옮겨 쓰면 다음과 같다.

> 제1수: 가슴 헤친 피로, 사별한 님의 양자를 그려내어 고당(高堂) 소벽(素壁)에 걸어 두고 보고 싶은 연군
>
> 제2수: 비온 한식날 밤에 봄빛이 다 피어, 무정한 화류도 다시 피었는데, 가고 오지 않는 님을 그리는 연군
>
> 제3수: 비온 후에 석류꽃이 다 핀 날(여름), 부용당반에서 수정렴을 걷어두고, 깊은 시름에 **빠져** 그리는 연군

제1수는 제2, 3수에서 봄과 여름의 개별적인 계절에 느끼는 연군을 개괄적으로 노래하면서, 봄과 여름의 계절별 연군을 이끈다는 점에서, 서사로 정리하고, 제2, 3수는 본사로 정리할 수 있다. 그리고 오지 않는 님을 그리는 연군(제2수, 본사1)을, 님을 향한 깊은 시름에 **빠져** 그리는 연군(제3수, 본사2)으로 점층시켰다는 점에서, 제2수(본사1)와 제3수(본사2)는 점층적 구조로 정리할 수 있다.

이 서사(제1수)와 본사(제2, 3수, 본사1과 본사2의 점층적 구조)의 구조로 보아, 이 텍스트의 주제는 [봄과 여름에 그리는 연군]으로, 정리할 수 있다.

3. 후3수의 텍스트

이 장에서는 후3수 텍스트의 결속과 종결을 먼저 다루고, 구조와 주제를 이어서 다루려 한다.

3.1. 결속과 종결

후3수의 결속과 종결을 보기 위하여, 후3수를 먼저 보자.

창(牕) 밧긔 워석버석 님이신가 니러보니
혜란(蕙蘭) 혜경(蹊徑)에 낙엽(落葉)은 므스일고.
어즈버 유한(有恨)흔 간장(肝腸)이 다 그츨가 흐노라. (제4수, 청진 134)

은강(銀釭)에 불 붉고 수로(獸爐)에 향(香)이 진지
부용(芙蓉) 기픈 장(帳)에 혼자 찌야 안자시니
엇더타 헌스흔 져 경점(更點)아 줌 못더러 흐노라. (제5수, 청진 135)

봄이 왓다 흐되 소식(消息)을 모로더니
냇ᄀ애 프른 버들 네 몬져 아도괴야.
어즈버 인간(人間) 이별(離別)을 ᄯ오 엇지 흐느다. (제6수, 청진 136)

먼저 단락내 결속을 보자. 제1단락(제4, 5수)은 제4수와 제5수의 종장에서 '흐노라'를 반복하면서, 반복표현에 의한 결속을 보여준다.

제1단락(제4, 5수)과 제2단락(제6수)의 단락간의 결속과 종결, 즉 이 텍스트의 결속과 종결은 두 대칭표현에 의해 구현되었다.

첫째로, ["… ─니"(제4수 초장)─대칭축(제5수 초장)─"… ─니"(제6수 초장)]의 대칭표현이다. 이 대칭표현은 "창(牕) 밧긔 워석버석 님이신가 니러보<u>니</u>"(제4수 초장)와 "봄이 왓다 ᄒ되 소식(消息)을 모로더<u>니</u>"(제6수 초장)에서 파악할 수 있다.

둘째로, ["어즈버 … ᄒ─."(제4수 종장)─대칭축(제5수 종장)─"어즈버 … ᄒ─."(제6수 종장)]의 대칭표현이다. 이 대칭표현은 "<u>어즈버</u> 유한(有恨)ᄒ 간장(肝腸)이 다 그츨가 <u>ᄒ</u>노라."(제4수 종장)와 "<u>어즈버</u> 인간(人間) 이별(離別)을 ᄯ 엇지 <u>ᄒ</u>ᄂ다.(제6수 종장)에서 파악할 수 있다.

이 두 대칭표현은 단락간의 결속은 물론 이 텍스트의 결속을 보여준다. 동시에, 시종의 대칭표현에 의해 시작 부분인 제4수의 대칭인 제6수가 종결임도 보여준다.

3.2. 구조와 주제

배경시간의 구조에서는 가을(제4수), 겨울(제5수), 봄(제6수) 등의 순차적 구조를 보여준다.

논리적 구조는 본사(제4, 5수)와 결사(제6수)의 구조이며, 본사는 점 강적 구조이다. 이를 좀더 구체적으로 보자.

제4수에서는 낙엽이 워석버석 부딪히는 소리도 님이 오는 것으로 착각하고 창밖을 내다보는 가을에, 단장(斷腸)할 것 같이 그리는 연군을 노래하였다. 낙엽이 워석버석 부딪히는 소리도 님이 오는 것으로 착각하고 창밖을 내다보는 가을은 초장과 중장인 "창(牕) 밧긔 워석버석 님이신가 니러보니 / 혜란(蕙蘭) 혜경(蹊徑)에 낙엽(落葉)은 므스일고."에서 쉽게 알 수 있다. 그리고 단장(斷腸)할 것 같이 그리는 연군은 종장인 "어즈버 유한(有恨)훈 간장(肝腸)이 다 그츨가 호노라."에서 파악할 수 있다. 이런 점들로 보아, 제4수의 주제는 [낙엽이 워석버석 부딪히는 소리도 님인가 창밖을 내다보는 때(가을)에, 단장(斷腸)할 것 같이 그리는 연군]으로 정리할 수 있다.

제5수에서는 은 등잔에 불이 밝고 동물 모양의 향로에 향이 진지 오래 된 밤(겨울)에, 부용장 깊은 곳에서 혼자 깨어 앉아, 밤의 시각을 알리는 경점에 잠을 들지 못하며 그리는 연군을 노래하였다. 은 등잔에 불이 밝고 동물 모양의 향로에 향이 진지 오래된 밤(겨울)에, 부용장 깊은 곳에서 혼자 깨여 앉아 연군함은, 초장과 중장인 "은강(銀釭, 은 등잔)에 불 붉고 수로(獸爐, 동물 모양의 향로)에 향(香)이 진지 / 부용(芙蓉) 기픈 장(帳)에 혼자 씨야 안자시니"에서 알 수 있다. 그리고 밤의 시각을 알리는 경점에 잠을 들지 못하면서 그리는 연군은 종장인 "엇더타 헌스흔 져 경점(更點, 조선 시대 때 북과 징을 쳐서 알리던 夜時法의 시간 단위인 경과 점)아 줌 못더러 호노라."에서 알 수 있다. 이런 사실들로 보아, 제5수의 주제는 [깊은 밤(겨울)에 깊은 부용장에서 혼자 깨어 앉아, 경점에 잠을 들지 못하며 그리는 연군]으로 정리할 수 있다.

제6수에서는 봄이 왔다고 하지만 그 소식을 모르더니, 푸른 버들이 먼저 아는데, 인간의 이별은 또 어찌하는가를 노래하였다. 봄이 왔다고 하지만 그 소식을 모르더니, 푸른 버들이 먼저 안다는 사실은, 초장과 중장인 "봄이 왓다 호되 소식(消息)을 모로더니 / 냇ㄱ애 프른 버들 네 몬져 아도괴야."에서 알 수 있다. 그리고 인간의 이별은 또 어찌하는가는 종장인 "어즈버 인간(人間) 이별(離別)을 쏘 엇지 호느다."에서 알 수 있다. 이런 사실들로 보아, 제6수의 주제는 [다시 돌아온 봄을 버들이 먼저 아는데, 인간 이별은 어찌할 수 없음으로 보여준 연군]으로 정리할 수 있다.

지금까지 정리한 각수별 주제를 옮겨 쓰면 다음과 같다.

제4수: 낙엽이 워석버석 부딪히는 소리도 님인가 창밖을 내다보는 때
(가을)에, 단장(斷腸)할 것 같이 그리는 연군
제5수: 깊은 밤(겨울)에 깊은 부용장에서 혼자 깨어 앉아, 경점에 잠을
들지 못하며 그리는 연군
제6수: 다시 돌아온 봄을 버들이 먼저 아는데, 인간 이별은 어찌 할 수
없음으로 보여준 연군

제4수와 제5수에서는 가을과 겨울에 느끼는 연군을 구체적으로 개별
적으로 노래하였다. 이에 비해 제6수에서는 제4, 5수를 묶어서 이별로
인한 연군의 정을 노래하였다. 이런 사실로 보면, 이 텍스트는 제4, 5수
의 본사와 제6수의 결사로 구성된 본결의 구조로 정리할 수 있다. 그리고
본사1(제4수)에서는 단장할 것 같이 그리는 연군을 노래하고, 본사2(제5
수)에서는 잠을 들지 못하며 그리는 연군을 노래하였다는 점에서, 제4수
와 제5수는 점강적 구조로 정리할 수 있다. 이런 논리적 구조로 보아
이 텍스트의 주제는 [가을, 겨울, 봄에 그리는 연군]으로 정리할 수 있다.

4. 6수의 텍스트

이 장에서는 6수 텍스트의 결속과 종결을 먼저 다루고, 구조와 주제
를 이어서 다루려 한다.

4.1. 결속과 종결

이 텍스트의 결속과 종결은 두 차원에서 정리할 수 있다. 하나는 전3
수와 후3수의 분리와 결속을 동시에 보여주는 전3수와 후3수의 상응적
반복표현이고, 다른 하나는 6수 텍스트의 대칭표현이다.

먼저 전3수와 후3수의 분리와 결속을 동시에 보여주는 전3수와 후3
수의 상응적 반복표현을 보자. 이 반복표현을 제1수와 제4수의 반복표
현, 제2수와 제5수의 반복표현, 제3수와 제6수의 반복표현 등으로 정리
한다.

제1수와 제4수의 중장에서는 "… ‑에 … ‑고"의 반복표현을 보여준
다. 이 반복표현은 "고당(高堂) 소벽(素壁)에 거러 두고 보고지고"(제1
수 중장)와 "혜란(蕙蘭) 혜경(蹊徑)에 낙엽(落葉)은 므스일고."(제4수
중장)에서 파악할 수 있다.

제2수와 제5수의 종장에서는 "엇더타 …"의 반복표현을 보여준다. 이
반복표현은 "엇더타 우리의 님은 가고 아니 오는고."(제2수 종장)와 "엇
더타 헌스흔 져 경점(更點)아 좀 못더러 ᄒᆞ노라."(제5수 종장)에서 파악
할 수 있다.

제3수와 제6수의 종장에서는 "… ‑을 … ᄒᆞᄂ‑."의 반복표현을 보여
준다. 이 반복표현은 "눌 향(向)흔 기픈 시름을 못내 프러 ᄒᆞᄂᆢ."(제3
수 종장)와 "어즈버 인간(人間) 이별(離別)을 쏘 엇지 ᄒᆞᄂᆞ다."(제6수 종
장)에서 파악할 수 있다.

이상의 반복표현들이 격구식으로 보이는 전3수와 후3수의 상응은 다
음의 표와 같다.

제1~3수	상응하는 반복표현	제4~6수
제1수	"… -에 … -고"(중장)	제4수
제2수	"엇더타 …"(종장)	제5수
제3수	"… -을 … ᄒᆞᄂᆞ-."(종장)	제6수

이 격구식으로 상응하는 반복표현은, 전3수(제1~3수)의 텍스트와 후 3수(제4~6수)의 텍스트에서 같은 표현을 반복하면서, 두 텍스트의 분 리와 결속을 동시에 보여준다.

이번에는 대칭표현에 의한 6수 텍스트의 결속과 종결을 보기 위하여, 밑줄 친 부분에 유의하면서 6수의 텍스트를 보자.

내 가슴 헤친 피로 님의 양ᄌᆞ 그려내여
고당(高堂) 소벽(素壁)에 거러 두고 보고지고
뉘라셔 <u>이별(離別)을</u> 삼겨 사름 죽게 <u>ᄒᆞᄂᆞᆫ고?</u> (제1수, 청진 131)

한식(寒食) 비온 밤의 봄 빗치 다 퍼졋다.
무정(無情)ᄒᆞᆫ 화류(花柳)도 ᄢᅢ를 아라 픠엿거든
<u>엇더타</u> 우리의 님은 가고 아니 오ᄂᆞᆫ고? (제2수, 청진 132)

어젯밤 비온 후(後)에 석류(石榴)곳이 다 픠엿다.
부용(芙蓉) 당반(塘畔)<u>에</u> 수정렴(水晶簾)을 거더두고
눌 향(向)ᄒᆞᆫ 기픈 시름을 못내 프러 <u>ᄒᆞᄂᆞ뇨?</u> (제3수, 청진 133)

창(牕) 밧긔 워석버석 님이신가 니러보니
혜란(蕙蘭) 혜경(蹊徑)<u>에</u> 낙엽(落葉)은 므스일고.
어즈버 유한(有恨)ᄒᆞᆫ 간장(肝腸)이 다 그츨가 <u>ᄒᆞ노라.</u> (제4수, 청진 134)

은강(銀釭)에 불 붉고 수로(獸爐)에 향(香)이 진지
부용(芙蓉) 기픈 장(帳)에 혼자 찌야 안자시니
<u>엇더타</u> 헌ᄉᆞᆫ 져 경점(更點)아 좀 못더러 ᄒᆞ노라. (제5수, 청진 135)

봄이 왓다 ᄒᆞ되 소식(消息)을 모로더니
냇ᄀᆞ애 프른 버들 네 몬져 아도괴야.
어즈버 인간(人間) <u>이별(離別)을</u> ᄯᅩ 엇지 ᄒᆞᄂᆞ다? (제6수, 청진 136)

밑줄 친 부분들에서, 4종의 대칭표현을 정리할 수 있다.

첫째로, ["… 이별(離別)을 … ᄒᆞᄂᆞ-."(제1수 종장)-대칭축(제3, 4수의 중간)-"… 이별(離別)을 … ᄒᆞᄂᆞ-."(제6수 종장)]의 대칭표현이다. 이 대칭표현은 "뉘라셔 <u>이별(離別)을</u> 삼겨 사ᄅᆞᆷ 죽게 <u>ᄒᆞᄂᆞᆫ고</u>."(제1수 종장)와 "어즈버 인간(人間) <u>이별(離別)을</u> ᄯᅩ 엇지 <u>ᄒᆞᄂᆞ다</u>."(제6수 종장)에서 파악할 수 있다.

둘째로, ["엇더타 …."(제2수 종장)-대칭축(제3, 4수의 중간)-"엇더타 …."(제5수 종장)]의 대칭표현이다. 이 대칭표현은 "<u>엇더타</u> 우리의 님은 가고 아니 오ᄂᆞᆫ고."(제2수 종장)와 "<u>엇더타</u> 헌ᄉᆞᆫ 져 경점(更點)아 좀 못더러 ᄒᆞ노라."(제5수 종장)에서 파악할 수 있다.

셋째로, ["○○ ○○에 … -고"(제3수 중장)-대칭축(제3, 4수의 중간)-"○○ ○○에 … -고"(제4수 중장)]의 대칭표현이다. 이 대칭표현은 "부용(芙蓉) 당반(塘畔)<u>에</u> 수정렴(水晶簾)을 거더두<u>고</u>"(제3수 중장)와 "혜란(蕙蘭) 혜경(蹊徑)<u>에</u> 낙엽(落葉)은 므스일<u>고</u>."(제4수 중장)에서 파악할 수 있다.

넷째로, ["… -ᄒᆞᆫ … ᄒᆞ-."(제3수 종장)-대칭축(제3, 4수의 중간)-"… -ᄒᆞᆫ … ᄒᆞ-."(제4수 종장)]의 대칭표현이다. 이 대칭표현은 "눌 향(向)<u>ᄒᆞᆫ</u> 기픈 시름을 못내 프러 <u>ᄒᆞᄂᆞ뇨</u>."(제3수 종장)와 "어즈버 유한(有

恨)호 간장(肝腸)이 다 그츨가 호ᄂ오라(〈호노라〉)."(제4수 종장)에서 파악할 수 있다.

이 4종의 대칭표현들에서, 제1수와 제6수의 대칭표현을 A-A로, 제2수와 제5수의 대칭표현을 B-B로, 제3수와 제4수의 대칭표현을 C-C로, 대칭축을 X로 각각 바꾸면, 이 텍스트는 [A(제1수)-B(제2수)-C(제3수)-X(대칭축)-C(제4수)-B(제5수)-A(제6수)]의 대칭표현으로 정리할 수 있다. 이 대칭표현들은 6수 텍스트의 결속을 보여주며, 이에 포함된 시종의 대칭표현은 이 텍스트의 제6수가 종결임도 보여준다.

4.2. 구조와 주제

6수의 텍스트가 보여주는 배경시간의 구조는 제2~6수에서 나타난 '봄-여름-가을-겨울-봄'의 순차적(/순환적) 구조이다.

논리적 구조는 전3수가 보여준 서사(제1수) 및 본사(제2, 3수, 점층적 구조)와 후3수가 보여준 본사(제4, 5수, 점강적 구조) 및 결사(제6수)가 결합된 서사(제1수), 본사(제2~5수), 결사(제6수)의 구조이다. 그리고 본사에 해당하는 제2~5수는 점층적 구조(제2~4수)와 점강적 구조(제4, 5수)가 결합한 점층적 구조의 후미 전환형이다. 이를 확인하기 위해, 제2~5수의 주제를 다시 옮겨 보자.

제2수: 비온 한식날 밤에 봄빛이 다 피어, 무정한 화류도 다시 피었는데, 가고 오지 않는 님을 그리는 연군

제3수: 비온 후에 석류꽃이 다 핀 날(여름), 부용당반에서 수정렴을 걷어두고, 깊은 시름에 빠져 그리는 연군

제4수: 낙엽이 워석버석 부딪히는 소리도 님인가 창밖을 내다보는 때(가을)에, 단장(斷腸)할 것 같이 그리는 연군

제5수: 깊은 밤(겨울)에 깊은 부용장에서 혼자 깨어 앉아, 경점에 잠을
들지 못하며 그리는 연군

제2수와 제3수의 관계는 앞에서 정리했듯이 점층적 구조이다. 그리
고 제3수의 깊은 시름에 빠져 그리는 연군을, 제4수의 단장할 것 같이
그리는 연군으로 점층시켰다는 점에서, 제3수와 제4수의 관계는 점층적
구조로 정리할 수 있다. 그리고 제4수와 제5수의 관계는 앞에서 살폈듯
이 점강적 구조이다. 이런 사실들을 종합하면, 제2~4수는 점층적 구조
이고, 제4, 5수는 점강적 구조라는 점에서, 제2~5수는 점층적 구조의
후미 전환형이라고 정리할 수 있다.

이런 논리적 구조로 보아, 6수 텍스트의 주제는 [춘하추동은 물론 해
가 바뀐 봄에도 그리는 연군]으로 정리할 수 있다.

5. 결론

지금까지 『청구영언』(진본)에 전하는 신흠의 시조 중에서, 〈방옹사시
가〉로 명명한 작품 131~136(상촌 16~21)이 탈착형 연시조라는 사실을
검토 정리하기 위하여, 결속, 종결, 구조, 주제 등을 검토 정리하였다.
그 중요한 것들을 요약한 다음에 결론을 내리려 한다.

1) 전3수의 텍스트는, 제2단락(제2, 3수)에서 반복표현에 의해 단락
내 결속을 보여주고, 제1단락(제1수)과 제2단락(제2, 3수)에서 두 대칭
표현에 의해 단락간의 결속과 종결을 보여준다. 그리고 이 텍스트는 제2
수와 제3수에서 봄과 여름의 순차적 구조를 보여주고, 서사(제1수)와 본
사(제2, 3수, 본사1과 본사2의 점층적 구조)로 구성된 논리적 구조를 보

여주며, [봄과 여름에 그리는 연군]의 주제를 보여준다.

2) 후3수의 텍스트는, 제1단락(제4, 5수)에서 반복표현에 의해 단락내 결속을 보여주고, 제1단락(제4, 5수)과 제2단락(제6수)에서 두 대칭표현에 의해 결속과 종결을 보여준다. 그리고 이 텍스트는 배경시간에서 가을(제4수), 겨울(제5수), 봄(제6수) 등의 순차적 구조를 보여주고, 논리적 측면에서 본사(제4, 5수, 점강적 구조)와 결사(제6수)로 구성된 본결의 구조를 보여주며, [가을, 겨울, 봄에 그리는 연군]의 주제를 보여준다.

3) 6수의 텍스트는, 전3수와 후3수의 상응적 반복표현에 의한 분리와 결속을 보여주는 동시에, 4종의 대칭표현들이 조성한 [A(제1수)-B(제2수)-C(제3수)-X(대칭축)-C(제4수)-B(제5수)-A(제6수)]의 대칭표현에 의해 결속과 종결을 보여준다. 그리고 배경시간의 측면에서는 '봄-여름-가을-겨울-봄'(제2~6수)의 순차적(/순환적) 구조를 보여주고, 논리적 측면에서는 서사(제1수), 본사(제2~5수, 점층적 구조의 후미 전환형), 결사(제6수)의 구조를 보여주며, [춘하추동은 물론 해가 바뀐 봄에도 그리는 연군]의 주제를 보여준다.

이렇게 〈방옹사시가〉(작품 131~136, 상촌 16~21)는, 단시조들의 단순한 나열(羅列)이나 집적(集積)에서는 볼 수 없고, 연시조에서만 볼 수 있는, 연시조를 연시조이게 하는 결속, 종결, 구조, 주제 등을 보여준다는 점에서, 연시조로 정리된다. 게다가 〈방옹사시가〉는 전3수의 텍스트, 후3수의 텍스트, 6수의 텍스트 등으로 탈착된다는 점에서, 이 연시조는 탈착형 연시조로 정리된다.

신흠의 연시조2 〈방옹망기가〉

1. 서론

이 글은 『청구영언』(진본)에 전하는 신흠(申欽, 1566~1628)의 시조 중에서, 작품 125~130(상촌 10~15)이 연시조라는 사실을, 결속, 종결, 구조, 주제 등을 검토 정리하는 방법으로, 정리하는 데 연구의 목적이 있다.

『청구영언』(진본)에 전하는 신흠의 작품에 대한 연구는, 바로 앞의 「신흠의 연시조1 〈방옹사시가〉」의 서문에서 정리한 바와 같이, 두 양상을 보인다. 하나는 30수를 연작시조로 연구한 것이고, 다른 하나는 작품 131~136(상촌 16~21)을 연시조 또는 악부로 연구한 것이다. 그러나 작품 125~130(상촌 10~15)을 연시조로 연구한 바는 없다.

이에 이 글에서는 『청구영언』(진본)에 전하는 신흠의 작품 125~130 (상촌 10~15)의 결속, 종결, 구조, 주제 등을 검토 정리하는 방법으로, 이 작품들이 탈착형의 연시조라는 사실을 정리하고자 한다.[이 글은 「신흠의 제목 없이 합철된 두 연시조」(양희철 2017b)를 나누어서 다듬은 것임]

2. 전3수의 텍스트

전3수의 텍스트에서 발견되는 결속과 종결을 먼저 정리하고, 이어서 구조와 주제를 정리해 보자.

2.1. 결속과 종결

전3수의 결속과 종결을 보기 위하여 전3수를 보자.

> 술먹고 노는 일을 나도 왼줄 알건마는
> 신릉군(信陵君) 무덤 우희 밧가는줄 <u>못보신가</u>.
> 백년(百年)<u>의</u> 역초초(亦草草)ᄒ니 아니 놀고 엇지ᄒ리? (제1수, 청진 125)

> <u>신선(神仙)을 보려ᄒ고 약수(弱水)를 건너가니</u>
> 옥녀금동(玉女金童)이 다 나와 뭇는괴야.
> 세성(歲星)<u>의</u> 어듸 나간고 긔 날인가 ᄒ노라. (제2수, 청진 126)

> <u>얼일샤 져 붕조(鵬鳥) ㅣ야 웃노라 져 붕조(鵬鳥) ㅣ야</u>.
> 구만리(九萬里) 장천(長天)에 므스일로 올라간다.
> 굴헝에 볍새 춤새는 못내 즐겨 ᄒᄂ다. (제3수, 청진 127)

밑줄 친 부분에서는 단락내(제2, 3수) 결속, 제1단락(제1수)과 제2단락(제2, 3수)의 단락간의 결속과 종결 등을 정리할 수 있다.

먼저 단락내(제2, 3수) 결속을 보자. 제2수의 초장인 "신선(神仙)을 보려ᄒ고 약수(弱水)를 건너가니"는 전후가 대구이다. 그리고 제3수의 초장인 "얼일샤 져 붕조(鵬鳥) ㅣ야 웃노라 져 붕조(鵬鳥) ㅣ야."도 전후가 대구이다. 이 두 대구의 반복표현은 단락내(제2, 3수) 결속을 보여준다.

단락간의 결속을 보자. 제1수(제1단락)와 제2수(제2단락의 첫수)의 종장에서는 "○○이 ….".의 구문을 반복한다. 이 반복표현은 "백년(百年) 이 역초초(亦草草)ᄒ니 아니 놀고 엇지ᄒ리."(제1수 종장)와 "세성(歲 星)이 어듸 나간고 긔 날인가 ᄒ노라.(제2수 종장)에서 파악할 수 있는데, 제1단락과 제2단락의 단락간의 결속을 보여준다.

마지막으로 단락간의 결속과 종결, 나아가 이 텍스트의 결속과 종결을 보여주는 것으로 대칭표현이 있다. ["… ‒희/에 … 의문형."(제1수 중장)‒대칭축(제2수 중장)‒"… ‒희/에 … 의문형."(제3수 중장)]의 대칭표현이다. 이 대칭표현은 "신릉군(信陵君) 무덤 우희 밧가ᄂᆞᆫ줄 못보신가."(제1수 중장)와 "구만리(九萬里) 장천(長天)에 므스일로 올라간다."(제3수 중장)에서 파악할 수 있다. 이 대칭표현은 단락간의 결속과 이 텍스트의 결속을 보여주며, 시종의 대칭이란 점에서는, 시작인 제1수의 대칭인 제3수가 종결임도 보여준다.

2.2. 구조와 주제

배경시공간에서는 뚜렷한 구조가 발견되지 않는다. 논리적 구조와 주제를 정리하기 위하여 각수별 주제를 먼저 보자.

제1수에서는 왼 줄 알면서도 술을 먹고 놀 수밖에 없는 시적 화자의 처지를 노래하였다. 술을 먹고 노는 일이 그른 줄을 알고 있음은 초장인 "술먹고 노는 일을 나도 왼줄 알건마는"에서 알 수 있다. 그리고 놀 수밖에 없는 이유는 중장인 "신릉군(信陵君) 무덤 우희 밧가ᄂᆞᆫ줄 못보신가." 와 종장인 "백년(百年)이 역초초(亦草草)ᄒ니 아니 놀고 엇지ᄒ리."에서 알 수 있다. 이 놀 수밖에 없는 이유를 보면, 많은 공에도 불구하고 유언비어로 파직을 당하고 술만 먹다가 죽은 신릉군의 허무한 삶과 일생의

초초함(갖출 것을 다 갖추지 못하여 초라함.)을 들었다. 이는 시적 화자
가 1613년 계축옥사에서 파직된 이후에, 향촌에서 이 작품을 쓰게 된
상황을 암시한다. 이런 점들을 고려하면, 제1수의 주제는 [파직을 당한
자로 향촌(김포 상촌)에서 그른 줄 알면서도 술을 먹고 놀 수밖에 없는
허무하고 초초한 삶]으로 정리할 수 있다.

　제2수에서는 파직을 당한 자로 향촌에 돌아와 느끼는 회한의 삶을
우회적으로 노래하였다. 시적 화자는 신선을 만나기 위하여 약수를 건
너가서 시적 화자 자신이 세간에 갔다온(/자리를 비웠던) 세성(歲星)임
을 노래하였다. 신선을 만나기 위하여 약수를 건너간 사실은 초장인 "신
선(神仙)을 보려ᄒ고 약수(弱水)를 건너가니"에서 알 수 있고, 시적 화
자 자신이 자리를 비우고 세간에 갔다온 세성(歲星)임은 종장인 "세성
(歲星)이 어듸 나간고 긔 날인가 ᄒ노라."에서 알 수 있다. 이에 포함된
약수는 한강을, 선계는 김포 상촌을, 옥녀금동(玉女金童, 도교에서 신
선의 심부름을 하는 사내아이와 계집아이)은 심부름하는 아이들을, 세
성(歲星)은 시적 화자 자신을, 각각 의미한다. 그리고 세성은 목성(木
星)이며, "술수가는 인군(人君)의 상징으로 제신을 인솔, 방위를 올바르
게 하고, 사계를 순환시켜서 1년을 질서 짓는 별로서 중시하고, 특히
그 방위를 범하는 것을 금하였다."(네이버, 『종교학대사전』의 '세성'조).
이런 의미들을 고려하면, 시적 화자가 그른 줄 알면서도 술을 먹고 놀
수밖에 없는 이유를 알 수 있다. 즉, 세성으로 보면, 조정을 인솔하고,
방위를 올바르게 하며, 사계를 순환시켜서 1년을 질서 짓는 존재이어야
했다. 그러나 시적 화자는 선조로부터 영창대군의 보필을 부탁받은 유
교칠신(遺敎七臣)으로, 1613년 계축옥사에서 파직을 당하고, 그렇게 하
지 못했다. 이는 시적 화자가 그른 줄 알면서도 술을 먹고 놀 수밖에
없는 회한(悔恨)의 향촌 생활을 우회적으로 말해준다. 이런 사실들로

보아, 제2수의 주제는 [파직을 당한 자로 향촌(김포 상촌)에 돌아와 느끼는 회한(悔恨)]으로 정리할 수 있다.

제3수에서는 파직을 당한 자가 향촌에서 느끼는 회한과 외로움을 노래하였다. 이런 사실들은 파직을 당하기 이전의 자신과 같이, 구만리(九萬里) 장천(長天)에 오르는 붕조(鵬鳥)의 어림(생각이 모자라거나 경험이 적거나 수준이 낮음)을 탄식하고 비웃음과, 잡새의 즐김에서 알 수 있다. 이 탄식하며 비웃음은 초장인 "얼일샤 져 붕조(鵬鳥) ㅣ야 웃노라 져 붕조(鵬鳥) ㅣ야."와 중장인 "구만리(九萬里) 장천(長天)에 므스일로 올라간다."에서 알 수 있다. 이는 회한(悔恨)을 보여주는 것으로, 두 말할 것도 없이, 선조의 유교(遺教)를 이행하지 못한 회한으로 추정된다. 그리고 잡새의 즐김은 "굴헝에 볍새 춤새는 못내 즐겨 ᄒᆞᄂᆞ다."에서 알 수 있으며, 이는 파직을 당한 자로 향리에 돌아와 향리인들과 어울리지 못하는 외로운 삶을 보여준다. 그리고 『장자』의 〈소요유〉에 나온 붕조를 상호원문으로 참고하면, 파직을 당한 자에 대한 비웃음으로까지 확대할 수 있다. 이런 점들을 계산하면, 제3수의 주제는 [파직을 당한 자로 향촌(김포 상촌)에 돌아와 느끼는 회한과 외로움]으로 정리할 수 있다.

지금까지 정리한 각수별 주제를 옮겨 쓰면 다음과 같다.

> 제1수: 파직을 당한 자로 향촌(김포 상촌)에서 그른 줄 알면서도 술을 먹고 놀 수밖에 없는 허무하고 초초한 삶
> 제2수: 파직을 당한 자로 향촌(김포 상촌)에 돌아와 느끼는 회한(悔恨)
> 제3수: 파직을 당한 자로 향촌(김포 상촌)에 돌아와 느끼는 회한과 외로움

이 각수별 주제들은 그 표현이 상당히 우회적이다. 제1수는 그른 줄을 알면서도 술을 먹고 놀 수밖에 없는 상황을 노래하면서도, 그 구체적인

이유를 보여주지 않고, 허무와 초초함을 통하여 포괄적으로 노래를 하였다. 이는 제1수가 제2, 3수에서 보여주는 구체적인 노래를 이끌기 위한 서사임을 말해준다. 그리고 제2수에서 세성이 맡은 일을 성실하게 수행하였더라면, 시적 화자는 선조의 유교(遺敎)를 수행한 것이 된다. 그러나 이 선조의 유교를 수행하지 못하여 파직을 당하고, 향촌에 돌아와 회한을 느낀다. 이 회한은 시적 화자가 그른 줄을 알면서도 술을 먹고 놀 수밖에 없는 구체적인 상황이다. 이 구체적인 상황으로 보아, 제2수는 본사1이라 할 수 있다. 제3수는 제2수의 본사1에 점층된 본사2이다. 즉 자신과 같은 회한의 길을 가려는 어린 붕조(鵬鳥)를 비웃음은, 시적 화자가 선조의 유교(遺敎)를 수행하지 못한 것에 대한 회한의 다른 표현으로, 제2수의 주제를 달리 표현한 것이다. 여기에다가 시적 화자는 잡새들(볍새 참새, 향촌 사람들)과 어울리지도 못하는 외로움도 보여준다. 이런 점에서 제3수는 본사2이며, 제2수(본사1)와 제3수(본사2)는 점층적 구조로 정리할 수 있다.

이렇게 보면, 이 텍스트의 논리적 구조는 서사(제1수)와 본사(제2, 3수)로 구성된 서본의 구조이며, 본사(제2, 3수)는 점층적 구조로 정리할 수 있다. 그리고 이 논리적 구조로 보아, 이 텍스트의 주제는, [파직을 당한 자로 향촌(김포 상촌)에 돌아와 그른 줄 알면서도 술을 먹고 놀 수밖에 없는 회한과 외로움의 삶]으로 정리할 수 있다.

3. 후3수의 텍스트

후3수의 텍스트에서 발견되는 결속과 종결을 먼저 정리하고, 이어서 구조와 주제를 정리하려 한다.

3.1. 결속과 종결

후3수의 결속과 종결을 보기 위해 후3수를 보자.

> 날을 뭇지마라 전신(前身)의 주하사(柱下史)ㅣ뢰.
> 청우(靑牛)로 나간 후(後)에 몃힌마니 도라온다.
> 세간(世間)의 하 다사(多事)ᄒ니 온동만동 ᄒ여라. (제4수, 청진 128)

> 시비(是非) 업슨 후(後)ㅣ라 영욕(榮辱)의 다 불관(不關)타.
> 금서(琴書)를 흐튼 후(後)에 이몸이 한가(閑暇)ᄒ다.
> 백구(白鷗)ㅣ야 기사(機事)를 니즘은 너와낸가 ᄒ노라. (제5수, 청진 129)

> 아츰은 비오ᄃ니 느지니ᄂ ᄇ람이로다.
> 천리만리(千里萬里)ㅅ 길헤 풍우(風雨)ᄂ 무스일고.
> 두어라 황혼(黃昏)의 머럿거니 수여간들 엇ᄃ리. (제6수, 청진 130)

이 후3수의 단락내 결속은 제1단락(제4, 5수)에서 두 반복표현을 통하여 보여준다.

하나는 제4수와 제5수의 초장에서 보이는 "… –라 ○○이 ….”의 반복표현이다. 이 반복표현은 "날을 뭇지마라 전신(前身)의 주하사(柱下史)ㅣ뢰.”(제4수 초장)와 "시비(是非) 업슨 후(後)ㅣ라 영욕(榮辱)의 다 불관(不關)타.”(제5수 초장)에서 파악할 수 있다.

다른 하나는 제4수와 제5수의 중장에서 보이는 "○○○ ○○ㄴ 후(後)에 … –다.”의 반복표현이다. 이 반복표현은 "청우(靑牛)로 나간 후(後)에 몃힌마니 도라온다.”(제4수 중장)와 "금서(琴書)를 흐튼 후(後)에 이몸이 한가(閑暇)ᄒ다.”(제5수 중장)에서 파악할 수 있다.

이 두 반복표현은 제1단락(제4, 5수)의 단락내 결속을 보여준다.

단락간의 결속인 이 텍스트의 결속은 반복표현과 대칭표현에 의해 이루어진다.

반복표현에 의한 결속은 제4, 5, 6수의 중장에 나온 "… –에/혜 …"의 반복표현에 의한 것이다. 이 반복표현은 "청우(靑牛)로 나간 후(後)에 멋힌마니 도라온다."(제4수 중장), "금서(琴書)를 흐튼 후(後)에 이몸이 한가(閑暇)ᄒ다."(제5수 중장), "천리만리(千里萬里)ㅅ 길혜 풍우(風雨)는 무스일고."(제6수 중장) 등에서 파악할 수 있다.

이 텍스트에서는 ["(…) –이 –니 …."(제4수 종장)—대칭축(제5수 종장)—"(…) –이 –니 …."(제6수 종장)]의 대칭표현을 보여준다. 이 대칭표현은 "세간(世間)의 하 다사(多事)ᄒ니 온동만동 ᄒ여라."(제4수 종장)와 "두어라 황혼(黃昏)의 머럿거니 수여간들 엇드리."(제6수 종장)에서 파악할 수 있다. 이 대칭표현은, 이 텍스트의 결속을 보여주면서, 동시에 시종의 대칭에 의해 제6수가 종결이란 사실도 보여준다.

3.2. 구조와 주제

후3수의 구조와 주제를 검토하기 위하여, 각수별 주제를 먼저 보자.

제4수에서는 전신(前身)이 노자인 망기자(忘機者)로 향촌에 돌아와 세간에 하도 일이 많아 향촌에 온동만동하다고 노래하였다. 전신(前身)이 노자인 망기자로 향촌에 돌아왔다는 사실은, 초장("날을 뭇지마라 前身이 柱下史ㅣ뢰.")과 중장("靑牛로 나간 後에 멋힌마니 도라온다.")에서 알 수 있다. 그리고 세간에 하도 일이 많아 향촌에 온동만동하다는 사실은 종장("世間이 하 多事ᄒ니 온동만동 ᄒ여라.")에서 알 수 있다. 이런 사실들로 보아, 제4수의 주제는 [향촌(김포 상촌)에 돌아와 망기자(忘機者)로 자신을 세간의 아주 많은 일을 잊은 노자의 후신으로 생각함]으로 정리할 수 있다.

제5수에서는 시비가 없은 후이므로 영욕에 관계하지 않고, 거문고 책을 흩은(한데 모였던 것을 따로따로 떨어지게 한) 후에 스스로 한가하게 되면서, 스스로 망기(忘機)함이 백구와 자신이라고 노래하였다. 이러 사실은 제5수("是非 업슨 後ㅣ라 榮辱이 다 不關타. / 琴書를 흐튼 後에 이몸이 閑暇ᄒ다. / 白鷗ㅣ야 機事를 니즘은 너와낸가 ᄒ노라.")에서 쉽게 알 수 있다. 이런 점에서 제5수의 주제는 [향촌(김포 상촌)에 돌아 와 망기자(忘機者)로 금서와 백구를 짝하여 한가하게 삶]으로 정리할 수 있다.

제6수에서는 갈 길이 멀고, 날씨가 좋지 않으며, 황혼이 멀었으니, 쉬어간들 어떻겠느냐고 노래하고 있다. 이에 포함된 비바람은 정치세계의 비바람을 의미하고, 황혼은 인생의 황혼을 의미한다. 이런 점들을 계산하면, 제6수의 주제는 [세상에 비바람이 치고, 인생의 황혼이 아직 멀었으니, 잠시 쉬었다가(/은일하였다가) 가고자 함]으로 정리할 수 있다.

이상의 주제를 다시 옮겨 쓰면 다음과 같다.

> 제4수: 향촌(김포 상촌)에 돌아와 망기자(忘機者)로 자신을 세간의 아주 많은 일을 잊은 노자의 후신으로 생각함.
> 제5수: 향촌(김포 상촌)에 돌아와 망기자(忘機者)로 금서와 백구를 짝하여 한가하게 삶.
> 제6수: 세상에 비바람이 치고, 인생의 황혼이 아직 멀었으니, 잠시 쉬었다가(/은일하였다가) 가고자 함.

제4수와 제5수에서는 시적 화자가 망기자로 향촌에서의 삶을 노래하였다는 점에서, 이 제4, 5수는 본사에 해당한다. 특히 제4수(본사1)에서 보이는 향촌에서 시작하는 망기자의 삶에, 제5수(본사2)에서 보이는 향

촌에서 망기자다운 망기자의 삶이 점층되었다는 점에서, 제4수(본사1)
와 제5수(본사2)는 점층적 구조이다. 그리고 제6수에서는 제4, 5수의
향촌에서 망기자로서 사는 삶을, 황혼 이전의 인생이란 측면에서 종합
을 하였다는 점에서, 이 제6수는 결사에 해당한다. 이런 점들로 보아,
이 텍스트의 논리적 구조는 본사(제4, 5수, 점층적 구조)와 결사(제6수)
로 이루어진 본결의 구조이다. 그리고 이 논리적 구조로 보아, 이 텍스
트의 주제는 [귀향자로 향촌(김포 상촌)에 돌아와 망기자(忘機者)의 한
가로운 삶을 살면서, 인생의 황혼이 멀지 않은 시기에 잠시 쉬어가고자
함]으로 정리할 수 있다.

4. 6수의 텍스트

6수의 텍스트에서 발견되는 결속과 종결을 먼저 정리하고, 이어서 구
조와 주제를 정리하려 한다.

4.1. 결속과 종결

이 텍스트의 결속과 종결은 두 차원에서 정리할 수 있다. 하나는 전3
수와 후3수의 분리와 결속을 동시에 보여주는 전3수와 후3수의 격구식
으로 상응하는 반복표현이고, 다른 하나는 6수 텍스트의 대칭표현이다.

먼저 전3수와 후3수의 분리와 결속을 동시에 보여주는 전3수와 후3
수의 격구식으로 상응하는 반복표현을 보자. 이 격구식으로 상응하는
반복표현을 제1수와 제4수의 반복표현, 제2수와 제5수의 반복표현, 제3
수와 제6수의 반복표현으로 정리한다.

제1수와 제4수의 종장에서는 "○○이 ○○○하니 ….."의 반복표현을

보여준다. 이 반복표현은 "백년(百年)의 역초초(亦草草)ᄒ니 아니 놀고 엇지ᄒ리."(제1수 종장)와 "세간(世間)의 하 다사(多事)ᄒ니 온동만동 ᄒ여라."(제4수 종장)에서 파악할 수 있다.

제2수와 제5수의 종장에서는 "… –ㄴ가 ᄒ노라"의 반복표현을 보여준다. 이 반복표현은 "세성(歲星)이 어듸 나간고 긔 날인가 ᄒ노라."(제2수 종장)와 "백구(白鷗)ㅣ야 기사(機事)를 니즘은 너와낸가 ᄒ노라."(제2수 종장)에서 파악할 수 있다.

제3수와 제6수 중장에서는 "–만리(萬里) –에 (…) 므스일– (…)."의 반복표현을 보여준다. 이 반복표현은 "구만리(九萬里) 장천(長天)에 므스일로 올라간다."(제3수 중장)와 "천리만리(千里萬里)ㅅ 길헤 풍우(風雨)는 무스일고."(제6수 중장)에서 파악할 수 있다.

이상의 반복표현들이 보이는 전3수와 후3수의 상응은 다음의 표와 같다.

제1~3수	상응하는 반복표현	제4~6수
제1수	"○○이 ○○○ᄒ니 …."(중장)	제4수
제2수	"… –ㄴ가 ᄒ노라"(종장)	제5수
제3수	"–만리(萬里) –에 (…) 므스일– (…)."(중장)	제6수

이 격구식으로 상응하는 반복표현은 전3수(제1~3수)의 텍스트와 후3수(제4~6수)의 텍스트에서 같은 표현을 반복하면서, 두 텍스트의 분리와 결속을 동시에 보여준다.

이번에는 대칭표현에 의한 6수 텍스트의 결속과 종결을 보기 위하여, 밑줄 친 부분에 유의하면서 6수의 텍스트를 보자.

술먹고 노는 일을 나도 왼줄 알건마는
신릉군(信陵君) 무덤 우희 밧가는줄 못보신가.
백년(百年)의 역초초(亦草草)ᄒ니 아니 놀고 엇지ᄒ리? (제1수, 청진 125)

신선(神仙)을 보려ᄒ고 약수(弱水)를 건너가니
옥녀금동(玉女金童)이 다 나와 뭇는괴야.
세성(歲星)이 어듸 나간고 긔 날인가 ᄒ노라. (제2수, 청진 126)

얼일샤 져 붕조(鵬鳥) ㅣ야 웃노라 져 붕조(鵬鳥) ㅣ야.
구만리(九萬里) 댱천(長天)에 므스일로 올라간다.
굴헝에 볍새 춤새는 못내 즐겨 ᄒᄂ다. (제3수, 청진 127)

날을 뭇지마라 전신(前身)이 주하사(柱下史) ㅣ뢰.
청우(靑牛)로 나간 후(後)에 몃힌마니 도라온다.
세간(世間)이 하 다사(多事)ᄒ니 온동만동 ᄒ여라. (제4수, 청진 128)

시비(是非) 업슨 후(後) ㅣ라 영욕(榮辱)이 다 불관(不關)타.
금서(琴書)를 흐튼 후(後)에 이몸이 한가(閑暇)ᄒ다.
백구(白鷗) ㅣ야 기사(機事)를 니즘은 너와낸가 ᄒ노라. (제5수, 청진 129)

아츰은 비오ᄃ니 느지니는 ᄇ람이로다.
천리만리(千里萬里)ㅅ 길헤 풍우(風雨)는 무스일고.
두어라 황혼(黃昏)의 머럿거니 수여간들 엇드리? (제6수, 청진 130)

밑줄 친 부분에서는 4종의 대칭표현을 발견할 수 있다.

첫째로, [“··· -희/헤 ··· 의문형”(제1수 중장)-대칭축(제3, 4수의 중간)-“··· -희/헤 ··· 의문형”(제6수 중장)]의 대칭표현이다. 이 대칭표현은 “신릉군(信陵君) 무덤 우희 밧가는줄 못보신가.”(제1수 중장)와 “천리

만리(千里萬里)ㅅ 길헤 풍우(風雨)는 무스일고.”(제6수 중장)에서 파악
할 수 있다.

둘째로, [“(…) ─이(주격) ─니 … 엇─리”(제1수 종장)─대칭축(제3, 4
수의 중간)─“(…) ─이(주격) ─니 … 엇─리”(제6수 종장)]의 대칭표현이
다. 이 대칭표현은 “백년(百年)의 역초초(亦草草)하니 아니 놀고 엇지하
리.”(제1수 종장)와 “두어라 황혼(黃昏)의 머럿거니 수여간들 엇드리,”
(제6수 종장)에서 파악할 수 있다.

셋째로, [“… ─ㄴ가 하노라.”(제2수 종장)─대칭축(제3, 4수의 중
간)─“… ─ㄴ가 하노라”(제5수 종장)]의 대칭표현이다. 이 대칭표현은
“세성(歲星)이 어듸 나간고 긔 날인가 하노라.”(제2수 종장)와 “백구(白
鷗)ㅣ야 기사(機事)를 니즘은 너와낸가 하노라.”(제5수 종장)에서 파악
할 수 있다.

넷째로, [“… ─에 … ─ㄴ다.”(제3수 중장)─대칭축(제3, 4수의 중
간)─“… ─에 … ─ㄴ다.”(제4수 중장)]의 대칭표현이다. 이 대칭표현은
“구만리(九萬里) 장천(長天)에 므스일로 올라간다.”(제3수 중장)와 “청
우(靑牛)로 나간 후(後)에 몃힌마니 도라온다.”(제4수 중장)에서 파악할
수 있다.

이 4종의 대칭표현들에서, 제1수와 제6수의 대칭표현을 A-A로, 제2
수와 제5수의 대칭표현을 B-B로, 제3수와 제4수의 대칭표현을 C-C로,
대칭축을 X로 각각 바꾸면, 이 텍스트는 [A(제1수)-B(제2수)-C(제3
수)-X(대칭축)-C(제4수)-B(제5수)-A(제6수)]의 대칭표현으로 정리할
수 있다. 이 대칭표현들은 이 텍스트의 결속을 보여주며, 이에 포함된
시종의 대칭표현은 이 텍스트의 제6수가 종결임도 보여준다. 이 대칭표
현들의 형태와 기능은 〈방옹사시가〉 6수의 텍스트에서와 같다.

4.2. 구조와 주제

6수의 텍스트는 배경시공간에서 구조를 보여주지 않는다. 논리적 구조는, 전3수의 텍스트가 보여준 서사(제1수) 및 본사(제2, 3수, 점층적 구조)와 후3수의 텍스트가 보여준 본사(제4, 5수, 점강적 구조) 및 결사(제6수)가 결합된, 기(제1수), 승(제2, 3수, 점층적 구조), 전(제4, 5수, 점층적 구조), 결(제6수)의 구조이다. 전3수 텍스트의 서사(제1수)와 본사(제2, 3수)를, 6수 텍스트의 '기'(제1수)와 '승'(제2, 3수)로 바꾸어 설명하는 데는 별다른 설명이 필요하지 않다. 그리고 후3수 텍스트의 본사(제4, 5수)를 6수 텍스트의 '전'(제4, 5수)으로 설명하는 것도 비교적 쉽다. 왜냐하면, 제2, 3수에서 보인 파직을 당한 자의 회한과 외로움의 향촌 생활을, 제4, 5수에서는 망기자의 한가한 향촌 생활로 바꾸었기 때문이다. 이는 소재와 논지의 전환이다. 물론 후3수 텍스트의 결사(제6수)를 6수 텍스트의 '결'(제6수)로 바꾸는 데도 별다른 설명이 필요 없다. 이상과 같은 점들로 보아, 6수 텍스트의 논리적 구조는 기(제1수)-승(제2, 3수, 점층적 구조)-전(제4, 5수, 점층적 구조)-결(제6수)로 정리할 수 있다. 그리고 이 논리적 구조로 보아, 6수 텍스트의 주제는 [귀향자가 파직을 당한 자의 회한과 외로움의 삶과 이를 벗어난 망기자(忘機者)의 한가로운 삶을 살면서, 인생의 황혼이 멀지 않은 시기에 잠시 쉬어가고자 함]으로 정리할 수 있다.

5. 결론

지금까지 『청구영언』(진본)에 전하는 신흠의 시조 중에서, 〈방옹망기가〉로 명명한 작품 125~130(상촌 10~15)이 탈착형 연시조라는 사실을 검토 정리하기 위하여, 결속, 종결, 구조, 주제 등을 검토 정리하였다. 그 중요한 것들을 요약한 다음에 결론을 내리려 한다.

1) 전3수의 텍스트는, 제2단락(제2, 3수)에서 대구의 반복표현에 의해 단락내 결속을 보여주고, 제1수(제1단락)와 제2수(제2단락의 첫수)에서 반복표현에 의해 단락간의 결속을 보여주며, 대칭표현에 의해 단락간의 결속과 종결도 보여준다. 이 텍스트는 논리적 측면에서 서사(제1수)와 본사(제2, 3수, 점층적 구조)로 구성된 서본의 구조를 보여주며, [파직을 당한 자로 향촌(김포 상촌)에 돌아와 그른 줄 알면서도 술을 먹고 놀 수밖에 없는 회한과 외로움의 삶]의 주제를 보여준다.

2) 후3수의 텍스트는, 제1단락(제4, 5수)에서 두 반복표현에 의해 단락내 결속을 보여주고, 반복표현에 의해 단락간의 결속을 보여주며, 대칭표현에 의해 결속과 종결도 보여준다. 이 텍스트는 논리적 측면에서 본사(제4, 5수, 점층적 구조)와 결사(제6수)로 이루어진 본결의 구조를 보여주며, [귀향자로 향촌(김포 상촌)에 돌아와 망기자(忘機者)의 한가로운 삶을 살면서, 인생의 황혼이 멀지 않은 시기에 잠시 쉬어가고자 함]의 주제를 보여준다.

3) 6수의 텍스트는, 전3수와 후3수의 상응적 반복표현에 의해 분리와 결속을 보여주고, 4종의 대칭표현 의해 조성된 [A(제1수)-B(제2수)-C(제3수)-X(대칭축)-C(제4수)-B(제5수)-A(제6수)]의 대칭표현에 의해 결속과 종결을 보여준다. 이 텍스트는 논리적 측면에서 기(제1수)-승(제2, 3수, 점층적 구조)-전(제4, 5수, 점층적 구조)-결(제6수)의 구조를 보여주고, [귀향자가 파직을 당한 자의 회한과 외로움의 삶과 이를 벗어난 망기자(忘機者)의 한가로운 삶을 살면서, 인생의 황혼이 멀지 않은 시기에 잠시 쉬어가고자 함]의 주제를 보여준다.

이렇게 〈방옹망기가〉(작품 125~130, 상촌 10~15)는, 단시조들의 단순한 나열(羅列)이나 집적(集積)에서는 볼 수 없고, 연시조에서만 볼 수 있는, 연시조를 연시조이게 하는 결속, 종결, 구조, 주제 등을 보여준다는 점에서, 연시조로 정리된다. 게다가 〈방옹망기가〉는 전3수의 텍스트, 후3수의 텍스트, 6수의 텍스트 등으로 탈착된다는 점에서, 이 연시조는 탈착형 연시조로 정리된다.

이간의 연시조1 〈천운순환가〉

1. 서론

이 글은 『청구영언』(진본)에 전하는 이간(李侃, 1640~1699)의 시조들 중에서, 일군의 시조들(작품 180~184)이 보이는 결속, 종결, 구조, 주제 등을 검토 정리하여, 제목 없이 합철된 연시조 1편을 확인하고 이해하는 데 연구의 목적이 있다.

이간의 자는 화숙(和淑)이고, 호는 최락당(最樂堂)이며, 1676년(숙종 2)에 사은사(謝恩使)로, 1686년에 동지 겸 진주사(冬至兼陳奏使)로 청나라에 다녀왔다. 〈산수한정가(山水閑情歌)〉, 〈애국도보가(愛國圖報歌)〉, 〈자경가(自警歌)〉 등의 가사를 지었다고 하나 전하지 않고, 시조 30수가 『청구영언(靑丘永言)』(진본)에 전한다.

이간의 시조에 대한 연구는 최강현(1986), 김민화(1999), 육민수(2010) 등의 연구가 다인 것 같다. 이간의 시조 30수에서 연시조를 검토한 바는 없다. 그러나 결속, 종결, 구조, 주제 등을 검토해 본 결과 연시조 2편을 정리할 수 있다. 그 중에서 1편의 연시조를 이 글에서 정리하려 한다.

작품 180~184의 5수는 그 결속, 종결, 구조, 주제 등으로 보아, 연시조의 가능성을 보인다. 특히 이 작품은 3수의 텍스트(작품 181~183), 4수의 텍스트1(작품 180~183), 4수의 텍스트2(작품 181~184), 5수의

텍스트(작품 180~184) 등으로 탈착되는 연시조의 가능성을 보인다. 이
점을 감안하여 텍스트별로 정리를 하려 한다.

2. 3수의 텍스트

이 장에서는 3수의 텍스트(작품 181, 182, 183)에 나타난 결속, 종결,
구조 주제 등을 정리하려 한다.

2.1. 결속과 종결

3수 텍스트의 결속과 종결을 단락내와 단락간으로 나누어서 보자. 먼
저 제2단락의 단락내 결속을 보기 위하여 제2, 3수의 종장들만을 보자.

> 진실(眞實)로 만고영풍(萬古英風)을 다시 <u>본 듯 ᄒ여라</u>. (제2수의 종장)
> 어즈버 옥황이사(玉璜異事)를 친(親)히 <u>본 듯 ᄒ여라</u>. (제3수의 종장)

이 인용의 밑줄 친 부분에서 보면, "… -을/를 ○○ 본 듯 ᄒ여라."를
제2단락인 제2, 3수에서 반복하고 있다. 이는 반복표현에 의한 단락내
의 결속을 보여준다.

이번에는 단락간의 결속과 종결을 보기 위하여 작품 181~183을 보자.

> 태공(太公)의 <u>조어대(釣魚臺)</u>를 계유 구러 ᄎ자 가니
> 강산(江山)도 그지업고 지개(志槪)도 새로왜라.
> 진실(眞實)로 만고영풍(萬古英風)을 다시 <u>본 듯 ᄒ여라</u>. (제2수)

> 난하수(灤河水) 도라 드니 사상부(師尙父)의 조기(釣磯)로다.

위수풍연(渭水風煙)이야 고금(古今)에 다를소냐?
어즈버 옥황이사(玉璜異事)를 친(親)히 <u>본 듯 ㅎ여라</u>. (제3수)

수양산(首陽山) 느린 물이 <u>조어대(釣魚臺)</u>로 가다 ㅎ니
태공(太公)이 낙던 고기 나도 낙가 보련마는
그 고기 지금(至今)히 업스니 물동말동 ㅎ여라. (제4수)

이 3수는 두 종류의 결속과 종결을 보여준다. 하나는 반복표현의 후미 전환에 의한 것이고, 다른 하나는 대칭표현에 의한 것이다. 전자를 보기 위하여 종장들만을 다시 인용하면 다음과 같다.

진실(眞實)로 만고영풍(萬古英風)을 다시 <u>본 듯 ㅎ여라</u>. (제2수의 종장)
어즈버 옥황이사(玉璜異事)를 친(親)히 <u>본 듯 ㅎ여라</u>. (제3수의 종장)
그 고기 지금(至今)히 업스니 물동말동 ㅎ여라. (제4수의 종장)

이 인용의 밑줄 친 부분에서 보면, "… -을/를 ○○ 본 듯 ㅎ여라."를 제2, 3수에서 반복하다가 제4수에서 전환하고 있다. 이는 반복표현의 후미 전환에 의한 결속과 종결을 구사하였다는 사실을 말해준다.

이번에는 대칭표현에 의한 결속과 종결을 보기 위하여, 초장들만을 다시 인용하면 다음과 같다.

태공(太公)의 <u>조어대(釣魚臺)</u>를 계유 구러 츳자 가니 (제2수의 초장)
난하수(灤河水) 도라 드니 사상부(師尙父)의 조기(釣磯)로다. (제3수의 초장)
수양산(首陽山) 느린 물이 <u>조어대(釣魚臺)</u>로 가다 ㅎ니 (제4수의 초장)

이 인용에서 보면, 제2수와 제4수의 초장은 "… <u>조어대(釣魚臺)</u> … -

니"를 반복하면서, 제2, 3, 4수에서 이루어진 대칭표현에 의한 결속과 종결을 보여준다.

2.2. 구조와 주제

3수 텍스트의 구조와 주제를 보기 위하여 먼저 각수별 주제를 정리하면 다음과 같다.

제2수는 강태공이 문왕을 기다리며 낚시질했다는 조어대를 겨우 찾아가니 강산은 그지없고(이루 다 말할 수 없고) 의지와 기개가 새롭다고 감탄하면서, 만고의 영웅스러운 풍채를 다시 본 듯하다고, 과거의 감회에 젖으면서 그 의지와 기개를 동경한다. 의지와 기개의 동경은 직접 노출되지 않고 감회에 젖음을 통하여 간접적으로 보여준다. 이런 내용은 제2수의 주제를 [강태공의 낚시터(釣魚臺)에서 만고영풍의 감회에 젖고 만고영풍을 동경함]으로 정리할 수 있게 한다.

제3수에서는 난하를 돌아 위수(渭水)에 드니, 사상부(師尙父) 강태공의 조기(釣磯, 낚시터)인데, 위수풍연(渭水風煙)이 고금(古今)이 같아, 옥황이사(玉璜異事)를 친(親)히 본 듯하다고 감회에 젖으면서 옥황이사를 동경하고 있다. 이 옥황이사의 동경 역시 직접 보여주지 않고 감회에 젖음을 통하여 간접적으로 보여준다. 이런 내용은 제3수의 주제를 [강태공의 낚시터(釣磯)에서 옥황이사의 감회에 젖고 옥황이사를 동경함]으로 정리할 수 있게 한다.

이런 제2수와 제3수의 주제는 [강태공의 낚시터(釣魚臺, 釣磯)에서 만고영풍과 옥황이사의 감회에 젖고 만고영풍과 옥황이사를 동경함]으로 묶을 수 있다. 그리고 제2수의 '만고영풍'은 강태공의 만고영풍의 인물을, 제3수의 '옥황이사'는 강태공의 옥황이사의 행적을, 각각 노래하였다는 점에서, 열거의 병렬적 구조로 정리할 수 있다. 그런데 이 병렬적 구조를 보인 제2, 3수는 작품 181~183으로 구성된 3수의 텍스트에서는 본사의 기능을 한다. 즉 본사와 결사로 구성된 본결의 구조에서 본사의 기능을 한다.

결사의 기능을 하는 제4수(작품 183)를 보자.

> 수양산(首陽山) 느린 물이 조어대(釣魚臺)로 가다 ᄒ니
> 태공(太公)이 낙던 고기 나도 낙가 보련마는
> 그 고기 지금(至今)히 업스니 물동말동 ᄒ여라. (제4수, 청전 183)

제4수에서는 수양산 나린 물이 조어대 간다고 하니, 강태공이 낚던 고기를 나도 낚아 보련마는 그 고기가 지금에 없으니, 물동말동 하다고, 수양산을 내려와 조어대로 가는 물가에서 젖은 감회와 아쉬움을 노래하고 있다. 이 제4수의 중장인 "태공(太公)이 낙던 고기 나도 낙가 보련마는"은 앞의 제2, 3수에서 설명한, 만고영풍의 지개와 옥황이사의 동경을 잘 보여주는 부분이다. 이런 내용으로 보아, 제4수의 주제는 [수양산을 내려와 조어대로 가는 물가에서, 자신도 동경해온 옥황이사를 얻고 싶지만, 그 고기가 없어 물동말동 하다고 아쉬워함]으로 정리할 수 있다. 이 주제는 제2, 3수의 주제인 [강태공의 낚시터(釣魚臺, 釣磯)에서 만고영풍과 옥황이사의 감회에 젖고 만고영풍과 옥황이사를 동경함] 다음에 왔다는 점에서, 제2, 3, 4수는 본사(제2, 3수, 병렬적 구조)와 결사(제4수)의 결합인 본결의 구조로 정리한다.

그리고 이런 구조로 보아, 제2, 3, 4수로 구성된 3수 텍스트의 주제는 [강태공의 고적들에서 감회에 젖고 강태공을 동경하나, 강태공과 같이 옥황이사를 얻을 수 없어 아쉬워함]으로 정리할 수 있다.

3. 4수의 텍스트1·2

이 장에서는 4수의 텍스트1(작품 180, 181, 182, 183)과 4수의 텍스트2(작품 181, 182, 183, 184)에 나타난 결속, 종결, 구조 주제 등을 절을 나누어 정리한다.

3.1. 4수의 텍스트1

이 절에서는 4수의 텍스트1(작품 180, 181, 182, 183)에 나타난 결속, 종결, 구조 주제 등을 정리하고자 한다.

3.1.1. 결속과 종결

결속과 종결은 단락내와 단락간으로 나누어 정리한다. 단락내의 결속과 종결은 강태공을 노래하고 있는 제2단락인 작품 181~183에서 보이는데, 이는 이미 3수의 텍스트에서 정리한 바와 같다.

이번에는 단락간의 결속과 종결을 보자. 제2단락(제2, 3수)과 제3단락(제4수)의 단락간의 결속과 종결은 이미 3수의 텍스트에서 정리하였다. 이를 뺀 단락간의 결속과 종결을 보자.

> 산(山)아 수양산(首陽山)아 백이숙제(伯夷叔齊) 어듸 가늬
> 만고청절(萬古淸節)을 두고간 줄 뉘 아 ᄃ 늬.
> 어즈버 요천순일(堯天舜日)이야 친(親)히 본가 ᄒ 노라. (제1수, 청전 180)

> 태공(太公)의 조어대(釣魚臺)를 계유 구러 ᄎ 자 가늬
> 강산(江山)도 그지업고 지개(志槪)도 새로왜라.
> 진실(眞實)로 만고영풍(萬古英風)을 다시 본 듯ᄒ여라. (제2수, 청전 181)

난하수(灤河水) 도라 드니 사상부(師尙父)의 조기(釣磯)로다.
위수풍연(渭水風煙)이야 고금(古今)에 다를소냐.
어즈버 옥황이사(玉璜異事)를 친(親)히 본 듯ㅎ여라. (제3수, 청전 182)

수양산(首陽山) 느린 물이 조어대(釣魚臺)로 가다 ㅎ니
태공(太公)이 낙던 고기 나도 낙가 보련마는
그 고기 지금(至今)히 업스니 물동말동 ㅎ여라. (제4수, 청전 183)

이 4수는 세 종류의 단락간의 결속과 종결을 보여준다. 즉 반복표현
의 후미 전환, 반복표현의 후미 전환·도치, 대칭표현의 후미 도치 등에
의한 결속과 종결이다. 먼저 반복표현의 후미 전환에 의한 결속과 종결
을 보기 위해 종장들만을 다시 인용하면 다음과 같다.

어즈버 요천순일(堯天舜日)이야 친(親)히 본가 ㅎ노라. (제1수)
진실(眞實)로 만고영풍(萬古英風)을 다시 본 듯ㅎ여라. (제2수)
어즈버 옥황이사(玉璜異事)를 친(親)히 본 듯ㅎ여라. (제3수)
그 고기 지금(至今)히 업스니 물동말동 ㅎ여라. (제4수)

이 인용의 밑줄 친 부분에서 보면, 어간 '보-'를 제1, 2, 3수에서 반복
하다가 제4수에서 전환하고 있다. 이는 이 텍스트에서 반복표현의 후미
전환에 의한 결속과 종결을 구사하였다는 사실을 말해준다.

이번에는 반복표현의 후미 전환·도치형을 보기 위해, 먼저 초장의
마지막 4음절에서 반복표현의 후미 전환과 그 도치를 표로 보자.

반복표현의 후미 전환·도치형		반복표현의 후미 전환형	
제1수	어듸 가니	제1수	어듸 가니
제2수	츳자 가니	제2수	츳자 가니
제3수	釣磯로다	제4수	가다 ᄒ니
제4수	가다 ᄒ니	제3수	釣磯로다

이 표의 오른쪽에서 보듯이, 제3수와 제4수의 초장을 바꾸면, '–니'의 반복표현을 후미에서 전환한 형태를 확인할 수 있다. 이는 반복표현의 후미 전환에 의한 결속과 종결이다. 그리고 이를 다시 후미에서 전후를 도치시키면, 왼쪽에서 보이는 반복표현의 후미 전환·도치형이 된다. 이런 점에서, 이 텍스트의 결속과 종결은 반복표현의 후미 전환·도치형이라고 정리할 수 있다.

반복표현의 후미 전환·도치형에 작용한 도치를 계산하면, 대칭표현의 도치도 확인할 수 있다. 이를 보기 위해 종장들을 다시 인용하면서 도치 이전과 같이 제3수와 제4수의 순서를 바꾸면 다음과 같다.

> 어즈버 요천순일(堯天舜日)이야 친(親)히 본가 ᄒ노라. (제1수)
> 진실(眞實)로 만고영풍(萬古英風)을 다시 본 듯 ᄒ여라. (제2수)
> 그 고기 지금(至今)히 업스니 물동말동 ᄒ여라. (제4수)
> 어즈버 옥황이사(玉璜異事)를 친(親)히 본 듯 ᄒ여라. (제3수)

이 정리에서 보면, 첫줄과 끝줄에서 "어즈버 … 친(親)히 보– …."의 대칭표현을 확인할 수 있다. 이를 계산하면, 이 텍스트는 대칭표현의 후미 도치에 의한 결속과 종결도 구사하였음을 알 수 있다.

이상과 같은 점들로 보아, 이 4수의 텍스트에서는 반복표현의 후미 전환, 반복표현의 후미 전환·도치, 대칭표현의 후미 도치 등에 의한 단락간의 결속과 종결을 보여준다고 정리할 수 있다.

3.1.2. 구조와 주제

제2~4수의 개별 주제는 앞에서 정리를 하였으므로, 제1수의 주제를 먼저 보고 종합해 보자.

> 산(山)아 수양산(首陽山)아 백이숙제(伯夷叔齊) 어듸 가니
> 만고청절(萬古淸節)을 두고간 줄 뉘 아드니.
> 어즈버 요천순일(堯天舜日)이야 친(親)히 본가 ㅎ노라. (제1수, 청전 180)

제1수에서는 수양산을 의인화하고, 의인화된 수양산에게 백이숙제는 어디에 갔느냐고 묻고, 이어서 만고청절을 두고간 줄(셈속)을 누가 알더냐고 물은 다음에, 어즈버 요천순일(태평성대)을 친히 본가 하노라고 시적 화자는 감회에 젖고 있다.

이 내용에서 우리는 중장의 의미를 두 측면에서 좀더 파악하여야 한다. 하나는 만고청절을 누가 알았느냐 하는 것이고, 다른 하나는 중장에서 파악한 의미가 종장과 자연스럽게 연결될 수 있도록, 중장의 의미를 좀더 파악해야 한다. 이 중장의 의미를 파악하는 데 도움을 주는 글을 보자.

맹자께서 말씀하시기를, "백이는 눈으로는 나쁜 빛을 보지 않고 귀로는 나쁜 소리를 듣지 않으며 섬길 만한 군주가 아니면 섬기지 않고 부릴 만한 백성이 아니면 부리지 아니하여, 세상이 다스려지면 나아가고 혼란하면 물러가서 횡포한 정사가 나오는 곳과 횡포한 백성이 거주하는 곳에는 차마 거처하지 못하였으며, 향인들과 거처하는 것을 마치 조복과 조관 차림으로 진흙과 숯 더미에 앉은 것처럼 생각하였는데, 주왕 때를 당하여 북해의 변

두리에 살면서 천하가 맑아지기를 기다리고 있었으니 그런 까닭에 백이의 절조(節操)를 들은 사람들은 완악한 자는 청렴해지고 나약한 자는 뜻을 세우게 된다."고 하셨다.(孟子曰 伯夷 目不視惡色 耳不聽惡聲 非其君不事 非其民不使 治則進 亂則退 橫政之所出 橫民之所止 不忍居也 思與鄕人 處 如以朝衣朝冠 坐於塗炭也 當紂之時 居北海之濱 以待天下之淸也 故 聞伯夷之風者 頑夫廉 懦夫有立志.『맹자』〈萬章 章句 下〉)

이 인용에서 보면, 백이숙제가 만고청절을 두고간 줄(방법, 속셈)을 안 것은 완악한 자들과 나약한 자들이다. 이들은 백이숙제가 만고청절을 두고간 줄(방법, 속셈)을 듣고, 청렴해지고, 뜻을 세우는 자들이 되었다. 그런데 이 중의 나약한 자는 이로 끝나지 않고, 중장인 "만고청절(萬古淸節)을 두고간 줄 뉘 아드니."에서는 시적 화자와 연결된다. 즉 시적 화자 자신도 나약한 자로 만고청절을 두고간 속셈을 알아 뜻을 세웠다는 것이다. 이 경우에 세운 뜻은 4수의 텍스트1에서는 제2, 3, 4수에서 드러나고, 4수의 텍스트2와 5수의 텍스트에서는 제2, 3, 4, 5수에서 드러나는 대명(大明)의 회복과 관련된 것인데, 이는 청나라 사신을 다녀오는 과정에서 쉽게 표면에 노출시키기 어려운 생각이기에, 우회적으로 암시적으로 표현하였다고 생각한다.

이렇게 만고청절을 두고간 속셈을 나약한 시적 화자가 알고 뜻을 세웠기에, 시적 화자는 그 시간을 가히 요천순일, 즉 태평성대라 할 수 있어, 종장에서 "어즈버 요천순일(堯天舜日)이야 친(親)히 본가 ᄒᆞ노라."라고, 감회에 젖었다고 할 수 있다.

이런 감회를 계산할 때에, 제1수의 주제는 [수양산에서 백이숙제가 만고청절을 두고간 속셈을 알아 뜻을 세우고, 요천순일의 감회에 젖음]으로 정리할 수 있다.

지금까지 정리한 제1, 2, 3, 4수의 각수별 주제를 다시 옮겨 놓으면 다음과 같다.

제1수: 수양산에서 백이숙제의 만고청절을 두고간 속셈을 알아 뜻을 세
    우고, 요천순일의 감회에 젖음
제2수: 강태공의 낚시터(釣魚臺)에서 만고영풍의 감회에 젖고 만고영풍
    을 동경함
제3수: 강태공의 낚시터(釣磯)에서 옥황이사의 감회에 젖고 옥황이사를
    동경함
제4수: 수양산을 내려와 조어대로 가는 물가에서, 자신도 동경해온 옥황
    이사를 얻고 싶지만, 그 고기가 없어 물동말동 하다고 아쉬워함

앞에서 정리했듯이, 제2, 3, 4수로 구성된 3수의 텍스트는 본결의 구
조이다. 이 구조에 제1수의 뜻을 세움과 감회가 오면, 제1~4수는 서본
결의 구조가 된다. 이 구조에서 역사상에서는 양립하기 어려운 백이숙
제와 강태공을 하나의 맥락으로 묶을 수 있는 것은, 유교 문화와 조선조
의 문화는 백이숙제의 청절과 강태공의 만고영풍을 모두 수용하고 있다
는 점에 있다. 그리고 이런 서본결의 구조로 보아 제1~4수로 구성된
4수의 텍스트1은 그 주제를 [백이숙제의 고적에서 뜻을 세우고, 강태공
의 고적들에서 감회에 젖고 강태공을 동경하나, 강태공과 같이 옥황이
사를 얻을 수 없어 아쉬워함]으로 정리할 수 있다.

3.2. 4수의 텍스트2

이 절에서는 작품 181~184의 4수로 구성된 텍스트2의 결속과 종결을
먼저 보고, 이어서 구조와 주제를 정리하려 한다.

3.2.1. 결속과 종결

작품 181~184는 다음과 같다.

태공(太公)의 조어대(釣魚臺)를 계유 구러 추자 가니
강산(江山)도 그지업고 지개(志槪)도 새로왜라.
진실(眞實)로 만고영풍(萬古英風)을 다시 본 듯ᄒᆞ여라. (제2수, 청전 181)

난하수(灤河水) 도라 드니 사상부(師尙父)의 조기(釣磯)로다.
위수풍연(渭水風煙)이야 고금(古今)에 다를소냐.
어즈버 옥황이사(玉璜異事)를 친(親)히 본 듯ᄒᆞ여라. (제3수, 청전 182)

수양산(首陽山) ᄂᆞ린 물이 조어대(釣魚臺)로 가다 ᄒᆞ니
태공(太公)이 낙던 고기 나도 낙가 보련마는
그 고기 지금(至今)히 업스니 물동말동 ᄒᆞ여라. (제4수, 청전 183)

일월(日月)도 예와 ᄀᆞᆺ고 산천(山川)도 의구(依舊)하되
대명(大明) 문물(文物)은 쇽졀 업시 간듸 업다.
두어라 천운(天運)이 순환(循環)하니 다시 볼가 ᄒᆞ노라. (제5수 청진 184)

이 4수의 텍스트는 두 종류의 결속과 종결을 보여준다. 하나는 반복
표현의 후미 전환에 의한 결속과 종결이다. 제2, 3, 4수의 종장들을 보
면, 'ᄒᆞ여라'를 반복한다. 그러나 제5수의 종장에서는 'ᄒᆞ여라'를 'ᄒᆞ노
라'로 전환하였다. 이는 반복표현의 후미 전환에 의한 결속과 종결을 의
미한다. 다른 하나는 대칭표현에 의한 결속과 종결이다. 제2수와 제5수
의 종장을 보면, '다시 보-'의 반복을 보여주는데, 이는 처음과 끝의 대
칭으로, 대칭표현에 의한 결속과 종결을 말해준다.

3.2.2. 구조와 주제

제2, 3, 4수의 각수별 주제는 앞에서 정리한 것으로 돌리고, 제5수의 주제를 보자. 초장("日月도 예와 궃고 山川도 依舊하되")과 중장("大明 文物은 쇽절 업시 간듸 업다.")에서는 일월과 산천은 옛날과 같지만, 대명의 문물이 간데없음을 한탄한다. 그러나 종장("두어라 天運이 循環하니 다시 볼가 ᄒ노라.")에서는 대명 문물의 회복을 당장 이룰 수 없어, 천운의 순환으로 기약하고 있다. 이런 내용으로 보아, 제5수의 주제는 [일월과 산천은 옛날과 같지만, 간데없는 대명 문물의 회복을 당장 이룰 수 없어, 천운의 순환으로 기약함]으로 정리할 수 있다.

지금까지 정리한 제2, 3, 4, 5수의 각수별 주제를 다시 옮겨 놓으면 다음과 같다.

제2수: 강태공의 낚시터(釣魚臺)에서 만고영풍의 감회에 젖고 만고영풍을 동경함

제3수: 강태공의 낚시터(釣磯)에서 옥황이사의 감회에 젖고 옥황이사를 동경함

제4수: 수양산을 내려와 조어대로 가는 물가에서, 자신도 동경해온 옥황이사를 얻고 싶지만, 그 고기가 없어 물동말동 하다고 아쉬워함

제5수: 일월과 산천은 옛날과 같지만, 간데없는 대명 문물의 회복을 당장 이룰 수 없어, 천운의 순환으로 기약함

이 4수의 주제들은 기승전결의 구조를 보여준다. 제2수에서는 강태공의 만고영풍에 젖은 감회와 만고영풍의 동경으로 이 텍스트를 일으키고, 제3수에서는 제2수에서의 강태공의 만고영풍에 젖은 감회와 만고영풍의 동경을 강태공의 옥황이사에 젖은 감회와 옥황이사의 동경으로 이었으며, 제4수에서는 옥황이사를 얻고 싶지만, 그 고기가 없어 물동말

동 하다고 아쉬워함으로 전환을 꾀하였다가, 제5수에서는 대명 문물의 회복을 당장 이룰 수 없어, 천운의 순환으로 기약하는 결론을 보여준다. 이 경우에 간데없는 대명의 문물은 제2, 3, 4수에서 보여준 강태공의 문물을 계승한 문물이라는 점에서 하나의 맥을 이룬다. 이런 점에서 이 4수의 텍스트는 기승전결의 구조로 정리할 수 있다.

이 기승전결의 구조로 보아, 4수의 텍스트2(제2~5수)의 주제는 [강태공의 고적들에서 감회에 젖고 강태공을 동경하나, 강태공과 같이 옥황이사를 얻을 수 없어 아쉬워하다가, 간데없는 대명 문물의 회복을 당장 이룰 수 없어 천운의 순환으로 기약함]으로 정리할 수 있다.

4. 5수의 텍스트

이 장에서는 작품 180~184의 5수로 구성된 텍스트의 결속, 종결, 구조, 주제 등을 정리하고자 한다.

4.1. 결속과 종결

결속과 종결을 정리하기 위해, 작품 180~184의 5수를 보자.

산(山)아 수양산(首陽山)아 백이숙제(伯夷叔齊) 어듸 가니
만고청절(萬古淸節)을 두고간 줄 뉘 아드니.
어즈버 요천순일(堯天舜日)이야 친(親)히 본가 ᄒᆞ노라. (제1수, 청전 180)

태공(太公)의 조어대(釣魚臺)를 계유 구러 ᄎᆞ자 가니
강산(江山)도 그지업고 지개(志槪)도 새로왜라.
진실(眞實)로 만고영풍(萬古英風)을 다시 본 듯ᄒᆞ여라. (제2수, 청전 181)

난하수(灤河水) 도라 드니 사상부(師尙父)의 조기(釣磯)로다.
위수풍연(渭水風煙)이야 고금(古今)에 다를소냐.
어즈버 옥황이사(玉璜異事)를 친(親)히 본 듯ᄒᆞ여라. (제3수, 청전 182)

수양산(首陽山) ᄂᆞ린 물이 조어대(釣魚臺)로 가다 ᄒᆞ니
태공(太公)이 낙던 고기 나도 낙가 보련마ᄂᆞᆫ
그 고기 지금(至今)히 업스니 물동말동 ᄒᆞ여라. (제4수, 청전 183)

일월(日月)도 예와 ᄀᆞᆺ고 산천(山川)도 의구(依舊)하되
대명(大明) 문물(文物)은 쇽절 업시 간듸 업다.
두어라 천운(天運)이 순환(循環)하니 다시 볼가 ᄒᆞ노라. (제5수, 청진 184)

이 5수에서는 두 종류의 전체적인 단락간의 결속과 종결을 정리할
수 있다.

하나는 종장 끝시어에서 보이는 ['ᄒᆞ노라'(제1수)-'ᄒᆞ여라'(제2수)-
'ᄒᆞ여라'(제3수)-'ᄒᆞ여라'(제4수)-'ᄒᆞ노라'(제5수)]의 대칭표현에 의한 결
속과 종결이다.

다른 하나는 초장의 끝음절이 보이는 ['-니'(제1수)-'-니'(제2수)-'-
로다'(제3수)-'-니'(제4수)-'-되'(제5수)]의 대칭표현의 후미 전환형에
의한 결속과 종결이다.

이 두 종류의 결속과 종결은 제1~5수의 전체적인 결속과 종결을 보여
준다. 이런 사실들은 이 5수가 연시조임을 말해준다. 이 연시조의 텍스
트에 앞에서 살핀, 3종류의 텍스트들이 포함되어 있다는 사실은 이 작품
이 탈착형 연시조임을 알게 한다.

4.2. 구조와 주제

이 텍스트는 제1~4수로 구성된 4수의 텍스트1에 제5수가 붙은 구조로 볼 수도 있다. 앞에서 정리했듯이, 제1~4수로 구성된 4수의 텍스트1은 서(제1수)-본(제2, 3수)-결(제4수)의 구조이다. 이 구조에 제5수가 붙은 5수의 텍스트는 기(제1수)-승(제2, 3수)-전(제4수)-결(제5수)의 구조가 된다. 특히 서로 양립할 수 없는 것 같이 보이는 백이숙제와 강태공을 문화의 계승이라는 차원에서 대명(大明)의 문물로 묶으면, 이 기승전결의 구조를 이해하기 쉽다.

그리고 이 구조로 보아, 5수 텍스트(제1~5수)의 주제는 [백이숙제의 고적에서 뜻을 세우고, 강태공의 고적들에서 감회에 젖고 강태공을 동경하나, 강태공과 같이 옥황이사를 얻을 수 없어 아쉬워하다가, 간데없는 대명 문물의 회복을 당장 이룰 수 없어 천운의 순환으로 기약함]으로 정리할 수 있다.

5. 결론

지금까지 〈천운순환가〉를 3수의 텍스트, 4수의 텍스트1(작품 180~183), 4수의 텍스트2(작품 181~184), 5수의 텍스트 등으로 나누어 그 결속, 종결, 구조, 주제 등을 살폈다. 그 결과를 요약하여 결론을 대신한다.

먼저 '2'장에서 정리한 3수 텍스트의 결속, 종결, 구조, 주제 등은 다음과 같다.

1) 3수 텍스트의 결속과 종결은 단락내의 것과 단락간의 것으로 나뉜다. 제2단락인 제2, 3수의 종장에서는 "… -을/를 ○○ 본 듯 ᄒ여라."를

반복하면서 반복표현에 의한 단락내의 결속을 보여준다.

　2) 3수의 텍스트는 두 종류의 종결과 결속을 보여준다. 하나는 “…
-을/를 ○○ 본 듯 ᄒ여라.”를 제2, 3수의 종장에서 반복하다가 제4수에
서 전환하는 반복표현의 후미 전환에 의한 결속과 종결이다. 다른 하나
는 제2수와 제4수의 초장에서 “… 조어대(釣魚臺) … -니”를 대칭시킨
대칭표현에 의한 결속과 종결을 보여준다.

　3) 3수 텍스트는 본사(제2, 3수, 병렬적 구조)와 결사(제4수)의 결합
인 본결의 구조를 보여준다.

　4) 3수 텍스트의 주제는 [강태공의 고적들에서 감회에 젖고 강태공을
동경하나, 강태공과 같이 옥황이사를 얻을 수 없어 아쉬워함]이다.

　‘3’장에서 정리한 4수의 텍스트1(작품 180, 181, 182, 183)의 결속,
종결, 구조, 주제 등은 다음과 같다.

　1) 4수의 텍스트1에서 결속과 종결은 단락내와 단락간으로 나뉜다.
단락내의 결속과 종결은 제2단락인 작품 181~183에서 보이는 것으로
3수의 텍스트에서 정리한 것이다.

　2) 4수의 텍스트1에서 나타난 단락간의 결속과 종결은 4종류이다. 그
중의 하나는 제2단락(제2, 3수)과 제3단락(제4수)의 단락간의 결속과
종결로 3수의 텍스트에서 정리한 것이다. 나머지 셋은 다음과 같다. 하
나는 어간 ‘보-’를 제1, 2, 3수의 종장에서 반복하다가 제4수에서 전환
한, 반복표현의 후미 전환에 의한 결속과 종결이다. 다른 하나는 초장말
에서 ‘어듸 가니’(제1수), ‘ᄎ자 가니’(제2수), ‘釣磯로다’(제3수), ‘가다
ᄒ니’(제4수) 등을 통하여 보여준 반복표현의 후미 전환·도치형에 의한
결속과 종결이다. 마지막 하나는 “어즈버 … 친(親)히 보- ….”의 대칭표
현을 후미에서 도치시켜서 보여준, 대칭표현의 후미 도치에 의한 결속
과 종결이다.

3) 4수의 텍스트1의 구조는 서(제1수)-본(제2, 3수)-결(제4수)의 서본결이다.

4) 4수의 텍스트1의 주제는 [백이숙제의 고적에서 뜻을 세우고, 강태공의 고적들에서 감회에 젖고 강태공을 동경하나, 강태공과 같이 옥황이사를 얻을 수 없어 아쉬워함]이다.

'3'장에서 정리한 4수의 텍스트2(작품 181, 182, 183, 184)의 결속, 종결, 구조, 주제 등은 다음과 같다.

1) 4수의 텍스트2는 두 종류의 단락간의 결속과 종결을 보여준다. 하나는 제2, 3, 4수의 종장들에서 '흐여라'를 반복하다가 제5수의 종장에서 '흐여라'를 '흐노라'로 전환한, 반복표현의 후미 전환에 의한 결속과 종결이다. 다른 하나는 제2수와 제5수의 종장에서 '다시 보-'의 대칭표현에 의해 보여준 결속과 종결이다.

2) 4수의 텍스트2의 구조는 기(제2수)-승(제3수)-전(제4수)-결(제5수)이다.

3) 4수의 텍스트2(제2~5수)의 주제는 [강태공의 고적들에서 감회에 젖고 강태공을 동경하나, 강태공과 같이 옥황이사를 얻을 수 없어 아쉬워하다가, 간데없는 대명 문물의 회복을 당장 이룰 수 없어 천운의 순환으로 기약함]이다.

'4'장에서 정리한 5수 텍스트의 결속, 종결, 구조, 주제 등은 다음과 같다.

1) 5수의 텍스트에서는 두 종류의 단락간의 결속과 종결이 보인다. 하나는 종장 끝시어에서 보이는 ['흐노라'(제1수)-'흐여라'(제2수)-'흐여라'(제3수)-'흐여라'(제4수)-'흐노라'(제5수)]의 대칭표현에 의한 결속과 종결이다. 다른 하나는 초장의 끝음절이 보이는 ['-니'(제1수)-'-니'(제2수)-'-로다'(제3수)-'-니'(제4수)-'-되'(제5수)]의 대칭표현의 후

미 전환형에 의한 결속과 종결이다.

2) 5수의 텍스트는 제1~4수로 구성된 4수의 텍스트1에 제5수가 붙은 구조로, 기(제1수)-승(제2, 3수)-전(제4수)-결(제5수)의 구조이다.

3) 5수 텍스트의 주제는 [백이숙제의 고적에서 뜻을 세우고, 강태공의 고적들에서 감회에 젖고 강태공을 동경하나, 강태공과 같이 옥황이사를 얻을 수 없어 아쉬워하다가, 간데없는 대명 문물의 회복을 당장 이룰 수 없어 천운의 순환으로 기약함]이다.

이상과 같이, 〈천운순환가〉는 3수의 텍스트(작품 181~183), 4수의 텍스트1(작품 180~183), 4수의 텍스트2(작품 181~184), 5수의 텍스트(작품 180~184) 등으로 탈착시켜서 보았을 때에, 각각 연시조를 연시조이게 하는 결속, 종결, 구조, 주제 등을 모두 보여준다는 점에서, 탈착형 연시조로 정리할 수 있다.

이간의 연시조2 〈자행자처가〉

1. 서론

이 글은 『청구영언』(진본)에 전하는 이간(李偘, 1640~1699)의 시조들 중에서, 일군의 시조들(작품 191~196)이 보이는 결속, 종결, 구조, 주제 등을 검토 정리하여, 제목 없이 합철된 연시조 1편을 확인하고 이해하는 데 연구의 목적이 있다.

이간의 자는 화숙(和淑)이고, 호는 최락당(最樂堂)이며, 1676년(숙종 2)에 사은사(謝恩使)로, 1686년에 동지 겸 진주사(冬至兼陳奏使)로 청나라에 다녀왔다. 〈산수한정가(山水閑情歌)〉, 〈애국도보가(愛國圖報歌)〉, 〈자경가(自警歌)〉 등의 가사를 지었다고 하나 전하지 않고, 시조 30수가 『청구영언(靑丘永言)』(진본)에 전한다.

이간의 시조에 대한 연구는 최강현(1986), 김민화(1999), 육민수(2010) 등의 연구가 다인 것 같다. 이 연구들은 이간의 시조 30수에서 연시조를 검토한 바가 없다. 그러나 결속, 종결, 구조, 주제 등을 검토해 본 결과 연시조 2편을 정리할 수 있는데, 그 중에서 6수로 구성된 1편을 이 글에서 정리하려 한다. 이 작품은 5수의 텍스트와 6수의 텍스트로 탈착되므로, 나누어서 정리한다.

2. 5수의 텍스트

『청구영언』(진본)의 작품 191~195는 그 결속, 종결, 구조, 주제 등으로 보아, 연시조의 텍스트이다. 이에 그 결속, 종결, 구조, 주제 등을 차례로 검토하고자 한다.

2.1. 결속과 종결

다음의 5수 텍스트를 밑줄 친 부분에 유의하면서 보자.

제分 죠흔 줄을 무음에 定亨 後에
功名富貴로 草屋을 밧골손가.
世俗에 버서난 後ㅣ면 自行自處 흐리라. (제1수, 청진 191)

天理롤 알작시면 天道라타 뉘 모로리.
忠孝大義는 修身에 둘년느니
事業을 節義로 行흐면 긔 올흔가 흐노라. (제2수, 청진 192)

德으로 일삼으면 제 分인 줄 제 모로며
懲忿을 겨버보면 窒慾인들 뉘 모로리.
學文을 보뵈로 아라야 去取適中 흐리라. (제3수, 청진 193)

말슴을 굴희여 내면 결올 일이 바히 업고
無逸을 죠하흐면 貪欲인들 이실소냐.
一毫ㅣ나 밧긔 일흐면 헷 工夫ㅣ가 흐노라. (제4수, 청진 194)

어져 내말 듯소 君子工夫 다흔 後에
死生을 뉘 알관디 老少로 드톨손가.

그려도 餘日이 이시니 學文이나 호리라. (제5수, 청진 195)

이 텍스트는 3단락으로 되어 있다. 제2단락(제2, 3, 4수)에서 단락내 결속과 종결을 먼저 보자.

우선 반복표현에 의한 결속을 보자. 제2, 3, 4수의 초장들을 보면, "天理롤 알작시면 天道라타 뉘 모로리."(제2수의 초장), "德으로 일삼으면 제 分인 줄 제 모로며"(제3수의 초장), "말슴을 굴희여 내면 결올 일이 바히 업고"(제4수의 초장) 등에서와 같이, 초장들의 중간에서 '-면'의 표현을 반복한다. 이는 반복표현에 의한 결속을 의미한다.

이번에는 대칭표현에 의한 결속과 종결을 보자. 이 결속과 종결을 보여주는 대칭표현은 두 종류이다.

첫째는 제2, 4수의 초장들이 보여주는 대칭표현이다. 제2수의 초장("天理롤 알작시면 天道라타 뉘 모로리.")을 보면, "○○롤 …-면 …"의 구문이 나온다. 그리고 제4수의 초장("말슴을 굴희여 내면 결올 일이 바히 업")을 보면, "○○을 …-면 …"의 구문이 나온다. 이 "○○롤/을 …-면 …"의 반복표현은 제3수를 대칭축으로 하는 대칭표현이다.

둘째는 제2, 4수의 종장들이 보여주는 대칭표현이다. 제2수의 종장("事業을 節義로 行호면 긔 올혼가 호노라.")을 보면, "… -호면 …ㄴ가 호노라."의 구문이 나온다. 그리고 제4수의 종장("一毫ㅣ나 밧긔 일호면 헷 工夫ㅣ가 호노라.")을 보아도, "… -호면 …ㄴ가 호노라."의 구문이 나온다. 이 "… -호면 …ㄴ가 호노라."의 반복표현도 제3수를 대칭축으로 하는 대칭표현이다.

이렇게 제2단락(제2~4수)에서 정리된 두 대칭표현은 이 단락의 단락내 결속과 이 단락의 종결을 보여준다. 이 종결은 시종의 대칭에 의한 종결이다.

제2단락의 단락내 결속과 종결은 제1단락(제1수), 제2단락(제2~4수), 제3단락(제5수) 등이 보여주는 단락간의 결속과 종결에 통합된다. 제2단락의 결속과 종결을 통합한 단락간의 결속과 종결을 보자. 이를 보기 위하여 세 종류의 대칭표현을 먼저 보자.

첫째는 제1수와 제5수의 초장들에서 발견되는 대칭표현이다. 제1수의 초장("제分 죠흔 줄을 ᄆᆞ음에 定흔 後에")과 제5수의 초장("어져 내말 듯소 君子工夫 다흔 後에")을 보면, "… ᄋ흔 後에"가 반복하는데, 이 반복은 제3수의 초장을 대칭축으로 대칭하는 대칭표현이다.

둘째는 제1수와 제5수의 중장들에서 발견되는 대칭표현이다. 제1수의 중장("功名富貴로 草屋을 밧골손가.")과 제5수의 중장("死生을 뉘 알관ᄃᆡ 老少로 ᄃᆞ톨손가.")을 보면, "ᄋᄋᄋᄋ로 ᄋᄋ을 ᄋᄋᆯ손가"가 반복하는데, 이 반복도 제3수의 중장을 대칭축으로 대칭하는 대칭표현이다.

셋째는 제1수와 제5수의 종장들에서 발견되는 대칭표현이다. 제1수의 종장("世俗에 버서난 後ㅣ면 自行自處 흐리라.")과 제5수의 종장("그려도 餘日이 이시니 學文이나 흐리라.")을 보면, "… 흐리라"가 반복하는데, 이 반복은 제3수의 초장을 대칭축으로 대칭하는 대칭표현이다.

이렇게 제1, 5수에서는 세 종류의 대칭표현을 보여준다. 이 제1, 5수에서 발견된 세 종류의 대칭표현을 A-A로, 제2, 4수에서 발견된 두 종류의 대칭표현을 B-B로, 대칭축인 제3수를 X로 부호화하면, 이 텍스트는 [A(제1수)-B(제2수)-X(제3수)-B(제4수)-A(제5수)]의 대칭표현을 보여준다. 이 대칭표현은 이 텍스트가 대칭표현에 의해 결속되고 종결되었음을 보여준다. 이 종결은 시종의 대칭에 의해 제5수가 종결임을 보여주는 표현이다.

이 [A(제1수)-B(제2수)-X(제3수)-B(제4수)-A(제5수)]의 대칭표현에 의한 결속과 종결은 종장의 전환까지를 계산하면, 대칭표현의 후미 전환에 의한 결속과 종결을 정리할 수 있게 한다. 이를 보기 위해, 종장 들만을 다시 인용하면 다음과 같다.

世俗에 버서난 後 l 면 自行自處 흐리라. (제1수, 청진 191)
事業을 節義로 行흐면 긔 올혼가 흐노라. (제2수, 청진 192)
學文을 보뵈로 아라야 去取適中 흐리라. (제3수, 청진 193)
一毫 l 나 밧긔 일흐면 헷 工夫 l 가 흐노라. (제4수, 청진 194)
그려도 餘日이 이시니 學文이나 흐리라. (제5수, 청진 195)

이 정리에서 제3수를 대칭축으로 보면, 제2수와 제4수는 "… –흐면 …ㄴ가 흐노라."의 대칭표현을 보여준다. 그리고, 제1수와 제5수는 "… 흐리라"의 대칭표현을 보여준다. 동시에 "… –면 … 흐리라"으로 보면, 제5수에서 제1수에 대칭이 된 "… –면 … 흐리라"를 "… 흐리라"로 전환 하였음을 보여준다. 이런 점에서 이 텍스트는 대칭표현의 후미 전환에 의한 결속과 종결도 보여준다고 정리할 수 있다.

2.2. 구조와 주제

이 5수의 텍스트는 서사(제1수), 본사1(제2~4수, 점강적 구조), 본사 2(제5수)의 구조를 보이는데, 각수별로 주제를 정리하고, 이에 기반하 여, 서본의 구조와 주제를 정리하려 한다.

제分 죠흔 줄을 ㅁ음에 定흔 後에
功名富貴로 草屋을 밧골손가.
世俗에 버서난 後 l 면 自行自處 흐리라. (제1수, 청진 191)

이 제1수에서는 시적 화자가 무엇을 어떻게 한 후에 자행자처를 하겠다는 것인데, '무엇을 어떻게'를 명료하게 보여주지 않고, 에두르고 있다. 이를 밝히는 것이 제1수를 이해하는 첩경으로 생각한다.

초장인 "제分 죠흔 줄을 ᄆᆞ음에 定ᄒᆞᆫ 後에"에 포함된 '제分'이 무엇인가? 이는 중장인 "功名富貴로 草屋을 밧골손가."로 보아, 초옥에서도 향유할 수 있는 분이고, 이는 공명부귀로도 바꿀 수 없는 분이며, 종장의 "世俗에 버서난"으로 보아, 세속 즉 속되고 저열함을 벗어난 것이다. 이 경우에 세속이 '속되고 저열함'의 의미라는 사실은 '세속'이 갖고 있는 다의의 하나이다. 이런 조건들과 제2~5수의 내용으로 보아, 제분은 자신의 분(신분, 분수)으로, 자신의 '군자(君子) 공부와 학문의 삶'으로 이해된다. 이 군자 공부와 학문의 삶은 공명부귀로는 거의 불가능하고, 초옥의 삶에서는 가능하다는 점에서, 그 삶을 가능하게 하는 초옥의 삶을 공명부귀로도 바꿀 수 없다. 그리고 군자 공부와 학문의 삶은 이미 세속(속되고 저열함)을 벗어난 것이다.

이상과 같은 점들로 보아, 제1수는 [자신의 분(군자 공부와 학문)이 좋은 것을 알고 세속을 벗어난 후에, 자행자처(自行自處)를 하겠다는 의지]로 정리할 수 있다.

> 天理룰 알작시면 天道라타 뉘 모로리.
> 忠孝大義ᄂᆞ 修身에 돌녓ᄂᆞ니
> 事業을 節義로 行ᄒᆞ면 긔 올흔가 ᄒᆞ노라. (제2수, 청진 192)

天理(천지자연의 이치)를 알 것 같으면, 누구라도 天道(하늘이 낸 도리)를 알 것이다. 그러므로, 하늘이 낸 도리인 충효대의를 수신하여 절의로 행하면 그것이 옳은가 한다. 즉 충효대의의 사업을 옳게 하기 위하여는

절의로 하여야 하는데, 충효대의의 절의는 수신에 달렸으므로, 군자는
충효대의의 절의를 할 수 있게 수신 즉 공부를 하여야 한다. 이는 군자가
충효대의의 절의를 공부하고 수신하여야 한다는 의미를 보여준다.

이렇게 해석할 때에, 충효대의의 절의가 군자의 공부라는 사실은 『논
어』〈양화(陽貨)〉제17에서 알 수 있다. 이 부분을 보면, 자로가 공자님
께 "군자는 용기를 숭상하는지요"라고 묻자, 공자께서 말씀하시길 "군자
는 의를 가장 위로 여긴다."[1]고 하셨다. 이로 보면, 군자가 의를 공부하
고 수신함을 알 수 있다.

이런 점들로 보아, 제2수의 주제는 [군자의 천리(天理) 공부와 충효
대의(忠孝大義) 공부]로 정리할 수 있다.

> 德으로 일삼으면 제 分인 줄 제 모로며
> 懲忿을 겨버보면 窒慾인들 뉘 모로리.
> 學文을 보뵈로 아라야 去取適中 흐리라. (제3수, 청진 193)

모든 일을 덕으로 일삼으면, 자신의 분을 알 것이며, 징분(懲忿, 분한
생각의 경계)을 접어보면 누구든 질욕(窒慾, 욕심을 막음)을 알 것이므
로, 학문(學文, '학문'은 다의어이다. '글을 배움'과 '『周易』, 『書經』, 『詩
經』, 『春秋』, 禮, 樂 따위 詩書, 六藝의 글을 배움' 등의 의미가 있는데,
이 제3수의 문맥으로 보아 후자로 판단된다.)을 보배로 알아야, 거취적중
(거취에서 중용에 이름)할 것이라는 것이다. 이는 거취적중을 하기 위하
여는 모든 일을 덕으로 일삼고 징분을 접어보자는 것이다. 이 때에 모든
일을 덕으로 일삼는다는 것은, 군자가 닦는 '숭덕(尙德), 수덕(修德), 순

---

1 "子路曰 : 君子尙勇乎 子曰 : 君子義以爲上 君子有勇而无義爲亂 小人有勇而无義
　　爲盜"(『논어』〈양화(陽貨)〉제17)

덕(順德)' 등의 덕을 의미한다. 이런 사실은 〈대상전(大象傳)〉을 보면 알 수 있다.[2] 그리고 징분(懲忿)과 질욕(窒慾) 역시 〈대상전〉에서 제시한 군자의 공부이다.[3]

이런 점들로 보아, 제3수의 주제는 [군자의 덕(德) 공부와 징분질욕(懲忿窒慾) 공부]로 정리할 수 있다.

> 말슴을 굴회여 내면 결올 일이 바히 업고
> 無逸을 죠하ᄒ면 貪欲인들 이실소냐.
> 一毫ㅣ나 밧긔 일ᄒ면 헷 工夫ㅣ가 ᄒ노라. (제4수, 청진 194)

제4수는 신언(愼言)하면 다툴 일이 없고, 편안하기를 바라지 않으면 탐욕도 생기지 않는다고 하였다. 그리고 여기에서 벗어난 것은 헛공부라고 단언하였다. 이는 신언(愼言)과 무일(無逸)이 군자가 공부하여야 할 덕목임을 말해준다.

신언(愼言)이 군자가 공부하여야 할 덕목임은 『주역』의 〈대상전〉에서 보인다.[4] 그리고 무일(無逸)이 군자가 공부하여야 할 덕목임은 『서경』의

---

2 해당부분을 보면, 29의 "重水坎 象曰 水洊至習坎 君子以常德行 習敎事"(象으로 말하면 물이 거듭 흐르는 것이 習坎이니, 君子가 이것을 본받아 德行을 崇尙하며 가르치는 일을 익히느니라.)의 '尙德', 30의 "水山蹇 象曰 山上有水蹇 君子以反身脩德"(象으로 말하면 山 위에 물이 있는 것이 蹇卦이니 군자가 이것을 본받아 自身을 돌이켜 中德을 닦느니라.)의 '脩德', 46의 "地風升 象曰地中生木升 君子以順德 積小以高大(象으로 말하면 땅속에서 나무가 나오는 것이 升이니, 君子가 이것을 본받아 中德을 따르고 적은 것을 쌓아서 높고 커짐이라."의 '順德' 등이다.

3 징분(懲忿)과 질욕(窒慾)은 41의 "山澤損 象曰 山下有澤損 君子以懲忿窒欲"(象으로 말하면 山아래 못이 있는 것이 損이니, 군자가 이것을 본받아서 忿怒를 징계하고 욕심을 막느니라)에서 보인다.

4 '신언(愼言)'는 27의 "山雷頤 象曰 山下有雷頤 君子以愼言語節飮食"(象으로 말하면 山아래에 우뢰가 있는 것이 頤니, 君子는 이를 거울삼아 언어를 삼가하며, 飮食을 節

〈주서〉[5]에서 보인다.

이런 점들로 보아, 제4수의 주제는 [군자의 신언(愼言) 공부와 무일
(無逸) 공부]로 정리할 수 있다.

> 어져 내말 듯소 君子工夫 다흔 後에
> 死生을 뉘 알관디 老少로 드톨손가.
> 그려도 餘日이 이시니 學文이나 흐리라. (제5수, 청진 195)

제5수에서는 군자 공부를 다한 후에, 생사를 누구도 모르니, 노소(老
少)를 가지고 다투지 말 것을 명령적 의문문으로 보여준 다음에, 그렇게
하고도 남은 날이 있으니, 학문이나 하겠다는 것이다. 이 '학문'은 제3수
의 '학문'으로 보아, '『周易』, 『書經』, 『詩經』, 『春秋』, 禮, 樂 따위 詩
書, 六藝의 글을 배움'의 의미로 보인다.

이런 점들로 보아, 제5수의 주제는 [군자 공부를 다한 후에 노소로
다투지 않고 남은 생애 학문을 하겠다는 의지]로 정리할 수 있다.

지금까지 정리한 각수별 주제를 한 자리로 옮기면 다음과 같다.

> 제1수: 자신의 분(군자 공부와 학문)이 좋은 것을 알고 세속을 벗어난
> 후에, 자행자처(自行自處)를 하겠다는 의지
> 제2수: 군자의 천리(天理) 공부와 충효대의(忠孝大義) 공부
> 제3수: 군자의 덕(德) 공부와 징분질욕(懲忿窒慾) 공부
> 제4수: 군자의 신언(愼言) 공부와 무일(無逸) 공부

制하나니라)에서 보인다.

5 '무일(無逸)'은 『서경(書經)』 〈주서(周書)〉의 "周公曰 嗚呼 君子所其無逸"(주공이 이
르시길 "아! 군자는 안일하지 않음을 처소로 삼습니다."라고 하셨다.)에서 보이며, 그
설명을 보면, "君子 以無逸爲所 動靜食息 無不在是焉, 所猶處所也"라고 하였다.

제5수: 군자공부를 다한 후에 노소로 다투지 않고 남은 생애 학문을 하
겠다는 의지

제1수는 앞으로 이렇게 살겠다는 의지의 표명으로 서사에 해당한다.
이 의지를 구체적으로 보여주는 것이 제2~5수이다. 이 중에서 제2, 3,
4수는 군자의 공부를 점강적으로 노래한 본사1에 해당한다. 그리고 제5
수는 군자의 공부를 다한 후에 노소로 다투지 않고 남은 생애 학문을
하겠다는 의미로 본사2에 해당한다. 결국 이 5수의 텍스트는 본사1(제2,
3, 4수, 점강적 구조)과 본사2(제5수)를 가진 서본의 구조로 이해된다.
그리고 이 5수 텍스트의 주제는 [군자의 공부를 다한 후에 노소를 다투
지 않고 학문이나 하겠다는 의지]로 정리할 수 있다.

3. 6수의 텍스트

단시조 6수(청진 191~196)는 그 결속, 종결, 구조, 주제 등으로 보아,
연시조이다. 이에 그 결속, 종결, 구조, 주제 등을 차례로 검토하고자
한다.

3.1. 결속과 종결

6수 텍스트의 결속과 종결은 단락내의 경우와 단락간의 경우로 나뉜
다. 단락내의 결속과 종결은 제2단락(제2, 3, 4수)에서 보이는 3종류이
다. 이는 5수 텍스트에서와 같다.

단락간의 결속은 세 방법에 의해 보여준다. 하나는 교차적 반복표현에
의한 결속이고, 다른 하나는 격구식으로 상응하는 반복표현에 의한 결속

이며, 마지막 하나는 대칭표현의 후미 도치에 의한 결속과 종결이다.

먼저 'ᄒ리라'와 'ᄒ노라'의 반복에 의한 경우를 보자. 즉 각수의 종장 말의 끝시어를 보면, [ᄒ리라(제1수)-ᄒ노라(제2수)-ᄒ리라(제3수)-ᄒ노라(제4수)-ᄒ리라(제5수)-ᄒ노라(제6수)]에서와 같이, 'ᄒ리라'와 'ᄒ노라'를 교차하면서 반복한다. 이 교차적 반복표현은 이 6수의 단락간의 결속을 보여준다.

제1~4수의 결속을 보면, 격구식으로 상응하는 같은 표현을 반복하면서 보여준다.

> 제分 죠흔 줄을 ᄆ음에 定흔 後에
> 功名富貴로 草屋을 밧골손가.
> 世俗에 버서난 後ㅣ면 自行自處 <u>ᄒ리라</u>. (제1수, 청진 191)

> 天理롤 알작시면 天道라타 뉘 모로리.
> 忠孝大義ᄂ 修身에 둘녀ᄂ니
> 事業을 節義로 行ᄒ면 긔 올흔가 <u>ᄒ노라</u>. (제2수, 청진 192)

> 德으로 일삼으면 제 分인 줄 제 모로며
> 懲忿을 져버보면 窒慾인들 뉘 모로리.
> 學文을 보뵈로 아라야 去取適中 <u>ᄒ리라</u>. (제3수, 청진 193)

> 말슴을 굴희여 내면 결올 일이 바히 업고
> 無逸을 죠하ᄒ면 貪欲인들 이실소냐.
> 一毫ㅣ나 밧긔 일ᄒ면 헷 <u>工夫ㅣ가</u> <u>ᄒ노라</u>. (제4수, 청진 194)

'ᄒ리라'(제1수 종장), "… -면 …"(제2수 초장), "… -ᄒ면 -ㄴ가 ᄒ노라"(제2수 종장) 등을, 'ᄒ리라'(제3수 종장), "… -면 …"(제4수 초장),

"… -ᄒ면 -ㄴ가 ᄒ노라"(제4수 종장) 등에서 반복하면서, 제1~4수의
결속을 보여준다. 이 격구식으로 상응하는 반복표현들을 표로 정리하면
다음과 같다.

제1, 2수	상응하는 반복표현	제3, 4수
제1수	"… ᄒ리라."(종장)	제3수
제2수	"… -면 …"(초장)	제4수
	"… -ᄒ면 -ㄴ가 ᄒ노라."(종장)	

이번에는 제3~6수의 결속을 보자.

德으로 일삼으면 제 分인 줄 제 모로며
懲忿을 져버보면 窒慾인들 뉘 모로리.
學文을 보뵈로 아라야 去取適中 ᄒ리라. (제3수, 청진 193)

말슴을 ᄀᆞᆯ회여 내면 결올 일이 바히 업고
無逸을 죠하ᄒ면 貪欲인들 이실소냐.
一毫ㅣ나 밧긔 일ᄒ면 헷 工夫ㅣ가 ᄒ노라. (제4수, 청진 194)

어져 내말 듯소 君子工夫 다ᄒᆫ 後에
死生을 뉘 알관ᄃᆡ 老少로 ᄃᆞ톨손가.
그려도 餘日이 이시니 學文이나 ᄒ리라. (제5수, 청진 195)

사람이 삼긴 後에 天性을 가져 이셔
善惡을 分別ᄒ면 孔孟인들 부를소냐.
이 밧긔 說話만 ᄒ니 그를 몰라 ᄒ노라. (제6수, 청진 196)

제3수와 제4수에서 보이는 'ᄒ리라'(제3수 종장), "○○을 ○○ᄒ면 ○○인들 ○○ᄅ소냐"(제4수 중장), "… 밧긔 … ᄒ노라"(제4수 종장) 등을, 'ᄒ리라'(제5수 종장), "○○을 ○○ᄒ면 ○○인들 ○○ᄅ소냐"(제6수 중장), "… 밧긔 … ᄒ노라"(제6수 종장) 등으로 반복하면서, 제3~6수의 결속을 보여준다. 이 격구식으로 상응하는 반복표현들을 표로 정리하면 다음과 같다.

제3, 4수	상응하는 반복표현	제5, 6수
제3수	"… ᄒ리라."(종장)	제5수
제4수	"○○을 ○○ᄒ면 ○○인들 ○○ᄅ소냐"(중장)	제6수
	"… 밧긔 … ᄒ노라."(종장)	

이번에는 대칭표현의 후미 도치에 의한 단락간의 결속과 종결을 보자.

제分 죠흔 줄을 ᄆ음에 <u>定ᄒ 後에</u>
功名富貴로 草屋을 <u>밧골손가</u>.
世俗에 버서난 後ㅣ면 自行自處 <u>ᄒ리라</u>. (제1수, 청진 191)

天理롤 알작시면 天道라타 뉘 모로리.
忠孝大義ᄂ 修身에 둘년ᄂ니
事業을 節義로 行ᄒ면 긔 올흔가 ᄒ노라. (제2수, 청진 192)

德으로 일삼으면 제 分인 줄 제 모로며
<u>懲忿을 져버보면</u> 窒慾인들 뉘 모로리.
學文을 보뵈로 아라야 去取適中 ᄒ리라. (제3수, 청진 193)

말슴을 굴희여 내면 결올 일이 바히 업고

無逸을 죠하ᄒ면 貪欲인들 이실소냐.

一毫ㅣ나 밧긔 일ᄒ면 헷 工夫ㅣᆫ가 ᄒ노라. (제4수, 청진 194)

어져 내말 듯소 君子工夫 다ᄒᆫ 後에

死生을 뉘 알관ᄃᆡ 老少로 ᄃᆞ톨손가.

그려도 餘日이 이시니 學文이나 ᄒ리라. (제5수, 청진 195)

사람이 삼긴 後에 天性을 가져 이셔

善惡을 分別ᄒ면 孔孟인들 부를소냐.

이 밧긔 說話만 ᄒ니 그를 몰라 ᄒ노라. (제6수, 청진 196)

인용의 밑줄 친 부분에서는 네 종류의 대칭표현을 정리할 수 있다.

첫째로, ["… -ᄒᆫ 後에 ……ㄹ손가 … ᄒ리라."(제1수의 초중종장)-"… ᄒ리라"(대칭축, 제3수)-"… -ᄒᆫ 後에 ……ㄹ손가 … ᄒ리라"(제5수의 초중종장)]의 대칭표현이다. 이 대칭표현은 제1수와 제5수에서 파악할 수 있다.

둘째로, ["… ᄒ노라."(제2수의 종장)-"… ᄒ노라"(대칭축, 제4수의 종장)-"… ᄒ노라"(제6수의 종장)]의 대칭표현이다. 이 대칭표현은 제2수의 종장인 "事業을 節義로 行ᄒ면 긔 올흔가 ᄒ노라."와 제6수의 종장인 "이 밧긔 說話만 ᄒ니 그를 몰라 ᄒ노라."에서 파악할 수 있다.

셋째로, ["… -면 …."(제3수의 초장)-대칭축(제3수와 제4수의 중간)-"… -면 …."(제4수의 초장)]의 대칭표현이다. 이 대칭표현은 제3수의 초장인 "德으로 일삼으면 제 分인 줄 제 모로며"와 제4수의 초장인 "말슴을 굴희여 내면 결올 일이 바히 업고"에서 파악할 수 있다.

넷째로, ["○○을 ○○○면 ○○인들 …(의문형)"(제3수의 중장)-대칭축(제3수와 제4수의 중간)-"○○을 ○○○면 ○○인들 …(의문형)"(제4수의 중장)]의 대칭표현이다. 이 대칭표현은 제3수의 중장인 "懲忿을 져

버보면 窒慾인들 뉘 모로리.”와 제4수의 중장인 “無逸을 죠하ㅎ면 貪欲
인들 이실소냐.”에서 파악할 수 있다.

이상의 네 대칭표현에서, 제1수와 제5수의 대칭표현을 A-A로, 제2
수와 제6수의 대칭표현을 B-B로, 제3수와 제4수의 대칭표현을 C-C로,
대칭축을 X로 바꾸어 쓰면, 이 작품의 대칭표현은 [A(제1수)-B(제2
수)-C(제3수)-X(대칭축, 제3수와 제4수의 중간)-C(제4수)-A(제5수)-
B(제6수)]로 정리할 수 있다. 이는 [A-B-C-X(대칭축)-C-B-A]의 대
칭표현에서 후미의 BA를 AB로 도치시킨 유형이다. 이 대칭표현의 후미
도치 역시 하나의 유형으로 결속과 종결을 보여준다.

3.2. 구조와 주제

6수의 텍스트는 기승전결의 논리적 구조를 보여준다. 이 경우에 앞에
서 살핀 5수의 텍스트가 보여준 서본(서사, 본사1, 본사2)의 구조는 기승
전결의 기승전으로 바뀐다. 이를 정리하기 전에 제6수의 주제를 먼저
보자.

> 사람이 삼긴 後에 天性을 가져 이셔
> 善惡을 分別ㅎ면 孔孟인들 부롤소냐.
> 이 밧긔 說話 만ㅎ니 그를 몰라 ㅎ노라. (제6수, 청진 196)

이 제6수에서는 하늘로부터 타고난 선한 천성을 가져서 선악을 분별한
다면 성인도 부럽지 않을 것인데, 다른 설화가 많은 것을 알 수 없다는
것이다. 즉 많은 설화가 필요 없이, 공자님이나 맹자님도 부럽지 않게,
하늘로부터 타고난 선한 천성으로 선악을 분별하면서 살겠다는 것이다.
이는 제1수 종장인 “세속(世俗)에 벗어난 후면 자행자처(自行自處) 하리

라.”와 함께 보면, 세속 즉 세속의 공명부귀를 벗어난 후에, 천성으로 선악을 분별하면서 살겠다, 즉 천성으로 선악을 분별하고 사는 자행자처(自行自處, 스스로 자각하여 행동하고 처리함. 스스로 판단하여 몸소 처리함)를 하겠다는 의지이다. 이런 점들로 보면, 제6수의 주제는 [천성으로 선악을 분별하고 사는 자행자처를 하겠다는 의지]로 정리할 수 있다.

지금까지 정리한 제1~6수의 주제들을 옮기면 다음과 같다.

제1수: 자신의 분(군자 공부와 학문)이 좋은 것을 알고 세속을 벗어난 후에, 자행자처(自行自處)를 하겠다는 의지

제2수: 군자의 천리(天理) 공부와 충효대의(忠孝大義) 공부

제3수: 군자의 덕(德) 공부와 징분질욕(懲忿窒慾) 공부

제4수: 군자의 신언(愼言) 공부와 무일(無逸) 공부

제5수: 군자공부를 다한 후에 노소로 다투지 않고 남은 생애 학문을 하겠다는 의지

제6수: 천성으로 선악을 분별하고 사는 자행자처(自行自處)를 하겠다는 의지

제1수는 앞으로 이렇게 살겠다는 의지의 표명으로, 5수의 텍스트에서는 서사인데, 6수의 텍스트에서는 ‘기’에 해당한다. 이 의지를 구체적으로 보여주는 것이 제2~5수이다. 이 중에서 제2, 3, 4수는 군자의 공부를 점강적으로 노래한 부분으로, 5수의 텍스트에서는 본사1인데, 6수의 텍스트에서는 ‘승’에 해당한다. 그리고 제5수는 군자의 공부를 다한 후에 노소로 다투지 않고 남은 생애 학문을 하겠다는 의지의 부분으로, 5수의 텍스트에서는 본사2인데, 6수의 텍스트에서는 ‘전’에 해당한다. 이는 소재의 전환이다. 제6수는 (군자의 공부를 다한 후에, 남은 생애 학문을 하면서,) 천성으로 선악을 분별하고 사는 자행자처(自行自處, 스스로

자각하여 행동하고 처리함. 스스로 판단하여 몸소 처리함)를 하겠다는 의지를 보여준다. 이는 결에 해당한다.

결국 이 6수의 텍스트는 기(제1수)-승(제2, 3, 4수, 점강적 구조)-전(제5수)-결(제6수)의 구조로 이해된다. 그리고 이 6수 텍스트의 주제는 [군자의 공부를 다한 후에, 남은 생애 학문을 하면서, 천성으로 선악을 분별하고 사는 자행자처(自行自處)를 하겠다는 의지]로 정리할 수 있다.

4. 결론

지금까지 〈자행자처가〉(이간)의 결속, 종결, 구조, 주제 등을, 5수의 텍스트와 6수의 텍스트로 나누어 검토해 보았다. 그 결과를 요약하여 결론을 대신한다.

먼저 '2'장에서 정리한 5수 텍스트[『청구영언』(진본)의 작품 191~195]의 결속, 종결, 구조, 주제 등은 다음과 같다.

1) 5수 텍스트의 결속과 종결은 단락내의 경우와 단락간의 경우로 나뉜다. 단락내의 결속과 종결은 제2단락(제2, 3, 4수)에서 보이는데, 3종류이다. 하나는 제2, 3, 4수의 초장들에서 보이는 "… -면 …"의 반복표현에 의한 결속이다. 다른 하나는 제2, 4수의 초장들에서 보이는 "○○롤/을 …-면 …"의 대칭표현에 의한 결속과 종결이다. 마지막 하나는 제2, 4수의 종장들이 보이는 "… -ᄒ면 …ㄴ가 ᄒ노라."의 대칭표현에 의한 결속과 종결이다.

2) 단락간의 결속과 종결은 세 종류이다. 하나는 제1수와 제5수의 초장들이 보이는 "… ○ᄒ 後에"의 대칭표현에 의한 결속과 종결이다. 다른 하나는 제1수와 제5수의 중장들이 보이는 "○○○○로 ○○을 ○○ㄹ손

가"의 대칭표현에 의한 결속과 종결이다. 마지막 하나는 제1수와 제5수의 종장들이 보이는 "… ㅎ리라"의 대칭표현에 의한 결속과 종결이다. 이 경우는 종장의 반복뿐만 아니라 전환까지를 계산하면, 대칭표현의 후미 전환에 의한 결속과 종결으로 정리할 수도 있다.

3) 5수의 텍스트의 구조는 서사(제1수), 본사1(제2~4수, 점강적 구조), 본사2(제5수) 등으로 구성된 서본의 구조이다.

4) 5수 텍스트의 주제는 [군자의 공부를 다한 후에 노소를 다투지 않고 학문이나 하겠다는 의지]로 정리할 수 있다.

'3'장에서 정리한 6수의 텍스트의 결속, 종결, 구조, 주제 등은 다음과 같다.

1) 6수 텍스트의 결속과 종결은 단락내의 경우와 단락간의 경우로 나뉜다. 단락내의 결속과 종결은 제2단락(제2, 3, 4수)에서 보이는 3종류이다. 이는 5수 텍스트에서와 같다.

2) 단락간의 결속과 종결은 세 방법에 의해 보여준다. 하나는 각수의 종장말에서 [ㅎ리라(제1수)-ㅎ노라(제2수)-ㅎ리라(제3수)-ㅎ노라(제4수)-ㅎ리라(제5수)-ㅎ노라(제6수)]에서와 같이, 'ㅎ리라'와 'ㅎ노라'를 교차하면서 반복한, 교차적 반복표현에 의한 단락간의 결속이다. 다른 하나는 제1수와 제3수, 제2수와 제4수, 제3수와 제5수, 제4수와 제6수 등의 표현을 격구식으로 상응시켜서 보여준 결속이다. 마지막 하나는 네 종류의 대칭표현의 후미 도치에 의한 결속과 종결이다.

3) 6수 텍스트의 구조는 기(제1수)-승(제2, 3, 4수, 점강적 구조)-전(제5수)-결(제6수)의 기승전결이다.

4) 6수 텍스트의 주제는 [군자의 공부를 다한 후에, 남은 생애 학문을 하면서, 천성으로 선악을 분별하고 사는 자행자처(自行自處)를 하겠다는 의지]이다.

이상과 같이 〈자행자처가〉는 5수의 텍스트와 6수의 텍스트에서 각각 연시조를 연시조이게 하는 결속, 종결, 구조, 주제 등을 모두 보여준다. 이런 점에서 〈자행자처가〉는 탈착형 연시조로 정리할 수 있다.

안서우의 연시조1 〈유원농포가〉

1. 서론

이 글은 '유원십이곡(楡院十二曲)'에서 일군의 시조 5수가 〈유원농포가〉로 명명할 수 있는 연시조를 이룬다는 사실을 결속, 종결, 구조, 주제 등을 통하여 연구 정리하는 데 연구의 목적이 있다.

'유원십이곡'(한 편의 연시조가 아니라는 점에서, 작품을 표시하는 '〈 〉'로 표시하지 않고, 홑따옴표로 표시를 하였다.)에 대한 기왕의 연구들은, 수록 문헌, 창작장소, 창작년대, 구성, 구조, 주제 등을 검토하였다. 이를 간단하게 정리하면 다음과 같다.

수록 문헌은 정형용(1950)과 심재완(1972)에 의해 국립도서관에 소장되어 있던『양기재산고(兩棄齋散稿)』로 정리되었다. 창작장소와 창작년대는 처음에는 안서우(安瑞雨)가 지방 관직에서 물러나 전라도 무주에 은거하면서 지은 것으로 주장(심재완 1972a)되다가, 안서우가 은거한 제천의 유원에서 지은 것으로 추정(정혜원 1995)하는 주장을 거쳐, 최근에는 제천의 유원에서 1712년 무렵에 지어졌을 가능성이 좀더 구체적으로 논증되었다(김용찬 2016a, b).

구성은 이 작품이 13수로 구성되었다는 주장(심재완과 이를 따른 주장들)과 12수로 구성되었다는 주장(정형용 1950, 김용찬 2016a, b)으로

갈리고 있다. 구조는 크게 보아 네 경우로 나뉜다. 첫째는 서장, 제1~8
수, 제9~11수, 제12수 등의 4분 또는 4단락의 구조로 본 경우이다(정혜
원 1995, 윤정화 2001).[1] 둘째는 첫째 경우를 약간 변형시킨 경우이다
(김상진 2008).[2] 셋째는 1연(서사), 2~7연(전6곡의 언지 모방), 8~13연
(후6곡의 언학 모방) 등의 3단 구조로 본 경우이다(이현자 2002a)[3]. 넷
째는 셋째 경우와 거의 같게 '전6수'와 '후6수'의 구조로 본 경우이다(김
용찬 2016a, b). 그리고 이 주장들은 '유원십이곡'이 보이는 구조의 문제
또는 성격을 지적하기도 했다. 즉 정혜원(1995)은 "일관성의 결여"를 지
적하고, 김상진(2008)은 이 작품의 구조적 성격을 "유기적 결합체인 육
가계 연시조에는 미흡하지만 그 나름대로의 연작성을 지니면서 연시조
로서의 기능은 어느 정도 유지"한다고 보았다.

12수 또는 13수의 전체 주제를 정리한 검토로는 "강호자연으로 위장
된 현실적 불만의 토로"(윤정화 2001), "위장된 강호의 즐거움"(김상진
2008), "'귀자연'의 면모" 또는 "'귀자연'의 과정"(김용찬 2016a, b) 등이
있다.

---

1 정혜원(1995:74)은 서장(유교적 생활철학), 제1~8수(세상과 절연하고 物外의 공간에
   서 自足하는 강호생활의 기쁨), 제9~11수(出處 사이의 심리적 갈등을 거쳐 귀거래를
   결정하기), 제12수(강호생활로도 치유될 수 없는, 현실생활에서 느끼는 개인적 울분)
   등으로 구성된 4분 또는 4단락의 구조로 보았다. 윤정화(2001:121)는 서장, 제1~8장
   (강호자연에 은거하는 삶의 기쁨), 제9~11장(출처 사이에 방황하는 시적자아의 의식세
   계), 제12장(현실적 울분) 등의 구조로 정리하였는데, 정혜원의 것과 거의 같다.
2 김상진(2008:23~31)은 제Ⅰ단락(서장, 화자의 다짐), 제Ⅱ단락(제1장, 제2~7장, 제8장,
   위장된 강호의 즐거움), 제Ⅲ단락(제9장~제11장, 제12장, 출처에 대한 표명하며 강호의
   삶에 대한 불만) 등의 구조로 보았다.
3 이현자(2002a:214)는 〈도산십이곡〉과 같이 육가 계통의 구조로 보았는데, 이는 "'유원
   십이곡'은 12곡이라는 제목과 산림에 은거하는 생활을 노래부르는 양식으로 읊었다는
   점에서" 육가의 수용으로 본 주장(최재남 1987:341)을 참고한 것으로 판단된다.

이상과 같은 기왕의 연구들은 '유원십이곡'의 이해에 많은 도움을 주어왔다. 동시에 '유원십이곡'의 구성 및 구조와 주제의 연구가 당면한 네 가지의 문제도 보여주었다. 첫째로, '유원십이곡'은 12수인가 13수인가 하는 문제이다. 이는 13수 중에서 첫수를 포함할 것인가 제외할 것인가의 문제이다. 둘째로, 유기성의 문제이다. 이 문제는 13수 또는 12수가 유기성을 보여주는가의 문제이다. 셋째로, 이 작품의 논리적 구조를 어떻게 해석할 것인가 하는 문제이다. 이는 기왕의 주장들과 같이, 13수의 일부를 제1~8수와 제9~11수로 나눌 것이냐, 아니면 육가계 시조와 같이 전6수(제2~7수)와 후6수(제8~13수)로 나눌 것이냐, 아니면 기왕의 주장들과는 다른 구조로 볼 것인가의 문제이다. 넷째로, 이 작품의 논리적 구조가 명확하지 않아, 주제도 명확하지 않다는 문제이다.

이 구성 및 구조와 주제의 문제는 문헌의 원전비평을 통하여 해결할 수도 있고, '유원십이곡'의 결속, 종결, 구조, 주제 등을 통하여 해결할 수도 있다. 그런데 이 작품을 전해 주던 『양기재산고』의 행방이 모호하여, 문헌의 원전비평을 통한 문제의 해결은 현재로는 불가능하다. 이에 이 글에서는 '유원십이곡'의 결속, 종결, 구조, 주제 등을 통하여, 기왕의 연구들이 당면한 구성 및 구조와 주제의 문제를 해결하고자 한다.

'유원십이곡'의 결속, 종결, 구조, 주제 등을 검토해 보면, 연시조 두 편과 두 편의 단시조가 합철되었다는 사실을 정리할 수 있다. 이 중에서 〈유원농포가〉(5수)로 잠칭할 수 있는 연시조 한 편을 이 글에서 검토 정리하고자 한다.[이 글은 「'유원십이곡'의 텍스트 연구: 텍스트별 결속, 종결, 구조, 주제 등으로 본 두 연시조의 합철 가능성」(양희철 2017a)을 둘로 나누고 다듬은 것의 하나임]

2. 결속과 종결

〈유원농포가〉는 제1단락(제1수), 제2단락(제2, 3수), 제3단락(제4, 5
수) 등의 3단락으로 구성되어 있다. 이 단락들이 보여주는 단락내의 결
속과 단락간의 결속과 종결을 나누어서 정리해 보자.

2.1. 단락내의 결속

단락내의 결속은 두 단락에서 보인다. 먼저 제2단락을 구성하는 제2,
3수를 보자.

> 청산(靑山)은 무스 일노 무지(無知)흔 날 궃트며
> 녹수(綠水)는 엇지흐야 무심(無心)흔 날 궃트뇨.
> 무지(無知)타 웃지 마라 요산요수(樂山樂水)<u>홀가</u> 흐노라. (제2수)
>
> 홍진(紅塵)에 절교(絶交)흐고 백운(白雲)으로 위우(爲友)흐야
> 녹수(綠水) 청산(靑山)에 시름 업시 늘거가니
> 이 듕의 무한지락(無限之樂)을 헌亽<u>홀가</u> 두려웨라. (제3수)

이 제2단락(제2, 3수)은 두 측면에서 결속을 보여준다. 하나는 제2,
3수 종장의 밑줄 친 부분에서 "-홀가 -라"의 반복표현을 통하여 보여준
단락내의 결속이다. 다른 하나는 제2, 3수가 보여준 청산과 녹수를 즐기
는 같은 소재의 반복에 의해서 보여준 단락내의 결속이다.

이번에는 제3단락(제4, 5수)의 단락내 결속을 보기 위해 제3단락을
보자.

경전(耕田)ᄒ야 조석(朝夕)ᄒ고 조수(釣水)ᄒ야 반찬(飯饌)ᄒ며
장요(長腰)의 하겸(荷鎌)ᄒ고 심산(深山)의 채초(採樵)ᄒ니
<u>내 생애(生涯)</u> 이쑨이라 <u>뉘라셔 다시 알리?</u> (제4수)

<u>내 생애(生涯)</u> 담박(澹泊)ᄒ니 긔 <u>뉘라셔 ᄎᄌ 오리?</u>
입오실자(入吾室者) 청풍(淸風)이오 대오음자(對吾飮者) 명월(明月)
이라.
이 내 몸 한가(閑暇)ᄒ니 주인(主人)될가 ᄒ노라. (제5수)

인용의 밑줄 친 부부인 "<u>내 생애(生涯)</u> 이쑨이라 <u>뉘라셔 다시 알리?</u>"
(제4수 종장)와 "<u>내 생애(生涯)</u> 담박(澹泊)ᄒ니 긔 <u>뉘라셔 ᄎᄌ 오리?</u>"
(제5수 초장)에서는, "내 생애(生涯) … 뉘라셔 ○○ ○리."의 구문을 반
복하고 있다. 이 연쇄법의 반복구문은 제3단락(제4, 5수)의 단락 내 결
속을 보여준다.

2.2. 단락간의 결속과 종결

단락간의 결속과 종결을 보기 위해, 밑줄 친 부분에 유의하면서 〈유
원농포가〉를 보자.

문장(文章)을 ᄒ쟈 ᄒ니 인생식자(人生識字) 우환시(憂患始)요.
공맹(孔孟)을 비호려 ᄒ니 도약등천(道若登天) 불가급(不可及)이로다.
<u>이 내 몸 쓸 ᄃᆡ 업스니</u> 성대농포(聖代農圃) 되오리라. (제1수)

청산(靑山)은 무스 일노 무지(無知)ᄒᆫ 날 ᄀᆞᆺᄐᆞ며
녹수(綠水)는 엇지ᄒ야 무심(無心)ᄒᆫ 날 ᄀᆞᆺᄐᆞ뇨.
무지(無知)타 웃지 <u>마라</u> 요산요수(樂山樂水) 홀가 ᄒ노라. (제2수)

홍진(紅塵)에 절교(絶交)ᄒ고 백운(白雲)으로 위우(爲友)ᄒ야
녹수(綠水) 청산(靑山)에 시롬 업시 늘거가니
이 듕의 무한지락(無限之樂)을 헌ᄉ홀가 두려웨라. (제3수)

경전(耕田)ᄒ야 조석(朝夕)ᄒ고 조수(釣水)ᄒ야 반찬(飯饌)ᄒ<u>며</u>
장요(長腰)의 하겸(荷鎌)ᄒ고 심산(深山)의 채초(採樵)ᄒ니
내 생애(生涯) 이ᄲᅮᆫ이<u>라</u> 뉘라셔 다시 알리. (제4수)

내 생애(生涯) 담박(澹泊)ᄒ니 긔 뉘라셔 추ᄌ 오리.
입오실자(入吾室者) 청풍(淸風)이오 내오음자(對吾飮者) 명월(明月)이라.
<u>이 내 몸</u> 한가(閑暇)ᄒ니 주인(主人)될가 ᄒ노<u>라</u>. (제5수)

이 제1~5수에서는 네 종류의 대칭표현을 발견할 수 있다. 이를 차례로 보자.

첫째로, ['ᄒ니'(제1수 초장)-대칭축(제3수 초장)-'ᄒ니'(제5수 초장)]의 대칭표현이다. 제1수의 초장에 나온 'ᄒ야 <u>ᄒ니</u>'의 'ᄒ니'와 제5수의 초장에 나온 '담박(澹泊)<u>ᄒ니</u>'의 'ᄒ니'는 제3수를 대칭축으로 대칭하는 대칭표현이다.

둘째로, ["이 내 몸 … -니 … -라"(제1수 종장)-'이 듕의'(대칭축, 제3수 종장)-"이 내 몸 … -니 … -라"(제5수 종장)]의 대칭표현이다. 제1수의 종장인 "<u>이 내 몸</u> 쓸 디 업스<u>니</u> 성대농포(聖代農圃) 되오리<u>라</u>."와 제5수의 종장인 "<u>이 내 몸</u> 한가(閑暇)ᄒ<u>니</u> 주인(主人)될가 ᄒ노<u>라</u>."에서 반복하는 "이 내 몸 … -니 … -라"의 구문은, 제3수의 종장을 대칭축으로 대칭하는 대칭표현이다.

셋째로, ['-며'(제2수 초장)-대칭축(제3수 초장)-'-며'(제4수 초장)]의 대칭표현이다. 제2, 4수의 초장 후미에 나온 'ᄀᆞ투<u>며</u>'와 '반찬(飯饌)ᄒ<u>며</u>'의 두 '-며'는 제3수의 초장 후미를 대칭축으로 대칭하는 대칭표현

이다.

넷째로, ['-라'(제2수 종장)-대칭축(제3수 종장)-'-라'(제4수 종장)]의 대칭표현이다. 제2, 4수의 종장 중간에 나온 '마라'와 '이쑨이라'의 두 '-라'는 제3수의 종장 중간을 대칭축으로 하는 대칭표현이다.

이상의 제1, 5수의 대칭표현(첫째와 둘째의 대칭표현)을 A-A로, 제2, 4수의 대칭표현(셋째와 넷째의 대칭표현)을 B-B로, 대칭축을 X로 부호화하면, 이 텍스트가 [A(제1수)-B(제2수)-X(제3수)-B(제4수)-A(제5수)]의 대칭표현으로 결속되어 있음을 알 수 있다. 그런데 이 결속은 5수의 단시조들을 결속하는 동시에, 3단락의 단락간의 결속도 보여준다. 그리고 이 대칭표현에서, 제1, 5수의 대칭표현은 시종(始終)의 대칭표현으로, 시작인 제1수에 대칭인 제5수가 종결임도 보여준다. 이런 대칭표현을 통한 대칭적 결속과 종결은 제1~5수가 독립된 텍스트일 수 있음을 말해준다.

3. 구조와 주제

〈유원농포가〉의 논리적 구조는, 소재 차원을 참고하면서 검토하면, 서본의 구조로 쉽게 정리할 수 있다.

제1수를 보면, 시적 화자 자신이 쓸 데가 없어, 성대농포가 되겠다는 의미를 노래하고 있다. 쓸 데가 없음을 구체적으로 노래한 부분은 초장("文章을 흐쟈 흐니 人生識字 憂患始요.")과 중장("孔孟을 비호려 흐니 道若登天 不可及이로다.")이다. 즉 초장에서는 인생에서 식자의 우환이 문장에서 시작됨을 노래하고, 중장에서는 도는 하늘에 오르는 것과 같이 이를 수 없는 것임을 노래하였다. 그리고 종장("이 내 몸 쓸 디 업스니

聖代農圃 되오리라.")에서 시적 화자는 자신을 문장에도 공맹에도 쓸 수 없는 몸이므로, 성대농포나 되겠다는 의지를 보여준다. 이런 내용으로 보아, 제1수의 주제는 [문장에도 공맹에도 쓸 수 없는 몸이니, 성대농포나 되겠다.]로 정리할 수 있다. 이 주제는 이하의 제2~5수에서 구체적으로 개별적으로 보여줄 농포의 삶을 개괄적으로 포괄적으로 보여주고 있다는 점에서 서사에 해당한다.

제2~5수는 구체적으로 농포의 삶을 보여주는 본사로, 하위 구조를 보여준다. 제2, 3수로 구성된 제2단락의 본사1과 제4, 5수로 구성된 제3단락의 본사2이다. 이를 차례로 보자.

제2수의 초장("靑山은 무스 일노 無知혼 날 ㄱㅌ며")과 중장("綠水는 엇지ㅎ야 無心혼 날 ㄱㅌ뇨.")에서는, 청산과 녹수가 무슨 일로, 어찌하여, 무지하고 무심한 날과 같은가를 설의하였다. 이 설의를 통하여 의도한 대답은 제3수 초장("紅塵에 絶交ㅎ고 白雲으로 爲友ㅎ야")을 통하여 추정할 수 있다. 즉 세상과 절교하고 백운을 벗삼았기 때문이다. 이 이유는 종장("無知타 웃지 마라 樂山樂水홀가 ㅎ노라.")의 생략된 부분도 보충하여 이해할 수 있게 한다. 즉 "(세상에) 무지하고 (무심하다고) 비웃지 마라 요산요수할가 하노라"이다. 이는 망기(忘機)하고 요산요수하려는 농포의 삶을 잘 보여준다. 이런 점에서, 제2수의 주제는 [청산과 녹수가 망기한(세상에 무지하고 무심한) 나와 같기에 나는 요산요수(농포의 삶)를 하려 한다.]로 정리할 수 있다.

제3수의 초장("紅塵에 絶交ㅎ고 白雲으로 爲友ㅎ야")과 중장("綠水靑山에 시롬 업시 늘거가니")만을 보면, 시적 화자는 망기('紅塵에 絶交ㅎ고')하고 백운을 벗삼아 녹수와 청산에서 시름없이 늙어가고 있다. 그런데 중장을 문자적으로만 읽으면, 이 중장은 종장과 쉽게 연결되지 않는다. 왜냐하면, 중장에서 '시름없이 늙어감'을 노래한 다음에, 종장에

서 갑자기 '무한한 즐거움'[無限之樂]을 노래하기 때문이다. 이 문제는
'즐겁게'라는 원관념을 그 반대의 부정인 '시름없이'라는 보조관념으로
표현한 완서법을 이해할 때에 풀린다. 즉 "녹수와 청산에(서) 즐겁게 늙
어가니"의 '즐겁게'를 "녹수와 청산에 시름없이 늙어가니"의 '시름없이'
로 바꾼 완서법이다. 이 완서법을 이해할 때에, 비로소 중장이 종장("이
들의 無限之樂을 헌수홀가 두려웨라.")의 무한한 즐거움[無限之樂]으
로 연결된다. 즉 중장에서 보이는 즐겁게 늙어가는 삶이, 종장의 세상
사람들이 시끄럽게 떠들까 두려워 할 정도로 무한한 즐거움으로 연결된
다. 이런 점들로 보면, 제3수의 주제는 [망기하고('紅塵에 絶交ᄒ고')
백운을 벗삼아 청산과 녹수에서 무한한 즐거움을 누리며 늙어간다.]로
정리할 수 있다.

이상과 같이 제2, 3수에서는 망기하고 청산과 녹수를 즐기는 삶을
노래한 것은 같다. 이는 서사(제1수)에서 선언한 성대농포의 구체적인
삶을 노래한 것으로 본사에 해당한다. 그런데 그 정도로 보면, 제2수와
제3수는 점층적 구조를 보여준다. 즉 제2수에서는 망기를 '(세상에) 무
지하고 무심한'으로 보여주었는데, 제3수에서는 이보다 강하게 망기를
'홍진을 절교하고'로 보여주었다. 그리고 제2수에서는 즐거움을 '요산요
수'의 '요(樂)'로 보여주었는데, 제3수에서는 이보다 강하게 '무한지락
(無限之樂)'으로 보여주었다. 이런 사실로 보아. 제2, 3수는 제1수(서
사)에 이어진 본사이고, 제2수와 제3수의 구조는 점층적 구조로 정리할
수 있다. 이 제2, 3수의 본사는 제4, 5수의 본사와 구별하기 위하여,
제2, 3수는 본사1로 제4, 5수는 본사2로 부르려 한다.

이번에는 청풍과 명월의 주인이 되려고 하는 본사2(제4, 5수)를 차례
로 보자. 제4수의 초장("耕田ᄒ야 朝夕ᄒ고 釣水ᄒ야 飯饌ᄒ며")과 중
장("長腰의 荷鎌ᄒ고 深山의 採樵ᄒ니")을 통하여, 밭을 갈고 낚시질

하여 밥과 반찬을 준비하고, 심산에서 낫으로 땔감을 채취하는 농촌의
자족적 생활을 노래하였다. 그리고 종장("내 生涯 이쑌이라 뉘라셔 다시
알리.")에서는 농촌에서 자족적 생활을 하는 것이 시적 화자 자신의 모
든 생애이니, 누가 다시 (나를) 알겠느냐고 질문을 던지고 있다. 이 제4
수에서는 농촌에서 자족적 생활을 하는 모습을 초장과 중장에서 길게
노래하였지만, 이 수의 초점은 이보다 종장에 있다고 판단한다. 이런
내용으로 보면, 제4수의 주제는 [경전(耕田), 조수(釣水), 채초(採樵)
등을 통한 농촌의 자족적 생활만을 하니, 나(시적 화자)를 알리 누구인
가?]로 정리할 수 있다. 이는 누구인가가 자신을 알아보고, 찾아오길
바라는 마음의 표현으로, 시적 화자 자신을 알아보고 찾아오는 청풍과
명월을 노래한 제5수를 이끄는 기능을 한다.

  제5수의 초장("내 生涯 澹泊ᄒ니 긔 뉘라셔 ᄎᄌ 오리.")은 제4수 종
장("내 生涯 이쑌이라 뉘라셔 다시 알리.")과 같은 구문을 반복하면서,
강한 결속을 보여주고, 내용의 반복과 확장을 보여준다. 즉 제4수의 초
장과 중장에서 노래한 '경전(耕田), 조수(釣水), 채초(採樵) 등을 통한
농촌의 자족적 생활'을, 제4수의 중장에서는 "내 생애(生涯) 이쑌이라"
로 묶었고, 이를 제5수의 초장에서는 다시 "내 생애(生涯) 담박(澹泊)ᄒ
니"로 바꾸었다. 이를 계산하면, 제5수의 초장은 제4수의 종장을 반복하
되, '뉘라서 다시 알리'를 '뉘라서 찾아 오리'로 확대한 질문이라고 할
수 있다. 초장의 질문에 대한 대답은 중장("入吾室者 淸風이오 對吾飮
者 明月이라.")에서 보여준다. 즉 시적 화자 자신을 알고 찾아오는 것은
청풍과 명월이라는 것이다. 그리고 종장("이 내 몸 閑暇ᄒ니 主人 될가
ᄒ노라.")에서는 청풍과 명월의 주인이 될까 하는 마음을 노래하였다.
이는 농포의 주인이 되고자 하는 마음의 구체적인 표현이다. 이런 내용
들로 보면, 제5수의 주제는 [나(시적 화자)를 알고 찾아오는 것은 청풍

과 명월이니, 청풍과 명월의 주인이 되고자 한다.]로 정리할 수 있다.

이렇게 정리되는 제3단락의 제4, 5수는, 문답의 구조로 볼 수도 있고, 서본의 구조로 볼 수도 있다. 전자는 제4수의 질문과 제5수의 질문과 대답을 문답의 구조로 본 것이고, 후자는 제4수의 질문을 서사로 보고, 제5수의 문답(초장과 중장)과 주인이 되려는 마음(종장)을 본사로 본 것이다. 문답의 구조로 보든, 서본의 구조로 보든, 제3단락(제4, 5수)의 주제는 [농포가 되어 청풍과 명월의 주인이 되겠다.]로 정리할 수 있다. 이 주제는 농포의 삶이란 점에서 제2단락(제2, 3수)의 주제(농포가 되어 청산과 녹수를 즐기는 삶)와 비교하면, 병렬적이지만, 그 정도까지를 계산하면, 점층적이다. 이런 점에서 제2단락(본사1)과 제3단락(본사2)의 구조는 점층적 구조로 정리할 수 있다.

이상을 종합하면, 〈유원농포가〉의 구조는, 서사(제1수)−본사(제2, 3수의 본사1과 제4, 5수의 본사2가 결합된 점층적 구조)의 서본의 구조이며, 본사1(제2, 3수)의 내부 구조는 점층적 구조이고, 본사2(제4, 5수)의 내부 구조는 문답의 구조 또는 서본의 구조이다. 그리고 〈유원농포가〉의 주제는 [농포가 되어, 청산과 녹수를 즐기고, 청풍과 명월의 주인이 되겠다.]로 정리할 수 있다.

4. 〈유원농포가〉 앞의 단시조

〈유원농포가〉의 앞에는 다음의 단시조가 있다.

　　 닉무옴 져버아 놈의 무옴 싱각 ᄒᆞ니
　　 나 슬ᄒᆞ면 놈 슬코 놈 됴ᄒᆞ면 나 됴ᄒᆞ니

모로미 기소불념(己所不念)을 물시어인(勿施於人) ᄒ리라.

이 단시조는 바로 뒤에 온 〈유원농포가〉 또는 그 이하의 시조들과의 관계에서, 두 종류로 해석되고 있다. 하나는 이어서 수록된 연시조의 서사 또는 서장(序章)이라고 본 해석이고, 다른 하나는 이어서 수록된 연시조와는 무관한 단시조로 본 해석이다. 이를 좀더 자세히 보자.

앞의 단시조를 연시조의 서사 또는 서장(序章)이라고 본 해석은, '유원십이곡'의 구성을 13수로 본 경우와, 그 구성을 13수로 보면서 앞의 단시조를 연시조의 서사 또는 서장(序章)으로 본 경우에서 보인다. 그런데 이 주장들은 앞의 단시조를 서사 또는 서장으로 주장을 하면서도, 그 논리적인 근거를 전혀 제시하지 않고 있다. 예로 이하에서 이어지는 내용을 끌어오는 데 필요한 도입인지, 이어지는 내용을 풀기 위한 실마리인지를 전혀 설명하지 않고, 서사 또는 서장이라는 주장만을 하였다. 이 주장들은 논거를 제시하지 않은 미흡점을 보여준다.

이번에는 이어서 수록된 연시조와는 무관한 단시조로 본 해석을 보자. 이 주장은 정형용의 글에서 시작되었다. 즉 "〈유원십이곡〉의 앞에 한수, 뒤에 여섯 수가 씌어 있다."(정형용 1950:30, 김용찬 2016:47에서 재인용)에서 파악할 수 있듯이, 앞에서 인용한 단시조는 뒤에 이어서 수록된 연시조와는 무관한 단시조로 보았다. 그리고 김용찬(2016:47~48)은 이 단시조만이 "'귀자연(歸自然)'을 노래하고 있는 〈유원십이곡〉의 전반적인 내용과 이질적이라"는 점에서도 연시조와는 별개의 단시조로 보았다. 이 정형용과 김용찬의 정리는 정확한 것으로 판단한다.

"너무 옴 져버아 …"의 단시조가, 뒤에 이어서 수록된 연시조와는 무관한 단시조임을, '2, 3'에서 정리한 〈유원농포가〉의 결속, 종결, 구조, 주제 등의 측면에서 보완하면, 다음과 같다.

첫째로, "닉무음 져버아 …"의 단시조는 바로 뒤에 이어서 수록된 연시조들과 함께 보면, 어떤 결속도, 종결도, 구조도 보여주지 않는다. 그리고 "닉무음 져버아 …"의 단시조를 제외한 나머지의 단시조들만을 보면, 2장과 3장에서 검토하고 정리하였듯이, 결속, 종결, 구조 등을 보인다. 이런 결속, 종결, 구조 등으로 보아, "닉무음 져버아 …"의 단시조는 바로 뒤에 이어서 수록된 연시조들과는 무관한 단시조로 판단된다.

둘째로, "닉무음 져버아 …"의 단시조는 이어서 수록된 연시조의 첫수와는 구조와 주제의 측면에서 연결되지 않는다. "닉무음 져버아 …"의 단시조는 '기소불념(己所不念)을 물시어인(勿施於人) 하겠다.'를 주제로 한다. 그리고 바로 이어서 수록된 "문장(文章)을 ᄒ쟈 ᄒ니 …"의 단시조는 〈유원농포가〉의 서사로 성대농포의 의지를 보여준다. 이로 인해 "닉무음 져버아 …"의 단시조는 그 주제상 구조상 바로 이어지는 "문장(文章)을 ᄒ쟈 ᄒ니 …"의 단시조와는 연결되지 않으며, 서사나 서장도 될 수 없다. 게다가 "닉무음 져버아 …"의 단시조를 뺀 나머지 시조들은, 앞의 2장과 3장에서 검토 정리를 하였듯이, 연시조 〈유원농포가〉(5수)에서 명확한 구조와 주제를 보여준다. 이런 구조와 주제로 보아도, "닉무음 져버아 …"의 단시조는 바로 뒤에 이어서 수록된 연시조들과는 무관한 단시조로 판단한다.

5. 결론

지금까지 '유원십이곡(楡院十二曲)'의 결속, 종결, 구조 주제 등을 검토하여, 연시조 〈유원농포가〉(5수)의 가능성을 규명하면서, 기왕의 연구들이 당면한 문제들을 해결하여 보았다. 그 결과 중에서 중요한 것들을 요약하여 결론을 대신하려 한다.

1) 〈유원농포가〉의 제2단락(제2, 3수)과 제3단락(제4, 5수)에서는 각각 표현과 소재의 반복을 통하여 단락내 결속을 보여준다.

2) 〈유원농포가〉는 네 종류의 대칭표현들로 구축한, [A(제1수)-B(제2수)-X(제3수)-B(제4수)-A(제5수)]의 대칭표현을 통하여, 단시조 5수의 결속은 물론, 3단락의 단락간의 결속을 보여준다.

3) [A(제1수)-B(제2수)-X(제3수)-B(제4수)-A(제5수)]의 대칭표현에서, 제1, 5수(A-A)의 대칭표현은, 시작인 제1수에 대칭인 제5수가 종결임을 보여준다.

4) 〈유원농포가〉의 논리적 구조는 서사(제1수)-본사(제2, 3수의 본사1과 제4, 5수의 본사2가 결합된 점층적 구조)의 서본의 구조이며, 본사1(제2, 3수)의 내부 구조는 점층적 구조이고, 본사2(제4, 5수)의 내부 구조는 문답의 구조 또는 서본의 구조이다.

5) 〈유원농포가〉의 주제는 [농포가 되어, 청산과 녹수를 즐기고, 청풍과 명월의 주인이 되겠다.]이다.

6) "니ㅁ음 져버아 …"의 단시조는, 바로 뒤에 수록된 〈유원농포가〉(5수)와는 결속, 종결, 구조, 주제 등의 차원에서 어떤 관계도 보여주지 않는다는 점에서, 바로 뒤에 수록된 연시조 〈유원농포가〉(5수)와는 무관한 별개의 독립된 단시조로 판단하였다.

〈유원농포가〉(5수)에 이어진 6수는, 결속, 종결, 구조, 주제 등으로 보아 연시조 〈유원일홍가〉를 보여주는데, 이에 대한 논의를 다음의 글로 돌린다.

안서우의 연시조2 〈유원일흥가〉

1. 서론

이 글은 '유원십이곡(楡院十二曲)'에서 일군의 시조 6수가, 〈유원일흥가〉라 잠칭할 수 있는 탈착형 연시조를 이룬다는 사실을, 결속, 종결, 구조, 주제 등을 통하여 정리하는 데 연구의 목적이 있다.

'유원십이곡'(한 편의 연시조가 아니라는 점에서, 작품을 표시하는 '〈 〉'로 표시하지 않고, 홑따옴표로 표시를 하였다.)에 대한 기왕의 연구들은, 수록 문헌, 창작장소, 창작년대, 구성, 구조, 주제 등을 검토하였다. 이 기왕의 연구들에 대한 정리는 바로 앞의 글로 돌리고, 바로 앞의 글에서 정리한 네 가지 문제만을 옮겨 쓰면 다음과 같다.

첫째로, '유원십이곡'은 12수인가 13수인가 하는 문제이다. 이는 13수 중에서 첫수를 포함할 것인가 제외할 것인가의 문제이다. 둘째로, 유기성의 문제이다. 이 문제는 13수 또는 12수가 유기성을 보여주는가의 문제이다. 셋째로, 이 작품의 논리적 구조를 어떻게 해석할 것인가 하는 문제이다. 이는 기왕의 주장들과 같이, 13수의 일부를 제1~8수와 제9~11수로 나눌 것이냐, 아니면 육가계 시조와 같이 전6수(제2~7수)와 후6수(제8~13수)로 나눌 것이냐, 아니면 기왕의 주장들과는 다른 구조로 볼 것인가의 문제이다. 넷째로, 이 작품의 논리적 구조가 명확하지 않아, 주제도 명확하지 않다는 문제이다.

이 구성 및 구조와 주제의 문제는 문헌의 원전비평을 통하여 해결할 수도 있고, '유원십이곡'의 결속, 종결, 구조, 주제 등을 통하여 해결할 수도 있다. 그런데 이 작품을 전해 주던『양기재산고』의 행방이 모호하여, 문헌의 원전비평을 통한 문제의 해결은 현재로는 불가능하다. 이에 이 글에서는 '유원십이곡'의 결속, 종결, 구조, 주제 등을 통하여, 기왕의 연구들이 당면한 구성 및 구조와 주제의 문제를 해결하고자 한다.

'유원십이곡'의 결속, 종결, 구조, 주제 등을 검토해 보면, 편의상 〈유원농포가〉와 〈유원일홍가〉로 잠칭할 수 있는 두 편의 연시조가 포함되어 있어, 〈유원농포가〉에 대한 정리는 앞의 글에서 하였고, 이 글에서는 〈유원일홍가〉를 정리하고자 한다. 〈유원일홍가〉는 전3수의 텍스트, 후3수의 텍스트, 6수의 텍스트 등으로 탈착하는 탈착형의 연시조이다. 이를 차례로 정리하려 한다.[이 글은 「'유원십이곡'의 텍스트 연구: 텍스트별 결속, 종결, 구조, 주제 등으로 본 두 연시조의 합철 가능성」(양희철 2017a)을 둘로 나누고 다듬은 것의 하나임]

2. 전3수의 텍스트

전3수의 텍스트가 보여주는 결속, 종결, 구조, 주제 등을 두 절로 나누어 정리한다.

2.1. 결속과 종결

전3수 텍스트의 결속과 종결을 보기 위해 전3수를 먼저 보자.

인간(人間)의 벗 잇단말가 <u>나는</u> 알기 슬희여라.
물외(物外)에 벗 업단말가 <u>나는</u> 알기 즐거웨라.
슬커나 즐겁거나 <u>내 분</u>인가 ᄒ노라. (제1수)

영산(嶺山)의 백운기(白雲起)ᄒ니 <u>나는</u> 보미 즐거웨라
강중(江中)(의) 백구비(白鷗飛)ᄒ니 <u>나는</u> 보미 반가왜라
즐기며 반가와 ᄒ거니 <u>내 벗</u>인가 ᄒ노라. (제2수)

유정(有情)코 무심(無心)홀손 아마도 풍진붕우(風塵朋友)
무심(無心)코 유정(有情)홀손 아마도 강호구로(江湖鷗鷺)
이제야 작비금시(昨非今是)를 ᄭᅵ<u>ᄃᆞ론가</u> ᄒ노라. (제3수)

먼저 제2단락의 단락내의 결속을 보자. 제1수의 초장과 중장에서는
문답법을 쓰면서 각각 두 문장을 보여준다. 이에 비해, 제2단락(제2,
3수)의 초장과 중장에서는 각각 연결어미를 통하여 한 문장을 보여준다.
이 반복은 제2단락(제2, 3수)의 단락내 결속을 보여준다.

이번에는 단락간의 결속과 종결을 보자. 결속은 반복표현에 의해 보
여주고, 결속과 종결은 대칭표현과, 반복표현의 후미 전환을 통하여 보
여준다.

제1, 2, 3수를 보면, 종장말에서 '-ㄴ가 ᄒ노라'의 표현을 반복한다.
이는 반복표현에 의해 이 3수가 결속되어 있음을 보여준다.

제1, 3수의 초장과 중장은 대조법적 대구이고, 제2수의 초장과 중장
은 비슷한 것의 병렬적 대구이다. 제1수와 제3수가 보인, 대구의 대칭표
현은 제1, 2, 3수의 결속을 보여주고, 동시에 시작 부분인 제1수의 대칭
인 제3수가 종결임도 보여준다.

제1, 2수의 초장과 중장들을 보면, 각각 '나는'의 표현을 반복하였다.
그리고 제1, 2수의 종장을 보면, "내 -ㄴ가 ᄒ노라"의 표현을 반복하였

다. 그러나 이 두 반복표현은 제3수에서 전환되어 있다. 이는 반복표현을 후미에서 전환하여 결속과 종결을 보여주는 것으로, 반복표현의 후미 전환형이다.

2.2. 구조와 주제

제1수는 설의법을 해석하고, 생략된 시어를 살려서 읽어야, 그 주제가 명확해진다. 초장의 "인간(人間)의 벗 잇단말가?"는 "인간의 벗이 없다."를, 중장의 "물외(物外)에 벗 업단말가?"는 "물외에 벗이 있다."를, 각각 설의법으로 표현한 것이다. 이를 고려하면, 초장은 "인간 세상에 벗이 없다. 나는 이것을 알기(에) 슬프구나"가 되고, 중장은 "물외에 벗이 있다. 나는 이것을 알기(에) 즐겁구나"가 된다. 그리고 종장에는 "인간의 벗이 없고, 물외에 벗이 있음은"이 생략되어 있다. 이를 고려하면, 종장은 "슬프거나 즐겁거나, (인간 세상에 벗이 없고 물외에 벗이 있는 것이) 내 분수인가 하노라."가 된다. 이런 설의법과 생략 부분을 고려하면, 제1수의 주제는 [슬프거나 즐겁거나, 인간 세상에 벗이 없고 물외에 벗이 있는 것이 내 분수이다.]로 정리할 수 있으며, 이 주제를 화제식으로 바꾸면, [물외에만 벗이 있는 나의 분수]가 된다. 이 주제는 제2, 3수에서 진정한 물외의 벗이 누구인가를 구체적으로 보여주기에 앞서, 시적 화자가 자신의 벗을 크게 윤곽만을 보여주었다는 점에서, 서사로 정리한다.

제2수에서 '보미'는 '보므로'의 의미이다. 이를 고려하면, 초장은 "영산(嶺山)에 백운기(白雲起)하니 나는 (이것을) 보므로 즐겁구나"가 되고, 중장은 "강중(江中)(에) 백구비(白鷗飛)하니 나는 (이것을) 보므로 반갑구나"가 된다. 이 초장과 중장의 의미로 보면, 시적 화자는 영산에 피어나는 백운과 강중에 나는 백구를 보므로 즐겁고 반갑다. 그리고 종장에

생략된 시어들을 보충하면, "(영산에 피어나는 백운과 강중에 나는 백구가) 즐기며 (나를) 반가와 하니, 내 벗인가 하노라."가 된다. 이 종장을 보면, 영산에 피어나는 백운과 강중에 나는 백구가 즐기며 나를 반가와 하니, 내 벗이라고 노래하고 있다. 결국 시적 화자와 자연(영산에 피어나는 백운과 강중에 나는 백구)이 각각 자연을 즐기면서 서로를 반기는 것이다. 이렇게 시적 화자는 자신과 자연(영산에 피어나는 백운과 강중에 나는 백구)이 자연을 각각 즐기면서 서로를 반기는 속에서, 자연(영산에 피어나는 백운과 강중에 나는 백구)이 자신의 벗임을 인식하고 있다. 이런 점들로 보아, 제2수의 주제는 [자연(영산에 피어나는 백운과 강중에 나는 백구)과 함께 각각 자연을 즐기면서 서로를 반기는 속에서, 자연(백운과 백구)이 나의 벗임을 인식하고 있다.]로 정리할 수 있고, 이 주제를 화제식으로 바꾸면, [자연(백운과 백구)을 나의 벗으로 인식함]이 된다.

이 제2수의 주제는 제1수의 주제와 비교하면, 벗을 노래한 것은 같다. 그러나 제1수에서는 물외의 벗이 무엇이며, 왜 벗이 되는지를 보여주지 않았지만, 제2수에서는 벗을 영산에 피어나는 백운과 강중에 나는 백구로 표현하여 구체성을 보여주고, 벗이 되는 이유를 자연을 각각 즐기면서, 서로를 반긴다는 사실로 표현하여 구체성을 보인다. 이런 점으로 보아, 제2수는 본사이다.

제3수의 '홀손'은 '할 것은'의 의미이다. 이를 고려하여 제3수를 보면, 유정하고도 무심한 인간세상의 벗(붕우)과, 무심하고도 유정한 강호의 벗(갈매기와 백조)을 대비하여, 이제야 작비금시(昨非今是)를 깨닫는다고 노래하였다. 이 종장의 "작비금시(昨非今是)를 깨닫는가"는 〈귀거래사〉(도연명)의 도입부[1]에 나온 부분('覺今是而昨非')을 전고인용한 것

1　"歸去來兮. 田園將蕪 胡不歸. 旣自以心爲形役 奚惆悵而獨悲. 悟已往之不諫 知來

으로, 과거에 세상의 벗을 사귄 것이 틀리고, 지금 자연의 벗을 사귀는 것이 옳음을 노래하였다. 이는 자연의 벗이 옳은 벗임을 인식한 것이다. 이런 점들로 보아, 제3수의 주제는 [세상의 벗을 사귄 과거가 틀리고, 자연의 벗(鷗鷺)을 사귀는 현재가 옳음을 통하여, 자연(鷗鷺)이 나의 옳은 벗임을 인식하고 있다.]로 정리할 수 있고, 이 주제를 화제식으로 바꾸면, [자연(鷗鷺)을 나의 옳은 벗으로 인식함]이 된다.

제2, 3수에서는 자연이 시적 화자의 벗임을 공통으로 노래하였다. 이런 점에서 제2수와 제3수는 본사1과 본사2라고 할 수 있다. 그런데 제2수에서는 자연이 벗임을 시적 화자가 자연(영산에 피어나는 백운과 강중에 나는 백구)과 하나가 되어 자연을 즐기면서 서로를 반기는 사실만을 통하여 보여주었다. 이에 비해 제3수에서는 자연이 옳은 벗임을 금시작비를 통하여 보여주었다. 특히 금시작비의 금시는 제2수를 기반으로 한 것인데, 이 금시에 작비를 확대하면서 옳은 벗이 자연의 벗임을 보여주었다. 이 판단 준거의 확대로 보아, 본사1(제2수)과 본사2(제3수)는 점층적 구조로 정리한다.

이상과 같은 점들로 보아, 전3수 텍스트의 논리적 구조는 서사(제1수)와 본사(제2, 3수)의 서본의 구조이며, 본사는 본사1(제2수)과 본사2(제3수)가 점층적으로 묶인 점층적 구조이다. 그리고 이 전3수 텍스트의 주제는 [자연(백운 백구, 鷺)을 옳은 벗으로 인식함]으로 정리한다.

者之可追. 實迷途其未遠 覺今是而昨非. 舟搖搖以輕颺 風飄飄而吹衣. 問征夫以前路 恨晨光之熹微 ……."(도연명, 〈귀거래사〉).

3. 후3수의 텍스트

후3수의 텍스트 역시 결속, 종결, 구조, 주제 등을 보인다. 이를 두 절로 나누어 정리하려 한다.

3.1. 결속과 종결

후3수 텍스트의 결속과 종결을 보기 위해, 밑줄 친 부분에 유의하면서 텍스트를 먼저 보자.

도팽택(陶彭澤) 기관거(棄官去)홀 제와 태부(太傅) 걸해귀(乞骸歸)홀 제
호연행색(浩然行色)을 뉘 아니 부러ᄒ리
알고도 부지지(不知止)ᄒ니 나도 몰나 ᄒ노라. (제4수)

내 ᄆ암 정(定)흔 후(後)니 위빈이사(爲貧而仕) 거즌말이
내 몸을 자전(自專)티 못ᄒ니 위친이굴(爲親而屈)이 올흔 말이
이제나 양극전성(養極專城)ᄒ니 도라갈가 ᄒ노라. (제5수)

인간(人間)의 풍우(風雨) 다(多)ᄒ니 므스일 머므ᄂ뇨.
물외(物外)에 연하(煙霞) 족(足)ᄒ니 므스일 아니 가리.
이제는 가려 정(定)ᄒ니 일흥(逸興)계워 ᄒ노라. (제6수)

이 텍스트를 이루는 제4, 5, 6수의 종장들에서는 "… ᄒ니 … ᄒ노라"의 같은 구문을 반복하였다. 이 반복표현에 의해 제4~6수의 결속을 보여준다.

이 텍스트의 종결은 후미의 반복표현과 대칭표현에 의해 이루어지고 있다. 제5수의 초장과 중장을 보면, '-니'를 보여주는데, 이를 다시 제6

수의 초장과 중장에서도 반복하고 있다. 그리고 제5수의 종장에서는 "이
제 … -ᄒᆞ니 … ᄒᆞ노라"를 보여주는데, 이 구문을 제6수의 종장에서도
반복하였다. 이 두 반복표현은 제2단락(제5, 6수)의 결속을 보여주는
동시에, 이 텍스트의 후미에서의 반복표현으로 종결을 보여준다. 그리
고 이 텍스트의 첫수(제4수)와 끝수(제6수)의 중장을 보면, "아니 -리"
를 대칭시키고 있다. 이는 시종의 대칭표현에 의한 종결의 표현이다.

3.2. 구조와 주제

제4수의 초장에서는 도연명(陶淵明, 365~427, 41세에 彭澤의 縣令
을 마지막으로 관직을 떠나 귀거래함)이 관직을 버리고 귀거래한 고사와,
범증(范增, BC. 277년~BC. 204년)이 귀거래한 고사[2]를 배경으로 하고
있다. 이 두 고사를 참고하여 보면, 초장("陶彭澤 棄官去ᄒᆞᆯ 제와 太傅
乞骸歸ᄒᆞᆯ 제")과 중장("浩然行色을 뉘 아니 부러ᄒᆞ리")에서는 도연명과
범증이 관직을 버리고 돌아갈 제의 호연한 행색을 어느 누구도 부러워한
다고 노래하였다. 그리고 종장의 "알고도 부지지(不知止)ᄒᆞ니"에서는 관
직을 떠나 귀거래를 해야 한다는 것을 알고도, 관직을 멈추는 것을 알지
못하는 양가적 자기모순을 보여주고, 이어서 "나도 몰나 ᄒᆞ노라"에서는
양가적인 자기모순의 갈등을 스스로 해결하지 못하는 상황을 노래하였

---

2 항우(項羽)가 유방의 참모인 진평(陳平)의 군신(君臣) 이간책(離間策)에 속아 그의
  모사인 범증(范增, BC.277~BC.204)을 믿지 않자, 범증이 사직을 원하면서 말한 "천하
  의 대세는 대체로 결정된 것 같으니 전하 스스로 처리하소서. 신은 이제 해골을 빌어
  고향인 졸오(卒伍)로 돌아가고자 하나이다"(天下事大定矣 君王自爲之 願賜骸骨歸卒
  伍)을 배경으로 하고 있다. 초장의 '乞骸'는 '願賜骸骨'(『史記』의 〈項羽本傳〉과 〈陳丞
  相世家〉)를 바꾸어 쓴 '乞骸骨'(『史記』〈平津侯傳〉과 『漢書』〈趙忠國傳〉)을 다시 줄
  인 시어로 사직을 주청하는 의미이다.

다. 이런 내용들을 계산하면, 제4수의 주제를 [도연명 및 범증과 같이 귀거래를 해야 한다는 것을 알면서도 관직을 멈추지 못하는 양가적 자기모순으로 갈등하고 있다.]로 정리할 수 있으며, 이를 화제식으로 바꾸면, [귀거래를 결정하지 못하는 양가적 자기모순의 갈등]이 된다. 이 제4수는 문제를 제시하는 방법으로 글을 시작하는 서사에 해당한다.

제5, 6수에서는 제4수가 보여준 양가적인 자기모순의 갈등을 해결하고 있다.

제5수의 초장("내 ᄆ암 定호 後니 爲貧而仕 거즌말이")과 중장("내 몸을 自專티 못ᄒ니 爲親而屈이 올혼말이")[3]에서는, "맹자가 말하기를 벼슬은 가난 때문에 하는 것이 아니다. 그러나 가난 때문에 할 때가 있다."(孟子曰 仕非爲貧也, 而有時乎爲貧, 『맹자』〈만장, 하〉)에 의존하여, 논리를 펴고 있다. 맹자는 가난하기 때문에 벼슬을 하는 때도 있다고 하였지만, 내 마음을 귀거래로 정한 후니, 가난하기 때문에 벼슬을 한다는 말은 거짓말이고, 내 몸을 자전(自專, 스스로 마음대로 함, 자기 마음대로 결정하여 처리함.)하지 못하니, 부모 때문에 벼슬한다(굽힌다.)는 말이 옳은 말이라고 노래하였다. 이 경우에 부모 때문에 벼슬을 한다는 말은 종장("이제나 養極專城ᄒ니 도라갈가 ᄒ노라.")의 '양극전성'(養極專城)과 밀접한 관계에 있다. 이 '양극전성'에 포함된 '전성'은 '전성지양(專城之養, 한 고을의 원으로서 그 어버이를 奉養하는 일로, 많은 사람들이 이를 자랑스러워 했다.)의 축약이다. 이를 계산하면, 중장에서 시적 화자는 부모 때문에, 즉 전성지양의 봉양을 하기 위하여 벼슬을 한 것으

---

3 이 초장과 중장에 나온 '거즌말이'와 '올혼말이'는 〈도산십이곡〉의 제3수에도 나온 시어이다. 이 시어와 〈유원농포가〉에서 보인 연쇄법에 의한 순차적 결속으로 보아, 안서우는 〈도산십이곡〉의 일부를 수용한 것으로 판단된다.

로 노래한 것이다. 그리고 종장에서는 이제나마 부모 봉양이 전성지양에 이르렀으니[養:奉養, 極:至, 專城:專城之養], 귀거래를 하겠다고 노래 하였다. 이는 가난 때문이 아니라 부모 때문에 벼슬을 하였는데, 이제나 마 부모 봉양이 전성지양에 이르렀으니, 귀거래를 하겠다는 것이다. 이런 점들을 계산할 때에, 제5수의 주제는 [부모님을 봉양하기 위하여 벼슬을 하였는데, 이제 그 봉양이 전성지양에 이르렀으니, 마음에 귀거래를 정하였다.]로 정리할 수 있고, 이 주제를 화제식으로 바꾸면, [전성지양을 실천하였으므로 귀거래를 마음에 정함]이 된다.

이 제5수의 주제는 제4수에서 보인 양가적인 자기모순의 갈등을 해결 하고 있다는 점에서 본사로 정리할 수 있다.

제6수 역시 제4수에서 보인 양가적인 자기모순의 갈등을 해결하고 있다. 제6수의 초장("人間의 風雨 多ᄒ니 므ᄉ일 머므ᄂ뇨.")과 중장 ("物外에 煙霞 足ᄒ니 므ᄉ일 아니 가리.")에서는, 시적 화자가 망기하 고 자연으로 귀거래를 하려 하는 이유를 보여주고 있다. 그것도 설의법 으로 강한 의지를 보여준다. 즉 인간 세상에 풍우가 많으니 이 인간 세상 에 머물지 않고, 물외에 연하가 만족스러우니, 물외에 가겠다는 것이다. 이렇게 물외의 자연에 귀거래할 것을 정한 시적 화자는 일흥 겨워하고 있는데, 이를 종장에서 "이제는 가려 정(定)하니 일흥(逸興) 겹다."고 노 래하였다. 이런 내용으로 보면, 제6수의 주제는 [세상에 풍우가 많고, 물외의 연하가 만족스러워, 마음에 귀거래할 것을 정하니 일흥 겹다.]로 정리할 수 있고, 이 주제를 화제식으로 바꾸면, [물외의 연하를 동경하 여 귀거래를 마음에 정함과 그에 따른 일흥]이 된다.

이 제6수의 주제는 제5수의 주제와 더불어, 마음에 귀거래를 정하였 다는 사실을 함께 노래하였다. 이런 점에서 제5수와 제6수는 같은 본사 로 본사1과 본사2로 정리할 수 있다. 그런데 본사1(제5수)과 본사2(제6

수)는 마음에 귀거래를 정하게 된 이유와 흥에서 점층적이다. 부모 때문에 하였던 벼슬(본사1)을, 세상에 풍우가 많음(본사2)으로 점층시키고, 부모 봉양이 전성지양에 이르렀음(본사1)을, 물외의 자연에 연하가 만족스러움(본사2)으로 점층시켰다. 그리고 일흥이 없는 귀거래(본사1)를 일흥 겨운 귀거래(본사2)로 점층시켰다. 이런 점에서 본사1(제5수)과 본사2(제6수)는 점층적 구조로 정리할 수 있다.

이렇게 정리해온 내용을 다시 종합하면, 후3수의 논리적 구조는 서사(제4수)와 본사(본사1:제5수, 본사2:제6수, 점층적 구조)로 구성된 서본의 구조이며, 주제는 [마음에 귀거래를 정함과 그에 따른 일흥]으로 정리할 수 있다.

4. 6수의 텍스트

전3수와 후3수가 결합된 6수의 텍스트에서도, 결속, 종결, 구조, 주제 등을 보여준다. 이를 두 절로 나누어 정리하고자 한다.

4.1. 결속과 종결

앞에서 살폈듯이, 전3수와 후3수는 각각 결속과 종결을 보여준다. 이 결속과 종결은 6수의 텍스트에서는 단락내 결속과 종결이 된다. 그리고 전3수와 후3수를 합친 6수의 텍스트에서는 또 다른 결속과 종결을 보여준다. 이를 보기 위해 제1~6수를 보자.

인간(人間)의 벗 잇단말가 나는 알기 슬희여라.
물외(物外)에 벗 업단말가 나는 알기 즐거웨라.

슬커나 즐겁거나 내 분인가 호노라. (제1수)

영산(嶺山)의 백운기(白雲起)호니 나는 보미 즐거웨라
강중(江中)(의) 백구비(白鷗飛)호니 나는 보미 반가왜라
즐기며 반가와 호거니 내 벗인가 호노라. (제2수)

유정(有情)코 무심(無心)홀 손 아마도 풍진붕우(風塵朋友)
무심(無心)코 유정(有情)홀 손 아마도 강호구로(江湖鷗鷺)
이제야 작비금시(昨非今是)를 씨드론가 호노라. (제3수)

도팽택(陶彭澤) 기관거(棄官去)홀 제와 태부(太傅) 걸해귀(乞骸歸)홀 제
호연행색(浩然行色)을 뉘 아니 부러호리
알고도 부지지(不知止)호니 나도 몰나 호노라. (제4수)

내 ᄆ암 정(定)혼 후(後)니 위빈이사(爲貧而仕) 거즌말이
내 몸을 자전(自專)티 못호니 위친이굴(爲親而屈)이 올혼 말이
이제나 양극전성(養極專城)호니 도라갈가 호노라. (제5수)

인간(人間)의 풍우(風雨) 다(多)호니 므스일 머므ᄂ뇨.
물외(物外)에 연하(煙霞) 족(足)호니 므스일 아니 가리.
이제는 가려 정(定)호니 일흥(逸興)계워 호노라. (제6수)

이 6수의 결속은 반복표현과 대칭표현에 의해 이루어진다. 반복표현에 의한 결속은 종장 끝시어에서 보인다. 이 6수 종장의 끝시어들을 보면, '호노라'를 반복한다. 이는 반복표현에 의한 결속이다.

대칭표현에 의한 결속과 종결을 보기 위해 대칭표현들을 정리해 보자.

첫째로, ['인간의'(제1수 초장)-대칭축(제3, 4수의 중간)-'인간의'(제6수 초장)]의 대칭표현이다. 제1, 6수의 초장을 보면, '인간의'의 표현을

대칭시킨 대칭표현을 보여준다.

둘째로, ['물외에'(제1수 중장)–대칭축(제3, 4수의 중간)–'물외에'(제
6수 중장)]의 대칭표현이다. 제1, 6수의 중장을 보면, '물외에'의 표현을
대칭시킨 대칭표현을 보여준다.

셋째로, ['–니'(제2수 초중종장)–대칭축(제3, 4수의 중간)–'–니'(제5
수 초중종장)]의 대칭표현이다. 제2, 5수의 초장, 중장, 종장 등을 보면,
'–니'의 표현을 대칭시킨 대칭표현들을 보여준다.

넷째로, ['–홀'(제3수 초장)–대칭축(제3, 4수의 중간)–'–홀'(제4수
초장)]의 대칭표현이다. 제3, 4수의 초장을 보면, '–홀'의 표현을 대칭시
킨 대칭표현들을 보여준다.

이 대칭표현들에서, 제1, 6수의 대칭표현을 A–A로, 제2, 5수의 대칭
표현을 B–B로, 제3, 4수의 대칭표현을 C–C로, 대칭축을 X로 정리하면,
A(제1수)–B(제2수)–C(제3수)–X(대칭축)–C(제4수)–B(제5수)–A(제6
수)의 대칭표현으로 정리할 수 있다. 이 대칭표현으로 보면, 이 텍스트는
대칭적 결속을 보여주고, 동시에 시종(始終)의 대칭에 의해 이 텍스트의
종결도 보여준다.

마지막으로 또 다른 종결은 후미의 반복표현에 의해 보여준다. 제5수
의 초장과 중장을 보면, '–니'를 반복하고 있다. 이 '–니'를 마지막 수인
제6수의 초장과 중장에서도 반복하였다. 그리고 제5수의 종장에서는
"이제 … –ᄒ니 … ᄒ노라"를 보여주는데, 이 구문을 제6수의 종장에서
도 반복하였다. 이 두 반복표현은 이 텍스트의 후미에서의 반복표현으
로 종결을 보여준다.

4.2. 논리적 구조와 주제

6수 텍스트의 논리적 구조와 주제를 정리하기 위하여, 전3수의 텍스트와 후3수의 텍스트에서 정리한 구조와, 이를 바탕으로 제6수에서 정리한 논리적 구조를 정리하면 다음과 같다.

순서	3수 텍스트의 2종		6수의 텍스트
제1수	전3수의 텍스트	서사	서사→기
제2수		본사1	본사→승
제3수		본사2	
제4수	후3수의 텍스트	서사	서사→전
제5수		본사1	본사→결
제6수		본사2	

6수의 텍스트는 그 논리적 구조에서 기승전결을 보여주는데, 후3수의 서사와 본사가 어떻게 6수의 텍스트에서 전결이 되는가는 설명을 요한다. 이를 정리하기 위하여 앞에서 검토한 제1~6수의 각수별 주제를 다시 인용하면 다음과 같다.

제1수(기) : 물외에만 벗이 있는 나의 분수
제2수(승1): 자연(백운과 백구)을 나의 벗으로 인식함
제3수(승2): 자연(鷗鷺)을 나의 옳은 벗으로 인식함
제4수(전) : 귀거래를 결정하지 못하는 양가적 자기모순의 갈등
제5수(결1): 전성지양(專城之養)을 실천하였으므로 귀거래를 마음에 정함
제6수(결2): 물외의 연하를 동경하여 귀거래를 마음에 정함과 그에 따른 일흥

이 정리에서 보듯이, 제4수는 기승전결에서 소재의 전환과 논리의 전환을 보여주는 '전'이 된다. 그리고 제2, 3수에서 나타난 나의 벗인 자연은 제4, 5, 6수의 귀거래에서 함께 하려는 자연이라는 점에서 전3수와 후3수는 논리적으로 연결된다. 이런 점에서 6수 텍스트의 논리적 구조는 기(제1수)-승(제2, 3수, 점층적 구조)-전(제4수)-결(제5, 6수, 점층적 구조)의 기승전결이며, 6수 텍스트의 주제는 [자연(백운 백구, 鷺)을 옳은 벗으로 인식함](전3수)과 [마음에 귀거래를 정함과 그에 따른 일흥](후3수)을 종합한 [자연(백운 백구, 鷺)을 옳은 벗으로 인식하고, 마음에 귀거래를 정함과 그에 따른 일흥]으로 정리할 수 있다.

앞의 글에서 검토한 〈유원농포가〉와 이 글에서 검토한 〈유원일흥가〉는, 다시 하나의 연시조로 묶일 수도 있고, 묶이지 않을 수도 있다. 이를 확인하기 위하여, 〈유원농포가〉와 〈유원일흥가〉를 하나의 연시조로 묶을 수 있는 결속, 종결, 구조, 주제 등을 검토해 보았다. 그런데 그 결과, 〈유원농포가〉와 〈유원일흥가〉를 하나의 연시조로 묶을 수 있는 어떤 결속, 종결, 구조, 주제 등도 발견할 수 없다. 이런 점에서, 〈유원농포가〉와 〈유원일흥가〉는 각각 별개의 연시조로 판단하였다.

5. 〈유원일흥가〉 다음의 단시조

〈유원일흥가〉(6수)의 다음에는 다음의 단시조가 나온다.

먹거든 머지 마나 멀거든 먹지 마나
멀고 먹거든 말이나 흐련마는
입조차 벙어리 되니 말 못ᄒ여 ᄒ노라.

이 단시조는 지금까지 연시조 '유원십이곡'의 마지막 단시조로 정리하면서도, 그 해석에서는 적지 않은 문제를 보여주고 있다. 기왕의 해석은 세 경우로 나눌 수 있다. 하나는 일관성의 결여로 본 경우[4]이고, 다른 하나는 효과적인 표현으로 본 경우[5]이며, 마지막 하나는 중간 정도로 본 경우[6]이다.

이렇게 검토해 온 기왕의 해석들은 두 가지의 문제를 보인다. 하나는 지금까지 연시조의 마지막 단시조로 보고 있는 "먹거든 머지 마나 …"의 단시조와 그 이전의 연시조가 어떤 측면에서 하나의 연시조로 연결되는 가를, 철저하게 검토해 보았는가 하는 문제이다. 이 문제는 '유원십이곡'이란 기록이 작품명의 〈유원십이곡〉일 수도 있지만, 다른 의미일 수도 있다는 문제를 검토하지 않은 문제와도 연결된다. 이 두 문제를 차례로 보자.

"먹거든 머지 마나 …"의 단시조가, 바로 앞에 수록된 연시조들과 연

---

4 "전체적 구성은 1장에서 9장까지는 무리없는 전개를 보이나, 출처갈등이 후반에 서술되는 등 일관성이 결여되어 있어 칩거 전후한 안서우의 심정을 표현한 것들을 모아놓은 듯한 인상을 준다."(정혜원 1995:76)(이 인용의 9장은 8장을 잘못 쓴 것으로 판단한다.).

5 "기존의 연구에서 '후6수'가 특히 구조적인 긴밀성이 떨어지고, 마지막 제12장은 그 이전까지 작품들과 상호 모순된다는 평가를 내리고 있었다. 나아가 이 작품에 표현된 면모를 '강호자연으로 위장된 현실적 불만의 토로', 혹은 '위장된 강호의 즐거움' 등으로 규정했던 것이다. 작품을 면밀히 따져본 결과, 필자로서는 이러한 견해에 동의할 수가 없다할 것이다. 오히려 최종적으로 자연을 선택하기까지의 과정에서 화자가 갈등했던 다양한 형상을 보여주고, 그럼에도 불구하고 끝내 자연으로 귀의하겠다는 확신에 찬 모습을 보여주고 있다고 파악하기 때문이다. 전체적으로 '후6수'는 사대부로서 관료로서의 길을 택했으나, 외적인 요인에 의해 관직을 그만두고 자연에 머문 것에 대한 자기 설득의 과정을 그리고 있다. 그리하여 지난한 갈등을 겪은 뒤에, 마침내 자연에 귀의하겠다는 확신을 표명함으로써 작품을 마무리하고 있는 것이다."(김용찬 2016a:51~52).

6 "유기적 결합체인 육가계 연시조에는 미흡하지만 그 나름대로의 연작성을 지니면서 연시조로서의 기능은 어느 정도 유지하고 있다."(김상진 2008:30~31).

결된 것인가를 결속, 종결, 구조, 주제 등의 차원에서 보자.

먼저 '유원십이곡'을 보면, 〈유원일흥가〉의 제6수와 그 다음에 온 "먹거든 머지 마나 …"의 종장의 일부에서 '–니'와 'ᄒ노라'의 반복을 보여준다. 그러나 이 반복은 결속과 종결을 정리할 수 있는 것들이 아니다. 이에 비해 〈유원일흥가〉(6수)는 앞에서 검토 정리한 바와 같이 명확하게 결속과 종결을 보여준다. 이렇게 "먹거든 머지 마나 …"의 단시조는 바로 앞에 수록된 연시조와는 결속과 종결을 보여주지 않고, "먹거든 머지 마나 …"의 단시조를 제외한 바로 앞의 〈유원일흥가〉는 명확하게 결속과 종결을 보여준다는 점에서, "먹거든 머지 마나 …"의 단시조는 바로 앞의 연시조와는 무관한 단시조로 판단한다.

이번에는 "먹거든 머지 마나 …"의 단시조는 그 주제가 그 이전의 연시조들과 함께 볼 경우에, 어떤 구조도 주제도 보여주지 않는다는 점에서, "먹거든 머지 마나 …"의 단시조가 그 바로 앞의 연시조와 무관한 단시조임을 보자.

"먹거든 머지 마나 …"의 단시조는 그 주제로 탄로를 보여준다. 그런데 이 단시조의 주제를 정리한 글들을 보면, 상당히 많은 문제를 보여준다. 이를 보기 위하여, 생략된 시어들을 살려서 이 작품을 다시 정리하면 다음과 같다.

> (귀를) 먹거든 (눈이나) 머지 마나 (눈이) 멀거든 (귀나) 먹지 마나
> (눈) 멀고 (귀) 먹거든 말이나 ᄒ련마ᄂ
> 입조차 벙어리 되니 말 못ᄒ여 ᄒ노라.

이렇게 생략된 시어들을 모두 괄호 안에 넣고서 이 작품을 보면, 이 작품의 주제는 '탄로'로 정리할 수 있다. 그런데 기왕의 연구들이 정리한

이 단시조의 주제를 보면, "현실생활에서 느끼는 개인적 울분"(정혜원 1995:76), "현실적 울분"(윤정화 2001:121), "〈유원십이곡〉을 통하여 강호의 즐거움이 아니라 결코 동화될 수 없는 강호생활의 불만"(김상진 2008:30), "자연에 귀의하겠다는 확신을 표명함"(김용찬 2016a:52) 또는 "오히려 화자가 선택한 자연에서 생활하면서 앞으로는 과거 자신이 머물렀던 속세를 향해 '귀먹고 눈멀고 말조차 못하는 삶을 살겠노라는 의지를 역설적으로 표명한 것"(김용찬 2016b:160) 등으로 정리를 하고 있다. 이런 주제가 어떤 측면에서 가능한가는 상당히 회의적이다. 다분히 '유원십이곡'의 마지막 단시조가 "먹거든 머지 마나 …"의 단시조라는 것을 전제로 하고, 그 이전의 연시조들과의 문맥에 맞추어서 해석한 것이 기왕의 주제들이라고 판단한다. 한 예로 "먹거든 머지 마나 …"의 단시조에서, 보지 않고, 듣지 않으며, 말하지 않으려 한다고 능동적으로 노래하였다면, 이는 자연에 귀의하겠다는 확신의 표명으로 정리할 수 있다. 그러나 "먹거든 머지 마나 …"의 단시조에서는 보이지 않고, 들리지 않으며, 말을 못하게 되는 피동적 행동으로 노래하고 있어, 자연에 귀의하겠다는 확신의 표명으로 정리할 수 없다.

게다가 이 단시조 "먹거든 머지 마나 …"의 주제는, 바로 앞의 단시조 ("人間의 風雨 多ᄒᆞ니 므스일 머므ᄂᆞ뇨. / 物外에 煙霞 足ᄒᆞ니 므스일 아니 가리. / 이제는 가려 定ᄒᆞ니 逸興계워 ᄒᆞ노라.")는 물론, 바로 앞의 연시조 〈유원일흥가〉의 주제와도 연결되지 않는다. 이에 비해 단시조 "먹거든 머지 마나 …"를 제외한 그 앞의 시조들은, 앞의 글과 이 글에서 검토 정리하였듯이, 구조와 주제에서 연시조 〈유원농포가〉(5수)와 연시조 〈유원일흥가〉(6수)를 이룬다.

이렇게 구조와 주제의 측면에서도, 단시조 "먹거든 머지 마나 …"는 그 앞의 연시조와는 무관한 단시조로 정리할 수 있다.

　이제 마지막으로 '유원십이곡'이라는 제목의 문제를 보자. 기왕의 연구들이 단시조 "먹거든 머지 마나 …"가 바로 앞에 수록된 연시조와 무관할 수 있음을 감지하고도, 이 단시조를 바로 앞에 수록된 연시조로부터 분리하지 못한 이유 중의 하나는, '유원십이곡'이라는 제목 때문이라고 생각한다. 왜냐하면, 이 '유원십이곡'이라는 제목은, 이 작품이 12수로 구성된 연시조라는 의미도 가지는데, 단시조 "먹거든 머지 마나 …"를 버리면, 이 작품은 11수가 되어, 제목의 12곡(12수)과 실제가 일치하지 않기 때문이다. 이 문제를 해결하기 위하여, 정형용의 글을 보자.

　　〈유원십이곡〉은 『양기재산고』의 처음에 있는 시조다. 또 동서(同書)에는 〈주계십이곡(朱溪十二曲)〉이 부록으로 실렸다고 추측되나 제목을 세운 것이 보이지 않아서 확연ㅎ지 않다. 그러나 동서에는 〈유원십이곡〉의 앞에 한 수, 뒤에 여섯 수가 씌어 있다. …… 『양기재산고』는 표제를 '유원십이곡'이라고 한 것으로 해방 전에 국립도서관에서 순암의 저서(사본)를 구입할 때에 끼어서 넘어온 사본이라 귀중도서로 다루어지고 있다고 한다.(정형용 1950:30, 김용찬 2016:47에서 재인용)

　이 인용에서 보면, '유원십이곡'이란 명칭은 국립도서관에서 『양기재산고』를 구입할 당시에는 작품명이 아니라, 시조 19수가 수록된 문서 또는 저서의 표제(表題)였다. 그리고 정형용은 '유원십이곡'을 두 가지로 다르게 해석하고 있다. 하나는 인용의 첫부분인 "〈유원십이곡〉은 『양기재산고』의 처음에 있는 시조다."에서와 같이, 이 문서의 첫부분에 있는 시조 12수 또는 13수로 해석한 것이다. 다른 하나는 인용의 중간에서와 같이 첫부분의 13수 중에서 첫 번째 시조를 뺀 12수로 해석한 것이다. 그런데 기왕의 해석들을 보면, 초기에는 첫부분의 13수로 보아왔다. 그러다가 최근에는 첫부분의 13수 중에서 첫 번째 시조를 뺀 12수로 해석을 하였다. 그러나 이 기왕의 두 해석들과는 다른 해석을 할 수도 있다. 즉, 유원에서 지은 연시조 〈유원십이곡〉의 12수가 아니라, 유원에서 지은 시조들("닉ᄆᆞᆷ 져버아 …"의 단시조 1수, 〈유원농포가〉 5수, 〈유원일흥가〉 6수)을 합철한 12수로 다시 해석할 수 있다. 특히 지금까지 살핀 결속, 종결, 구조, 주제 등으로 보면, '유원십이곡'은 연시조의 명칭이 아니라, 안서우가 유원에서 지은 시조 12수("닉ᄆᆞᆷ 져버아 …"의 단시조 1수, 〈유원농포가〉 5수, 〈유원일흥가〉 6수)를 묶은 제목이다. 이런 사실들로 보아, '유원십이곡'은 연시조의 명칭이 아니었다고 판단한다.

6. 결론

지금까지 '유원십이곡(楡院十二曲)'의 결속, 종결, 구조 주제 등을 통하여, 두 연시조(〈유원농포가〉, 〈유원일흥가〉)의 합철의 가능성을 규명하면서, 기왕의 연구들이 당면한 문제들을 해결하여 보았다. 그 결과 중에서 중요한 것들을 요약하여 결론을 대신하려 한다.

〈유원농포가〉(5수)에서 얻은 결속, 종결, 구조, 주제 등은 앞의 글에서 정리한 바와 같다. 〈유원일흥가〉(6수)는 전3수의 텍스트, 후3수의 텍스트, 6수의 텍스트 등으로 탈착되는 탈착형의 연시조이므로, 텍스트별로 얻은 바를 정리한다.

〈유원일흥가〉의 전3수의 텍스트가 보인 결속, 종결, 구조, 주제 등은 다음과 같다.

1) 전3수의 텍스트는 제2단락(제2, 3수)의 초장과 중장에서 각각 연결어미를 통하여 한 문장을 보여주면서 단락내 결속을 보여준다.

2) 전3수의 텍스트는 제1, 2, 3수의 종장말에서 '-ㄴ가 ᄒᆞ노라'의 표

현을 반복하면서 반복표현에 의한 결속을 보여준다.

3) 제1, 3수는 초장과 중장의 대조법적 대구를 대칭표현으로 보여주면서, 대칭표현에 의한 결속과 종결을 보여준다.

4) 제1, 2수의 초장과 중장들에서 보여주는 '나는'의 반복표현과 제1, 2수의 종장에서 보여주는 "내 −ㄴ가 ㅎ노라"의 반복표현은 제3수에서 전환되어 있는데, 이 반복표현의 후미 전환을 통하여 결속과 종결을 보여준다.

5) 전3수의 텍스트는 서사(제1수)와 본사(제2, 3수)로 구성된 서본의 구조이며, 본사의 본사1(제2수)과 본사2(제3수)는 점층적 구조이다.

6) 전3수 텍스트의 주제는 [자연(백운 백구, 鷺)을 옳은 벗으로 인식함]이다.

〈유원일흥가〉의 후3수의 텍스트가 보인 결속, 종결, 구조, 주제 등은 다음과 같다.

1) 후3수의 텍스트는 종장에서 반복표현을 통하여 제4~6수의 결속을 보여준다.

2) 후3수의 텍스트는 후미의 반복표현에 의한 종결과, 시종의 대칭표현에 의한 종결을 보여준다.

3) 후3수의 텍스트는 서사(제4수)와 본사(본사1:제5수, 본사2:제6수, 점층적 구조)로 구성된 서본의 구조이다.

4) 후3수 텍스트의 주제는 [마음에 귀거래를 정함과 그에 따른 일흥]이다.

〈유원일흥가〉 6수의 텍스트가 보인 결속, 종결, 구조, 주제 등은 다음과 같다.

1) 〈유원일흥가〉 전3수의 텍스트와 후3수 텍스트에서 정리한 결속과 종결은, 6수의 텍스트에서는 단락내의 결속과 종결로 작용한다.

2) 6수의 텍스트는 반복표현에 의한 결속을 보여주고, 네 종류의 대칭표현들에 의해 구축된, A(제1수)-B(제2수)-C(제3수)-X(대칭축)-C(제4수)-B(제5수)-A(제6수)의 대칭표현을 통하여, 대칭적 결속과 시종의 대칭에 의한 텍스트의 종결도 보여주며, 후미에서의 반복표현에 의한 종결도 보여준다.

3) 6수 텍스트의 논리적 구조는 기(제1수)-승(제2, 3수, 점층적 구조)-전(제4수)-결(제5, 6수, 점층적 구조)의 기승전결이다.

4) 6수 텍스트의 주제는 [자연(백운 백구, 鷺)을 옳은 벗으로 인식하고, 마음에 귀거래를 정함과 그에 따른 일흥]이다.

〈유원농포가〉와 〈유원일흥가〉는, 다시 하나의 연시조로 묶을 수 있는 어떤 결속, 종결, 구조, 주제 등도 보여주지 않는다는 점에서, 각각 별개의 연시조로 판단하였다.

5) "먹거든 머지 마나 …"의 단시조는, 바로 앞에 수록된 〈유원일흥가〉(6수)와는 결속, 종결, 구조, 주제 등의 차원에서 어떤 관계도 보여주지 않는다는 점에서, 바로 앞에 수록된 〈유원일흥가〉(6수)와는 무관한 별개의 독립된 단시조로 판단하였다.

이상과 같은 '유원십이곡'의 결속, 종결, 구조, 주제 등으로 보아, 『양기재산고(兩棄齋散稿)』의 서명으로도 쓰였던 '유원십이곡'은, 단시조 12수 또는 13수로 구성된 연시조 한 편의 작품명이 아니라, 안서우가 유원(楡院)에서 짓고, 『양기재산고』의 맨 앞에 합철된, 단시조 "너ᄆ 옴 져버아 …"(1수), 연시조 〈유원농포가〉(5수), 연시조 〈유원일흥가〉(6수) 등의 12수를 의미하는 '유원십이곡'으로 결론을 내렸다.

제3부

제목 없이 합철된 여항인의 연시조

김천택의 연시조1 〈남파취유가〉

1. 서론

이 글은 『청구영언』(珍本)에 전하는 김천택(1680년대 출생, 영조대 활약)의 시조 30수 중에서, 작품 266~271(6수)이 탈착형의 연시조라는 사실을, 결속, 종결, 구조, 주제 등을 통하여 검토 정리하는 데 연구의 목적이 있다.

『청구영언』(진본)에 전하는 김천택의 시조는 주로 두 차원에서 연구되어 왔다. 하나는 가집의 편찬이란 차원에서 연구한 글들이다.[1] 다른 하나는 내용의 분류 차원에서 연구한 글들이다. 후자의 글들은, 작품 266~271(6수)을 '무상취락(無常醉樂), 인생행락(人生行樂), 취락(醉樂), 술노래, 유락(遊樂), 인생무상(人生無常), 음주취락(飲酒醉樂)' 등으로 분류하였다.[2]

---

1 대표적인 연구로는 다음의 세 글들이 있다. 조윤제(1937), 「김천택과 청구영언」, 『조선시가사강』, 박문출판사, 375~381면; 김학성(2009), 「김천택의 가집 편찬과 전환기 시조의 형식 전변: 진본 『청구영언』의 가집체계를 통하여」, 『한국고전시가의 전통과 계승』, 성균관대학교 출판부, 105~145면; 양희찬(1992), 「『청구영언』 진본과 김천택 가집편찬의 성격」, 『민족문화연구』 25, 고려대학교 민족문화연구원, 175~197면.
2 기왕의 분류 중에서 주목할 만한 연구로는 다음의 네 글들이 있다. 이태극(1970), 「남파 시조의 내용고」, 『국어국문학』 49·50, 국어국문학회, 243~260면; 서원섭(1979), 「평

이렇게 정리되는 기왕의 연구들은 6수의 단시조들(작품 266~271)을
이해하는 데 많은 도움을 주면서, 검토해 볼 문제로 두 가지를 남겨 놓았
다. 하나는 김천택은 연시조를 짓지 않고, 단시조만 지었을까 하는 문제
이다. 많은 작가들이 단시조와 연시조를 함께 지었다는 점에서, 김천택
의 경우에도, 단시조는 물론 연시조도 지었을 것으로 추정된다. 다른
하나는 혹시 현존하는 김천택의 단시조들 중에, 제목 없이 합철된 연시
조가 없는가 하는 문제이다.

이 문제의 제기에 대해, 『청구영언』(진본)을 편찬하면서, 김천택은
"가집 편찬자로서 다른 작가들의 작품을 수록하는데 있어, 해당 작품이
연시조인가를 따져 서발문 등 관련 기록까지를 그대로 수록하려고 했
다."고 논거를 조작해서 부정적인 입장을 취할 수도 있다. 그러나 김천
택은 서발문 등의 관련 기록을 통하여 해당 작품의 연시조 여부를 따져
본 경우는 없으며, 모든 작가들이 작품의 서발문 등의 관련 기록을 쓴
것도 아니고, 서발문 등의 관련 기록이 없어서 옮기지 않은 경우는, 이
부정적 입장이 성립하지 않는다. 그리고 다음과 같은 세 가지 사실로
보아, 필자가 앞에서 제기한 문제는 충분히 가능하다고 생각한다.

하나는 앞서 김천택의 시조에서 제기한 두 가지 문제는 『청구영언』(진

시조 주제분류표」, 『시조문학연구』, 형설출판사, 455~461면; 강재헌(2007), 「김천택의
시조관과 구현에 관한 연구」, 충남대학교 박사논문, 1~168면; 이상원(2016a), 「『청구영
언』(진본) 소재 김천택 시조의 내용 분류와 그 특징」, 『국학연구론총』 17, 택민국학연구
원, 181~200면.

이 네 글들에서 정리한 분류는 다음과 같다. 이태극(1970:248~253)은 작품 266~269
를 '無常醉樂'으로, 작품 270~271을 '遊樂'으로 분류하였다. 서원섭(1979:455~461)은
작품 266, 270, 271 등을 '人生行樂'으로, 작품 267을 '人生無常'으로, 작품 268~269
를 '飮酒醉樂'으로 분류하였다. 강재헌(2007:136~139)은 작품 266~269를 '醉樂'으로,
작품 270~271을 '遊樂'으로 분류하였다. 이상원(2016a:188~189)은 작품 266~268을
'술노래'로, 작품 269~271을 '遊樂'으로 분류를 하였다.

본)에 시조가 수록된, 신흠(申欽, 30수), 이간(李偘, 30수), 김성기(金聖基, 8수), 김유기(金裕器, 10수) 등에도 적용된다는 사실이다. 이 5인들은 당대에 유명한 시조작가들이며, 이들이 활동한 시기는 이미 연시조가 보편화된 시기이다. 이런 시기에 이 유명한 작가들이 연시조는 짓지 않고, 단시조만 지었다고 보기는 어렵다.

다른 하나는 『청구영언』(진본)에 수록된 신흠의 시조 일부가 이미 연시조로 정리되었다는 사실이다. 신흠의 작품 131~136(또는 그 전후)은 이미 성기옥(1996:233~235)과 김석회(2001:89)에 의해 구조와 주제의 차원에서 연시조로 정리되었고, 이 신흠의 작품 131~136과 작품 125~130은 연시조를 연시조이게 하는 결속, 종결, 구조, 주제 등의 차원에서 연시조로 정리되었다(양희철 2017b).

게다가 『청구영언』(진본)에 수록된 김천택, 김성기, 김유기 등의 작품들에서도 제목 없이 합철된 연시조들이 정리되었다(양희철 2017c, d).

마지막 하나는 안서우의 시조와 이세보의 시조에서도 제목 없이 합철된 연시조의 정리가 이루어졌다는 사실이다. 안서우의 경우는 작품집('유원십이곡')을 결속, 종결, 구조, 주제 등의 차원에서 보아, 제목 없는 두 연시조와 단시조가 결합된 작품집이라는 사실이 양희철(2017a)[3]에 의해 정리되었다. 그리고 이세보의 경우는 진동혁(1981), 오종각(1999), 김윤희(2015), 김승우(2018) 등[4]에 의해, 제목 없이 합철된 연시조로, 〈월령체시

---

3 양희철(2017a), 「'유원십이곡'의 텍스트 연구: 텍스트별 결속, 종결, 구조, 주제 등으로 본 연시조의 합철 가능성」, 『청대학술논집』 28, 청주대학교 학술연구소, 7~33면.
4 진동혁(1981), 「이세보의 월령체시조고」, 『국문학논집』 10, 단국대학교; 오종각(1999), 「이세보의 연시조 연구」, 『한국시가연구』 5, 한국시가학회; 김윤희(2015), 「19세기 중반의 사행 체험을 기억하는 문학적 방식: 이세보의 사행시조에 대한 재고찰」, 『온지논총』 43, 온지학회; 김승우(2018), 「이세보의 〈순창팔경가〉 연구」, 『한국시가연구』 44, 한국시가학회.

조(또는 달거리시조)>[『풍아』(대) 제44~55수, 『풍아』(별집 제36~47
수)], 〈사행시조〉[『풍아』(대) 제1~13수], 〈농부가〉[『풍아』(대) 제56~67
수, 『풍아』(별집) 제48~59수, 『풍아』(소) 제61~72수], 〈(순창)팔경가〉
[『풍아』(대) 제68~75수, 『시가』(단) 제51~55수, 『풍아』(별집) 제63~67
수)] 등의 4편의 연시조가 정리되었다.

　그러면 연시조가 제목 없이 다른 시조들과 합철되어 있을 때에, 연시
조를 어떻게 찾아낼 수 있을까? 이런 연시조를 찾아내는 방법으로, 연시
조들이 보이는 결속, 종결, 구조, 주제 등(양희철 2016)을 이용할 수 있
다. 왜냐하면, 연시조에서는 연시조를 연시조이게 하는 결속, 종결, 구
조, 주제 등을 발견할 수 있지만, 단시조의 단순한 나열(羅列)이나 집적
(集積)에서는, 그 단시조들을 하나의 연시조로 묶는 결속과 종결은 물
론, 통일된 구조와 주제를 발견할 수 없기 때문이다. 이 연구 방법의
일부인 구조와 주제의 차원은 앞에서 인용한 성기옥(1996:233~235)과
김석회(2001:89)의 글에서 보이며, 그 효용성이 검증된 것이고, 연시조
를 연시조이게 하는 결속, 종결, 구조, 주제 등의 차원은 앞에서 인용한
양희철(2017a)의 글에서 보이며, 그 효용성이 인정된다.

　이에 이 글에서는 『청구영언』(진본)에 전하는 작품 266~271(6수)이
탈착형 연시조라는 사실을 결속, 종결, 구조, 주제 등을 검토하는 방법
으로, 정리하고자 한다.

　작품 266~271의 6수는, 〈아니 취코 어이리〉의 제목으로 묶을 수 있는
전3수의 텍스트, 〈아니 (취하고) 놀고 어이리〉의 제목으로 묶을 수 있는
후3수의 텍스트, 〈남파취유가(南坡醉遊歌)〉의 제목으로 묶을 수 있는
6수의 텍스트로, 탈착되는 탈착형 연시조이다. 이를 세 텍스트로 나누어
정리한다.[이 글은 「제목 없이 합철된 두 연시조(김천택)의 연구: 텍스트
별 결속, 종결, 구조, 주제 등으로 본 탈착형 연시조의 가능성」(양희철

2017c)을 둘로 나누고 다듬은 것의 하나임]

2. 전3수의 텍스트

이 장에서는 전3수 텍스트의 결속, 종결, 구조, 주제 등을 검토 정리하고자 한다.

2.1. 결속과 종결

전3수의 결속과 종결을 보기 위하여 밑줄 친 부분에 유의하면서 전3수를 보자.

> 生前에 富貴키는 一杯酒만흔 것 업고
> 死後 風流는 陌上花 쑨이어니
> 므스일 이 죠흔 聖世에 아니 醉코 어이리? (제1수, 청진 266)

> 내 부어 勸ᄒ는 盞을 덜 머그려 辭讓 마소.
> 花開鶯啼ᄒ니 이 아니 됴흔 쌘가.
> 엇더타 明年看花伴이 눌과 될 줄 알리오? (제2수, 청진 267)

> 흔 둘 셜흔 날에 醉홀 날이 몃날이리.
> 盞 자븐 날이야 眞實로 내날이라.
> 그날곳 지나간 後ㅣ면 뉘집 날이 될 줄 알리? (제3수, 청진 268)

이 텍스트는 제1단락(제1수)과 제2단락(제2, 3수)의 두 단락으로 되어 있다. 제2단락의 단락내 결속을 먼저 보자. 이 제2단락의 단락내 결속은 "… 누- 될 줄 알리(오)."의 반복표현에 의해 이루어진다. 이 반복표현은 "엇더타 明年看花伴이 눌과 될 줄 알리오?"(제2수 종장)와 "그날 곳 지나간 後ㅣ면 뉘집 날이 될 줄 알리?"(제3수 종장)에서 파악할 수 있다.

단락간의 결속과 종결인, 이 텍스트의 결속과 종결은 두 종류의 대칭표현에 의해 이루어져 있다. 두 대칭표현을 먼저 보자.

첫째로, ["(…) ‒에 … ‒(이) …"(제1수 초장)‒대칭축(제2수)‒"(…) ‒에 … ‒(이) …"(제3수 초장)]의 대칭표현이다. 이 대칭표현은 "生前에 富貴키는 一杯酒만흔 것(이) 업고"(제1수 초장)와 "흔 둘 셜흔 날에 醉홀 날이 몃날이리."(제3수의 초장)에서 파악할 수 있다.

둘째로, ['‒리(오)'(제1수 종장)‒'‒리오'(대칭축, 제2수 종장)‒'‒리(오)'(제3수 종장)]의 대칭표현이다. 이 대칭표현은 '어이리(오)'(제1수 종장), '알리오'(제2수 종장), '알리(오)'(제3수 종장) 등의 시어들에서 파악할 수 있다.

이 두 종류의 대칭표현은 시종의 대칭표현으로 이 텍스트의 결속과 종결을 보여준다.

이 텍스트의 종결은 후미의 반복표현에 의해서도 이루어진다. 이 반복표현은 제2단락의 단락내 결속에서 보였던, "… 누‒ 될 줄 알리(오)."(제2수와 제3수의 종장들)의 반복표현이다.

2.2. 구조와 주제

이 텍스트에서 배경시간과 배경공간의 구조는 뚜렷하지 않다. 이 텍스트의 논리적 구조는 서사(제1수)와 본사(제2, 3수)로 구성된 서본의 구조이다. 이를 차례로 보자.

제1수에서는 취하지 않을 수 없는 이유를 포괄적으로 제시하면서 취

하길 청유하였다. 초장과 중장은 소식(蘇軾, 1036~1101)이 지은 〈맥상
화(陌上花)〉의 시구 "생전부귀초두로 신후풍류맥상화(生前富貴草頭露
身後風流陌上花, 살았을 때의 부귀는 풀잎의 이슬이요, 죽은 뒤의 풍류
는 길가의 꽃이로다.)"에서 네 글자를 바꾼 것이다. 즉 '草頭露'를 '一杯
酒'로, '身'를 '死'로 바꾸었다. 이를 포함한 제1수의 내용은, "生前에 富
貴키는 一杯酒만한 것이 없고, 死後 風流는 陌上花 뿐이어니, 무슨 일
로 이 좋은 성세에 아니 취코 어이리."이다. 이는 취하길 청유하는 이유
를 생전의 부귀로는 일배주만한 것이 없음과 시대가 성세라고 포괄적으
로 보여준 것이다. 이 제1수의 주제는 [생전의 부귀로는 일배주만한 것
이 없으니, 이 좋은 성세에 취하자.]로 정리할 수 있다.

　제2수에서는 취하지 않을 수 없는 이유를 구체적으로 제시하면서 취
하길 청유하였다. 초장인 "내 부어 勸ᄒᄂᆫ 盞을 덜 머그려 辭讓 마소."에
서는 일단 내가 권하는 잔을 덜 먹으려고 사양하지 말라고 노래하였다.
이어서 중장인 "화개앵제(花開鶯啼)ᄒ니 이 아니 됴흔 쌘가."에서는 꽃
피고 꾀꼬리 우는 좋은 때임을 노래하고, 그것도 종장인 "엇더타 명년간
화반(明年看花伴)이 눌과 될 줄 알리오."를 통하여, 내년의 꽃피는 때에
는 꽃을 함께 볼 짝이 누가 될 줄을 알 수 없음을 노래하면서, 술에 취하
길 노래하였다. 이런 내용들로 보면, 제2수의 주제는 [내년에는 누구와
꽃구경을 할 줄 모르니, 꽃피고 꾀꼬리 우는 좋은 때에, 취하자.]로 정리
할 수 있다.

　이 주제는 제1수의 주제와 함께 술에 취하자는 것은 같다. 그러나 술
에 취하여야 하는 이유에서, 제1수(서사)의 포괄적이고 전체적인 것을
제2수에서 구체적이고 부분적인 것으로 바꾸었다는 점에서, 제2수는 본
사로 정리할 수 있다. 즉 좋은 聖世를, 명년간화반(明年看花伴)이 누가
될 줄 모르는, 화개앵제(花開鶯啼)하는 좋은 때로, 구체적인 것으로 바

꾸었다는 점에서 본사로 정리할 수 있다.

제3수에서도 취하지 않을 수 없는 이유를 구체적으로 제시하면서 취하길 청유하였다. 초장인 "흔 둘 셜흔 날에 醉홀 날이 몃날이리."에서는, 한 달 서른 날에 취할 날이 며칠인가를 자문하였다. 그리고 중장인 "盞 자븐 날이야 眞實로 내날이라."에서는, 잔을 잡은 날, 즉 잔을 잡은(술에 취한) 날이야 진실로 내날이라고 자답을 하였다. 이를 이어서 종장인 "그날곳 지나간 後 l 면 뉘집 날이 될 줄 알리."에서는 그날 곧, 술에 취한 날이 진실로 내날인데, 그 날을 지난 후면, 뉘집의 날이 될 줄 모른다는 것이다. 이런 내용들로 보면, 제3수의 주제는 [진실로 내날인 잔 잡은 내날이 지난 후면 뉘집 날이 될 줄 모르니, 잔 잡은 좋은 내날에, 취하자.]로 정리할 수 있다.

이 제3수의 주제인 [진실로 내날인 잔 잡은 내날이 지난 후면 뉘집 날이 될 줄 모르니, 잔 잡은 좋은 내날에, 취하자.]는 제2수의 주제인 [내년에는 누구와 꽃구경을 할 줄 모르니, 꽃피고 꾀꼬리 우는 좋은 때에, 취하자.]와 더불어, 술에 취하여야 하는 이유를 구체적으로 노래하였다. 그러나 취해야 하는 이유를 '내년에는 누구와 꽃구경을 할 줄 모르니'(제2수)에서 '진실로 내날인 잔 잡은 내날이 지난 후면 뉘집 날이 될 줄 모르니'(제3수)로 바꾸면서 점층성을 보여준다. 즉 내년에도 너와 내가 함께 꽃구경을 할 수 있을지를 알 수 없으니 함께 취하자를, 진실로 내날인 잔 잡은 내날이 지난 후면(이 표현은 '잔을 잡을 수 없는 늙은/죽은 날이 되면'의 의미를 함축한다.) 잔을 잡을 수 없으니(술에 취할 수 없으니) 취하자로 점층시킨 것이다. 이런 점에서 제2수와 제3수는 각각 본사1과 본사2이며, 이 본사1과 본사2는 점층적 구조로 정리할 수 있다.

이상을 종합하면, 전3수 텍스트의 논리적 구조는 서사(제1수)와 본사(제2수의 본사1과 제3수의 본사2로 구성된 점층적 구조)의 구조로 정리할 수 있다. 그리고 전3수 텍스트의 주제는 [생전의 부귀로는 일배주만 한 것이 없으니, 좋은 때에, 잔을 잡을 수 있는 내날에, 취하자.]로 정리할 수 있다.

3. 후3수의 텍스트

이 장에서는 후3수 텍스트의 결속, 종결, 구조, 주제 등을 검토 정리하고자 한다.

3.1. 결속과 종결

후3수의 결속과 종결을 보기 위하여 후3수를 보자.

사롬이 흔번 늘근 後에 다시 져머 보는 것가.
更少年 흐닷말이 千萬古에 업슨 말이.
우리는 그런 줄 알므로 미양 醉코 노노라. (제4수, 청진 269)

人生을 헤아리니 아마도 늣거웨라.
逆旅光陰에 시름이 半이어니
므스일 멋 百年 살리라 아니 놀고 어이리? (제5수, 청진 270)

世上 사롬들아 이 내말 드러 보소.
靑春이 미양이며 白髮이 검는 것가.
엇더타 有限흔 人生이 아니 놀고 어이리? (제6수, 청진 271)

이 텍스트는 제1단락(제4, 5수)과 제2단락(제6수)으로 구성되어 있다. 먼저 단락내의 결속을 보자. 제1단락의 단락내 결속은 "… -이(주격) (…) ○이-(서술격어미)"의 반복표현(제4수와 제5수의 중장)에 의해 이루어져 있다. 이 반복표현은 "更少年 흣닷말이 千萬古에 업슨 말이(라)."(제4수 중장)와 "逆旅光陰에 시름이 半이어니"(제5수 중장)에서 파악할 수 있다.

이번에는 단락간의 결속을 보자. 이 결속은 두 종류이다.

하나는 "아니 놀고 어이리"의 반복표현(제5수와 제6수의 종장)이다. 이 반복표현은 제1단락의 마지막인 제5수의 종장과 제2단락인 제6수의 종장에서 파악할 수 있는데, 두 단락의 결속을 보여준다.

다른 하나는 반복표현의 후미 전환이다. 단락내의 결속에서 보았듯이, 제4수와 제5수의 중장에서는 "… -이(주격) (…) ○이-(서술격어미)"의 반복표현을 보여주었다. 그런데 제6수의 중장을 보면, 이 반복표현이 나오지만, 변환을 수반하고 있다. 즉 "靑春이 미양이며 白髮이 검는 것(인)가."의 전반부에서 앞의 반복표현을 반복하지만, 제4, 5수에서 볼 수 없는 후반부의 변화를 수반하고 있다. 그것도 반복한 "… -이(주격) (…) ○이-(서술격어미)"의 구문을 "○○이(주격) (…) (○)○이-(서술격어미)"로 간결하게 하고, 이 간결한 구문을 반복하는 전환을 보여준다. 이는 반복표현의 후미 전환에 의한 단락간의 결속이다.

단락간의 결속을 보여준 두 표현은 동시에 이 텍스트의 종결도 보여준다. 제5수와 제6수에서 보여준 "아니 놀고 어이리"의 반복표현은 후미의 반복표현이란 차원에서 보면, 종결의 표현이다. 그리고 제6수의 중장인 "靑春이 미양이며 白髮이 검는 것(인)가."가 보여준, 반복표현의 후미 전환은 종결이란 차원에서 보면, 역시 종결의 표현이다(양희철 2010a).

3.2. 구조와 주제

이 텍스트의 구조와 주제를 보기 위해, 단시조별로 주제와 구조적 기능을 먼저 보자.

제4수에서는 "사람이 한번 늙은 후에 다시 젊어 보는 것인가?"를 설의한 다음에, 다시 소년을 하였다는 말이 천만고에 없는 말이(라), 우리는 그런 줄을 알기 때문에 매양 취하고 논다고 노래하였다. 이는 매양 취하고 논다는 사실을 설명한 것으로, 설명이 청유나 권청의 소극적 표현이라는 사실을 계산하면, 이 표현은 우리 매양 취하고 놀자의 소극적 표현으로 정리할 수 있다. 이런 점에서 제4수의 주제는 [한번 늙어지면 다시 젊어질 수 없어, 매양 취하고 논다('매양 취하고 놀자'의 소극적 표현).]로 정리할 수 있다.

제5수는 인생을 헤아리니 아마도 느껍겠구나(늣거웨라, 어떤 느낌이 마음에 북받쳐서 벅차겠구나)로 시작하였다. 그 다음에 이백(李白)의 〈춘야연도리원서(春夜宴桃李園序)〉[5]의 '역려광음(逆旅光陰, 만물을 맞이하는 여관의 잠시 지나는 과객)'으로 인생을 표현하여, "덧없는 인생에

---

5 "夫天地者 萬物之逆旅 光陰者 百代之過客 而浮生若夢 爲歡幾何 古人秉燭夜遊 良有以也 況陽春召我以烟景 大塊假我以文章 會桃李之芳園 序天倫之樂事 群季俊秀 皆爲惠連 吾人詠歌 獨慚康樂 幽賞未已 高談轉淸 開瓊筵以坐花 飛羽觴而醉月 不有佳作 何伸雅懷 如詩不成 罰依金谷酒數."(천지라는 것은 만물을 맞이하는 여관이고, 세월이라는 것은 백대를 잠시 지나는 나그네이다. 뜬 인생이 꿈과 같으니 즐거움을 누리는 것이 얼마나 되겠는가. 옛사람들이 촛불을 잡고 밤에 놀았던 것은 진실로 이유가 있었도다. 하물며 따뜻한 봄날이 안개 낀 경치로 나를 부르고, 대자연이 나에게 아름다운 무늬를 빌려주었음에랴. 복숭아꽃과 오얏 꽃이 핀 향기로운 동산에 모여 천륜의 즐거운 일을 펴니, 여러 아우들은 뛰어나 모두 謝惠連이지만 내가 읊고 노래하는 것만이 홀로 謝靈運에게 부끄럽구나. 그윽한 감상이 아직 끝나지 않으니 고상한 담론은 갈수록 맑아진다. 아름다운 자리를 벌려 꽃밭에 앉고, 술잔을 주고받으며 달 아래에서 취하니, 아름다운 글을 짓지 않는다면 어떻게 고상한 회포를 펴겠는가. 만일 詩를 짓지 못한다면 벌은 金谷園의 벌주 수에 따르리라.)

시름이 半이어니, 무슨 일로 몇백년을 살리라 아니 (취하고) 놀고 어이리.”를 노래하였다.(‘취하고’의 생략은 앞에서 살핀 결속을 통하여 알 수 있다. 즉 제4수와 제5수가 순차적으로 결속된 작품이라고 할 때에, 제5수의 ‘아니 놀고 어이리’는 제4수의 ‘미양 醉코 노노라’에 해당하는 ‘아니 취하고 놀고 어이리’에서 ‘취하고’가 생략된 형태이기 때문이다.) 이는 덧없는 인생에 시름이 반이고, 얼마 살지 못하니, 취하고 놀 수 있을 때에, 취하고 놀자는 것이다. 이 경우에 ‘아니 (취하고) 놀고 어이리’는, ‘(취하고) 놀지 않고 어찌 할 수 없다.’의 의미를 가진, 명령적 의문문으로 ‘취하고 놀자’를 강하게 표현한 것이다. 이런 내용으로 보면, 제5수의 주제는 [덧없는 인생이 시름이 반이고 얼마 살지 못하니 아니 (취하고) 놀고 어이리(‘취하고 놀자’의 적극적인 표현).]로 정리할 수 있다. 취하고 놀자를 제4수는 소극적으로, 제5수는 적극적으로 보여주었다는 점에서, 본사1과 본사2의 점층적 구조로 정리한다.

제6수는 결사에 해당한다. 중장인 “靑春이 미양이며 白髮이 검는 것가.”에서는, 제4수에서 노래한 “사람이 한번 늙은 후에 다시 젊어 볼 수 없다.”는 내용을 보여준다. 그리고 종장 전반부인 “엇더타 有限흔 人生”에서는, 제5수에서 노래한 “무슨 일로 몇백년을 살리라”의 내용을 보여준다. 이렇게 중장과 종장 전반부에서 제4, 5수의 내용을 종합한 다음에, 종장의 후반부에서는 “아니 (취하고) 놀고 어이리.”를 반복하고 있다. 이런 점들을 종합하면, 제6수의 주제는 [백발이 다시 검을 수 없고, 인생이 유한하니, 취하고 놀자.]로 정리할 수 있다.

이 제6수의 주제는 본사1인 제4수와 본사2인 제5수의 주제를 종합하였다는 점에서 결사로 정리할 수 있다.

결국 이 〈아니 (취하고) 놀고 어이리〉 텍스트(제4~6수)의 논리적 구조는 본사(본사1:제4수, 본사2:제5수, 점층적 구조)와 결사(제6수)로 구성된 본결의 구조로 정리할 수 있다. 그리고 이 텍스트의 주제는, 이 텍스트의 결사에 해당하는 제6수의 주제인, [백발이 다시 검을 수 없고, 인생이 유한하니, 취하고 놀자.]로 정리할 수 있다.

4. 6수의 텍스트

이 장에서는 6수의 텍스트가 보여주는 결속, 종결, 구조, 주제 등을 정리하고자 한다.

4.1. 결속과 종결

전3수와 후3수는 6수의 텍스트로 묶이기도 한다. 이 6수 텍스트의 결속과 종결을 정리하기 위하여, 밑줄 친 부분에 유의하면서 텍스트를 보자.

生前에 富貴키는 一杯酒만흔 것 업고
死後 風流는 陌上花 뿐이어니
므스일 이 죠흔 聖世에 아니 醉코 어이리? (제1수, 창진 266)

내 부어 勸ᄒᆞ는 盞을 덜 머그려 辭讓 마소.
花開鶯啼ᄒᆞ니 이 아니 됴흔 쌘가.
엇더타 明年看花伴이 눌과 될 줄 알리오? (제2수, 청진 267)

ᄒᆞᆫ 둘 셜흔 날에 醉홀 날이 몃날이리.
盞 자븐 날이야 眞實로 내날이라.
그날곳 지나간 後ㅣ면 뉘집 날이 될 줄 알리? (제3수, 청진 268)

사룸이 혼번 늘근 後에 다시 져머 보는 것가?
更少年 흣닷말이 千萬古에 업슨 말이.
우리는 그런 줄 알므로 미양 醉코 노노라. (제4수, 청진 269)

人生을 헤아리니 아마도 늣거웨라.
逆旅光陰에 시름이 半이어니
므스일 몃 百年 살리라 아니 놀고 어이리? (제5수, 청진 270)

世上 사룸들아 이 내말 드러 보소.
靑春이 미양이며 白髮이 검는 것가.
엇더타 有限흔 人生이 아니 놀고 어이리? (제6수, 청진 271)

이 텍스트의 결속과 종결은 밑줄 친 부분에서 파악할 수 있는 6종의 대칭표현을 통하여 보여준다. 이 대칭표현들을 먼저 보자.

첫째로, ['-ㄴ 後'(제3수 종장)-대칭축(제3, 4수의 중간)-'-ㄴ 後'(제4수 초장)]의 대칭표현이다. 이 대칭표현은 '지나간 後'(제3수 종장)와 '늘근 後'(제4수 초장)에서 파악할 수 있다. 이 대칭표현은 물론 반복표현으로 정리할 수도 있지만, 이하의 대칭표현으로 보아, 대칭표현으로 정리하였다.

둘째로, ['-소'(제2수 초장)-대칭축(제3, 4수의 중간)-'-소'(제6수 초장)]의 대칭표현이다. 이 대칭표현은 '마소'(제2수 초장)와 '보소'(제6수 초장)에서 파악할 수 있다.

셋째로, ["… -은/는 -가"(제2수 중장)-대칭축(제3, 4수의 중간)-"… -은/는 -가"(제6수 중장)]의 대칭표현이다. 이 대칭표현은 "… 됴흔 쌘가"(제2수 중장)와 "… 검는 것가"(제6수 중장)에서 파악할 수 있다.

넷째로, ["엇더타 ○○○○○이 …"(제2수 종장)-대칭축(제3, 4수의 중간)-"엇더타 ○○○○○이 …"(제6수 종장)]의 대칭표현이다. 이 대칭

표현은 "엇더타 明年看花伴이 눌과 될 줄 알리오."(제2수 종장)와 "엇더
타 有限흔 人生이 아니 놀고 어이리."(제6수 종장)에서 파악할 수 있다.

다섯째로, ['-이어니'(제1수 중장)-대칭축(제3, 4수의 중간)-'-이어
니'(제5수 중장)]의 대칭표현이다. 이 대칭표현은 '쑌이어니'(제1수 중
장)와 '牛이어니'(제5수 중장)에서 파악할 수 있다.

여섯째로, ["므스일 ○○○ ○○○ 아니 ○고 어이리"(제1수 종장)-대
칭축(제3, 4수의 중간)-"므스일 ○○○ ○○○ 아니 ○고 어이리"(제5수
종장)]의 대칭표현이다. 이 대칭표현은 "므스일 이 죠흔 聖世에 아니 醉
코 어이리."(제1수 종장)와 "므스일 몃 백년(百年) 살리라 아니 놀고 어
이리."(제5수 종장)에서 파악할 수 있다.

제1수와 제5수의 대칭표현을 A-A로, 제2수와 제6수의 대칭표현을
B-B로, 제3수와 제4수의 대칭표현을 C-C로, 대칭축을 X로 바꾸어 쓰
면, 이 작품의 대칭표현은 [A(제1수)-B(제2수)-C(제3수)-X(대칭축,
제3수와 제4수의 중간)-C(제4수)-A(제5수)-B(제6수)]로 정리할 수 있
다. 이는 [A-B-C-X(대칭축)-C-B-A]의 대칭표현에서 후미의 BA를
AB로 도치시킨 유형이다. 이 대칭표현의 후미 도치 역시 하나의 유형으
로 결속과 종결을 보여준다.

또한 이 텍스트는 대칭표현의 후미 전환에 의한 결속과 종결도 보여
준다. 이는 제6수의 종장 후반부에서, 제2수의 종장 후반부("눌과 될 줄
알리오.")를 반복하지 않고, "아니 놀고 어이리."로 전환하였다는 점에
서 알 수 있다. 그런데 이 전환은 묘하게도 후미를 반복한 종결의 유형을
취하고 있다. 즉 제5수 종장의 후반부인 "아니 놀고 어이리."를 제6수
종장의 후반부에서 반복하는 것이다. 이를 계산하면, 이 텍스트는 대칭
표현에 의한 결속과 종결을 보여주는 동시에, 대칭표현의 후미 전환에
의한 결속과 종결도 보여준다고 정리할 수 있다.

4.2. 구조와 주제

이 텍스트에서는 배경시간과 배경공간의 구조는 보여주지 않는다. 논리적 구조를 정리하기 위하여, 앞에서 정리한 구조와, 이 텍스트의 구조를 표로 정리하면 다음과 같다.

순서	두 텍스트의 구조				6수 텍스트의 구조				
제1수	전3수의 텍스트	서사			서사				
제2수	전3수의 텍스트	본사1	점층적 구조	본사	본사1-1	점층적 구조	본사1	점층적 구조	본사
제3수		본사2			본사1-2				
제4수	후3수의 텍스트	본사1	점층적 구조	본사	본사2-1	점층적 구조	본사2		
제5수		본사2			본사2-2				
제6수	결사				결사				

이 표에서 보듯이, 전3수의 텍스트는 서본의 구조이고, 후3수의 텍스트는 본결의 구조이다. 이 서본과 본결의 구조는 6수의 텍스트에서 서사, 본사, 결사의 구조가 된다. 이를 설명하기 위하여 앞에서 정리한 각 수별 주제를 다시 인용하면 다음과 같다.

제1수: 생전의 부귀로는 일배주만한 것이 없으니, 이 좋은 성세에 취하자.
제2수: 내년에는 누구와 꽃구경을 할 줄 모르니, 꽃피고 꾀꼬리 우는 좋은 때에, 취하자.
제3수: 진실로 내날인 잔 잡은 내날이 지난 후면 뉘집 날이 될 줄 모르니, 잔 잡은 좋은 내날에, 취하자.
제4수: 한번 늙어지면 다시 젊어 질 수 없어, 매양 취하고 논다(매양 취하고 놀자의 소극적 표현).
제5수: 덧없는 인생이 시름이 반이고 얼마 살지 못하니 아니 (취하고)

놀고 어이리(취하고 놀자의 적극적인 표현).
　제6수: 백발이 다시 검을 수 없고, 인생이 유한하니, 취하고 놀자.

　전3수의 텍스트에서 서사였던 제1수와 본사였던 제2, 3수는 6수의 텍스트에서 그 기능의 변화가 없다. 문제는 제2, 3수로 구성된 본사1과 제4, 5수로 구성된 본사2가 점충적 구조라는 점만을 설명하면 된다. 이 점충적 구조는 본사1에서는 '술에 취하자'를 노래하였고, 본사2에서는 '술에 취하고 놀자'를 노래하였다는 점에서 알 수 있다. 즉 '술에 취하자'(본사1)를 '술에 취하고 놀자'(본사2)로 점충시킨 것이다. 이렇게 본다면, 6수의 텍스트는 서사(제1수), 본사(제2~5수, 본사1과 본사2의 점충적 구조), 결사(제6수)의 구조로 정리할 수 있다. 그리고 이 구조로 보아, 6수 텍스트의 주제는 이 텍스트의 결사에 해당하는 제6수의 주제인 [백발이 다시 검을 수 없고, 인생이 유한하니, 취하고 놀자.]로 정리할 수 있다.

5. 결론

　지금까지 『청구영언』(진본)에 제목 없이 합철되어 전하는 김천택의 작품 266~271(6수)이 탈착형의 연시조라는 사실을 밝히기 위하여, 결속, 종결, 구조, 주제 등을 검토하였다. 그 중요한 사항들을 요약하고, 결론을 내리면 다음과 같다.
　1) 전3수의 텍스트(〈아니 취코 어이리〉)는, 제2단락(제2, 3수)에서 반복표현에 의해 단락내 결속을 보여주며, 단락간의 결속과 종결인, 이 텍스트의 결속과 종결은 두 종류의 대칭표현에 의해 보여준다. 그리고 이 텍스트의 논리적 구조는 서사(제1수)와 본사(제2수의 본사1과 제3수

의 본사2로 구성된 점층적 구조)의 구조이며, 주제는 [생전의 부귀로는 일배주만한 것이 없으니, 좋은 때에, 잔을 잡을 수 있는 내날에, 취하자.]이다.

2) 후3수의 텍스트[〈아니 (취하고) 놀고 어이리〉]는, 제1단락(제4, 5수)에서 반복표현에 의해 단락내 결속을 보여주고, 단락간의 결속과 종결인 이 텍스트의 결속과 종결은 반복표현과, 반복표현의 후미 전환에 의해 보여준다. 그리고 이 텍스트(제4~6수)의 논리적 구조는 본사(본사1:제4수, 본사2:제5수, 점층적 구조)와 결사(제6수)로 구성된 본결의 구조이며, 주제는 [백발이 다시 검을 수 없고, 인생이 유한하니, 취하고 놀자.]이다.

3) 6수의 텍스트(〈남파취유가〉)는, 6종의 대칭표현에 의해 조성된 [A(제1수)-B(제2수)-C(제3수)-X(대칭축, 제3수와 제4수의 중간)-C(제4수)-A(제5수)-B(제6수)]의 대칭표현의 후미 도치와, 대칭표현의 후미 전환에 의해 결속과 종결을 보여준다. 그리고 이 텍스트의 논리적 구조는 서사(제1수), 본사(제2~5수, 본사1과 본사2의 점층적 구조), 결사(제6수)의 구조이며, 주제는 [백발이 다시 검을 수 없고, 인생이 유한하니, 취하고 놀자.]이다.

이렇게 작품 266~271(6수, 〈남파취유가〉)은, 단시조들의 단순한 나열이나 집적(集積)에서 발견되지 않으나, 연시조에서 발견되면서, 연시조를 연시조이게 하는 결속, 종결, 구조, 주제 등을 보여준다는 점에서, 연시조로 정리된다. 게다가 작품 266~271(6수, 〈남파취유가〉)은 전3수의 텍스트, 후3수의 텍스트, 6수의 텍스트 등으로 탈착된다는 점에서, 이 연시조는 탈착형 연시조로 정리된다.

김천택의 연시조2 〈성현충신가〉

1. 서론

이 글은 『청구영언』(진본)에 전하는 김천택(1680년대 출생, 영조대 활약)의 시조 30수 중에서, 작품 277~281(5수)이 탈착형의 연시조라는 사실을, 결속, 종결, 구조, 주제 등을 통하여 검토 정리하는 데 연구의 목적이 있다.

『청구영언』(진본)에 전하는 김천택의 시조는 바로 앞의 논문에서 정리한 바와 같이 주로 두 차원에서 연구되어 왔다. 하나는 가집의 편찬이란 차원에서 연구한 글들이다. 다른 하나는 내용의 분류 차원에서 연구한 글들이다. 후자의 글들은, 작품 277~281(5수)을 '성인(추앙), 추모찬송(追慕讚頌), 성인의 덕을 칭송한 것, 무한단충(無限丹衷), 단심충절(丹心忠節), 충(忠), 신하의 충군애국(忠君愛國)을 찬양한 것' 등으로 분류하였다.[1]

---

1 이태극(1970:248~253)은 작품 277~278을 '聖人推仰'으로, 작품 279~281을 '無限丹衷'으로 분류하였다. 서원섭(1979: 455~461)은 작품 277~278을 '追慕讚頌'으로, 작품 279~281을 '丹心忠節'로 분류하였다. 강재헌(2007:142~144)은 작품 277~281을 "성세를 만들 수 있는 방법"인 '聖人'(작품 277, 278)과 '忠'(작품 279~281)으로 분류하였다. 이상원(2016a:193)은 작품 277~278을 '성인의 덕을 칭송한 것'으로, 작품 279~281을

이렇게 정리되는 기왕의 연구들은 5수의 단시조들(작품 277~281)을 이해하는 데 많은 도움을 주면서, 검토해 볼 문제로 두 가지를 남겨 놓았다. 하나는 김천택은 연시조를 짓지 않고, 단시조만 지었을까 하는 문제이다. 많은 작가들이 단시조와 연시조를 함께 지었다는 점에서, 김천택의 경우에도, 단시조는 물론 연시조도 지었을 것으로 추정된다. 다른 하나는 혹시 현존하는 김천택의 단시조들 중에, 제목 없이 합철된 연시조가 없는가 하는 문제이다.

이 문제의 제기에 대해, 부정적인 입장이 나오기도 했지만, 앞에서 정리한 두 글(「연시조성과 연시조의 두 문제」, 「김천택의 연시조1 〈남파취유가〉」의 서론)에서 이 부정적인 입장의 오해를 해소시키고, 제목 없이 합철된 연시조를 발견하는 방법도 정리하였다.

이에 이 글에서는 『청구영언』(진본)에 전하는 작품 277~281(5수)이 탈착형 연시조라는 사실을, 결속, 종결, 구조, 주제 등을 검토하는 방법으로, 정리하고자 한다.

『청구영언』(진본)의 작품 277~281(5수)은 〈성현가〉로 묶을 수 있는 전2수의 텍스트, 〈충신가〉로 묶을 수 있는 후3수의 텍스트, 〈성현충신가〉로 묶을 수 있는 5수의 텍스트 등으로 탈착되는 탈착형 연시조이므로, 세 텍스트별로 검토하려 한다.

2. 전2수의 텍스트

이 장에서는 전2수의 텍스트가 보여주는 결속, 종결, 구조, 주제 등을

‘신하의 忠君愛國을 찬양한 것’으로 분류를 하였다.

정리하고자 한다.

2.1. 결속과 종결

〈성현가〉텍스트의 결속과 종결을 보기 위하여, 제1, 2수와 이 제1, 2수의 변별성을 보이는 그 전후의 시조 2수(청진 276, 279)를 함께 보자.

> 人間 번우한·일을 다 주어 후리치고
> 康衢 烟月에 일 업시 노닐며셔
> 어즈버 聖化千載에 이러구러 지내리라. (청진 276)

> 尼山에 降彩ᄒᆞ샤 大聖人을 내오시니
> 繼往聖 開來學에 德業도 노프실샤.
> <u>아마도</u> 群聖中集大成은 夫子ㅣ신가 ᄒᆞ노라. (제1수, 청진 277)

> 遏人慾 存天理ᄂᆞᆫ 秋天에 氣像이오.
> 知言 養氣ᄂᆞᆫ 古今에 긔 뉘런고.
> <u>아마도</u> 擴前聖所未發은 孟軻ㅣ신가 ᄒᆞ노라. (제2수, 청진 278)

> 杜拾遺의 忠君愛國이 日月로 爭光ᄒᆞ로다.
> 間關劍閣에 뜻 둘듸 전혀 업서
> 어즈버 無限丹衷을 一部詩에 부치도다. (제3수, 청진 279)

제1, 2수의 종장에서 밑줄 친 부분을 보면, "아마도 ○○○○○○은 ○○ㅣ신가 ᄒᆞ노라."를 반복하고 있다. 이 반복표현은 제1, 2수로 구성된 이 텍스트 또는 이 단락의 결속을 보여준다. 제1, 2수의 텍스트는 전후에 인용한 작품 276 및 작품 279와 변별되면서, 제2수가 이 텍스트 또는 이 단락의 종결임을 보여준다.

2.2. 구조와 주제

배경시간은 공자(BC.551~BC.479)와 맹자(BC.372~BC.289)로 이어지는 순차적 구조이다.

논리적 구조는 성현 공자와 맹자를 병렬하였다는 점에서 병렬적 구조이다. 이 논리적 구조를 간단하게 보자.

제1수의 '尼山'은 산동성(山東省)에 있는 尼丘山이다. 공자의 부모가 이곳에서 기도하여 공자를 얻었다고 하여, 이름을 '丘', 자를 '仲尼'라 하고, 후손들은 이 산을 '尼山'이라고 불렀다. 이 배경설화를 바탕으로 보면, 초장은 "니구산에 빛을 빌어 대성인인 공자를 낳으시니"의 의미이다. 중장에서는 "계왕성(繼往聖, 옛성인을 계승하고) 개래학(開來學, 후학을 열음)에 덕업(德業)도 높으시구."라고 공자의 학문이 갖는 위치를 구체적으로 설명하였다. 그리고 종장인 "아마도 군성중집대성(群聖中集大成)은 부자(夫子)ㅣ신가 ᄒᆞ노라."에서는, 시적 화자가 판단하기에 많은 성인들 중에서 집대성은 부자가 아닌가 판단하고 있다. 이런 내용들로 보면, 제1수에서는 찬탄조로 성현인 공자를 노래하였다고 정리할 수 있다.

제2수의 초장에서는 인욕을 막고 천리(天理)를 보존하는 것은 추천(秋天)의 기상이라고 노래하였다. 이 초장에 나온 "알인욕(遏人慾) 존천리(存天理)"는 퇴계 선생이 사단칠정론(四端七情論)의 심성(心性)에 관한 이론이 아무리 복잡다단하더라도 그 목적은 바로 이것이라고 정리한 바가 있다. 중장에서는 "지언(知言) 양기(養氣)는 고금(古今)에 긔 뉘런고."라고 맹자를 노래했다. 이에 포함된 '지언(知言) 양기(養氣)'는 맹자가『맹자』(공손축, 상)에서 말한, 부동심(不動心), 양기, 지언 등의 수양론이다. 그리고 종장에서는 "아마도 확전성소미발(擴前聖所未發)은 맹가(孟軻)ㅣ신가 ᄒᆞ노라."고 맹자의 학문을 찬탄하였다. 이 종장은 정자

(程子)가 맹자의 학문을 평가[2]한 '확전성소미발(擴前聖所未發)'을 인용하여 성현 맹자의 학문을 찬탄한 것이다. 이런 점들로 보아, 제2수에서는 찬탄조로 성현인 맹자를 노래하였다고 정리할 수 있다.

이상과 같은 점들로 보아, 제1수와 제2수는 성현인 공자와 맹자를 병렬적으로 노래하였다는 점에서, 논리적 구조는 병렬적 구조로 정리할 수 있고, 주제는 성현인 공자와 맹자로 정리할 수 있다.

3. 후3수의 텍스트

이 장에서는 후3수의 텍스트인 〈충신가〉의 결속, 종결, 구조, 주제 등을 검토하려 한다.

3.1. 결속과 종결

후3수의 결속과 종결을 보기 위하여 후3수를 보자.

> 杜拾遺의 忠君愛國이 日月로 爭光ᄒ로다.
> 間關劍閣에 뜻 둘디 전혀 업서
> 어즈버 無限丹衷을 一部詩에 부치도다. (제3수, 청진 279)

> 岳鵬擧의 一生肝膽이 석지 아닌 忠孝ㅣ로다.
> 背上四字는 무어시라 ᄒ엿든고

---

2 "程子가 말씀하였다. 『孟子』의 이 장은 전성들이 발명하지 못한 바를 확충하셨으니, 배우는 자들은 마땅히 潛心하여 玩索하여야 할 것이다.(程子曰 孟子此章 擴前聖所未發 學者所宜潛心而玩索也)".

南枝上 一片宋日이 耿耿丹衷에 비최엿다. (제4수, 청진 280)

北扉下 져믄 날에 에엿불슨 文天祥이여.
八年燕霜에 검믄 머리 다 희거다.
至今히 從容就死를 뭇내 슬허 ᄒᆞ노라. (제5수, 청진 281)

이 텍스트의 결속과 종결은 반복표현의 후미 전환에 의한 경우와 대
칭표현에 의한 경우로 나눌 수 있다.

먼저 반복표현의 후미 전환에 의한 결속과 종결을 보자. 제3, 4수의
초장에서는 "두습유(杜拾遺)의 충군애국(忠君愛國)이 일월(日月)로 쟁
광(爭光)홀로다."와 "악붕거(岳鵬擧)의 일생간담(一生肝膽)이 석지 아
닌 충효(忠孝) ㅣ로다."를 통하여, "○○○의 ○○○○이 … ─로다."의 구
문표현을 반복하였다. 그 다음에 제5수의 초장에서는 이를 반복하지 않
고 전환하였다. 이는 이 텍스트의 결속과 종결이 반복표현의 후미 전환
에 의존하였다는 사실을 보여준다.

이번에는 이 텍스트가 보여주는 대칭표현에 의한 결속과 종결을 보기
위하여, 대칭표현들을 보자.

첫째로, ["○○○○에 (○)○○○(가) …"(제3수의 중장)─대칭축(제4
수의 중장)─"○○○○에 (○)○○○(가) …"(제5수의 중장)]의 대칭표현
이다. 이 대칭표현은 "간관검각(間關劍閣)에 뜻 둘듸(가) 전혀 업서."(제
3수 중장)와 "팔년연상(八年燕霜)에 검믄 머리(가) 다 희거다."(제5수
중장)에서 파악할 수 있다.

둘째로, ["○○○ ○○○○을/를 …"(제3수의 종장)─대칭축(제4수의
종장)─"○○○ ○○○○을/를 …"(제5수의 종장)]의 대칭표현이다. 이 대
칭표현은 "어즈버 무한단충(無限丹衷)을 일부시(一部詩)에 부치도다."
(제3수 종장)와 "지금(至今)히 종용취사(從容就死)를 뭇내 슬허 ᄒᆞ노

라."(제5수 종장)에서 파악할 수 있다.

이 두 대칭표현은 시종의 대칭표현으로, 이 텍스트의 결속과 종결을 보여준다.

3.2. 구조와 주제

이 텍스트의 배경시간의 구조는 순차적 구조이다. 즉 이 텍스트가 보여준 인물들인, 두보(杜甫, 712~770), 악비(岳飛, 1103~1141), 문상천(文天祥, 1236~1283) 등이 순차적이란 점에서, 이 텍스트의 배경시간은 순차적 구조로 정리할 수 있다.

이번에는 제3, 4, 5수의 논리적 구조와 전체의 주제를 보기 위하여, 먼저 각수별 주제를 보자.

제3수의 초장에 포함된 두습유는 두보(杜甫)가 안록산(安祿山)의 난이 일어나자 봉상(鳳翔)으로 가 황제를 배알하고 좌습유(左拾遺)가 된 사실을 말해준다. 이를 계산하면서 초장을 보면, "두습유(杜拾遺)의 충군애국(忠君愛國)이 일월(日月)로 쟁광(爭光)홀로다."는 "두보가 임금께 충성하고 나라를 사랑하는 마음이 해와 달의 빛남과 서로 다툴 것이다."로 해석할 수 있다. 그리고, 중장에 포함된 '간관(間關)'은 '행로가 험난하여 가기 어려움을 형용하는 말'이고, '검각(劍閣)'은 장안에서 촉의 성도(成都)로 가는 길에 있는 대검(大劍)과 소검(小劍)의 두 산 사이에 있는 요해지(要害地, 敵을 막기에는 편리하고 적이 쳐들어오기에는 불리하게 지세가 險한 곳)를 의미한다. 이를 계산하면, 중장인 "간관검각(間關劍閣)에 뜻 둘디 전혀 업서"는 "행로가 험난하여 가기 어려운, 장안에서 촉의 성도(成都)로 가는 험난한 길목에 뜻 둘 데가 전혀 없어"의 의미로 볼 수 있다. 이는 두보가 습유가 되어 황제가 성도로 몽진하는 어려운 길에 참여한 충군애국을 의미한다. 이 의미는 종장인 "어즈버 무한단충(無限丹衷, 무한한 뜨거운 정성)을 일부시(一部詩)에 부치도다."의 의미를 이해할 수 있게 한다. 이상과 같은 내용으로 보아, 제3수는 무한단충으로 충군애국하는 두보를 노래했다고 정리할 수 있다.

제4수에서는 악비(岳飛)를 노래하고 있다. 붕거(鵬擧)는 악비의 자이고, 간담(肝膽)은 사전을 보면 비유적 의미로 '속마음'을 의미한다. 이런 두 의미를 계산하면, 초장의 "악붕거(岳鵬擧)의 일생간담(一生肝膽)이 석지 아닌 충효(忠孝)] 로다."는 "악비의 일생 속마음은 썩지 않는 충효로다."로 해석할 수 있다. 그리고 중장에서는 "배상사자(背上四字)는 무어시라 ᄒ엿ᄃ고"를 노래하였다. 이는 악비가 어머니를 모시다가 금나라와의 전쟁에서 공을 세우자 고종이 그의 충성을 기려서 '정충악비(精忠岳飛)'라는 네 글자를 써 주었는데, 이를 바탕으로 그의 어머니가 그의 등에다가 '정충보국(精忠報國)'의 네 글자를 각자(刺字)한 사실을 환기시켜 준다. 그 후에 악비는 금나라와의 화친을 주장하던 진회(秦檜)의 모함으로 죽었는데, 고종과 진화가 죽고 효종이 즉위한 1163년에 누명을 벗고, 진정한 명장과 구국의 영웅으로 재평가를 받았다. 그리고 악비는 그의 사당에 현판으로 쓰인 '심소천일(心昭天日, 마음을 하늘이 안다.)'의 글씨를 썼다고 한다. 이런 사정들을 이해하고 나면, 종장인 "남지상(南枝上, 남송의 황통상) 일편송일(一片宋日, 한 조각의 송나라의 황제, 효종)이 경경단충(耿耿丹衷, 충성스러운 뜨거운 정성)에 비최엿다."를 이해할 수 있다. 즉 남송의 황제인 효종이 악비의 충성스러운 뜨거운 정성을 비취었음을 이해할 수 있다. 이상과 같은 내용들로 보아, 제4수는 정충보국으로 충군애국하는 악비를 노래했다고 정리할 수 있다.

제5수에서는 문천상(文天祥)을 노래하였다. 문천상은 남송의 충신으로, 1276년 포로로 원나라의 대도(연경)로 호송되다가 탈출하여, 다시 원나라에 항거하여 싸우다가 잡혀 감옥에 갇혔다. 그 때 쿠빌라이의 회유에도 불구하고, 두 조정을 섬길 수 없다고 죽음을 요구하여 죽은 인물이다. 이런 문천상을 이해하면, 이 제5수를 쉽게 이해할 수 있다. 초장에 포함된 "북비하(北扉下)"는 북쪽의 집 아래로, 연경의 감옥 아래를 뜻하며, 중장의 "팔년연상(八年燕霜)"은 처음에 연경으로 호송되던 1276년부터 죽을 때인 1283년까지를 팔년으로 묶고, 이를 연경의 성상으로 계산한 것 같다. 그리고 종장의 "종용취사(從容就死)"는 쿠빌라이의 회유에도 불구하고, 두 조정을 섬길 수 없다고 죽음을 요구하여, 조용히 죽음을 취한 것을 의미한다. 이런 내용들을 고려하면, 제5수에서는 충군애국하는 문천상을 노래하였다고 정리할 수 있다.

이렇게 제3, 4, 5수는 각각 충군애국하는 두보, 악비, 문천상 등을 노래하였다. 이는 이 텍스트의 논리적 구조가 병렬적 구조임을 말해준다. 그리고 이 텍스트의 주제도 충신 두보, 악비, 문천상으로 정리할 수 있다.

4. 5수의 텍스트

이번에는 전2수의 텍스트와 후3수의 텍스트가 하나로 묶인 5수 텍스트인 〈성현충신가〉의 결속, 종결, 구조, 주제 등을 보자.

4.1. 결속과 종결

5수의 결속과 종결을 보기 위하여 5수를 보자.

> 尼山에 降彩ㅎ샤 大聖人을 내오시니
> 繼往聖 開來學에 德業도 노프실샤.

아마도 群聖中集大成은 夫子ㅣ신가 ᄒ노라. (제1수, 청진 277)

遏人慾 存天理ᄂ 秋天에 氣像이오.

知言養氣ᄂ 古今에 긔 뉘런고.

아마도 擴前聖所未發은 孟軻ㅣ신가 ᄒ노라. (제2수, 청진 278)

杜拾遺의 忠君愛國이 日月로 爭光홀로다.

間關劍閣에 뜻 둘듸 전혀 업서

어즈버 無限丹衷을 一部詩에 부치도다. (제3수, 청진 279)

岳鵬擧의 一生肝膽이 석지 아닌 忠孝ㅣ로다.

背上四字ᄂ 무어시라 ᄒ엿돈고.

南枝上 一片宋日이 耿耿丹衷에 비최엿다. (제4수, 청진 280)

北扉下 져믄날에 에엿불슨 文天祥이여.

八年燕霜에 검믄 머리 다 희거다.

至今히 從容就死를 못내 슬허 ᄒ노라. (제5수, 청진 281)

이 텍스트의 결속과 종결은 다음의 세 대칭표현을 통하여 보여준다.

첫째로, ['-에'(제1수 초장)-대칭축(제3수)-'-에'(제5수 초장)]의 대칭표현이다. 이 대칭표현은 '尼山에'(제1수 초장)와 '져믄날에'(제5수 초장)에서 알 수 있다.

둘째로, ['-에'(제1수 중장)-대칭축(제3수)-'-에'(제5수 중장)]의 대칭표현이다. 이 대칭표현은 '개래학(開來學)에'(제1수 중장)와 '팔년연상(八年燕霜)에'(제5수 중장)에서 알 수 있다.

셋째로, ["ㅇㅇㅇㅇ는 … -ㄴ고"(제2수 중장)-대칭축(제3수)-"ㅇㅇㅇㅇ는 … -ㄴ고"(제4수 중장)]의 대칭표현이다. 이 대칭표현은 "지언(知

言) 양기(養氣)<u>논</u> 古수에 긔 뉘런고."(제2수 중장)와 "배상사자(背上四字)<u>논</u> 무어시라 ᄒᆞ엿돈고"(제5수 중장)에서 알 수 있다.

이상의 세 대칭표현에서, 제1, 5수의 대칭표현을 A-A로, 제2, 4수의 대칭표현을 B-B로, 대칭축을 X로 바꾸면, 이 텍스트는 [A(제1수)-B(제2수)-X(대칭축, 제3수)-B(제4수)-A(제5수)]의 대칭표현을 통하여 결속되어 있으며, 동시에 시종의 대칭표현을 통하여 제5수가 종결임을 보여주고 있다.

4.2. 구조와 주제

배경시간의 구조는 공자(BC.551~BC.479), 맹자(BC.372~BC.289) 두보(712~770), 악비(1103~1141), 문천상(1236~1283) 등의 순차적 구조이다.

논리적 구조는 병렬적 구조이다. 전2수의 텍스트와 후3수의 텍스트가 보여준 논리적 구조와, 이를 통합한 5수의 텍스트가 보여준 논리적 구조를 표로 정리하면 다음과 같다.

순서	두 텍스트의 구조			5수 텍스트의 구조			
제1수	전2수의 텍스트	공자(성현1)	병렬적 구조	공자(성현1)	병렬적 구조	성현	병렬적 구조
제2수		맹자(성현2)		맹자(성현2)			
제3수	후3수의 텍스트	두보(충신1)	병렬적 구조	두보(충신1)	병렬적 구조	충신	
제4수		악비(충신2)		악비(충신2)			
제5수		문천상(충신3)		문천상(충신3)			

위의 표에서 보듯이, 5수 텍스트의 논리적 구조는 성현(공자와 맹자의 병렬적 구조)과 충신(두고, 악비, 문천상 등의 병렬적 구조)을 병렬시

킨 병렬적 구조이다. 그리고 주제는 성현(공자, 맹자)과 충신(두보, 악비, 문천상)이다.

이 논리적 구조에 대하여 다소 이질적인 것들의 결합이란 점에서, 문제를 제기할 수도 있다. 그러나 이런 현상은, 춘(2수), 하(2수), 추(2수), 동(2수), 제석(除夕 2수) 등을 결합한 신계영의 〈전원사시가〉, 원풍(願豊 1수), 춘하추동(4수), 신오석(晨午夕 3수) 등을 결합한 이휘일의 〈전가팔곡〉, 성현(제1, 2수, 공자와 曾點, 周敦頤와 程顥), 학문(제3, 4수, 주자), 학문의 正道(제5, 6수, 시적 화자) 등을 결합한 장경세의 〈성현학문지정(聖賢學問之正)〉 등에서도 발견된다는 점에서, 문제가 되지 않는다.

5. 결론

지금까지 『청구영언』(진본)에 합철되어 전하는 김천택의 작품 277~281(5수)이 탈착형의 연시조라는 사실을 밝히기 위하여, 결속, 종결, 구조, 주제 등을 검토하였다. 그 중요한 사항들을 요약하고, 결론을 내리면 다음과 같다.

1) 전2수의 텍스트(〈성현가〉)는, 반복표현에 의해 결속을 보여주며, 전후와의 차별에 의해 종결을 보여준다. 그리고 이 텍스트의 배경시간은 순차적 구조이고, 논리는 병렬적 구조이며, 주제는 [성현 공자와 맹자]이다.

2) 후3수의 텍스트(〈충신가〉)는, 반복표현의 후미 전환과 대칭표현에 의해 결속과 종결을 보여준다. 그리고 이 텍스트의 배경시간은 순차적 구조이고, 논리는 병렬적 구조이며, 주제는 [충신 두보, 악비, 문천

상]이다.

3) 5수의 텍스트(〈성현충신가〉)는, 세 대칭표현에 의해 결속과 종결
을 보여준다. 그리고 이 텍스트의 배경시간은 순차적 구조이고, 논리는
성현과 충신의 병렬적 구조이며, 주제는 [성현(공자, 맹자)과 충신(두
보, 악비, 문천상)]이다.

이렇게 작품 277~281(5수, 〈성현충신가〉)은, 단시조들의 단순한 나
열이나 집적(集積)에서 발견되지 않으나, 연시조에서 발견되면서, 연시
조를 연시조이게 하는 결속, 종결, 구조, 주제 등을 보여준다는 점에서,
연시조로 정리된다. 게다가 작품 277~281(5수, 〈성현충신가〉)은 전2수
의 텍스트, 후3수의 텍스트, 5수의 텍스트 등으로 탈착된다는 점에서,
탈착형 연시조로 정리된다.

김성기의 연시조 〈어은동천가〉

1. 서론

이 글은 『청구영언』(진본)에 수록된 김성기(金聖基 또는 金聖器, 자는 子瑚, 호는 浪翁·漁翁·漁隱·釣隱, 1649~1725)의 작품들 중에서 연시조를 찾아서 연구하는 데 연구의 목적이 있다.

김성기는 잘 알려져 있듯이, 여항육인(閭巷六人, 張鉉, 朱義植, 金三賢, 金聖基, 金裕器, 金天澤)에 속한다. 이로 인해 김성기의 연구는 여항육인의 차원에서 주로 연구되어 왔다. 그리고 이 연구들은 거의가 작가론의 차원에서 행한 것들로, 작품들은 대다수가 작가론을 위한 보조 자료로 이용되었고, 본격적인 연시조의 작품론은 상당히 미진한 형편이다.

먼저 이 글에서 다루려는 김성기의 시조들[『청구영언(진본)』의 작품 240~243]을 검토한 선행 연구들을 간략하게 보자. 조윤제(1937:372~375)는 김성기를 '강호의 한인(閑人)', '강호시객(江湖詩客)'으로 규정하고, 이를 보여주는 작품으로 241~243(3수)을 인용한 다음에 "詩想이 凡俗치 않음을 일로서도 可히 알 수 있다. 江湖歌道는 그에 이르러 다시 더 鼓吹된 듯한 感이 있다."고 해석하였다. 권두환(1983a:287~289)은 '자유 위지'의 표상으로 4개의 상징물(江湖, 白鷗, 漁艇, 玉簫)을 설명하면서, 작품 242, 240, 241, 243 등의 순서로 4수를 인용하였다. 이창식

(1990:266~271)은 김성기의 시조를, "조선전기 사대부의 閑情歌類를 연상시킬 정도의 발상을" 보여주며, "단순히 한가로운 자연친화적인 노래를 담고 있다기보다 오히려 시대적 고뇌를 극복하고자 하는 초연한 예술관을 함축하고 있는" 것으로 보면서, 작품 240~243 중에서는 242와 241을 인용하였다. 조규익(1994:264)은 작품 240~243 중에서 240과 243의 주제 또는 내용을 정리하였다. 김용찬(1997;2008:122~124)은 그의 작품에는 자연과 조화롭게 어울리는 모습이 전 작품에 관류하고 있다고 주장하면서 작품 238, 240, 243 등을 인용하였다. 박노준(1998a: 227~230)은 작품 240, 243, 241 등의 순서로 강호가도의 차원에서 논의하였다. 김용철(2005:76~77)은 『청구영언(진본)』에 수록된 작품 238~243을 "6수가 남아있는 것으로 보아 육가의 전통을 의식하고 지어진 것으로 보인다." 또는 "「장육당육가」를 염두에 둔 것은 아닌가 하는 생각이 든다."고 조심스럽게 육가계 연시조로 보면서, 그 실제 분석에서는 작품 238만을 "강호시조의 서장격이라 할 수 있다."고 설명하였다. 이상원(2005:167~183)은 악사 김성기를 다룬 조선후기 예인론에서 그의 작품은 논하지 않았다. 정종진(2008:32, 34)은 여항육인 시조의 현실인식의 양면성과 현실 대응방식의 양면성을 설명하면서 작품 240과 241을 인용하였다.

이상과 같이 『청구영언(진본)』에 전하는 김성기의 작품 240~243은 부분적으로만 인용되고 연구되었으며, 연시조의 가능성은 김용철에서 보이나, 그 구체적인 분석과 연구는 하지 않았다.

그런데 『청구영언(진본)』의 작품 240~243은 차례로 읽으면서 보면, 단시조의 단순한 나열이나 집적(集積)에서는 보이지 않지만, 연시조에서 보이는 결속과 종결은 물론, 통일된 구조와 주제를 보여준다. 이 결속, 종결, 구조, 주제 등은 작품 240~243이 연시조임을 말해준다. 게다가 이 작품들이 수록된『청구영언(진본)』의 작품들 중에서, 신흠(申欽, 1566~1628)의 작품 131~136(또는 그 전후)은 구조와 주제의 차원(성기옥 1996, 김석회 2001)에서, 이 신흠의 작품 131~136과 작품 125~ 130은 결속, 종결, 구조, 주제 등의 차원(양희철 2017b)에서, 각각 제목 없이 합철된 연시조로 정리되었다. 그리고『청구영언(진본)』에 수록된 김천택(金天澤, 1680년대 말에 출생, 영조 때에 활약)의 작품 266~271과 작품 277~281도 결속, 종결, 구조, 주제 등의 차원에서, 각각 제목 없이 합철된 연시조로 정리(양희철 2017c)된 바가 있다.

이에 이 글에서는『청구영언(진본)』에 전하는 김성기의 작품 240~243이 제목 없이 합철된 연시조라는 사실을, 단시조의 단순한 나열이나 집적에서는 발견할 수 없으나, 연시조에서 발견할 수 있는 결속, 종결, 구조 주제 등을 검토 정리하는 방법으로 연구하고자 한다.[이 글은「김성기와 김유기의 연시조 연구」(양희철 2017d)의 전반부를 단일 논문으로 정리한 것임]

2. 결속과 종결

작품 240~243의 결속과 종결을 보기 위하여 작품을 인용하면 다음과 같다.

> 이 몸이 홀 일 업서 서호(西湖)룰 츠자가니
> 백사청강(白沙淸江)에 ᄂ니ᄂ니 백구(白鷗)ㅣ로다.
> 어듸셔 어가일곡(漁歌一曲)이 이 내 흥(興)을 돕ᄂ니. (제1수, 청진 240)
>
> 요화(蓼花)에 줌든 백구(白鷗) 선줌 ᄭᅢ야 ᄂ지마라.

나도 일 업서 강호객(江湖客)<u>이</u> 되엿노라,
이 후(後)는 <u>츠즈리</u> 업스니 너를 조차 놀리라. (제2수, 청진 241)

진애(塵埃)에 무친 <u>분(分)</u>닉 이 내말 드러보소.
부귀공명(富貴功名)<u>이</u> 됴타도 ᄒ려니와
갑 업슨 <u>강산풍경(江山風景)</u>이 긔 죠혼가 ᄒ노라. (제3수, 청진 242)

홍진(紅塵)을 다 썰치고 죽장망혜(竹杖芒鞋) 집고 신고
현금(玄琴)을 두러메고 동천(洞天)을 드러가니
<u>어듸셔 짝 일혼 학려성(鶴唳聲)</u>이 구름 밧긔 들닌다. (제4수, 청진 243)

이 작품 240~243의 결속과 종결은 반복표현과 대칭표현에 의해 보여준다. 먼저 반복표현에 의한 결속을 보자.

제1~4수의 종장들을 보면, "… -이(주격) …."의 구문을 반복한다. 이를 보기 위해 종장들만을 다시 인용하면 다음과 같다.

어듸셔 <u>어가일곡(漁歌一曲)</u>이 이 내 흥(興)을 돕ᄂ니. (제1수)
이 후(後)는 <u>츠즈리</u> 업스니 너를 조차 놀리라. (제2수)
갑 업슨 <u>강산풍경(江山風景)</u>이 긔 죠혼가 ᄒ노라. (제3수)
어듸셔 짝 일혼 <u>학려성(鶴唳聲)</u>이 구름 밧긔 들닌다. (제4수)

이 인용들은 밑줄 친 부분에서 주격 '-이'를 포함한 "… -이(주격) …."의 구문을 반복하고 있다. 즉 제1, 3, 4수는 "… -이(주격) …."의 구문을 잘 보여주며, 제2수의 종장만이 설명을 요한다. 제2수의 밑줄 친 부분인 '츠즈리'를 현대어로 바꾸면, '찾을 이(이)'로 주격어미 '-이'가 생략된 구문이다. 이를 계산하면, 이 작품의 종장들에서는 "… -이(주격) …."의 구문을 반복하는데, 이 반복표현은 이 작품의 결속을 보여

준다.

이번에는 대칭표현에 의한 결속과 종결을 보기 위하여, 세 대칭표현
을 먼저 정리해 보자.

첫째로, ["○○에 ○○ㄴ ○○(야, 호격) …(명령형)."(제2수 초장)-대
칭축-"○○에 ○○ㄴ ○○(야, 호격) …(명령형)."(제3수 초장)]의 대칭표
현이다. 이 대칭표현은 "요화(蓼花)에 좀든 백구(白鷗) 선줌 씨야 느지마
라."(제2수 초장)와 "진애(塵埃)에 무친 분(分)닉 이 내말 드러보소."(제3
수 초장)에서 파악할 수 있다.

둘째로, ["(…) -이(주격) …."(제2수 중장)-대칭축-"(…) -이(주격)
…."(제3수 중장)]의 대칭표현이다. 이 대칭표현은 "나도 일 업서 강호객
(江湖客)이 되엿노라."(제2수 중장)와 "부귀공명(富貴功名)이 됴타도
ᄒ려니와"(제3수 중장)에서 파악할 수 있다.

첫째와 둘째의 대칭표현은 반복표현으로 볼 수도 있지만, 이어서 볼
셋째의 대칭표현으로 보아, 대칭표현으로 정리하였다.

셋째로, ["어듸셔 (…) -이(주격) …."(제1수 종장)-대칭축-"어듸셔
(…) -이(주격) …."(제4수 종장)]의 대칭표현이다. 이 대칭표현은 "어듸
셔 어가일곡(漁歌一曲)이 이 내 흥(興)을 돕ᄂ니."(제1수 종장)와 "어듸
셔 쌱 일흔 학려성(鶴唳聲)이 구름 밧긔 들닌다."(제4수 종장)에서 파악
할 수 있다.

앞의 세 대칭표현에서, 제1수와 제4수의 대칭표현을 A-A로, 제2수
와 제3수의 대칭표현을 B-B로, 대칭축을 X로 바꾸어 정리하면, 이 텍
스트는 [A(제1수)-B(제2수)-X(대칭축)-B(제3수)-A(제4수)]의 대칭표
현을 보여준다. 이는 이 텍스트의 결속이 대칭표현에 의한 대칭적 결속
임을 말해주며, 동시에 시작 부분인 A(제1수)의 대칭인 A(제4수)가 종결
임도 보여준다.

3. 구조와 주제

이 작품의 논리적 구조는 기승전결이다. 이를 차례로 보자.

제1수에서는, 할 일이 없는 시적 화자가 서호에 들면서 느끼는 한가한 풍경과 어가일곡이 흥을 돕는 정경을 노래하였다. 할 일 없는 시적 화자가 서호에 들고 있다는 사실은 초장인 "이 몸이 홀 일 업서 서호(西湖)롤 츠자가니"에서 알 수 있다. 이 경우에 '할 일이 없어'는 다분히 '세상에 버려져'의 의미를 표현한 미화법이다. 왜냐하면, '할 일이 없어'가 매우 바쁘던 사람의 문맥에 나왔다면, 이는 '한가하여'의 의미가 되지만, '할 일이 없어'가 소용되지도, 필요하지도 않은 사람의 문맥에 나오면, 이는 '세상에 버려져'의 의미가 되기 때문이다. 그리고 이 할 일이 없는 시적 화자가 찾은 강호는, 그 이전의 강호 시가에서 보이던, 은퇴자가 찾던 강호와 은둔자가 찾던 강호이지만, 이 강호를 찾게 된 동기가 상당히 다름을 보여준다. 즉 은퇴자가 찾던 강호는 은퇴 이후의 휴식 공간이고, 은둔자가 찾던 강호는 몸을 숨기고 피한 공간이지만, 시적 화자가 제1수에서 찾은 강호는 할 일이 없어 찾은 공간이다. 시적 화자가 느끼는 한가한 풍경은 중장인 "백사청강(白沙淸江)에 노니노니 백구(白鷗)ㅣ로다."에서 알 수 있다. 그리고 어가일곡이 흥을 돕는 정경은 종장인 "어듸셔 어가일곡(漁歌一曲)이 이 내 흥(興)을 돕ᄂ니."에서 파악할 수 있다. 이런 점들로 보아, 제1수의 주제는 [할 일 없는 시적 화자가 서호에 들면서 느끼는 한가한 풍경과 어가일곡이 흥을 돕는 정경]으로 정리할 수 있다. 그리고 이 주제는 시적 화자가 이 작품에서 노래하는 서호에 드는 첫머리를 보여주고, 이 작품의 풍경과 정경을 이끌고 있다는 점에서, 기승전결의 '기'로 정리할 수 있다.

제2수에서는, 시적 화자가 일 없는 강호객이 되어, 낮에 요화(蓼花)

에서 한가하게 자는 백구와 함께 강호에서 놀려는 의지를 노래하였다. 시적 화자가 일 없는 강호객이 되었다는 사실은 종장인 "나도 일 업서 강호객(江湖客)이 되엿노라."에서 읽을 수 있다. 그리고 낮에 요화(蓼花)에서 한가하게 자는 백구는 초장인 "요화(蓼花)에 줌든 백구(白鷗) 션줌 씨야 ㄴ지마라."에서 알 수 있다. 그리고 시적 화자가 강호에서 백구와 함께 놀려는 의지는 종장인 "이 후(後)는 츠즈리 업스니 너를 조차 놀리라."에서 파악할 수 있다. 이런 점들로 보아, 제2수의 주제는 [시적 화자가 일 없는 강호객이 되어, 낮에 요화(蓼花)에서 한가하게 자는 백구와 함께 강호에서 놀려는 의지]로 정리할 수 있다. 그리고 이 주제는 제1수의 주제가 보인, 서호에 들면서 느낀 한가한 풍경을 잇고, 그 풍경에 포함된 백구와 함께 놀려는 의지를 보여주었다는 점에서 기승전결의 '승'으로 정리할 수 있다.

제3수에서는, 부귀공명이 좋다고도 하려니와 시적 화자가 강호객으로 놀려는 강산풍경도 좋음을 시적 화자가 진애(塵埃)에 묻힌 분들에게 선언하고 있다. 시적 청자를 진애(塵埃)에 묻힌 분들로 하고 있다는 사실은 초장인 "진애(塵埃)에 무친 분(分)너 이 내말 드러보소."에서 읽을 수 있다. 부귀공명이 좋다고도 하려니와 자신이 강호객으로 놀려는 강산풍경이 좋음의 선언은 중장인 "부귀공명(富貴功名)이 됴타도 ㅎ려니와"와 종장인 "갑 업슨 강산풍경(江山風景)이 긔 죠혼가 ㅎ노라."에서 파악할 수 있다. 이런 점들로 보아, 제3수의 주제는 [진애(塵埃)에 묻힌 분들에게 선언한, 부귀공명이 좋다고도 하려니와 시적 화자가 강호객으로 놀려는 강산풍경도 좋음]으로 정리할 수 있다. 이 주제는 시적 청자를 진애(塵埃)에 묻힌 분들로 바꾸고, 강호에서 놀려는 의지(제2수)를 진애에 묻힌 분들에게 강산풍경도 좋음을 선언하는 것으로 바꾸었다는 점에서, 기승전결의 '전'으로 정리할 수 있다. 이 제3수에서 보여주는 강산풍경 역시 은퇴자와 은둔자가 찾은 강산풍경이지만, 부귀공명과의 관계가 다르다. 은퇴자에게 있어서 부귀공명은 과거에 누렸던 대상이며, 은둔자에게 있어서 부귀공명은 멀리하고자 하는 대상인 데 비해, 이 작품의 시적 화자에게 있어서 부귀공명은 좋다고도 하지만 가까이하지 못한 대상이다.

제4수에서는, 홍진을 떨쳐버리고 죽장망혜로 현금을 둘러메고 동천에 들어서 느끼는 선경적(仙境的) 정경(情景)을 노래하였다. 시적 화자가 홍진을 떨쳐버리고 죽장망혜로 현금을 둘러메고 동천에 들었다는 사실은 초장인 "홍진(紅塵)을 다 썰치고 죽장망혜(竹杖芒鞋) 집고 신고"와 중장인 "현금(玄琴)을 두러메고 동천(洞天)을 드러가니"에서 알 수 있다. 그리고 시적 화자가 느끼는 선경적(仙境的) 정경(情景)은 종장인 "어디셔 짝 일흔 학려성(鶴唳聲)이 구름 밧긔 들닌다."와 다음의 사실로 알 수 있다. 즉 중장의 동천(洞天)은 "산천으로 둘러싸인 경치 좋은 곳"의 의미를 갖는 동시에, 하늘에 잇닿은 신선(神仙)이 사는 곳을 의미한다. 그리고 학은 신선의 세계를 의미한다. 이 선경적 정경을 보여주는 강호는 도학자들이 도체(道體)의 내재와 발현을 체험한 강호가 아니다. 특히 "어디셔 짝 일흔 학려성(鶴唳聲)이 구름 밧긔 들닌다."를 통하여 보여준 선경적인 강호에서, 짝 잃은 학려성은 시적 화자를 맞이하는 소리로 볼 수도 있다. 이런 사실들로 보아, 제4수의 주제는 [홍진을 떨쳐버리고 죽장망혜로 현금을 둘러메고 동천에 들어서 느끼는 선경적(仙境的) 정경(情景)]으로 정리할 수 있다. 그리고 이 주제는 강호객이 강호에서 궁극적으로 찾은 선경적 정경을 노래하였다는 점에서, 이 제4수는 기승전결의 '결'에 해당한다고 볼 수 있다.

이 제4수에 이르면, 시적 화자가 왜 제1수에서 일이 없어 서호를 찾아갔는가를 알 수 있게 한다. 즉 제1, 2수에서 보여준 강호는 진정으로 홍진을 버리고 자연이 좋아서 든 자연이 아니라, 할 일이 없어서 소일거리로 든 자연이라는 것이다. 이런 자연이지만, 그 자연에서 강호가 좋음을 발견한다. 이로 인해 제3수에서는 진애에 묻힌 분들의 부귀공명도 인정하면서, 강호의 좋음을 모두 인정하고 있다. 그 다음에 제4수에서 시적 화자는 진정 자연에 드는 것이다.

이렇게 이 작품의 논리적 구조는 기승전결로 정리할 수 있다. 그리고 이 논리적 구조로 보아, 이 작품의 주제는 [할 일 없는 시적 화자가 강호객으로 서호에 들어 한가한 풍경과 흥겨운 정경을 즐기다가, 죽장망혜로 현금을 둘러메고 동천(洞天)에 들어서 느끼는 선경적(仙境的) 정경(情景)]으로 정리할 수 있다. 그리고 이 주제는 [할 일 없는 시적 화자의 선경적(仙境的) 정경(情景)에 들기]로 바꾸어 정리할 수도 있다.

이상과 같이, 작품 240~243은 연시조를 연시조이게 하는 결속과 종결은 물론, 통일된 구조와 주제를 보여준다는 점에서, 〈어은동천가(漁隱洞天歌)〉라고 부를 수 있는 연시조로 정리한다.

4. 결론

지금까지 『청구영언(진본)』에 수록된 작품 240~243(김성기)이 연시조라는 사실을 결속, 종결, 구조, 주제 등을 통하여 검토 정리해 보았다. 그 중요한 것들을 요약하고 결론을 내리려 한다.

1) 작품 240~243은 종장들에서 구문 "… -이(주격) …."의 반복표현을 통하여 결속을 보여준다. 동시에, ["○○에 ○○ㄴ ○○(야, 호격) …(명령형)."(제2수 초장)-대칭축-"○○에 ○○ㄴ ○○(야, 호격) …(명령형)."(제3수 초장)]의 대칭표현, ["(…) -이(주격) …."(제2수 중장)-대칭

축-"(…) -이(주격) …."(제3수 중장)]의 대칭표현, ["어듸셔 (…) -이(주격) …."(제1수 종장)-대칭축-"어듸셔 (…) -이(주격) …."(제4수 종장)]의 대칭표현 등을 통하여 조성한, [A(제1수)-B(제2수)-X(대칭축)-B(제3수)-A(제4수)]의 대칭표현에 의한 대칭적 결속도 보여준다.

2) [A(제1수)-B(제2수)-X(대칭축)-B(제3수)-A(제4수)]의 대칭표현에서, 시작 부분인 A(제1수)의 대칭인 A(제4수)가 종결임도 보여준다.

3) 작품 240~243의 논리적 구조는 기(제1수, 작품 240), 승(제2수, 작품 241), 전(제3수, 작품 242), 결(제4수, 작품 243) 등으로 구성된 기승전결의 4단 구조이다.

4) 작품 240~243의 주제는 [할 일 없는 시적 화자가 강호객으로 서호에 들어 한가한 풍경과 흥겨운 정경을 즐기다가, 죽장망혜로 현금을 둘러메고 동천(洞天)에 들어서 느끼는 선경적(仙境的) 정경(情景)], 또는 [할 일 없는 시적 화자의 선경적(仙境的) 정경(情景)에 들기]이다.

이상과 같이, 작품 240~243은 연시조를 연시조이게 하는 결속과 종결은 물론, 통일된 구조와 주제를 보여준다는 점에서, 〈어은동천가(漁隱洞天歌)〉라고 부를 수 있는 연시조로 정리한다.

김유기의 연시조 〈대재청한가〉

1. 서론

이 글은 『청구영언』(진본)에 수록된 김유기(金裕器, 자는 大哉, ?~1717 또는 1718)의 작품들 중에서 연시조를 찾아서 연구하는 데 연구의 목적이 있다.

김유기는 잘 알려져 있듯이, 여항육인(閭巷六人, 張鉉, 朱義植, 金三賢, 金聖基, 金裕器, 金天澤)에 속한다. 이로 인해 김유기의 연구는 여항육인의 차원에서 주로 연구되어 왔다. 그리고 이 연구들은 거의가 작가론의 차원에서 행한 것들로, 작품들은 대다수가 작가론을 위한 보조 자료로 이용되었고, 본격적인 연시조의 작품론은 상당히 미진한 형편이다.

이 글에서 다루려는 김유기의 시조들[『청구영언(진본)』의 작품 246~249]을 검토한 선행 연구들을 간략하게 보자. 조윤제(1937:371~372)는 작품 251, 247, 253 등의 순서로 3수를 인용한 다음에, "그는 單純한 唱曲家가 아니었음을 알겠다."고 정리하였다. 조규익(1994:271)은 작품 247과 249의 주제 또는 내용을 정리하였다. 박노준(1998a:212)은 작품 247과 246을 '양면적 현실관과 잠재적 갈등' 및 '그 해소'라는 차원에서 다루었다. 김용찬(2001:155~158, 2008:135~139)은 '현실에 대한 인식'과 '현실관'을 설명하면서, 작품 247, 246, 248 등의 순서로 3수를 인용하였다. 김용철(2005:78)은 『청구영언(진본)』에 수록된 김유기의 작품 10수(작품 246~255)를 주제 차원에서 일종의 연시조 형태로 보면서,[1] 그 해석에서는 작품 246과 248만을 부분적으로 검토하였다. 정종진(2008:45)은 여항육인 시조의 전환기적 특성과 그 향방을 논하면서 작품 249를 인용하였다.

이상과 같이 『청구영언(진본)』에 전하는 김유기의 작품 246~249는 부분적으로만 인용되고 연구되었으며, 연시조의 가능성은 김용철에서 보이나, 그 구체적인 분석과 연구는 하지 않았다.

그런데 『청구영언(진본)』의 작품 246~249를 차례로 읽으면서 보면, 단시조의 단순한 나열이나 집적(集積)에서는 보이지 않지만, 연시조에서 보이는 결속과 종결은 물론, 통일된 구조와 주제를 보여준다. 이 결속, 종결, 구조, 주제 등은 작품 246~249가 연시조임을 말해준다. 게다가 이 작품들이 수록된 『청구영언(진본)』의 작품들 중에서, 신흠(申欽, 1566~1628)의 작품 131~136(또는 그 전후)은 구조와 주제의 차원(성기옥 1996, 김석회 2001)에서, 이 신흠의 작품 131~136과 작품 125~130은 결속, 종결, 구조, 주제 등의 차원(양희철 2017a)에서, 각각 제목 없이 합철된 연시조로 정리되었다. 그리고 『청구영언(진본)』에 수록된 김천택(金天澤, 1680년대 말에 출생, 영조 때에 활약)의 작품 266~271과 작품 277~281도 결속, 종결, 구조, 주제 등의 차원에서, 각각 제목 없이 합철된 연시조로 정리(양희철 2017c)된 바가 있다.

이에 이 글에서는 『청구영언(진본)』에 전하는 김유기의 10수(246~

---

1 "김유기의 시조는 총 10수가 남아있다. 김유기의 시조는 태평성대에 사는 장부의 소위와 다짐이라고 할 수 있다. 그의 시조들은 이것만으로 이루어져 있으며 다른 요소들은 개입되어 있지 않다. 분명 일종의 연시조의 형태를 가지고 있다. 그의 관심은 태평성대를 사는 도시인 장부의 호방한 자기표현에 국한되어 있다."(김용철 2005:78)

255)[2] 중에서 작품 246~249가 제목 없이 합철된 연시조라는 사실을, 단시조의 단순한 나열이나 집적에서는 발견할 수 없으나, 연시조에서 발견할 수 있는 결속, 종결, 구조 주제 등을 검토 정리하는 방법으로 연구하고자 한다.[이 글은 「김성기와 김유기의 연시조 연구」(양희철 2017d)의 후반부를 단일 논문으로 정리한 것임]

2. 결속과 종결

결속과 종결을 정리하기 위하여, 밑줄 친 부분에 유의하면서 작품을 보자.

> 내 몸에 병(病)이 만하 세상(世上)에 ᄇᆞ리이여
> <u>시비(是非) 영욕(榮辱)을 오로[3] 다 니저마</u>는
> 다만지 청한(淸閑) 일벽(一癖)이매 부르기 죠해라.[4] (제1수, 청진 246)

---

2 10수 중에서 제9, 10수인 작품 254와 255도 중장과 종장에서 반복표현을 보여준다. 즉 "난간(欄干)에 지혀 안자 옥적(玉笛)을 빗기부니 / 오월(五月) 강성(江城)에 홋듯ᄂ니 매화(梅花)ㅣ로다. / 흔 곡조(曲調) 순금(舜琴)에 섯거 백공상화(百工相和) ᄒ리라."(제1수, 청전 254)와 "경성출(景星出) 경운흥(慶雲興)ᄒ니 일월(日月)이 광화(光華)ㅣ로다. / 삼왕(三王) 예악(禮樂)이오 오제(五帝)ㅣ 문물(文物)이로다. / 사해(四海)로 태평주(太平酒) 비저 만성동취(萬姓同醉) ᄒ리라."(제2수, 청전 255)의 밑줄 친 부분에서 반복표현을 보여준다. 이 반복표현들은 이 2수가 2수로 구성된 연시조일 수 있음을 말해준다. 이 연시조의 구체적인 논의는 생략한다.

3 중장은 "시비(是非) 영욕(榮辱)을 오로 다 니저마는"으로 정리되고 있다. 그런데 이렇게 정리하고 나면, '오로'의 의미가 명확하지 않다. 이 문제를 해결하기 위하여 '오로'를 '완전히'의 의미인 '오롯'에서 'ㅡㅅ'을 생략한 것으로 이해하였다.

4 종장은 심재완(1972b:200)이 『교본 역대시조전서』(세종문화사)의 작품 571에서 '매부르기'로 붙여서 정리한 이래 많은 연구들이 매사냥의 의미인 '매부르기'나 '매 부르기'로 정리해 왔다. 그런데 이렇게 정리하고 나면, 두 가지의 문제가 발생한다. 하나는 '매사

대장부(大丈夫) 삼겨나서 입신양명(立身揚名) 못홀지면

출혼로 썰치고 일업시 늘그리라.

이 밧긔 녹록(碌碌)혼 영위(營爲)에 걸닐 줄 이시랴? (제2수, 청진 247)

백세(百歲)를 다 못사라 칠팔십(七八十)만 살지라도

벗고 굼지 말고 병(病)업시 누리다가

유자(有子)코 유손(有孫)ㅎ오면 긔 원(願)인가 ㅎ노라. (제3수, 청진 248)

춘풍(春風) 도리화(桃李花)들아 고온 양즈 자랑 말고

장송(長松) 녹죽(綠竹)을 세한(歲寒)에 보려므나,

정정(亭亭)코 낙락(落落)한 절(節)을 고칠 줄이 이시랴? (제4수, 청진 249)

이 텍스트의 결속은 교차적/순환적인 반복표현과 대칭표현에 의해 보여주며, 결속과 종결은 대칭표현에 의해 보여준다.

먼저 종장의 교차적/순환적인 반복표현을 보자. 이 교차적/순환적인 반복표현은 바로 ["… -라"(제1수 종장)-"… -ㄹ이 줄(이) 이시랴."(제2

낭'의 의미로 본 '매 부르기'가 제1수의 상황은 물론, 제1~4수의 상황에 어울리지 않고, 나아가 가객과 매사냥이 어울리지 않는다는 문제이다. 다른 하나는 "다만지 청한일벽(淸閑一癖)이 매 부르기 죠해라."의 문맥이 통하지 않는다는 문제이다. 즉 이 종장의 문자적 의미인 "다만 청한일벽이 매사냥 좋도다."의 문맥이 통하지 않는다. 말을 바꾸면, 주부인 "청한일벽(淸閑一癖)이"가 술부인 "매사냥 좋도다.(매 부르기 죠해라.)"와 그 의미가 연결되지 않는 문제를 보인다. 이 문제를 해결하기 위한, 일차적 모색은 김학성(2009:220)에서 보인다. 즉 '매'를 삭제하고 '부르기'로 정리한 것이다. 그 후에 이차적 모색은 김흥규 외(2012:199)에서 보인다. 즉 "다만지 청한(淸閑) 일벽(一癖)이매 부르기 죠해라."(0939.1)로 띄어읽은 것이다. 이 띄어읽기를 따르고, 그 의미는 "다만 청한(淸閑)(이) 일벽(一癖, 하나의 고치기 어렵게 굳어 버린 버릇, 하나의 무엇을 너무 치우치게 즐기는 성벽)이므로 부르기(:노래하기) 좋도다."로 본다. '-이매'는 '-이므로'의 의미이다.

수 종장)-"… -라"(제3수 종장)-"… -ㄹ이 줄(이) 이시랴."(제4수 종장)]이다. 이 중에서 "… -라"의 교차적/순환적 반복표현은 "다만지 청한일벽(淸閑一癖)이매 부르기 죠해라."(제1수 종장)와 "유자(有子)코 유손(有孫)ㅎ오면 긔 원(願)인가 ㅎ노라."(제3수)에서 파악할 수 있고, "… -ㄹ이 줄(이) 이시랴."의 교차적/순환적 반복표현은 "이 밧긔 녹록(碌碌)흔 영위(營爲)에 걸닐 줄 이시랴."(제2수 종장)와 "정정(亭亭)코 낙락(落落)한 절(節)을 고칠 줄이 이시랴."(제4수 종장)에서 파악할 수 있다.

이 교차적/순환적인 반복표현은 제1~4수의 결속을 보여준다.

이번에는 대칭표현에 의한 결속과 종결을 보기 위해, 우선 두 종류의 대칭표현을 보자.

첫째로, ["… -고 ○업시 …"(제2수 중장)-대칭축-"… -고 ○업시 …"(제3수 중장)]의 대칭표현이다. 이 대칭표현은 "출ㅎ로 썰치고 일업시 늘그리라."(제2수 중장)와 "벗고 굼지 말고 병(病)업시 누리다가"(제3수 중장)에서 파악할 수 있다.

둘째로, ["○○ ○○을 ○○○ ○○○○"(제1수 중장)-대칭축-"○○ ○○을 ○○○ ○○○○"(제4수 중장)]의 대칭표현이다. 이 대칭표현은 "시비(是非) 영욕(榮辱)을 오로(ㅅ) 다 니저마는"(제1수 중장)과 "장송(長松) 녹죽(綠竹)을 세한(歲寒)에 보려므나."(제4수 중장)에서 파악할 수 있다.

이 두 대칭표현에서, 제1수와 제4수의 대칭표현을 A-A로, 제2수와 제3수의 대칭표현을 B-B로, 대칭축을 X로 바꾸어 정리하면, 이 텍스트는 [A(제1수)-B(제2수)-X(대칭축)-B(제3수)-A(제4수)]의 대칭표현을 보여준다. 이는 이 텍스트의 결속이 대칭표현에 의한 대칭적 결속임을 말해주며, 동시에 시작 부분인 A(제1수)의 대칭인 A(제4수)가 종결임도 보여준다.

3. 구조와 주제

이 작품의 논리적 구조는 기승전결이다. 이를 차례로 보자.

제1수에서는, 몸에 병이 많기 때문에 세상에 버림을 받게 되어, 시비 영욕을 완전히 모두 잊은 시적 화자가, 다만 청한(淸閑, 맑고 깨끗하고 한가함)이 일벽(一癖, 하나의 고치기 어렵게 굳어 버린 버릇, 하나의 무엇을 너무 치우치게 즐기는 성벽)이므로 노래 부르기 좋다고 노래하였다. 시적 화자의 몸에 병이 많기 때문에 세상에 버림을 받았다는 사실은, 초장인 "내 몸에 병(病)이 만하 세상(世上)에 ᄇᆞ리이여"에서 알 수 있다. 그리고 이 초장의 '병(病)'은 '성벽(性癖, 심신에 굳어진 좋지 않은 버릇, 性味)'을 '성벽'으로 직접 표현하지 않고, '성벽'의 의미를 포함한 다의어 '병(病)'으로 바꾸어 쓴 완곡어법이다. 시비 영욕을 완전히 모두 잊었다는 사실은, 중장인 "시비(是非) 영욕(榮辱)을 오로(ㅅ) 다 니저마는"에서 읽을 수 있다. 그리고 다만 청한(淸閑)이 일벽(一癖)이므로 노래하기 좋다는 사실은, 종장인 "다만지 청한(淸閑)(이) 일벽(一癖)이매 부르기 죠해라."에서 파악할 수 있다. 이런 사실들로 보아, 제1수의 주제는 [몸에 병이 많기 때문에 세상에 버림을 받은 시적 화자의 청한(淸閑)의 일벽(一癖)과 노래]로 정리할 수 있다. 그리고 이 제1수의 주제는, 제2수와 제3수에서 노래할 구체적인 청한(淸閑)의 일벽(一癖)을 개괄적으로 이끌고 있다는 점에서, 기승전결의 '기'로 정리할 수 있다.

제2수에서는, 입신양명의 측면, 즉 오복(五福) 중의 귀(貴)의 측면에서, 대장부로 입신양명을 못할 것이면, 차라리 모두 떨쳐버리고 일 없이 늙을 것이므로, 이밖의 녹록(碌碌, 하잘 것 없음)한 영위(營爲, 일을 꾸려 나감)에 걸리는 일이 없을 것임을 노래하였다. 대장부로 입신양명을 못할 것임, 즉 귀하게 되지 못할 것임은 초장인 "대장부(大丈夫) 삼겨나

서 입신양명(立身揚名) 못홀지면"에서 알 수 있다. 차라리 모두 떨쳐버
리고 일 없이 늙을 것이라는 이유는 중장인 "출ㅎ로 썰치고 일업시 늘그
리라."에서 읽을 수 있다. 이 중장에 포함된 '늘그리라'는 미래시제의
동명사형 '늙을'(늙을 것)과 원인을 나타내는 '-이라'(-이므로)의 결합
이다. 그리고 이밖의 녹록(碌碌, 하잘 것 없음)한 영위(營爲, 일을 꾸려
나감)에 걸리는 일이 없을 것이라는 의지는 종장인 "이 밧긔 녹록(碌碌)
흔 영위(營爲)에 걸닐 쥴 이시랴."에서 파악할 수 있다. 이런 제2수는
청한의 일벽을 잘 보여준다. 즉 모두 떨처비리고 일 없이 늙을 것은,
입신양명(오복 중의 貴)의 차원에서, 모든 것을 버리고 일 없이 늙는
노인의 청한을 잘 보여주고, 이밖의 녹록(碌碌)한 영위(營爲)에 걸리는
일이 없을 것이라는 의지도 청한의 일벽을 잘 보여준다. 이런 점에서
제2수의 주제는 [입신양명(오복 중의 貴)의 측면에서 보인 청한의 일벽]
으로 정리할 수 있다. 이 제2수의 주제는 제1수의 주제를 구체적으로
잇고 있다는 점에서 기승전결의 '승'으로 정리할 수 있다.

제3수에서는, 오복(五福, 壽, 富, 康寧, 貴, 子孫, 또는 壽, 富, 康寧,
攸好德, 考終命) 중에서 귀(貴)를 뺀 측면(壽, 富, 康寧, 子孫 등)에서,
백세를 다 못 살아 칠십만 살지라도 벗고 굶지 말고 병 없이 누리다가
유자하고 유손하는 청한의 일벽이 원(願)임을 노래하였다.[5] 오복의 일부
인 수(壽)의 측면에서 보이는 청한의 일벽은 초장인 "백세(百歲)를 다
못사라 칠팔십(七八十)만 살지라도"에서 알 수 있다. 오복의 일부인 부
(富)와 강녕(康寧)의 측면에서 보이는 청한의 일벽은 중장인 "벗고 굶지

---

5 제3수를 "제3수에는 「삼사횡입황천기」의 淸福에나 비길 법한 소원이 나오고 있다. 칠
팔십이나마가 아니라 칠팔십 동안만 흠없이 살고 싶다는 이 거의 이루어질 수 없는
소원을 가진 사람을 무어라고 표현해야 할까 망설여지는 대목이다."(김용철 2005:79)
로 해석한 경우도 있다.

말고 병(病)업시 누리다가"에서 이해할 수 있다. 그리고 오복의 일부인 자손의 측면에서 보이는 청한의 일벽은 종장인 "유자(有子)코 유손(有 孫)호오면 긔 원(願)인가 호노라."에서 파악할 수 있다. 이상과 같은 내 용으로 보아, 제3수의 주제는 [오복에서 귀(貴)를 뺀 측면(壽, 富, 康寧, 子孫 등)에서 보인 청한의 일벽]으로 정리할 수 있다. 이 제3수의 주제 는 제2수의 주제와 함께 제1수의 주제를 구체적으로 잇고, 제2수의 주제 와는 청한의 일벽을 소재의 차원에서 바꾸었다는 점에서, 제3수는 기승 전결의 '전'으로 정리할 수 있다.

제4수에서는, 청한의 일벽을 고치지 않겠다는 의지를 우회적으로 노 래하였다.[6] 이 제4수를 제3수에 이어서 보면, 그 연결에서 거리감을 느 낄 수도 있다. 이 거리감은 춘풍(春風)의 도리화(桃李花)와 세한(歲寒) 의 장송녹죽(長松綠竹)이 은유라는 사실을 이해할 때에 극복된다. 춘풍 의 도리화와 세한의 장송녹죽은, 제4수의 문맥으로 보아, 시류의 변화 에 절(節, 節操, 절개와 지조)을 지키고 지키지 않음을 비교하기 위한 은유로 보인다. 이 점을 계산하면, 춘풍의 도리화는 좋은 시절을 만나 고운 자태를 뽐내나, 어려운 시절에는 절조를 지키지 못하는 사람들을 비유한다. 이에 비해 세한의 장송녹죽은 좋은 때나 어려운 때나 정정(亭 亭, 나무 따위가 높이 솟아 우뚝함)하고 낙락(落落, 작은 일에 얽매이지 않고 대범함)한 절조를 지키는 사람들을 비유한다. 이런 비유들을 계산 하면, 제4수에서는, (어려운 시절에는 절조를 지키지 못하고) 좋은 시절 에만 부귀하고 영화로운 사람들아 부귀영화를 자랑 말고, 어려운 시절 에도 절조를 지키는 사람들을 보아라, 높이 솟아 우뚝하고 작은 일에

---

6 제4수를 "春風桃李花와 長松綠竹을 대비적으로 들어 變化 무궁한 세태를 풍자하고 변함 없는 자신의 절개를 드러내었다."(조규익 1994:273)고 정리하기도 했다.

얽매이지 않고 대범한 절조를 고치지 않겠다는 의지를 노래하였다고 정리할 수 있다. (어려운 시절에는 절조를 지키지 못하고) 좋은 시절에만 부귀하고 영화로운 사람들아 부귀영화를 자랑 말라는 내용은, 초장인 "춘풍(春風) 도리화(桃李花)들아 고온 양즈 자랑 말고"에서 알 수 있다. 어려운 시절에도 절조를 지키는 사람들을 보라는 내용은, 중장인 "장송(長松) 녹죽(綠竹)을 세한(歲寒)에 보려므나"에서 읽을 수 있다. 그리고 높이 솟아 우뚝하고 작은 일에 얽매이지 않고 대범한 절조를 고치지 않겠다는 의지는 종장인 "정정(亭亭)코 낙락(落落)한 절(節)을 고칠 줄이 이시랴."에서 파악할 수 있다. 이에 포함된 높이 솟아 우뚝하고 작은 일에 얽매이지 않고 대범한 절조는, 시적 화자가 제3수까지 노래해온 청한(淸閑)의 일벽이다. 이런 점들로 보아, 제4수의 주제는 [청한의 일벽을 고치지 않겠다는 의지]로 정리할 수 있다. 이 의지는 그 이전까지 노래해온 청한의 일벽을 고치지 않겠다는 의지로 마무리를 하고 있다는 점에서 기승전결의 '결'에 해당한다.

이렇게 이 작품 246~249의 논리적 구조는 기승전결의 4단 구조이며, 이 구조로 보아, 이 작품의 주제는 [몸에 병이 많기 때문에 세상에 버림을 받게 된 시적 화자가 오복(五福)의 차원에서 바라는 청한(淸閑)의 일벽(一癖)과 이를 고치지 않겠다는 의지]로 정리할 수 있다.

이상과 같이, 작품 246~249는 연시조를 연시조이게 하는 결속과 종결은 물론, 통일된 구조와 주제를 보여준다는 점에서, 〈대재청한가(大哉淸閑歌)〉라고 부를 수 있는 연시조로 정리한다.

4. 결론

지금까지 『청구영언(진본)』에 수록된 작품 246~249(김유기)가 연시조라는 사실을 결속, 종결, 구조, 주제 등을 통하여 검토 정리해 보았다. 그 중요한 것들을 요약하고 결론을 내리려 한다.

1) 작품 246~249는 종장에서 ["… -라"(제1수 종장)-"… -ㄹ이 줄(이) 이시랴."(제2수 종장)-"… -라"(제3수 종장)-"… -ㄹ이 줄(이) 이시랴."(제4수 종장)]의 교차적/순환적인 반복표현을 통하여 결속을 보여준다. 동시에, ["… -고 ○업시 …"(제2수 중장)-대칭축-"… -고 ○업시 …"(제3수 중장)]의 대칭표현과 ["○○ ○○을 ○○○ ○○○○"(제1수 중장)-대칭축-"○○ ○○을 ○○○ ○○○○"(제4수 중장)]의 대칭표현을 통하여 조성한, [A(제1수)-B(제2수)-X(대칭축)-B(제3수)-A(제4수)]의 대칭표현에 의한 대칭적 결속도 보여준다.

2) [A(제1수)-B(제2수)-X(대칭축)-B(제3수)-A(제4수)]의 대칭표현에서 시작 부분인 A(제1수)의 대칭인 A(제4수)가 종결임도 보여준다.

3) 작품 246~249의 논리적 구조는 기(제1수, 작품 246), 승(제2수, 작품 247), 전(제3수, 작품 248), 결(제4수, 작품 249) 등으로 구성된 기승전결의 4단 구조이다.

4) 작품 246~249의 주제는 [몸에 병이 많기 때문에 세상에 버림을 받게 된 시적 화자가 오복(五福)의 차원에서 바라는 청한(淸閑)의 일벽(一癖)과 이를 고치지 않겠다는 의지]이다.

이상과 같이, 작품 246~249는 연시조를 연시조이게 하는 결속과 종결은 물론, 통일된 구조와 주제를 보여준다는 점에서, 〈대재청한가(大哉淸閑歌)〉라고 부를 수 있는 연시조로 정리한다.

제4부

탈착형 어부가와
어부가 계통의 탈착형 연시조

『악장가사』의 〈어부가〉

1. 서론

이 글은 어부가 계통의 연시조를 이해하기 위하여, 〈어부가〉(『악장가사』)의 결속, 종결, 구조, 주제 등을 검토 정리하는 데 연구의 목적이 있다.

〈어부가〉(『악장가사』)에 대한 기왕의 연구는 다섯 영역으로 나눌 수 있다. 작가, 집구된 시구의 원시, 구조, 주제, 기타 등이다. 이를 간단하게 정리해 보자.

〈어부가〉의 작가는 다섯 경우로 갈려 있다. 첫째는 미상으로 본 경우이다. 이 주장은 농암, 퇴계, 고산 등에서 보인다. 둘째는 『익재난고』의 〈도구봉김정승영돈(悼龜峯金政丞永旽)〉에 기초하여 김영돈으로 본 경우(이재수 1955)이다. 셋째는 공부(孔俯, 孔伯共)로 본 경우(이우성, 송정숙, 박규홍)이다. 이우성은 두 측면[1]에서 이재수의 주장에 동의하지

---

1 "첫째 樂章歌詞의 漁父歌속에 益齋의 詩句가 編入되어있는 것이다. 卽 益齋의 「憶松都八詠」(益齋亂藁卷三)의 하나인 「西江月艇」의 下聯 「滿目靑山一船月 風流未必載西施」의 西施一句가 그 속에 들어있다. 益齋의 詩句가 金永旽의 愛聽한 妓女의 漁父歌의 唱속에 들어있다는 것은 아무래도 時機尙早의 느낌이 없지않다. 둘째 위에서 보아온 元眞子의 것이나 東坡의 것이 얼마든지 唱으로 불러질 수 있었음을 생각하면

않고, 〈어촌기(漁村記)〉(권근)와 〈제어촌기후(題漁村記後)〉에 근거하
여 공부(孔俯, 孔伯共)의 〈어부가〉 창이 유명하였음을 보여준 다음에,
공부의 어부가를 듣고 그 흥상(興象)을 묘사한 권근(〈題漁村詩卷〉)과
정도전(〈題孔伯共漁父歌卷中〉)의 시의 내용이 〈어부가〉의 그것과 매우
상통하는 세계를 지니고 있다는 사실에서, 공부가 창한 어부가를 〈어부
가〉로 추정하였다.[2] 송정숙(1990:29)은 〈어촌기(漁村記)〉(권근)에 기대
어 공부가 1376~1385년 사이에 지었다고 보았다. 그리고 박규홍(2011:
128)은 "현전의 자료로 판단할 수 없다면, 어부사 창작의 공은 일단 어촌
공부에게로 돌려주는 것이 가장 합리적일 것"이라고 보았다. 넷째는 "공
백공을 위시한 고려문인들이 공백공이 읊조리는 어부가의 일단을 듣고
그 시의인 어부지취에 공감을 하여 자신들도 그 시의에 맞는 고인지영을
집구하여 노래 부른 것"으로 본 경우이다(여기현(1996:378, 1999:74).

漁父歌라고하여 반드시 한가지만을 뜻하고 있는 것이 아님을 알수 있는 것이다."(이우
성 1964:19)

2 "이 두 首의 詩는 樂章歌詞의 漁父歌의 詩想과 詩境을 溶解 複映한 것일 뿐 아니라
하나하나의 句語도 樂章歌詞의 것에서 따온 것이 많다고 여겨진다. 例를 들면 權近의
「晨起持竿乘小船」과 「江煙漠漠月中還」은 樂章歌詞의 「一自持竿上釣舟」와 「有時搖
棹月中還」에서 가져온 것이고 鄭道傳의 「二曲坐我蒼苔磯」와 「紅蓼洲邊同鷺鷥」는 樂
章歌詞의 「一片苔磯萬柳陰」과 「紅蓼花邊白鷺間」에서 가져온 것임이 分明하다. 또 權
近의 「高歌濯纓且叩鉉」과 鄭道傳의 「往往和以滄浪辭」는 모두 楚辭의 屈原의 漁父辭
「滄浪之水淸兮 可以濯吾纓 滄浪之水濁兮 可以濯吾足」이라는 漁父의 노래의 一節을
말한 것인데, 이것도 樂章歌詞에 「濯纓歌罷汀洲靜」이라하여 濯纓歌가 나오는데에서
옮겨온 것이라고 생각한다. 한마디로 말하여 樂章歌詞의 漁父歌는 바로 孔俯의 唱한
어부가였으리라는 것이며 좀더 大膽하게 推論을 한다면 聾巖도 退溪도 그뒤의 孤山도
한결같이 누구의 作인지 모른다던 漁父歌의 作者가 바로 孔俯그사람이라고 할 수도
있을 것 같다. 權近과 鄭道傳이 詩를 쓰면서 或은 「漁村詩卷」에 題한다 하였고 或은
「孔伯共 漁父詞 卷」 中에 題한다 하여, 이 漁父歌가 孔의 編俯 또는 作임을 示唆해주고
있는 것 같기 때문이다.
　그러나 여기서 문제를 삼는 것은 孔俯가 作者이냐 아니냐에 있지 않다. 孔俯가 唱한
漁父歌가 樂章歌詞의 그것이었다고 믿어지면 그만이다."(이우성 1964:21)

다섯째는 "증거가 분명하지 않은 이상 김영돈을 포함하여 공부의 시기에 이르는 동안 지속적으로 창작·보완되었다고 보는 것이 옳을 듯하다."고 본 경우이다(이형대(1998:47~48).

집구된 시구의 원시는 이재수(1955), 여기현(1996; 1999), 강석중 (1998) 등에 의해 주로 밝혀졌다. 구체적인 내용은 본론의 각주에서 자세하게 정리할 것이므로, 이에 대한 요약정리는 정운채의 글로 돌린다.[3] 집구된 시구의 의미는 문자적 의미에 머문다는 입장[4]과 원시의 의미와 문자적 의미를 모두 살렸다는 입장[5]으로 갈리고 있다. 그리고 〈어부가〉

---

3 "먼저 『악장가사』의 「어부가」에 수용된 한시구의 원시가 무엇인가를 밝힌 것으로는 이재수, 김사엽, 윤주영, 김명순, 윤영옥, 황정수, 김선희, 여기현, 강석중 등의 논의를 들 수 있다. 이재수가 제 1장의 제 4구 …… 등 12구의 원시를 밝혔는데, 그 후로 김사엽, 윤주영, 김명순, 윤영옥, 황정수, 김선희 등에 이르기까지는 더 이상의 원시를 밝혀내지 못한 채 이재수의 성과를 답습하여 논의하였다. 그러다가 여기현이 제 6장의 제 1·2구 …… 등 9구의 원시를 더 밝혔으며, 강석중은 제 1장의 제 1·2구 …… 등 16구의 원시를 새로 찾았고, 제 5장의 제 4구 …… 에 대해서는 기왕의 연구에서 일부의 시구만 제시하고 전체 시구와 작자의 이름을 제대로 밝히지 않거나 잘못 밝힌 것을 바로 잡아 작자의 이름 및 전체 시구를 밝혔으며, 제 8장의 제 4구 ……에 대해서는 기왕의 연구에서 사공서(司空曙)의 「강촌즉사(江村卽事)」제 1구 "罷釣歸來不繫船"을 원천으로 제시하였던 것을 좀더 비슷한 채정손(蔡正孫釣)의 「어옹(漁翁)」제 2구 "罷釣歸來繫短篷"을 원천으로 제시하였다. 그 결과 현재까지 그 원시를 밝혀내지 못한 한시구는 …… 등 11구이다. 그러니까 현재까지 『악장가사』의 「어부가」에 있는 한시구 총 48구 가운데 37구에 대해서 그 원시가 밝혀진 셈이다."(정운채 1999:27~29)

4 "그 집구의 원리는 원시가 지니는 상이나 시의와는 무관하게 시구의 문자적 의미만을 선택하였다."(여기현 1996:415, 1999:119)

5 "다음으로 『악장가사』의 「어부가」에 수용된 한시구가 원시로부터 어떠한 속성을 그대로 이어받고 있으며, 원시로부터 얼마나 변형되고 또 어떻게 변형되고 있는지를 살펴보았다. 그 결과 『악장가사』의 「어부가」에 수용된 한시구들은 한편으로는 원시(原詩)에서의 의미를 최대한 활용하면서도 다른 한편으로는 어선의 진행 과정을 나타내는 실사 조흥구에 호응하는 새로운 의미를 형성하고 있었다. 이 때 원시에서의 의미는 이차적인 것으로 하여 배후로 물러나 있게 하고, 실사 조흥구에 호응하는 새로운 의미를 일차적인 것으로 하여 전면에 내세우고 있다."(정운채 1999:104~105)

가 어떠한 태도로 한시를 수용하고 있으며, 그러한 태도는 어떠한 장르
적 특성을 갖게 되는가도 정리되었다.[6]

구조의 연구는 농암의 "어다불륜혹중첩(語多不倫或重疊)"과 퇴계의
"용장(冗長)"의 입장에서 부정적으로 보는 입장과 그런대로 구조를 가
진 작품으로 본 입장으로 나뉜다. 후자의 입장은 이재수[7]와 정운채[8]에

---

6 "끝으로 이상의 논의에 입각해서 『악장가사』의 「어부가」가 어떠한 태노로 한시를 수용
하고 있으며, 그러한 태도는 어떠한 장르적 특성을 갖게 되는가를 종합적으로 검토하였
다. 먼저 수용할 한시구 선택의 측면에서 볼 때, 제 1·2구에 사용될 한시구는 어선의
진행을 나타내는 제 3구의 실사 조홍구가 자연스럽게 나올 수 있는 분위기 조성에 적합
한 것을, 실사 조홍구와 짝이 되고 있는 제 4구에 사용될 한시구는 실사 조홍구의 명령
실행이 원인이 되어서 전개되는 상황 내지 그 명령이 타당한 이유를 제시하기에 적합한
것을, 허사 조홍구와 짝이 되고 있는 제 6구에 사용될 한시구는 실사 조홍구의 명령이
실행되고 난 이후 시적 자아의 심정이나 처신 내지 주변 정황을 나타내기에 접합한
것을 선택하고 있었다. 그리고 수용된 한시구의 새로운 시적 자아가 원시에서의 시적
자아 내지 시적 대상인 어옹과의 관계라는 측면에서 볼 때, 새로운 시적 자아는 원시의
어옹을 적극적으로 동일시하는가 하면 때로는 관찰하며 모방하기도 하였는데, 어느
경우이든 원시의 어옹은 새로운 시적 자아의 이상 자아가 되고 있었다. 또한 시세계
및 장르적 특성이라는 측면에서 볼 때, 어옹의 유유자적한 생활을 노래한다는 점에서는
원시와 「어부가」가 대체로 일치하고 있으나, 원시에서는 침착하고 분석적인 태도로 노
래하는 반면 「어부가」에서는 흥겨운 기분으로 노래하고 있었는데, 이는 「어부가」가 실
사 조홍구 내지 허사 조홍구에 의해 주도되고 있었기 때문이다."(정운채 1999:105)

7 "原歌와 聾巖詞와의 優劣은 輕率히 말할 수 없으나, 聾巖이 改定한 理由의 하나로서
그 重疊된 語句에 對하여 보면 먼저 餘音에 있어서 第一章으로부터 第八章까지는
            ① 빠뎌라   ② 닫드러라 ③ 이어라   ④ 돈드라라
            ⑤ 이퍼라   ⑥ 비셰여라   ⑦ 돗디여라 ⑧ 미여라
이와 같이 離船 出帆 船遊 歸着한 節次에 맞추어서 順序 整然하고, 또 各章의 餘音
이 漢詩의 內容에 適合하게 되어 있다. 그러나 九章으로부터는 餘音이 重疊되고 漢詩
句도 重疊되었으니, 十章 "이퍼라"는 五章을 重複한 것이고, 十一章 "돗더러라"와 十
二章 "셔스라"는 七章 "돗디어라"와 六章 "비셰여라"와 같은 餘音으로 다시 되푸리 하
였다. 다음에 重疊된 詩句에 對하여 보며는, 四章의 "帆急ᄒ니 前山이 忽後山이로
다."가 九章에서 複用되었다. 出帆한 배는 第八章에서 歸着하여 漁父歌의 끝을 마치
었다고 볼 수 있는데, 九章에서 運船이 다시 始作되어 漁釣를 하고 歸還함은 前章과
重疊되어 있다. 이것으로 보면 前八章의 撰者가 이것으로는 不充分을 느끼어서 다시

서 보이고, 전자의 입장은 앞의 두 분을 제외한 나머지 연구자들에서
보인다.[9][10]

加筆하였거나, 그렇지 않으면 九章 以下는 딴 사람이 前編에다가 追加한 것이 아닌가
推測된다.
　聾巖歌는 이러한 原歌 餘音의 缺陷을 改定하여 各餘音을 各章에 適切히 配置시켜
서 이 點에서는 成功하였다. 聾巖歌의 改撰表에서 본 바와 같이, 聾巖詞는 原歌의
句節이 다시 排置되고 또는 原歌에 없는 新句도 加入하였다. 改撰歌를 原歌에 對照
하여 文學的 價値를 評하면, 原歌는 詩句의 排置가 整齊完密한데 比하여, 聾巖은
結構가 不緊切하고, 句法이 粗笨한 곳이 많다. 原歌는 針線의 痕迹이 難辨할만큼
格調가 調和渾融되었는데, 聾巖은 鎔裁不足하여 格調가 맞지 않는 缺陷이 있다."(이
재수 1955:149~150)
　"이렇게 긍정적으로 보면서도 제8장 이후를 사족으로 보기도 하였다. "다시 再論하거
니와 原歌가 八章以後에 덛부친 蛇足을 除去한다면 別로 欠잡을 것이 없는 完璧의
것인데, 聾巖의 改編은 대체에 있어서 原歌의 計劃性있는 編章을 改竄하여 首尾顚倒
또한 前後不合의 誤謬가 不少함을 이미 指摘한바와 같다."(이재수 1955:153)

8　"어부장가의 어선 진행 과정을 한 번의 움직임으로 시작해서 한 번의 멈춤에서 그쳐야
　한다는 관점을 고집한다면 『악장가사』의 「어부가」는 "말이 조리에 맞지 않는 것이 많고
　혹은 중첩되어 있다.(語多不倫 或重疊)"고 할 수도 있겠으나, 그러한 관점만을 고집하
　지 않는다면 『악장가사』의 「어부가」 역시 다름대로의 질서를 완벽하게 구사하고 있다
　고 할 수 있을 것이다. 이를테면 『악장가사』의 「어부가」는 어선의 움직임으로 시작하여
　중간에 멈출 때까지를 8개의 장에 걸쳐 노래하고 다시 움직여 최종적으로 멈출 때까지
　를 4개의 장에 걸쳐 노래하고 있는 것이다. 관점을 달리 해 보면 이현보의 「어부가」나
　윤선도의 「어부사시가」에 비해서 『악장가사』의 「어부가」는 어선의 진행 과정이 보다
　생동감 있게 구현되어 있다고 할 수도 있을 것이다."(정운채 1999:32~33)

9　구체적인 언급은 "그런데 「원어부가」의 경우, 主文의 詞에서나 후렴구의 배열 등에서
　시간적, 공간적 질서를 발견하기가 어렵다. 이는 「원어부가」는 그만큼 질서 의식을 보
　이지 않고 있다는 것이다."(여기현 1989:94, 1999:182)에서 보인다.

10　"훗날 이현보는 〈악장어부가〉를 손질하면서 그 개작의 이유를 '말이 상당수 맞지 않고
　혹간 중첩된 곳이 있었(語多不倫 或重疊)'기 때문이라고 했다. 기실 이 작품에는 중첩된
　시행이 있고 전체의 작품구조가 연작 형태의 四時歌 등에서 보듯 계절의 차서에 따라
　시상이 전개되는 형식을 취하거나, 혹 출범에서 귀항까지의 조업단계에 따라 배열하는
　형식이 아니기 때문에 이 지적은 타당한 점이 있다. 그러나 이 작품의 작자층이 일상적
　삶의 규제에서 벗어나 목적지를 기필하지 않고 물결 따라 표박하는 자유로운 삶을 희원
　하고 또한 그러한 정신세계를 작품에 투영한 사대부였다는 점을 상기하면, 그러한 감흥
　을 연작시의 구조적 정형에 꼭 맞추지 않았다는 점이 크게 흠이 되지는 않으리라 생각한

주제는 농암의 언급[11]을 중심으로 한적과 진외지의(塵外之意)가 설명
되고 있으며, 어부가의 일반적인 세계와 다른 점[12]도 정리되었다.

기타로는 율격과 심상의 정리(송정숙 1989b; 1990)가 있다.

이렇게 정리되는 〈어부가〉의 연구는 이 작품의 이해에 많은 도움을
주었다. 그러나 아직도 〈어부가〉의 이해에는 미흡한 것들이 적지 않다.
이 작품의 결속, 종결, 구조, 주제 등은 검토된 바가 없다. 특히 구조는
농암, 퇴계, 고산 등의 부정적인 언급으로 인해 거의 논의된 적이 없으
며, 그 가능성이 이재수와 정운채에 의해 언급만 되었을 뿐, 구체적으로
논의된 것이 아니다. 그리고 주제 역시 논리적 구조에 기초하여 정리된
바가 없다. 게다가 이 작품은 제1~8장의 텍스트, 제9~12장의 텍스트,
제1~12장의 텍스트 등으로 탈착될 수 있는 가능성을 보인다.

이에 이 글에서는 탈착형 시가의 입장에서, 〈어부가〉의 결속, 종결,
구조, 주제 등을 검토 정리하고자 한다. 그리고 원문을 인용할 경우에는
한자와 한글을 병기하되, 한글을 앞에 놓았다.

다."(이형대 1998:48~49)

11 "… 내가 글의 말을 살펴보니 한적(閒適)한 의미가 심원(深遠)하여 음영의 끝에 사람으
로 하여 功名에 탈락하게 함이 있으며, 표표하고 하거한 진외의 뜻이 있었다(余觀其詞
語 閒適意味深遠 吟詠之餘 使人有脫略功名 飄飄遐擧塵外之意)…".

12 "그리하여 시 전체의 주제영역은 어부가의 일반적 세계인 「취적비취어」의 세계뿐만
아니라, 낚시의 즐거움과 뱃놀이의 즐거움 등 향략적 서정을 가득 담고 있어 조선조의
어부가와는 다른 면모를 보인다. 이는 공백공이 「어촌기」에서 말한 바와 같이 실제 어
촌에서의 즐거움 – 낚시, 뱃놀이, 자연의 아름다움에 대한 유상 등 – 을 그 시적 대상으
로 하고 있다는 점에서도 알 수 있다."(여기현 1996:415, 1999:119)

2. 결속과 종결

제1~8장의 텍스트, 제9~12장의 텍스트, 제1~12장의 텍스트 등으로 나누어 그 결속과 종결을 정리하면 다음과 같다.

2.1. 제1~8장 텍스트의 결속과 종결

제1~8장의 결속과 종결을 보기 위하여, 각장의 제4구를 인용해보자.

> 제1장: 조됴早潮ㅣ 재락纔落거를 만됴晩潮ㅣ 리來ᄒᄂ다
> 제2장: 동뎡호리洞庭湖裏예 가귀풍駕歸風호리라
> 제3장: 아심슈쳐我心隨處 ᄌ망긔自忘機호라
> 제4장: 범급帆急ᄒ니 젼산前山이 홀후산忽後山이로다
> 제5장: 녹평신셰綠萍身世오 빅구심白鷗心이로다
> 제6장: 야박진회夜泊秦淮ᄒ야 근쥬가近酒家호라
> 제7장: 류됴柳條에 천득금린귀穿得錦鱗歸로다
> 제8장: 됴파귀리釣罷歸來예 계단봉繫短篷호리라

이 인용에서 각구의 종결어미들을 보면, 대칭표현의 후미 전환·도치형이라는 결속과 종결을 이해할 수 있다.

먼저 제3~6장의 종결어미가 제4장과 제5장의 중간을 대칭축으로 대칭이란 사실을 정리할 수 있다. 제4장과 제5장의 종결어미 '-이로다'가 대칭이고, 제3장과 제6장의 종결어미 '-호라'가 대칭이다. 이 두 대칭은 제3~6장의 종결어미가 대칭된 대칭표현임을 알 수 있게 한다.

다음으로 제7장과 제8장을 도치 이전으로 바꾸면, 제7장의 위치에 온, 제8장의 종결어미 '-호리라'와, 제2장의 종결어미 '-호리라'가 대칭하면서 대칭표현을 보여준다.

이상을 다시 정리하면 제2~7장은 대칭표현이 된다. 그리고 대칭표현을 벗어난 것은 제1장의 종결어미 'ᄒᆞᄂᆞ다'에 대칭이 되지 않은 제8장(〈제7장)의 '-로다'이다. 이는 대칭표현의 후미 전환이다. 이 대칭표현의 후미 전환은 결속과 종결의 한 종류이다. 그리고 이 대칭표현의 후미 전환에서 후미가 다시 도치된 것이 대칭표현의 후미 전환·도치형이다. 이는 이 텍스트의 결속과 종결이 대칭표현의 후미 전환·도치형에 의한 것임을 말해준다.

이 유형은 여러 연시조에서 발견되는 결속과 종결이다.

2.2. 제9~12장 텍스트의 결속과 종결

이번에는 제9~12장 텍스트의 결속과 종결을 보기 위해, 이 네 장의 제4구들을 보자.

> 제09장: 범급帆急ᄒᆞ니 전산前山이 홀후산忽後山이로다
> 제10장: 도화류슈桃花流水 궐어비鱖魚肥ᄒᆞ두다
> 제11장: 댱강풍급長江風急 랑화다浪花多ᄒᆞ두다
> 제12장: 계쥬유유繫舟猶有 거년흔去年痕이로다

이 인용의 종결어미들을 보면, 상하가 대칭하는 대칭표현을 바로 알 수 있다. 즉 제10장과 제11장의 종결어미 'ᄒᆞ두다'가 대칭표현이고, 제9장과 제12장의 종결어미 '-이로다'가 대칭표현이다. 이런 사실은 이 텍스트의 결속과 종결이 대칭표현에 의한 대칭적 결속과 대칭적 종결임을 말해준다.

2.3. 제1~12장 텍스트의 결속과 종결

이 텍스트의 결속과 종결은 단락내 결속과 종결, 단락간의 결속과 종결로 나눌 수 있다.

2.2.1. 단락내의 결속과 종결

단락내 결속과 종결은 두 종류이다. 하나는 제1단락(제1~8장)의 결속과 종결이고, 다른 하나는 제2단락(제9~12장)의 결속과 종결이다. '2.1.'과 '2.2.'에서 정리한 결속과 종결은 이 텍스트에서 제1단락(제1~8장)과 제2단락(제9~12장)의 단락내 결속과 종결이 된다.

2.2.2. 단락간의 결속과 종결

단락간의 결속과 종결은 세 종류이다. 하나는 대칭표현에 의한 것이고, 다른 하나는 대칭표현의 후미 전환·도치형에 의한 것이며, 마지막 하나는 백거이의 〈어부〉에 의한 결속과 종결이다.

먼저 대칭표현에 의한 결속과 종결을 보기 위해, 각장의 제2구를 보자.

제01장: ᄌ언거슈自言居水ㅣ 승거산勝居山이라 ᄒᄂ다
제02장: 홍료화변紅蓼花邊에 빅로白鷺ㅣ 한閑ᄒᄂ다
제03장: 유시요도有時搖棹ᄒ야 월듕환月中還ᄒ놋다
제04장: 삼공三公으로도 블환不換 ᄎ강산此江山이로다
제05장: 일편틱긔一片苔磯오 만류음萬柳陰이로다
제06장: 호ᄋ취화呼兒吹火 뎍화간荻花間호라
제07장: 쇼뎜小店애 무등욕폐문無燈欲閉門이로다
제08장: 만션공지월명귀滿船空載月明歸ᄒ노라
제09장: 편범片帆이 비과벽류리飛過碧瑠璃로다
제10장: 셰간명리世間名利 진유유盡悠悠ㅣ로다

제11장: 어옹피득漁翁披得 일사귀一蓑歸로다
제12장: 듁경싀문竹徑柴門 유미관猶未關이로다

이 인용의 종결어미 [-다, -다]를 A로, [-다, -라]를 B로 정리하면,
[A(제1, 2장)-A(제3, 4장)-B(제5, 6장)-B(제7, 8장)-A(제9, 10장)-A
(제11, 12장)]의 대칭표현을 보여준다. 이는 대칭적 결속과 시종의 대칭
표현에 의한 종결을 보여준다.

이번에는 대칭표현의 후미 전환·도치형에 의한 결속과 종결을 보기
위해, 각장의 제6구를 보자.

제01장: 일간명월一竿明月이 역군은亦君恩이샷다
제02장: 일싱종젹一生蹤跡이 지챵랑在滄浪ㅎ두다
제03장: 일강풍월一江風月이 딘어션趁漁船ㅎ두다
제04장: 싱리生來예 일가一舸로 딘슈신趁隨身호라
제05장: 격안어촌隔岸漁村이 량삼가兩三家ㅣ로다
제06장: 일표一瓢애 댱취長醉ㅎ야 임가빈任家貧호라
제07장: 야됴류향夜潮留向 월듕간月中看호리라
제08장: 계쥬유유繫舟猶有 거년혼去年痕이로다
제09장: 풍류미필風流未必 지셔시載西施니라
제10장: 애내일셩欸乃一聲 산슈록山水綠ㅎ두다
제11장: 샤풍셰우斜風細雨 블슈귀不須歸니라
제12장: 명월쳥풍明月淸風 일됴쥬一釣舟ㅣ로다

이 인용의 종결어미들을 보면, 대칭표현의 후미 전환·도치형을 보여
준다. 먼저 제3~10장을 보면, 대칭표현을 쉽게 정리할 수 있다. 제6장
과 제7장은 '-라'의 대칭표현을, 제5장과 제8장은 '-ㅣ로다'의 대칭표현
을, 제4장과 제9장은 '-라'의 대칭표현을, 제3장과 제10장은 'ㅎ두다'의

대칭표현을, 각각 보여주면서, 제3~10장이 제6장과 제7장의 중간을 대
칭축으로 대칭하는 대칭표현을 정리할 수 있다. 그리고 제11장과 제12장
을 도치 이전으로 바꾸면, 제2장과 제11장(〈제12장)에서 '-다'의 대칭표
현을 정리할 수 있다. 마지막으로 제12장(〈제11장)의 '-라'가 제1장의
'-다'와 대칭하지 않는 후미 전환을 보인다. 이런 사실은 이 작품이 대칭
표현의 후미 전환에 다시 도치를 가미한 대칭표현의 후미 전환·도치형
임을 말해준다. 이 대칭표현의 후미 전환·도치형은 이 작품이 취한 결
속과 종결의 한 종류를 말해준다.

이번에는 백거이의 한시 〈어부〉에 의한 결속과 종결을 보자. 이런 사
실은 백거이의 한시 〈어부〉를 네 부분으로 나누어, 제1, 2, 3, 12장의
제1, 2구에 배치하였다는 점에서 알 수 있다. 즉 〈어부〉의 제1, 2구, 제
3, 4구, 제5, 6구, 제7, 8구 등을 〈어부가〉의 제1, 2, 3, 12장의 제1,
2구에 배치하였다는 점에서 이 텍스트의 결속과 종결을 알 수 있다.[13]

13 이런 사실은 정운채와 박해남의 글에서도 보인다. "이 한시(백거이의 〈어부〉)는 전체
가 『악장가사』의 「어부가」에 수용되어 있을 뿐만 아니라, 그것도 제1장, 제2장, 제3장,
그리고 제12장의 첫머리에 차례로 수용되어 있어서, 『악장가사』의 「어부가」는 전체적
으로 보아 백거이의 「어부」를 확대 개편하여 만든 것이 아닌가 하는 생각이 들 정도이
다."(정운채 1999:51) "지금까지의 논의를 요약하면, 〈악장가사본 어부가〉에서 가장 많
이 집구된 시는 백거이의 〈어부〉라는 작품인데, 수련(首聯)은 1연, 함련(頷聯)은 2연,
경련(頸聯)은 3연, 미련(尾聯)은 12연의 모두(冒頭)에 사용되고 있다. 전편(全篇)이 분
할되어 모두 사용된 것으로 보아 〈악장가사본 어부가〉의 출발점은 백거이의 이 작품에
서 시작된 것으로 판단된다. 즉 원래의 어부가는 백거이의 〈어부〉를 모본(母本)으로
하여 4개의 장으로 구성된 것이 원형이었을 텐데, 시간이 지나면서 여기에 다른 작품들
이 더해지면서 지금의 모습으로 변화한 것이다."(박해남 2010:132)

3. 배경시공간의 구조

이 장에서는 배경시간과 배경공간의 구조를 정리하고자 한다.

3.1. 배경시간의 구조

이 작품의 배경시간에서 그 구조나 질서를 정리한 글은 없다. 그도 그럴 것이, 이 작품의 배경시간을 언뜻 보면, 그 구조를 방해하는 세 가지 문제가 있는 것 같이 보이기 때문이다. 구체적인 문제는 뒤로 돌리고, 문제가 있는 것 같이 보이는 부분을 정리하면 다음과 같다.

첫째는 제1장 안에서 두 배경시간이 상충하는 것 같이 보이는 문제이다. 둘째는 제3장의 배경시간이 그 전후인 제2, 4장의 배경시간과 더불어 구조나 질서를 보이지 않는 것 같이 보이는 문제이다. 셋째는 제1~8장의 배경시간과 제9~12장의 배경시간이 중첩되는 것 같이 보이는 문제이다.

이 문제들을 해결하지 못하는 한, 이 작품은 그 배경시간에서 구조나 질서를 보이지 않는 것으로 볼 수밖에 없다. 그러나 배경시간들을 자세히, 그리고 관점을 바꾸어서 보면, 그 구조를 발견할 수 있다. 이를 차례로 보자.

제1장을 언뜻 보면, 두 종류의 배경시간이 상충하는 듯이 보인다. 한 종류는 "조됴무潮ㅣ 재락纔落거를 만됴晩潮ㅣ 러來ㅎ느다."의 배경시간이다. 아침 조수와 저녁 조수가 막 바뀌는 시간은 '한낮'으로 볼 수도 있고, '오후'의 시작으로 볼 수도 있다. 이하의 장들이 보이는 시간과의 관계를 고려하여 '오후(1)'로 정리한다. 다른 한 종류는 "일간명월一竿明月이 역군은亦君恩이샷다."에 나온 '명월'의 배경시간은 '밤'이다. 이 '오후'와 '밤'의 두 배경시간은 언뜻 보면, 서로 상충하는 것 같이 보인

다. 그러나 이 두 시간은 서로 상충하는 배경시간이 아니다. 이 문제를
구체적으로 보자.

이 '오후'와 '밤'을 단순하게 보면, 두 시간이 상충하는 것 같다. 그러
나 '일간명월'이 현재의 시간이 아니라, 원관념 '강호한적'을 개별화의
제유법으로 노래한 보조관념이라는 사실을 인식하면 문제가 풀린다. 현
대 해석론의 용어로 보면, '일간명월'의 문자적 의미로 보면, 이 부분은
비문법적이지만, '일간명월'의 비유적 의미인 '강호한적'으로 보면 문법
적이라는 것이다. 즉 '강호한적'이라는 전체를 '일간명월'이라는 부분으
로 표현한 개별화의 제유법이다. 이런 점에서 제1장의 배경시간은 '오후
(1)'로 정리할 수 있다.

제2장의 배경시간을 명확하게 직접 적시한 시어는 없다. 그러나 제2
장에서 서술한 "쳥고엽샹青菰葉上애 량풍凉風이 긔起커늘 / 홍료화변
紅蓼花邊에 빅로白鷺ㅣ 한閑ᄒᆞ느다."의 내용으로 보면, 제1장의 '오후
(1)'의 연장선상에 있는 '오후(2)'로 보인다. 그리고 '닻 들어라'(제2장)
역시 '배 띄워라'(제1장)의 연장선장에 있다. 이런 점에서 제2장의 배경
시간은 제1장의 '오후(1)'에 이어진 '오후(2)'로 판단된다.

제3장의 배경시간은 '오후(3)'으로 정리할 수 있다. 제3장의 배경시간
은 언뜻 보면, 달밤같이 보인다. 그러나 면밀하게 검토하면 오후임을
알 수 있다. 우선 "진일범쥬盡日泛舟 연리거煙裏去 ᄒᆞ고 / 유시요도有
時搖棹ᄒᆞ야 월듕환月中還 ᄒᆞ놋다."를 보면, 시적 화자가 하루 종일 유
람하고 어떤 때[有時]는 노를 저어 달밤에 돌아오는 것 같다. 그러나
이하의 문맥을 보면, 이 부분은 노래하고 있는 배경시간의 현재가 아니
라, 종종 과거에 이렇게 하였다는 것을 노래한 것으로 보인다. 즉 이
부분의 달밤은 노래하는 현재가 아니라, 노래된 달밤으로, 노래된 과거
또는 미래로 이해된다. 다음으로 "일강풍월一江風月이 딘어션趁漁船

후두다."를 보자. 이 부분에는 분명히 '달'이 포함되어 있다. 이 '달'의
배경시간을 '밤'으로 보면, 이 '밤'은 제2수와 제4수의 배경시간들인 '오
후'와 순차적 구조를 이루지 못하는 문제를 보인다. 그러나 이 '달'의
배경시간을 '밤'으로 볼 필요는 없다. 이 '달'의 배경시간은 오후(3)으로
볼 수 있다. 왜냐하면, 음력 8~9일의 반달과 음력 15일의 보름달 사이에
있는 음력 10~14일까지의 달들은 오후에 하늘에 걸려 있기 때문이다.
이런 사실과 실사 후렴구인 '이어라. 이어라.'로 보아, 제3장의 배경시간
은 제2장의 '오후(2)'에 이어진 '오후(3)'으로 정리할 수 있다.

　제4장의 배경시간은 '오후(4)'로 정리할 수 있다. 제4장에서 배경시간
을 명확하게 직접 적시한 시어는 없다. 그러나 "돋 드라라. 돋 드라라.
/ 범급帆急ᄒ니 젼산前山이 홀후산忽後山이로다."로 보아, 제1~3장의
오후(1, 2, 3)에 이어진 오후(4)로 정리할 수 있다. '돋 드라라.'(제4장)
는 속도를 내기 위해 돛을 올리는 것으로, 제1~3장의 '배 띄워라'(제1장)
→ '닻 들어라'(제2장) → '이어라(저어라)'(제3장) 등의 순차성과 이 행위
들이 보여준 '오후(1, 2, 3)'의 순차성으로 보아, 제4장의 배경시간은 제
1~3장의 '오후(1, 2, 3)'에 이어진 '오후(4)'로 정리할 수 있다.

　제5장의 배경시간은 '오후(5)'로 정리한다. "동풍셔일東風西日에 초
강심楚江深ᄒ니"의 '셔일西日'은 '늦은 오후' 또는 '황혼'이다. 이 '늦은
오후' 또는 '황혼'은 제4장의 '오후(4)'에 이어진 '오후(5)'로 정리할 수도
있고, '황혼'으로 정리할 수도 있다. 편의상 '오후(5)'로 정리한다.

　제6장의 배경시간은 '황혼(1)'로 정리한다. "호ᅌᅩ취화呼兒吹火 뎍화
간荻花間 호라. / 비 셰여라. 비 셰여라. / 야박진회夜泊秦淮ᄒ야 근쥬
가近酒家 호라. / 지곡총 지곡총 어ᄉ와 어ᄉ와 / 일표一瓢애 댱취長醉
ᄒ야 임가빈任家貧 호라." 등에 세 번 나온 '호라'를 '한다'의 의미로 읽
으면, 제6장의 배경시간은 황혼부터 밤까지이거나, 밤이다. 이렇게 제6

장의 배경시간을 정리하면, 이 배경시간은 제7장의 배경시간과 순차적이지 못하다. 이 문제를 해결하기 위하여, '-오라'를 '-기를 바란다.'의 의미로 읽으면, 이 제6장의 배경시간을 제5장의 배경시간에 이어지는 늦은 오후 또는 황혼으로 정리할 수 있다. 이에 세 '호라'를 '하기를 바란다'의 의미로 읽고, 제6장의 배경시간을 '황혼(1)'로 정리한다. 물론 이 해독을 좀스럽고, 군색하다(/구차하다)고 할 수 있다. 이는 사실이다. 이 때문에 고산이 '국촉(局促, 좀스럽고 군색/구차하다)'하다는 평을 한 것으로 판단한다.

제7장의 배경시간은 '황혼(2)'이다. 이 장에는 두 종류의 시간이 나온다. 하나는 "락범강구落帆江口에 월황혼月黃昏커늘"의 황혼이고, 다른 하나는 "야됴류향夜潮留向 월듕간月中看호리라."의 달밤이다. 이 두 시간 중에서 이 제7장의 배경시간은 황혼으로 정리된다. 왜냐하면, "야됴류향夜潮留向 월듕간月中看호리라."의 미래시제에서 보듯이, 후자의 달밤은 시적 화자가 노래하는 현재의 시간이 아니라, 노래된 미래의 시간이기 때문이다. 제6장의 황혼을 '황혼(1)'로 제7장의 황혼을 '황혼(2)'로 구별한다.

제8장의 배경시간은 '달밤(1)'이다. 이 달밤은 "야졍슈한夜靜水寒 어블식魚不食이어늘 / 만션공지월명귀滿船空載月明歸 ᄒ노라."로 보아 알 수 있다.

제9장의 배경시간은 제1~4장의 '오후(1~4)'에 대응하는 '오후(6)'으로 정리할 수 있다. 이런 사실은 제4장의 "범급帆急ᄒ니 젼산前山이 홀후산忽後山이로다."를 제9장에서도 반복하고 있다는 점과, 제9장의 실사 후렴구인 "아외여라. 아외여라."(나아가게 하여라. 나아가게 하여라)가 제1~4장에 대응한다는 점에서 알 수 있다.

제10장의 배경시간은 제5장의 '오후(5)'에 대응하는 '오후(7)'로 추정

할 수 있다. 제10장을 보면 배경시간을 적시한 시어는 없다. 그러나 "일
ᄌ디간一自持竿 샹됴쥬上釣舟ᄒ요므로 / 셰간명리世間名利 진유유盡
悠悠ㅣ로다. 도화류슈桃花流水 궐어비鱖魚肥ᄒ두다. 애내일셩欸乃一
聲 산슈록山水綠ᄒ두다." 등으로 보아, '오후(5)'에 대응하는 시간으로
볼 수 있다. 특히 제5장과 제10장은 그 실사 후렴구인 "이퍼라. 이퍼
라."(읊어라 읊어라)를 반복한다는 점에서 그렇다.

제11장의 배경시간은 '황혼'이다. 이런 사실은 "강샹만리江上晩來 감
화쳐堪畫處에"에 나온 '만(晩)'이 황혼의 의미라는 점에서 알 수 있다.
제6, 7장의 '황혼(1, 2)'와 구별하기 위하여, 이 장의 황혼을 '황혼(3)'으
로 정리한다.

제12장의 배경시간은 제8장과 같은 '달밤'으로 정리할 수 있다. 일단
"명월청풍(明月淸風) 일됴쥬(一釣舟)ㅣ로다."를 통하여 달밤을 정리할
수 있다. 그 다음에 제8장의 "계쥬유유(繫舟猶有) 거년혼(去年痕)이로
다."를 제12장에서 반복하고 있다는 점에서, 이 달밤이 제8장의 '달밤'과
같은 것임을 알 수 있다. 제8장의 달밤을 '달밤(1)'로 이 장의 달밤을 '달
밤(2)'로 정리한다.

지금까지 정리한 배경시간을 제1~8장과 제9~12장으로 나누어 표로
요약하면 다음과 같다.

제1장	제2장	제3장	제4장	제5장	제6장	제7장	제8장
오후(1)	오후(2)	오후(3)	오후(4)	오후(5)	황혼(1)	황혼(2)	달밤(1)

제9장				제10장	제11장	제12장
오후(6)				오후(7)	황혼(3)	달밤(2)

이 표에서 세 가지 사실을 정리할 수 있다.

첫째는 제1~8장과 제9~12장이 각각 배경시간에서 '오후, 황혼, 달밤'의 순차적 구조를 보인다는 것이다. 이 순차적 구조의 반복은 이 작품이 제1~8장의 텍스트, 제9~12장의 텍스트, 제1~12장의 텍스트 등으로 탈착되는 시가임을 말해준다.

둘째는 제1~8장에서 보여준 순차적 구조를 제9~12장에서 축약적으로 반복하였다는 사실이다. 이 사실은 실사 조흥구에서도 발견된다. 실사 조흥구와 그 현대역은 다음과 같다.

제01장: 빅 뼈라 빅 뼈라(배 띄워라 배 띄워라)

제02장: 닫 드러라 닫 드러라(닻 들어라 닻 들어라)

제03장: 이어라 이어라(저어라 저어라)

제04장: 돈 ᄃ라라 돈 ᄃ라라(돛 달아라 돛 달아라)

제05장: 이퍼라 이퍼라(읊어라 읊어라)

제06장: 빅 셰여라 빅 셰여라(배 세워라 배 세워라)

제07장: 돗 디여라 돗 디여라(돛 내려라 돛 내려라)

제08장: 빅 미여라 빅 미여라(배 매어라 배 매어라) 繫舟

제09장: 아외여라 아외여라(나아가게 하여라 나아가게 하여라)[14]

제10장: 이퍼라 이퍼라(읊어라 읊어라)

제11장: 돗 더러라 돗 더러라(돛 덜어라 돛 덜어라)

제12장: 셔스라 셔스라(서 있게 하여라 서 있게 하여라) 繫舟

---

14 "앗외다(나아가게 하다) → 앗외여라(나아가게 하여라) → 앗외여라 → 아쇠여라 → 아외여라"(정운채 1999:32)

제01장 : 배 띄워라 배 띄워라 제02장 : 닻 들어라 닻 들어라 제03장 : 저어라 저어라 제04장 : 돛 달아라 돛 달아라	제09장 : 나아가게 하여라 나아가게 하여라
제05장 : 읊어라 읊어라	제10장 : 읊어라 읊어라
제06장 : 배 세워라 배 세워라 제07장 : 돛 내려라 돛 내려라	제11장 : 돛 덜어라 돛 덜어라
제08장 : 배 매어라 배 매어라 繫舟	제12장 : 서 있게 하여라 서 있게 하여라 繫舟

제1~8장은 배를 띄워(泛舟) 낚시, 음영, 음주 등을 즐기며 돌아와 배를 매는(繫舟) 내용을 노래하였다. 제9~12장은 제1~8장의 분량을 반으로 압축하고, 순서를 따르되, 시어에 변화를 주면서 반복한 형태이다.

이렇게 배경시간의 순차적 구조와 실사 조흥구의 순차적 구조는 제1~8장에서 한번 보여주고, 다시 이 순차적 구조를 제9~12장에서 축약적으로 반복하였다.

셋째로, 이 작품에서 두 번씩 나온 표현들은, 각각 불필요한 것들의 중첩(重疊)이나 용장(冗長), 나아가 사족(蛇足)이 아니라, 구조적으로 필요한 것들의 반복(反復)이라는 점이다. 이 작품에서는 두 번씩 나온 표현은 셋이다. 하나는 제4장과 제9장에서 두 번 나온 "범급帆急ᄒ니 젼산前山이 홀후산忽後山이로다."이고, 다른 하나는 제5장과 제10장에서 두 번 나온 "아외여라. 아외여라."이며, 마지막 하나는 제8장과 제12장에서 두 번 나온 "계쥬유유繫舟猶有 거년흔去年痕이로다."이다. 이두 번씩 나온 표현들을, 불필요한 중첩(重疊) 또는 용장(冗長)으로 처리하여 왔다(농암, 퇴계 등). 그러나 이 작품이 제1~8장의 텍스트, 제9~12장의 텍스트, 제1~12장의 텍스트 등으로 탈착되고, 제1~12장의 텍스트에서 그 배경시간이 보여준 축약적 반복을 염두에 두면, 두 번씩 나온 표현들은 불필요한 것들의 중첩(重疊)이나 용장(冗長)이 아니라, 구조적으로 필요한 것들의 반복(反復)으로 이해된다.

3.2. 배경공간의 구조

제1장의 배경공간은, "셜빈어옹(雪鬢漁翁)이 듀포간(住浦間) ᄒ야셔"와 '비 ᄯᅥ라. 비 ᄯᅥ라(배 띄워라. 배 띄워라).'로 보아, 출항하기 위해 배를 띄우는 포구이다. 이 포구는 집구된 원시가 항주의 전당강(錢塘江)을 배경으로 하였다는 점에서 전당강의 포구로 추정된다.

제2장의 배경공간은 포구에서 동정호로 나아가는 출항(出港)의 공간이다. "쳥고엽샹(靑菰葉上)애 량풍(凉風)이 긔(起)커늘 / 홍료화변(紅蓼花邊)에 빅로(白鷺) ㅣ 한(閑) ᄒᄂ다."는 출항하면서 본 강변을, "닫 드러라. 닫 드러라(닻 들어라. 닻 들어라)."는 출항의 시작을, "동뎡호리(洞庭湖裏)예 가귀풍(駕歸風) 호리라."는 출항의 첫 유람지를 잘 말해준다. 이런 점에서, 제2장의 배경공간은 포구에서 동정호로 나아가는 출항(出港)의 공간으로 정리할 수 있다.

제3장의 배경공간은 마음이 추구한 망기처들(동정호)이다. 이런 사실은 "진일범쥬(盡日泛舟) 연리거(煙裏去) ᄒ고 / 유시요도(有時搖棹)ᄒ야 월듕환(月中還) ᄒ놋다."와 "아심슈쳐(我心隨處) ᄌ망긔(自忘機) 호라."에서 파악할 수 있다. 종일 배를 띄워 다닌 물안개 속과 마음이 추구한 곳들이 동정호의 망기처들이라는 사실은, 제2장에서 가고자 한 곳이 동정호이기 때문이다.

제4장의 배경공간은 만사에 무심한 낚시를 즐기는 공간(동정호)이다. "만ᄉ(萬事)를 무심(無心) 일됴간(一釣竿) ᄒ요니 / 삼공(三公)으로도 블환(不換) ᄎ강산(此江山)이로다."는, 시적 화자가 그렇게 동정호에서

마음이 추구하여 스스로 망기하고 무심할 수 있는 낚시터를 찾고 환희에
차서 던진 시구로 이해된다. 이런 사실로 보아, 제4장의 배경공간은 마
음이 추구한, 무심하게 낚시를 하는 공간(洞庭湖)으로 정리할 수 있다.

혹시 이 공간을 엄자릉이 낚시하던 부춘강과 관련시킬 수도 있으나,[15]
아닌 것 같다. 부춘강은 항주 전당강(錢塘江)의 중류에 있으며, 이를 인
정하면, 배경공간의 구조도 맞지 않는다. 집고된 시구의 일부는 대복고
(戴復古)가 엄자릉의 고사를 노래한 일부이다.

제5장의 배경공간은 마음이 추구한, 망기하고 무심한 공간(楚江의 낚
시터)이다. "동풍셔일(東風西日)에 초강심(楚江深) ᄒ니 / 일편터긔(一
片苔磯)오 만류음(萬柳陰)이로다."는 마음이 추구한, 망기하고 무심한
초강의 낚시터를 잘 보여준다. 이런 사실은 '이퍼라. 이퍼라(읊어라. 읊
어라).'에서도 알 수 있다. '이퍼라(읊어라)'는 '배 띄워라'(제1장) → '닻
들어라'(제2장) → '저어라'(제3장) → '돛 달아라'(제4장)에서 보이는 배
의 운항과 관련된 언어가 아니다. 이 일탈 표현은 제5장이 배를 운항하
면서 노래한 것이 아니라, 이 초강의 강변 낚시터에서 노래한 것이기
때문이다. 초강은 호북성, 호남성, 안휘성 등을 흐르는 강을 지칭하기도
하고, 민강(岷江)을 의미하기도 한다([李白, 遊洞庭湖詩] 洞庭西望楚
江分 水盡南天不見雲)는 점에서, 동정호를 나온 것으로 판단된다.

---

15 제4장의 제1, 2구에 집구된 원시(萬事無心一釣竿 三公不換此江山 平生誤識劉文叔
惹起虛名滿世間. 〈釣臺〉. 남송, 戴復古)는 엄릉산(嚴陵, 嚴子陵)이 부춘산(富春山)
과 부춘강(富春江)에 은거한 것을 내용으로 하고 있다. 이 부춘강은 중국 절강성(浙江
省) 항주시(杭州市)에 위치한 강으로, 전당강(錢塘江)의 중류지역에 속한다. 항주의
문가언(聞家堰)에서 시작되어 부양(富陽), 동로(桐廬)를 거쳐 건덕(建德)의 매성(梅
城, 嚴州府의 옛 명칭)까지 곧바로 이어져 있다. 항주로부터 서쪽으로 전당강(錢塘江)
을 따라 부춘강(富春江), 신안강과 천도호를 지나 마지막으로 중국 10대 명승지 중 하
나인 황산(黃山)을 만나게 된다.

제6장의 배경공간은 마음이 추구한, 망기하고 무심한 공간(秦淮)이다. "야박진회(夜泊秦淮)ᄒ야 근쥬가(近酒家) 호라."는 진회에 정박할 사실을 말해준다. "일표(一瓢)애 댱취(長醉)ᄒ야 임가빈(任家貧) 호라."는 집에 돌아온 것이 아니라, 집의 가난에 앞으로 임할 태도이다.

제7장의 배경공간은 달밤에 절강(浙江)의 조수를 구경하려는 절강의 포구이다. "락범강구(落帆江口)에 월황혼(月黃昏)커늘 / 쇼뎜(小店)애 무등욕폐문(無燈欲閉門)이로다."의 원시는 〈강녕협구(江寧夾口)〉(王安石)이다. 이는 강녕(남경의 옛이름)의 포구를 암시하고, 이 강녕은 같은 성에 있는 진회와의 연결을 말해준다는 점에서, 원시의 문자적 의미로만 보면, 배경공간을 강녕으로 잡아야 한다. 그러나 바로 이어지는 포구가 절강의 포구라는 점에서, 앞의 시구는 원시의 배경공간을 절강의 포구로 바꾼 표현으로 판단한다. "야됴류향(夜潮留向) 월듕간(月中看)호리라."의 원시는 〈中秋看潮〉(八月十五日看潮五絶의 第一首, 蘇軾)이다. 이에 나온 조수가 절강(浙江, 錢塘江의 옛이름)의 조수라는 점에서, 제7장의 포구는 절강의 조수를 달밤에 볼 수 있는 포구로 이해된다.

제8장의 배경공간은 돌아와 배를 맨 포구의 공간이다. 이런 사실은 "야졍슈한(夜靜水寒) 어블식(魚不食)이어늘 / 만선공지월명귀(滿船空載月明歸) ᄒ노라.", "됴파귀리(釣罷歸來)예 계단봉(繫短篷) 호리라.", "배를 매니(繫舟)" 등이 말해준다.

제9장의 배경공간은 포구를 멀리 벗어나 빠르게 유람하는 물위의 공간이다. '포구를 멀리 벗어나' 있다는 사실은 "극포텬공(極浦天空) 졔일애(際一涯)ᄒ니"에서 알 수 있다. 그리고 '행선지로 빠르게 가고 있는 물위'는 "편범(片帆)이 비과벽류리(飛過碧瑠璃)로다. / 아외여라. 아외여라(나아가게 하여라. 나아가게 하여라). / 범급(帆急)ᄒ니 전산(前山)이 홀후산(忽後山)이로다."에서 파악할 수 있다.

제10장의 배경공간은 뱃노래[欸乃]를 부른 장강과 상강(湘江)으로 추
정된다. '뱃노래를 부른'은 "이퍼라 이퍼라(읊어라 읊어라)"와 "애내일셩
(欸乃一聲)[16] 산슈록(山水綠)ᄒ두다."에서 알 수 있다. 그리고 '장강'은
"도화류슈(桃花流水) 궐어비(鱖魚肥)ᄒ두다."의 원시에 나오는 '西塞山'
에서 알 수 있고, '상강'은 "애내일셩(欸乃一聲) 산슈록(山水綠)ᄒ두다."
의 원시에 나온 '상강'과 이 작품이 '영주(永州)'에서 지어졌다는 점에서
알 수 있다.

제11장의 배경공간은 장강(長江)의 낚시터이다. 낚시터는 "강상만리
(江上晚來) 감화쳐(堪畵處)에 / 어옹피득(漁翁披得) 일사귀(一蓑歸)로
다."와 "샤풍셰우(斜風細雨) 블슈귀(不須歸)니라."에서 알 수 있다. 그리
고 장강은 "댱강풍급(長江風急) 랑화다(浪花多)ᄒ두다."에서 알 수 있다.

제12장의 배경공간은 돌아와서 배를 매는 포구이다. 이런 사실은 "셔
ᄉ라 셔ᄉ라 / 계쥬유유(繫舟猶有) 거년흔(去年痕)이로다."에서 알 수
있다.

이상의 배경공간을 간단하게 다시 정리하면 다음과 같다.

제01장: 출항하기 위해 배를 띄우는 포구(錢塘江)
제02장: 포구에서 동정호로 나아가는 출항(出港)의 공간(장강)
제03장: 마음이 추구한 망기처들(동정호)
제04장: 만사에 무심한 낚시를 즐기는 공간(동정호)
제05장: 마음이 추구한, 망기하고 무심한 공간(楚江의 낚시터)
제06장: 마음이 추구한, 망기하고 무심한 공간(秦淮의 酒家)
제07장: 달밤에 절강(浙江:錢塘江)의 조수를 구경하려는 포구
제08장: 돌아와 배를 맨 포구(錢塘江)

---

16 欸乃一聲(애내일성): 애내(棹歌曰欸乃, 노를 젓는 소리) 한 소리에

제09장: 포구를 멀리 벗어나 빠르게 유람하는 물위
제10장: 뱃노래[欸乃]를 부른 장강과 상강
제11장: 낚시하는 장강(長江)
제12장: 배를 매는 포구(錢塘江)

이상과 같은 배경공간들에서, 시적 화자가 노래하고 있는 공간을 정리할 수 있다. 즉 포구(항주의 錢塘江, 제1장) → 장강(제2장) → 동정호(제3, 4장) → 초강(楚江, 제5장) → 진회(秦淮: 남경을 지나는 장강, 제6장) → 절강(浙江 곧 錢塘江, 제7장) → 포구(항주의 錢塘江, 제8장) → 포구를 멀리한 장강(제9장) → 장강과 상강(제10장) → 장강(제11장) → 포구(항주의 錢塘江, 제12장) 등이다. 이 배경공간들로 보아, 제1~8장 텍스트의 배경공간의 구조는 포구를 출발하여 장강, 동정호, 초강, 진회, 절강 등을 유람하고 포구로 돌아오는 구조이다. 제9~12장 텍스트의 배경공간의 구조는, 포구를 출발하여 멀리한 장강, 장강과 상강, 장강으로 나아갔다가 포구로 돌아오는 구조이다. 그리고 제1~12장 텍스트의 배경공간의 구조는 앞의 두 텍스트의 배경공간의 구조를 합친 것이다. 이런 세 구조로 보아, 이 작품은 제1~8장의 텍스트, 제9~12장의 텍스트, 제1~12장의 텍스트 등으로 탈착되는 탈착형의 시가임을 알 수 있다.

4. 논리적 구조와 주제

이 작품의 논리적 구조와 주제를 정리하기 위하여, 장별 주제를 먼저 보자. 집구된 원시를 밝힌 기왕의 연구들은 각주로 돌렸다.

셜빈어옹(雪鬢漁翁)이 듀포간(住浦間) ᄒ야셔
ᄌ언거슈(自言居水) ㅣ 승거산(勝居山)[17]이라 ᄒᄂ다.
빈 ᄠᅥ라. 빈 ᄠᅥ라.
조됴(早潮) ㅣ 재락(纔落)거를 만됴(晩潮) ㅣ 리(來)[18] ᄒᄂ다.
지곡총 지곡총 어ᄉ와 어ᄉ와
일간명월(一竿明月)이 역군은(亦君恩)[19]이샷다.

눈같이 흰 귀밑머리의 어옹이 포구 가까이 살면서
물에 사는 것이 산에 사는 것보다 낫다 한다.
배 띄워라. 배 띄워라.
아침 조수 겨우 빠지자 저녁 조수 막 들어온다.
지국총 지국총 어사와 어사와
하나의 낚싯대와 밝은 달도 또한 임금의 은혜로다. (제1장)

주제는 [어옹이 포구에 살면서 물에 사는 것이 산에 사는 것보다 낫다
고 말하는, 군은의 강호한적(일간명월)을 즐기게, 물때에 맞춘 탈속과

---

17 "雪鬢漁翁駐浦間 自言居水勝居山 靑菰葉上涼風起 紅蓼花邊白鷺閑 盡日泛舟烟裏
去 有時搖棹月中還 濯纓歌罷汀洲靜 竹徑柴門猶未關"(하얀 귀밑머리의 늙은 어부가
물가에서 살면서, 물에서 사는 것이 산보다 낫다 하네. 푸른 줄풀에 서늘한 바람 일고,
붉은 여뀌 곁에 백로는 한가롭네. 배는 종일 안개 속에 갔다가, 어떤 때는 노 저어 달빛
속에 돌아오네. 탁영가 그치니 물가는 고요한데, 대숲 길 끝의 사립문은 아직 열려있네.
〈漁父〉, 당, 백거이)의 제1, 2구(강석중 1998:210).
18 "早潮才落晩潮來 一月周流六十回 不獨光陰朝復暮 杭州老去被潮催"(아침 밀물 겨
우 나아가자 저녁 밀물 밀려 오니, 한 달에 뒤풀이하기를 육십 번. 시간만이 아침저녁으
로 바뀌는 게 아니고, 항주에서 늙는 나도 저 밀물의 재촉 받네. 〈潮〉, 당, 백거이)의
제1, 2구(이재수 1955:178~179, 여기현 1996:381, 1999:78, 강석중 1998:218).
19 "水鄕秋晩雁爲羣 坐愛蘆花不掩門 天地古今忠義在 一竿明月亦君恩"(물가의 마을에
가을이 늦으니 기러기는 무리를 이루고, 일 없이 갈대꽃을 사랑하여 문을 닫지 않았네.
천지 고금의 충과 의가 있으니, 일간명월이 또한 임금의 은혜로다. 〈用古人句作江湖四
詠〉, 여말선초, 李詹)의 제4구(강석중 1998:218).

한적의 배를 띄워라.]이다. "눈같이 흰 귀밑머리의 어옹이 포구 가까이 살면서 / 물에 사는 것이 산에 사는 것보다 낫다 한다."는, 앞으로 구체적으로 노래할 물에 사는 것이 산에 사는 것보다 낫다는 것을 개괄적으로 노래하였다는 점에서 서사에 해당한다. 게다가 산에 사는 것이나 물에 사는 것이 모두 탈속과 한적이라는 사실도 함축한다. 그리고 "배 띄워라. 배 띄워라."는 범주(泛舟)를 의미하며, "아침 조수 겨우 빠지자 저녁 조수 막 들어온다."는, 배를 띄우기에 좋은 물때를 의미한다. 그리고 "강호한적(일간명월)도 또한 임금의 은혜로다."는 강호한적(일간명월)이라는 어부의 삶도, 또한 임금의 은혜임을 노래하였다. 이는 악장문학의 성격을 잘 보여준다. 이런 점들을 모두 계산하면, 제1장의 주제는 [어옹이 포구에 살면서 물에 사는 것이 산에 사는 것보다 낫다고 말하는, 군은의 강호한적(일간명월)을 즐기게, 물때에 맞춘 탈속과 한적의 배를 띄워라.]로 정리할 수 있고, 이 주제는 [[(산에 사는 것보다 낫은, 군은의) 강호한적(일간명월)을 즐기게, 물때에 맞춘 탈속과 한적의 범주(泛舟)]로 줄일 수 있으며, 이는 유람(/뱃놀이)의 시작이란 점에서 서사에 해당한다.

> 청고엽상(靑菰葉上)애 량풍(涼風)이 긔(起)커늘
> 홍료화변(紅蓼花邊)에 빅로(白鷺)ㅣ 한(閑)[20] ᄒᆞᄂᆞ다.
> 닫 드러라. 닫 드러라.
> 동뎡호리(洞庭湖裏)예 가귀풍(駕歸風) ᄒᆞ리라.
> 지곡총 지곡총 어ᄉᆞ와 어ᄉᆞ와
> 일싱종젹(一生蹤跡)이 지창랑(在滄浪) ᄒᆞ두다.

---

20 "雪鬢漁翁駐浦間 自言居水勝居山 靑菰葉上涼風起 紅蓼花邊白鷺閑 盡日泛舟烟裏去 有時搖棹月中還 濯纓歌罷汀洲靜 竹徑柴門猶未關"(〈漁父〉, 당, 백거이)의 제3, 4구(강석중 1998:210).

푸른 줄풀 잎에 선들바람이 일므로
붉은 여뀌꽃 주변에는 백로가 한가롭다.
닻 들어라. 닻 들어라.
동정호 안에서 바람을 타고 따르리라(/맡기리라).
지국총 지국총 어사와 어사와
일생의 종적이 맑은 물에 있도다. (제2장)

제2장은 "푸른 줄풀 잎에 선들바람이 일므로 / 붉은 여뀌꽃 주변에는
백로가 한가롭다."를 통하여 보여주는 한가한 강변에서, "동정호 안에서
바람을 타고 따르리라(/맡기리라)."의 목적을 위하여, 닻을 들어 올려
출항하면서 일생의 종적이 맑은 물에 있다고 노래하였다. 한가함에 하
고 싶은 일을 한다는 점에서 보면, 한적을 보여준다. 이 유람(/뱃놀이)은
제4장의 망기처로 가는 과정이고, 세속을 벗어나는 과정이다. 그리고
"일생의 종적이 맑은 물에 있도다."는 탈속적 삶을 보여준다. 이런 점들
로 보아, 제2장의 주제는 [포구를 떠나 망기처인 동정호로 가는, 탈속과
한적의 유람(/뱃놀이)]으로 정리할 수 있다.

　　진일범쥬(盡日泛舟) 연리거(煙裏去) ᄒ고
　　유시요도(有時搖棹)ᄒ야 월듕환(月中還)[21] ᄒ놋다.
　　이어라. 이어라.
　　아심슈쳐(我心隨處) ᄌ망긔(自忘機)[22] ᄒ라.

---

21 "雪鬢漁翁駐浦間 自言居水勝居山 青菰葉上涼風起 紅蓼花邊白鷺閑 盡日泛舟烟裏
去 有時搖棹月中還 濯纓歌罷汀洲靜 竹徑柴門猶未關"(〈漁父〉, 당, 백거이)의 제5,
6구(강석중 1998:210).
22 "風帆斜颺漾晴漪 驚起沙鷗掠水飛 寄語從今莫相訝 我心隨處自忘機"(바람 돛은 빗
겨 살랑이고 맑은 물결 일렁이는데, 놀라껜 갈매기는 물을 스치며 날아가네. 말하노니
지금부턴 의아해 하지 말라, 내 마음이 추구한 곳에서 스스로 망기하네. 〈過蘭溪〉, 송,

지곡총 지곡총 어스와 어스와
일강풍월(一江風月)이 딘어션(趁漁船)[23] ᄒ두다.

종일 배를 띄워 물안개 속을 다니고
어떤 때[有時]는 노 저어 달빛에 돌아왔다.
저어라. 저어라.
내 마음이 추구한 곳에서 스스로 망기한다.
지국총 지국총 어사와 어사와
온 강의 바람과 달이 어선을 따라 붙도다. (제3장)

주제는 [마음이 추구한 곳(동정호)으로 가서 즐기고, 온 강의 풍월이
따르는, 망기한 탈속과 한적의 유람(/뱃놀이)]으로 정리할 수 있다. "내
마음이 추구한 곳에서 스스로 망기한다."와 "온 강의 바람과 달이 어선을
따라 붙도다."는 마음이 추구한 곳에서 망기(忘機, 속세의 일이나 욕심을
잊음)한 탈속과 유유자적 내지 한적을 잘 보여주고, 온 강의 풍월이 따르
는 유람은 "온 강의 바람과 달이 어선을 따라 붙도다."가 잘 보여준다.
그리고 마음이 추구한 곳이 동정호임은 제2장의 "동뎡호리(洞庭湖裏)예
가귀풍(駕歸風) 호리라."에 따라 추정한 것이다. 이런 점에서 제3장의
주제는, [마음이 추구한 곳(동정호)으로 가서 즐기고, 온 강의 풍월이
따르는, 망기한 탈속과 한적의 유람(/뱃놀이)]으로 정리할 수 있다.

楊時)의 제4구(강석중 1998:212).

23 "小黠大癡螳捕蟬 有餘不足夔憐蚿 退食歸來北窓夢 一江風月趁漁船"(작은 꾀 큰 어
리석음으로 사마귀는 매미를 잡는데, 남음이 있고 모자람이 있으니 외발 짐승 기(夔)가
노내기를 불쌍이 여기네. 은퇴하고 돌아와 북녘창에서 잠드니, 온 강의 바람과 달이
어선을 따라붙네. 〈書酺池書堂〉, 송, 황정견)의 제4구(강석중 1998:212).

만스(萬事)를 무심(無心) 일됴간(一釣竿) ᄒᆞ요니
三公으로도 블환(不換) ᄎᆞ강산(此江山)[24]이로다.
돋 ᄃᆞ라라. 돋 ᄃᆞ라라.
범급(帆急)ᄒᆞ니 젼산(前山)이 홀후산(忽後山)이로다.
지곡총 지곡총 어ᄉᆞ와 어ᄉᆞ와
싱릭(生來)예 일가(一舸)로 딘슈신(趁隨身)[25]ᄒᆞ라.

세상만사를 무심하게 낚싯대 하나 하니
삼공으로도 이 강산과 바꾸지 않겠다.
돛 달아라. 돛 달아라.
돛단배가 빠르니 앞산이 홀연 뒷산이로다.
지국총 지국총 어사와 어서와
살아오면서 배 한 척으로 나의 중심[26]을 좇아 따른다. (제4장)

주제는 [마음이 추구한 곳(동정호)에서 즐기는, 무심한 탈속과 한적의 낚시]이다. 이런 사실은 두 부분에서 파악할 수 있다. "세상만사를 무심하게 낚싯대 하나 하니"는 무심한 탈속과 한적을 보여준다. "살아오면서 배 한 척으로 나의 중심을 좇아 따른다."는 마음이 추구하는 나의 중심을 배 한 척으로 좇아 따르는 한적을 보여준다. 그리고 "삼공이라도

---

24 "萬事無心一釣竿 三公不換此江山 平生誤識劉文叔 惹起虛名滿世間"(세상 만사에 무심하여 낚시대 하나 드니, 삼정승의 지위로도 이 강산과 바꾸지 않으리. 평생 유문숙을 잘못 사귀어, 헛된 이름이 세간에 가득하였네. 〈釣臺〉. 남송, 戴復古)의 제1, 2구(이재수 1955:179, 여기현 1996:381, 1999:78, 강석중 1998:213~214).

25 "生來一舸趁隨身 柳月蘆風處處春 翁自醉眠魚自樂 無心重理舊絲綸"(살아오면서 배 한 척으로 늘 나의 중심을 좇아 따르는데, 버들에 비친 달과 갈대에 부는 바람 가는 곳마다 봄이네. 늙은 나는 절로 취해 잠들고 고기는 절로 즐거워 하니, 무심하게 다시 낡은 낚싯대를 만진다. 〈漁父〉, 송, 潘牥)의 제1구(강석중 1998:214).

26 身: 自身之品節也, 中心.

이 강산과 바꾸지 않겠다."는 '무심한 탈속과 한적'을 가능하게 하는, 자연의 가치를 노래한 것으로 이해된다. 이런 점들을 계산하면, 제4장의 주제는 [마음이 추구한 곳(동정호)에서 즐기는, 무심한 탈속과 한적의 낚시]로 정리할 수 있다.

> 동풍셔일(東風西日)에 초강심(楚江深) ᄒᆞ니
> 일편티긔(一片苔磯)오 만류음(萬柳陰)[27]이로다.
> 이퍼라. 이퍼라.
> 녹평신셰(綠萍身世)오 ᄇᆡᆨ구심(白鷗心)[28]이로다.
> 지곡총 지곡총 어ᄉᆞ와 어ᄉᆞ와
> 격안어촌(隔岸漁村)이 량삼가(兩三家)ㅣ로다.
>
> 동풍과 서일에 초강이 깊으니
> 일편태기에 많은 버드나무 그늘이로다.
> 읊어라. 읊어라.
> 부평초와 같은 신세와 백구의 마음이어라
> 지국총 지국총 어사와 어사와
> 언덕 넘어 어촌은 두 서너 집이로다. (제5장)

주제는 [마음이 추구한 곳(초강의 낚시터)에서 즐기는, 무심한 탈속과 한적의 음영(吟詠)]이다. "동풍과 서일에 초강이 깊으니 / 일편태기

---

27 "東風西日楚江深 一片苔磯萬柳陰 別有風流難畵處 綠萍身世白鷗心"(동쪽에서 부는 바람 서쪽으로 지는 해에 초강이 깊은데, 한 조각 이끼 낀 바위에 많은 버들이 그늘지네. 따로 풍류가 있어 처한 곳을 그려내기 어려우니, 푸른 부평초 신세에 흰 갈매기의 마음이라. 〈漁父〉, 趙東閣)의 제1, 2구(강석중 1998:214~215).

28 "東風西日楚江深 一片苔磯萬柳陰 別有風流難畵處 綠萍身世白鷗心"(〈漁父〉, 趙東閣)의 제4구(강석중 1998:214~215). 이재수(1955:179)와 여기현(1996:381, 1999:78)은 시제를 달지 않고, "箇裏風流難畵處 綠萍身世白鷗心"(두목)의 집구로 보았다.

에 많은 버드나무 그늘이로다."와 "언덕 넘어 어촌은 두 서너 집이로다."
를 보면, 세속을 전혀 보여주지 않고 한적한 풍경만 보여준다. 게다가
"부평초와 같은 신세와 백구의 마음이어라."를 보면, 세속에 무심한 마
음을 잘 보여준다. "부평초와 같은 신세"는 세속에 전혀 구속받지 않음
을 잘 보여주고, "백구의 마음"은 무심한 마음을 잘 보여준다. 그리고
"읊어라 읊어라(이퍼라 이퍼라)"는 음영(吟詠)으로 즐김을 보여준다. 이
런 점들로 보아, 제5장의 주제는 [마음이 추구한 곳(초강의 낚시터)에서
즐기는 무심한 탈속과 한적의 음영(吟詠)]으로 정리할 수 있다.

> 일척로어(一尺鱸魚)를 신됴득(新釣得) ᄒ야
> 호ᄋ취화(呼兒吹火) 뎍화간(荻花間)[29] 호라.
> 비 셰여라. 비 셰여라.
> 야박진회(夜泊秦淮)ᄒ야 근쥬가(近酒家)[30] 호라.
> 지곡총 지곡총 어ᄉ와 어ᄉ와
> 일표(一瓢)애 댱취(長醉)ᄒ야 임가빈(任家貧)[31] 호라.

---

29 "白頭波上白頭翁 家逐船移浦浦風 一尺鱸魚新釣得 兒孫吹火荻花中"(하얀 물결 위
에 머리 하얀 늙은이, 집은 배를 따라 옮기니, 포구마다 바람이네. 한 자의 농어를 새로
잡으면, 자식과 손자는 갈대꽃 속에서 불을 피우네. 〈淮上漁者〉, 만당, 鄭谷)의 제3,
4구(여기현 1996:381, 1999:79, 강석중 1998:218). 제4구의 '中'을 '間'으로 바꿈.

30 "烟籠寒水月籠沙 夜泊秦淮近酒家 桑女不知亡國恨 隔江猶唱後庭花"(내는 찬 강물
을 두르고 달은 모래펄을 둘렀는데, 밤에 정박한 진회에는 술집이 가깝네. 술집 여자들
은 망국의 한을 알지 못하고, 강 건너에서 지금도 역시 후정화를 부르는구나. 〈泊秦
淮〉, 만당, 杜牧)의 제2구(이재수 1955:179, 여기현 1996:381~382, 1999:79).

31 "春草秋風老此身 一瓢長醉任家貧 醒來還愛浮萍草 漂寄官河不屬人"(봄 풀 가을 바
람에 이 몸이 늙어가면서, 표주박 하나로 늘 취하여 가난하게 살아가네. 술 깨면 다시
부평초를 사랑하니, 강을 떠돌며 살아갈 뿐 남에게 매이지 않네. 〈醉後〉, 당, 劉商)의
제2구(여기현 1996:382, 1999:79, 강석중 1998:215).

한 자의 농어를 새로 잡아
아이를 불러 갈대꽃 사이에서 불을 피우게 하길 바란다.
배 세워라. 배 세워라.
밤에 정박할 진회는 주막에 가깝길 바란다.
지국총 지국총 어사와 어사와
한 표주박의 술에 늘 취하여 가난하게 살아가길 바란다. (제6장)

주제는 [마음이 추구한 곳(진회)에서 즐기려는, 무심한 탈속과 한적의 음주(飮酒)]이다. 마음이 추구한 곳(진회)은 "밤에 정박할 진회는 주막이 가깝길 바란다."가 말해준다. 그리고 즐기는 음주는 "한 표주박의 술에 늘 취하여 가난하게 살아가길 바란다."가 보여준다. 그리고 이 "한 표주박의 술에 늘 취하여 가난하게 살아가길 바란다."와 "한 자의 농어를 새로 잡아 / 아이를 불러 갈대꽃 사이에서 불을 피우게 하길 바란다."는 무심한 탈속과 한적을 보여준다. 이런 점들로 보아, 제6장의 주제는 [마음이 추구한 곳(진회)에서 즐기려는, 무심한 탈속과 한적의 음주(飮酒)]로 정리할 수 있다.

락범강구(落帆江口)에 월황혼(月黃昏)커늘
쇼뎜(小店)애 무등욕폐문(無燈欲閉門)[32]이로다.
돗 디여라 돗 디여라
류됴(柳條)에 쳔득금린귀(穿得錦鱗歸)[33]로다.

---

32 "落帆江口月黃昏 小店無燈欲閉門 側出岸沙楓半死 繫船應有去年痕"(강의 포구에 돛을 내리니 달은 황혼이고, 작은 가게에 등불이 없어짐은 문을 닫으려 함이네, 옆으로 나온 언덕의 모래에 단풍나무는 반은 죽었고, 배를 매니 응당 지난해의 흔적이 있네. 〈江寧夾口〉(송, 王安石)의 제1, 2구(여기현 1996:382, 1999:79, 강석중 1998:218).

33 "綸竿老子綠蓑衣 細雨斜風一釣磯 正是隣家社酷熟 柳條穿得錦鱗歸"(낚시줄과 대를 든 늙은이 푸른 도롱이 입고, 가랑비 오고 바람 빗겨 부는 한 낚시터, 꼭 이웃집에

지곡총 지곡총 어ᄉ와 어ᄉ와
야됴류향(夜潮留向) 월듕간(月中看)[34]호리라.

강의 포구에 돛을 내리니 달이 황혼이거늘
작은 가게에 등불이 없어짐은 문을 닫으려 함이로다.
돛 내려라. 돛 내려라.
버들가지에 쏘가리를 꿰었도다.
지곡총 지곡총 어사와 어사와
밤의 조수가 머물고 나아감을 달빛 속에 보리라. (제7장)

　　주제는 [포구에 돛을 내리고[停船] 즐기려는, 무심한 탈속과 한적의
조수 구경]으로 정리할 수 있다. 황혼에 마음이 추구한 곳(강의 포구)에
돛을 내림은 "강의 포구에 돛을 내리니 달이 황혼이거늘", "돛 내려라
돛 내려라", "밤의 조수가 머물고 나아감을 달빛 속에 보리라." 등에서
알 수 있다. 무심한 탈속과 한적은 "강의 포구에 돛을 내리니 달이 황혼
이거늘 / 작은 가게에 등불이 없어짐은 문을 닫으려 함이로다.", "버들가
지에 쏘가리를 꿰었도다." "밤의 조수가 머물고 나아감을 달빛 속에 보
리라." 등에서 알 수 있으며, "밤의 조수가 머물고 나아감을 달빛 속에
보리라."는 야간 조수를 구경하려 함을 잘 보여준다. 이런 점들로 보아,
제7수의 주제는 [포구에 돛을 내리고[停船] 즐기려는, 무심한 탈속과 한
적의 조수 구경]으로 정리할 수 있다.

　　제삿술 익을 때, 버들가지에 물고기 꿰어 돌아오네. 〈所見〉, 金, 劉鐸)의 제4구(강석중
1998:218).

34 "定知玉兎十分圓 已作霜風九月寒 寄語重門休上鑰 夜潮留向月中看"(달이 십분 둥
글어진 줄 알았는데, 이미 서리 바람이 구월에 차 졌네. 말을 전해 주오, 겹문에 자물쇠
채우지 마오. 밤의 조수를 달빛 속에 보리라. 〈中秋看潮(八月十五日看潮五絶의 第一
首)〉, 송, 蘇軾)의 제4구(강석중 1998:216).

야졍슈한(夜靜水寒) 어블식(魚不食)이어늘

만션공지월명귀(滿船空載月明歸)[35] ᄒ노라.

비 믜여라. 비 믜여라.

됴파귀리(釣罷歸來)예 계단봉(繫短篷)[36] 호리라.

지곡총 지곡총 어ᄉ와 어ᄉ와

계쥬유유(繫舟猶有) 거년흔(去年痕)[37]이로다.

밤이 고요하고 물이 차서 물고기 아니 물거늘

배에 공허를 가득 싣고 밝은 달에 돌아오노라.

배 매어라. 배 매어라.

낚시 마치고 돌아와 작은 거룻배를 매리라.

지국총 지국총 어사와 어사와

배를 매니 오직 지난 때의 흔적만이 있도다. (제8장)

---

35 "千尺絲綸直下水 一派纔動萬派隨 夜靜水寒魚不食 滿船空載月明歸"(천 자의 한아름 낚싯줄을 물에 곧게 드리우니, 한 물결 잠깐 움직이더니 일만 물결로 번진다. 밤이 깊고 물이 차가워서인가? 고기 물지 않아, 배에 가득 허공을 싣고 달빛에 돌아온다. 〈船子和尙偈〉)의 제3, 4구(이재수 1955:179, 여기현 1996:382, 1999:80), 〈華亭船子 德誠禪師偈〉의 제3, 4구(강석중 1998:219).

36 "身閑輸與老漁翁 罷釣歸來繫短篷 滿眼秋光無處著 斜陽一抹蓼花紅"(몸의 한가가 늙은 어옹에 주어져, 낚시 마치고 돌아와 작은 거룻배를 맨다. 눈에 가득한 가을빛은 매인 곳이 없고, 석양 빛 한 줄기에 여뀌꽃이 붉다. 〈漁翁〉, 蔡正孫)의 제2구(강석중 1998:217). 이전에는 "罷釣歸來不繫船 江村月落正堪眠 縱然一夜風吹去 只在蘆花淺 水邊"(낚시 마치고 돌아와 배를 매어 두지 않고, 강촌에 달이 질 때라 바로 잠자리에 드네. 비록 매어 두지 않은 배 밤새 바람에 밀려가도, 다만 갈대꽃 핀 얕은 물가에 멈춰 있으리. 〈江村卽事〉, 중당, 司空曙)의 제1구의 '不繫船'을 '繫短篷'으로 바꾼 것(이재 수 1955:179, 여기현 1996:382, 1999:80)으로 보기도 하였다.

37 "客航收浦月黃昏 野店無燈欲閉門 半出岸汀楓半死 繫舟唯有去年痕"(객의 배가 포 구에 쉬니 달은 황혼이고, 시골에 있는 가게에 등불이 없어짐은 문을 닫으려 함이네, 언덕의 물가에 반쯤 나온 단풍나무는 반은 죽었고, 배를 매니 오직 지난 때의 흔적만이 있네. 〈舟下建溪〉, 송, 方惟深)의 제4구(여기현 1996:382~383, 1999:81~82, 강석중 1998:219).

주제는 [귀항하여 배를 매면서(繫舟) 요약한, 탈속과 한적의 어부생
애]이다. "밝은 달에 돌아오노라.", "배 매어라 배 매어라", "거룻배를
매리라.", "배를 매니" 등은 포구로 귀항하여 배를 매는 사실을 말해준
다. 그리고 "밤이 고요하고 물이 차서 물고기 아니 물거늘 / 배에 공허를
가득 싣고 밝은 달에 돌아오노라."는 달밝은 밤에 욕심 없이 낚시를 하
고, 인위적으로 얻은 물질(낚시에서 잡은 물고기) 대신 무위로 얻은 자
연(공허)을 가득 싣고 돌아오는, 세속적인 풍류를 잊은 망기의 풍류로,
망기한 탈속과 한적을 잘 보여준다. 그리고 "배를 매니 오직 지난 때의
흔적만이 있도다."는 탈속하고 한적하게 살아온 인생을 요약한다. 이런
점에서 제8장의 주제는 [귀항하여 배를 매고(繫舟) 요약한, 탈속과 한적
의 어부생애]로 정리할 수 있다.

> 극포텬공(極浦天空) 제일애(際一涯) ᄒ니
> 편범(片帆)이 비과벽류리(飛過碧瑠璃)로다.
> 아외여라 아외여라
> 범급(帆急)ᄒ니 젼산(前山)이 홀후산(忽後山)이로다.
> 지곡총 지곡총 어ᄉ와 어ᄉ와
> 풍류미필(風流未必) 지셔시(載西施)[38]니라.

> 먼(極) 포구의 한없이 넓은 하늘이 한 끝에서 만나니
> 한 조각의 돛단배는 푸른 유리 위를 날듯 지나도다.

---

38 "江寒夜靜得魚遲 獨倚蓬窓捲釣絲 滿目靑山一船月 風流未必載西施"(강물 차고 밤
이 고요하여 고기 낚기 더뎌, 봉창에 홀로 기대어 낚싯줄을 거두네. 눈에 청산을 가득
채우고 배에 달을 가득 실어, 서시 같은 미인을 싣는 것만이 풍류가 아니로구나. 〈西江
月艇〉, 고려, 李齊賢)의 제4구(윤영옥 1982; 1986:543, 여기현 1996:383, 1999:80,
강석중 1998:219).

나아가게 하여라. 나아가게 하여라.
돛단배 빠르니 앞산이 홀연 뒷산이로다.
지곡총 지곡총 어사와 어사와
서시 같은 미인을 싣는 것만이 풍류가 아니니라. (제9장)

주제는 [포구를 멀리 벗어나 장강을 빠르게 나아가는, 탈속과 한적의 유람(/뱃놀이)]으로 정리할 수 있다. 포구를 멀리 벗어나 빠르게 유람하는 사실은 "먼(極) 포구의 한없이 넓은 하늘이 한 끝에서 만나니 / 한 조각의 돛단배는 푸른 유리 위를 날듯 지나도다. / 나아가게 하여라 나아가게 하여라. / 돛단배 빠르니 앞산이 홀연 뒷산이로다."에서 알 수 있다. 그리고 이 유람이 탈속적이고 한적한 풍류라는 사실은 "서시 같은 미인을 싣는 것만이 풍류가 아니니라."에서 파악할 수 있다.

일ㅈ디간(一自持竿) 샹됴쥬(上釣舟) ㅎ요므로
셰간명리(世間名利) 진유유(盡悠悠)ㅣ로다.
이퍼라. 이퍼라.
도화류슈(桃花流水) 궐어비(鱖魚肥)[39] ㅎ두다.
지곡총 지곡총 어ㅅ와 어ㅅ와
애내일셩(欸乃一聲) 산슈록(山水綠)[40] ㅎ두다.

---

39 "西塞山前白鷺飛 桃花流水鱖魚肥 靑篛笠 綠蓑衣 斜風細雨不須歸"(西塞山 앞에 백로가 날고, 복사꽃 떠가는 강물에 쏘가리 살졌다. 푸른 갈대 삿갓과 푸른 도롱이, 빗겨 부는 바람에 가는 비 내려도 돌아 갈 줄 모르네. 〈漁歌子〉, 당, 張志和)의 제2구(이재수 1955:179, 여기현 1996:383, 1999:81, 강석중 1998:220).

40 "漁翁夜傍西巖宿 曉汲淸湘然楚竹 煙銷日出不見人 欸乃一聲山水綠 廻看天際下中流 巖上無心雲相逐"(어옹이 밤에는 서쪽 바위 가까이 배를 대어 자고, 새벽에는 맑은 상수 길러 대나무로 불 지펴 밥 짓네. 연기 사라지고 해 떠오르면 그 어부 보이지 않고, 뱃노래 한 가락에 산수만 푸르구나. 하늘 저쪽 바라보며 강 아래로 내려가 버리니, 바위 위엔 무심한 구름만 오락가락 하누나. 〈漁翁〉, 중당, 柳宗元)의 제4구(이재수 1955:180,

오로지 스스로 낚싯대를 잡고 낚싯배에 올랐으므로
세간의 명리는 다하고 매우 멀다.
읊어라. 읊어라.
복숭아 꽃 흐르는 물에 쏘가리가 살졌도다.
지곡총 지곡총 어사와 어사와
뱃노래 한 가락에 산수만 푸르도다. (제10장)

주제는 [장강과 상강에서 즐기는, 탈속과 한적의 낚시와 음영(吟詠)]
으로 정리할 수 있다. 장강에서 즐기는 탈속적이고 한적한 낚시는 "오로
지 스스로 낚싯대를 잡고 낚싯배에 올랐으므로 / 세간의 명리는 다하고
매우 멀다."와 "복숭아 꽃 흐르는 물(서색산의 장강)에 쏘가리가 살졌도
다."에서 알 수 있다. 상강에서 즐기는 탈속적이고 한적한 음영은 "읊어
라 읊어라 / 지곡총 지곡총 어사와 어사와 / 뱃노래 한 가락에 산수만
푸르도다."에서 파악할 수 있다. 그리고 이 장에 포함된 장강은 '마음이
추구한 곳'이란 점에서, 이 장의 주제는 [마음이 추구한 곳(장강과 상강)
에서 즐기는, 탈속과 한적의 낚시와 음영]으로 다시 정리할 수 있다.

강샹만리(江上晚來) 감화쳐(堪畫處)에
어옹피득(漁翁披得) 일사귀(一蓑歸)[41]로다.
돗 더러라 돗 더러라
댱강풍급(長江風急) 랑화다(浪花多) 흐두다.

여기현 1996:383, 1999:81, 강석중 1998:220).

41 "亂飄僧舍茶煙濕 密灑歌樓酒力微 江上晚來堪畫處 漁翁披得一蓑歸"(눈발 나부끼
는 가람에 茶 연기 축축하고, 소복이 내린 歌樓에는 술기운도 희미하네. 강가에 느지막
이 와 그림 그릴 만한 곳, 어부는 도롱이 하나 걸치고 돌아가네, 〈雪中偶題〉, 鄭谷)의
제3, 4구(여기현 1996:383, 1999:81, 강석중 1998:220).

지곡총 지곡총 어ᄉ와 어ᄉ와
샤풍셰우(斜風細雨) 블슈귀(不須歸)[42]니라.

강가에 느지막이 와 그림 그릴 만한 곳에
어부는 도롱이 하나 걸치고 돌아가도다.
돛 덜어라 돛 덜어라
장강의 바람이 빠르니 낭화(浪花)가 많구나.
지곡총 지곡총 어사와 어사와
빗겨 부는 바람에 가는 비 내려도 돌아갈 줄 모르니라. (제11장)

　　주제는 [장강의 강변 낚시터에서 즐기는, 탈속과 한적의 낚시]로 정리
할 수 있다. 장강의 강변 낚시터는 "강가에 느지막이 와 그림 그릴 만한
곳"이 말해준다. 그리고 탈속적이고 한적하게 즐기는 낚시는 "장강의 바
람이 빠르니 낭화(浪花)가 많구나."와 "빗겨 부는 바람에 가는 비 내려
도 돌아갈 줄 모르니라."에서 파악할 수 있다. 그리고 이 장에 포함된
'장강의 강변 낚시터'는 '마음이 추구한 곳'이란 점에서, 이 장의 주제는
[마음이 추구한 곳(장강의 강변 낚시터)에서 즐기는, 탈속과 한적의 낚
시]로 정리할 수 있다.

　　탁영가파(濯纓歌罷) 뎡쥬졍(汀洲靜)커를
　　듁경싀문(竹徑柴門) 유미관(猶未關)[43]이로다.

---

42 "西塞山前白鷺飛 桃花流水鱖魚肥 靑篛笠 綠簑衣 斜風細雨不須歸"(〈漁歌子〉, 당,
　　張志和)의 제4구(이재수 1955:179, 윤영옥 1982;1986:543, 여기현 1996:383~384,
　　1999:81, 강석중 1998:220).
43 "雪鬢漁翁駐浦間 自言居水勝居山 靑菰葉上涼風起 紅蓼花邊白鷺閑 盡日泛舟烟裏
　　去 有時搖棹月中還 濯纓歌罷汀洲靜 竹徑柴門猶未關"(〈漁父〉, 당, 백거이)의 제7,
　　8구(강석중 1998:210).

셔스라. 셔스라.
계쥬유유(繫舟猶有) 거년흔(去年痕)[44]이로다.
지곡총 지곡총 어스와 어스와
명월쳥풍(明月淸風) 일됴쥬(一釣舟)ㅣ로다.

〈탁영가〉 끝나자 정주가 고요하거늘
죽경의 사립문은 지금도 역시 닫지 않았구나.
배 세워라. 배 세워라.
배를 매니 오직 지난 때의 흔적만이 있도다.
지국총 지국총 어사와 어사와
명월청풍에 한 척의 낚싯배로다. (제12장)

주제는 [귀항하여 배를 세우고 매면서(繫舟) 요약한, 탈속과 한적의
어부생애]이다. 이 망기의 탈속은 우선 〈탁영가〉가 말해준다. 〈탁영가〉
의 탁영(濯纓)은 갓과 갓끈을 씻는다(洗濯冠纓也)는 의미로, 세속을 초
월하는 의미를 비유한다(又喩超越世俗之意). 이 세속을 초월하는 것은
세속에 마음이 없는 무심한 탈속을 보여준다. 그리고 "죽경의 사립문은
지금도 역시 닫지 않았구나."는 한적을, "배를 매니 오직 지난 때의 흔적
만이 있도다. / 지국총 지국총 어사와 어사와 / 명월청풍에 한 척의 낚싯
배로다."는 어부생애의 탈속과 한적을 잘 보여준다. 이런 점들로 보아,
제12장의 주제는 [귀항하여 배를 세우고 매면서(繫舟) 요약한, 탈속과
한적의 어부생애]로 정리할 수 있다.
이상의 장별 주제를 옮겨 쓰면 다음과 같다.

---

44 "客航收浦月黃昏 野店無燈欲閉門 半出岸汀楓半死 繫舟唯有去年痕"(〈舟下建溪〉,
송, 方惟深)의 제4구(여기현 1996:382~383, 1999:81~82, 강석중 1998:219).

제01장: (산에 사는 것보다 낮은, 군은의) 강호한적(일간명월)을 즐기게, 물때에 맞춘 탈속과 한적의 범주(泛舟)

제02장: 포구를 떠나 망기처인 동정호로 가는, 탈속과 한적의 유람(/뱃놀이)

제03장: 마음이 추구한 곳(동정호)으로 가서 즐기고, 온 강의 풍월이 따르는, 망기한 탈속과 한적의 유람(/뱃놀이)

제04장: 마음이 추구한 곳(동정호)에서 즐기는, 무심한 탈속과 한적의 낚시

제05장: 마음이 추구한 곳(초강의 낚시터)에서 즐기는, 무심한 탈속과 한적의 음영(吟詠)

제06장: 마음이 추구한 곳(진회)에서 즐기려는, 무심한 탈속과 한적의 음주(飮酒)

제07장: 포구에 돛을 내리고[停船] 즐기려는, 무심한 탈속과 한적의 조수 구경

제08장: 귀항하여 배를 매면서(繫舟) 요약한, 탈속과 한적의 어부생애

제09장: 포구를 멀리 벗어나 장강을 빠르게 나아가는, 탈속과 한적의 유람(/뱃놀이)

제10장: 마음이 추구한 곳(장강과 상강)에서 즐기는, 탈속과 한적의 낚시와 음영(吟詠)

제11장: 마음이 추구한 곳(장강의 강변 낚시터)에서 즐기는, 탈속과 한적의 낚시

제12장: 귀항하여 배를 세우고 매면서(繫舟) 요약한, 탈속과 한적의 어부생애

이 장별 주제로 보아도, 이 작품은 제1~8장의 텍스트, 제9~12장의 텍스트, 제1~12장의 텍스트 등으로 정리된다. 그리고 제1~8장의 논리적 구조는 순차적 구조이면서 동시에 서(제1장)-본(제2~7장)-결(제8장)의 구조이고, 제9~12장의 논리적 구조는 순차적 구조이면서 동시에 본(제

9~11장)-결(제12장)의 구조이며, 제1~12장의 논리적 구조는 순차적 구
조이면서 동시에 서(제1장)-본(제2~7장)-결(제8장)-본(제9~11장)-결
(제12장)의 구조이다.

제1~8장 텍스트의 주제는 [마음이 추구한 곳들(동정호, 초강의 낚시
터, 진회, 포구)을 다녀오면서 즐기고 즐기려는, 탈속과 한적의 어부생
애(유람, 낚시, 음영, 음주, 조수 구경)]로 정리할 수 있고, 제9~12장
텍스트의 주제는 [마음이 추구한 곳들(장강, 상강, 장강의 강변 낚시터)
을 다녀오면서 즐기고 즐기려는, 탈속과 한적의 어부생애(유람, 음영,
낚시)]로 정리할 수 있으며, 제1~12장 텍스트의 주제는 [마음이 추구한
곳들(동정호, 초강의 낚시터, 진회, 포구, 장강, 상강, 장강의 강변 낚시
터)을 다녀오면서 즐기고 즐기려는, 탈속과 한적의 어부생애(유람, 음
영, 음주, 조수 구경, 낚시)]로 정리할 수 있다.

이 논리적 구조와 주제로 보아도, 배경시간과 배경공간의 구조에서와
같이, 이 작품은 제1~8장의 텍스트, 제9~12장의 텍스트, 제1~12장의
텍스트 등으로 탈착됨을 알 수 있다. 이런 사실은 정도전(鄭道傳, 1342~
1398)의 〈제공백공어부사권중(題孔伯共漁父詞卷中)〉[45]에 나온 제1곡

---

45 정도전의 〈제공백공어부사권중〉은 다음과 같다.

半酣高歌漁父詞	술 취하면 어부사를 높게 노래하네
有翁有翁身朝衣	늙은이가 벼슬아치 신세이면서
一曲起我江海思	일곡은 江海의 생각이 일어나게 하고
二曲坐我蒼苔磯	이곡은 이끼 낀 물가 돌에 앉게 하고
三曲泛泛迷所之	삼곡은 물에 떠 있어 갈 바를 모르게 한다
白沙灘上伴鷗鷺	흰 모래 여울 위에 가마우지 짝이 되고
紅蓼洲邊同鴛鴦	붉은 여뀌 물가에 해오라기 함께 자네
雲煙茫茫雪霏霏	구름 연기 아득아득 눈 부슬부슬
水面鏡淨風漣漪	거울 같은 수면이 바람 일어 무늬지네
綠蓑靑蒻冒雨披	푸른 우장 파란 삿갓에 비 무릅쓰고 떠나고

과 제2곡을 합친 것이 제1~8장의 텍스트에 해당하고, 제1, 2, 3곡을 합친 것이 제1~12장에 해당한다는 점과도 일치한다.

5. 결론

지금까지 탈착형 시가의 입장에서, 『악장가사』에 수록된 〈어부가〉의 결속, 종결, 구조, 주제 등을 검토 정리해 보았다. 그 중요한 내용을 요약하여 결론을 대신한다.

먼저 '2'장에서 정리한 결속과 종결은 다음과 같다.

1) 제1~8장 텍스트의 결속과 종결은 각장 제4구의 종결어미에서 대칭표현의 후미 전환·도치에 의해 보여준다.

2) 제9~12장 텍스트의 결속과 종결은 각장 제4구의 종결어미에서 대칭표현에 의해 보여준다.

3) 제1~12장 텍스트의 결속과 종결은 단락내 결속과 종결, 단락간의 결속과 종결로 나뉜다. 전자에는 1)과 2)에서 정리한 결속과 종결이 이 텍스트에서 제1단락(제1~8장)과 제2단락(제9~12장)의 단락내 결속과 종결이 된 것이 속한다. 단락간의 결속과 종결은 세 종류이다. 하나는 각장의 제2구에서 종결어미들이 보여준 대칭표현에 의한 결속과 종결이

短棹輕榉載月歸	짧은 노 가벼운 장대에 달 싣고 돌아오네
興來閒捻一笛吹	흥이 나면 한가로이 젓대 한 가락 불며
恠恠和以滄浪辭	이따금 滄浪辭로 화답을 하니
數聲激烈動江涯	몇몇 소리 격렬하여 강기슭을 울리네
悅然四顧忽若遺	갑자기 잊은 듯하여 사방을 돌아보니
高歌未終翁在玆	노래 채 끝나지 않았는데 늙은이는 여기 있네

(鄭道傳, 〈題孔伯共漁父詞卷中〉, 『三峰集』 권 1)

다. 다른 하나는 각장의 제6구에서 종결어미들이 보여준 대칭표현의 후미 전환·도치에 의한 결속과 종결이다. 마지막 하나는 백거이의 한시 〈어부〉의 제1, 2구, 제3, 4구, 제5, 6구, 제7, 8구 등을 〈어부가〉의 제1, 2, 3, 12장의 제1, 2구에 배치함에 의해 보여주는 이 텍스트의 결속과 종결이다.

'3'장에서 정리한 배경시공간의 구조는 다음과 같다.

1) 제1~8장과 제9~12장이 각각 배경시간에서 '오후~달밤'의 순차적 구조를 보인다.

2) 제1~8장에서 보여준 순차적 구조를 제9~12장에서 축약적으로 반복하였다. 이런 사실은 실사 조홍구에서도 발견된다.

3) 이 작품이 제1~8장의 텍스트, 제9~12장의 텍스트, 제1~12장의 텍스트 등으로 탈착되고, 제1~12장의 텍스트에서 그 배경시간이 보여준 축약적 반복을 염두에 두면, 두 번씩 나온 표현들은 불필요한 것들의 중첩(重疊)이나 용장(冗長)이 아니라, 구조적으로 필요한 것들의 반복(反復)으로 이해된다.

4) 이 작품의 전체 배경공간은 포구(항주의 錢塘江, 제1장) → 장강(제2장) → 동정호(제3, 4장) → 초강(楚江, 제5장) → 진회(秦淮: 남경을 지나는 장강, 제6장) → 절강(浙江 곧 錢塘江, 제7장) → 포구(항주의 錢塘江, 제8장) → 포구를 멀리한 장강(제9장) → 장강과 상강(제10장) → 장강(제11장) → 포구(항주의 錢塘江, 제12장) 등이다.

5) 4)의 배경공간으로 보아, 제1~8장 텍스트의 배경공간의 구조는 포구를 출발하여 장강, 동정호, 초강, 진회, 절강 등을 유람하고 포구로 돌아오는 구조이다.

6) 4)의 배경공간으로 보아, 제9~12장 텍스트의 배경공간의 구조는, 포구를 출발하여 멀리한 장강, 장강과 상강, 장강으로 나아갔다가 포구

로 돌아오는 구조이다.

7) 4)의 배경공간으로 보아, 제1~12장 텍스트의 배경공간의 구조는 앞의 두 텍스트의 배경공간의 구조를 합친 것이다.

'4'장에서 정리한 논리적 구조와 주제는 다음과 같다.

1) 제1~8장 텍스트의 논리적 구조는 순차적 구조이면서 동시에 서(제1장)-본(제2~7장)-결(제8장)의 구조이고, 제9~12장 텍스트의 논리적 구조는 순차적 구조이면서 동시에 본(제9~11장)-결(제12장)의 구조이며, 제1~12장 텍스트의 논리적 구조는 순차적 구조이면서 동시에 서(제1장)-본(제2~7장)-결(제8장)-본(제9~11장)-결(제12장)의 구조이다.

2) 제1~8장 텍스트의 주제는 [마음이 추구한 곳들(동정호, 초강의 낚시터, 진회, 포구)을 다녀오면서 즐기고 즐기려는, 탈속과 한적의 어부생애(유람, 낚시, 음영, 음주, 조수 구경)]이고, 제9~12장 텍스트의 주제는 [마음이 추구한 곳들(장강, 상강, 장강의 강변 낚시터)을 다녀오면서 즐기고 즐기려는, 탈속과 한적의 어부생애(유람, 음영, 낚시)]이며, 제1~12장 텍스트의 주제는 [마음이 추구한 곳들(동정호, 초강의 낚시터, 진회, 포구, 장강, 상강, 장강의 강변 낚시터)을 다녀오면서 즐기고 즐기려는, 탈속과 한적의 어부생애(유람, 음영, 음주, 조수 구경, 낚시)]이다.

이상의 논리적 구조는 배경시간과 배경공간의 구조에서와 같이, 제1~8장의 텍스트, 제9~12장의 텍스트, 제1~12장의 텍스트 등으로 탈착됨을 보여준다. 그리고 12장에서 떼어내어 수용할 수 있는 전8장 및 후4장과 12장은 각각 결속, 종결, 구조, 주제 등을 보인다는 점에서, 〈어부가〉는 탈착형 시가라고 정리할 수 있다.

이현보의 〈어부장가〉

1. 서론

이 글은 어부가 계통의 연시조들을 이해하기 위하여, 〈어부장가〉(이현보)의 결속, 종결, 구조, 주제 등을 연구하는 데 연구의 목적이 있다. 〈어부장가〉는 물론 〈어부가〉(『악장가사』)와 〈어부사시사〉(윤선도)의 간단한 소개와 가치 판단은 조윤제(1937:250~258, 338~340)에서 보인다. 그리고 이를 체계적인 연구로 발전시킨 것은 이재수(1955:131~250) 이다. 이재수는 『윤고산 연구』의 '제5장 어부가'에서 어부가의 유래, 어부가의 개찬, 이현보 및 어부생활, 어부가의 가치, 어부가의 형식, 농암 어부가해, 이선악과 어부가 등을 다루었다. 이후의 연구들은 크게 보면, 이재수의 연구를 심화시키고 확대시켰다고 볼 수 있다. 그간에 이루어진 〈어부장가〉의 연구사를, 개찬, 어부가의 사적 전개, 집구된 원시의 소원 (溯源), 형식, 내용과 심상, 구조, 주제, 장르 등으로 나누어 간단하게 정리하면 다음과 같다.

개찬은 이현보의 〈어부가서〉[1]에 근거하여 논의되었다. 이 글을 조윤

---

1 "어부가 두 편은 누구에 의해 지어진 것인지를 알 수 없다. 내가 스스로 물러나 밭 가까이에서 늙어 마음이 한가하고 일이 없어 옛사람들이 상영(觴詠)을 부집(裒集)한

제(1937:354~357)가 인용 번역하였고, 〈어부가〉(『악장가사』)와 〈어부장가〉(이현보)의 대조표를 만들어, 개찬의 정도를 정리하였다. 그 후에도 이 개찬은 이재수(1955), 윤영옥(1982, 1986), 여기현(1989, 1996, 1999), 정무룡(2003a) 등에 의해 부연 보완되었다. 박해남(2010)은 〈어부장가〉는 〈어부가〉(『악장가사』)를 개찬한 것이 아니라고 보았다.

어부가의 사적 전개는 조윤제(1937), 이재수(1955), 윤영옥(1982, 1986), 최동원(1984), 김선기(1985), 장선용(1988), 여기현(1989, 1996, 1999), 이형대(1998), 김정주(2000) 등에 의해 논의되었다.

사이에, 노래 부를 수 있는 詩文 약간 首를 비복에게 교열(敎閱:가르치고 검열하다)하여 때때로 듣고 소견(消遣)하였다. 아손(兒孫)들이 늦게 이 노래를 얻어 보이기에 내가 글의 말을 살펴보니 한적(閒適)한 의미가 심원(深遠)하여 음영의 끝에 사람으로 하여 功名에 탈략(脫略:거리끼지 않다)하게 함이 있으며, 표표(飄飄)하고 하거(遐擧)한 진외(塵外)의 뜻이 있었다. 이를 얻은 후에는 전에 완열(玩悅)하던 歌詞를 진기(盡棄)하고 이에 전의(專意)하였다. 손으로 스스로 베끼어 꽃피는 아침과 달이 뜨는 저녁에 술잔을 잡고 벗을 불러 분강(汾江)의 작은 배 위에서 읊조리게 하면 흥미가 우진(尤眞)하고 미미(亹亹)하여 고달픔을 잊었다. 다만 어구가 여러 곳에서 불륜(不倫:不脈絡, 不順序) 혹은 중첩(重疊)이 많으니, 이는 반드시 傳寫의 잘못일 것이다. 이 노래는 성현의 글에 근거한 글이 아니어서 망령되이 더하고 고르고 고쳐 일편 십이 장(一篇 十二章)은 삼장(三章)을 버리고 구장(九章)으로 하여 장가(長歌)를 지어 읊조리고, 일편 십장(一篇 十章)은 단가(短歌) 오결(五闋)로 줄여 지어 葉을 삼아 唱하고, 합치어 일부 신곡(新曲)을 이루었는데, 다만 깎고 고친 것이 아니라, 첨가하고 보충한 곳도 또한 많다. 그러나 역시 각기 옛글의 본래의 뜻을 따라 더하고 깎았다. 이름하여 농암야록(聾嚴野錄)이라 하니, 보시는 분은 참월(僭越)하다고 나를 미워하지 마르시길 바랍니다."(漁父歌兩篇 不知爲何人所作 余自退老田間 心閒無事 哀集古人觴詠間 可歌詩文若干首 敎閱婢僕 時時聽而消遣 兒孫輩晚得此歌而來示 余觀其詞語 閒適意味深遠 吟詠之餘 使人有脫略功名 飄飄遐擧塵外之意 得此之後 盡棄其前所玩悅歌詞 而專意于此 手自謄冊 花朝月夕 把酒呼朋 使詠於汾江小艇之上 興味尤眞 亹亹忘倦 第以語多不倫或重疊 必其傳寫之訛 此非聖賢經據之文 妄加撰改 一篇十二章去三爲九 作長歌而詠焉 一篇十章 約作短歌五闋 爲葉而唱之 合成一部新曲 非徒刪改 添補處亦多 然亦各因舊文本意而增損之 名曰 聾嚴野錄 覽者 幸勿以僭越咎我也. 李賢輔『聾嚴集』卷三〈漁父歌序〉)

집구된 원시의 소원(溯源)은 이재수(1955), 여기현(1989, 1996, 1999) 강석중(1998) 등에 의해 주로 밝혀졌다. 구체적인 내용은 본문의 각주로 돌린다.

〈어부장가〉의 형식을, 이재수(1955:100)는 3장6절식으로 보고, 제1절을 4,3조로, 제2절을 4,5조로, 제3절을 4,4조로, 제4절을 4,3(4,3,3)조로, 제5절을 3,3,3조로, 제6절을 4,4조로 보았다. 김선기(1985:16) 역시 3장6절형으로 보았다. 송정숙(1990:73~74)은 제1, 2, 4, 6행은 4보격으로, 제3행은 2보격으로, 제5행은 3보격으로 보았다.

내용과 심상의 연구에서, 이재수(1955:177~178)는 전문의 한문을 우리말로 풀었고, 여기현(1989:42~104, 1999:127~192)은 내용을 심상 및 시의의 집약화는 물론 구조적 유기성과 함께 검토하였다. 그리고 송정숙 (1990:79~85)은 심상을 내용 차원에서 검토하였고, 정무룡(2003b:9~25)은 장별 내용을 비교적 구체적으로 정리하였다.

구조의 연구는 개찬 내용을 중심으로 이루어져 왔으나 상당히 미흡하다. 조리 있는 배열을 보여주는 동시에, 수미전도와 전후불합도 보여준다(이재수 1955:153)[2]는 주장이 먼저 나왔다. 그 후에 순서나 맥락에 맞지 않는 곳과 중첩된 곳을 바로 잡아, 구조적 유기성을 보인다(여기현

---

2 "以上 聾歌와 原歌를 比較檢討하여 그 長短을 妄論하였는데, 總括的으로 論之하면, 첫째 餘音의 整理에 있어서는 原歌의 散漫無順함을 條理있게 排列함에 있어서 聾巖의 努力의 자취와 함께 그 成功을 認證할수 있으나, 歌詞의 改編에 對하여는 各章個個에서 그를 論評한바와 같이 도리여 聾巖의 改編이 邯鄲의 故步를 잃은 感이 있다. 다시 再論하거니와 原歌가 八章以後에 덧부친 蛇足을 除去한다면 別로 欠잡을 것이 없는 完璧의 것인데, 聾巖의 改編은 대체에 있어서 原歌의 計劃性있는 編章을 改竄하여 首尾顚倒 또한 前後不合의 誤謬가 不少함을 이미 指摘한바와 같다. 생각건대 聾巖은 本歌修正에 있어서 그 自身의 勞力은 勿論 退溪와의 往復書翰에서도 그 苦心의 자취를 엿볼수 있거늘, 이와 같은 後人의 論難을 不免하게 함은 또한 遺憾이라 아니할 수 없다."(이재수 1955:153)

1989:97, 1999:184~185)[3]는 데까지는 나아갔다. 정무룡(2003b)은 좀 더 비교적 구체적인 연구를 시도하였으나, 미흡한 면들을 보여준다.[4] 주제의 연구는 장별 주제는 물론 작품 전체의 주제가 논리적으로 정리 되지 않고 있다. 거개가 〈어부가서〉에서 보이는 '진외지의(塵外之意)'를 중심으로, 어부생활(漁父生活)의 우유자적(優遊自適)과 아창흥취(雅暢 興趣)를 읊은 노래,[5] 강호한적의 풍류,[6] 망기를 지향하는 풍류[7] 정도에

---

3 "위에서 알 수 있듯이 …… 그런데 후렴구의 배열은 「원어부가」에는 중복되고 일관성 이 보이지 않는 데 비하여, 「어부장가」는 매우 질서 있게 배열되어 있음을 볼 수 있다. 특히 「원어부가」 10장, 11장, 12장의 후렴구는 전혀 그 유기성을 얻지 못한 것이다. 8장과 9장의 후렴구에서 이미 어옹은 귀환하여 배를 매었는데 다시 "이퍼라, 돗더러라, 셔스라"라 하는 것은 앞뒤와 연관성 없는 외침일 뿐이다. 이에 비하여 공간적 질서와 시간적 질서에 있어서도 「어부장가」는 어느 정도 유기성을 획득하고 있다. 그러나 그것 은 「원어부가」에 비하여 상대적으로 그러하다는 것이지 완전한 것은 아니다. 이 불완전 함은 孤山의 「어부사시사」에 와서야 극복된다. 어쨌든 후렴구는 어옹의 일과를 나타내 는 의미체험임을 알 수 있다."(여기현 1989:97, 1999:184~185)

4 "〈장가〉의 9연들이 배열된 이면에는 농암이 〈원어부가〉의 단점을 지적한 문구들에서 이미 풍기듯 '순서성'이 강조되었다. 환언하면 제 1연~제 9연의 전개에는 일관된 논리 가 작용하고 있다는 것이다. 외형적으로는 이른바 실사 여음이란 제 3행이 명징하게 이를 증시한다. 매연의 시상도 앞의 해석을 통해 노정되었듯이 순서를 따른다. 登舟의 결심→乘船과 航進→忘機의 自適함→外物의 방해→방황과 帆歸→정박과 폭음→ 도원경으로 표류→무심한 풍류 체득→우주와 융일로 정리되는 시상의 전개 양상은 매우 논리적이다. 농암은 밖으로는 실사 여음을 통해, 안으로는 시상의 전개라는 이중 의 장치로 〈장가〉 9장을 조직화했다.
〈장가〉 9연의 순서를 세밀히 관찰하면 내부적으로 세 개의 큰 단위가 발견된다. 시간 상으로 1~3연은 한 낮, 4~6연은 낮과 밤의 걸침, 7~9연은 밤이다. 상황 면으로 살피면 1~3연은 목표 지점까지의 도달 과정, 4~6연은 갈등과 음주, 7~9연은 승화된 자아의 귀환으로 삼분된다. 〈教坊樂〉의 한 품목인 〈船樂〉에서 〈장가〉를 〈漁夫辭〉의 初篇, 中篇, 三篇으로 분절시킴도 의도적이다. 〈장가〉에는 비록 표시는 없으나 진작조의 3강 분절양식이 배타적으로 작용해 9연으로 구성되었다고 풀이된다."(정무룡 2003b:35~36)

5 이재수(1955:137)는 〈어부장가〉와 〈어부단가〉의 내용을 "漁父生活의 優遊自適과 雅 暢興趣를 읊은 노래"로 보았다.

6 "이상의 분석에서 「원어부가」와 「어부장가」에 담겨진 시의의 하나인 풍류를 검토해 보았다. 吟詠風流. 이는 강호인들의 생활의 한 단면이나 시대에 따라, 혹은 강호 인식

머물고 있다.

장르 문제는 윤영옥(1982, 1986), 송정숙(1990), 정무룡(2003a) 등에 의해 논의되었다.

이렇게 진행되어온 연구들은 〈어부장가〉의 이해에 많은 도움을 주어 왔다. 그런데 이 글에서 관심을 가지고 있는 결속, 종결, 구조, 주제 등으로 보면, 미흡한 점들이 적지 않다. 결속과 종결의 문제는 연구된 바가 없다. 그리고 배경시간의 구조와 논리적 구조는 연구된 바가 있으나, 전자의 구조는 좀더 치밀하게 검토를 해 보아야 할 것 같고, 후자의 구조는 장별 주제에 기초한 것이 아니라는 점에서 논리적이지 못하다. 물론 배경공간의 구조는 연구된 적이 없다. 작품 전체의 주제 역시 장별 주제에 기반한 것이 아니어서 좀더 논리적인 접근을 필요로 한다. 게다가 이 작품 역시 탈착형의 가능성을 보인다.

이에 이 글에서는 〈어부장가〉의 결속, 종결, 구조, 주제 등을 검토 정리하면서, 탈착형의 가능성도 정리하고자 한다.

에 따라 얼마든지 달라질 수 있음을 보았고, 「원어부가」는 향락적 정서를 멋으로 인식한 풍류이고, 「어부장가」는 한적한 강호에서 정신적 침잠을 멋으로 인식한 풍류임을 알 수 있었다."(여기현 1989:89, 1999:176~177)

7 "이상에서 볼 때, 이현보는 〈악장어부가〉를 〈어부장가〉로 개작하면서 자신의 시의식을 은미하게 투영하여 작품의 분위기와 시적 구도를 자신의 내면지향 쪽으로 재구성해 왔음을 알 수 있다. 국가권력으로부터 심리적으로나마 유리된 물외의 공간 창출과 그 속에서 忘機를 지향하는 화자의 절제된 풍류를 그려내었던 바, 성리학적 이념과 크게 괴리되지 않은 처사문학의 전형적 요소를 담지해 내었던 것이다. 그것은 또한 致仕 후 그가 누려온 실제적 풍류의 면모와도 모순되지 않고 있다."(이형대 1998:99)

2. 결속과 종결

이 장에서는 〈어부장가〉가 보여주는 결속과 종결을 제1~6장의 텍스트와 제1~9장의 텍스트로 나누어 정리하고자 한다.

2.1. 제1~6장 텍스트의 결속과 종결

제1~6장 텍스트의 결속과 종결은 5종류이다. 이를 차례로 보자.

첫째는 백거이의 〈어부(漁父)〉에 의한 결속과 종결이다. 이를 보기 위해, 각장의 제2구들을 보자.

제1장: 자언거수(自言居水)이 승거산(勝居山)이라 ᄒᆞᆺ다.
제2장: 홍요화변(紅蓼花邊) 백로한(白鷺閒)이라.
제3장: 유시요도(有時搖棹) 월중환(月中還)이라.
제4장: 삼공불환(三公不換) 차강산(此江山)라.
제5장: 일편태기(一片苔磯) 만유음(萬柳陰)이라.
제6장: 죽경시문(竹徑柴門)을 유미관(猶未關)라.

이 인용의 시구들 중에서 제1, 2, 3, 6장의 제2구들은 〈어부(漁父)〉(雪鬢漁翁駐浦間 自言居水勝居山 靑菰葉上涼風起 紅蓼花邊白鷺閑 盡日泛舟烟裏去 有時搖棹月中還 濯纓歌罷汀洲靜 竹徑柴門猶未關)의 제2, 4, 6, 8구들이다. 이로 인해 제1~6장이 〈어부〉로 결속되어 있고, 〈어부〉의 시종에 의해 종결도 보여줌을 알 수 있다.

둘째는 반복표현(압운자)의 후미 전환·도치에 의한 결속과 종결이다. 이 텍스트에서 한시의 마지막 글자들을 보면, '山, 閒, 還, 山, 陰, 關' 등이다. 이 중에서 '山, 閒, 還, 關' 등은 백거이가 〈어부〉에서 쓴 압운자들이다. 이 압운자들을 계산하면, 이 텍스트에서 압운자를 벗어난 것은 '陰'자 하나이다. 그런데 이 압운자의 반복과 일탈은 결속과 종결에서 흔히 보이는 반복표현의 후미 전환·도치에 해당한다. 즉 압운자의 반복표현을 보여주다가 마지막에 이를 전환한 일탈을 보이고, 이 반복표현의 후미 전환을 다시 후미에서 도치시킨 압운자(반복표현)의 후미 전환·도치이다. 이런 점에서 이 텍스트는 압운자(반복표현)의 후미 전환·도치에 의한 결속과 종결도 보여준다고 정리할 수 있다.

셋째는 대칭표현에 의한 결속과 종결이다. 이를 보기 위해, 각장의 제4구들을 보자.

> 제1장: 조수즈락(早潮纔落) 만조래(晚潮來)ᄒᄂ다.
> 제2장: 동정호리(洞庭湖裏) 가귀풍(駕歸風)호리라.
> 제3장: 아심수처(我心隨處) 자망기(自忘機)라.
> 제4장: 산우계풍(山雨溪風) 권조사(捲釣絲)라.
> 제5장: 녹평신세(綠萍身世) 백구심白鷗心)라.
> 제6장: 야박진회(夜泊秦淮) 근주가(近酒家)로다.

이 인용에서 끝음절만을 보면, 제3장과 제4장은 '-라'로 대칭되고, 제2장과 제5장 역시 '-라'로 대칭되며, 제1장과 제6장은 '-다'로 대칭되어 있음을 알 수 있다. 이 대칭표현은 이 텍스트의 결속과 종결을 보여준다.

넷째는 대칭표현의 후미 전환에 의한 결속과 종결이다. 이를 보기 위해 각장의 제2구들을 보자.

> 제1장: 자언거수(自言居水)이 승거산(勝居山)이라 ᄒᄂᆺ다.
> 제2장: 홍요화변(紅蓼花邊) 백로한(白鷺閒)이라.
> 제3장: 유시요도(有時搖棹) 월중환(月中還)이라.
> 제4장: 삼공불환(三公不換) 차강산(此江山)라.
> 제5장: 일편태기(一片苔磯) 만유음(萬柳陰)이라.

제6장: 죽경시문(竹徑柴門)을 유미관(猶未關)라.

이 인용을 언뜻 보면, 제1장이 일탈한 것으로 보인다. 그러나 제3장과 제4장이 '-라'의 대칭을 보이고, 제2장과 제5장이 '-이라'의 대칭을 보인다는 점과 함께 제1장을 보면, 이 텍스트는 대칭표현의 후미 전환에 의한 결속과 종결을 보여준다고 할 수 있다. 즉 제6장에서도 제1장에서와 같이 네 글자 다음에 격어미('-이, -을')를 붙이고, 맨 끝에 '-(이)라 ᄒ놋다'와 같은 어미를 써서, 제1장과 제6장이 대칭표현을 보여주어야 하는데, 이를 일탈(전환)한 것이다. 이는 대칭표현의 후미 전환으로, 이 텍스트의 결속과 종결을 보여준다.

다섯째는 시종의 대칭표현에 의한 종결이다. 이를 보기 위해 각장의 제5구들을 보자.

제1장: 비 떠라. 비 떠라.
제2장: 닫 드러라. 닫 드러라.
제3장: 이어라. 이어라.
제4장: 돗 디여라. 돗 디여라.
제5장: 이퍼라. 이퍼라.
제6장: 비 셔여라. 비 셔여라.

이 인용의 제1장과 제6장을 보면 '비'의 대칭표현을 보여준다. 이는 시종의 대칭표현으로 이 텍스트의 결속과 종결을 보여준다.

2.2. 제1~9장 텍스트의 결속과 종결

제1~9장의 텍스트는 두 단락으로 구성되어 있어, 단락내의 결속과 종결, 단락간의 결속과 종결 등으로 나누어 정리한다.

2.2.1. 단락내의 결속과 종결

'2.1.'에서 다룬 제1~6장의 텍스트에서 정리한 결속과 종결은, 이 텍스트에서는 제1단락의 단락내 결속과 종결로 기능한다. 이외에 발견되는 단락내 결속과 종결은 제2단락에서 보인다.

제7장: 빈 미여라. 빈 미여라.
제8장: 닫 디여라. 닫 디여라.
제9장: 빈 브텨라. 빈 브텨라.

이 인용에서 보면, 제7장과 제9장의 '빈'가 대칭표현이다. 이 대칭표현은 제2단락의 단락내 결속과 종결을 보여준다.

2.2.2. 단락간의 결속과 종결

제1단락(제1~6장)과 제2단락(제7~9장)의 결속과 종결은 5종류로 정리된다.

첫째는 제1구들이 보여주는 반복표현의 후미 전환·도치에 의한 결속과 종결이다. 이 결속과 종결을 보기 위해, 각장의 제1구들을 먼저 보자.

제1장: 설빈어옹(雪鬢漁翁)이 주포간(住浦間)
제2장: 청고엽상(青菰葉上)애 양풍기(涼風起)
제3장: 진일범주(盡日泛舟) 연리거(煙裏去)
제4장: 만사무심(萬事無心) 일조간(一釣竿)
제5장: 동풍서일(東風西日) 초강심(楚江深)
제6장: 탁영가파(濯纓歌罷) 정주정(汀洲靜)
제7장: 취래수저(醉來睡著) 무인환(無人喚)
제8장: 야정수한(夜靜水寒) 어불식(魚不食)거늘
제9장: 일자지간(一自持竿) 상조주(上釣舟)

이 인용에서 보면, 제8장의 끝에만 현토가 되어 있다. 이는 현토하지 않는 것을 반복하다가 후미에서 이를 일탈한 현토를 하고, 다시 이를 도치시킨 반복표현의 후미 전환·도치이다. 즉 무현토의 반복표현에서 후미에 현토하고 이를 도치시킨 것이다. 이 반복표현(무현토)의 후미 전환·도치는 이 텍스트의 결속과 종결을 말해준다.

둘째는 대칭표현에 의한 결속과 종결이다. 이를 보기 위해 각장의 제2구들을 보자.

제1장: 자언거수(自言居水)이 승거산(勝居山)이라 ᄒᆞ놋다.
제2장: 홍요화변(紅蓼花邊) 백로한(白鷺閒)이라.
제3장: 유시요도(有時搖棹) 월중환(月中還)이라.
제4장: 삼공불환(三公不換) 차강산(此江山)라.
제5장: 일편태기(一片苔磯) 만유음(萬柳陰)이라.
제6장: 죽경시문(竹徑柴門)을 유미관(猶未關)라.
제7장: 유하전탄(流下前灘) 야부지(也不知)로다.
제8장: 만선공재(滿船空載) 월명귀(月明皈)라.
제9장: 세간명리(世間名利) 진유유(盡悠悠)라.

이 인용에서 끝음절들을 3장씩 묶으면, ['-다, -라, -라'(제1, 2, 3장)-'-라, -라, -라'(제4, 5, 6장)-'-다, -라, -라'(제7, 8, 9장)]의 대칭표현을 보여준다. 이 대칭표현 역시 이 텍스트의 결속과 종결을 보여준다.

셋째도 대칭표현에 의한 결속과 종결이다. 이를 보기 위해 각장의 제4구들을 보자.

제1장: 조수ᄌᆞ락(早潮纔落) 만조래(晚潮來)ᄒᆞᄂᆞ다.
제2장: 동정호리(洞庭湖裏) 가귀풍(駕歸風)호리라.

제3장: 아심수처(我心隨處) 자망기(自忘機)라.

제4장: 산우계풍(山雨溪風) 권조사(捲釣絲)라.

제5장: 녹평신세(綠萍身世) 백구심(白鷗心)라.

제6장: 야박진회(夜泊秦淮) 근주가(近酒家)로다.

제7장: 도화류수(桃花流水) 궐어비(鱖魚肥)라.

제8장: 파조귀래(罷釣歸來) 계단봉(繫短篷)호리라.

제9장: 계주유유(繫舟猶有) 거년흔(去年痕)이라.

이 인용에서 끝음절을 보면, ['-다, -라, -라, -라'(제1~4수)-'-라'(제5수, 대칭축)-'-다, -라, -라, -라'(제6~9수)]의 대칭표현을 보여준다. 이 대칭표현 역시 결속과 종결을 보여준다.

넷째도 대칭표현에 의한 결속과 종결이다. 이를 보기 위해 각장의 제5구들을 보자.

제1장: 빈 떠라. 빈 떠라.

제2장: 닫 드러라. 닫 드러라.

제3장: 이어라. 이어라.

제4장: 돗 디여라. 돗 디여라.

제5장: 이퍼라. 이퍼라.

제6장: 빈 셔여라. 빈 셔여라.

제7장: 빈 미여라. 빈 미여라.

제8장: 닫 디여라. 닫 디여라.

제9장: 빈 브텨라. 빈 브텨라.

이 인용에서 보면, 제1, 9장의 '빈 떠라'와 '빈 브텨라'가 대칭표현이고, 제2, 8장이 '닫 드러라'와 '닫 디여라'가 대칭표현임을 알 수 있다. 이 두 대칭표현은 제1~9장 텍스트의 결속과 종결을 잘 보여준다.

다섯째는 대칭표현의 후미 전환에 의한 결속과 종결이다. 이를 보기 위해, 각장의 제6구들을 보자.

제1장: 의선어부(倚船漁父)이 일견(一肩)이 고(高)로다.
제2장: 범급전산(帆急前山) 홀후산(忽後山)이로다.
제3장: 고설승류(鼓枻乘流) 무정기(無定期)라.
제4장: 일생종적(一生蹤迹) 재창랑(在滄浪)라.
제5장: 격안어촌(隔岸漁村) 삼양가(三兩家)라.
제6장: 와구봉저(瓦甌蓬底) 독짐시(獨斟時)라.
제7장: 만강풍월(滿江風月) 속어선(屬漁船)라.
제8장: 풍류미필(風流未必) 재서시(載西施)라.
제9장: 애내일성(欸乃一聲) 산수록(山水綠)라.

이 인용을 보면, 제1, 2장만이 일탈을 보이는 것 같다. 그러나 이는 표면적인 것이다. 이는 결속과 종결을 설명해 주지 못한다. 이에 비해 관점을 바꾸어 보면, 결속과 종결을 정리할 수 있다. 제5장을 대칭축으로 보면, 이 제6구들은 대칭표현의 후미 전환형이 된다. 즉 제5장을 대칭축으로 하는 대칭표현에서, 제1, 2장의 대칭표현인 '-로다'를 제8, 9장의 '-라'로 전환한 것이다. 이런 점들을 계산하면, 이 텍스트는 대칭표현의 후미 전환에 의해 결속과 종결을 보여준다고 정리할 수 있다.

3. 배경시공간의 구조

이 장에서는 배경시간과 배경공간의 구조를 정리하고자 한다.

3.1. 배경시간의 구조

제1장의 배경시간은 "조수ᄌ락(早潮纔落) 만조래(晚潮來)ᄒᄂ다."로 보아, 아침 조수와 저녁 조수가 막 바뀌는 시간이다. 이 시간은 '한낮'으로 볼 수도 있고, '오후'의 시작으로 볼 수도 있다. 이하의 장들이 보이는 시간과의 관계를 고려하여 '오후(1)'로 정리한다.

제2장의 배경시간을 명확하게 직접 적시한 시어는 없다. 그러나 제2장에서 서술한 "청고엽상(靑菰葉上)애 양풍기(涼風起). / 홍요화변(紅蓼花邊) 백로한(白鷺閒)이라."의 내용으로 보면, 제1장의 '오후(1)'의 연장선상에 있는 '오후(2)'로 보인다. 그리고 '닫 드러라(닻 들어라)'(제2장) 역시 '배 띄워라'(제1장)의 연장선상에 있다. 이런 점에서 제2장의 배경시간은 제1장의 '오후(1)'에 이어진 '오후(2)'로 정리한다.

제3장 역시 그 배경시간을 명확하게 직접 적시한 시어는 없다. 그러나 '이어라(저어라)'(제3장)로 보면, 제1, 2장의 배경시간인 '오후(1, 2)'의 연장선상에 있는 '오후(3)'으로 추정된다. 왜냐하면, '이어라(저어라)'(제3장)는 '배 띄워라'(제1장) → '닻 들어라'(제2장)의 연장선상에 있기 때문이다. "진일범주(盡日泛舟) 연리거(煙裏去), / 유시요도(有時搖棹) 월중환(月中還)이라."는 "종일 배를 띄워 물안개 속을 다니다가, / 어떤 때는 노 저어 달빛에 돌아왔다."로 번역된다는 점에서, 이에 포함된 '달밤'은 회상된 과거로 시적 화자가 노래하는 시간은 아니다.

제4장 역시 그 배경시간을 명확하게 직접 적시한 시어는 없다. 그러나 '돗 디여라(돛 내려라)'와 "산우계풍(山雨溪風) 권조사(捲釣絲)라."로 보아, 제1~3장의 오후(1, 2, 3)에 이어진 오후(4)로 짐작된다. '돗 디여라(돛 내려라)'(제4장)는 낚시를 위해 돛을 내리는 것으로, 제1~3장의 '배 띄워라'(제1장) → '닻 들어라'(제2장) → '저어라'(제3장) 등의 순차성과 이 행위들이 보여준 '오후(1, 2, 3)'의 순차성으로 보아, 제4장의 배경시

간은 제1~3장의 '오후(1, 2, 3)'에 이어진 '오후(4)'로 보인다. 그리고 "산우계풍(山雨溪風) 권조사(捲釣絲)라."는 낚시를 거두는 것으로, 오후에 하던 낚시를 거두는 것이다. 이 시간은 저녁 이전이 될 수도 있고, 밤이 될 수도 있지만, 제5장의 '서일(西日)'로 보아, 저녁 이전의 오후로 보인다. 이런 점들로 보아 제4장의 배경시간은 '오후(4)'로 정리된다.

제5장의 배경시간은 '서일(西日)'로 보아 저녁(황혼)이다. '서일(西日)'은 늦은 오후나 저녁이 되는데, 문맥상 저녁(황혼)으로 정리한다.

제6장의 배경시간은 '달밤(1)'이다. "야박진회(夜泊秦淮) 근주가(近酒家)로다."는 진회에 배를 정박한 밤을 보여준다. 이 밤은 어두운 밤이 아니라, 배를 정박할 수 있는 달밤으로 추정된다. 특히 제6장에 이어진 제7장의 배경시간이 달밤이라는 점에서, 이 제6장의 배경시간은 '달밤(1)'로 추정된다.

제7장의 배경시간은 '달밤(2)'이다. "만강풍월(滿江風月) 속어선(屬漁船)라."는 '달'을 보여준다. 이 달은 낮에 나온 달도 될 수 있고, 밤에 뜬 달도 될 수 있지만, 문맥상 '달밤'을 보여주는 달로 보았다. 이 '달밤'은 제6장의 '달밤(1)'에 이어진 '달밤(2)'이다.

제8장의 배경시간은 '달밤(3)'이다. "야정수한(夜靜水寒) 어불식(魚不食)거늘 / 만선공재(滿船空載) 월명귀(月明皈)라."는 '월명'을 보여준다. 이 월명의 '명월'은 제7장의 '달밤(2)'에 이어진 '달밤(3)'으로 정리된다.

제9장의 배경시간은 '달밤(4)'로 추정된다. 제9장의 문면만으로 보면 배경시간을 직접 보여주지 않는다. 그러나 '비 브텨라(배 붙여라)'와 '계주(繫舟)'가, 앞에 온 제8장의 밝은 '달밤(3)', '달 디여라(닻 내려라)', "파조귀래(罷釣歸來) 계단봉(繫短篷)호리라." 등에 이어진 것이라는 점에서, 제9장의 배경시간은 '달밤(4)'로 추정된다.

이상을 다시 정리하면, 이 작품의 배경시간은 '오후(1)'(제1장), '오후

(2)'(제2장), '오후(3)'(제3장), '오후(4)'(제4장), '저녁(황혼)'(제5장), '달밤(1)'(제6장), '달밤(2)'(제7장), '달밤(3)'(제8장), '달밤(4)'(제9장) 등이다. 이는 일차로 순차적 구조를 잘 보여준다. 그리고 이차로 '오후'(제1~4장), '저녁(황혼)'(제5장), '달밤'(제6~9장) 등은 제5장을 대칭축으로 전후가 대칭하는 대칭적 구조도 잘 보여준다. 이런 점에서 이 작품의 배경시간은 순차적 구조와 대칭적 구조로 정리할 수 있다.

3.2. 배경공간의 구조

제1장의 배경공간은, "설빈어옹(雪鬢漁翁)이 주포간(住浦間)"과 '비뗘라(배 띄워라)'로 보아, 출항하기 위해 배를 띄우는 포구이다.

제2장의 배경공간은 포구에서 동정호로 나아가는 출항(出港)의 공간이다. "청고엽상(青菰葉上)애 양풍기(凉風起), / 홍요화변(紅蓼花邊紅)백로한(白鷺閒)이라."는 출항하면서 본 강변을, '닫 드러라(닻 들어라)'는 출항의 시작을, "동정호리(洞庭湖裏) 가귀풍(駕歸風)호리라."는 출항의 첫 유람지를, "범급전산(帆急前山) 홀후산(忽後山)이로다."는 배가 속도를 내기 시작하는 출항의 후반을, 각각 잘 말해준다. 이런 점에서, 제2장의 배경공간은 포구에서 동정호로 나아가는 출항(出港)의 공간으로 정리할 수 있다.

제3장의 배경공간은 출항하여 마음이 추구한 곳(동정호)으로 (가기 위해 물 흐름을 타고 노를 저어) 나아가는 유람(/뱃놀이)의 공간이다. 이런 사실은 "이어라. 이어라. / 아심수처(我心隨處) 자망기(自忘機)라."와 "고설승류(鼓栧乘流) 무정기(無定期)라."에서 파악할 수 있다. "진일범주(盡日泛舟) 연리거(煙裏去), / 유시요도(有時搖棹) 월중환(月中還)이라."는 시적 화자가 시간을 정하지 않고, 동정호에 있는 마음이 추구

한 망기처로 가기 위해 물의 흐름을 타고 노를 저어 다닌 것이, 이번이 처음이 아님을 보여준다. 왜냐하면 '유시(有時)'는 '어떤 때는'의 의미이기 때문이다. 이런 점에서 제3장의 배경공간은 출항하여 마음이 추구한 곳(동정호)으로 나아가기 위해 물 흐름을 타고 노를 저어 나아가는 유람(/뱃놀이)의 공간, 즉 출항하여 마음이 추구한 곳(동정호)으로 가기 위해 물 흐름을 타고 노를 저어 나아가는 유람(/뱃놀이)의 공간으로 정리할 수 있다.

제4장의 배경공간은 마음이 추구한, 망기하고 무심하게 낚시를 하는 공간(동정호)이다. "만사무심(萬事無心) 일조간(一釣竿), / 삼공불환(三公不換) 차강산(此江山)라."는, 시적 화자가 그렇게 동정호에서 마음이 추구하여 스스로 망기하고 무심할 수 있는 낚시터를 찾고 환희에 차서 던진 시구로 이해된다. 그래서 시적 화자는 망기하고 무심하게 낚시를 할 수 있게, "돗 디여라. 돗 디여라.(돗 내려라. 돗 내려라.)"라고, 돗을 내리게 하는 것이다. 그리고 그 후에 "산우계풍(山雨溪風) 권조사(捲釣絲)라."에서와 같이 낚싯줄을 감았다. 이런 사실로 보아, 제4장의 배경공간은 마음이 추구한, 망기하고 무심한 공간(1, 洞庭湖의 낚시터)으로 정리할 수 있다.

제5장의 배경공간은 마음이 추구한, 망기하고 무심한 공간(2, 楚江의 낚시터)이다. "동풍서일(東風西日) 초강심(楚江深), / 일편태기(一片苔磯) 만유음(萬柳陰)이라."는 마음이 추구한, 망기하고 무심한 초강의 낚시터를 잘 보여준다. 이런 사실은 '이퍼라(읊어라)'에서도 알 수 있다. '이퍼라(읊어라)'는 '배 띄워라'(제1장) → '닻 들어라'(제2장) → '저어라'(제3장) → '돗 내려라'(제4장)에서 보이는 배의 운항과 관련된 언어가 아니다. 이 일탈 표현은 제5수가 배를 운항하면서 노래한 것이 아니라, 초강의 강변 낚시터에서 노래한 것이기 때문이다.

제6장의 배경공간은 마음이 추구한, 망기하고 무심한 공간(3, 秦淮의 獨酌하는 篷底)이다. "탁영가파(濯纓歌罷) 정주정(汀洲靜), / 죽경시문(竹徑柴門)을 유미관(猶未關)라."는 배로 정주를 지나면서 본 정경을 보여주고, "야박진회(夜泊秦淮) 근주가(近酒家)로다."는 진회에 정박한 사실을 말해준다. 그리고 "와구봉저(瓦甌篷底) 독짐시(獨斟時)라."는 와구로 독작하는 봉저(篷底, 대를 엮어 덮은 배의 바닥. 거룻배의 바닥.)를 잘 보여준다. 이런 점들로 보아, 제6장의 배경공간은 마음이 추구한, 망기하고 무심한 공간(3, 秦淮의 獨酌하는 篷底)으로 정리할 수 있다.

제7장의 배경공간은 마음이 추구한 곳(진회)을 벗어나 흘러 내려가는 유람(/뱃놀이)의 공간이다. 이런 사실은 "취래수저(醉來睡著) 무인환(無人喚), / 유하전탄(流下前灘) 야부지(也不知)로다."에서 알 수 있다. 특히 흘러 내려간 곳이 진회라는 사실은, 진회를 노래한 제6장의 끝에 나온 "와구봉저(瓦甌篷底) 독짐시(獨斟時)라."와 "취래수저(醉來睡著) 무인환(無人喚), / 유하전탄(流下前灘) 야부지(也不知)로다."는 원시인 "산우계풍권조사(山雨溪風卷釣絲) 와구봉저독짐시(瓦甌篷底獨斟時) 취래수저무인환(醉來睡著無人喚) 유하전계야부지(流下前溪也不知)"(당, 杜荀鶴의 〈漁興〉)에서 연속된 시구들이기 때문이다. 이 흘러 내려간 곳은 "산우계풍권조사(山雨溪風卷釣絲) 와구봉저독짐시(瓦甌篷底獨斟時)"를 모두 계산하면, 제4~6장의 동정호의 무심한 낚시터, 초강의 낚시터, 진회로부터 흘러 내려간 앞 여울이다. 왜냐하면, "산우계풍권조사(山雨溪風卷釣絲) 와구봉저독짐시(瓦甌篷底獨斟時)"는 제4~6장에서 집구한 장소이기 때문이다. 이 흘러 내려간 장소는 이미 유람의 목적지를 벗어난, 귀항으로 들어서는 유람으로 정리된다. 그리고 "만강풍월(滿江風月) 속어선(屬漁船)라."는 목적지로부터 귀항(歸港)을 위해 돌아오면서 본 풍경으로, 목적지로부터 귀항(歸港)을 위해 돌아오는 운항의 공간

을 잘 보여준다. 이런 점에서, 제7장의 배경공간은, 마음이 추구한 곳(진
회)으로부터 흘러 내려가는 유람(/뱃놀이)의 공간으로 정리할 수 있다.

제8장의 배경공간은 포구로 돌아오는 귀항(歸港)의 공간이다. "야정
수한(夜靜水寒) 어불식(魚不食)거늘, / 만선공재(滿船空載) 월명귀(月
明版)라."와 "파조귀래(罷釣歸來) 계단봉(繫短篷)호리라."로 보아, 배
경공간은 낚시를 끝내고 돌아오는 공간이다.

제9장의 배경공간은 귀항하여 배를 붙이고 매는 포구이다. 배를 붙이
고 매는 사실은 '빈 브텨라(배 붙여라)'와 "계주유유(繫舟猶有) 거년흔
(去年痕)이라."에서 알 수 있다.

이상의 배경공간을 다시 정리하면 다음과 같다.

> 제1장: 출항하기 위해 배를 띄우는 포구
> 제2장: 포구에서 동정호로 나아가는 출항(出港)의 공간
> 제3장: 출항하여 마음이 추구한 곳(동정호)으로 가기 위해 물 흐름을 타
> 고 노를 저어 나아가는 유람(/뱃놀이)의 공간
> 제4장: 마음이 추구한, 망기하고 무심한 공간(1, 洞庭湖의 낚시터)
> 제5장: 마음이 추구한, 망기하고 무심한 공간(2, 楚江의 낚시터)
> 제6장: 마음이 추구한, 망기하고 무심한 공간(3, 秦淮의 獨酌하는 篷底)
> 제7장: 마음이 추구한 곳(진회)로부터 흘러 내려가는 유람(/뱃놀이)의
> 공간
> 제8장: 포구로 들어오는 귀항(歸港)의 공간
> 제9장: 귀항하여 배를 붙이고 매는 포구

이 정리에서 보면, 마음이 추구한, 망기하고 무심한 공간들(제4~6
장)은 병렬적이다. 그리고 이 마음이 추구한, 망기하고 무심한 공간들
(제4~6장)을 대칭축으로, 제1장과 제9장의 공간이, 제2장과 제8장의 공
간이, 제3장과 제7장이, 각각 대칭한다. 이런 점에서 보면, 이 작품의

배경공간은 제4~6장(병렬적 구조)을 대칭축으로 대칭한 대칭적 구조로 정리할 수 있다. 그리고 이 대칭적 구조는 가까운 곳에서 먼 곳으로, 먼 곳에서 가까운 곳으로 배열한 구조로 정리할 수 있다.

4. 논리적 구조와 주제

이 장에서는 장별로 주제를 정리하고, 이를 바탕으로 논리적 구조와 작품의 주제를 정리하려 한다. 기왕의 연구들이 밝힌 집구된 원시(原詩)의 소원은 각주로 정리하였다.

> 설빈어옹(雪鬢漁翁)이 주포간(住浦間),
> 자언거수(自言居水)이 승거산(勝居山)이라 ᄒ놋다.[8]
> 비 뻐라, 비 뻐라.
> 조수ᄌ락(早潮纔落) 만조래(晚潮來)ᄒᄂ다.[9]
> 지국총(至匊恩) 지국총(至匊恩) 어사와(於思臥)
> 의선어부(倚船漁父)이 일견(一肩)이 고(高)로다.[10]

---

8 "雪鬢漁翁駐浦間 自言居水勝居山 青菰葉上涼風起 紅蓼花邊白鷺閑 盡日泛舟烟裏去 有時搖棹月中還 濯纓歌罷汀洲靜 竹徑柴門猶未關"(눈같이 흰 귀밑머리의 늙은 어부가 물가에서 살면서, 물에서 사는 것이 산에 사는 것보다 낫다 하네. 푸른 줄 풀에 서늘한 바람 일고, 붉은 여뀌 곁에 백로는 한가롭네. 배는 종일 안개 속에 갔다가, 어떤 때는 노 저어 달빛 속에 돌아오네. 탁영이 그치니 물가는 고요한데, 대숲 길 끝의 사립문은 아직 열려있네. 〈漁父〉, 당, 백거이)의 제1, 2구(강석중 1998:210).

9 "早潮纔落晚潮來 一月周流六十回 不獨光陰朝復暮 杭州老去被潮催"(아침 밀물 겨우 나아가자 저녁 밀물 밀려 오니, 한 달에 되풀이하기를 육십 번. 시간만이 아침저녁으로 바뀌는 게 아니고, 항주에서 늙는 나도 저 밀물의 재촉 받네. 〈潮〉, 당, 백거이)의 제1, 2구(이재수 1955:178~179, 여기현 1996:381, 1999:78, 강석중 1998:218).

10 "雲端澈澈黃金餅 霜後溶溶碧玉濤 欲識夜深風露重 倚船漁父一肩高"(구름 끝 잔잔

눈같이 흰 귀밑머리의 어옹이 포구 가까이 살면서,
물에 사는 것이 산에 사는 것보다 낫다 하는구나!
배 띄워라. 배 띄워라.
아침 조수 겨우 빠지자 저녁 조수 막 들어온다.
지국총 지국총 어사와
배에 기댄 어부가 한 쪽 어깨가 높도다. (제1장)

주제는 [탈속하고 한적한 어부의 삶(물에 사는 것이 산에 사는 것보다
나음)을 요약하고, 물때에 맞춰 배 띄우기(泛舟)]이다. "눈같이 흰 귀밑
머리의 어옹이 포구 가까이 살면서, / 물에 사는 것이 산에 사는 것보다
낫다 하는구나!"는, 지금까지 어옹이 살아왔고, 앞으로 구체적으로 노래
할 물에 사는 것이 산에 사는 것보다 낫다는 것을 개괄적으로 요약하여
노래하였다는 점에서 서사에 해당한다. 특히, 산에 사는 것과 물에 사는
것은 모두가 탈속과 한적을 공통으로 한다. 그리고 "배 띄워라. 배 띄워
라."는 배 띄우기(泛舟)를 의미하며, "아침 조수 겨우 빠지자 저녁 조수
막 들어온다."는, 배를 띄우기에 좋은 물때를 의미한다. 그리고 "배에
기댄 어부가 한 쪽 어깨가 높도다."는 어부, 즉 시적 화자가 한 쪽 어깨가
높게 배에 기대고 있는 한적한 풍경을 보여준다. 이런 점들을 모두 계산
하면, 제1장의 주제는 [탈속하고 한적한 어부의 삶(물에 사는 것이 산에
사는 것보다 나음)을 요약하고, 물때에 맞춰 배 띄우기(泛舟)]로 정리할
수 있다. 이 주제에 포함된, 탈속하고 한적한 어부 삶의 요약과 배 띄우
기는 모두가 제1장이 서사임을 말해준다.

한 황금병, 서리 뒤에 출렁이는 벽옥의 물결. 밤 깊어 바람 이슬 무거운 줄 알고자 하여,
배에 기댄 어부의 한 쪽 어깨 높아라. 〈洞庭秋月〉, 고려, 李仁老)의 제4구(이재수 1955:
179, 강석중 1998:222).

청고엽상(靑菰葉上)애 양풍기(凉風起),
홍요화변(紅蓼花邊紅) 백로한(白鷺閑)이라.[11]
닫 드러라. 닫 드러라.
동정호리(洞庭湖裏) 가귀풍(駕歸風)호리라.
지국총(至匊恩) 지국총(至匊恩) 어사와(於思臥)
범급전산(帆急前山) 홀후산(忽後山)이로다.

푸른 줄풀 잎에는 선들바람 일고,
붉은 여뀌꽃 주변에는 백로가 한가롭다.
닻 들어라. 딫 들어라.
동정호 안에서 바람을 타고 따르리라.
지국총 지국총 어사와
돛단배 빠르니 앞산이 홀연 뒷산이로다. (제2장)

"푸른 줄풀 잎에는 선들바람 일고, / 붉은 여뀌꽃 주변에는 백로가
한가롭다."를 통하여 보여주는 한적한 강변에서, "동정호 안에서 바람을
타고 따르리라."의 목적을 위하여, 닻을 들어 올려 출항하고, 빠르게 운
항함을 보여준다. 한가함에 하고 싶은 일을 한다는 점에서 보면, 한적을
보여준다. 이 운항은 제4장의 망기처로 가는 과정이고, 세속을 벗어나
는 과정이다. 이런 점들로 보아, 제2장의 주제는 [포구를 떠나 망기처인
동정호로 가는, 탈속과 한적의 출항]으로 정리할 수 있다.

진일범주(盡日泛舟) 연리거(煙裏去),
유시요도(有時搖棹) 월중환(月中還)이라.[12]

───
11 "雪鬢漁翁駐浦間 自言居水勝居山 靑菰葉上凉風起 紅蓼花邊白鷺閑 盡日泛舟烟裏
去 有時搖棹月中還 濯纓歌罷汀洲靜 竹徑柴門猶未關"(〈漁父〉, 당, 백거이)의 제3,
4구(강석중 1998:210).

이어라. 이어라.
아심수처(我心隨處) 자망기(自忘機)라.[13]
지국총(至匊恩) 지국총(至匊恩) 어사와(於思臥)
고설승류(鼓枻乘流) 무정기(無定期)라.[14]

종일 배를 띄워 물안개 속을 다니다가,
어떤 때는 노 저어 달빛에 돌아오니라.
저어라. 저어라.
내 마음이 추구한 곳에서 스스로 망기한다.
지국총 지국총 어사와
노를 쳐서 흐름을 타니 정한 기약 없구나. (제3장)

이 제3장의 주제는 [마음이 추구한 곳(동정호)으로 나아가 망기하고
즐기는, 탈속과 한적의 유람(/뱃놀이)]으로 정리할 수 있다. "저어라. 저
어라. / 내 마음이 추구한 곳에서 스스로 망기한다."는 마음이 추구한

---

12 "雪鬢漁翁駐浦間 自言居水勝居山 靑菰葉上凉風起 紅蓼花邊白鷺閑 盡日泛舟烟裏
去 有時搖棹月中還 濯纓歌罷汀洲靜 竹徑柴門猶未關"(〈漁父〉, 당, 백거이)의 제5,
6구(강석중 1998:210).

13 "風帆斜颺漾晴瀨 驚起沙鷗掠水飛 寄語從今莫相訝 我心隨處自忘機"(바람 돛은 빗
겨 살랑이고 맑은 물결 일렁이는데, 놀라깬 갈매기는 물을 스치며 날아가네. 말하노니
지금부턴 의아해 하지 말라, 내 마음 가는 곳마다 스스로 망기하니. 〈過蘭溪〉, 송, 楊
時)의 제4구(강석중 1998:212).

14 "扁舟滄浪叟 心與滄浪淸 不自道鄕里 無人知姓名 朝從灘上飯 暮向蘆中宿 歌竟還
複歌 手持一竿竹 竿頭釣絲長丈餘 鼓枻乘流無定居 世人那得識深意 此翁取適非取
魚"(편주의 창랑 노인은, 마음은 창랑과 더불어 맑고, 스스로 향리를 말하지 않아, 성명
을 아는 사람 없다. 아침에는 여울을 올라가 아침을 먹고, 저녁에는 갈대 사이로 들어가
자며, 노래가 끝나면 돌려 다시 노래하고, 손에는 한 자루의 대나무를 쥐었다. 한 자루
대나무 끝에 한길 남짓 낚싯줄을 매달고, 노를 치고 흐름을 타고 정처가 없으니, 세인이
이 깊은 뜻을 어찌 알겠는가? 이 노인은 한적을 취하고 고기를 취하지 않네. 〈漁父〉,
당, 岑參)의 제4구. 원시의 '居'를 '期'로 바꿈(이재수 1955:179, 강석중 1998:222).

곳으로 나아가 망기하고 즐기는 유람(/뱃놀이)을 잘 보여준다. 그리고 "노를 쳐서 흐름을 타니 정한 기약 없구나."는 탈속과 한적을 잘 보여주고, "종일 배를 띄워 물안개 속을 다니다가 / 어떤 때는 노 저어 달빛에 돌아오니라."의 뱃놀이는 과거에 망기하고 즐기던, 탈속과 한적을 잘 보여준다. 이런 점에서 제3장의 주제는, [마음이 추구한 곳(동정호)으로 나아가 망기하고 즐기는, 탈속과 한적의 유람(/뱃놀이)]으로 정리할 수 있다. 그리고 이에 포함된 '망기의 탈속과 한적'은 제7장의 '망기의 탈속과 한적'과 구분하기 위하여, '망기의 탈속과 한적'(1)로 정리한다. 이 '망기의 탈속과 한적'(1)은 제2장의 '탈속과 한적'에 점층된 것이다.

> 만사무심(萬事無心) 일조간(一釣竿),
> 삼공불환(三公不換) 차강산(此江山)라.[15]
> 돗 디여라. 돗 디여라.
> 산우계풍(山雨溪風) 권조사(捲釣絲)라.[16]
> 지국총(至匊恩) 지국총(至匊恩) 어사와(於思臥)
> 일생종적(一生蹤迹) 재창랑(在滄浪)라.
>
> 세상만사에 무심하여 낚싯대 하나이니,
> 삼공이라도 이 강산과 바꾸지 않으리라.

---

15 "萬事無心一釣竿 三公不換此江山 平生誤識劉文叔 惹起虛名滿世間"(세상 만사에 뜻이 없어 낚싯대 하나이니, 삼정승의 지위로도 이 강산과 바꾸지 않으리. 평생 유문숙을 잘못 사귀어, 헛된 이름이 세간에 가득하였네. 〈釣臺〉. 남송, 戴復古)의 제1, 2구(이재수 1955:179, 여기현 1996:381, 1999:78, 강석중 1998:213~214).

16 "山雨溪風卷釣絲 瓦甌篷底獨斟時 醉來睡著無人喚 流下前溪也不知"(산에 비가 오고 시냇물에 바람이 불어 낚싯줄을 감고, 질그릇 사발로 거룻배 바닥에서 홀로 잔질할 때에, 술에 취해 잠들어 깨우는 사람이 없어, 앞 시냇물로 흘러 내려가도 알지 못했네. 〈漁興〉, 만당, 杜荀鶴)의 제1구(이재수 1955:179, 강석중 1998:222).

돛 내려라, 돛 내려라.
산우 계풍이니 낚싯줄 감노라.
지국총 지국총 어사와
일생의 종적이 푸른 물결에 있도다. (제4장)

주제는 [마음이 추구한 곳(동정호)에서 즐기는, 무심한 탈속과 한적의 낚시]로 정리할 수 있다. 이런 사실은 세 부분에서 파악할 수 있다. "세상만사에 무심하여 낚싯대 하나이니, / 삼공이라도 이 강산과 바꾸지 않으리라."는 무심한 탈속과 한적을 보여준다. "산우 계풍이니 낚싯줄 감노라."는 자연에 순응하는 한적을 보여준다. "일생의 종적이 푸른 물결에 있도다."는 푸른 물결과 같이 탈속하여 살아왔음을 보여준다. 이런 점들을 계산하면, 제4장의 주제는 [마음이 추구한 곳(동정호)에서 즐기는, 무심한 탈속과 한적의 낚시]로 정리할 수 있다. 이에 포함된 '무심한 탈속과 한적'은 이하의 '무심한 탈속과 한적'과 구분하기 위하여 '무심한 탈속과 한적(1)'로 정리한다. 이 무심한 탈속과 한적은 제3수의 주제에 포함된 '망기의 탈속과 한적'에 비하면, 점층된 것이다.

동풍서일(東風西日) 초강심(楚江深),
일편태기(一片苔磯) 만유음(萬柳陰)이라.[17]
이퍼라, 이퍼라.
녹평신세(綠萍身世) 백구심(白鷗心)라.[18]

---

17 "東風西日楚江深 一片苔磯萬柳陰 別有風流難畵處 綠萍身世白鷗心"(동풍과 서일에 초강이 깊은데, 한 조각 이끼 낀 바위에 많은 버들이 그늘지네. 따로 풍류가 있어 처한 곳을 그려내기 어려우니, 푸른 부평초 신세에 흰 갈매기의 마음이라. 〈漁父〉, 趙東閣)의 제1, 2구(강석중 1998:214~215).

18 "東風西日楚江深 一片苔磯萬柳陰 別有風流難畵處 綠萍身世白鷗心"(〈漁父〉, 趙東

지국총(至匊恩) 지국총(至匊恩) 어사와(於思臥)
격안어촌(隔岸漁村) 삼양가(三兩家)라.

동풍과 서일에 초강이 깊고,
일편태기에 많은 버드나무 그늘이라.
읊어라. 읊어라.
부평초와 같은 인생은 백구의 마음이어라.
지국총 지국총 어사와
언덕 넘어 어촌은 두서너 집이로다. (제5장)

주제는 [마음이 추구한 곳(초강의 낚시터)에서 즐기는, 무심한 탈속
과 한적의 음영(吟詠)]이다. "동풍과 서일에 초강이 깊고, / 일편태기에
많은 버드나무 그늘이라."와 "언덕 넘어 어촌은 두서너 집이로다."를 보
면, 세속을 전혀 보여주지 않고 한적한 풍경만 보여준다. 게다가 "부평
초와 같은 인생은 백구의 마음이어라."를 보면 세속에 무심한 마음을
잘 보여준다. "부평초와 같은 인생"은 세속에 전혀 구속받지 않음을 잘
보여주고, "백구의 마음"은 무심한 마음을 잘 보여준다. 그리고 "읊어라.
읊어라."는 음영(吟詠)으로 즐김을 보여준다. 이런 점들로 보아, 제5장
의 주제는 [마음이 추구한 곳(초강의 낚시터)에서 즐기는, 무심한 탈속
과 한적의 음영(吟詠)]으로 정리할 수 있다. 이에 포함된 '무심한 탈속과
한적'을 이전과 이후의 것들과 구분하기 위하여, '무심한 탈속과 한적
(2)'로 정리한다.

閣)의 제4구(강석중 1998:214~215). 이재수(1955:179)와 여기현(1996:381, 1999:78)
은 시제를 달지 않고, "箇裏風流難畵處 綠萍身世白鷗心"(두목)의 집구로 보았다.

탁영가파(濯纓歌罷) 정주정(汀洲靜),

죽경시문(竹徑柴門)을 유미관(猶未關)라.[19]

비 셔여라. 비 셔여라.

야박진회(夜泊秦淮) 근주가(近酒家)로다.[20]

지국총(至匊恩) 지국총(至匊恩) 어사와(於思臥)

와구봉저(瓦甌蓬底) 독짐시(獨斟時)라[21]

〈탁영가〉 끝나자 정주는 고요한데,

죽경의 사립문을 지금도 역시 닫지 않았구나.

배 세워라. 배 세워라.

밤에 진회에 정박하니 주막이 가깝도다.

지국총 지국총 어사와

봉저에서 와구로 독작하는 때라. (제6장)

주제는 [마음이 추구한 곳(진회의 봉저)에서 즐기는, 무심한 탈속과
한적의 독작(獨酌)]이다. 이 무심한 탈속은 우선 〈탁영가〉가 말해준다.
〈탁영가〉의 탁영(濯纓)은 갓과 갓끈을 씻는다(洗濯冠纓也)는 의미로,
세속을 초월하는 의미를 비유한다(又喻超越世俗之意). 이 세속을 초월
하는 것은 세속에 마음이 없는 무심한 탈속을 보여준다. 그리고 "죽경의

---

19 "雪鬢漁翁駐浦間 自言居水勝居山 靑菰葉上凉風起 紅蓼花邊白鷺閑 盡日泛舟烟裏
去 有時搖棹月中還 濯纓歌罷汀洲靜 竹徑柴門猶未關"(〈漁父〉, 당, 백거이)의 제7,
8구(강석중 1998:210).

20 "烟籠寒水月籠沙 夜泊秦淮近酒家 桑女不知亡國恨 隔江猶唱後庭花"(내는 찬 강물
을 두르고 달은 모래펄을 둘렀는데, 밤에 묵는 진회에는 술집이 가깝네. 술집 여자들은
망국의 한을 알지 못하고, 강 건너에서 지금도 역시 후정화를 부르는구나. 〈泊秦淮〉,
만당, 杜牧)의 제2구(이재수 1955:179, 여기현 1996:381~382, 1999:79).

21 "山雨溪風卷釣絲 瓦甌蓬底獨斟時 醉來睡著無人喚 流下前溪也不知"(〈漁興〉, 만
당, 杜荀鶴)의 제2구(이재수 1955:179, 강석중 1998:222).

사립문을 지금도 역시 닫지 않았구나."는 한적을, "봉저(篷底, 대를 엮
어 덮은 배의 바닥)에서 와구로 독작하는 때라."는 한적한 즐김을 각각
잘 보여준다. 이런 점들로 보아, 제6장의 주제는 [마음이 추구한 곳(진
회의 봉저)에서 즐기는, 무심한 탈속과 한적의 독작(獨酌)]으로 정리할
수 있다. 이에 포함된 '무심한 탈속과 한적'을 이전의 것들과 구분하기
위하여 '무심한 탈속과 한적(3)'으로 정리한다.

> 취래수저(醉來睡著) 무인환(無人喚),
> 유하전탄(流下前灘) 야부지(也不知)로다.[22]
> 비 미여라. 비 미여라.
> 도화류수(桃花流水) 궐어비(鱖魚肥)라.[23]
> 지국총(至匊恖) 지국총(至匊恖) 어사와(於思臥)
> 만강풍월(滿江風月) 속어선(屬漁船)라.[24]

> 술에 취해 잠들자 깨우는 사람 없어,
> 앞 여울에 흘러 내려가도 나는 알질 못했구나.
> 배 매어라. 배 매어라.
> 복숭아꽃 흘러내리는 물에 쏘가리는 살쪘도다.

22 "山雨溪風卷釣絲 瓦甌篷底獨斟時 醉來睡著無人喚 流下前溪也不知"(〈漁興〉, 만
당, 杜荀鶴)의 제3, 4구(이재수 1955:179, 강석중 1998:222).

23 "西塞山前白鷺飛 桃花流水鱖魚肥 靑箬笠 綠簑衣 斜風細雨不須歸"(西塞山 앞에 백
로가 날고, 복사꽃 흘러내리는 강물에는 쏘가리 살쪘도다. 푸른 갈대 삿갓과 푸른 도
롱이, 빗겨 부는 바람에 가는 비 내려도 돌아갈 줄 모르네. 〈漁歌子〉, 당, 張志和)의
제2구(이재수 1955:179, 여기현 1996:383~384, 1999:81, 강석중 1998:220).

24 "夕陽吟立思無窮 萬古江山一望中 太守憂民疏宴樂 滿江風月屬漁翁"(석양에 읊조
리며 서 있으니 생각이 그지없고, 만고강산이 한 눈에 들어오네. 태수는 백성을 근심하
여 잔치놀이에 마음 두지 않으니, 강에 가득한 풍월은 어옹이 차지하네. 〈饒州鄱陽
亭〉, 신라, 최치원)의 제4구. 원시의 '翁'을 '船'으로 바꾼 것(강석중 1998:222).

지국총 지국총 어사와
강 가득한 풍월에 이어지는 어선이라. (제7장)

주제는 [마음이 추구한 곳(진회의 봉저)을 뒤로 하여 망기하고 즐기는, 탈속과 한적의 유람(/뱃놀이)]으로 정리할 수 있다. "술에 취해 잠들자 깨우는 사람 없어, / 앞 여울에 흘러 내려가도 나는 알질 못했구나."는 어떤 구속도 받지 않고 한가한 속에 하고 싶은 일을 한다는 점에서 한적하게 즐기는 모습을 잘 보여주면서, 동시에 마음이 추구한 곳(진회의 봉저)을 뒤로 하고 있음을 보여준다. "복숭아꽃 흘러내리는 물에 쏘가리는 살쪘도다." 역시 마음이 추구한 곳(진회의 봉저)을 뒤로 하고 있음을 보여주면서, 풍요의 여유로움을 보여주는데, 이는 세속을 벗어난 망기의 탈속을 보여준다. "강 가득한 풍월(청풍명월)에 이어지는 어선이라(滿江風月屬魚船라)."는 귀항을 위해 돌아오는 길에 본, 어선들이 청풍명월을 즐기기 위해 이어지는 한적한 분위기를 잘 보여준다. 이런 점들로 보아, 제7장의 주제는 [마음이 추구한 곳(진회의 봉저)을 뒤로 하여 망기하고 즐기는, 탈속과 한적의 유람(/뱃놀이)]으로 정리할 수 있다. 이에 포함된 '망기의 탈속과 한적'은 제3장의 '망기의 탈속과 한적'(1)과 구분하기 위하여 '망기의 탈속과 한적(2)'로 정리한다. 이 망기의 탈속과 한적은 제6수의 주제인 무심의 탈속과 한적에 비하면, 점강된 것이고, 제3장의 '망기의 탈속과 한적'(1)과는 제5장을 대칭축으로 대칭되어 있다.

야정수한(夜靜水寒) 어불식(魚不食)거늘,
만선공재(滿船空載) 월명귀(月明皈)라.[25]

---

[25] "千尺絲綸直下水 一派纔動萬派隨 夜靜水寒魚不食 滿船空載月明歸"(천 자의 한 아름 낚싯줄을 물에 곧게 드리우니, 한 물결 잠깐 움직이더니 일만 물결로 번진다. 밤이

닫 디여라. 닫 디여라.
파조귀래(罷釣歸來) 계단봉(繫短篷)호리라.[26]
지국총(至匊悤) 지국총(至匊悤) 어사와(於思臥)
풍류미필(風流未必) 재서시(載西施)라.[27]

밤이 고요하고 물이 차니 물고기 아니 물거늘,
배에 공허를 가득 싣고 밝은 달에 돌아가리라.
닻 내려라. 닻 내려라.
낚시 끝내고 돌아와 작은 거룻배를 매리라.
지국총 시국총 어사와
풍류에는 반드시 서시가 있어야 하는 것은 아니라. (제8장)

물지 않는 낚시를 초연히 끝내고 욕심 없이 돌아와 낚시를 끝낼 것을
마음에 먹고, 인위적으로 얻은 물질(낚시에서 잡은 물고기) 대신 무위로

깊고 물이 차가워서인가? 고기 물지 않아, 배에 가득 허공을 싣고 달빛에 돌아온다.
〈船子和尙偈〉의 제3, 4구(이재수 1955:179, 여기현 1996:382, 1999:80), 〈華亭船子德
誠禪師偈〉의 제3, 4구(강석중 1998:219).

26 "身閑輸與老漁翁 罷釣歸來繫短篷 滿眼秋光無處著 斜陽一抹蓼花紅"(몸의 한가가
늙은 어옹에 주어져, 낚시 마치고 돌아와 작은 거룻배를 맨다. 눈에 가득한 가을빛은
매인 곳이 없고, 석양빛 한 줄기에 여뀌꽃이 붉다. 〈漁翁〉, 蔡正孫)의 제2구(강석중
1998:217). 이전에는 "罷釣歸來不繫船 江村月落正堪眠 縱然一夜風吹去 只在蘆花淺
水邊"(낚시 마치고 돌아와 배를 매어 두지 않고, 강촌에 달이 질 때라 바로 잠자리에
드네. 비록 매어 두지 않은 배 밤새 바람에 밀려가도, 다만 갈대꽃 핀 얕은 물가에 멈춰
있으리. 〈江村卽事〉, 중당, 司空曙)의 제1구의 '不繫船'을 '繫短篷'으로 바꾼 것(이재수
1955:179, 여기현 1996:382, 1999:80)으로 보기도 하였다.

27 "江寒夜靜得魚遲 獨倚篷窓捲釣絲 滿目靑山一船月 風流未必載西施"(강물 차고 밤
이 고요하여 고기 낚기 더뎌, 봉창에 홀로 기대어 낚싯줄을 거두네. 눈에 청산을 가득
채우고 배에 달을 가득 실어, 서시 같은 미인을 싣는 것만이 풍류가 아니로구나. 〈西江
月艇〉, 고려, 李齊賢)의 제4구(윤영옥 1982; 1986:543, 여기현 1996:383, 1999:80,
강석중 1998:219).

얻은 자연(공허)을 가득 싣고 돌아오는 풍류를, 서시가 없어도 좋은 풍류로 노래하였다. 이는 세속적인 풍류를 잊은 망기의 풍류로, 망기의 탈속과 한적을 잘 보여준다. 그리고 "낚시 끝내고 돌아와 작은 거룻배를 매리라."는 포구로의 귀항을 의미한다. 이런 점들로 보아, 제8장의 주제는 [포구로 돌아오는, 탈속과 한적의 귀항]으로 정리할 수 있다. 이 귀항은 제2장의 출항과는 대칭적이다.

일자지간(一自持竿) 상조주(上釣舟),
세간명리(世間名利) 진유유(盡悠悠)라.
비 브텨라. 비 브텨라.
계주유유(繫舟猶有) 거년흔(去年痕)이라.[28]
지국총(至匊悤) 지국총(至匊悤) 어사와(於思臥)
애내일성(欸乃一聲) 산수록(山水綠)라.[29]

한 번 낚대 쥐고 낚싯배에 오르고부터,
세상 명리 모두 매우 멀구나.
배 붙여라. 배 붙여라.
배를 매니 다만 지난 세월의 흔적이 있구나.

---

28 "客航收浦月黃昏 野店無燈欲閉門 半出岸汀楓半死 繫舟唯有去年痕"(객의 배가 포구에 쉬니 달은 황혼이고, 시골에 있는 가게에 등불이 없어짐은 문을 닫으려 함이네, 언덕의 물가에 반쯤 나온 단풍나무는 반은 죽었고, 배를 매니 오직 지난 세월의 흔적만이 있네. 〈舟下建溪〉, 송, 方惟深)의 제4구(여기현 1996:384, 1999:81~82, 강석중 1998: 219).

29 "漁翁夜傍西巖宿 曉汲淸湘然楚竹 煙銷日出不見人 欸乃一聲山水綠 廻看天際下中流 巖上無心雲相逐"(어옹이 밤에는 서쪽 바위 가까이 배를 대어 자고, 새벽에는 맑은 상수 길러 대나무로 불 지펴 밥 짓네. 연기 사라지고 해 떠오르면 그 어부 보이지 않고, 뱃노래 한 가락에 산수만 푸르구나. 하늘 저쪽 바라보며 강 아래로 내려가 버리니, 바위 위엔 무심한 구름만 오락가락 하누나. 〈漁翁〉, 중당, 柳宗元)의 제4구(이재수 1955:180, 여기현 1996:383, 1999:81, 강석중 1998:220).

지국총 지국총 어사와
뱃노래 일성에 산수만이 푸르다. (제9장)

· 주제는 [귀항하여 배를 붙여 매(繫舟)고, 탈속하고 한적한 어부의 삶을 요약하기]이다. "한 번 낚대 쥐고 낚싯배에 오르고부터"는 한적한 삶을, "세상 명리 모두 매우 멀구나"는 탈속한 삶을, 각각 잘 보여준다. 이렇게 이 두 구는 탈속과 한적을 보여주고, 동시에 한 번 낚대 쥐고 낚싯배에 오르고부터, 즉 어부가 된 이후를 포괄적으로 서술한다는 점에서 제2~8장을 요약한 결사의 기능을 보여준다. 그리고 "뱃노래 일성에 산수만이 푸르다."는 어부가 운항을 끝내고 마지막으로 뱃노래를 부른 다음에, 그 곳에 남은 것은 산수만이 남아 푸른 것이다. 매우 한적한 모습을 잘 보여준다. 이런 점에서 제9장의 주제는 [귀항하여 배를 붙여 매(繫舟)고, 탈속하고 한적한 어부의 삶을 요약하기]로 정리할 수 있다

지금까지 정리한 장별 주제를 옮겨 쓰면 다음과 같다.

제1장: 탈속하고 한적한 어부의 삶(물에 사는 것이 산에 사는 것보다 나음)을 요약하고, 물때에 맞춰 배 띄우기(泛舟)

제2장: 포구를 떠나 망기처인 동정호로 가는, 탈속과 한적의 출항

제3장: 마음이 추구한 곳(동정호)으로 나아가 망기하고 즐기는, 탈속과 한적의 유람(/뱃놀이)(망기의 탈속과 한적(1))

제4장: 마음이 추구한 곳(동정호)에서 즐기는, 무심한 탈속과 한적의 낚시(무심한 탈속과 한적(1))

제5장: 마음이 추구한 곳(초강의 낚시터)에서 즐기는, 무심한 탈속과 한적의 음영(무심한 탈속과 한적(2))

제6장: 마음이 추구한 곳(진회의 봉저)에서 즐기는, 무심한 탈속과 한적의 독작(무심한 탈속과 한적(3))

제7장: 마음이 추구한 곳(진회의 봉저)을 뒤로 하여 망기하고 즐기는,

　　　　탈속과 한적의 유람(/뱃놀이)(망기의 탈속과 한적(2))
　　제8장: 포구로 돌아오는, 탈속과 한적의 귀항
　　제9장: 귀항하여 배를 붙여 매고(繫舟), 탈속하고 한적한 어부의 삶을
　　　　요약하기

　이 장별 주제를 바탕으로 두 텍스트의 구조를 정리하면 다음과 같다.
　먼저 제1~6장 텍스트는, 범주(泛舟), 출항, 유람 등의 순서로 보면
배경시간에서와 같이 순차적 구조이다. 그리고 이 텍스트의 논리로 보
면, 서사(제1장)와 본사(제2~6장)로 구성된 서본의 구조이다.
　제1~9장 텍스트는, 범주(泛舟), 출항, 유람, 귀항, 계주(繫舟) 등으
로 보면, 순차적 구조이다. 이 순차적 구조는 배경시간의 구조인 순차적
구조와 일치한다. 그리고 이 텍스트의 논리로 보면, 이 텍스트는 서사
(제1장), 본사(제2~8장), 결사(제9장)의 3단 구조이다. 즉 제1장은 물에
사는 어부의 삶이 산에 사는 것보다 낫다는 요약과 배 띄우기로, 앞으로
제2~8장에서 노래할 어부의 구체적인 삶을 요약하고 끌어내고 있다는
점과 배 띄우기로 보아, 서사에 해당한다. 그리고 제2~8장은 어부의
생애를 구체적으로 노래하였다는 점에서 본사이다. 그리고 제9장은 배
를 매고, 본사인 제2~8장에서 노래한 구체적인 어부의 삶을 다시 요약
하였다는 점에서 결사이다. 그리고 본사는 제4~6장(병렬적 구조)을 대
칭축으로 제2, 3, 4장(점층적 구조)과 제6, 7, 8장(점강적 구조)이 대칭
된, 대칭적 구조이다. 두 텍스트의 구조를 표로 정리하면 다음과 같다.

장별 전개 양상	제4장 → 제5장 → 제6장 ↗ ↘ 제3장 제7장 ↗ ↘ 제1장→ 제2장 제8장 → 제9장		
제1~6장 텍스트	순차적 구조		
	서사	본사	
제1~9장 텍스트	순차적 구조		
	서사	본사	결사

이렇게 정리되는 〈어부장가〉가 보여준 [서사–본사–결사]의 구조는 〈어부가〉(『악장가사』)가 보여준 [서사–본사–결사–본사–결사]의 구조와는 매우 다르다. 탈착형으로 보면, 〈어부장가〉의 경우에 제1~6장 텍스트로 떼어서 볼 경우에는 [서사–본사]의 구조로 수용하고, 제1~9장 텍스트로 붙여서 볼 경우에는 [서사–본사]에 '나오지 않은 정점 이후의 본사와 결사'를 붙여서 [서사–본사–결사]의 구조로 수용한다. 이에 비해 〈어부가〉(『악장가사』)의 경우에 제1~8장 텍스트로 떼어서 볼 경우에는 [서사–본사–결사]의 구조로 수용하고, 제9~12장 텍스트로 떼어서 볼 경우에는 [본사–결사]의 구조로 수용하며, 제1~12장 텍스트로 붙여서 볼 경우에는 [서사–본사–결사]에 나온 [본사–결사]를 압축하고 약간의 변화를 주면서 반복한 [서사–본사–결사–본사–결사]로 수용한다. 이런 차이는 〈어부가〉(『악장가사』)와 〈어부장사〉를 짓고 향유하는 수용자들의 가치관과 태도의 차이에 기인한 것으로 짐작된다.

이상의 논리적 구조로 보아, 제1~6장 텍스트의 주제는 [포구를 출발하여 마음이 추구한 무심한 곳들(동정호, 초강의 낚시터, 진회에 정박한 배의 봉저)로 나아가서 낚시, 음영, 독작 등을 즐기는 탈속하고 한적한 어부의 삶]으로 정리할 수 있다. 그리고 제1~9장 텍스트의 주제는 [포구를 출발하여 마음이 추구한 무심한 곳들(동정호, 초강의 낚시터, 진회의 봉저)로 나아가서 낚시, 음영, 독작 등을 즐기고 포구로 돌아오면서 즐기는 탈속하고 한적한 어부의 삶]으로 정리할 수 있다. 크게 보면, [어부의 탈속하고 한적한 삶]으로 정리할 수 있다.

5. 결론

지금까지 〈어부장가〉의 결속, 종결, 구조, 주제 등을 검토 정리하면서, 탈착형 시가의 가능성을 검토해 보았다. 그 결과를 요약하여 결론을 대신한다.

먼저 '2'장에서 정리한 결속과 종결은 다음과 같다.

1) 제1~6장 텍스트에서는 5종류의 결속과 종결이 발견된다. 첫째는 백거이의 〈어부(漁父)〉에 의한 결속과 종결이다. 둘째는 반복표현(압운자)의 후미 전환·도치에 의한 결속과 종결이다. 셋째는 각장의 제4구들에서 종결어미들이 보여주는 대칭표현에 의한 결속과 종결이다. 넷째는 각장의 제2구들에서 종결어미들이 보여주는 대칭표현의 후미 전환에 의한 결속과 종결이다. 다섯째는 제1, 6장의 제5구에서 '비'의 표현이 보여주는 시종의 대칭표현에 의한 결속과 종결이다.

2) 제1~9장 텍스트에서는 두 종류의 단락내의 결속과 종결이 발견된다. 하나는 제1단락(제1~6장)에서 발견되는 것으로, 이는 제1~6장 텍스트에서 정리한 것이다. 이 외에 제2단락에서 발견되는 것으로 제7, 9장의 제5구에서 '비'의 표현이 보여주는 시종의 대칭표현에 의한 결속과 종결이다.

3) 제1~9장 텍스트에서는 다섯 종류의 단락간의 결속과 종결이 발견

된다. 첫째는 각장의 제1구들에서 제8장의 경우에만 현토한 것이 보여
주는 무현토의 반복표현의 후미 전환·도치에 의한 결속과 종결이다. 둘
째는 각장의 제2구들에서 종결어미들이 보여주는 대칭표현에 의한 결속
과 종결이다. 셋째는 각장의 제4구들에서 끝음절들이 보여주는 대칭표
현에 의한 결속과 종결이다. 넷째는 각장의 제5구들이 보여주는 대칭표
현에 의한 결속과 종결이다. 다섯째는 각장의 제6구들에서 종결어미들
이 보여주는 대칭표현의 후미 전환에 의한 결속과 종결이다.

'3'장에서 정리한 배경시공간의 구조는 다음과 같다.

1) 제1~6장 텍스트의 배경시간은 '오후(1)'(제1장), '오후(2)'(제2장),
'오후(3)'(제3장), '오후(4)'(제4장), '저녁(황혼)'(제5장), '달밤(1)'(제6
장) 등이며, 제1~9장 텍스트의 배경시간은 '오후(1)'(제1장), '오후(2)'(제
2장), '오후(3)'(제3장), '오후(4)'(제4장), '저녁(황혼)'(제5장), '달밤(1)'
(제6장), '달밤(2)'(제7장), '달밤(3)'(제8장), '달밤(4)'(제9장) 등이다.

2) 1)의 배경시간으로 보아, 제1~6장 텍스트의 배경시간과 제1~9장
텍스트의 배경시간의 구조는 일차로 순차적 구조이다.

3) 제1~9장 텍스트의 배경시간은 이차로 '오후'(제1~4장), '저녁(황
혼)'(제5장), '달밤'(제6~9장) 등으로 정리되는데, 이 정리에서 제5장을
대칭축으로 전후가 대칭하는 대칭적 구조도 정리된다.

4) 각장별 배경공간은 다음과 같다. 출항하기 위해 배를 띄우는 포구
(제1장). 포구에서 동정호로 나아가는 출항(出港)의 공간(제2장). 출항
하여 마음이 추구한 곳(동정호)으로 가기 위해 물 흐름을 타고 노를 저어
나아가는 유람(/뱃놀이)의 공간(제3장). 마음이 추구한, 망기하고 무심
한 공간(1, 洞庭湖의 낚시터, 제4장). 마음이 추구한, 망기하고 무심한
공간(2, 楚江의 낚시터, 제5장). 마음이 추구한, 망기하고 무심한 공간
(3, 秦淮의 獨酌하는 篷底, 제6장). 마음이 추구한 곳(진회)로부터 흘러

내려가는 유람(/뱃놀이)의 공간(제7장). 포구로 들어오는 귀항(歸港)의 공간(제8장). 귀항하여 배를 붙이고 매는 포구(제9장).

5) 병렬적 구조를 보이는 마음이 추구한, 망기하고 무심한 공간들(제4~6장)을 대칭축으로, 제1장과 제9장의 공간이, 제2장과 제8장의 공간이, 제3장과 제7장이, 각각 대칭하는 대칭적 구조이다. 이 대칭적 구조는 가까운 곳에서 먼 곳으로, 먼 곳에서 가까운 곳으로 배열한 구조이다.

'4'장에서 정리한 논리적 구조와 주제는 다음과 같다.

1) 제1~6장 텍스트는, 범주(泛舟), 출항, 유람 등의 순서로 보면 배경시간에서와 같이 순차적 구조이고, 논리로 보면 서사(제1장)와 본사(제2~6장)로 구성된 서본의 구조이다.

2) 제1~9장 텍스트는, 범주(泛舟), 출항, 유람, 귀항, 계주(繫舟) 등으로 보면 배경시간에서와 같이 순차적 구조이고, 논리로 보면 서사(제1장), 본사(제2~8장), 결사(제9장)의 서본결의 구조이다. 그리고 본사는 제4~6장(병렬적 구조)을 대칭축으로 제2, 3, 4장(점층적 구조)과 제6, 7, 8장(점강적 구조)이 대칭된, 대칭적 구조이다.

3) 〈어부장가〉가 보여준 [서사-본사-결사]의 구조는 〈어부가〉(『악장가사』)가 보여준 [서사-본사-결사-본사-결사]의 구조와는 매우 다르다. 탈착형으로 보면, 〈어부장가〉의 경우에 제1~6장 텍스트로 떼어서 볼 경우에는 [서사-본사]의 구조로 수용하고, 제1~9장 텍스트로 붙여서 볼 경우에는 [서사-본사]에 '나오지 않은 정점 이후의 본사와 결사'를 붙여서 [서사-본사-결사]의 구조로 수용한다. 이에 비해 〈어부가〉(『악장가사』)의 경우에 제1~8장 텍스트로 떼어서 볼 경우에는 [서사-본사-결사]의 구조로 수용하고, 제9~12장 텍스트로 떼어서 볼 경우에는 [본사-결사]의 구조로 수용하며, 제1~12장 텍스트로 붙여서 볼 경우에는 [서사-본사-결사]에 나온 [본사-결사]를 압축하고 약간의 변화를

주면서 반복한 [서사–본사–결사–본사–결사]로 수용한다. 이런 차이는 〈어부가〉(『악장가사』)와 〈어부장사〉를 짓고 향유하는 수용자들의 가치관과 태도의 차이에 기인한 것으로 짐작된다.

4) 제1~6장 텍스트의 주제는 [포구를 출발하여 마음이 추구한 무심한 곳들(동정호, 초강의 낚시터, 진회에 정박한 배의 봉저)로 나아가서 낚시, 음영, 독작 등을 즐기는 탈속하고 한적한 어부의 삶]이다.

5) 제1~9장 텍스트의 주제는 [포구를 출발하여 마음이 추구한 무심한 곳들(동정호, 초강의 낚시터, 진회의 봉저)로 나아가서 낚시, 음영, 독작 등을 즐기고 포구로 돌아오면서 즐기는 탈속하고 한적한 어부의 삶]이다. 이는 크게 보면 [어부의 탈속하고 한적한 삶]이다.

이상과 같이 〈어부장가〉의 제1~6장 텍스트와 제1~9장 텍스트는 각각 결속, 종결, 구조, 주제 등을 모두 보여준다는 점에서, 〈어부장가〉는 앞에서 살핀 『악장가사』의 〈어부가〉와 함께 탈착형의 시가이다. 이런 사실은 바로 이어서 다룰 어부가 계통의 연시조들에서 보이는 탈착형이 바로 이 『악장가사』의 〈어부가〉와 〈어부장가〉의 탈착형에 기원한 것임을 말해준다.

이현보의 〈어부단가〉

1. 서론

이 글은 농암(聾巖) 이현보(李賢輔, 1467~1555)가 지은 〈어부단가〉
(5수)의 결속, 종결, 구조, 주제 등을 검토하여 탈착형 연시조의 가능성을
정리하는 데 연구의 목적이 있다.

〈어부단가〉의 연구는 조윤제에 의해 시작되었다. 이현보를 소개하면
서 "短歌는 全部 時調로 된 아름다운 閑情歌다."로 규정하고, 〈어부단
가〉의 제2, 4수를 인용한 다음에, "漁父의 生活이 完全히 脫俗하야 自
然的인 詩的光景으로 떠오르고"라고 설명하고, 다시 제3수를 인용한
다음에, "得意의 情을 그렸다."(조윤제 1937:252~253)고 설명하였다.
이렇게 시작된 〈어부단가〉의 연구는 비교적 여러 측면에서 연구되어 왔
다. 이를 간단하게 보자.

먼저 문학사적 연구로는, 〈어부가〉의 정치현실의 인식(김흥규 1981),
〈어부가〉의 사적전개와 그 영향(최동원 1983), 〈어부가〉의 전개(김선기
1985), 시사적 위치(장선용 1988), 그 형성 배경과 개찬 배경(송정숙
1989a; 1990), 어부형상의 시가사적 전개(이형대 1997), 전승과 전개양
상(김정주 2000), 발생과 전승(박규홍 2011) 등이 있다.

작품론적 연구로는, 이 글에서 검토하려는 결속, 종결, 구조, 주제

등의 영역에 속하지 않는 영역에서, 형식과 율격적 특성(김선기 1985),
운율과 심상(송정숙 1989b; 1990), 문학치료적 효과(강미정 2000), 찬
정과 갈래(정무룡 2003a) 등이 검토되었다.

이 글에서 다루려는 결속, 종결, 구조, 주제 등에 연관된 기왕의 연구
들은 다음과 같다.

결속을 다룬 글은 보이지 않으며, 종결은 임주탁의 글에서 보인다.
이 주장은 제5수 종장의 감탄사 '두어라'를 통하여 시적 종결을 설명하
였다.[1]

〈어부단가〉 5수를 비교적 소상하게 설명하고 해석한 글은 다섯 편이
다. 이 중에서 김흥규(1981)와 이형대(1997)의 글은 각수의 이해에는 많
은 도움을 주지만, 구조의 설명을 거의 의식하지 않았다. 특히 전자의
글은 논의의 초점이 '강호자연과 정치현실'에 있기 때문에 구조의 설명
은 빠질 수밖에 없었다.

임주탁의 글은 제2, 4수와 제1, 5수를 각각 '대응'이란 차원에서 설명
하였는데, 주목과 보완을 필요로 한다.[2]

구조론의 용어를 쓰면서 〈어부단가〉의 구조를 설명한 글은 두 편이
다. 양희찬(2003:182~183, 197)은 기(제1수), 승1(제2수), 승2(제3수),
전(제4수), 결(제5수) 등의 기승전결의 4단 구성, 또는 발단(제1수), 전

---

1 "(5)는 시적 주인공의 주제의식이 궁극적으로는 현실사회에 있음을 확인해 줄 뿐만
아니라 구성상에 있어서도 전체작품을 하나로 통일시키는 기능까지도 하고 있다. 즉,
제3행의 '두어라'는 역설적인 표현이면서도 전체 작품을 종결시키는 기능을 아울러 하
고 있다. 이 3행에 이르러 (1)~(4)는 하나로 포괄되면서 전체적인 시상의 전환과 시적
종결이 이루어지고 있는 것이다."(임주탁 1990:56)
2 "(1)에서는 시적 주인공인 漁父의 형상을 설정하고 추상적인 형태의 어부 생활을 묘사
하고 있다. (3)은 가장 구체적인 어부 생활의 묘사이며 (2)와 (4), (1)과 (5)는 시상의
전개에 있어 대등한 자격으로 각각 대응되고 있다."(임주탁 1990:54)

개(제2수), 위기(제3수), 절정(제4수), 결말(제5수) 등의 서사적 5단 구
성으로 보았다. 정무룡(2003b:258~260)은 제1~4수를 '엽'으로 제5수
를 '여음'으로 보고, 제5수(여음)를 제외한 제1~4수를 '발단→발전→
전환→결말'의 4단 구성으로 보았다.

이재수(1955:137)는 "어부생활(漁父生活)의 우유자적(優遊自適)과 아
창홍취(雅暢興趣)를 읊은 노래"로 내용을 언급하면서 작품의 주제 의식
을 어느 정도 보여준다. 이 작품의 주제 의식을 임주탁(1990:57)은 "현
실적으로 강호자연으로 물러난 시인이 강호자연과 현실사회의 대조를
통해서 자신의 내면화된 현실지향의식을 트러내고 있는 작품"으로 보았
다. 이형대는 주제(의식)를 명확하게 언급하지 않았지만, 두 부분의 글[3]
로 보아, '강호와 현실의 팽팽한 (심리적) 긴장' 또는 '갈등하는 서정 자
아' 정도를 주제(의식)로 이야기하려 한 것 같다. 양희찬(2003)은 각수
별 주제에 근거한 구조를 제시하면서도 작품의 전체 주제(의식)는 전혀
언급하지 않았다. 정무룡 역시 주제(의식)를 명확하게 제시하지 않았지
만, 구조를 발단→발전→전환→종결로 정리한 다음에 보인, "강호에
서의 삶이 자족적이요 또 보람 있음을 논리적으로 널리 설득하려 이런
구도를 설정했다 할 수 있을 것이다."(정무룡 2003b:259)로 보면, 이
작품의 주제(의식)는 "강호에서의 삶이 자족적이요 또 보람 있음"으로
본 것 같다. 유해춘(2011:65)은 제1, 2수를 통하여, 의미의 구조를 환유
의 수사학으로 정리하고, "〈어부가〉에 나타난 환유의 수사학은 사대부

---

3 "이현보의 내면에서는 강호와 현실이 팽팽한 긴장을 이루고 있다. 〈어부단가〉가 〈어부
장가〉에 비해 좀더 내면적 엄격성이 강화되는 면모를 보이는 것은 이러한 심리적 긴장
이 내재하고 있기 때문이다. 그 이유는 아무리 부정적 현실이라도 결코 떨쳐 버릴 수
없는 儒家의 일원이었던 탓에 있다."(이형대 1997:101). "이현보의 〈어부단가〉에는 갈
등하는 서정 자아의 몇가지 감정이 얽혀 있다."(이형대 1997:102)

가 산수자연(山水自然)에서 경험한 특수한 체험의 내용을 표현하여 강
호한정(江湖閑情)과 안빈낙도(安貧樂道)의 구체적인 미의식을 획득하
였다고 할 수 있다."고 정리하였다.

이상과 같이 〈어부단가〉의 연구는 많은 것 같지만, 그 결속과 종결의
연구는 거의 전무하며, 그런대로 정치하게 검토된 것 같이 보이는 구조
도, 논리적으로 명확하고 정치하게 다시 검토되어야 할 것 같고, 주제
역시 논리적 구조에 기초하여 명확하게 검토되어야 할 것 같다. 게다가
이 작품은 제1~3수의 텍스트와 제1~5수의 텍스트로 탈착되는 성격을
보여준다.

이에 이 글에서는 결속, 종결, 구조, 주제 등을 검토하여, 〈어부단가〉
가 제1~3수 텍스트와 제1~5수 텍스트로 탈착되는 탈착형 연시조의 가
능성을 정리하고자 한다.

2. 결속과 종결

이 장에서는 제1~3수의 텍스트와 제1~5수의 텍스트가 보여주는 결
속과 종결을 정리하고자 한다.

2.1. 제1~3수의 텍스트

결속과 종결을 보기 위해, 밑줄 친 부분에 유의하면서 이 텍스트를
보자. 원문의 한자는 괄호 쓰기로 바꾸었다.

이 듕에 시름 업스니 어부(漁夫)의 생애(生涯)이로다.
일엽(一葉) 편주(扁舟)를 만경파(萬頃波)애 띄워두고

인세(人世)를 다 니젯거니 날 가눈 주를 <u>알랴</u>? (제1수)

구버눈 천심녹수(千尋綠水) 도라보니 만첩청산(萬疊靑山)
십장(十丈) 홍진(紅塵)이 언매나 フ롓눈고?
강호(江湖)애 월백(月白)호거든 더욱 무심(無心)호애라. (제2수)

청하(靑荷)<u>애</u> 바볼 ᄡᅩ고 녹류(綠柳)에 고기 ᄢᅦ여
노적(蘆荻) 화총(花叢)<u>에</u> 비 미야<u>두고</u>
일반청(一般淸) 의미(意味)를 어늬 부니 <u>아르실고</u>? (제3수)

이 텍스트는 세 대칭표현에 의해 결속과 종결을 보여준다. 이를 정리
하기 위하여, 세 종류의 대칭표현을 먼저 보자.

첫째로, ['○○에/애'(제1수)-대칭축(제2수)-'○○에/애'(제3수)]의 대
칭표현이다. 이 대칭표현은 '이 듕에'(제1수 초장)와 '청하애'(제3수 초장)
에서 발견된다.

둘째로, ["… -애/에 … -두고"(제1수)-대칭축(제2수)-"… -애/에 …
-두고"(제3수)]의 대칭표현이다. 이 대칭표현은 "일엽(一葉) 편주(扁
舟)를 만경파(萬頃波)<u>애</u> ᄣᅴ워<u>두고</u>"(제1수의 중장)와 "노적(蘆荻) 화총
(花叢)에 비 미야<u>두고</u>"(제3수 중장)에서 발견된다.

특히 이 첫째와 둘째의 대칭표현은 그 의도성이 나머지 대칭표현보다
두드러진다. 이 두 대칭표현은 이어서 볼 '구조와 주제'에서 언급하겠지
만, 제1수의 초장과 중장의 도치에 의해 조성된 것이다. 도치의 주기능
은 강조이지만, 이 도치의 경우는 결속과 종결의 조성에도 기여하였다.

셋째로, ['알-'의 설의법(제1수)-대칭축(제2수)-'알-'의 설의법(제3
수)]의 대칭표현이다. 이 대칭표현은 "인세(人世)를 다 니젯거니 날 가
눈 주를 <u>알랴</u>?"(제1수 종장)와 "일반청(一般淸) 의미(意味)를 어늬 부니

아른실고?"(제5수 종장)의 두 설의법에서 발견된다.

이상의 세 대칭표현은 이 텍스트의 결속이 대칭적 결속이란 사실을 보여주고, 제1수의 대칭인 제3수가 이 텍스트의 종결임도 보여준다.

2.2. 제1~5수의 텍스트

이 텍스트의 결속과 종결을 보기 위해, 밑줄 친 부분에 유의하면서 작품을 보자. 원문의 한자는 괄호 쓰기로 바꾸었다.

이 듕에 시름 업스니 어부(漁夫)의 생애(生涯)이로다.
일엽(一葉) 편주(扁舟)를 만경파(萬頃波)애 쁴워두고,
인세(人世)를 다 니젯거니 날 가는 주를 알랴? (제1수)

구버는 천심녹수(千尋綠水) 도라보니 만첩청산(萬疊靑山).
십장(十丈) 홍진(紅塵)이 언매나 フ롓는고?
강호(江湖)애 月白(월백)ᄒ거든 더욱 無心(무심)ᄒ애라. (제2수)

청하(靑荷)애 바볼 ᄡ고 녹류(綠柳)에 고기 쎄여,
노적(蘆荻) 화총(花叢)에 비 미야 두고,
일반청(一般淸) 의미(意味)를 어늬 부니 아른실고? (제3수)

산두(山頭)에 한운(閑雲)이 기(起)ᄒ고 수중(水中)에 백구(白鷗)이 비(飛)이라.
무심(無心)코 다정(多情)ᄒ니 이 두 거시로다.
일생(一生)애 시르믈 닛고 너를 조차 노로리라. (제4수)

장안(長安)을 도라보니 북궐(北闕)이 천리(千里)로다.
어주(漁舟)에 누어신돌 니즌 스치 이시랴?
두어라 내 시롬 아니라 제세현(濟世賢)이 업스랴? (제5수)

이 텍스트의 결속과 종결을 보여주는 세 종류의 대칭표현을 먼저 보자.

첫째로, ['… -니 … -로다.'(제1수)-대칭축(제3수)-'… -니 … -로다.'(제5수)]의 대칭표현이다. 이 대칭표현은 "이 듕에 시름 업스니 어부(漁夫)의 생애(生涯)이로다."(제1수 초장)와 "장안(長安)을 도라보니 북궐(北闕)이 천리(千里)로다."(제5수 초장)에서 발견된다.

둘째로, ['시름'(제1수 초장)-대칭축(제3수)-'시룸'(제5수 종장)]의 대칭표현이다. 이 대칭표현은 "이 듕에 시름 업스니 어부(漁夫)의 생애(生涯)이로다."(제1수 초장)와 "두어라 내 시룸 아니라 제세현(濟世賢)이 업스랴?"(제5수 종장)에서 발견된다.

첫째와 둘째의 대칭표현은 이 텍스트에서도 그 의도성이 나머지 대칭표현보다 두드러진다. 이 두 대칭표현은 앞에서 본 제1~3수 텍스트의 '결속과 종결'에서 언급한 바와 같이, 제1수의 초장과 중장의 도치에 의해 조성된 것이다. 도치의 주기능은 강조이지만, 이 도치의 경우에 결속과 종결의 조성에도 기여하였다.

셋째로, ['-랴'(제1수)-'-라'(제2수)-'-ㄹ고'(대칭축, 제3수)-'-라'(제4수)-'-랴'(제5수)]의 대칭표현이다. 제1수의 종장말에 나온 '알랴'와 제5수의 종장말에 나온 '업스랴'는 '-랴'를 대칭표현으로 보여준다. 그리고 제2수의 종장말에 나온 '무심(無心)ᄒᆞ얘라'와 제4수의 종장말에 나온 '노로리라'는 '-라'를 대칭표현으로 보여준다. 이 두 대칭표현을 합치면, ['-랴'(제1수)-'-라'(제2수)-'-ㄹ고(대칭축, 제3수)-'-라'(제4수)-'-랴'(제5수)]의 대칭표현이 된다.

첫째, 둘째, 셋째 등의 세 대칭표현에서, 제1, 5수의 대칭표현을 A-A로, 제2, 4수의 대칭표현을 B-B로, 제3수의 대칭축을 X로, 각각 부호화를 하면, [A(제1수)-B(제2수)-X(대칭축, 제3수)-B(제4수)-A(제5수)]의 대칭표현이 된다. 이 대칭표현은 〈어부단가〉 5수의 대칭적 결속을 보여준다. 즉 5수가 대칭표현들을 통하여 대칭적으로 묶여 있음을 말해준다. 또한 이 대칭표현은 시작을 의미하는 제1수에 대칭된 제5수가 종결임을 보여준다. 이는 시종의 대칭에 의한 종결의 표현이다.

〈어부단가〉의 결속과 종결은 다른 측면에서도 보여준다. 종장의 첫 시어들을 보면, 제1~4수에서는 "인세(人世)를, 강호(江湖)앤, 일반청의미(一般淸意味)를, 일생(一生)애" 등의 밑줄 친 부분에서 '-를'과 '-애'를 교체하면서 반복[4]을 보여주다가, 제5수에서는 "두어라"로 바꾸었다. 이는 반복표현의 후미 전환에 의한 결속과 종결을 보여준다. 이 설명은 두 가지로 할 수 있다. 하나는 제1~4수에서 보인 '-를, -애'의 반복표현을 제5수에서 '-라'로 일탈하였다는 측면이다. 다른 하나는 제1~4수에서 보인 비감탄형 시어를 제5수에서 '두어라'로 일탈시켰다는 측면이다. 어느 측면에서 설명을 하든, 반복표현의 후미 전환에 의한 결속과 종결을 보여주는 것만은 분명하다.

이상과 같이 볼 때에, 이 텍스트는 대칭표현에 의한 결속과 종결, 반복표현의 후미 전환에 의한 결속과 종결 등을 보여준다고 정리할 수 있다.

3. 구조와 주제

이 장에서는 두 텍스트별 구조와 주제를 정리하고자 한다.

---

4 이 반복을 인지하지 못하고, '일반청의미를' 앞에 '녀이니'가 빠진 것으로 본 경우(홍재휴 1992:103~123)도 있다.

3.1. 제1~3수의 텍스트

제1수를 보면, 시작 부분에서부터 그 해석이 쉽지 않다. 바로 초장의 첫 구절인 '이 듕에'의 '이'가 지시하는 상황이 무엇이냐 하는 것이다. 이 문제를 풀 수 없어서 그랬는지는 알 수 없지만, 거의 모든 해석들이 '이 듕에'의 해석을 생략하였다. 단지 유일한 해석은 '물러난 강호자연의 공간'(임주탁 1990:54)이다. 이 해석은 너무 당연하게 보아서 그런지, 그 구체적인 이유를 설명하지 않았다.

이 '이 듕에'의 해석은 제1수에서 초장과 중장이 도치되었다는 사실을 이해할 때에 해결된다. 이 도치를 계산하여, 제1수를 도치 이전으로 정리하면 다음과 같다.

> 일엽(一葉) 편주(扁舟)를 만경파(萬頃波)애 픠워두고,
> 이 듕에 시름 업스니 어부(漁夫)의 생애(生涯)이로다.
> 인세(人世)를 다 니젯거니 날 가는 주를 알랴? (제1수)

이렇게 도치를 돌려놓고 보면, 큰 문맥의 이해에는 문제가 없다. 특히 '이 듕에'는 "일엽편주를 만경파에 픠워두고"에 이어지면서, 그 의미가 자연스럽게 이해된다. 이 도치는 강조의 의미를 보여주는데, 강조된 표현은 "어부의 생애이로다."이다.

이 외에도 세심하게 검토해야 할 부분으로, "어부의 생애이로다, 업스니, 인세를 다 니젯거니, 날 가는 줄 알랴" 등이 있다. 이것들을 차례로 보자.

"어부의 생애이로다."에 포함된 '-이로다'는 "화자가 새롭게 알게 된 사실에 주목함을 나타내는 종결어미"의 의미이다. 이를 계산하면, '어부의 생애'가 새롭게 알게 된 사실임을 말해준다. 그리고 이 새롭게 알게

된 사실을 강조하기 위해, 초장과 중장을 도치시킨 것으로 이해된다.

"이 듕에 시름 업스니 어부(漁夫)의 생애(生涯)이로다."의 '업스니'를 형용사로 보면, 문맥이 잘 통하지 않는다. 즉 일엽편주를 만경파에 띄워 둔 것과 이 중에 시름이 없는 것이, 어부의 생애를 새롭게 알게 되는 이유가 되지 못하는 문제이다. 이 문제는 "업스니"가 '없어지니'의 의미 라는 점에서 해결된다. '없다'는 고어에서 동사로 쓰일 때에 '없어지다' 의 의미를 갖는다. 예로 "榮華ㅎ며 이우루메 돈뇨몰 餘暇ㅣ 없서 별 보 와 멍에 메여"(『두시언해』(초간본) 24:29)와 "正道ㅣ 모시 드외야 그 믈 에 沐浴홀씨 三毒이 업사 快樂이 ᄀᆞ없스니"(『월인천강지곡』 상:45)의 '없-'을 들 수 있다.

"인세를 다 니젯거니"는 왜 '인세를 다 잊어 있으니'라고 노래하지 않 고, '인세를 다 잊어 있거니'라고 노래하였을까 하는 문제를 보인다. 이 문제는 '-거니'의 문제이다. '-거니'는 "이미 정해진 어떤 사실을 인정하 면서 그것이 다른 사실의 전제나 조건이 됨을 나타내는 연결어미"로 흔 히 뒤에 의문 형식이 온다. 이런 '-거니'의 의미를 염두에 두고 "인세를 다 니젯거니"를 보면, "인세를 다 잊기로 정한 마음이 실현되었으므로" 로 해석된다. 이 경우에 '인세를 다 잊기로 정한 마음'은 다분히 "직임(職 任)에서 물러나 한가히 지내는" 은퇴자가 정한 마음으로 짐작된다. 이런 사실은 농암이 이 작품을 치사한객(致仕閑客)으로 지내면서 지었다는 사실과도 일치한다.

"날 가는 줄 알랴?"는 '날 가는 줄을 모른다.'를 강하게 표현한 설의법 으로 이해된다. 설의법은 자신의 의사와 의지를 강하게 하기 위하여 청 자의 동의를 받으려는 의도를 가지고 있다. 이런 설의법의 이면에는 무 언가 부족하고 확신하지 못하는 일면도 가지고 있다.

이상과 같은 의미들을 종합하면, 제1수의 초장과 중장에서는 시적 화자가 일엽편주를 만경파에 띄워두고, 이 중에 시름이 없어지니, 어부의 생애를 새롭게 알게 되었음을 노래하였다. 그리고 종장에서는 초장과 중장의 내용에서 좀더 나아가 인세를 다 잊기로 정한 마음(은퇴자의 마음)이 실현되었으므로 날 가는 줄 모른다고 노래하였다. 이런 점에서 제1수의 주제는 [만경창파의 일엽편주에서 시름이 없어지므로 새롭게 시작된 어부 생애를 인식하고, 더 나아가 인세를 다 잊기로 정한 마음(은퇴자의 마음)이 실현되어 날 가는 줄을 모름]을 노래한 것으로 정리할 수 있다. 이 주제는 [시적 화자(은퇴자)가 어부가 되어 강호에서, 망기의 탈속과 한적을 누리기]로 바꾸어 쓸 수 있다. 왜냐하면, 새롭게 시작된 어부 생애의 인식과 인세를 다 잊기로 한 마음은 은퇴자의 망기(忘機)의 탈속으로, 만경창파의 일엽편주에서 시름이 없어짐과 날 가는 줄 모름은 은퇴자의 한적으로 축약할 수 있기 때문이다.

　　구버는 천심녹수(千尋綠水), 도라보니 만첩청산(萬疊靑山).
　　십장(十丈) 홍진(紅塵)이 언매나 フ롓는고?
　　강호(江湖)애 월백(月白)ᄒ거든 더욱 무심(無心)ᄒ얘라. (제2수)

　제2수의 초장에서는 굽은 것은 천심녹수, 돌아보니 만첩청산이라고 노래한 다음에, 중장에서는 십장홍진이 얼마나 가려 있는가를 설의하였다. 이 설의의 대답은 수평적(水平的)으로 굽은 천심녹수와 수직적(垂直的)으로 만첩청산에 의해 무심(無心, 속세에 전혀 관심이 없는 경지)하게 가려 있다는 것이다. 이는 정치세계가 무심하게 가려 있음을 의미한다. 이 경우에 십장홍진을 정치세계로, "십장(十丈) 홍진(紅塵)이 언매나 フ롓는고"의 대답을 '무심하게 가려 있음'으로 해석한 것은 각각 설명을 요한다.

　'십장홍진'보다는 '만장홍진(萬丈紅塵)'으로 쓰는 것이 일반적이다.

이런 만장홍진을 왜 십장홍진으로 썼을까? 그 이유는 두 가지로 보인다. 하나는 만장홍진이라고 할 때에, 이 홍진은 '만첩청산'으로도 가릴 수 없기 때문이다. 다른 하나는 만장홍진은 정치세계뿐만 아니라, 인세 전체를 의미하기 때문이다. 이런 점에서 십장홍진은 정치세계를 의미한다고 해석하였다.

그리고 "십장(十丈) 홍진(紅塵)이 언매나 フ롓눈고"의 대답을 '십장홍진이 무심하게 가려 있음'으로 해석한 것은 종장의 '더욱 무심하애라'에 근거한다. 중장인 "강호(江湖)애 월백(月白)ㅎ거든 더욱 무심(無心)ㅎ애라."에 나온 '더욱 무심하애라'는 이미 '무심'을 전제로 한다는 점에서, "십장(十丈) 홍진(紅塵)이 언매나 フ롓눈고"의 대답을 '정치세계가 무심하게 가려 있음'으로 이해하였다.

이런 점들로 보아, 제2수에서는 [굽은 천심녹수와 만첩청산에 십장홍진이 무심하게 가려 있는데, 강호에 월백하게 되면, 더욱 무심함]을 노래하였다고 정리할 수 있다. 이 주제는 [시적 화자(은퇴자)가 어부가 되어 강호에서, 무심의 탈속과 한적을 누리기]로 바꿀 수 있다.

이 제2수의 주제인 [시적 화자(은퇴자)가 어부가 되어 강호에서, 무심의 탈속과 한적을 누리기]는 제1수의 주제인 [시적 화자(은퇴자)가 어부가 되어 강호에서, 망기의 탈속과 한적을 누리기]와 비교하면, 점충적이다. 즉 망기의 탈속과 한적을 무심의 탈속과 한적으로 점충시킨 것이다.

제2수에서 보여준 추상적 표현인 '무심'의 탈속과 한적은 제3수의 초장과 중장에서 구상적 표현으로 다시 노래된다. 이를 보기 위해 제3수를 보자.

청하(靑荷)애 바볼 싸고 녹류(綠柳)에 고기 뾔여,
노적(蘆荻) 화총(花叢)에 빅 믹야 두고,

일반청(一般清) 의미(意味)를 어느 부니 아르실고? (제3수)

이 제3수에서는 홍진이나 세속 자체를 회상하거나 암시하는 어휘를 전혀 사용하지 않았다. 특히 초장과 중장을 보면, 푸른 연잎에 밥을 싸고, 초록 버들가지에 고기를 꿰어, 갈대와 물억세의 꽃떨기에 배를 매어 두는 행동을 보여준다. 이는 세속에 전혀 관심이 없는 '무심'을 기반으로 한, 어부의 무심의 탈속과 한적을 보여주고 있다. 그런데 이 어부의 무심의 탈속과 한적은, 다름 아닌 물외한인[5]의 무심의 탈속과 한적으로, 제2수에서 추상적으로 노래한 '무심'의 탈속과 한적을, 구상적으로 노래한 것이다.

이렇게 물외한인의 무심의 탈속과 한적을 초장과 중장에서 노래한 시적 화자는, 이에 머물지 않고, 우주 본체가 보여주는 일반청(一般清, 한 모양의 맑음)에 이르고 있음을 종장에서 노래하였다. 이에 포함된 '일반청 의미'를 이해하기 위해, 소옹(邵雍, 宋, 1011~1077, 시호는 康節)의 〈청야음(清夜吟)〉을 먼저 보자.

달이 하늘 한 가운데 이르고,	月到天心處
바람이 수면에 불어올 때,	風來水面時
한 모양의 맑은 의미를,	一般清意味
헤아려 얻음에 아는 사람이 적다.	料得少人知

---

5 이 부분을 '물외한인'(物外閒人, 세상사에 관계하지 않고 한적하게 지내는 사람)과 연결시킨 해석은 다음의 글에서 보인다. "첫 번째와 두 번째(제3수와 제4수, 필자 주) 작품은 한가한 어옹으로서의 삶의 모습이 담담하게 묘사되어 있다. 푸른 연잎에 밥을 싸는 것과 푸른 버들에 고기를 꿰는 모습은 세속적 名利에서 완전히 벗어난 소탈한 어옹의 한가로운 자태이다. 이렇게 살아가는 삶의 맑은 흥취는 '一般清意味'에 집약되어 있다. 物外閒人의 전형적인 형상이며 그 초연한 자세와 고상한 志趣가 느껴진다." (이형대 1997:102)

이 작품의 풍경과 이 풍경의 의미를 아는 사람이 적음은 이 작품의
표면적 의미이다. 이 풍경의 이면적 의미는 하늘이 부여한 본성을 따르
는 도를 얻고, 이 도를 행하는 풍경을 보여준다. 즉 달이 그 본성을 따라
하늘 한 가운데 이르면, 온 세상이 밝고 맑다[明淸]. 그리고 바람이 그
본성을 따라 수면에 불어오면, 청풍서래(淸風徐來)에서와 같이, 그 주
변이 맑다[淸]. 이 두 풍경은 한 모양의 맑음[一般淸]을 보여준다. 그런
데 이 한 모양의 맑음[一般淸]이 의미하는 것은 바로 득도와 도의 실행
이다. 이런 득도와 도의 실행을 아는 사람이 적다는 이야기는 자신이
이 득도와 도의 실행을 알았다는 것으로 이해된다.[6]

이렇게 〈청야음〉에서 인용한 부분의 의미를 계산하면서 제3수를 보
면, 제3수의 주제는 [시적 화자(은퇴자)가 (물외한인의) 어부가 되어 강
호에서, 일반청의미의 탈속과 한적을 누리기]로 정리할 수 있다. 이 주
제의 '물외한인'은 생략해도 큰 문제가 없다.

이 제3수의 주제는 제2수의 주제에 점층되어 있다. 즉 시적 화자(은
퇴자)가 어부가 되어 강호에서 누리는 '무심의 탈속과 한적'에, 시적 화
자(은퇴자)가 어부가 되어 누리는 '일반청(한 모양으로 맑음)의 탈속과
한적'을 점층시킨 것이다. 이 점층과 제1수와 제2수가 보인 점층으로 보
아, 제1~3수의 구조는 점층적 구조로 정리할 수 있다. 이 점층적 구조를
확인하고, 이 텍스트의 주제를 정리하기 위해, 각수별 주제를 옮겨 쓰면
다음과 같다.

---

6 이런 사실은 『性理大典』에서도 이 시를 싣고 평하기를 "경치를 빌어 聖人(성인)의 本
體淸明(본체청명)함을 나타내고 인간의 욕심 같은 俗塵(속진)을 解脫(해탈)했다."고
했다(네이버 지식백과의 〈청야음〉조)는 사실에서도 알 수 있다.

제1수: 시적 화자(은퇴자)가 어부가 되어 강호에서, 망기의 탈속과 한적
　　　을 누리기
제2수: 시적 화자(은퇴자)가 어부가 되어 강호에서, 무심의 탈속과 한적
　　　을 누리기
제3수: 시적 화자(은퇴자)가 어부가 되어 강호에서, 일반청(한 모양으로
　　　맑음)의 탈속과 한적을 누리기

　이 각수별 주제에서 보듯이, 제1~3수는 점층적이다. 그리고 이 각수
별 주제로 보아, 이 텍스트의 주제는 [시적 화자(은퇴자)가 어부가 되어
강호에서, 망기의 탈속과 한적, 무심의 탈속과 한적, 일반청의 탈속과
한적 등을 점층적으로 누리기]로 정리할 수 있다. 이 주제는 [3종류의
탈속과 한적을 점층적으로 누리기]로 축약할 수도 있다.

3.2. 제1~5수의 텍스트

　이 텍스트의 구조와 주제에 대한 기왕의 논의들을 보면, 서론에서 정
리했듯이, 논의될 만한 것들 중에서 상당히 많은 것들이 주장되었다.
이를 참고하면서 이 텍스트의 구조와 주제를 정리하려 한다.
　제1~3수의 각수별 주제는 제1~3수의 텍스트에서 정리하였으므로,
제4, 5수의 주제만을 먼저 보자.

　　산두(山頭)에 한운(閑雲)이 기(起)ᄒ고 수중(水中)에 백구(白鷗)이 비
(飛)이라.
　　무심(無心)코 다정(多情)ᄒ니 이 두 거시로다.
　　일생(一生)애 시르믈 닛고 너를 조차 노로리라. (제4수)

　이 제4수의 초장에서는 산머리에 한운이 일어나고, 수중에 백구가 나

는 자연을 노래하였다. 이 표현에 포함된 산과 물이 모두 푸른 세계이고, 한운이 백구와 더불어 흰 대상이라는 사실을 계산하면, 푸른색과 흰색의 청징한 색조의 어우러짐(이형대 1997:102)을 이해할 수 있으며, 동시에 이 청징한 색조의 어우러짐을 문맥에서 많이 퇴색시킨 표현임을 알 수 있다. 이런 자연의 세계를 왜 노래를 하였을까? 초장만을 보면, 그 해석이 다양할 수 있다. 한적한 자연을 보여주기 위한 것으로 볼 수도 있고, 도의 발현을 보여주기 위한 것으로 볼 수도 있다. 이에 시적 화자는 시적 청자의 자유로운 상상을 방지하면서, 자신이 초장을 노래한 이유를 중장에서 보여주고 있다. 즉 산두에 이는 한운과 수중에 나는 백구는 '무심(無心)하고 다정(多情)하기' 때문이다. 그리고 이 초장과 중장은 다시 종장으로 수렴된다. 즉 "일생(一生)애 시름을 잊고 너(무심하고 다정한, 산머리에 이는 한운과 수중에 나는 백구)를 좇아(따라) 놀겠다."는 다짐이다. 이런 내용들로 보면, 제4수의 주제는 [산머리에 이는 한운과 수중에 나는 백구의 무심하고 다정함을 좋아 하여, 이것들을 따라 일생에 시름을 잊고, 무심하고 다정하게 놀겠다는 다짐]으로 정리할 수 있다. 이 주제는 [시적 화자(은퇴자)가 어부가 되어 강호에서, 무심의 탈속과 한적을 계속 누리기 위한 다짐]으로 축약할 수 있다.

이 제4수의 주제인 [시적 화자(은퇴자)가 어부가 되어 강호에서, 무심의 탈속과 한적을 계속 누리기 위한 다짐]과 제3수의 주제인 [시적 화자(은퇴자)가 어부가 되어 강호에서, 일반청의 탈속과 한적을 누리기]는, '계속 누리기 위한 다짐'과 '누리기'라는 차원에서 보면 분리된다. 이에 비해 두 주제에 포함된 '일반청의 탈속과 한적'과 '무심의 탈속과 한적'이라는 차원에서 보면 점강적이다.

그러면 제1~3수에서 보인 점층이 왜 다시 제3, 4수에서 점강되는 것일까? 말을 바꾸면 왜 제2수에서 누리던 무심의 탈속과 한적이 다시 제4

수에서 추구되는 것일까? 이에 대한 대답을 찾으려고 노력한 것은 임주
탁의 글[7]이다. 이 글에서는 현실사회에 대한 지향의식으로 정리를 하였
다. 이 현실사회 지향은 다음과 같이 이해할 수 있다. 정치세계에서 받
은 너무나 큰 충격에 의해 은퇴를 하고, 강하게 인세를 망기하고 무심을
지향할 때에는, 인세로 향한 마음, 즉 인세로 인한 시름을 잊고 무심을
지향하게 된다. 그러나 어느 정도 시간이 지나면, 정치세계에서 받았던
충격은, 그것이 아무리 큰 충격이라고 해도, 현실사회의 지향을 피할
수 없는 사대부의 성격상, 차차 약화되면서, 인세로 향한 마음, 즉 인세
로 인한 시름이 되살아나는 것이다. 마치 불씨만 남았던 불이 다시 살아
나는 것과 같이 다시 살아나는 것이다. 이 되살아난 불은 다시 제5수에
서 좀더 강하게 드러난다.

> 장안(長安)을 도라보니 북궐(北闕)이 천리(千里)로다.
> 어주(漁舟)에 누어신들 니즌 스치 이시랴?
> 두어라 내 시름 아니라 제세현(濟世賢)이 업스랴? (제5수)

초장에서는 장안을 돌아보니 북궐이 천리임을 노래하였다. 그리고 중

---

7 그 대답은 다음의 인용 그 중에서도 밑줄 친 부분(밑줄 필자)에서 잘 보여준다. "(4)에
   이르러 시적 주인공은 '無心코 多情한' '閑雲'과 '白鷗'를 '조차 노로리라'고 함으로써
   (2)에서의 '無心'을 다시 지향한다. 그런데, 왜 (2)에서 더욱 '無心'해진 시적 주인공이
   (4)에서도 다시 '無心'의 표상인 '閑雲'과 '白鷗'와의 합일을 꾀하게 되는가? 결론적으
   로 말하자면, 비록 (2)에서 시적 주인공의 내면은 '月'을 매개로 '無心'을 표방하면서도
   항상 현실사회의 부정적 현상에 대한 지향의식을 버릴 수 없었기 때문이다. 그러므로,
   (3)과 같이 구체적인 어부의 생활의 즐거움을 경험해 보기도 하지만, 결국 잊을 수 없는
   현실사회에 대한 의식이 그의 내면에 자리하게 되고 시적 주인공은 다시한번 이를 잊고
   자 어디에도 얽매이지 않는 성격을 지닌 '閑雲'과 '白鷗'와의 합일을 꾀하게 되는 것이
   다."(임주탁 1990:55~56)

장에서는 고깃배에 누워 있은들 (북궐을) 잊은 틈이 없음을 설의법으로
강하게 강조하였다. 이 중장에는 해석이 필요한 두 표현이 있다. 하나는
'어주에 누어신들'의 제유법이다. 이 표현은 '어부의 생애'를 원관념으로
하는 개별화의 제유법이다. 이는 '어부의 생애' 중에서도 강호에 가장
깊게 들어와 정치세계를 가장 멀리한, '어주에 누어 있는 때'에도, 잊은
틈이 거의 없음을 강조한다. 그리고 '니즌 스치 이시랴?'는 '잊은 틈이
없음'을 단정하는 것이 아니라, '잊은 틈이 거의 없음'을 강조한 표현이
다. 이는 인세로 향한 마음, 즉 인세로 인한 시름을 완전히 잊은 것이
아니라, 무심한 탈속의 강한 지향과 이에 따라 강호에서 물외한인으로
한적하게 살면서 일반청의미를 아는 삶에 의해 잠시 잊히어진 것에 불과
함을 말해준다. 이 잠시 잊혀졌던 것이 다시 되살아난 것이 제4수의 시
름이며, 이 제4수의 시름이 무심에 의해 잊혀졌다가 다시 되살아난 것
이, 제5수의 시름이다.

　이렇게 다시 살아난 시름을, "두어라 내 시롬 아니라 제세현(濟世賢)
이 업스랴?"에서와 같이, 시적 화자는 안분지족(安分知足)의 자기 위로
로 잠재우고 있다. 시적 화자가 자기 위로를 하고 있다는 사실은 '두어
라'의 의미인 "옛 시가에서, 어떤 일이 필요하지 아니하거나 스스로의
마음을 달랠 때 영탄조로 하는 말."에서 알 수 있다. 그리고 안분지족은
"내 시롬 아니라 제세현(濟世賢)이 업스랴?에서 알 수 있다. 이에 포함
된 "내 시롬 아니라"는 "남의 시름이다."를 반대의 부정으로 표현한 완서
법이다. 이 완서법을 이해하고 나면, 제세현은 시적 화자가 되려고 하는
대상이 아님을 말해준다. 이런 의미들로 보아, 안분지족은 제세(濟世)
의 시름을, 자신의 몫, 즉 자신의 분수가 아니라, 제세현의 것으로 보고
만족을 아는 것이다. 이는 농암이 76세(1542년)에 지중추부사에 제수되
었으나 병을 핑계로 벼슬을 그만두고 고향에 돌아와 만년(晩年)을 강호

에서 지내면서, 안분지족의 자기 위로로 지키는 망기의 탈속이다.[8]

이런 의미들로 보면, 제5수의 주제는 [시적 화자(은퇴자)가 어부가 되어 강호에서, 세속으로 향한 시름을 잊고 한적하게 사는 삶을 계속 누리기 위한 안분지족의 자기 위로]로 정리할 수 있다. 이 주제는 [시적 화자(은퇴자)가 어부가 되어 강호에서, 망기의 탈속과 한적을 계속 누리기 위한 안분지족의 자기 위로]로 다시 정리할 수 있다. 그리고 이 주제는 제4수의 주제인 [시적 화자(은퇴자)가 어부가 되어 강호에서, 무심의 탈속과 한적을 계속 누리기 위한 다짐]에서 보면, 점강된 것이고, 망기의 탈속과 한적이라는 측면에서 보면, 제1수와 대칭적이다. 이 대칭에서도 유의해야 할 것이 있다. 즉, 제5수의 주제에서 보이는 '무심의 탈속과 한적'은 시적 화자가 안분지족의 자기 위로를 통하여 계속 누리고자 하는 것이고, 제1수의 주제에서 보이는 '무심의 탈속과 한적'은 시적 화자가 누리는 것이라는 차이이다.

지금까지 정리한 각수별 주제로 보면, 이 텍스트의 논리적 구조로 본 결을 정리할 수 있다. 이 구조를 확인하고, 이 텍스트의 전체 주제를

---

8   이 제5수의 종장을 '獨善其身'의 근거로 해석한 경우도 있다. 이런 사실은 다음의 인용에서 보인다. "그러나 잠시 보이는 이 내부적 갈등에서 이현보는 내면적 평정과 자기완성에의 길을 택함으로써 해결을 추구한다--『두어라 내 시름 아니라 濟世賢이 업스라.』 세상은 혼탁하고 걱정스러운 상황 속에 있지만 이미 그 세계에 혐오감을 느끼고 오랜 세월을 부대끼다가 강호에 돌아온 그는 자신이 가진 정치이상과 현실 사이에 화해의 길이 없다고 생각하여 유가의 전통적 처세방법의 하나이기도 한 〈獨善其身〉의 길을 택하는 것이다."(김흥규 1981:126)
      그리고 이 제5수의 종장을 '현실사회로의 지향'을 보여준 근거로 해석한 경우도 있다. 이런 사실은 다음의 인용에서 보인다. "그러나, 시적 주인공의 내면의 이러한 의지에도 불구하고 그는 현실사회에로 지향하는 그의 의식을 억제하지 못하고, 그 내면의식이 오히려 표면화되어 (5)에서는 '長安'의 '北闕'을 잊을 수 없는 심정을 토로하고 있다. 그리고, 그 현실사회로의 지향은 바로 '濟世賢'이 되고자 하는 시적 주인공의 의식인 것이다."(임주탁 1990:56)

정리하기 위해, 각수별 주제를 옮겨 쓰면 다음과 같다.

> 제1수: 시적 화자(은퇴자)가 어부가 되어 강호에서, 망기의 탈속과 한적
> 을 누리기
> 제2수: 시적 화자(은퇴자)가 어부가 되어 강호에서, 무심의 탈속과 한적
> 을 누리기
> 제3수: 시적 화자(은퇴자)가 어부가 되어 강호에서, 일반청(한 모양으로
> 맑음)의 탈속과 한적을 누리기
> 제4수: 시적 화자(은퇴자)가 어부가 되어 강호에시, 무심의 탈속과 한적
> 을 계속 누리기 위한 다짐
> 제5수: 시적 화자(은퇴자)가 어부가 되어 강호에서, 망기의 탈속과 한적
> 을 계속 누리기 위한 안분지족의 자기 위로

'누리기'와 '계속 누리기 위한'이라는 차원에서 보면, 제1~3수와 제4,
5수는 분리된다. 그리고 제1~3수는 탈속과 한적을 점충적으로 누리기
를 보여주면서 본사의 기능을 한다. 이에 비해 제4, 5수는 탈속과 한적
을 계속 누리기 위한 다짐과 자기 위로를 점강적으로 보여주면서 결사의
기능을 한다. 이런 사실들로 보면, 이 텍스트의 구조는 점충적 구조의
본사(제1~3수)와 점강적 구조의 결사(제4, 5수)로 구성된 본결의 파격
구조로 정리할 수 있다.

이 텍스트의 주제는 [시적 화자(은퇴자)가 어부가 되어 강호에서, 망
기의 탈속과 한적, 무심의 탈속과 한적, 일반청의 탈속과 한적 등을 점
충적으로 누리고, 그 탈속과 한적을 계속 누리기 위한 다짐과 안분지족
의 자기 위로]로 정리할 수 있다. 이 주제는 [3종류의 탈속과 한적을
점충적으로 누리기와 그 탈속과 한적을 계속 누리기 위한 점강적 노력
(다짐과 자기 위로)]으로 바꿀 수도 있다.

이 주제로 보아, 〈어부단가〉는 다른 어부가들과 다른 두 가지의 주제
적 성격을 보여준다고 정리할 수 있다. 첫째는 '낚시, 음영, 음주, 유람'
등을 노래하지 않는다는 점이다. 〈어부가〉와 〈어부장가〉의 중심에서는
'낚시, 음영, 음주, 유람' 등을 노래하였는데, 이 주제가 〈어부단가〉에서
는 보이지 않는다. 둘째는 '탈속과 한적을 계속 누리기 위한 다짐과 안분
지족의 자기 위로'도 노래하였다는 점이다. 〈어부단가〉의 주제에는 '탈
속과 한적을 계속 누리기 위한 다짐과 안분지족의 자기 위로'가 포함되
어 있는데, 이런 주제는 〈어부가〉와 〈어부장가〉에서는 발견할 수 없는
특성이다.

4. 결론

지금까지 〈어부단가〉(이현보)의 결속, 종결, 구조, 주제 등을 검토하
였다. 그 중요한 것들을 요약하여 결론을 대신하면 다음과 같다.

1) 제1~3수의 텍스트는 세 종류의 대칭표현을 보여준다. 즉 '이 둥
에'(제1수 초장)와 '청하애'(제3수 초장)에서 발견되는 ['○○에/애'(제1
수)-대칭축(제2수)-'○○에/애'(제3수)]의 대칭표현, "일엽(一葉) 편주
(扁舟)를 만경파(萬頃波)<u>애</u> 띄워<u>두고</u>"(제1수의 중장)와 "노적(蘆荻) 화
총(花叢)에 비 미야<u>두고</u>"(제3수 중장)에서 발견되는 ["… -애/에 … -두
고"(제1수)-대칭축(제2수)-"… -애/에 … -두고"(제3수)]의 대칭표현,
"인세(人世)를 다 니젯거니 날 가는 주를 <u>알랴?</u>"(제1수 종장)와 "일반청
(一般淸) 의미(意味)를 어니 부니 <u>아르실고?</u>"(제5수 종장)의 두 설의법
에서 발견되는 ['알-'의 설의법(제1수)-대칭축(제2수)-'알-'의 설의법
(제3수)]의 대칭표현 등이다.

2) 1)의 세 종류의 대칭표현은 이 텍스트의 결속이 대칭적 결속이란 사실을 보여주고, 제1수의 대칭인 제3수가 이 텍스트의 종결임도 보여준다.

3) 제1~5수의 텍스트는 세 종류의 대칭표현을 보여준다. 즉 "이 듕에 시름 업스니 어부(漁夫)의 생애(生涯)이로다."(제1수 초장)와 "장안(長安)을 도라보니 북궐(北闕)이 천리(千里)로다."(제5수 초장)에서 발견되는 ['… -니 … -로다.'(제1수)-대칭축(제3수)-'… -니 … -로다.'(제5수)]의 대칭표현, "이 듕에 시름 업스니 어부(漁夫)의 생애(生涯)이로다."(제1수 초장)와 "두어라 내 시룸 아니라 제세현(濟世賢)이 업스랴?"(제5수 종장)에서 발견되는 ['시름'(제1수 초장)-대칭축(제3수)-'시룸'(제5수 종장)]의 대칭표현, 제1수의 종장말에 나온 '알랴'와 제5수의 종장말에 나온 '업스랴', 제2수의 종장말에 나온 '무심(無心)ㅎ얘라'와 제4수의 종장말에 나온 '노로리라'에서 발견되는 ['-랴'(제1수)-'-라'(제2수)-'-ㄹ고(대칭축, 제3수)-'-라'(제4수)-'-랴'(제5수)]의 대칭표현 등이다.

4) 3)의 세 종류의 대칭표현에서, 제1, 5수의 대칭표현을 A-A로, 제2, 4수의 대칭표현을 B-B로, 제3수의 대칭축을 X로, 각각 부호화를 하면, [A(제1수)-B(제2수)-X(대칭축, 제3수)-B(제4수)-A(제5수)]의 대칭표현이 되면서 〈어부단가〉 5수의 대칭적 결속을 보여준다. 이 대칭표현은 시작을 의미하는 제1수에 대칭된 제5수가 종결임을 보여준다. 이는 시종의 대칭에 의한 종결의 표현이다.

5) 제1~5수의 텍스트는 4)의 대칭적 결속을 보여주는 동시에, 종장 첫시어에서 반복표현의 후미 전환에 의한 결속과 종결도 보여준다. 즉 종장 첫시어들은 보면, "인세(人世)를, 강호(江湖)애, 일반청의미(一般淸意味)를, 일생(一生)애" 등에서와 같이 '-를'과 '-애'를 교체하면서

반복을 보여주다가, 제5수에서는 "두어라"로 바꾸면서, 반복표현의 후
미 전환에 의한 결속과 종결을 보여준다. 이 설명은 제1~4수에서 보인
'-를, -애'의 반복표현을 제5수에서 '-라'로 일탈한 것으로 볼 수도 있
고, 제1~4수에서 보인 비감탄형 시어를 제5수에서 '두어라'로 일탈한
것으로 볼 수도 있다.

6) 제1~3수의 텍스트는 [시적 화자(은퇴자)가 어부가 되어 강호에서,
망기의 탈속과 한적을 누리기](제1수), [시적 화자(은퇴자)가 어부가 되
어 강호에서, 무심의 탈속과 한적을 누리기](제2수), [시적 화자(은퇴자)
가 어부가 되어 강호에서, 일반청(한 모양으로 맑음)의 탈속과 한적을
누리기](제3수) 등과 같이 점층적 구조를 보이며, 이 점층적 구조로 보
아 제1~3수 텍스트의 주제는 [시적 화자(은퇴자)가 어부가 되어 강호에
서, 망기의 탈속과 한적, 무심의 탈속과 한적, 일반청의 탈속과 한적 등
을 점층적으로 누리기] 또는 [3종류의 탈속과 한적을 점층적으로 누리
기]로 정리된다.

7) 제1~5수의 텍스트는 본결의 구조이며, 이에 포함된 제1~3수의 '본'
은 점층적 구조이고, 제4, 5수의 '결'은 [시적 화자(은퇴자)가 어부가 되
어 강호에서, 무심의 탈속과 한적을 계속 누리기 위한 다짐](제4수)과
[시적 화자(은퇴자)가 어부가 되어 강호에서, 망기의 탈속과 한적을 계속
누리기 위한 안분지족의 자기 위로](제5수)로 구성된 점강적 구조이다.

8) 제1~5수 텍스트의 주제는 [시적 화자(은퇴자)가 어부가 되어 강호
에서, 망기의 탈속과 한적, 무심의 탈속과 한적, 일반청의 탈속과 한적
등을 점층적으로 누리고, 그 탈속과 한적을 계속 누리기 위한 다짐과
안분지족의 자기 위로] 또는 [3종류의 탈속과 한적을 점층적으로 누리기
와 그 탈속과 한적을 계속 누리기 위한 점강적 노력(다짐과 자기 위로)]
이다.

이상과 같이 제1~3수의 텍스트와 제1~5수의 텍스트가 각각 결속, 종결, 구조, 주제 등을 모두 보여준다는 점에서 〈어부단가〉는 탈착형 연시조로 정리할 수 있다. 그리고 이 탈착형은 앞에서 정리한 〈어부가〉(『악장가사』) 및 〈어부장가〉(이현보)의 탈착형을 이은 것으로 정리된다.

이중경의 〈오대어부가〉

1. 서론

이 글은 〈오대어부가〉(이중경)의 결속, 종결, 구조, 주제 등을 검토하여, 이 작품이 〈어부가〉(『악장가사』) 및 〈어부장가〉(이현보)와 맥을 같이 하는 탈착형 연시조임을 정리하고자 한다.

이중경(李重慶 1599~1678)의 연시조 〈오대어부가(梧臺漁父歌)〉(20수)[1]에 포함된 〈오대어부가(梧臺漁父歌)〉(9곡)는 장인진(1983)이 발굴 경위, 작자(가계, 생애), 작품(판본고, 창작배경과 제작지, 작품내용, 작품형식) 등을 소개 정리하면서 그 연구가 시작되었다. 작품의 발굴경위, 작가의 가계와 생애, 작품의 판본고 등은 장인진의 글로 돌리고, 창작장소, 창작시기, 창작의 사회적 배경, 창작의도, 작품론 등의 영역에서 그간에 이루어진 연구사를 간단하게 정리하면 다음과 같다.

〈오대어부가〉(9곡)의 창작장소는 오대(梧臺)로 정리되었다.[2] 그리고

---

1 〈오대어부가〉는 〈오대어부가〉(9곡), 〈어부사〉(5장), 〈어부별곡〉(전후3장) 등을 묶어서 부른 명칭인 동시에, 연시조 〈오대어부가〉(9곡)를 지칭하기도 한다. 양자를 〈오대어부가〉(20수)와 〈오대어부가〉(9곡)으로 구분하여 사용한다.

2 "당시 慶尙道 淸道郡 下南面 梧臺(지금의 淸道郡 梅田面 龜村洞의 東倉川邊인데, 密陽郡 上東面 新谷里와 境界가 됨)에서 지어진 것"(장인진 1983:168)

〈오대어부가〉(9곡)는 〈자서(自序)〉 말미의 기록("丙申夏五月中旬")에
근거하여, 이중경의 나이 58세(孝宗 7, 1656년)에 지은 것으로 정리(장
인진 1983:159, 168)되다가, 1648~1653년 사이에 지어진 것으로 수정
(이형대 1997:112)이 되었다.[3]

〈오대어부가〉(9곡) 창작의 사회적 배경은 물러난 세계에서 창작된 것
(임주탁 1990:61)과 경제적 기반을 다지겠다는 그의 의도가 어느 정도
성취된 다음에 득의의 심정으로 지은 것(최호석 1997:156)으로 주장되
기도 했다. 그 후에 이 주장들이 가진 문제의 지적과 다른 견해가 제시
(이형대 1997:105)되었다.[4] 〈오대어부가〉(9곡)의 창작 의도는 〈오대어
부가〉(20수)의 〈자서(自序)〉[5]에 근거하여, "江湖之樂에 心醉된 漁父의
서민적이고 素朴한 生活을 보여주고자 製作된 것"(장인진 1983:168)과,

---

3 "… 선행연구에서는 작품의 자서가 씌어진 1656년에 작품들이 창작되었다고 주장하고
   있다. 그러나 위의 자서와 작품의 의미내용을 살펴보면 한 해에 지어진 작품들은 아닌
   것으로 보인다. 이중경이 梧溪上에 梧臺精舍를 구축하기 시작하기는 49세때인 1647년
   부터였으며 이듬해에 老母를 모시고 여기에 寓居하였다. 이때부터 모친이 졸세한 1653
   년까지 溪居의 산수생활과 어옹체험에 기반하여 〈어부가九曲〉과 〈어부사五章〉을 지었
   을 것으로 보인다. 이후 시묘살이를 끝내고 다시 돌아와 풍수지탄의 심회와 내면적
   지향을 표출한 〈어부별곡六章〉을 1656년에 지었고 서문을 붙였던 것이다."(이형대
   1997:112). 그 후에 이 수정은 이의 없이 수용(이상원 1998:109, 박이정 2007:166)되고
   있다.

4 "17세기에 들어서면 시조의 주요 창작자인 사대부 계층도 그 재지적 기반이나 사회적
   처지, 도학적 이념의 견지 등 여러 부면에서 분화되어가는 모습을 보인다. 그리고 벼슬
   길에서 현저하게 멀어져간 사족층도 발생하게 된다. 이에 따라 강호시조도 시적 인식이
   나 미의식에서 다양한 차이를 가져옴은 물론 '나아간 세계'와 '물러난 세계'라는 단순논
   법으로는 이미 해명하기에 어려운 지경에 이른다."(이형대 1997:105). "16세기 사회경
   제사의 일반적 정황으로 본다면 수긍할 만도 하지만, 문집을 검토해 볼 때 문헌적 근거
   가 희박하여 선뜻 수용하기 어렵다."(이형대 1997:105)

5 "…是取陶山漁父詞而歌之 亦足以見先賢之得意於山水而樂 其眞樂也 … 師其體而
   倣其曲 乃自製九曲五章 而其前後三章 並六章 則省六曲之合爲十二者 而各取其半
   也 …"

山水之樂을 노래하되, 자신에 맞는 노래와 자신의 가론(歌論)에 입각한 노래를 짓기 위한 것(박이정 2007:166~167)[6]으로 정리되었다. 그리고 자신에 맞는 노래와 자신의 가론에 입각한 노래를 짓는 과정에서, 〈오대어부가〉(9곡)는 이현보의 〈어부사〉(장가)를 모방하거나 〈어부사〉(장가)와 〈무이도가(무이구곡가)〉의 영향을 받았다는 정리[7]도 이루어졌다.

〈오대어부가〉(9곡)의 작품론은 소재, 〈적벽부〉의 영향, 구조, 주제(의식) 등이 검토되었다. 소재는 "梧臺라는 지역적 경치"와 "漁翁으로 知樂하는 作者心中의 勝景"(장인진 1983:173), 또는 "때로는 계변에서 때로는 강 위에서 노니는 그때 그때의 홍취"(이형대 1997:112, 2002:222)로 정리되었다. 〈적벽부〉가 〈오대어부가〉에 미친 영향은 몇몇 시어의 차원

6　"첫 번째 시기는 자신이 지은 노래가 없는 상태에서 잘 알려진 선배인 농암이나 퇴계의 노래를 부르던 때이다. 두 번째 시기는 자신의 山水之樂이 농암이나 퇴계의 그것과 다름을 깨닫고 자신의 노래를 마련한 시기이다. 이 때 이중경은 선대의 노래를 전범으로 삼아 자신의 노래 세계를 모색한 것으로 보인다. 세 번째 시기는, 모친의 졸세 이후 노래에 대해 새로이 깨닫고 그러한 인식 전환을 기반으로 자신의 歌論을 수립하여 그에 맞게 노래를 창작한 시기이다.

　　이러한 세 시기 가운데 〈梧臺漁父歌 九曲〉, 〈漁父詞 五章〉은 두 번째 시기에 〈漁父別曲 前後三章〉은 세 번째 시기에 이루어진 노래로 보인다. 두 번째 시기에 이루어진 〈梧臺漁父歌 九曲〉과 〈漁父詞 五章〉 사이에도 일정한 선후 관계가 파악된다. 〈梧臺漁父歌 九曲〉은 전범적인 작품에 많은 부분 기대어 지은 작품이다. 이에 비해 〈漁父詞 五章〉은 전범에 기대되 자신의 삶에 대한 고민을 투영한 나름의 형식과 내용을 통해 전범과 다른 자신의 목소리를 모색하면서 만든 노래라고 할 수 있다."(박이정 2007: 166~167)

　　이런 설명은 장인진(1983), 임주탁(1990), 이형대(1997), 이상원(1998), 박이정(2007) 등에서 보이는데, 초점을 이에 맞추어 체계적으로 설명한 것은 앞에 인용한 글이다.

7　장인진(1983:167~168, 176, 177)은 농암의 〈漁父詞〉(장가 9수)의 形態的 影響에서 지어진 것으로 〈오대어부가〉를 설명하였다. 임주탁(1990:52~53, 59)은 농암의 〈漁父詞〉(장가 9수)의 모방과 개작으로 〈오대어부가〉(9곡)를 설명하면서, 〈무이구곡가〉의 영향도 언급하였다. 이형대(1997:112)는 〈오대어부가〉(9곡)가 〈무이도가〉의 영향을 받았다고 설명하였다. 이상원(1998:109)은 이현보의 〈어부장가〉(9장)를 본떠 〈오대어부가〉(9곡)를 지었다."고 설명하였다.

(장인진 1983:174, 박완식 1996:111)[8]에서 정리되었다. 논리적 구조는 9곡을 병렬한 병렬적 구조(이형대 1997:112, 조유영 2014:173)로 보면서, 제1곡만은 동시에 '서곡(序曲)'으로도 보고 있다(이형대 1997:115, 조유영 2014:173). 그리고 본격적인 구조론은 아니지만, 윤곽을 정리한 글도 보인다.[9] 주제 내지 주제의식은 "江湖生活에서 自然美를 발견하여 漁父의 平穩한 심정과 함께 自然에 陶醉된 忘我의 경지"(장인진 1983:173), "어부 생활의 즐거움"(임주탁 1990:59), "작자가 소망하는 지향적 삶의 미적 성취로 … 고단한 세속세계의 시름으로부터 탈출, 또는 망각을 반어적으로 표현한 것"(이형대 1997:115), "오대에서 유유자적하게 살아가고자 하는 지향의식"(조유영 2014:182) 등으로 정리되어 왔다.

이렇게 정리되는 이중경의 〈오대어부가〉(9곡)에 대한 연구는 결속, 종결, 구조, 주제 등의 측면에서 다시 뒤돌아보면, 결속과 종결은 검토된 바가 없으며, 구조와 주제의 연구는 어느 정도 검토되어 왔으나, 미진함을 느낀다. 특히 구조의 경우에 기왕의 주장과는 전혀 다른 구조로 정리될 가능성이 많아, 그 정치한 분석과 정리를 필요로 하며, 주제의

---

8 장인진은 "淸風徐來, 水波不興, 如遺世, 泝流光" 등을 정리하였고, 박완식은 다음과 같이 영향을 받은 부분과 영향을 준 부분을 정리하였다. 二曲 釣漁舟룰 碧波에 씌워가쟈: 泛舟遊於赤壁之下, 五曲 任所如ㅎ니 淸灘의 흘리뼈가: 縱一葦之所如 凌萬頃之茫然, 六曲 如遺世ㅎ니 身心도 閒適홀샤: 飄飄乎如遺世獨立, 어하룰 버둘삼고: 侶魚蝦而友麋鹿, 八曲 淸風 徐來ㅎ니 水波不興 ㅎ엿도다: 淸風徐來 水波不興, 九曲 泝流光ㅎ여: 擊空明兮泝流光 등이다.
9 "… 따라서 1곡은 구곡가의 序曲에 해당하는 부분이라고도 볼 수 있다.
   2곡부터 4곡까지는 화자가 고깃배를 타고 강에 나가 고기를 잡고 돌아오는 광경을 보여주는데, 전반적으로 어부의 한가로운 삶과 그 안에서의 흥취를 형상화하고 있다. …… 5곡에서 8곡까지는 오대 주변에 흩어져 있는 자연 경물을 시적 소재로 사용하여 탈속적 세계의 정취와 흥을 더욱 오롯이 표현하고 있는 것으로 보인다. …… 마지막 9곡에서 화자는 지금까지의 흥취를 모두 배에 싣고 자신의 溪亭, 즉 오대정사로 돌아가고자 하지만 여전히 남아 있는 흥을 못 이겨 다시 머물러 놀고자 한다."(조유영 2014:173)

경우에도 구조에 기초한 논리적인 설명과 정리를 필요로 한다. 그리고 이 〈오대어부가〉(9곡)의 결속, 종결, 구조, 주제 등을 보면, 제2~4곡의 텍스트, 제5~7곡의 텍스트, 제5~9곡의 텍스트, 제2~7곡의 텍스트, 제1~9곡의 텍스트 등으로 탈착되는 탈착형 연시조의 성격을 보인다.

이에 오대 상류(제2~4곡)의 텍스트, 오대 하류(제5~9곡)의 텍스트, 오대 상하류(제1~9곡)의 텍스트 등의 세 텍스트에 한정하여. 텍스트별 결속, 종결, 구조, 주제 등을 검토하여, 탈착형 연시조의 가능성을 검토 정리(양희철 2017e)한 바가 있다. 이 글에서는 원고 분량상 앞의 글에서 생략한 제5~7곡 텍스트와 제2~7곡 텍스트의 결속, 종결, 구조, 주제 등을 보완하여 글을 완결하려 한다.

2. 오대 상류의 텍스트

이 장에서는 오대 상류(제2~4곡) 텍스트의 결속, 종결, 구조, 주제 등을 두 절로 나누어서 검토하고자 한다.

2.1. 결속과 종결

제2~4곡 텍스트의 결속과 종결을 정리하기 위해, 밑줄 친 부분에 유의하면서 텍스트를 보자. 원문의 한자는 괄호 안에 넣었다.

> 이곡(二曲) 조어주(釣漁舟)롤 벽파(碧波)에 씌워가쟈
> 아히야 놀 저어라 석치(石齒)에 걸릴셰라
> 뎌우희 녹태기두(綠苔磯頭)의 백구(白鷗) 흔더 가리라 (제2곡)

삼곡(三曲) 일간죽(一竿竹)을 석양(夕陽)의 빗기들고
청강(淸江)을 구버보니 백어(白魚)도 하도 할샤
이 맛술 세상인간(世上人間)의 제 뉘라셔 알리오 (제3곡)

사곡(四曲) 관유어(貫柳魚)롤 비예 담아 돌라오니
백사(白沙) 정주(汀洲)의 노성(櫓聲)이 얼의엿다
아히야 주일배(酒一盃) 브어라 어부사(漁父詞)롤 브로리라 (제4곡)

제2~4곡의 텍스트는 하나의 반복표현에 의해 결속을 보여주고, 두 대칭표현에 의해 결속과 종결을 보여준다.

먼저 반복표현에 의한 결속을 보자. 제2, 3, 4곡의 초장들을 보면, "ㅇ곡 ㅇㅇㅇ롤/을 ㅇ(ㅇ)에/의 …"의 구문을 반복한다. 이 반복표현은 "이곡(二曲) 조어주(釣漁舟)롤 벽파(碧波)에 씌워가쟈"(제2곡 초장), "삼곡(三曲) 일간죽(一竿竹)을 석양(夕陽)의 빗기들고"(제3곡 초장), "사곡(四曲) 관유어(貫柳魚)롤 비예 담아 돌라오니"(제4곡 초장) 등에서 파악할 수 있다. 이 반복표현은 제2~4곡 텍스트의 결속을 보여준다.

이번에는 두 대칭표현에 의한 결속과 종결을 보자.

첫째는 ["… 씌워가쟈"(제2곡 초장)-대칭축(제3곡 초장)-"… 돌라오니"(제4곡 초장)]의 대칭표현이다. 이 대칭표현은 "이곡(二曲) 조어주(釣漁舟)롤 벽파(碧波)에 씌워가쟈"(제2곡 초장)와 "사곡(四曲) 관유어(貫柳魚)롤 비예 담아 돌라오니"(제4곡 초장)의 '씌워가쟈'와 '돌라오니'의 대칭표현, 좀더 명확하게 정리하면, '가-'와 '오-'의 대칭표현에서 파악할 수 있다.

둘째는 ["… -리라"(제2곡 종장)-대칭축(제3곡 종장)-"… -리라"(제4곡 종장)]의 대칭표현이다. 이 대칭표현은 "더우희 녹태기두(綠苔磯頭)의 백구(白鷗)흔더 가리라"(제2곡 종장)와 "아히야 주일배(酒一盃)

브어라 어부사(漁父詞)룰 브로리라"(제4곡 종장)에서 파악할 수 있다.

이상의 두 대칭표현은 제2~4곡의 결속이 대칭적 결속임을 보여주고, 동시에 시종의 대칭에 의해 제4곡이 종결임을 보여준다.

2.2. 구조와 주제

이 절에서는 제2~4곡 텍스트에서 구조와 주제를 정리하려 한다. 먼저 이 텍스트의 구조를 배경시공간의 구조와 논리적 구조로 나누어서 정리한다.

배경시간에서 춘하추동은 명확하지 않고, 제3곡만이 사시의 '석양(夕陽)'을 명확하게 보여준다. 이 석양을 중심으로 그 전후의 시간을 배경시간으로 하는 순차적 구조로 정리할 수 있다. 특히 제2곡의 조어주를 띄워 녹태기두(綠苔磯頭)의 백구(白鷗)에게 가는 시간, 제3곡의 청강에서 백어를 낚시하는 석양의 시간, 제4곡의 관유어(貫柳魚)를 배에 담아 돌아오는 시간 등의 순차적 구조이다.

배경공간은 상류(上流)[10]에 속한 구곡을 왕복(往復)하는 구조이다. 제2곡의 공간은 조어주를 띄우는 계정(溪亭)으로 추정된다. 이 제2곡의 종장에서는 시적 화자가 배를 띄워 가고자 하는 곳이 계정을 기점으로 상류(上流)에 있는 녹태기두임을, 종장인 "뎌 우희 녹태기두(綠苔磯頭)의 백구(白鷗)흔디 가리라."에서 보여준다. 제3곡의 공간은 낚시를 하는 청강(清江)인데, 이 청강은 녹태기두의 청강일 수도 있고, 녹태기두와 떨어진 장소일 수도 있다. 편의상 별개의 장소로 정리한다. 제4곡의 공간은 계정으로 돌아오는 과정에서 백사(白沙) 정주(汀洲)를 배로 지나는

---

10 이 글에서는 溪亭을 기점으로 그 위에 있는 오대구곡을 상류(上流)로, 그 아래 있는 오대구곡을 하류(下流)로 정리하였다.

공간이다. 이상을 종합하면, 계정에서 배를 띄어서 녹태기두로 가는 공
간(제2곡) → (백사 정주) → 청강(제3곡) → 백사 정주를 지나 계정으로
돌아오는 공간(제4곡) 등과 같이, 계정을 기점으로 상류에 속한 구곡을
가까운 곳으로부터 먼 곳으로, 먼 곳에서 가까운 곳으로 왕복하는 배경공
간의 구조이다.

이 텍스트의 주제는 [오대구곡의 상류를 왕복하면서 즐기는 낚시와
유람(또는 뱃놀이)]이며, 논리적 구조는 순차적 구조와 대칭적 구조이
다. 이를 차례로 정리해 보자.

제2곡은 "이곡(二曲) 조어주(釣漁舟)룰 벽파(碧波)에 씌워가쟈. / 아
희야 놀 저어라 석치(石齒)에 걸릴셰라. / 뎌 우희 녹태기두(綠苔磯頭)
의 백구(白鷗) 흔디 가리라."이다. 이 제2곡의 주제는 [상류(上流)로 낚
시를 가면서(녹태기두의 백구에게 가면서) 즐기는 유람(또는 뱃놀이)]으
로 정리할 수 있다. 이 주제는 낚시를 나아가는 유람(또는 뱃놀이)을 잘
보여준다. 그리고 이 제2곡의 문면에는 즐기는 행동이 없는 것 같이 보
인다. 그러나 낚시, 유람, 뱃놀이 등이 즐기기를 내면에 포함하고 있다
는 점에서 '즐기는 유람(또는 뱃노리)'이란 표현을 주제에 포함시켰다.
상류(上流)임은 종장의 '뎌 우희'(저 위의)가 말해준다.

제3곡은 "삼곡(三曲) 일간죽(一竿竹)을 석양(夕陽)의 빗기들고 / 청
강(淸江)을 구버보니 백어(白魚)도 하도 할샤 / 이 맛술 세상인간(世上
人間)의 제 뉘라셔 알리오."이다. 이 제3곡의 주제는 [청강에서 석양에
남모르는 맛(흐뭇하고 기쁨)을 즐기는 낚시]로 정리할 수 있다. 제3곡의
자체에서는 많은 백어를 보면서 영탄하고 있다. 이 영탄은 영탄으로 끝
나지 않고, 많은 백어를 '낚으면서'의 의미로 이해된다. 왜냐하면, 많은
백어에 대한 영탄으로 끝나지 않고, 종장에서 남모르는 맛을 노래하고,
제4곡의 초장에서 관류어(貫柳魚)를 노래하는 것으로 보아, '많은 백어

를 낚으면서'라는 상황을 정리할 수 있다. 그리고 이 주제에 포함된 남모르는 즐거운 맛은 직접 보여주지 않고, 설의법으로 유도하고 있다. 시적 화자가 초장과 중장의 상황에서 느낀 맛(:어떤 사물이나 현상에 느끼는 기분)은 어떤 것일까? 낚싯대를 메고 간 청강의 낚시터에 물고기가 많을 때(또는 청강의 낚시터에서 많은 물고기를 낚았을 때) 느끼는 맛은, 흐뭇하고 기쁜 즐거움이다. 왜냐하면, 낚시를 갔을 때, 우선 물고기가 많으면, 욕구가 충족될 수 있는 가능성을 생각하면서, 흐뭇하고 기쁜 즐거움을 느끼기 때문이고, 많은 물고기를 낚았을 때는 욕구의 충족에서 오는 흐뭇하고 기쁜 즐거움을 느끼기 때문이다. 그리고 많은 물고기를 노래한 것은 다른 〈어부가〉류나 〈어부사〉류에서 볼 수 없는 이 작품만의 특색이다.

제4곡은 "사곡(四曲) 관유어(貫柳魚)룰 비예 담아 돌라오니 / 백사(白沙) 정주(汀洲)의 노성(櫓聲)이 얼의엿다. / 아히야 주일배(酒一盃) 브어라 어부사(漁父詞)룰 브로리라."이다. 이 제4곡의 주제는 [낚시를 마치고 돌아오면서(백사 정주를 지나면서) 즐기는 유람(또는 뱃놀이)]이다. 이 주제와 제4곡에서 보이는 백사(白沙) 정주(汀洲)는 청강에서 낚시를 마치고, 관유어(貫柳魚, 버들가지에 꿴 물고기)를 배에 싣고 계정으로 돌아오면서 본 오대구곡의 한 곳이다. 그리고 중장인 "백사(白沙) 정주(汀洲)의 노성(櫓聲)이 얼의엿다."는 한적(閑適)한 분위기를 보여준다. 이 중장에 나온 '얼의엿다'의 '어리다'는 "어떤 현상, 기운, 추억 따위가 배어 있거나 은근히 드러나다."의 의미이다. 이 의미를 계산하여 중장인 "백사(白沙) 정주(汀洲)의 노성(櫓聲)이 얼의엿다."를 해석하면, 백사(白沙) 정주(汀洲)에 배를 젓는 소리가 배어 있구나 또는 백사(白沙) 정주(汀洲)에 배를 젓는 소리가 은근히 드러났구나 등으로 해석되면서, 한적한 분위기를 보여준다. 그리고 시적 화자는 종장인 "아히야 주

일배(酒一盃) 브어라 어부사(漁父詞)롤 브로리라."를 통하여, 유람(또
는 뱃놀이)를 흥겹게 즐기고 있다.

이상에서 정리한 제2~4곡의 주제들을 옮겨 쓰면 다음과 같다.

> 제2곡: 상류(上流)로 낚시를 가면서(녹태기두의 백구에게 가면서) 즐기
> 는 유람(또는 뱃놀이)
> 제3곡: 청강에서 석양에 남모르는 맛(흐뭇하고 기쁨)을 즐기는 낚시
> 제4곡: 낚시를 마치고 돌아오면서(백사 정주를 지나면서) 즐기는 유람
> (또는 뱃놀이)

이 주제들과 앞에서 정리한 내용으로 보아, 이 제2~4곡의 논리적 구
조는 순차적 구조와 대칭적 구조로 정리할 수 있다. 즉 유람, 낚시, 유람
등을 순차적으로 노래했다는 점에서 보면, 순차적 구조이고, 제2곡의
낚시를 가면서 즐기는 유람(또는 뱃놀이)과 제4곡의 낚시를 마치고 돌아
오면서 즐기는 유람(또는 뱃놀이)이 제3곡의 청강에서 석양에 남모르는
맛(흐뭇하고 기쁨)을 즐기는 낚시를 대칭축으로 대칭한다는 점에서 보
면, 대칭적 구조이다. 주제는 [오대구곡의 상류를 왕복하면서 즐기는 낚
시와 유람(또는 뱃놀이)]으로 정리할 수 있다. 이 주제의 '즐기는 낚시'
는, 〈자서〉에서 보이는, "모친에게 맛있는 음식을 만들어 드리고, 모친
의 마음을 즐겁게 하기 위한 것"으로 이해된다.[11]

---

11 "아! 내 일찍이 집이 가난하여 노모를 봉양할 계책이 없었던지라 드디어 오곡의 사이에
고기잡는 농막을 설치하였다. 몸소 고기를 잡아 돌아와서 맛있는 음식을 만들어 드린
지가 거의 오륙 년이나 되었다. 개중에 산수의 즐거움도 내가 멀리하지 않은 즉 왕래를
게을리하지 않았다. …… 은선옥척은 귀가하면 모친의 마음을 즐겁게 하고, 채마밭의
푸성귀와 들판의 나물은 진수성찬을 대신할 만하니 내 마음에 장차 백년의 즐거움을
기약하였다."(噫 余 嘗家貧無以爲養老之計 遂置漁庄於梧谷之間 躬漁以歸 爲供滋味

이렇게 이 텍스트에서는 연시조를 연시조이게 하면서, 텍스트의 독립
성을 보여주는, 결속과 종결은 물론, 통일된 구조와 주제도 보여준다.
이 결속, 종결, 구조, 주제 등은 이 텍스트가 제1~9곡에서 분리되어 수
용되었음을 의미한다. 특히 이 텍스트는 맛있는 음식으로 노모의 마음
을 즐겁게 하기 위하여 낚시와 유람(또는 뱃놀이)을 하거나 이를 노래할
경우에 제1~9곡에서 분리되어 수용된 텍스트로 짐작된다.

3. 오대 하류의 두 텍스트

이 장에서는 제5~7곡 텍스트와 그 확장형인 제5~9곡 텍스트를 함께
검토하려 한다.

3.1. 제5~7곡 텍스트

제5~7곡 텍스트의 결속, 종결, 구조, 주제 등을 두 항으로 나누어서
검토하고자 한다.

3.1.1. 결속과 종결

제5~7곡의 결속과 종결을 보기 위하여, 밑줄 친 부분에 유의하면서
제5~7곡을 보자.

<u>오곡(五曲) 임소여(任所如)</u>ᄒ니 <u>청탄(淸灘)</u>의 흘리뼈가

<u>者</u> 殆五六載 而笛中山水之樂 不余以遠 則因又往來之不惰焉 …… <u>銀鮮玉尺 歸悅親</u>
<u>心</u> 園蔬野蕘 可代以珍羞 將期以百年之樂于吾情矣 〈梧臺漁父歌 自序〉, 『雜卉園集』)

프래목 도라드러 벽담(碧潭)의 머믈거다.
아희야 놀 저어 내여라 석병하(石屛下)의 가쟈. (제5곡)

육곡(六曲) 여유세(如遺世)ᄒ니 신심(身心)도 한적(閒適)홀샤
어하(魚鰕)롤 버들 삼고 수석(水石)을 지블삼아
늙기롤 다 니즌후의 놀고 노쟈 ᄒ노라. (제6곡)

칠곡(七曲) 부용석(芙蓉石)이 파중(波中)의 탁출(濯出)ᄒ니
태화봉(太華峯) 옥정(玉井)의 십장화(十丈花) 픠엿ᄂ닷.
차간(此間)의 태을진인(太乙眞人)이 연엽주(蓮葉舟)롤 타인ᄂ닷.
(제7곡)

제5~7곡의 결속과 종결은 두 대칭표현과 반복표현의 후미 전환에 의해 보여준다.

첫째로, ["…… ○○의 ○○○○"(제5곡 초장)-대칭축(제6곡 초장)-"…… ○○의 ○○○○"(제7곡 초장)]의 대칭표현이다. 이 대칭표현은 "오곡(五曲) 임소여(任所如)ᄒ니 청탄(淸灘)의 흘리떠가"(제5곡 초장)와 "칠곡(七曲) 부용석(芙蓉石)이 파중(波中)의 탁출(濯出)ᄒ니"(제7곡 초장)에서 파악할 수 있다.

둘째로, ["…… ○○의 ……"(제5곡 중장)-대칭축(제6곡 중장)-"…… ○○의 ……"(제7곡 중장)]의 대칭표현이다. 이 대칭표현은 "프래목 도라드러 벽담(碧潭)의 머믈거다"(제5곡 중장)와 "태화봉(太華峯) 옥정(玉井)의 십장화(十丈花) 픠엿ᄂ닷(제7곡 중장)에서 파악할 수 있다.

이 두 대칭표현은 제5~7곡의 결속과 종결을 말해준다.

그리고 제5~7곡의 초장들을 보면, 제5, 6곡에서는 "오곡(五曲) 임소여(任所如)ᄒ니 청탄(淸灘)의 흘리떠가"(제5곡 초장)와 "육곡(六曲) 여유세(如遺世)ᄒ니 신심(身心)도 한적(閒適)홀샤"(제6곡 초장)에서와 같

이 "○곡 ○○○ᄒ니 …"의 표현을 반복하였다. 그러나 제7곡의 초장에
서는 "칠곡(七曲) 부용석(芙蓉石)이 파중(波中)의 탁출(濯出)ᄒ니"(제7
곡 초장)에서와 같이 이 반복표현을 쓰지 않고 전환하고 있다. 이는 반
복표현의 후미 전환에 의한 결속과 종결을 말해준다.

3.1.2. 구조와 주제

배경시간은 사시와 사철을 명확하게 보여주지 않는다. 그러나 유람
(또는 뱃놀이)을 순차적으로 노래하였다는 점에서 배경시간의 구조는
순차적 구조이다.

배경공간은 계정(溪亭)을 출발하여 아래로 청탄(淸灘), 포래목, 벽담
(碧潭) 등(제5곡)을 지나 석병하(石屛下, 제6곡)와 부용석(芙蓉石, 제7
곡)에서 즐기는 공간으로 가까운 곳에서 먼 곳으로 가는 구조이다. 제6
곡의 석병하(石屛下)는 제5곡의 종장인 "아히야 놀 저어 내여라 석병하
(石屛下)의 가쟈"에 근거하여 추정한 것이다.

이번에는 이 텍스트의 논리적 구조와 주제를 보자. 이 텍스트의 주제
는 [오대구곡의 하류(下流, 계정~부용석)에서 즐기는 유람(또는 뱃놀
이)]이며, 이 주제를 구현한 논리적 구조는 점층적 구조이다. 이런 사실
을 차례로 보자.

> 오곡(五曲) 임소여(任所如)ᄒ니 청탄(淸灘)의 흘리뼈가
> 포래목 도라드러 벽담(碧潭)의 머믈거다
> 아히야 놀 저어 내여라 석병하(石屛下)의 가쟈. (제5곡)

제5곡의 주제는 [(계정을 출발하여) 석병하로 내려가면서 한가하게
즐기는 유람(또는 뱃놀이)]으로 정리할 수 있다. 한가하게 즐기는 유람

(또는 뱃놀이)은 "임소여(任所如, 배가 가는 바에 맡김)ㅎ니"와 "청탄(清
灘)의 흘리뼈가(흘러떠가) / 프래목 도라드러 벽담(碧潭)의 머믈거다"에
서 알 수 있으며, 석병하에 가기는 "아히야 놀 저어 내여라 석병하(石屛
下)의 가쟈."에서 알 수 있다. 이런 주제와 내용에 포함된 한가하게 즐기
는 유람(또는 뱃놀이)에서 느끼는 즐거움은 유람과 뱃놀이가 포함한 즐
거움이다. 유람은 "돌아다니며 구경(:흥미나 관심을 가지고 봄)함"을 뜻
하는데, 이에 포함된 흥미의 의미인 "흥을 느끼는 재미(:아기자기하게
즐거운 기분이나 느낌)"에서 볼 수 있는 즐거운 기분이 한가한 유람에서
즐기는 즐거움이다. 또한 한가한 뱃놀이에서 느끼는 즐거움은 놀이의
의미(:"놀이나 재미있는 일을 하며 즐겁게 지냄")에 포함된 즐거움이다.
이 제5곡에서 정리한 한가하게 즐기는 유람(또는 뱃놀이)은 제6곡에서
보여주는 어하(魚鰕)를 벗으로 삼고, 수석을 집으로 삼아, 한적하게 즐
기는 유람(또는 뱃놀이)의 단계에까지는 나아가지 않은 것이다.

> 육곡(六曲) 여유세(如遺世)ㅎ니 신심(身心)도 한적(閒適)홀샤
> 어하(魚鰕)룰 버둘 삼고 수석(水石)을 지블삼아
> 늙기룰 다 니즌 후의 놀고 노쟈 ᄒ노라. (제6곡)

제6곡의 주제는 [석병하에서 한적하게 즐기는 유람(또는 뱃놀이)]으
로 정리할 수 있다. 자기(自己)가 하고 싶은 대로 마음 편히 지내는 한적
(閒適, 한가하게 자적하는)한 뱃놀이는 '신심(身心)도 한적(閒適)홀샤'
를 통하여 개념적으로 보여주고, 구체적인 내용은 중장인 "어하(魚鰕)
룰 버둘 삼고 수석(水石)을 지블삼아"와 종장인 "늙기룰 다 니즌 후의
놀고 노쟈 ᄒ노라."를 통하여 잘 보여준다. 한적에 포함된 자적(自適,
무엇에도 束縛됨이 없이 마음 내키는 대로 生活함)은 속세에 속박됨이

없음을 의미하는 '여유세(如遺世, 세상을 버린 것 같음)'가 잘 보여준다.
이 제6곡의 주제인 한적(閑適)하게 즐기는 유람(또는 뱃놀이)은 제5곡
의 주제인 한가(閑暇)하게 즐기는 유람(또는 뱃놀이)에 점층된 것이다.

> 칠곡(七曲) 부용석(芙蓉石)이 파중(波中)의 탁출(濯出)ᄒ니
> 태화봉(太華峯) 옥정(玉井)의 십장화(十丈花) 픠엿ᄂᆞᆺ.
> 차간(此間)의 태을진인(太乙眞人)이 연엽주(蓮葉舟)ᄅᆞᆯ 타인ᄂᆞᆺ.
>
> (제7곡)

이 제7곡의 주제는 [부용석에서 신선같이 즐기는 유람(또는 뱃놀이)]
으로 정리할 수 있다. 이 곡에서는 파중(波中, 파도 속)에 탁출(濯出,
씻고 나타남)하는 부용석[부용(연꽃) 모양의 돌]의 아름다움을 태화봉
옥정의 십장화가 핀 것[12]에 견주고, 그 사이에서 유람(또는 뱃놀이)하는
시적 화자 자신을 태을진인이 연엽주를 탄 것[13]에 비유하였다. 이 제7곡
의 주제인 신선같이 즐기는 유람(또는 뱃노리)은 제6곡의 주제인 한적하
게 즐기는 유람(또는 뱃놀이)에 점층된 것이다.

지금까지 정리한 제5~7곡의 곡별 주제를 다시 옮겨 쓰면 다음과 같다.

---

12 이 중장은 『한창려집(韓昌黎集)』 제3권과 『고문진보(古文眞寶)』 전집(前集) 제4권에
   수록된 한유(韓愈)의 〈고의(古意)〉(太華峰頭玉井蓮 / 開花十丈藕如船 // 冷比雲霜
   甘比蜜 / 一片入口沈痾痊 // 我欲求之不憚遠 / 靑壁無路難夤緣 // 安得長梯上摘實
   / 下種七澤根株連)에서 그 기련(起聯)인 "태화봉두옥정련(太華峰頭玉井蓮) 개화십장
   우여선(開花十丈藕如船)"의 일부를 인용한 것이다.

13 이와 같은 표현은 백광홍(1522~1556)이 지은 〈관서별곡〉(1555)에서 "太乙眞人이 /
   蓮葉舟 ᄐᆞ고 / 玉河水로 ᄂᆞ리ᄂᆞᆫ ᄃᆞᆺ"으로, 박인로(1561~1642)가 지은 〈사제곡〉(1611)에
   서 "아득던 前山도 忍後山에 보이나다 / 須臾羽化하여 蓮葉舟에 올랐ᄂᆞᆫ 듯 / 東坡
   赤壁遊인들 이내 興에 어찌 더며"로 각각 나타나기도 한다.

제5곡: (계정을 출발하여) 석병하로 내려가면서 한가하게 즐기는 유람
(또는 뱃놀이)
제6곡: 석병하에서 한적하게 즐기는 유람(또는 뱃놀이)
제7곡: 부용석에서 신선같이 즐기는 유람(또는 뱃놀이)

위의 주제들에서 보듯이, 제5~7곡은 계정을 출발하여 하류에 있는
오대의 구곡(청탄, 프래목, 벽담, 석병하, 부용석 등)에서 즐기는 유람
(또는 뱃놀이)을 점층적으로 노래하였다. 이런 점에서 이 텍스트의 논리
적 구조는 점층적 구조로 정리할 수 있으며, 주제는 [오대구곡의 하류
(계정~부용석)에서 즐기는 유람(또는 뱃놀이)]으로 정리할 수 있다.

이렇게 이 텍스트에서도 연시조를 연시조이게 하는 결속과 종결은
물론, 통일된 구조와 주제도 보여준다. 이 결속, 종결, 구조, 주제 등은
이 텍스트가 독립적으로도 수용되었음을 의미한다. 특히 산수의 즐거움
만을 즐길 즈음에 수용된 텍스트로 짐작된다.

3.2. 제5~9곡 텍스트

이 절에서는 제5~9곡 텍스트의 결속, 종결, 구조, 주제 등을 두 항으
로 나누어서 검토하고자 한다.

3.2.1. 결속과 종결

제5~9곡의 결속과 종결을 보기 위하여, 밑줄 친 부분에 유의하면서
제5~9곡을 보자.

오곡(五曲) 임소여(任所如)호니 청탄(淸灘)의 흘리뻐가
프래목 도라드러 벽담(碧潭)의 머믈거다.

아히야 놀 저어 내여라 석병하(石屛下)의 가쟈. (제5곡)

<u>육곡(六曲)</u> 여유세(如遺世) 호니 신심(身心)도 한적(閒適) 홀샤
어하(魚鰕) 롤 버들 삼고 수석(水石)을 지블삼아
늙기롤 다 니즌후의 놀고 노쟈 호노라. (제6곡)

칠곡(七曲) 부용석(芙蓉石)이 파중(波中)의 탁출(濯出) 호니
태화봉(太華峯) 옥정(玉井)의 십장화(十丈花) 픠엿 노 뒷
차간(此間)의 태을진인(太乙眞人)이 연엽주(蓮葉舟) 롤 타인 노 뒷.
(제7곡)

<u>팔곡(八曲)</u> 자회연(恣回沿) 호니 강광(江光)이 무제(無際) 호 뒤
청풍(淸風) 서래(徐來) 호니 수파불흥(水波不興) 호엿도다.
이 비롤 중주(中洲)에 머므러 풍경(風景) 보기 죠해라. (제8곡)

<u>구곡(九曲)</u> 소유광(泝流光) 호여 계정(溪亭)에 도라가쟈.
만강(滿江) 호 풍월(風月)을 이 비예 시러시니
가다가 뎌근 듯 머므러 다시 놀고 그티쟈. (제9곡)

밑줄 친 부분에 유의하면서 이 텍스트를 보면, 세 종류의 대칭표현을 정리할 수 있다.

첫째는 [“○곡 ○○○호- …”(제5곡 초장)-“○곡 ○○○호- …”(제6곡 초장)-“○곡 ○○○이 …”(대칭축, 제7곡 초장)-“○곡 ○○○호- …”(제8곡 초장)-“○곡 ○○○호- …”(제9곡 초장)]의 대칭표현이다. 이 대칭표현은 제5~9곡의 초장들에서 파악할 수 있다. 제5, 6, 8, 9곡의 초장들을 보면 “○곡 ○○○호- …”를 반복한다. 특히 “○곡 ○○○호- …”의 “○○○”에서는 “임소여(任所如, 제5곡), 여유세(如遺世, 재6곡), 자회연(恣回沿, 제8곡), 소유광(泝流光. 제9곡)” 등과 같이 ‘-호-’ 앞에서

용언의 어근을 표현하고 있다. 이에 비해 대칭축에 해당하는 제7곡에서는 "○곡 ○○○흔- …"를 일탈한 "○곡 ○○○이 …"를 보여준다. 특히 "○곡 ○○○이 …"의 "○○○"에서는 용언의 어근이 아니라 "부용석(芙蓉石)"이라는 자연석의 고유명사를 표현하고 있다.

둘째는 ["… -쟈"(제5곡 종장)-대칭축(제7곡 종장)-"… -쟈"(제9곡 종장)]의 대칭표현이다. 이 대칭표현은 "아히야 놀 저어 내여라 석병하(石屛下)의 가쟈."(제5곡 종장)와 "가다가 뎌근돗 머므러 다시 놀고 그티쟈."(제9곡 종장)에서 파악할 수 있다.

셋째는 ["… -라"(제6곡 종장)-대칭축(제7곡 종장)-"… -라"(제8곡 종장)]의 대칭표현이다. 이 대칭표현은 "늙기롤 다 니즌후의 놀고 노쟈흔노라."(제6곡 종장)와 "이 비롤 중주(中洲)에 머므러 풍경(風景)보기 죠해라."(제8곡)에서 파악할 수 있다.

이 세 대칭표현에서 제5곡과 제9곡의 대칭표현을 A-A로, 제6곡과 제8곡의 대칭표현을 B-B로, 대칭축(제7곡)을 X로, 바꾸어 정리하면, 이 텍스트는 [A(제5곡)-B(제6곡)-X(제7곡, 대칭축)-B(제8곡)-A(제9곡)]의 대칭표현이 된다. 이 대칭표현은 이 텍스트의 결속이 대칭표현에 의한 대칭적 결속임을 보여주고, 동시에 시작 부분인 A(제5곡)의 대칭인 A(제9곡)가 종결임을 보여준다.

3.2.2. 구조와 주제

배경시간은 제9곡만이 달밤을 보여줄 뿐, 다른 곡들은 사시와 사철을 명확하게 보여주지 않는다. 그러나 이어서 볼 배경공간에서 오대구곡의 하류(淸灘, 프래목, 碧潭, 石屛下, 芙蓉石, 中洲 등)를 차례로 유람하고 돌아오는 왕복을 순차적으로 보여주고 있어, 배경시간의 구조 역시 순차적 구조로 정리할 수 있다.

배경공간은 계정을 출발하여 아래로 청탄(淸灘), 포래목, 벽담(碧潭) 등(제5곡)을 지나 석병하(石屛下, 제6곡)와 부용석(芙蓉石, 제7곡), 중주(中洲, 제8곡) 등에 갔다가 되돌아오는 왕복의 과정을 통하여, 오대구곡의 하류를 노래하였다. 가까운 곳에서 먼 곳으로 나아갔다가 돌아오는 구조이다. 제6곡의 석병하(石屛下)는 제5곡의 종장인 "아희야 놀 저어 내여라 석병하(石屛下)의 가쟈."에 근거하여 추정한 것이다.

이번에는 이 텍스트의 논리적 구조와 주제를 보자. 이 텍스트의 주제는 [오대구곡의 하류(계정~중주)를 왕복하면서 즐기는 유람(또는 뱃놀이)]으로 정리할 수 있다. 그리고 이 주제를 구현한 논리적 구조는 점층적 구조와 점강적 구조가 결합된 대칭적 구조이다. 이런 사실을 보기 위해, 앞의 제5~7곡 텍스트에서 정리한 3곡을 빼고, 제8, 9곡의 주제만을 먼저 정리하면 다음과 같다.

> 팔곡(八曲) 자회연(恣回沿)ᄒᆞ니 강광(江光)이 무제(無際)ᄒᆞ디
> 청풍(淸風) 서래(徐來)ᄒᆞ니 수파불흥(水波不興) ᄒᆞ엿도다.
> 이 비롤 중주(中洲)에 머므러 풍경(風景) 보기 죠해라. (제8곡)

제8곡의 주제는 [중주(中洲)에서 한적하게 즐기는 유람(또는 뱃놀이)]으로 정리할 수 있다. 이 곡에서 즐기고 있는 대상은, 중주에서 즐기고 있는 좋은 풍경으로, 강광(江光, 강의 풍경)이 무제(無際, 넓고 멀어서 끝이 없음)한데, 청풍이 서래하고 수파가 불흥하는 경치를 의미한다. 그리고 한적하게 즐기고 있는 유람(또는 뱃놀이)은 '자회연(恣回沿, 恣: 내키는 대로 하다, 回:돌다, 沿:물을 따라 가다, 내키는 대로 돌고 물을 따라감)ᄒᆞ니'에서 알 수 있다. 이 제8곡의 주제인 한적하게 즐기는 유람(또는 뱃놀이)은 신선같이 즐기는 유람(또는 뱃놀이)을 노래한 제7곡에

서 보면 점강된 것이고, 한적하게 즐기는 유람(또는 뱃놀이)을 노래한 제6곡에서 보면 제7곡을 대칭축으로 대칭된 것이다.

> 구곡(九曲) 소유광(泝流光)ᄒ여 계정(溪亭)에 도라가쟈
> 만강(滿江)ᄒ 풍월(風月)을 이 비예 시러시니
> 가다가 뎌근ᄃᆺ 머므러 다시 놀고 그티쟈. (제9곡)

제9곡의 주제는 [계정으로 올라(/되돌아)가면서 한가하게 즐기는 유람(또는 뱃놀이)]으로 정리할 수 있다. 계정으로 올라(/되돌아)가는 사실은 초장의 "계정(溪亭)애 도라가쟈"에서 알 수 있다. 그리고 한가하게 즐기는 유람(/뱃놀이)은 종장인 "가다가 뎌근ᄃᆺ 머므러 다시 놀고 그티쟈"에서 알 수 있다. 이 제9곡의 주제인 [계정으로 올라(/되돌아)가면서 한가하게 즐기는 유람(또는 뱃놀이)]은 제8곡의 한적하게 즐기는 유람(/뱃놀이)에서 보면 점강된 것이고, 제5곡의 주제인 [(계정을 출발하여) 석병하로 내려가면서 한가하게 즐기는 유람(또는 뱃놀이)]에서 보면 제7곡을 대칭축으로 대칭된 것이다.

지금까지 정리한 제5~9곡의 곡별 주제를 다시 옮겨 쓰면 다음과 같다.

제5곡: (계정을 출발하여) 석병하로 내려가면서 한가하게 즐기는 유람
　　　(또는 뱃놀이)
제6곡: 석병하에서 한적하게 즐기는 유람(또는 뱃놀이)
제7곡: 부용석에서 신선같이 즐기는 유람(또는 뱃놀이)
제8곡: 중주에서 한적하게 즐기는 유람(또는 뱃놀이)
제9곡: 계정으로 올라(/되돌아)가면서 한가하게 즐기는 유람(또는 뱃
　　　놀이)

위의 주제들에서 보듯이, 제5~9곡은 계정을 출발하여 하류에 있는

오대의 구곡[(계정), 청탄, 푸래목, 벽담, 석병하, 부용석, 중주 등]을 왕
복하면서 즐기는 유람(또는 뱃놀이)을 대칭적으로 노래하였다. 이런 점
에서 이 텍스트의 논리적 구조는 점충적 구조와 점강적 구조가 결합된
대칭적 구조로 정리할 수 있으며, 주제는 [오대구곡의 하류(계정~중주)
를 왕복하면서 즐기는 유람(또는 뱃놀이)]으로 정리할 수 있다. 이 제
5~9곡의 주제와 제5~7곡의 주제에서 보이는, '즐기는 유람(또는 뱃놀
이)'은 〈자서〉의 "산수의 즐거움도 내가 멀리하지 않은 즉 왕래를 게을
리 하지 않았다."와 일치한다.[14]

이렇게 이 텍스트에서도 연시조를 연시조이게 하는 결속과 종결은
물론, 통일된 구조와 주제도 보여준다. 이 결속, 종결, 구조, 주제 등은
이 텍스트가 독립적으로도 수용되었음을 의미한다. 특히 산수의 즐거움
만을 즐길 즈음에, 그것도 제5~7곡으로 미진하여, 제5~9곡으로 확장할
즈음에 수용된 텍스트로 짐작된다.

4. 오대 상하류의 두 텍스트

이 장에서는 오대 상하류의 두 텍스트, 즉 제2~7곡 텍스트와 그 확장

---

14 "아! 내 일찍이 집이 가난하여 노모를 봉양할 계책이 없던지라 드디어 오곡의 사이에
고기잡는 농막을 설치하였다. 몸소 고기를 잡아 돌아와서 맛있는 음식을 만들어 드린
지가 거의 오륙 년이나 되었다. 개중에 산수의 즐거움도 내가 멀리하지 않은 즉 왕래를
게을리하지 않았다. …… 은선옥척은 귀가하면 모친의 마음을 즐겁게 하고, 채마밭의
푸성귀와 들판의 나물은 진수성찬을 대신할 만하니 내 마음에 장차 백년의 즐거움을
기약하였다."(噫 余 嘗家貧無以爲養老之計 遂置漁庄於梧谷之間 躬漁以歸 爲供滋味
者 殆五六載 而箇中山水之樂 不余以遠 則因又往來之不惜焉 …… 銀鮮玉尺 歸悅親
心 園蔬野蔌 可代以珍羞 將期以百年之樂于吾情矣, 〈梧臺漁父歌 自序〉, 『雜卉園集』)

형인 제1~9곡 텍스트를 함께 검토하려 한다.

4.1. 제2~7곡 텍스트

이 절에서는 제2~7곡의 텍스트의 결속, 종결, 구조, 주제 등을 두 항으로 나누어서 검토하고자 한다.

4.1.1. 결속과 종결

제2~7곡의 텍스트를 구성하고 있는 제2~4곡과 제5~7곡의 단락내 결속과 종결은 제2~4곡 텍스트와 제5~7곡 텍스트에서와 같다. 이 텍스트의 결속과 종결은 단락내 결속과 종결로 그 기능이 바뀔 뿐이다. 이외에 제2~7곡의 단락간의 결속과 종결을 보기 위해 밑줄 친 부분에 유의하면서 제2~7곡을 보자.

이곡(二曲) 조어주(釣漁舟)롤 벽파(碧波)에 씌워가쟈.
아히야 놀 저어라 석치(石齒)에 걸릴셰라.
뎌우희 녹태기두(綠苔磯頭)의 백구(白鷗)흔더 가리라. (제2곡)

삼곡(三曲) 일간죽(一竿竹)을 석양(夕陽)의 빗기들고
청강(淸江)을 구버보니 백어(白魚)도 하도 할샤
이 맛술 세상인간(世上人間)의 제 뉘라셔 알리오. (제3곡)

사곡(四曲) 관유어(貫柳魚)롤 비예 담아 돌라오니
백사(白沙) 정주(汀洲)의 노성(櫓聲)이 얼의엿다.
아히야 주일배(酒一盃) 브어라 어부사(漁父詞)롤 브로리라. (제4곡)

오곡(五曲) 임소여(任所如)ᄒ니 청탄(淸灘)의 홀리뗘가

프래목 도라드러 벽담(碧潭)의 머믈거다.

아희야 놀 저어 내여라 석병하(石屛下)의 가쟈. (제5곡)

육곡(六曲) 여유세(如遺世)ᄒ니 신심(身心)도 한적(閒適)홀샤

어하(魚鰕)룰 버돌 삼고 수석(水石)을 지블삼아

늙기룰 다 니즌후의 놀고 노쟈 ᄒ노라. (제6곡)

칠곡(七曲) 부용석(芙蓉石)이 파중(波中)의 탁출(濯出)ᄒ니

태화봉(太華峯) 옥정(玉井)의 십장화(十丈花) 픠엿ᄂᆞᆫ닷.

차간(此間)의 태을진인(太乙眞人)이 연엽주(蓮葉舟)룰 타인ᄂ닷.

(제7곡)

이 텍스트에서 단락간의 결속과 종결은 인용의 밑줄 친 부분들에서 볼 수 있는 세 종류의 대칭표현에 의해 이루어진다. 먼저 세 대칭표현을 차례로 보자.

첫째로, ["아희야 … ‒어라 ……."(제4곡 종장)‒대칭축‒"아희야 … ‒어라 ……."(제5곡 종장)]의 대칭표현이다. 이 대칭표현은 "아희야 주일배(酒一盃) 브어라 어부사(漁父詞)룰 브로리라."(제4곡 종장)와 "아희야 놀 저어 내여라 석병하(石屛下)의 가쟈."(제5곡 종장)에서 파악할 수 있다.

둘째로, ["○○올/룰 ○○○○의 ……."(제3곡 종장)‒대칭축‒"○○올/룰 ○○○○의 ……."(제6곡 종장)]의 대칭표현이다. 이 대칭표현은 "이 맛슬 세상인간(世上人間)의 제 뉘라셔 알리오."(제3곡 종장)와 "늙기룰 다 니즌후의 놀고 노쟈 ᄒ노라."(제6곡 종장)에서 파악할 수 있다.

셋째로, ["○○희/의 ……."(제2곡 종장)‒대칭축‒"○○희/의 ……."(제7곡 종장)]의 대칭표현이다. 이 대칭표현은 "뎌우희 녹태기두(綠苔磯頭)의 백구(白鷗)ᄒᆞᆫ디 가리라."(제2곡 종장)와 "차간(此間)의 태을진인

(太乙眞人)이 연엽주(蓮葉舟)를 타인는듯"(제7곡 종장)에서 파악할 수 있다.

이 세 대칭표현에서 제2곡과 제7곡의 대칭표현을 A-A로, 제3곡과 제6곡의 대칭표현을 B-B로, 제4곡과 제5곡의 대칭표현을 C-C로, 대칭축(제4곡과 제5곡의 중간)을 X로, 바꾸어 정리하면, 이 텍스트는 [A(제2곡)-B(제3곡)-C(제4곡)-X(대칭축)-C(제5곡)-B(제6곡)-A(제7곡)]의 대칭표현이 된다. 이 대칭표현은 이 텍스트의 결속과 종결을 보여준다.

4.1.2. 구조와 주제

제2~7곡 텍스트의 구조와 주제는 제2~4곡의 텍스트와 제5~7곡의 텍스트에서 정리한 구조와 주제를 합친 것이다. 이를 간단하게 정리하면 다음과 같다.

먼저 배경시간의 구조는 제3곡의 석양을 전후로 한 제2~4곡의 순차적 구조와, 제5~7곡의 순차적 구조가 결합한 순차적 구조로 정리할 수 있다.

배경공간의 구조는 계정에서 오대구곡의 상류를 왕복하는 공간과, 계정에서 하류의 부용석으로 내려가는 구조가 결합된 공간이다. 이 배경공간은 시적 화자가 유람한 유람의 순서를 잘 보여준다.

논리적 구조를 간단하게 정리하기 위하여, 앞에서 정리한 제2~4곡과 제5~7곡의 곡별 주제를 옮겨 쓰면 다음과 같다.

> 제2곡: 상류(上流)로 낚시를 가면서(녹태기두의 백구에게 가면서) 즐기는 유람(또는 뱃놀이)
> 제3곡: 청강에서 석양에 남모르는 맛(흐뭇하고 기쁨)을 즐기는 낚시
> 제4곡: 낚시를 마치고 돌아오면서(백사 정주를 지나면서) 즐기는 유람

(또는 뱃놀이)
제5곡: (계정을 출발하여) 석병하로 내려가면서 한가하게 즐기는 유람
(또는 뱃놀이)
제6곡: 석병하에서 한적하게 즐기는 유람(또는 뱃놀이)
제7곡: 부용석에서 신선같이 즐기는 유람(또는 뱃놀이)

이 중에서 제2~4곡의 논리적 구조는 대칭적/순차적 구조로, 그 주제는 [오대구곡의 상류를 왕복하면서 즐기는 낚시와 유람(또는 뱃놀이)]으로, 제5~7곡의 논리적 구조는 점층적/순차적 구조로, 그 주제는 [오대구곡의 하류에서 즐기는 유람(또는 뱃놀이)]으로, 각각 앞에서 정리한 바가 있다. 이런 제2~4곡과 제5~7곡이 합친 제2~7곡의 논리적 구조는 대칭적/순차적 구조와 점층적/순차적 구조의 결합으로 정리할 수 있고, 주제는 [오대구곡의 상류를 왕복하면서 즐기는 낚시 및 유람(또는 뱃놀이)과 하류(계정~부용석)에서 즐기는 유람(또는 뱃놀이)]으로 정리할 수 있다. 이 텍스트의 구조는 전3수와 후3수가 균형을 이룬다. 이 구조는 작가 이중경이 뒤에 쓴 〈어부별곡〉(전후3장)과 같은 구조이다.

이 텍스트의 주제에서 보이는 '즐기는 낚시'와 '즐기는 유람(또는 뱃놀이)'은, 〈자서〉에서 보이는, "모친에게 맛있는 음식을 만들어 드리고, 모친의 마음을 즐겁게 하기 위한 것"과 "산수의 즐거움도 내가 멀리하지 않은 즉 왕래를 게을리하지 않았다."에 일치한다.

이렇게 이 텍스트에서도 연시조를 연시조이게 하는 결속과 종결은 물론, 통일된 구조와 주제도 보여준다. 이 결속, 종결, 구조, 주제 등은 이 텍스트가 독립적으로도 수용되었음을 의미한다. 특히 모친의 마음을 즐겁게 하면서 산수의 즐거움도 즐기는 낚시와 유람(또는 뱃놀이)을 할 즈음에 수용되었을 것으로 판단한다.

4.2. 제1~9곡 텍스트

이 절에서는 제1~9곡의 텍스트의 결속, 종결, 구조, 주제 등을 두 항으로 나누어서 검토하고자 한다.

4.2.1. 결속과 종결

제1~9곡은 3단락으로 구성되어 있다. 제1단락은 제1곡이고, 제2단락은 제2~4곡이며, 제3단락은 제5~9곡이다. 이 중에서 제2~4곡 텍스트와 제5~9곡 텍스트에서 정리한 텍스트의 결속과 종결들은 이 텍스트에서는 제2단락과 제3단락의 단락내 결속과 종결들이 된다. 제1, 2, 3단락의 단락간의 결속과 종결을 정리하기 위하여, 밑줄 친 부분에 유의하면서 제1~9곡을 보자.

> 일곡(一曲) 승계산(勝溪山)의 생애(生涯)룰 브텨두고
> 어초(漁樵)을 일을 삼아 백년(百年)을 보내리라.
> 어저워 무이구곡(武夷九曲)이 예도 권가 호노라. (제1곡)

> 이곡(二曲) 조어주(釣漁舟)룰 벽파(碧波)에 띄워가쟈.
> 아히야 놀 저어라 석치(石齒)에 걸릴셰라.
> 뎌우희 녹태기두(綠苔磯頭)의 백구(白鷗)흔더 가리라. (제2곡)

> 삼곡(三曲) 일간죽(一竿竹)을 석양(夕陽)의 빗기들고
> 청강(淸江)을 구버보니 백어(白魚)도 하도 활샤
> 의 맛술 세상인간(世上人間)의 제 뉘라셔 알리오. (제3곡)

> 사곡(四曲) 관유어(貫柳魚)룰 비예 담아 돌라오니
> 백사(白沙) 정주(汀洲)의 노성(櫓聲)이 얼의엿다.
> 아히야 주일배(酒一盃) 브어라 어부사(漁父詞)룰 브로리라. (제4곡)

오곡(五曲) 임소여(任所如)ᄒ니 청탄(淸灘)의 흘리뻐가
ᄑ래목 도라드러 벽담(碧潭)의 머믈거다,
아희야 놀 저어 내여라 석병하(石屛下)의 가쟈. (제5곡)

육곡(六曲) 여유세(如遺世)ᄒ니 신심(身心)도 한적(閒適)홀샤
어하(魚鰕)롤 버돌 삼고 수석(水石)을 지블삼아
늙기롤 다 니즌후의 놀고 노쟈 ᄒ노라. (제6곡)

칠곡(七曲) 부용석(芙蓉石)이 파중(波中)의 탁출(濯出)ᄒ니
태화봉(太華峯) 옥정(玉井)의 십장화(十丈花) 픠엿ᄂ닷.
차간(此間)의 태을진인(太乙眞人)이 연엽주(蓮葉舟)롤 타인ᄂ닷.
(제7곡)

팔곡(八曲) 자회연(恣回沿)ᄒ니 강광(江光)이 무제(無際)흔디
청풍(淸風) 서래(徐來)ᄒ니 수파불흥(水波不興) ᄒ엿도다.
이 비롤 중주(中洲)에 머므러 풍경(風景)보기 죠해라. (제8곡)

구곡(九曲) 소유광(泝流光)ᄒ여 계정(溪亭)에 도라가쟈.
만강(滿江)흔 풍월(風月)을 이 비예 시러시니
가다가 녀근닷 머므러 다시 놀고 그티쟈. (제9곡)

이 텍스트는 한 종류의 결속과, 한 종류의 결속과 종결을 보여준다. 한 종류의 결속은 "일곡, 이곡, 삼곡, …… 구곡"이 보여주는 순차적 결속이다. 한 종류의 결속과 종결은, 인용에서 보듯이, 제5수를 대칭축으로 제1~4곡의 일부 표현들을 제6~9곡에서 반복하는 상응하는 표현들이 조성하는 대칭표현을 통하여 결속과 종결을 보여준다. 이를 검토하기 위하여, 상응하는 반복표현을 먼저 정리해 보자

제1, 6곡에서 상응하는 반복표현은 중장과 종장에서 발견된다. 중장의

경우에, "어초(漁樵)을 일을 삼아 백년(百年)을 보내리라."(제1곡)와 "어하(魚鰕)룰 버돌 삼고 수석(水石)을 지블삼아"(제6곡)에서, "○○을/룰 ○을/올 삼○ ○○을 …"의 반복표현을 보인다. 종장의 경우에, "어저워 무이구곡(武夷九曲)이 예도 긘가 ᄒ노라."(제1곡)와 "늙기룰 다 니즌후의 놀고 노쟈 ᄒ노라."(제6곡)에서, "…… ᄒ노라."의 반복표현을 보인다.

제2, 7곡에서 상응하는 반복표현은 초장, 중장, 종장 모두에서 발견된다. 초장의 경우에, "이곡(二曲) 조어주(釣漁舟)룰 벽파(碧波)에 씌워 가쟈."(제2곡)와 "칠곡(七曲) 부용석(芙蓉石)이 파중(波中)의 탁출(濯出)ᄒ니"(제7곡)에서, "… -의/에 …"의 반복표현을 보여준다. 중장의 경우에, "아히야 놀 저어라 석치(石齒)에 걸릴셰라."(제2곡)와 "태화봉(太華峯) 옥정(玉井)의 십장화(十丈花) 픠엿ᄂ닷"(제7곡)에서, "… -에/의 …"의 반복표현을 보여준다. 종장의 경우에, "뎌우희 녹태기두(綠苔磯頭)의 백구(白鷗)ᄒ딕 가리라.(제2곡)"(제2수)와 "차간(此間)의 태을진인(太乙眞人)이 연엽주(蓮葉舟)룰 타인ᄂ닷."(제7곡)에서, "○○희/의 …"의 반복표현을 보여준다.

제3, 8곡에서 상응하는 반복표현은 중장과 종장에서 발견된다. 중장의 경우에, "청강(淸江)을 구버보니 백어(白魚)도 하도 할샤."(제3곡)와 "청풍(淸風) 서래(徐來)ᄒ니 수파불흥(水波不興) ᄒ엿도다."(제8곡)에서, "… -니 …"의 반복표현을 보여준다. 종장의 경우에, "이 맛슬 세상 인간(世上人間)의 제 뉘라셔 알리오."(제3곡)와 "이 비룰 중주(中洲)에 머므러 풍경(風景)보기 죠해라."(제8곡)에서, "이 ○올 -의/에 …"의 반복표현을 보여준다.

제4, 9곡에서 상응하는 반복표현은 초장과 중장에서 발견된다. 초장의 경우에, "사곡(四曲) 관유어(貫柳魚)룰 비예 담아 돌라오니"(제4곡)와 "구곡(九曲) 소유광(泝流光)ᄒ여 계정(溪亭)에 도라가쟈."(제9곡)에

서, "… -예/에 돌라/도라-"의 반복표현을 보여준다. 중장의 경우에,
"백사(白沙) 정주(汀洲)의 노성(櫓聲)이 얼의엿다."(제4곡)와 "만강(滿
江)혼 풍월(風月)을 이 비예 시러시니"(제9곡)에서, "… -의/에 …"의 반
복표현을 보여준다.
　이상의 상응하는 반복표현들을 다시 표로 정리하면 다음과 같다.

제1~4곡	상응의 반복표현	제6~9곡
제1곡	"○○을/를 ○을/올 삼○ ○○을 …"(중장)	제6곡
	"…… 호노라"(종장)	
제2곡	"… -의/에 …"(초장)	제7곡
	"… -에/의 …"(중장)	
	"○○희/의 …"(종장)	
제3곡	"… -니 …"(중장)	제8곡
	"이 ○올 -의/에 …"(종장)	
제4곡	"… -예/에 돌라/도라-"(초장)	제9곡
	"… -의/예 …"(중장)	

　이 상응하는 반복표현의 가운데 제5곡이 있어, 이 제1~4곡과 제6~9
곡의 상응하는 반복표현이 대칭표현임을 알 수 있다. 즉 이 상응하는
반복표현에서, 제1곡과 제6곡의 반복표현을 A-A로, 제2곡과 제7곡의
반복표현을 B-B로, 제3곡과 제8곡의 반복표현을 C-C로, 제4곡과 제9
곡의 반복표현을 D-D로, 제5곡의 대칭축을 X로 정리하면, 이 텍스트는
[A(제1곡)-B(제2곡)-C(제3곡)-D(제4곡)-X(제5곡, 대칭축)-A(제6곡)-
B(제7곡)-C(제8곡)-D(제9곡)]의 대칭표현으로 정리할 수 있다. 이 대
칭표현은 이 텍스트의 결속이 대칭적 결속이며, 종결이 시종의 대칭표
현에 의한 것임을 보여준다.

4.2.2. 구조와 주제

구조를 배경시공간의 구조와 논리적 구조로 나누어 정리한다.

배경시간에서 제1곡은 통합적인 시간이다. 즉 "승계산(勝溪山)에 생애(生涯)를 붙여두고 어초(漁樵)을 일을 삼아 백년(百年)을 보내리라." 에서 보듯이, 오대에 기거를 정한 이후 미래까지를 포함하는 통합적 시간이다. 그리고 나머지 제2~9곡의 배경시간은 앞에서 정리한 바와 같이 상류를 왕복하고 다시 하류를 왕복하는 순차적 구조이다. 이 순차적 구조는 낚시의 출발과 유람(제2곡), 낚시(제3곡), 되돌아옴과 유람(제4곡), 유람의 출발(제5곡), 유람(제6~8곡), 되돌아옴과 유람(제9곡) 등으로 정리할 수 있다.

배경공간은 오대의 구곡인데, 제1곡은 구체적인 9곡[淸江, 綠苔磯頭, 白沙汀洲, (溪亭,) 淸灘, 포래목, 碧潭, 石屛下, 芙蓉石, 中洲]을 통합한 승계산의 공간이고, 나머지 제2~9곡은 구체적으로 개별적인 공간이다. 가까운 곳에서 먼 곳으로, 먼 곳에서 가까운 곳으로, 가까운 곳에서 먼 곳으로, 먼 곳에서 가까운 곳으로 배열한 구조이다. 1수의 1곡이 각각 한 공간을 보여주는 것이 대다수이지만, 제5곡과 같이 여러 공간[계정(溪亭)→청탄(淸灘)→포래목→벽담(碧潭)]을 1곡이 보여주는 경우도 있다. 이 역시 다른 〈어부가〉류나 〈어부사〉류에서는 볼 수 없는 특성이다.

이 텍스트의 논리적 구조는 서사(제1곡)와 본사(제2~9곡)의 구조이며, 본사는 본사1(제2~4곡)의 대칭적/순차적 구조와, 본사2(제5~9곡)의 점층적/순차적 구조와 점강적/순차적 구조가 결합된 대칭적/순차적 구조(제5~9곡)로 구성되어 있다. 이 서사와 본사의 구조 중에서 서사를 보기 위하여 제1곡을 먼저 보자.

제1곡은 "일곡(一曲) 승계산(勝溪山)의 생애(生涯)롤 브텨두고 / 어초(漁樵)을 일을 삼아 백년(百年)을 보내리라. / 어저워 무이구곡(武夷

九曲)이 예도 권가 ᄒ노라."이다. 이 제1곡의 주제는 [주자의 무이구곡
과 같은 오대구곡에서 어부로 백년(百年)을 살겠다는 의지]로 정리할
수 있다. 승계산이 오대구곡이란 표현은 문면에 없다. 그러나 종장의
표현인 "어저워 무이구곡(武夷九曲)이 예도 권가 ᄒ노라."로 보면, 승계
산이 오대구곡을 의미한다는 사실을 알 수 있다. 그리고 승계산은 고유
명사같이 보이나, 이중경의 글은 물론 해당 지역의 지명에서 '승계산'이
란 고유명사를 지금까지는 발견할 수 없어, 이중경이 오대구곡을 포함
하고 있는 산을 [아름다운 시내[溪]가 있는 산]의 의미로 명명한 것 같
다. 그리고 이 제1곡에는 어부로 살겠다는 문자적 의미의 표현은 없다.
그러나 중장의 "어초(漁樵)을 일을 삼아 백년(百年)을 보내리라."와 제
목인 〈오대어부가〉로 보아, 어부로 살겠다는 의미를 알 수 있다. 이 제1
곡의 주제인 [주자의 무이구곡과 같은 오대구곡에서 어부로 백년(百年)
을 살겠다는 의지]는 이하의 제2~9곡을 포괄하고 이끈다는 점에서, 서
사로 정리할 수 있다.

지금까지 앞에서 정리한 세 단락(제1곡, 제2~4곡, 제5~9곡 등)의 주
제를 옮겨 쓰면 다음과 같다.

> 제1곡: 주자의 무이구곡과 같은 오대구곡에서 어부로 백년(百年)을 살
> 겠다는 의지
> 제2~4곡: 오대구곡의 상류를 왕복하면서 즐기는 낚시와 유람(또는 뱃
> 놀이)
> 제5~9곡: 오대구곡의 하류를 왕복하면서 즐기는 유람(또는 뱃놀이)

이 세 단락의 주제로 보아, 제1~9곡 텍스트의 논리적 구조는, 서사
(제1곡)와 본사[본사1(제2~4곡)과 본사2(제5~9곡)의 점강적 구조][15]로
구성된 서본의 구조로 정리할 수 있다. 그리고 주제는 [오대구곡의 상류

424 제4부_탈착형 어부가와 어부가 계통의 탈착형 연시조

를 왕복하면서 즐기는 낚시 및 유람(또는 뱃놀이)과, 하류를 왕복하면서 즐기는 유람(또는 뱃놀이)]으로 정리할 수 있다. 그리고 이 주제의 '즐기는 낚시'와 '즐기는 유람(또는 뱃놀이)'은, 〈자서〉에서 보이는, "모친에게 맛있는 음식을 만들어 드리고, 모친의 마음을 즐겁게 하기 위한 것"과 "산수의 즐거움도 내가 멀리하지 않은 즉 왕래를 게을리 하지 않았다."의 결합과 일치한다. 제2~7곡 텍스트와 제1~9곡 텍스트의 차이는 제1곡(서사)과 제8, 9곡을 더하고 빼는 확장과 축소뿐이다.

이렇게 이 텍스트에서도 연시조를 연시조이게 하는 결속과 종결은 물론, 통일된 구조와 주제도 보여준다. 이 결속, 종결, 구조, 주제 등은 이 텍스트가 독립적으로도 수용되었음을 의미한다. 특히 모친의 마음을 즐겁게 하면서 산수의 즐거움도 즐기는 낚시와 유람(또는 뱃놀이)을 할 즈음에 수용되었을 것으로 판단한다. 제2~7곡 텍스트와 제1~9곡 텍스트의 차이는 제1곡(서사)과 제8, 9곡을 더하고 빼면서 보여주는, 서사의 형식을 갖춘 형식과 그렇지 않은 형식의 차이와, 유람의 절정에서 끝내는 개방형식과 귀가로 끝내는 폐쇄형식의 차이이다.

5. 결론

지금까지 〈오대어부가〉(9곡)가 탈착형의 연시조라는 사실을 밝히기 위하여, 다섯 텍스트별(제2~4곡의 텍스트, 제5~7곡의 텍스트, 제5~9곡의 텍스트, 제2~7곡의 텍스트, 제1~9곡의 텍스트) 결속, 종결, 구조,

---

15 본사1의 노모의 봉양을 위한 낚시와 산수의 즐거움을 즐기는 유람에서, 노모의 봉양을 위한 낚시를 뺀 것이 본사2의 산수의 즐거움을 즐기는 유람이란 점에서, 본사1과 본사2의 논리적 구조는 점강적 구조이다.

주제 등을 검토하였다. 검토에서 얻은 중요한 것들을 요약하고 결론을 내리려 한다.

오대 상류(제2~4곡) 텍스트의 검토에서 얻은 결속, 종결, 구조, 주제 등은 다음과 같다.

1) 제2~4곡의 초장들에서 반복하는 "○곡 ○○○롤/을 ○(○)에/의 …"의 구문은 반복표현에 의한 결속을 보여주고, ["… 씌워가쟈"(제2곡 초장)-대칭축(제3곡 초장)-"… 돌라오니"(제4곡 초장)]의 대칭표현과 ["… -리라"(제2곡 종장)-대칭축(제3곡 종장)-"… -리라"(제4곡 종장)] 의 대칭표현은 제2~4곡의 결속이 대칭적 결속임을 보여주고, 동시에 시종의 대칭에 의해 제4곡이 종결임을 보여준다.

2) 배경시간은 제2곡의 조어주를 띄워 녹태기두(綠苔磯頭)의 백구(白鷗)에 가는 시간, 제3곡의 청강에서 백어를 낚시하는 석양의 시간, 제4곡의 관유어(貫柳魚)를 배에 담아 돌아오는 시간 등의 순차적 구조이다. 배경공간은 계정에서 배를 띄어서 녹태기두로 가는 공간(제2곡) → (백사 정주) → 청강(제3곡) → 백사 정주를 지나 계정으로 돌아오는 공간(제4곡) 등과 같이, 계정을 기점으로 상류에 속한 구곡을 가까운 곳으로부터 먼 곳으로, 먼 곳에서 가까운 곳으로 왕복하는 구조이다.

3) 논리적 구조는 [청강에서 석양에 남모르는 맛(흐뭇하고 기쁨)을 즐기는 낚시](제3곡)를 대칭축으로 [상류로 낚시를 가면서(녹태기두의 백구에게 가면서) 즐기는 유람(또는 뱃놀이)](제2곡)과 [낚시를 마치고 돌아오면서(백사 정주를 지나면서) 즐기는 유람(또는 뱃놀이)](제4곡)이 대칭하는 대칭적 구조이고, 동시에 유람, 낚시, 유람 등이 순차적으로 배열된 순차적 구조이다. 주제는 [오대구곡의 상류를 왕복하면서 즐기는 낚시와 유람(또는 뱃놀이)]이다. 이 주제의 '즐기는 낚시'는, 〈자서〉에서 보이는, "모친에게 맛있는 음식을 만들어 드리고, 모친의 마음

을 즐겁게 하기 위한 것"으로 이해된다.

제5~7곡 텍스트의 검토에서 얻은 결속, 종결, 구조, 주제 등은 다음과 같다.

1) ["…… ○○의 ○○○○"(제5곡 초장)-대칭축(제6곡 초장)-"…… ○○의 ○○○○"(제7곡 초장)]의 대칭표현과 ["…… ○○의 ……"(제5곡 중장)-대칭축(제6곡 중장)-"…… ○○의 ……"(제7곡 중장)]의 대칭표현에 의해 결속과 종결을 보여주며, 제5, 6곡에서 보여준 "○곡 ○○○ᄒ니 …"의 반복표현을 제7곡에서 전환한 반복표현의 후미 전환에 의해서도 결속과 종결도 보여준다.

2) 배경시간은 유람(또는 뱃놀이)을 순차적으로 노래하였다는 점에서 순차적 구조이며, 배경공간은 계정(溪亭)을 출발하여 아래로 청탄(淸灘), 프래목, 벽담(碧潭) 등(제5곡)을 지나 석병하(石屛下, 제6곡)와 부용석(芙蓉石, 제7곡)에서 즐기는 공간으로 가까운 곳에서 먼 곳으로 가는 구조이다.

3) 논리적 구조는 [(계정을 출발하여) 석병하로 내려가면서 한가하게 즐기는 유람(또는 뱃놀이)](제5곡), [석병하에서 한적하게 즐기는 유람(또는 뱃놀이)](제6곡), [부용석에서 신선같이 즐기는 유람(또는 뱃놀이)](제7곡) 등의 주제들이 보여준 점층적/순차적 구조이며, 주제는 [오대구곡의 하류(계정탄~부용석)에서 즐기는 유람(또는 뱃놀이)]으로 정리할 수 있다.

제5~9곡 텍스트의 검토에서 얻은 결속, 종결, 구조, 주제 등은 다음과 같다.

1) ["○곡 ○○○ᄒ- …"(제5곡 초장)-"○곡 ○○○ᄒ- …"(제6곡 초장)-"○곡 ○○○이 …"(대칭축, 제7곡 초장)-"○곡 ○○○ᄒ- …"(제8곡 초장)-"○곡 ○○○ᄒ- …"(제9곡 초장)]의 대칭표현, ["… -쟈"(제5

곡 종장)-대칭축(제7곡 종장)-"… -쟈"(제9곡 종장)]의 대칭표현, ["…
-라"(제6곡 종장)-대칭축(제7곡 종장)-"… -라"(제8곡 종장)]의 대칭
표현 등에 의해 조성된, [A(제5곡)-B(제6곡)-X(제7곡, 대칭축)-B(제8
곡)-A(제9곡)]의 대칭표현은, 이 텍스트의 결속이 대칭표현에 의한 대
칭적 결속임을 보여주고, 동시에 시작 부분인 A(제5곡)의 대칭인 A(제9
곡)가 종결임을 보여준다.

2) 배경공간은 계정을 출발하여 아래로 청탄(淸灘), 프래목, 벽담(碧
潭) 등(제5곡)을 지나 석병하(石屛下, 제6곡)와 부용석(芙蓉石, 제7곡),
중주(中洲, 제8곡) 등에, 가까운 곳에서 먼 곳으로 나아갔다가 돌아오는
왕복의 구조이며, 배경시간은 오대구곡의 하류(淸灘, 프래목, 碧潭, 石
屛下, 芙蓉石, 中洲 등)를 차례로 유람하고 돌아오는 순차적 구조이다.

3) 논리적 구조는 [(계정을 출발하여) 석병하로 내려가면서 한가하게
즐기는 유람(또는 뱃놀이)](제5곡), [석병하에서 한적하게 즐기는 유람
(또는 뱃놀이)](제6곡), [부용석에서 신선같이 즐기는 유람(또는 뱃놀
이)](제7곡), [중주에서 한적하게 즐기는 유람(또는 뱃놀이)](제8곡), [계
정으로 올라(/되돌아)가면서 한가하게 즐기는 유람(또는 뱃놀이)](제9
곡) 등의 곡별 주제들이 보이는, 점층적/순차적 구조와 점강적/순차적
구조가 결합된, 대칭적/순차적 구조이며, 이 텍스트의 주제는 [오대구곡
의 하류를 왕복하면서 즐기는 유람(또는 뱃놀이)]이다. 이 주제의 '즐기
는 유람(또는 뱃놀이)'은 〈자서〉의 "산수의 즐거움도 내가 멀리하지 않은
즉 왕래를 게을리 하지 않았다."와 일치한다.

제2~7곡 텍스트의 검토에서 얻은 결속, 종결, 구조, 주제 등은 다음
과 같다.

1) ["아희야 … -어라 ……."(제4곡 종장)-대칭축-"아희야 … -어라
……."(제5곡 종장)]의 대칭표현, ["○○올/롤 ○○○○의 ……."(제3곡

종장)-대칭축-"○○올/롤 ○○○○의 ……."(제6곡 종장)]의 대칭표현, ["○○희/의 ……."(제2곡 종장)-대칭축-"○○희/의 ……."(제7곡 종장)]의 대칭표현 등에 의해 조성된, [A(제2곡)-B(제3곡)-C(제4곡)-X(대칭축)-C(제5곡)-B(제6곡)-A(제7곡)]의 대칭표현에 의해 결속과 종결을 보여준다.

2) 배경시간의 구조는 제3곡의 석양을 전후로 한 제2~4곡의 순차적 구조와, 제5~7곡의 순차적 구조가 결합한 순차적 구조이며, 배경공간의 구조는 계정에서 오대구곡의 상류를 왕복하는 공간과, 계정에서 하류의 부용석으로 내려가는 구조가 결합된 공간이다.

3) 논리적 구조는 제2~4곡의 대칭적/순차적 구조와 제5~7곡의 점층적/순차적 구조가 결합된 형태이며, 주제는 제2~4곡의 주제인 [오대구곡의 상류를 왕복하면서 즐기는 낚시와 유람(또는 뱃놀이)]과 제5~7곡의 주제인 [오대구곡의 하류에서 즐기는 유람(또는 뱃놀이)]이 합친 [오대구곡의 상류를 왕복하면서 즐기는 낚시 및 유람(또는 뱃놀이)과 하류에서 즐기는 유람(또는 뱃놀이)]이다.

제1~9곡 텍스트의 검토에서 얻은 결속, 종결, 구조, 주제 등은 다음과 같다.

1) 제2~4곡 텍스트와 제5~9곡 텍스트의 결속과 종결은 제2단락(제2~4곡)과 제3단락(제5~9곡)의 단락내 결속과 종결이 되며, 이 텍스트에서 단락간의 결속은 "일곡, 이곡, 삼곡, …… 구곡"이 보여주는 순차적 결속과, 제5수를 대칭축으로 제1~4곡의 일부 표현들을 제6~9곡에서 반복하는 상응하는 표현들에 의해 조성된, [A(제1곡)-B(제2곡)-C(제3곡)-D(제4곡)-X(제5곡, 대칭축)-A(제6곡)-B(제7곡)-C(제8곡)-D(제9곡)]의 대칭표현에 의해 이루어지며, 이 대칭표현은 시종의 종결도 보여준다.

2) 배경시간에서 제1곡은 통합적인 시간이며, 나머지 제2~9곡의 배경시간은 상류를 왕복하고 다시 하류를 왕복하는 순차적 구조이다. 이 순차적 구조는 구체적으로는 낚시의 출발과 유람(제2곡), 낚시와 유람(제3곡), 되돌아옴과 유람(제4곡), 유람의 출발(제5곡), 유람(제6~8곡), 되돌아옴과 유람(제9곡) 등으로 정리된다. 배경공간은 오대의 구곡인데, 제1곡은 구체적인 9곡[淸江, 綠苔磯頭, 白沙汀洲, (溪亭,) 淸灘, 포래목, 碧潭, 石屛下, 芙蓉石, 中洲]을 통합한 승계산의 공간이고, 나머지 제2~9곡은 구체적으로 개별적인 공간인데, 가까운 곳에서 먼 곳으로, 먼 곳에서 가까운 곳으로, 가까운 곳에서 먼 곳으로, 먼 곳에서 가까운 곳으로 배열한 구조이다.

3) 논리적 구조는 서사(제1곡)와 본사[본사1(제2~4곡, 대칭적/순차적 구조)과 본사2(제5~9곡, 대칭적/순차적 구조)의 점강적 구조]로 구성된 서본의 구조이며, 주제는 [오대구곡의 상류를 왕복하면서 즐기는 낚시 및 유람(또는 뱃놀이)과, 하류를 왕복하면서 즐기는 유람(또는 뱃놀이)]이다. 이 주제의 '즐기는 낚시'와 '즐기는 유람(또는 뱃놀이)'은, 〈자서〉에서 보이는, "모친에게 맛있는 음식을 만들어 드리고, 모친의 마음을 즐겁게 하기 위한 것"과 "산수의 즐거움도 내가 멀리하지 않은 즉 왕래를 게을리 하지 않았다."와 일치한다.

이상과 같이, 제2~4곡의 텍스트, 제5~7곡의 텍스트, 제5~9곡의 텍스트, 제2~7곡의 텍스트, 제1~9곡의 텍스트 등은 각각 연시조를 연시조이게 하는 결속과 종결은 물론, 통일된 구조와 주제를 보여줄 뿐만 아니라, 그 소용(所用)되는 경우가 각각, 1) 맛있는 음식으로 노모의 마음을 즐겁게 하기 위하여 낚시와 유람(또는 뱃놀이)을 하거나 이를 노래할 경우, 2) 오대의 산수를 즐기는 유람(또는 뱃놀이)을 하거나, 이를 노래할 경우, 3) 맛있는 음식으로 노모의 마음을 즐겁게 하기 위하여

낚시와 유람을 하고 산수의 즐거움을 즐기는 유람(또는 뱃놀이)을 하거
나, 이를 노래할 경우 등과 같이 다르다는 점(제5~7곡의 텍스트와 제
5~9곡의 텍스트는 '2)'의 소용은 같으나 그 확장 여부에서 다르고, 제
2~7곡의 텍스트와 제1~9곡의 텍스트는 '3)'의 소용은 같으나 형식을
갖춘 경우와 그렇지 않은 경우로 구분된다.)에서, 〈오대어부가〉(9곡)는
다섯 텍스트들(제2~4곡의 텍스트, 제5~7곡의 텍스트, 제5~9곡의 텍
스트, 제2~7곡의 텍스트, 제1~9곡의 텍스트 등)로 탈착되는 탈착형의
연시조라고 결론을 내릴 수 있다.

이중경의 〈어부사〉

1. 서론

이 글은 〈어부사〉(이중경)의 결속, 종결, 구조, 주제 등을 검토 정리하는 데 연구의 목적이 있다.

이중경(李重慶, 1599~1678)의 〈오대어부가(梧臺漁父歌)〉(20수)에 포함된 연시조 〈어부사〉(5장)는 장인진(1983)이 발굴경위, 작자(가계, 생애), 작품(판본고, 창작배경과 제작지, 작품내용, 작품형식) 등을 소개 정리하면서 그 연구가 시작되었다. 문제가 없는 작품의 발굴경위, 작가의 가계와 생애, 작품의 판본고, 창작장소 등은 장인진의 글로 돌리고, 창작시기, 창작의 사회적 배경, 창작의도, 작품론 등의 영역에서 그 간에 이루어진 연구사의 정리는 양희철(2017e)로, 또는 바로 앞의 「이중경의 〈오대어부가〉」의 '서론'으로 돌리고, 〈어부사〉(5장)의 작품론에서 그 간에 이루어진 연구사만을 보자.

〈어부사〉(5장)의 작품론에 속한 글들에서는 주제 차원에서의 설명, 구조와 표현, 〈어부단가〉(5장)와의 비교 등을 정리하였다. 주제 차원에서는 "江湖生活에서 自然美를 발견하여 漁父의 平穩한 심정과 함께 自然에 陶醉된 忘我의 경지"(장인진 1983:173), "漁父 생활이 시인 자신에게 걸맞는 생활임을 드러내었으며"(임주탁 1990:59), "작자가 소망하는

지향적 삶의 미적 성취로 보인다. 그것은 고단한 세속세계의 시름으로
부터 탈출, 또는 망각을 반어적으로 표현한 것인지도 모른다."(이형대
1997:115), "현실세계와 관련된 고뇌보다는 산수자연과의 일체감을 노
래하는 데 힘썼다."(박이정 2007:158) 등이 있다. 구조와 표현은 조성래
(2002a:321~322)와 박이정(2007:157)에서 보이나, 좀더 검토할 것들
이 남아 있다. 〈어부단가〉(5장)와의 비교에서는 "전범과의 차별성과 지
향 모색"(박이정 2007:160)이 검토되었다.

이렇게 정리되는 〈어부사〉에 대한 기왕의 연구는 결속, 종결, 구조,
주제 등의 측면에서 다시 뒤돌아보면, 결속과 종결은 검토된 바가 없으
며, 구조와 주제의 연구는 어느 정도 검토된 바가 있으나, 미진함을 느
낀다. 특히 구조의 경우에 좀더 치밀한 분석과 정리를 필요로 하며, 이
미진한 구조에 기초한 주제의 연구 역시 논리적인 설명과 정리를 필요로
한다. 그리고 이 연시조의 결속, 종결, 구조, 주제 등을 보면, 탈착형
연시조의 성격을 보인다.

이에 이 글에서는 탈착형 연시조의 측면에서, 〈어부사〉의 결속, 종
결, 구조, 주제 등을 검토 정리하고자 한다.

2. 결속과 종결

〈어부사〉(5장)는 제1~3장의 텍스트와 제1~5장의 텍스트로 탈착된
다는 점에서, 두 텍스트로 나누어 정리한다.

2.1. 제1~3장의 텍스트

제1~3장 텍스트의 결속과 종결은 단락내와 단락간으로 나뉜다. 단락

내 결속과 종결은 제2, 3장에서 보인다. 즉 제2장 종장의 '계산(溪山)'을 제3장 초장에서 청산과 녹수로 연결하면서 결속하고, 제2장 종장의 '놀리라'를 제3장의 종장에서 '놀아 늙을 줄이 업세라'로 연결하면서 결속을 보여준다.

단락간의 결속과 종결을 보기 위하여, 밑줄 친 부분에 유의하면서 제1~3장의 텍스트를 보자.

> 어부(漁父) 어부(漁父)들하 <u>네 내오 내 네로라.</u>
> 네 <u>버지</u> 내어니 내 <u>너롤 모롤소냐?</u>
> <u>차중(此中)의 한가(閒暇)흔</u> 생애(生涯)는 <u>너와 나와</u> 있도다. (제1장)
>
> 백구(白鷗) 백구(白鷗)들하 <u>네 내오 내 네로라.</u>
> 내 <u>버지</u> 네어니 네 <u>나롤 모롤소냐?</u>
> <u>차중(此中)의 한가(閒暇)흔</u> 계산(溪山)의 <u>나와 너와</u> 놀리라. (제2장)
>
> 청산(靑山)은 언제 나며 녹수(綠水)은 언제 난고?
> 전만고(前萬古) 후만고(後萬古) 져 나히 언매언고?
> 내몸도 <u>차중(此中)에</u> 놀아 를글주리 업세라. (제3장)

이 텍스트는 반복표현의 후미 전환에 의한 결속과 종결을 보여준다. 반복표현은 제1, 2장의 밑줄 친 부분에서 파악할 수 있다. 즉 제1, 2장에서 반복하는 "○○ ○○들하 네 내오 내 네로라."(초장), "○ 버지 ○어니 ○ ○롤 모롤소냐?"(중장), "차중(此中)의 한가(閒暇)흔 ○○○ ○와 ○와 ○○○."(종장) 등에서 알 수 있다. 그리고 후미 전환이란 사실은 제3장에서 알 수 있다. 제3장의 초장과 중장을 보면, 앞에서 정리한 제1, 2장의 초장과 중장에서 보인 반복표현을 반복하지 않는다. 그리고 제3장의 종장을 보면, 제1, 2장의 종장에서 보여준 "차중(此中)의 한가(閒暇)흔

○○○ ○와 ○와 ○○○."에서, "차중(此中)"만을 반복하면서 나머지 부분에서 전환을 보여준다. 이 반복표현의 후미 전환은 이 텍스트의 결속과 종결을 보여준다.

2.2. 제1~5장의 텍스트

제1~5장 텍스트의 결속과 종결을 정리하기 위하여, 밑줄 친 부분에 유의하면서 텍스트를 보자.

어부(漁父) 어부(漁父)들하 네 내오 내 네로라.
네 버지 내어니 내 너룰 모롤소냐?
차중(此中)의 한가(閒暇)흔 생애(生涯)는 너와 나와 있도다. (제1장)

백구(白鷗) 백구(白鷗)들하 네 내오 내 네로라.
내 버지 네어니 네 나룰 모롤소냐?
차중(此中)의 한가(閒暇)흔 계산(溪山)의 나와 너와 놀리라. (제2장)

청산(靑山)은 언제 나며 녹수(綠水)은 언제 난고?
전만고(前萬古) 후만고(後萬古) 져 나히 언매언고?
내몸도 차중(此中)에 놀아 를글주리 업세라. (제3장)

공명(功名)도 내 몰래라 부귀(富貴)도 내 몰래라.
허랑(虛浪)흔 인생(人生)이 세사(世事)도 내 몰래라.
아마도 이 강산(江山) 아니면 내몸 둘디 업세라. (제4장)

전계(前溪)예 고기 낫고 후산(後山)의 채(荣)을 키여
잇거나 업거나 굴머시나 머거시나
차생(此生)의 근심이 업스니 글롤 즐겨 흐노라. (제5장)

이 텍스트의 결속과 종결을 보여주는, 다섯 종류의 대칭표현을 먼저 보자.

첫째는 [내(제2장 초장)-대칭축(제3장 초장)-내(제4장 초장)]의 대칭표현이다. 이 대칭표현은 "백구(白鷗) 백구(白鷗)들하 네 내오 내 네로라."(제2장)와 "공명(功名)도 내 몰래라 부귀(富貴)도 내 몰래라."(제4장)의 밑줄 친 부분인 '내'의 반복표현에서 알 수 있다.

둘째는 [나(제2장 중장)-대칭축(제3장 중장)-나(내, 제4장 중장)]의 대칭표현이다. 이 대칭표현은 "내 버지 네어니 네 나룰 모룰소냐?"(제2장)와 "허랑(虛浪)흔 인생(人生)이 세사(世事)도 내 몰래라."(제4장)의 밑줄 친 부분인 '나'와 '내'에서 알 수 있다.

셋째는 [나(제2장 종장)-대칭축(제3장 종장)-나(내, 제4장 종장)]의 대칭표현이다. 이 대칭표현은 "차중(此中)의 한가(閒暇)흔 계산(溪山)의 나와 너와 놀리라."(제2장)와 "아마도 이 강산(江山) 아니면 내몸 둘 디 업세라."(제4장)의 밑줄 친 부분인 '나'와 '내'에서 알 수 있다.

넷째는 ['모르-'(모룰소냐, 제2장 중장)-대칭축(제3장 중장)-'모르-'(몰래라, 제4장 중장)]의 대칭표현이다. 이 대칭표현은 "내 버지 네어니 네 나룰 모룰소냐?"(제2장)와 "허랑(虛浪)흔 인생(人生)이 세사(世事)도 내 몰래라."(제4장)의 밑줄 친 부분에 포함된 '모르-'에서 알 수 있다.

다섯째는 ['차○의'(此○의, 제1장 종장)-대칭축(제3장 중장)-'차○의'(此○의, 제5장 종장)]의 대칭표현이다. 이 대칭표현은 '차중의'(此中의, 제1장 종장)와 '차생의'(此生의, 제5장 종장)에서 알 수 있다.

이상의 대칭표현들에서 제1, 5장의 대칭표현을 A-A로, 제2, 4장의 대칭표현을 B-B로, 제3장의 대칭축을 X로 바꾸면, 이 텍스트의 대칭표현은 A(제1장)-B(제2장)-X(제3장, 대칭축)-B(제4장)-A(제5장)가 된다. 이 대칭표현을 통하여, 이 텍스트의 결속이 대칭적 결속임을 알 수 있다. 그리고 시작 부분인 A(제1장)의 대칭인 A(제5장)가 종결임도 알 수 있다.

3. 구조와 주제

이 장에서는 텍스트별 구조와 주제를 정리하고자 한다.

3.1. 제1~3장의 텍스트

이 텍스트는 서사(제1장)와 본사(제2, 3장)가 결합된 서본의 구조이다. 이를 차례로 보자.

> 어부(漁父) 어부(漁父)들하 네 내오 내 네로라.
> 네 버지 내어니 내 너롤 모롤소냐?
> 차중(此中)의 한가(閒暇)흔 생애(生涯)는 너와 나와 있도다. (제1장)

제1장의 해석에서 문제가 되는 것은 초장과 종장이다. 초장의 "네 내오 내 네로라."는 흔히 '합일' 또는 '동일시'로 설명한다. 그러나 정작 합일의 설명에서는 그 근거가 명시되어 있지 않고, 동일시의 설명에서는 동일하게 여기는 것이 무엇인지를 설명하지 않고 있다. 즉 '너'를 어부로 '나'를 시적 화자로 이해하는 한, 어부가 시적 화자이고, 시적 화자가 어부라는 말이 되어, 환칭이 아닌 이상, 이 문장은 비문법적이다. 이 비문법성의 해결에는 제유법과 벗[友]의 의미가 도움을 준다. 즉 '너'와 '나'를 '너(어부)의 뜻'과 '나(시적 화자)의 뜻'을 비유한 일반화의 제유법

으로 해석하면 문제가 풀린다. 즉, '어부의 뜻'과 '시적 화자의 뜻'이 같다는 말인데, 이를 말해 주는 시어가 바로 중장의 '벗[友]'이다. 왜냐하면 이 '벗'[友]은 "뜻이 같다. 뜻을 같이하다."[同志]의 의미이기 때문이다. 물론 어부와 시적 화자가 같이하는 뜻은 '어부의 한가한 생애'이다.

이런 초장과 중장의 의미를 계산하면, 제1장에서는 시적 화자가 어부의 벗(同志)임을 설의로 확인하고, 차중에 같이 한 뜻(同志)인 한가(閒暇)한 생애(生涯)가 너(어부)와 나(시적 화자)에 함께 있음을 영탄한 것이 된다. 이는 제1장의 주제를 [어부의 벗이 되어, 함께 공유한 한가한 생애]로 정리할 수 있게 한다. 이 주제는 어부의 한가한 생애를 개괄적으로, 포괄적으로 보여주면서, 제2장 이하에서 구체적으로 노래한 어부의 생활을 이끌고 있다는 점에서 서사로 정리할 수 있다.

> 백구(白鷗) 백구(白鷗)들하 네 내오 내 네로라.
> 내 버지 네어니 네 나롤 모롤소냐?
> 차중(此中)의 한가(閒暇)혼 계산(溪山)의 나와 너와 놀리라. (제2장)

제2장의 초장에 나온 "네 내오 내 네로라."도 일반화의 제유법이다. '너(백구)의 뜻'과 '나(시적 화자)의 뜻'이 같다는 말이다. 물론 같이하는 뜻은, 제1장의 '한가한 생애'의 구체적인 예인 '계산에서 백구와 시적 화자가 함께/각자 한가하게 노는 것'이다. '나와 너와'를 '함께/각자'로 해석한 것은 '나와 너와'가 '나와 네가 함께'의 의미를 가지는 동시에, '나와 네가 각자'의 의미도 가지기 때문이다. 이런 의미를 계산하고 보면, 제2장에서는 백구가 시적 화자의 벗(同志)임을 설의로 확인하고 차중의 계산(溪山, 녹수청산)에서 한가한 나(시적 화자)와 너(백구)가 함께/각자 놀겠다는 의지/다짐을 노래했다고 정리할 수 있다. 이 정리에 기초할

때에, 이 제2장의 주제는 [백구의 벗으로, 한가한 나와 네가 계산(溪山, 녹수청산)에서 함께 놀겠다는 의지]로 정리할 수 있다.

청산(靑山)은 언제 나며 녹수(綠水)은 언제 난고?
전만고(前萬古) 후만고(後萬古) 져 나히 언매언고!
내몸도 차중(此中)에 놀아 롤글주리 업세라. (제3장)

제3장에서는 청산과 녹수의 나이가 전만고(前萬古) 후만고(後萬古)임을 자문하고 자답한 후에, 내몸도 차중에(늙지 않는/상청하는 청산녹수에서) 놀아 늙을 줄이 없을 것임을 영탄하였다. 이런 내용으로 보아, 제3장의 주제는 [전만고와 후만고의 청산 녹수에서 놀아(:즐겁게 지내서) 늙을 줄이 없음]으로 정리할 수 있다.

지금까지 정리한 각장별 주제를 옮겨 쓰면 다음과 같다.

제1장: 어부의 벗이 되어, 함께 공유한 한가한 생애
제2장: 백구의 벗으로, 한가한 溪山에서 함께 놀겠다는 의지
제3장: 전만고와 후만고의 청산녹수에서 놀아(:즐겁게 지내서) 늙을 줄이 없음

이 정리에서, 제2, 3장의 주제를 합치면, [백구의 벗으로, 한가한 계산(溪山) 즉 청산녹수에서 백구와 놀아 늙을 줄이 없음]이 된다. 이는 서사에 해당하는 제1장의 어부의 벗이 된 시적 화자의 개괄적인 한가한 생애를, 어부의 벗, 그 중에서도 백구의 벗으로 시적 화자가 녹수청산에서 백구와 놀아 늙을 줄이 없는 구체적인 생애를 노래한 것으로 본사에 해당한다. 그리고, 제3장의 한가한 계산(溪山), 곧 전만고와 후만고의 청산녹수에서 놀아(:즐겁게 지내서) 늙을 줄이 없음은, 제2장의 시적 화

자가 백구의 벗으로 한가한 계산에서 함께 놀겠다에 점충된 것이다. 즉
'놀다'를 '놀아 늙을 줄이 없다'로 확대한 점층적 구조이다.[1] 이런 점들로
보아, 제1~3장 텍스트의 논리적 구조는 서본의 구조이며, 본사(제2, 3
장)는 점층적 구조로 정리할 수 있다. 그리고 이 논리적 구조에 근거할
때에, 이 텍스트의 주제는 [어부의 벗이 되어, 한가한 계산(溪山) 곧 전
만고와 후만고의 청산녹수에서 백구와 함께 놀아 늙을 줄이 없음]으로
정리할 수 있다.

3.2. 제1~5장의 텍스트

제1~3장의 장별 주제는 앞 절에서 정리하였으므로, 제4, 5장의 주제
만을 분석한 후에, 제1~5장의 구조와 주제를 정리하려 한다.

> 공명(功名)도 내 몰래라 부귀(富貴)도 내 몰래라.
> 허랑(虛浪)흔 인생(人生)이 세사(世事)도 내 몰래라.
> 아마도 이 강산(江山) 아니면 내몸 둘디 업세라. (제4장)

이 제4장에서는 아마도 내 몸을 둘 데는 이 강산뿐이라는 사실에 주목
하고 있다. 이 사실에 주목하고 있다는 사실은 '업세라'의 '–에라'가 "해
라할 자리나 혼잣말에 쓰여, 화자가 새롭게 알게 된 사실에 주목함을

---

1 이 점층적 구조에서 보이는 점증적 효과는 다음의 연쇄법이 보이는 점증적 효과와도
   비슷한 면을 보인다. "연쇄법[連鎖法] 글을 쓸 때 앞 구절의 끝 어구를 다음 구절의
   첫머리에 이어받아 이미지나 심상을 강조하는 수사법의 하나. 연쇄법은 흥미의 연속성
   을 유지하며 표현하고자 하는 내용을 강조하는 효과를 낳는다. 그리고 산문을 쓸 때
   앞 절의 끝에 한 말의 일부분을 고쳐 다음 절에 되풀이해서 쓰는 경우도 있는데 이것은
   점증적인 효과를 발휘한다."[네이버 지식백과] 연쇄법[連鎖法] (두산백과)

나타내는 종결 어미"인 '-구나'와 같은 의미이기 때문이다. 이 내용만 보면, 타의적으로 갈 곳이 없는 시적 화자로 볼 수도 있다. 그러나 초장과 중장을 보면, 시적 화자는 공명과 부귀를 모르고, 허랑한(언행이나 상황 따위가 허황하고 착실하지 못한) 인생에 세사도 모른다. 특히 '모르다'가 '관심이 없다'는 의미를 가진다는 점에서, 시적 화자는 공명과 부귀에 관심이 없고, 허랑한 인생에 세사에도 관심이 없다. 이는 세속의 욕심인 공명 및 부귀나, 속세의 일인 세사를 모르는, 말을 바꾸면, 세속의 욕심인 공명 및 부귀나, 속세의 일인 세사에 관심이 없음을 뜻하는 것으로, "속세의 일이나 욕심을 잊음"을 뜻하는 망기(忘機)를 의미한다. 결국 제4장에서 시적 화자가 몸을 둘 곳이 강산이 되는 것은 타의적인 것이 아니라, 자의적인 것이다. 그리고 이런 내용들로 보아, 제4장의 주제는 [망기자(부귀공명과 세사를 모르는/잊은 자)로 몸을 둘 곳은 강산이라는 사실의 새로운 주목]으로 정리할 수 있다.

> 전계(前溪)예 고기 낫고 후산(後山)의 채(茱)을 키여
> 잇거나 업거나 굴머시나 머거시나
> 차생(此生)의 근심이 업스니 글롤 즐겨 ᄒᆞ노라. (제5장)

이 제5장에 나온 전계(前溪)와 후산(後山)은 제4장의 강산(江山)이다. 즉 망기자가 몸을 둔 강산이다. 이 강산에서 고기를 낚고 채를 캐는 것은 자급(自給) 생활을 의미한다. 그리고 중장인 "잇거나 업거나 굴머시나 머거시나"는 안빈(安貧, 가난한 가운데서도 편안한 마음으로 지냄)을 의미한다. 이런 초장과 중장의 자급 생활과 안빈은 종장의 기반이 된다. 즉 이 생애에 근심이 없는 것이다. 이 근심이 없음을 즐기는 것이 종장이다. 이런 점에서 제5장의 주제는 [전계와 후산에서 자급하고 안빈

하며 근심 없는 생애를 즐김]으로 정리할 수 있다.

이 제5장의 내용은 제4장은 내용을 확대하고 있다는 점에서, 제4장과 제5장은 점층적 구조이다. 그리고 제4장과 제5장을 종합하면, [망기자 (忘機者)로, 몸을 둔 강산, 즉 전계(前溪)와 후산(後山)에서 자급(自給) 하고 안빈(安貧)하며 근심 없는 생애를 즐김]으로 정리된다.

지금까지 정리한 장별 주제와 제1~3장 텍스트에서 정리한 장별 주제 를 옮겨 쓰면 다음과 같다.

> 제1장: 어부의 벗이 되어, 함께 공유한 한가한 생애
> 제2장: 백구의 벗으로, 한가한 溪山에서 함께 놀겠다는 의지
> 제3장: 전만고와 후만고의 청산녹수에서 놀아(: 즐겁게 지내서) 늙을 줄 이 없음
> 제4장: 망기자로, 몸을 둘 곳은 강산이라는 사실의 새로운 주목
> 제5장: 전계와 후산에서 자급하고 안빈하며 근심 없는 생애를 즐김

이 장별 주제에서 제2, 3장을 종합한 주제와 제4, 5장을 종합한 주제 를 제1장의 주제와 함께 다시 옮겨 쓰면 다음과 같다.

> 제1장: 어부의 벗이 되어, 함께 공유한 한가한 생애
> 제2, 3장: 백구의 벗으로, 한가한 계산(溪山), 즉 전만고(前萬古)와 후 만고(後萬古)의 청산녹수에서 함께 놀아 늙을 줄이 없음
> 제4, 5장: 망기자(忘機者)로, 몸을 둔 강산, 즉 전계(前溪)와 후산(後 山)에서 자급(自給)하고 안빈(安貧)하며 근심 없는 생애를 즐김

이 정리에서 보면, 제1~5장 텍스트의 구조는 서사(제1장)와 본사 (2~5장)의 결합인 서본의 구조로 정리할 수 있다. 그리고 본사는 본사1 (제2, 3장, 점층적 구조)과 본사2(제4, 5장, 점층적 구조)의 점층적 구조

이다. 본사1과 본사2가 점층적 구조라는 사실은, 세 측면에서 정리할 수 있다.

첫째는 시적 화자의 측면이다. 제1~5장에서 시적 화자는 기본적으로 어부의 벗이다. 그런데 이 공통된 어부의 벗은 제1장, 제2, 3장, 제4, 5장 등에서 차이를 보인다. 제1장의 시적 화자는 어부의 벗에 머문다. 제2, 3장의 시적 화자는 어부의 벗이면서, 동시에 백구의 벗이다. 이에 비해, 제4, 5장의 시적 화자는 어부의 벗이면서, 동시에 망기자이다. 이 중에서 백구의 벗과 망기자는, 시적 화자의 '망기'(부귀공명과 세시를 모름/잊음)라는 차원에서, 점층적 관계에 있다.

둘째는 강산의 측면이다. 제1장에서는 강산을 보여주지 않는다. 제2, 3장의 강산은 한가한 강산이다. 이에 비해 제4, 5수의 강산은 망기자가 몸을 둔 강산, 망기한 강산이다. 이 한가한 강산과 망기한 강산(망기자가 몸을 둔 강산)은 점층적 관계이다.

셋째는 삶의 측면이다. 제1장에서는 어부와 공유한 한가한 생애를 포괄적으로 보여준다. 제2, 3장에서는 어부의 벗, 그 중에서도 백구의 벗으로 함께 놀아 늙을 줄이 없음을 보여준다. 이에 비해 제4, 5장에서는 어부의 벗, 그 중에서도 망기자로 강산에서 자급하고 안빈하여 근심 없는 생애를 즐기는 사실을 보여준다. 이런 삶의 측면에서, 제2, 3장의 늙을 줄이 없음과 제4, 5장의 근심 없는 생애를 즐김은 점층적 관계이다.

그리고 앞의 논리적 구조로 보아, 이 텍스트의 주제는 [어부의 벗이 되어, 백구의 벗으로 한가한 계산(溪山, 청산녹수)에서 백구와 함께 놀아 늙을 줄이 없음과, 망기자로 강산(前溪와 後山)에서 자급하고 안빈하며 근심 없는 생애를 즐김]으로 정리할 수 있다. 이 주제는 [어부의 벗이 되어, 늙을 줄이 없이, 안빈자급하며, 근심 없는 생애를 즐김]으로 축약할 수도 있다.

4. 결론

지금까지 이중경의 연시조 〈어부사〉(5장)의 결속, 종결, 구조, 주제 등을 탈착형 연시조의 측면에서 검토 정리해 보았다. 그 결과를 요약하여 결론을 대신하고자 한다.

〈어부사〉(5장)는 제1~3장의 텍스트와 제1~5장의 텍스트로 탈착되는데, 전자의 텍스트에서 얻은 결과는 다음과 같다.

1) 제1~3장의 텍스트에서, 제2장 종장의 '계산(溪山)'을 제3장 초장에서 청산과 녹수로 연결하면서 결속하고, 제2장 종장의 '놀리라'를 제3장의 종장에서 '놀아 늙을 줄이 업세라'로 연결하면서 단락내 결속을 보여준다.

2) 제1~3장의 텍스트에서, 반복표현의 후미 전환에 의한 결속과 종결을 보여준다. 반복표현은 제1, 2장에서 반복하는 "○○ ○○들하 네 내오 내 네로라."(초장), "○ 버지 ○어니 ○ ○롤 모롤소냐?"(중장), "차 중(此中)의 한가(閒暇)혼 ○○○ ○와 ○와 ○○○."(종장) 등이고, 이 반복표현을 벗어나 후미 전환을 보인 것이 제3장이다.

3) 제1~3장의 텍스트에서, 그 논리적 구조는 서본의 구조이며, 본사(제2, 3장)는 점층적 구조이다.

4) 제1~3장의 텍스트에서, 그 주제는 [어부의 벗이 되어, 한가한 계산(溪山) 곧 전만고와 후만고의 청산녹수에서 백구와 함께 놀아 늙을 줄이 없음]이다.

〈어부사〉(5장)의 제1~5장의 텍스트에서 얻은 결과는 다음과 같다.

5) 제1~5장의 텍스트에서, 그 결속과 종결은, [내(제2장 초장)-대칭축(제3장 초장)-내(제4장 초장)]의 대칭표현, [나(제2장 중장)-대칭축(제3장 중장)-나(내, 제4장 중장)]의 대칭표현, [나(제2장 종장)-대칭

축(제3장 종장)-나(내, 제4장 종장)]의 대칭표현, ['모르-'(모롤소냐, 제2장 중장)-대칭축(제3장 중장)-'모르-'(몰래라, 제4장 중장)]의 대칭표현, ['차ㅇ의'(此ㅇ의, 제1장 종장)-대칭축(제3장 중장)-'차ㅇ의'(此ㅇ의, 제5장 종장)]의 대칭표현 등이 보여준, A(제1장)-B(제2장)-X(제3장, 대칭축)-B(제4장)-A(제5장)의 대칭표현을 통하여 보여준다.

6) 제1~5장의 텍스트에서, 그 논리적 구조는 서사(제1장)와 본사(2~5장)의 결합인 서본의 구조이며, 본사는 본사1(제2, 3장, 점층적 구조)과 본사2(제4, 5장, 점층적 구조)의 점층적 구조이다.

7) 제1~5장의 텍스트에서, 그 주제는 [어부의 벗이 되어, 백구의 벗으로 한가한 계산(溪山, 청산녹수)에서 백구와 함께 놀아 늙을 줄이 없음과, 망기자로 강산(前溪와 後山)에서 자급하고 안빈하며 근심 없는 생애를 즐김]이며, 이 주제는 [어부의 벗이 되어, 늙을 줄이 없이, 안빈 자급하며, 근심 없는 생애를 즐김]으로 축약할 수 있다.

이상과 같이 〈어부사〉는 제1~3장의 텍스트와 제1~5장의 텍스트로 탈착되며, 두 텍스트는 각각 연시조를 연시조이게 하는 결속, 종결, 구조, 주제 등을 모두 보여준다는 점에서, 탈착형 연시조로 정리한다.

이중경의 〈어부별곡〉

1. 서론

이중경(李重慶, 1599~1678)의 〈오대어부가(梧臺漁父歌)〉(20수)에 포함된 연시조 〈어부별곡〉(전후3장)은 장인진(1983)이 발굴경위, 작자(가계, 생애), 작품(판본고, 창작배경과 제작지, 작품내용, 작품형식) 등을 소개 정리하면서 그 연구가 시작되었다. 문제가 없는 작품의 발굴경위, 작가의 가계와 생애, 작품의 판본고, 창작장소 등은 장인진의 글로 돌리고, 창작시기, 창작의 사회적 배경, 창작의도, 작품론 등의 영역에서 그 간에 이루어진 연구사의 정리는 양희철(2017e)로 또는 앞의 「이중경의 〈오대어부가〉」의 '서론'으로 돌리고, 〈어부별곡〉(전후3장)의 작품론에서 그 간에 이루어진 연구사만을 보자.

〈어부별곡〉(전후3장)의 작품론은 작품의 성격, 주제(의식), 육가형 시조에서의 위상, 문체 등의 차원에서 검토되었다. 작품의 성격은 "당시 사회적 혼란으로 인한 그 자신의 現實的 不遇나 自慰를 노출하고는 있지만, 自然과 벗하는 江湖生活에서 참된 즐거움을 얻게 되므로서 이것의 극복이 가능했다고 하겠다."(장인진 1983:173~174)와, "작자의 억제되었던 고뇌의 표출과 그 극복을 향한 모색 등이 미적으로 표상된 것"(이형대 1997:119)으로 설명되기도 했다. 〈어부별곡〉(전후3장)의 주제의식은 "시인의 궁극적인 지향이 현실사회에 있음을 드러내고 있다."(임주탁 1990:59)고 검토되었다. 각장별 주제 또는 구체적인 해석은 임주탁(1990: 60~61)과 이형대(1997:116~119)에서 보이나, 구조의 해명까지는 나아가지 않았다. 〈도산십이곡〉과의 비교를 통한 주제의 정리(박이정 2007)[1]와, 〈어부별곡〉의 육가형 시조에서의 위상도 정리되었다(이상원 2008).[2] 〈어부별곡〉(전후3장)의 문체 연구는, 문체적 양상과 표현적 특질이 정리되고, 표현적 특질에서 오는 주제 표출에 있어서의 문학적 효과와 성과도 검토되었다(조성래 2002b).

이렇게 정리되는 〈어부별곡〉에 대한 기왕의 연구는 결속, 종결, 구조, 주제 등의 측면에서 다시 뒤돌아보면, 결속과 종결은 검토된 바가

---

1 "이중경이 퇴계의 노래를 불렀을 때 부족하게 느꼈던 것은 불편한 심사를 원하는 만큼 간절하게 표출하지 못한다는 점이었다. 〈漁父別曲 前後三章〉에 이르러 이중경은 애써 균형을 유지하지 않고 슬픔과 불만을 드러내 버렸다. 이는 감상과 불확신에서 헤어나오지 못한 채 그러한 목소리를 무의미하게 노출한 것이 아니다. 문제를 드러내는 것은 그것을 해결할 수 있는 가능성을 드러내는 것이기도 하다. 즉 균열을 메우기 위해 균열을 드러내고 문제를 해결하기 위해 문제를 보여줬다. 〈漁父別曲 前後三章〉에서는 감정과 생각에 생긴 균열을 드러내고 梧臺에서의 삶이 지닌 의미를 다시금 확인함으로써 그 균열을 메워나간다. 이렇게 문제를 드러내고 그것을 해결해 나가는 것을 통해 〈漁父別曲 前後三章〉은 시적 화자의 자의식이 하나의 결정체를 형성해가는 과정을 보여준다. 이는 자의식이 도달한 결정체 자체를 보여주는 〈陶山十二曲〉과 다른 이 작품의 특징적인 면모이다."(박이정 2007:165~166)

2 육가형 시조를 〈장육당육가〉 계열, 〈도산십이곡〉 계열, 〈속문산육가〉 계열 등으로 나누고 다음과 같이 설명하기도 하였다. "표현의 측면에서 〈도산십이곡〉을 차용한 흔적이 일부 나타나고 있으나, 전반적으로 영탄적 진술을 통한 감정의 직서적 표출이 중심을 차지하고 있다는 점에서 〈속문산육가〉 계열의 작품들과 훨씬 부합하고 있다. 특히 모친의 사망으로 인한 내면의 슬픔을 직서적으로 표출한 전삼장의 경우 〈속문산육가〉 계열에 속하는 정광천(1553~1593)의 〈술회가〉와 아주 흡사하다. 정광천은 대구부 하빈현 아금(牙琴)에 살았던 선비로서 한강 정구(鄭逑, 1543~1620)의 문인이었다. 그런데 이중경의 부친인 이기옥(李璣玉, 1566~1604) 또한 정구에게 사사한 적이 있으므로 이중경은 그의 부친을 통해 정광천의 영향을 간접적으로 받은 것으로 추정된다."(이상원 2008:261)

없으며, 구조와 주제의 연구는 어느 정도 검토된 바가 있으나, 미진함을 느낀다. 특히 구조의 경우에 좀더 치밀한 분석과 정리를 필요로 하며, 이 미진한 구조에 기초한 주제의 연구 역시 논리적인 설명과 정리를 필요로 한다. 그리고 〈어부별곡〉(전후3장)은 '전삼장(前三章)'과 '후삼장(後三章)'의 중제목을 수반한 탈착형의 연시조이다.

이에 이 글에서는 전3장의 텍스트, 후3장의 텍스트, 전3장과 후3장이 합친 6장의 텍스트 등으로 나누어, 〈어부별곡〉(전후3장)의 결속, 종결, 구조, 주제 등을 검토 정리하고자 한다.

2. 전3장의 텍스트

이 장에서는 전3장 텍스트의 결속, 종결, 구조, 주제 등을 정리하고자 한다.

2.1. 결속과 종결

전3장 텍스트의 결속과 종결을 보기 위해, 밑줄 친 부분에 유의하면서 텍스트를 보자. 원문의 한자는 괄호 안에 표기하였다.

　　아이고 애돌올샤 아이고 셜올셰고
　　망극(罔極)흔 천지(天地)예 내 혼자 사라 이셔
　　네 잇던 어채(魚菜)롤 보니 내 안 둘 디 업세라. (제1장)

　　처엄의 못 싱각ㅎ여 시서(詩書)롤 일삼도다.
　　중간(中間)의 망(妄)녕되어 명리(名利)롤 브라도다.
　　물외(物外)예 풍월강산(風月江山)이 내 분인가 ㅎ노라. (제2장)

이런들 뉘 올타ᄒᆞ며 저러흔들 뉘 외다ᄒᆞ료
올거나 외거나 나도 내 일 모르노라.
세상(世上)이 시비(是非)를 마라 어부(漁夫) ᄆᆞ슴 그르리? (제3장)

이 텍스트는 반복표현의 후미 전환에 의한 결속과 종결, 대칭표현에 의한 결속과 종결 등을 보여준다.

제1장과 제2장의 종장에서는, "녜 잇던 어채(魚菜)를 보니 내 안 둘 디 업세라."(제1장)와 "물외(物外)예 풍월강산(風月江山)이 내 분인가 ᄒᆞ노라."(제2장)에서 보듯이, "… 내 … 라."의 구문을 반복하는 규범을 보인다. 그런데 이 반복("… 내 … 라.")의 규범을 제3장의 종장에서는 일탈하였다. 이는 반복표현의 후미 전환으로 전3장 텍스트의 결속과 종결을 말해준다.

이번에는 대칭표현에 의한 결속과 종결을 보자. 이는 대구의 대칭표현과 '내'의 대칭표현에 의해 나타난다.

첫째로, [대구(제1장 초장)대칭축(제2장 초장)대구(제3장 초장)]의 대칭표현이다. 이 대구의 대칭표현은 "아이고 애돌올샤 아이고 셜올셰고"(제1장의 초장)의 대구와 "이런들 뉘 올타ᄒᆞ며 저러흔들 뉘 외다ᄒᆞ료"(제3장의 초장)의 대구에서 파악할 수 있다. 대칭축에 해당하는 제2장에서는 초장 안에서의 대구가 아니라, 초장과 중장의 대구를 보여준다.

둘째로, ['내'(제1장 중장)대칭축(제2장 중장)'내'(제3장 중장)]의 대칭표현이다. 이 대칭표현은 "망극(罔極)흔 천지(天地)예 내 혼자 사라 이셔"(제1장 중장)와 "올거나 외거나 나도 내 일 모르노라."(제3장 중장)에서 파악할 수 있다.

이 두 대칭표현은 전3장을 하나의 텍스트로 결속시키면서, 동시에 시종의 대칭에 의해 제3장이 끝이라는 종결도 보여준다.

이상과 같은 결속과 종결은 이어서 볼 구조 및 주제와 더불어 전3장의
텍스트를 하나의 텍스트로 수용할 수 있게 한다.

2.2. 구조와 주제

이 텍스트의 구조는 배경시공간의 측면에서는 뚜렷한 모습을 보여주
지 않으며, 논리적 측면에서만 서사와 본사가 결합된 서본의 구조를 보
여준다. 이 구조를 정리하기 위하여, 장별 주제를 먼저 정리하고, 이어
서 전3장의 주제를 정리해 보자.

> 아이고 애둘올샤 아이고 셜올셰고
> 망극(罔極)혼 천지(天地)예 내 혼자 사라 이셔
> 네 잇던 어채(魚茱)롤 보니 내 안 둘 디 업세라. (제1장)

시묘살이를 끝낸 후에, 어머니를 봉양하던 어채(魚茱)를 보고, 안을
(마음을) 둘 데가 없음을 탄식하고 있다. 이는 단순한 탄식처럼 보이지만,
시적 화자의 경우에는 삶의 방향을 잡지 못하는 허전한 모습으로 이해된
다. 왜냐하면, 시적 화자는 어머니의 봉양을 위해, 과거공부도 포기하고,
오대의 계곡에 들어왔으며, 이를 그곳의 어채로 실천하다가, 어머님이
돌아가시고, 시묘살이를 끝낸 이 시점에서, 삶의 목표가 상실되었기 때
문이다. 이런 내용으로 보아, 제1장의 주제는 [시묘살이를 마치고 보니,
모친의 봉양이라는 삶의 목표를 상실하여 마음을 둘 곳이 없음]으로 정리
할 수 있다. 이 주제는 마음 둘 곳을 찾고 있는 시적 화자의 속마음을
소극적으로 표현한 것으로, 마음 둘 곳을 찾고 확인하는 제2장 이하를
이끈다는 점에서 서사에 해당한다.

> 처엄의 못 싱각ㅎ여 시서(詩書)를 일삼도다.
> 중간(中間)의 망(妄)녕되어 명리(名利)롤 ㅂ라도다.
> 물외(物外)예 풍월강산(風月江山)이 내 분인가 ㅎ노라. (제2장)

제2장에서는 내 마음을 둘 곳이 처음의 시서(詩書)도, 중간의 명리(名利)도 아니고, 내 분수인 (현재의) 물외(物外, 세상의 바같의 자연)의 자연(自然)임을 노래하였다. 초장에서는 처음에 생각을 못하여 시서를 일삼은 것을 탄식하고, 중장에서는 중간에 망령되게 명리를 바라던 것을 탄식하였다. 그 다음에 처음과 중간을 시나 지금에는, 내 마음을 둘 곳이, 내 분수에 맞는 물외(物外)임을 종장을 통하여 선언하였다. 이런 내용으로 보아, 제2장의 주제는 [내 마음을 둘 곳은 과거에 두었던 시서나 명리가 아니라, 내 분수에 맞는 물외의 자연임]으로 정리할 수 있다.

이 마음을 둘 곳으로 물외의 자연을 찾은 제2장의 주제는, 마음을 둘 곳을 찾지 못하고 있던 제1장의 주제에 비해, 본사의 주제로 정리할 수 있다.

> 이런들 뉘 올타ㅎ며 저러ㅎ들 뉘 외다ㅎ료
> 올거나 외거나 나도 내 일 모르노라
> 세상(世上)이 시비(是非)를 마라 어부(漁夫) 므슴 그르리? (제3장)

이 제3장에서는 시적 화자의 결정, 즉 어부가 물외의 자연에 마음을 둔 것에 대한 시적 화자 자신의 해석을 내리고 있다. 초장인 "이런들 뉘 올타ㅎ며 저러ㅎ들 뉘 외다ㅎ료"에서는 설의법으로 그 누구도 이것 (마음을 물외의 자연에 둔 것)과 저것 중에서 어느 것이 옳고, 어느 것이 그르다고 말할 수 없다는 사실을 설의로 강조하였다. 그리고 중장인 "올거나 외거나 나도 내 일 모르노라."에서는 옳거나 그르거나 간에(/可否

間에), 시적 화자 자신도 자신의 일을 모른다고 선언하였다. 결국 초장과 중장을 종합하면, 시적 화자가 자연에 마음을 둔 것이 옳은 것인지 그른 것인지는 시적 화자 자신을 포함한 어느 누구도 단정하여 말할 수 없다는 것이다. 그 후에 종장인 "세상(世上)이 시비(是非)를 마라 어부(漁夫) 므슴 그르리?"[세상이 시비를 말라, 어부 무엇/어찌 그르리(오)?] 에서는, 설의법을 통하여, 어부가 그를 것이 없음과, 어부가 그를 이유가 없음을 시적 청자에게 동의를 구하고 있다. 이런 사실은 '므슴'이 '무엇'과 '어찌'의 의미를 동시에 가지기 때문이다. 즉 '므슴'이 '무엇'의 의미로 쓰인 경우에, "세상이 시비를 말라, 어부 무엇(이) 그르리(오)?"는, 어부는 그를 것이 없음을 보여준다. 그리고 '므슴'이 '어찌'의 의미로 쓰인 경우에, "세상이 시비를 말라, 어부 어찌 그르리(오)?"는, 어부가 그를 이유가 없음을 보여준다. 결국 어부가 그를 것과 그를 이유가 없음을 '므슴(무엇, 어찌)'의 중의를 통하여 보여주고, 설의를 통하여 시적 청자에게 동의를 구하고 있다. 이런 점들을 계산할 때에, 제3장의 주제는 [내 마음을 둘 곳은, 누가 무어라 하든, 나도 모르겠지만, 어부가 그를 것이 없고, 그를 이유가 없는, 물외의 자연임]으로 정리할 수 있다. 이 제3장의 주제는 시적 화자가 마음을 둘 곳으로 정한 물외의 자연이 그를 것이 없고 그를 이유가 없다는 것을 강조한 것으로 제2장의 주제인 [내 마음을 둘 곳은, 과거에 두었던 시서나 명리가 아니라, 내 분수에 맞는, 물외의 자연임]에 점층된 것이다.

지금까지 정리한 제1~3장의 장별 주제를 다시 옮겨 쓰면 다음과 같다.

제1장: 시묘살이를 마치고 보니, 모친의 봉양이라는 삶의 목표를 상실하
　　　여 마음을 둘 곳이 없음
제2장: 내 마음을 둘 곳은, 과거에 두었던 시서나 명리가 아니라, 내 분

수에 맞는, 물외의 자연임

제3장: 내 마음을 둘 곳은, 누가 무어라 하든, 나도 모르겠지만, 어부가
그를 것이 없고, 그를 이유가 없는, 물외의 자연임

이 장별 주제로 보아, 제1장은 지금까지 마음을 두어 오던 삶의 목표
(모친의 봉양)의 상실을 노래하면서, 마음 둘 곳의 필요를 노래하였다는
점에서 서사에 해당하고, 제2, 3장은 마음을 둘 곳이 물외의 자연임을
점층적으로 보여준 본사로 정리할 수 있다. 그리고 이 장별 주제들과
구조로 보아, 이 텍스트의 주제는 [모친의 시묘살이를 마친 이후에 마음
을 둘 곳을 물외의 자연으로 정함]으로 정리할 수 있다.

3. 후3장의 텍스트

이 장에서는 후3장 텍스트의 결속, 종결, 구조, 주제 등을 정리하고자
한다.

3.1. 결속과 종결

후3장 텍스트의 결속과 종결을 보기 위하여, 밑줄 친 부분에 유의하
면서 텍스트를 보자. 원문의 한자는 괄호 안에 표기하였다.

경륜(經綸)을 내 아더냐 제세(濟世)ᄒ리 업슬러냐?

태평시대(太平時代)는 언메나 머런ᄂ고?

필부(匹夫)의 위국충심(爲國忠心)을 내여 뵐 더 업세라. (제4장)

내 나이 만커니 ᄯ나 머리도 세거니 ᄯ나

소년시(少年時) ᄆᆞᆷ은 초생 아니 늘건노라.
일일(日日)에 아희(兒戲)를 ᄒᆞ니 윗ᄂᆞᆫ 줄을 모른다. (제5장)

창산(蒼山)은 놉놉고 유수(流水)는 길고길고
산고수장(山高水長)ᄒᆞ니 긔 아니 죠흘소냐?
산수간(山水間) 일한인(一閒人)이 되어 허믈 업시 사노라. (제6장)

이 텍스트의 결속과 종결은 반복표현의 후미 전환과 대칭표현에 의해
보여준다.

제4장과 제5장의 초장을 보면, '내'를 반복한다. 그리고 제4장과 제5
장의 중장을 보면 주제격 '-는/은'을 반복한다. 이에 비해 제6장에서는
이 두 반복표현을 모두 벗어나 있다. 이는 반복표현의 후미 전환으로,
이 텍스트의 결속과 종결을 보여준다.

이번에는 ['없-'(제4장)-대칭축(제5장)-'없-'(제6장)]의 대칭표현에
의한 결속과 종결을 보자. 이 대칭표현은 두 형태로 정리할 수 있다.
하나는 ['없-'(제4장 초장)-대칭축(제5장)-'없-'(제6장 종장)]의 대칭
표현으로, "경륜(經綸)을 내 아더냐 제세(濟世)ᄒᆞ리 업슬러냐?"(제4장
초장)와 "산수간(山水間) 일한인(一閒人)이 되어 허믈 업시 사노라."(제
6장 종장)에서 파악할 수 있다. 이 대칭표현은 이 텍스트의 첫구(제4장
초장)과 끝구(제6장 종장)의 대칭이다. 다른 하나는 ['없-'(제4장 종
장)-대칭축(제5장)-'없-'(제6장 종장)]의 대칭표현으로, "필부(匹夫)의
위국충심(爲國忠心)을 내여 뵐 디 업세라."(제4장 종장)와 "산수간(山水
間) 일한인(一閒人)이 되어 허믈 업시 사노라."(제6장 종장)에서 파악할
수 있다. 이 대칭표현은 이 텍스트에서 첫시조 종장과 끝시조 종장의
대칭이다. 이 두 대칭표현은 후3장의 결속을 보여주는 동시에, 제6장이
종결임도 보여준다.

3.2. 구조와 주제

후3장 텍스트의 구조와 주제를 보기 위해, 장별 주제를 먼저 보자.

경륜(經綸)을 내 아더냐? 제세(濟世)흐리 업슬러냐?
태평시대(太平時代)는 언메나 머런는고?
필부(匹夫)의 위국충심(爲國忠心)을 내여 뵐 더 업세라. (제4장)

이 제4장과 이어서 볼 제5장은 그 시어의 해석이 그렇게 쉽지 않다.
초장과 중장에서는 질문법을 쓰고 있다. 초장의 경우에, "경륜(經綸)을
내 아더냐?"는, 언뜻 보면, 내가 경륜을 알고 있다는 것인지, 모르고 있다
는 것인지가 명확하지 않다. 그러나 중장과 종장으로 보아, 특히 종장의
"필부(匹夫)의 위국충심(爲國忠心)"으로 보아, 초장의 "경륜(經綸)을 내
아더냐?"는 필부지만 "내 경륜을 안다."의 의미가 된다. 그리고 초장의
"제세(濟世)흐리 업슬러냐?"는 제세(濟世, 세상의 폐해를 없애고 사람을
고난에서 건져줌)할 사람이 없겠느냐로, "구제할 수 있는 사람이 없다."
를 의미한다. 이런 의미는 중장 및 종장과 더불어 답답한 심경을 노래한
다. 중장의 "태평시대(太平時代)는 언메나 머런는고?"는 제세되지 않는
상황을 말해준다. 그리고 종장의 "필부(匹夫)의 위국충심(爲國忠心)을
내여 뵐 더 업세라."는 필부의 위국충심(爲國忠心, 나라를 위한 진정에서
우러나오는 정성스러운 마음)을 내어 보일 곳이 없음을 탄식하고 있다.
이런 점에서 제4장의 주제는 [제세할 사람이 없어 태평시대가 멀고, 경륜
을 아는 내가 필부의 위국충심을 내어 뵐 데 없음]으로 정리할 수 있다.
이 주제는 [위국충심을 내어 보일 곳이 없음]으로 축약할 수 있다.

내 나이 만커니 ㅼ나 머리도 세거니 ㅼ나
소년시(少年時) ᄆᆞᆷ은 츳생 아니 늘건노라
일일(日日)에 아희(兒戱)를 ᄒᆞ니 윗는 줄을 모른다. (제5장)

이 제5장을 문자적 의미의 차원에서 현대어로 바꾸면 다음과 같다.
나이가 많든지 간에, 머리가 세든지 간에, 소년시의 마음은 차생(此生)
에 늙지(한창때를 지나 쇠퇴하지) 않아, 날마다 아희(兒戱)를 하니 웃는
줄을 모른다. 이렇게 제5장의 내용은 함의를 계산하지 않으면 다소 모호
하다. 그 이유는 '소년시의 마음'과 '아희(兒戱)'가 지시하는 의미가 명확
하지 않기 때문이다. 이로 인해 '소년시의 마음'을 '티끌없는 순진한 마
음'(이형대 1997:119)으로 해석한 것을 제외하면, 거의 모든 연구들이
이 부분을 해석하지 않았다. 이 '소년시의 마음'과 '아희(兒戱)'의 의미,
특히 이 두 어휘가 지시하는 지시 대상이 무엇인가를 추정해 보자.

'소년시의 마음'은 '소년시에 가진 마음'의 의미로 두 가지의 의미를
함축한다. 하나는 '소년시에 가졌던 순진한 마음'이고, 다른 하나는 '소
년시에 품었던 마음'이다. 그런데 이 두 의미 중에서 "소년시(少年時)
ᄆᆞᆷ은 츳생 아니 늘건노라."의 문맥에 잘 맞는 것은 후자로 보인다. 그
러면 '소년시에 품었던 마음'을 좀더 구체적으로 추정해 보자.

시적 화자가 '소년시에 품었던 마음'은 시적 화자가 소년시에 마음에
품었던 포부나 욕망으로 보인다. 이 포부나 욕망은 소년시만을 염두에
두고 추정하려 하면, 그 범위가 넓어서 추정이 쉽지 않다. 그러나 이
텍스트에서 지시하고 있는 포부나 욕망은 늙어서도 쇠퇴하지 않은 것이
라는 점에서, 그 추정이 비교적 쉬워진다. 즉 소년시는 물론 〈어부별곡〉
(전후3장)을 쓰고 있는 그 당시(이중경의 나이 58세, 1656년)까지 마음에
포부나 욕망을 품고 변함없이 행해온 일이 무엇이며, 이 일을 시적 화자

스스로가 '아희(兒戱/兒嬉, 아희의 장난, 가치 없는 일)'라고 겸손하게
표현할 수 있는 것이 무엇인가를 생각하면, '소년시의 마음'은 '뛰어난
시문을 쓰고 싶은 욕망'이고, '아희'는 '시벽(詩癖)'임을 알 수 있다. 왜냐
하면, 이중경이 소년시에 행하던 일들 중에서 이 텍스트를 짓던 그 당시
까지 계속 행하고 있는 일들로는 산수벽과 시벽[3]만이 있기 때문이다.

이 시문 쓰기의 시벽은 종장의 "웃는 줄을 모른다"와 연결되면서, 그
내용이 사회시임을 보여주면서 제4장과의 연결도 보여준다. 이중경이
쓴 한시는 다음과 같이 정리되어 있다.

이렇게 드러나 있는 그대로의 자연스러움을 표현하고자 그의 시 경향은
앞서 살펴보았듯이 불평을 직접적으로 토로하기도 하고 한가로움을 표출
하기도 하고 이렇게 일상의 모습을 그대로 담기도 하지만 한편으로 社會詩
와 같은 사실주의 시풍으로도 나타난다. 임란 직후에 태어나 병자호란을
겪었기에 그의 시에는 농촌의 현실과 戰後 시대상을 반영하는 다양한 작품
이 수록되어 있다. 소문이나 괴담의 난무에 따른 민심의 흉흉함(각주 52)
홍수와 가뭄 등의 자연재해 흉년과 역병의 창궐에 고통 받는 민중의 삶을
고발(각주 53)하는 社會詩 계열의 작품을 통해 저자의 현실인식과 당시 사
회상의 일면을 엿볼 수 있다.

52) 『雜卉園集』 권1 「己亥季春 海印寺 金身流汗 琴湖斷流 人謂壬辰倭
寇 丙子胡亂 有此變云(庚子辛丑大旱 人民飢且癘死)」, 21면. · 「聞有東海
氷(三陟地 三月海氷云)」, 22면. · 「隣有少年來言 倭聲洶洶 諸邑人民 皆爲
避亂之計云 因以一絶解之」, 23면. · 「己亥春 蛙羣入彦陽縣城 人言壬辰有
此變云」, 26면. · 「一靑自海印還 言寺有古僧說金身流汗 非兵革則年豐

---

3   이중경의 문집인 『잡훼원집』의 필사본에는 한시 720편(乾冊 251편, 坤冊 469편)이,
    판본에는 한시 463편(卷一 172편, 卷二 291편)이 각각 수록되어 있다(장인진 1983:
    163).

云」, 28면. ·「聞人頭生角」·「安岳赤水」·「淸州神駒」·「富平白髮白目兒」·「京中黃雨」, 34면.

53)『雜卉園集』권1「悶旱」·「哀乞粮人」, 32면. ·「奉呈子瞻求和」, 59면. ·「傷時又次前韻」, 60면. ·「聽砧聲」, 71면. ·「嘆五月風寒」, 73면, 권2「辛丑春秋 染疾大熾 人民多損 遂有傷嘆」·「悶旱」, 100면. ·「出見水田有嘆」, 108면. ·「偶見流民」, 128면. ·「庚子辛丑大無 壬寅春民大飢 染病相傳 家婢亦出野幕 憂念有吟」, 141면. ·「聞家有葦斫刀盜人偸去云」, 146면. ·「觀漲因愁水災」, 164면. ·「乞人歎」, 184면. ·「戊申年夏秋大旱民食甚艱至歲辰而無閭里之歡皆怨朝政不調以致天灾云」, 187면. (이상동 2009:307. 각주를 본문으로 필자가 옮김)

이 인용에서 보면, 이중경은 사회시를 많이 쓴 것으로 정리된다. 이런 시들을 쓰고서 웃을 수 있을까? 종장에서 보여주듯이 웃는 줄을 모를 수밖에 없다.

이번에는 이런 사회시를 많이 쓴 것이 제4장의 주제와 연결된다는 사실을 보기 위하여, 〈辛丑春秋 染疾大熾 人民多損 遂有傷嘆〉(『雜卉園集』 권2, 100면)의 작품을 보자.(번역은 이상동의 것이다.)

누가 여귀로 하여금 괴로워하게 사람을 침범하게 했는가
誰令癘鬼苦侵人
마을의 살아있는 백성은 온통 병든 이웃이구나　村里生民渾病隣
문 앞에 선 푸른 소나무 쑥 풀과 합쳐졌고　門揷碧松蓬草合
병막은 황야에 이어졌는데 곡소리 빈번하구나　幕連荒野哭聲頻
하늘의 마음 돌아서지 않아 제잠(우리나라)이 재앙을 입으니
天心未悔鯷岑禍
世道에는 장차 나라를 세울 현자(仁:賢者)가 없구나　世道將無樹國仁
곧장 그려내어 임금님 계신 곳 보내드려　直欲畵圖輪北闕
팔주 백성의 애달픈 마음 피부로 느끼게 해드렸으면　八州哀恫膚監親

이 작품에서 보면, 민생의 어려움을 제세할 수 있는 어진 사람이 없음을 탄식하고, 제4장에서 노래한 위국충심을 보일 데가 없음을 탄식하면서, 사회시를 통하여 위국충심을 보여주고 있다. 이는 위국충심을 보일 데가 없다고 탄식하면서 위국충심을 보일 곳을 모색하던 제4장에 이어서, 보일 데 없는 위국충심을 사회시를 통하여 보인 것이다.

이상과 같은 점들로 보아, 제5장의 주제는 [위국충심을 보일 곳이 없어 그 마음을 겨우 아이의 장난인 위국충심의 사회시나 지어 웃는 줄을 모름]으로 정리할 수 있다. 이 주제는 [위국충심을 내어 보일 곳이 없어 사회시나 지어 웃는 줄을 모름]으로 축약할 수도 있다. 이 제5장의 주제는 제4장의 주제를 좀더 구체적으로 보여주면서 그 내용을 강화하였다는 점에서, 제4장과 제5장은 점층적 구조로 정리된다.

> 창산(蒼山)은 놉놉고 유수(流水)는 길고길고
> 산고수장(山高水長)ᄒ니 긔 아니 죠홀소냐
> 산수간(山水間) 일한인(一閒人)이 되어 허믈 업시 사노라. (제6장)

초장에서는 "창산(蒼山)은 놉놉고 유수(流水)는 길고길고"라고 노래하였다. 이 초장의 내용을 '산고수장(山高水長)'으로 이어 받은 중장에서는, "산고수장(山高水長)ᄒ니 긔 아니 죠홀소냐"로 산수의 좋음을 노래하였다. 다시 이 좋은 산수를 '산수간(山水間)'으로 이어 받은 종장에서는 "산수간(山水間) 일한인(一閒人)이 되어 허믈 업시 사노라."로 노래를 마무리하였다. 이런 전개로 보아 제6장의 주제는 [산고수장(山高水長)의 좋은 물외에서 한 한인으로 허물없이 삶]으로 정리할 수 있다.

지금까지 정리한 제4, 5, 6장의 주제들을 한 곳에 모아 보면 다음과 같다.

제4장: 제세할 사람이 없어 태평시대가 멀지만, 경륜을 아는 내가 필부의
　　　 위국충심을 내어 뵐 데 없음(위국충심을 내어 보일 곳이 없음)
제5장: 위국충심을 보일 곳이 없어 그 마음을 겨우 아이의 장난인 위국
　　　 충심의 사회시나 지어 웃는 줄을 모름(위국충심을 내어 보일 곳
　　　 이 없어 사회시나 지어 웃는 줄을 모름)
제6장: 산고수장의 좋은 물외에서 한 한인으로 허물없이 삶

　제4장과 제5장은 위국충심을 내어 보일 곳이 없음과 이를 겨우 아이
의 장난인 위국충심의 사회시로 대신함을 점층적으로 노래하였다. 이는
서사 없이 본사를 노래한 것이다. 그리고 제6수에서는 산고수장의 좋은
물외에서 한 한인으로 허물없이 삶을 노래하였다. 이는 결사에 해당한
다. 이런 사실은 제4, 5, 6장의 후3장의 텍스트가 본결의 구조이며, 본
사는 점층적 구조로 되어 있음을 의미한다. 그리고 이런 구조로 보아,
이 텍스트의 주제는 [위국충심의 마음을 내어 보일 곳이 없어 위국충심
의 사회시나 짓고, 산고수장의 좋은 물외에서 한 한인으로 허물없이 삶]
으로 정리할 수 있다.

4. 6장의 텍스트

　이 장에서는 전3장과 후3장이 합친 6장 텍스트의 결속, 종결, 구조,
주제 등을 정리하고자 한다.

4.1. 결속과 종결

　전3장과 후3장의 결속과 종결은 이 텍스트에서는 각각 단락내 결속과
종결로 쓰인다. 이외에 발견되는 결속과 종결은 두 종류이다. 전3장과

후3장이 격구식으로 상응하는 반복표현에 의한 것, 제1, 2장과 제5, 6장의 대칭표현에 의한 것 등이다. 이 두 종류의 결속과 종결을 보기 위하여, 밑줄 친 부분에 유의하면서, 6장 텍스트를 보자.

> 아이고 애둘올샤 아이고 셜올셰고!
> 망극(罔極)흔 천지(天地)예 내 혼자 사라 이셔
> 네 잇던 어채(魚茱)룰 보니 내 안 둘 더 업세라. (제1장)

> 처엄의 못 싱각ᄒ여 시서(詩書)를 일삼도다.
> 중간(中間)의 망(妄)녕되여 명리(名利)룰 브라도다.
> 물외(物外)예 풍월강산(風月江山)의 내 분인가 ᄒ노라. (제2장)

> 이런들 뉘 올타ᄒ며 저러ᄒ들 뉘 외다ᄒ료?
> 올거나 외거나 나도 내 일 모르노라.
> 세상(世上)이 시비(是非)를 마라 어부(漁夫) 므슴 그르리? (제3장)

> 경륜(經倫)을 내 아더냐 제세(濟世)ᄒ리 업슬러냐?
> 태평시대(太平時代)는 언메나 머런는고?
> 필부(匹夫)의 위국충심(爲國忠心)을 내여 뵐 더 업세라. (제4장)

> 내 나이 만커니 ᄯᆞ나 머리도 세거니 ᄯᆞ나
> 소년시(少年時) ᄆᆞ움은 츠생 아니 늘건노라.
> 일일(日日)에 아희(兒戱)를 ᄒ니 웟는 줄을 모른다. (제5장)

> 창산(蒼山)은 놉놉고 유수(流水)는 길고길고
> 산고수장(山高水長)ᄒ니 긔 아니 죠흘소냐?
> 산수간(山水間) 일한인(一閒人)의 되어 허믈 업시 사노라. (제6장)

먼저 전3장과 후3장에서 격구식으로 상응하는 반복표현에 의한 결속을 보자.

제1, 4장에서 상응하는 반복표현은 종장에서 발견된다. "네 잇던 어채(魚寀)롤 보니 내 안 둘 <u>더 업세라.</u>"(제1장)와 "필부(匹夫)의 위국충심(爲國忠心)을 내여 뵐 <u>더 업세라.</u>"(제4장)에서 "… -ㄹ 더 업세라."의 반복표현을 보여준다.

제2, 5장에서 상응하는 반복표현은 종장에서 발견된다. "물외(物外)<u>예</u> 풍월강산(風月江山)이 내 분인가 ᄒ노라."(제2장)와 "일일(日日)<u>에</u> 아희(兒戲)를 ᄒ니 윗는 줄을 모른다."(제5장)에서 "○○에/예 …"의 반복표현을 보여준다.

제3, 6장에서 상응하는 반복표현은 종장에서 발견된다. "세상(世上)<u>의</u> 시비(是非)를 마라 어부(漁夫) 므슴 그르리?"(제3장)와 "산수간(山水間) 일한인(一閒人)<u>이</u> 되어 허믈 업시 사노라."(제6장)에서 "… -이 …"의 반복표현을 보여준다.

이렇게 정리된 세 반복표현을 표로 정리하면 다음과 같다.

제1~3장	상응의 반복표현	제4~6장
제1장	"… -ㄹ 더 업세라"(종장)	제4장
제2장	"○○에/예 …"(종장)	제5장
제3장	"… -이 …"(종장)	제6장

이 정리에서 보듯이, 이 〈어부별곡〉은 제1~3장과 제4~6장에서 격구식으로 상응하는 반복표현을 통하여 제1~6장의 결속을 보여준다.

이번에는 제1, 2장과 제5, 6장이 보여주는 두 대칭표현에 의한 결속과 종결을 보자.

첫째로, ["··· -롤/를 -니 ···"(제1장 종장)-대칭축(제3장)-"··· -롤/를 -니 ···"(제5장 종장)]의 대칭표현이다. 이 대칭표현은 "녜 잇던 어채(魚 菜)롤 보니 내 안 둘 디 업세라."(제1장 종장)와 "일일(日日)에 아희(兒 戲)를 호니 윗는 줄을 모른다."(제5장 종장)에서 파악할 수 있다.

둘째로, ["··· -이 ··· -노라"(제2장 종장)-대칭축(제4장)-"··· -이 ··· -노라"(제6장 종장)]의 대칭표현이다. 이 대칭표현은 "물외(物外)예 풍 월강산(風月江山)의 내 분인가 호노라."(제2장 종장)와 "산수간(山水 間) 일한인(一閒人)의 되어 허믈 업시 사노라."(세6장 종장)에서 파악할 수 있다.

이 두 대칭표현에서, 제1장과 제5장의 대칭표현을 A-A로, 제2장과 제6장의 대칭표현을 B-B로, 제3장과 제4장의 대칭축을 X로 바꾸면, 이 텍스트는 A(제1장)-B(제2장)-X(제3, 4장, 대칭축)-A(제5장)-B(제 6장)와 같이 제3, 4장을 대칭축으로 그 전후가 대칭하는 대칭표현이 된 다. 이 대칭표현은 6장 텍스트의 결속과 종결을 보여준다.

4.2. 구조와 주제

앞의 두 절에서 정리한 구조와 주제를 참고하여, 6장 텍스트의 구조 와 주제를 정리하면 다음과 같다.

> 제1장: 시묘살이를 마치고 보니, 모친의 봉양이라는 삶의 목표를 상실하 여 마음을 둘 곳이 없음
> 제2장: 내 마음을 둘 곳은, 과거에 두었던 시서나 명리가 아니라, 내 분 수에 맞는, 물외의 자연임
> 제3장: 내 마음을 둘 곳은, 누가 무어라 하든, 나도 모르겠지만, 어부가 그를 것이 없고, 그를 이유가 없는, 물외의 자연임

제4장: 제세할 사람이 없어 태평시대가 멀지만, 경륜을 아는 내가 필부의
위국충심을 내어 뵐 데 없음(위국충심을 내어 보일 곳이 없음)
제5장: 위국충심을 보일 곳이 없어 그 마음을 겨우 아이의 장난인 위국
충심의 사회시나 지어 웃는 줄을 모름(위국충심을 내어 보일 곳
이 없어 사회시나 지어 웃는 줄을 모름)
제6장: 산고수장의 좋은 물외에서 한 한인으로 허물없이 삶

앞에서 정리했듯이, 전3장의 텍스트는 서본의 구조이고, 본사는 점층
적 구조였다. 그리고 후3장의 텍스트는 본결의 구조이며, 본사는 점층적
구조였다. 이 두 구조를 참고하여, 전3장과 후3장이 합친 6장 텍스트의
구조를 정리하면, 기승전결의 구조로 정리할 수 있다. 즉 기(제1장)-승
(제2, 3장, 점층적 구조)-전(제4, 5장, 점층적 구조)-결(제6장)의 구조
이다. 그리고 이 기승전결의 구조로 보아, 이 텍스트의 주제는 [모친의
시묘살이를 마친 이후에 마음 둘 곳을 물외의 자연으로 정한 후에, 위국
충심의 마음을 내어 보일 곳이 없어 위국충심의 사회시나 짓고, 산고수장
의 좋은 물외에서 한 한인으로 허물없이 삶]으로 정리할 수 있다. 이는
[모친의 시묘살이를 마친 이후에 마음을 둘 곳을 산고수장의 좋은 물외로
정하고, 그 곳에서 한 한인으로 허물없이 삶]으로 축약할 수도 있다.

5. 결론

지금까지 이중경의 연시조 〈어부별곡〉(전후3장)의 결속, 종결, 구조,
주제 등을 탈착형 연시조의 측면에서 검토 정리해 보았다. 그 결과를
요약하여 결론을 대신하고자 한다.
〈어부별곡〉(전후3장)은 전3장의 텍스트, 후3장의 텍스트, 6장의 텍

스트 등으로 탈착되는 작품이다. 전3장의 텍스트에서 얻은 바는 다음과
같이 정리된다.

1) 전3장의 텍스트에서, 그 결속과 종결은 반복표현의 후미 전환과
대칭표현에 의해 보여준다. 전자는 제1장과 제2장의 종장에서 "… 내
… -라."의 구문을 반복하다가 이를 제3장의 종장에서 일탈하는 것으로
보여준다. 후자는 [대구(제1장 초장)-대칭축(제2장 초장)-대구(제3장
초장)]의 대칭표현과 ['내'(제1장 중장)-대칭축(제2장 중장)-'내'(제3장
중장)]의 대칭표현에 의해 보여준다.

2) 전3장의 텍스트에서, 그 구조는 서사(제1장)와 본사(제2, 3장, 점
충적 구조)로 구성된 서본의 구조이다.

3) 전3장의 텍스트에서, 그 주제는 [모친의 시묘살이를 마친 이후에
마음을 둘 곳을 물외의 자연으로 정함]이다.

후3장의 텍스트에서 얻은 바는 다음과 같이 정리된다.

4) 후3장의 텍스트에서, 그 결속과 종결은 반복표현의 후미 전환과
대칭표현에 의해 보여준다. 전자는 제4, 5장에서 '내'와 주제격 '-는/은'
을 반복하다가 제6장에서 이를 일탈함에 의해 보여준다. 후자는 ['없-'
(제4장 초장)-대칭축(제5장)-'없-'(제6장 종장)]의 대칭표현과 ['없-'
(제4장 종장)-대칭축(제5장)-'없-'(제6장 종장)]의 대칭표현에 의해 보
여준다.

5) 후3장의 텍스트에서, 그 구조는 본사(제4, 5장, 점충적 구조)와
결사(제6장)로 구성된 본결의 구조이다.

6) 후3장의 텍스트에서, 그 주제는 [위국충심의 마음을 내어 보일 곳이
없어 위국충심의 사회시나 짓고, 산고수장의 좋은 물외에서 한 한인으로
허물없이 삶]이다.

6장의 텍스트에서 얻은 바는 다음과 같이 정리된다.

7) 6장의 텍스트에서, 전3장과 후3장의 결속과 종결은 각각 단락내 결속과 종결로 쓰인다.

8) 6장의 텍스트에서, 그 결속과 종결은 전3장과 후3장이 격구식으로 상응하는 반복표현에 의한 것과, 제1, 2장과 제5, 6장의 대칭표현에 의한 것의 두 종류이다. 전자는 "··· -ㄹ 더 업세라"(제1장과 제4장의 종장), "○○에/예 ···"(제2장과 제5장의 종장), "··· -이 ···"(제3장과 제6장의 종장) 등의 격구식 상응표현에 의해 보여준다. 후자는 ["··· -룰/를 -니 ···"(제1장 종장)-대칭축(제3장)-"··· -룰/를 -니 ···"(제5장 종장)]의 대칭표현과 ["··· -이 ··· -노라"(제2장 종장)-대칭축(제4장)-"··· -이 ··· -노라"(제6장 종장)]의 대칭표현이 보여주는 A(제1장)-B(제2장)-X(제3, 4장, 대칭축)-A(제5장)-B(제6장)의 대칭표현에 의해 보여준다.

9) 6장의 텍스트에서, 그 구조는 기(제1장)-승(제2, 3장, 점층적 구조)-전(제4, 5장, 점층적 구조)-결(제6장)의 구조이다.

10) 6장의 텍스트에서, 그 주제는 [모친의 시묘살이를 마친 이후에 마음 둘 곳을 물외의 자연으로 정한 후에, 위국충심의 마음을 내어 보일 곳이 없어 위국충심의 사회시나 짓고, 산고수장의 좋은 물외에서 한 한인으로 허물없이 삶] 또는 [모친의 시묘살이를 마친 이후에 마음을 둘 곳을 산고수장의 좋은 물외로 정하고, 그 곳에서 한 한인으로 허물없이 삶]이다.

이상과 같이 〈어부별곡〉은 전3장의 텍스트, 후3장의 텍스트, 6장의 텍스트 등으로 탈착되며, 이 세 텍스트는 각각 연시조를 연시조이게 하는 결속, 종결, 구조, 주제 등을 보여줄 뿐만 아니라, 작가 스스로가 전3장과 후3장이란 중제목을 달고 있다는 점에서, 〈어부별곡〉은 작품 내적 측면과 작품 외적 측면에서 탈착형 연시조임을 명확하게 보여준다고 정리할 수 있다.

제5부

육가 계통의 탈착형 연시조

장경세의 〈강호연군가〉

1. 서론

이 글은 사촌(沙村) 장경세(張經世, 1547~1615)가 지은 〈강호연군가〉의 결속, 종결, 구조, 주제 등을 검토 정리하면서, 탈착형 연시조의 가능성을 검토하는 데 연구의 목적이 있다.

이 작품의 연구는 10여 편의 글에서 보인다. 그 내용을 간단하게 보자.

조윤제(1937:319~321)는 이 작품을 짓게 된 동기와 작품의 성격을, 『사촌집』의 기록을 통하여, 처음으로 검토하였다. 〈도산육곡(전, 후)〉의 형식을 모방하여 전후6곡을 지었고, 그 내용은 〈도산육곡(전, 후)〉의 것과 다르게, 전6수에서는 '애군우국지성(愛君憂國之誠)'을 후6수에서는 '성현학문지정(聖賢學問之正)'을 노래하였다는 작가의 언급을 인용하고 해석하였다. 그리고 전6수는 "愛君憂國하는 情이 밖에 흘러 넘치는 것"을 보여준다는 점에서, 후6수는 "은은하고 淸雅한 맛"을 보여준다는 점에서, 이 작품을 긍정적으로 평가하였다.

권영철(1966)은 〈도산십이곡〉의 계보를 다루면서, 조윤제가 정리한 내용들과 1612년(광해군 4년) 봄 3월에 지었다는 사실 등을 문집을 통해 정리하였다. 그리고 김정균(金鼎均)이 찬한 묘지(墓誌)의 일부("公於我 東諸賢中 最慕退溪先生 擬和陶山六曲詩 作江湖戀君歌 使子弟及門徒

諷而論之 前六曲 愛君而憂時也 後六曲 尊朱而斥陸也")를 인용하여, 〈강호연군가〉의 창작 배경과, 당시의 해석 일면도 보여 주었다.

임기중(1986)은 장경세의 생애와 인물을 전반적으로 정리하였다. 그리고 장경세의 시세계를 정리한 다음에, 〈도산십이곡〉과의 비교를 통하여, 〈강호연군가〉의 전6수는 우시연군(憂時戀君)을 후6수는 정학사모(正學思慕)와 오달(悟達)로 정리하였다.

김용섭(1991)은 작가, 문집, 시조형식, 종장 제1구와 제4구, 작품에 나타난 인물과 고사, 작품의 주제, 작품의 배경 등을 정리 검토하였다. 이 중에서 주제는 기왕의 논의와는 달리 다양하게 해석을 하였다. 그리고 작가는 〈도산육곡〉을 모방하여 지었다고 하였지만, "陶山六曲의 前後曲의 체제적 形式만을 效倣하였을 뿐 時調의 形式이나 內容面에서는 完全히 다르다."(김용섭 1991:41)는 결론을 내렸다.

이상원(2008)은 최재남(1987)의 부정적 평가[1]와 임형택(2001)의 긍정적 평가[2]를 소개하면서, 평가가 엇갈리고 있으나, "현실지향적 성격을 강하게 드러내고 있다는 점"의 평가에서는 일치한다는 사실을 정리하였다. 그리고 이어서, "부정적 시선으로 인해, 또는 제한된 논의로 인해 이 작품의 현실지향성이 갖는 역사적 의미를 읽어내는 데 소홀했다는 점"을 지적하면서, 작품 분석을 통해 이 작품의 '현실지향성의 역사적 의미'를 연구하였다.

---

1 "위장된 자연에서 현실에 대한 목소리만 높이고 있다. 장육당육가에서 본 풍자도 없고 陶山十二曲에서 살핀 온유돈후의 내실도 찾을 수 없다."(최재남 1987:340). "후육곡에서는 자연에서 지내는 생활을 읊고 있는데 전육곡의 삶의 태도와 괴리를 보인다."(최재남 1987:341)

2 "「도산십이곡」을 본뜨면서도 그야말로 본뜬 것이 아니고 따로 방향을 잡고 자신의 지취를 담아낸 것"(임형택 1994:15)

조규익(2010)은 전6곡을 '현실복귀의 강한 열망'으로, 후6곡을 '학문에 바탕을 둔 현실비판과 '나'의 강조로 정리하고, "〈도산십이곡〉을 정(正)으로, 이별의 〈육가〉를 반(反)으로 하는 합(合)이 사촌의 〈강호연군가〉일 수 있고, 이들 3인은 시조사 전개 원리의 한 단서를 보여주었다."고 보았다. 그리고 구조의 연구에 접근하는 서정적 긴장의 고조도 언급하였다.

김상진(2012)은 〈강호연군가〉를 분석하여, 〈강호연군가〉가 〈도산십이곡〉과 전적으로 같지 않음을 '법고창신'으로 해석하였다. 그리고 차서(次序)에 대한 약간의 언급을 보여주었다.

양희철(2016)은 〈강호연군가〉가 〈도산십이곡〉을 모방한 탈착형의 연시조라는 점만을 제시하였다.

이상과 같이 정리되는 기왕의 연구들은 〈강호연군가〉의 이해에 많은 도움을 주어왔다. 그러나 이 글에서 다루려는 결속, 종결, 구조, 주제 등과 탈착형 연시조는 아직도 적지 않은 것들이 밝혀지지 않았다. 즉 결속과 종결은 검토된 것이 없다. 구조의 경우에도 '서정적 긴장의 고조'나 '차서'의 부분적 정리에 머물고 있으며, 본격적인 구조론에는 접근하지 못하고 있다. 주제의 경우에는 작가인 장경세 스스로가 언급한, 애군우국지성(愛君憂國之誠)과 성현학문지정(聖賢學問之正)이나, 김정균과 황윤석이 보인 "전6곡은 곧 애군과 시우이다[前六曲則愛君而憂時也]. 후6곡은 곧 존주와 척륙이다[後六曲則尊朱而斥陸也]"의 범위에 머물면서, 논리적 구조에 입각한 주제의 파악에는 이르지 못하였다. 그리고 탈착형 연시조의 연구는 그 구체적인 설명을 하지 않았다.

이에 이 글에서는 기왕의 연구들을 바탕으로 〈강호연군가〉의 결속, 종결, 구조, 주제 등을 검토 정리하면서, 탈착형의 연시조라는 점을 구체적으로 정리하고자 한다.[이 글은 「〈강호연군가〉의 세 텍스트 연구:

텍스트별 결속, 종결, 구조, 주제 등으로 본 탈착형 연시조의 가능성」(양희철 2018a)의 문맥만 다듬은 것임]

2. 전6수의 텍스트

전6수의 텍스트가 보여주는 결속과 종결을 먼저 보고, 구조와 주제를 이어서 보자.

2.1. 결속과 종결

이 절에서는 단락내의 결속과 단락간의 결속과 종결을 정리하려 한다.

2.1.1. 단락내의 결속

제1단락은 제1, 2수에 의해 조성되어 있다. 제1, 2수의 밑줄 친 부분을 보자.

瑤空에 둘 붉거눌 一張琴 빗기안고
欄干에 디혀 안자 古陽春을 투온마리
엇더타 님향흔 시름이 曲調마다 나느니 (제1수)

紅塵에 꿈씨연디 二十년이 어제로다
綠楊芳草에 결로 노힌 무리 되어
時時히 고개롤 드러 님자 그려 우노라 (제2수)

제1, 2수의 초장과 중장을 보면, 각각 '-에'의 반복표현을 보여준다.

즉 초장에서는 '요공(瑤空)에'(제1수)와 '홍진(紅塵)에'(제2수)를 통하여, 중장에서는 '난간(欄干)에'(제1수)와 '녹양방초(綠楊芳草)에'(제2수)를 통하여, 각각 '-에'의 반복표현을 보여준다. 그리고 종장에서는 '님향흔'(제1수)과 '님자'(제2수)를 통하여 '님'의 반복표현을 보여준다. 이 세 반복표현들은 제1수와 제2수의 단락내 결속을 보여준다.

제2단락은 제3, 4수에 의해 조성되어 있다. 제3, 4수의 밑줄 친 부분을 보자.

시겨리 하 슈상ᄒᆞ이 ᄆᆞ음이 둘듸 업다.
喬木도 녜 같고 世臣도 ᄀᆞ자시되
議論이 여긔져긔 ᄒᆞ이 그롤 몰나 ᄒᆞ노라 (제3수)

엇그제 꿈 가온대 廣寒殿의 올라가이
님이 날보시고 ᄀᆞ쟝 반겨 말하시데
머근 ᄆᆞ음 다 솗노라 ᄒᆞ이 날새는 줄 모르로다 (제4수)

제3, 4수의 중장을 보면, "교목(喬木)도 녜 같고 세신(世臣)도 ᄀᆞ자시되"(제3수)와 "님이 날보시고 ᄀᆞ쟝 반겨 말하시데"(제4수)를 통하여, "…-고 … -시되/데"의 구문을 반복하고 있다. 그리고 제3, 4수의 종장을 보면, "의론(議論)이 여긔져긔 ᄒᆞ이 그롤 몰나 ᄒᆞ노라"(제3수)와 "머근 ᄆᆞ음 다 솗노라 ᄒᆞ이 날새는 줄 모르로다"(제4수)를 통하여, "… ᄒᆞ이 … -ㄹ 몰/모르-"의 구문을 반복하고 있다. 이 두 반복표현들은 제3, 4수로 구성된 제2단락의 단락내 결속을 보여준다.

제3단락은 제5, 6수에 의해 조성되어 있다. 제5, 6수의 밑줄 친 부분을 보자.

漢文의 有道ᄒ이 賈太傅롤 내 운노라
當時 事勢야 그리 偶然ᄒ가
엇더타 긴 흔숨 긋틱 痛哭조차 ᄒ<u>던고</u>? (제5수)

宋玉의 ᄀ을홀 만나 므스 이리 슬프<u>던고</u>
寒霜 白露는 하늘히 긔운이라
이 내의 ᄂ몬 져 근심은 봄 가을이 업서라! (제6수)

이 제3단락에서도 두 가지의 반복표현을 보여준다. 하나는 "한문(漢文)<u>이</u>"(제5수 초장)와 "송옥(宋玉)<u>이</u>"(제6수 초장)에서 보이는 '-이'의 반복표현이다. 다른 하나는 'ᄒ<u>던고</u>'(제5수 종장)와 '슬프<u>던고</u>'(제6수 초장)에서 보이는 '-던고'의 반복표현이다. 이 두 반복표현 역시 제3단락의 단락내 결속을 보여준다.

2.1.2. 단락간의 결속과 종결

단락간의 결속은 세 가지로 정리할 수 있다. 제1, 2단락의 결속, 제2, 3단락의 결속, 제1~3단락의 결속 등이다.

제1, 2단락의 결속을 보기 위해, 밑줄 친 부분에 유의하면서 제2, 3수를 보자.

紅塵에 꿈씨연디 二十년<u>의</u> 어제로다.
綠楊芳草에 결로 노힌 ᄆ리 되어
時時히 고개롤 드러 님자 그려 우<u>노라</u>. (제2수)

시져리 하 슈상ᄒ이 ᄆ음<u>의</u> 둘듸 업다.
喬木도 녜 같고 世臣도 ᄀ쟈시되

議論이 여긔져긔 ᄒᆞ이 그롤 몰나 ᄒᆞ노라. (제3수)

제2, 3수의 초장들을 보면, '이십(二十)년<u>이</u>'(제2수)와 'ᄆᆞ음<u>이</u>'(제3
수)를 통하여, '-이'의 반복표현을 보여준다. 그리고 제2, 3수의 종장들
을 보면, '우<u>노라</u>'(제2수)와 'ᄒᆞ<u>노라</u>'(제3수)를 통하여, '-노라'의 반복표
현을 보여준다. 이 두 반복표현은 제1단락(제1, 2수)과 제2단락(제3, 4
수)의 결속을 보여준다.

제2, 3단락의 결속을 보기 위해 제3~6수의 초장들만을 보자.

<u>시겨리 하 슈상ᄒᆞ이</u> ᄆᆞ음이 둘듸 업다. (제3수의 초장)
엇그졔 꿈 가온대 廣寒殿의 올라가이 (제4수의 초장)(제2단락)

<u>漢文이 有道ᄒᆞ이</u> 賈太傳롤 내 운노라 (제5수의 초장)
宋玉이 ᄀᆞ을홀 만나 므스 이리 슬프던고? (제6수의 초장)(제3단락)

제2, 3단락의 첫수인 제3, 5수의 초장들을 보면, 밑줄 친 부분에서,
"○○이 (○) ○○ᄒᆞ이"의 반복표현을 보여준다. 이 반복표현은 제2단락
과 제3단락의 결속을 보여준다.

<u>엇더타 님향ᄒᆞᆫ 시롬이 曲調마다 나ᄂᆞ니?</u> (제1수 종장)
時時히 고개롤 드러 님자 그려 우노라. (제2수 종장)(제1단락)

議論이 여긔져긔 ᄒᆞ이 그롤 몰나 ᄒᆞ노라. (제3수 종장)
머근 ᄆᆞ옴 다 솗노라 ᄒᆞ이 날새는 줄 모ᄅᆞ로다. (제4수 종장)(제2단락)

<u>엇더타 긴 흔숨 긋티 痛哭조차 ᄒᆞ던고?</u> (제5수 종장)
이 내의 ᄂᆞᆫ 져 근심은 봄 가을이 업서라! (제6수 종장)(제3단락)

이 인용에서 보듯이, 제1, 3단락의 첫수인 제1, 5수의 초장들을 보면, '엇더타'로 시작하는 의문형의 문장을 반복한다. 이 반복표현은 이 텍스트의 시종에 있으면서, 제1, 2, 3단락의 결속을 보여주고, 동시에 이 반복표현은 제1단락과 제3단락의 시종(始終)의 대칭표현으로 이 텍스트의 종결도 보여준다.

2.2. 구조와 주제

이 작품의 배경시공간에서는 구조를 보여주지 않으므로, 논리적 구조와 주제만을 검토하려 한다.[3]

제1단락인 제1, 2수에서는 애군(愛君) 또는 연주(戀主)를 노래하였다. 먼저 제1수를 보자.

제1수의 초장과 중장에서는 아름다운 옥과 같은 하늘에 달이 밝기에, 거문고를 빗겨 안고, 난간에 기대여 앉아, 양춘곡을 타는 상황을 노래하

---

3 기왕의 연구들 중에서 전6수의 구조를 보여주려고 한 노력은 다음의 두 글에서 발견된다. "첫 노래부터 시작된 서정적 긴장은 이 작품에 이르러 정점에 올랐다고 할 수 있으며, 첫 노래부터 암시되기 시작한 작자의 의도가 실제로 무엇이었는지를 확인하게 하는 내용이 바로 이 부분에 나타나고 있는 것이다. 나머지 두 작품은 1→2→3→4로 고조되어온 시상을 보충하는 역할을 한다."(조규익 2010:164). "이상 전육곡에서 나라를 염려하는 마음과 더불어 군주를 향한 사모의 정을 노래하고 있다. 여섯 수의 次序가 전혀 무의미하다고 할 수는 없을 것이다. 예컨대, 각 연에 등장하는 화자의 감정을 시름(1연), 울음(2연), 방황(3연), 4연(호소), 5연(통곡), 근심(6연)으로 요약할 수 있다. 이들 가운데 '시름→울음→통곡'으로 진행하면서 그 悲感을 더 해가며 피폐해지는 양상을 보이기도 하지만 그다지 긴밀해 보이지는 않는다. 그 밖에 '방황호소·근심'의 경우는 내용에 따라 순차적으로 파악할 수 있는 가능성이 전혀 없는 것은 아니지만, 서로의 관계를 계기적으로 보기는 어려운 실정이다. 그러므로 여타의 연시조와 비교할 때에 유기성이 결여된 인상을 주는 것 또한 사실이다. 그러므로 전육곡 여섯 수는 우국과 연군의 정을 노래하고 있다는 점에서 공통된 집합일 뿐, 이들이 순차를 필연적으로 볼 수 있는 여지는 상대적으로 미미하다."(김상진 2012:41~42)

였다. 이 내용을 보면, 하늘이 맑아 아름답고 달이 밝은 분위기의 정취(情趣)에 시적 화자가 호응하는 모습을 보여준다. 이 초장과 중장만을 보면, 시적 화자는 아름다운 달밤과 하나가 되려 하고 있다. 그러나 이 시적 화자는 아름다운 달밤과 하나가 되어 자연을 즐길 수 없는 처지에 있음을 종장에서 보여준다. 종장("엇더타 님향흔 시름이 曲調마다 나느니")에서는 '님 향한 깊은 시름'과 설의법을 통하여 애군을 노래하였다. '님 향한 시름이 깊다.'는 사실은 '님 향한 시름이 곡조마다 난다'는 점에서 알 수 있다. 그리고 이 시름이 애군 또는 연주라는 사실은, '시름'의 의미가 "마음에 걸려 풀리지 않고 항상 남아 있는 근심과 걱정"이란 점에서 알 수 있다. 즉 님을 향한 마음에 걸려 풀리지 않고 항상 남아 있는 근심과 걱정을 통하여 애군을 보여주는 것이다.

이상을 종합하면, 시적 화자는 아름다운 하늘에 달이 밝은 밤에 난간에 기대여 양춘곡을 타지만, 고아한 양춘곡에 어울리지 않는 님 향한 깊은 시름의 노랫말이 나옴을 통하여, 애군을 노래하였다고 정리할 수 있다. 이런 점에서, 제1수의 주제는 [달 밝은 밤에 님 향한 깊은 시름을 통해 보여준 애군]으로 정리할 수 있다.

제2수에서도 애군을 노래하였다. 그런데 이 애군은 제1수에서 님 향한 시름을 통해 애군을 보여준 것과는 다르게, 때때로 님을 그려 울음을 통해 애군을 보여주고 있다. 이런 사실은 종장("時時히 고개롤 드러 님자 그려 우노라.")의 문맥에 그대로 잘 나타나 있다. 그리고 시적 화자가 왜 때때로 님을 그려 우는가는 초장("紅塵에 꿈씨연디 二十년이 어제로다.")과 중장("綠楊芳草에 결로 노힌 무리 되어")을 통하여 어느 정도 알 수 있다. 초장을 보면 홍진에 꿈을 깨게 된 지가 20년이란 것이다. 이는 작가가 사간원의 계(啓)에 의해 옥구현령에서 파직된 선조 35년(1605년) 이래, 작품을 지은 광해군 4년(1612)까지의 20여 년을 의미한다

(김용섭 1991:24, 37). 그리고 초장의 '어제로다'와 종장의 '시시(時時)히'는 생생하게 지속적으로 님을 그려 울었음을 의미한다.

이상을 종합하면, 이 제2수는 파직을 당해 홍진에 대한 꿈을 깨게 된 이래, 20년 동안 때때로 님을 그려 울어 왔음을 통해 애군(愛君)을 노래하였다. 이런 점에서 제2수의 주제는 [20년 동안 때때로 님을 향한 울음을 통해 보여준 애군]으로 정리할 수 있다.

이렇게 제1단락인 제1, 2수는 서사 없이 애군을 바로 보여준다는 점에서 본사에 해당한다. 그리고 달 밝은 밤(제1수)을 20년의 때때로(제2수)로, 님 향한 깊은 시름(제1수)을 님 향한 울음(제2수)으로, 각각 내용을 점층시키면서 노래하고 있다는 점에서, 제1, 2수의 논리적 구조는 점층적 구조로 정리할 수 있다.

제2단락인 제3, 4수에서는 우국(憂國)을 노래하였다. 이를 보기 위해, 먼저 제3수를 보자.

제3수의 초장("시져리 하 슈상ᄒᆞ이 ᄆᆞ음이 둘듸 업다.")은 시국이 어수선함을 통하여 우국(憂國)의 의미를 보여준다. 게다가 중장과 종장에서는 교목(喬木, 줄기가 곧고 굵은 나무의 의미로 대신을 비유)도 옛날과 같고, 세신(世臣, 대대로 한 왕가를 섬기는 신하)도 가졌으되, 논의가 여기 저기 하니, 그를 몰라 한다고 어수선한 정국의 걱정을 통하여 우국을 표현하였다. 이 제3수의 배경시기와 어수선한 정국은 이상원이 잘 정리해 놓았다.[4]

---

4 "주지하다시피 광해군 정권은 북인, 그 중에서도 대북파가 권력을 장악한 시기였다. 선조 사후 광해군 옹립에 성공한 대북파들은 영창대군을 옹립하려 했던 소북과 이에 동조한 남인과 서인 세력들을 축출하기 위해 전횡을 일삼았다. 이로 인해 조정의 의논은 분분했고 정국의 혼란을 피할 수 없었다. 급기야 1613년 계축옥사를 계기로 서인과 남인 세력들은 본격적으로 축출되는 운명을 맞게 된다. 장경세가 〈강호연군가〉를 창작

제4수의 주제는 애군(愛君) 또는 연주(戀主)로 보기도 한다. 그러나
제4수인 "엇그제 꿈 가온대 廣寒殿의 올라가이 / 님이 날보시고 ᄀ장
반겨 말하시데 / 머근 ᄆ음 다 솗노라 ᄒ이 날새는 줄 모ᄅ로다."의 내용
을 보면, 임금을 사랑하거나 연모하는 사실이 없다. 이 제4수의 주제는
"머근 ᄆ음 다 솗노라 ᄒ이 날 새는 줄 모ᄅ로다."(종장)에 숨어 있는
의미의 해석을 통하여 그 해석이 가능할 것으로 판단한다. 즉 시적 화자
가 그 동안 먹을 수 있는 마음, 그 중에서 문맥에서 발견할 수 있는 먹은
마음이 무엇이며, 그 중에서 어느 것이 임금 앞에서 밤새 사릴 수 있는가
를 검토하는 것이다. 시적 화자가 그 동안 먹을 수 있는 마음, 그 중에서
문맥에서 발견할 수 있는 먹은 마음은, 애군과 우국으로 볼 수 있다.
그리고 임금 앞에서 밤새 사릴 수 있는 것은 애군보다는 우국으로 판단
한다. 왜냐하면, 임금 앞에서 애군이나 연주를 사뢰는 것은 선비가 할
도리가 아니며, 임금의 사랑을 받을 수 있는 방법도 아니다. 임금의 사
랑을 받을 수 있는 방법은, 시국과 나라를 걱정하고, 그 해결책을 제시
하는 것이다. 이런 점에서 밤새 사뢴 내용은 어수선한 정국은 물론 국가
의 전반적인 문제를 걱정하는 우국(憂國)의 것이라고 할 수 있다. 게다
가 앞에서 살폈듯이, 전6수의 제1단락(제1, 2수), 제2단락(제3, 4수),
제3단락(제5, 6수) 등은 각각 단락내 결속을 보여줄 뿐만 아니라, 제2단
락(제3, 4수)에 대응하는 후6수의 제2단락(제9, 10수)은 존주척륙(尊朱
斥陸)의 주제로도 묶인다. 이런 점들을 고려하면, 제2단락에 속한 제3,

한 것은 계축옥사가 일어나기 바로 전해인 1612년이다. 이미 이십여 년 전인 1591년
정철의 실각으로 세력이 크게 위축된 서인들로서는 광해군의 대북 정권이 들어선 것
자체가 위기로 받아졌을 터이고, 초반 몇 년의 정국흐름이 우려했던 대로 치닫게 되자
상당한 위기의식을 느꼈다고 할 수 있다. 장경세의 〈강호연군가〉는 바로 이 지점에서
창작된 것으로 보인다."(이상원 2008:245~246)

4수는 모두 우국(憂國)을 노래한 것으로 정리할 수 있다.

이렇게 제3, 4수의 주제는 우국으로 정리할 수 있다. 그리고 좀더 구체적으로 정리하면, 제3수의 주제는 [어수선한 정국의 걱정을 통해 보여준 우국(憂國)]으로, 제4수의 주제는 [평소 먹은 마음(어수선한 정국은 물론 국가의 전반적인 문제)을 밤새 사룀을 통해 보여준 우국(憂國)]이라고 정리할 수 있다. 이 제4수의 주제는 제3수의 주제보다 크다는 점에서, 제3, 4수는 점층적 구조이다.

그리고 이 제3, 4수에서 노래한 우국(憂國)은, 제1, 2수의 애군(愛君)과는 대등한 관계이면서, 소재를 전환한 것이다. 이런 점들을 계산할 때에, 제1, 2수는 본사1로, 제3, 4수는 본사2로 정리할 수 있고, 제1단락 (제1, 2수:점층적 구조)과 제2단락(제3, 4수:점층적 구조)은 대등한 병렬적 구조로 정리할 수 있다.

제5, 6수는 고인들의 삶과의 비교를 통해서 시적 화자의 애군과 우국의 정성을 보여준다. 제5수는 "漢文이 有道ᄒ이 賈太傅롤 내 운노라. / 當時 事勢야 그리 偶然홀가 / 엇더타 긴 흔숨 긋티 痛哭조차 ᄒ던고"이다. 이 제5수는 중국 한나라의 〈가의전(賈誼傳)〉과 그것에 나오는 당시 사세의 고사성어를 배경으로 하였다(김용섭 1991:33, 35). 초장에서는 전한(前漢)의 문제(文帝)가 유도(有道)하였기 때문에 시적 화자는 가태부(賈太傅)[5]를 웃는다. 이는 가태부가 장사왕의 태부로 좌천을 당한 사건

---

5 前漢의 賈太傅(BC. 200~BC. 168)는 河南省 洛陽 출생으로, 시문에 뛰어나고 제자백가에 정통하여 文帝의 총애를 받아 약관으로 최연소 박사가 되었다. 1년 만에 太中大夫가 되어 秦나라 때부터 내려온 율령·관제·예악 등의 제도를 개정하고 전한의 관제를 정비하기 위한 많은 의견을 상주하였다. 그러나 周勃 등 당시 고관들의 시기로 長沙王의 太傅로 좌천되었다. 자신의 불우한 운명을 屈原에 비유하여 〈鵬鳥賦〉와 〈弔屈原賦〉를 지었으며, 『楚辭』에 수록된 〈惜誓〉도 그의 작품으로 알려졌다. 4년 뒤 복귀하여 문제의 막내아들 梁王의 太傅가 되었으나 왕이 낙마하여 급서하자 이를 애도한 나머지

과, 4년 뒤에 복귀하여 문제의 막내아들 양왕(梁王)의 태부(太傅)가 되었으나, 왕이 낙마하여 급서하자, 이를 애도한 사건을 비웃는 것이다. 이런 제5수의 내용은 가의(賈誼)가 통곡하던 양왕에 대한 애군(愛君)의 정성(精誠)이 시적 화자 자신이 가진 애군(愛君)의 정성(精誠)보다 못하다는 것이다. 이는 제5수의 주제를 [가의(賈誼)의 애군(愛君)과의 비교를 통해서 보여준 애군(愛君)의 정성(精誠)]으로 정리할 수 있게 한다.

제6수의 초장에서는 송옥(宋玉)이 가을을 만나 무슨 일이 이리 슬펐는가를 묻고, 중장에서는 한상(寒霜) 백로(白露)는 하늘의 기운이라고 가볍게 답을 하였다. 그리고 종장에서는 이 나의 남은 저 근심은 봄과 가을이 없다고, 자신의 남은 저 근심이 송옥의 근심보다 더 크다는 사실을 강조하고 있다. 이런 내용만을 보면, 제6수를 통하여 보여주고자 한 근심이 무엇인지를 파악하는 것이 쉽지 않다.

이 문제의 해결에 도움을 주는 것이 초장의 송옥이 가을을 만나 그렇게 슬퍼하였던 일이 무엇인가를 규명하는 것이다. 그 일은 송옥의 〈구변(九辨)〉에서 알 수 있다. 이 〈구변〉을 보면, 가을을 만나, 시적 화자가 충신의 애군(/연주)과 우국을 매우 슬프게 정성으로 노래하고 있다. 이는 제6수의 주제를 [송옥의 애군우국(愛君憂國)과의 비교를 통해서 보여준 애군우국의 정성(精誠)]으로 정리할 수 있게 한다.

이상과 같이, 제5, 6수는 고인들의 삶과의 비교를 통해서 시적 화자의 애군과 우국의 정성을 보여준다는 점에서, 결사로 묶을 수 있다. 그리고 제5수의 주제에 제6수의 주제는 점층되어 있다는 점에서, 제5, 6수의 논리적 구조는 점층적 구조로 정리할 수 있다.

전6수의 전체 주제를 정리하기 위하여 지금까지 검토한 각수별 주제

1년 후 33세로 죽었다.

를 다시 옮겨 쓰면 다음과 같다.

제1수: 달 밝은 밤에 님 향한 깊은 시름을 통해 보여준 애군
제2수: 20년 동안 때때로 님을 향한 울음을 통해 보여준 애군
제3수: 어수선한 정국의 걱정을 통해 보여준 우국
제4수: 평소 먹은 마음(어수선한 정국은 물론 국가의 전반적인 문제)을
　　　밤새 사룀을 통해 보여준 우국
제5수: 가의(賈誼)의 애군(愛君)과의 비교를 통해서 보여준 애군(우국)
　　　의 정성
제6수: 송옥(宋玉)의 애군우국과의 비교를 통해서 보여준 애군우국의
　　　정성

이 각수별 주제들이 보여주는 논리적 구조는 다음의 표와 같이 정리
된다.

순서	각수별 주제	구조			
제1수	애군1	점층적 구조	본사1	병렬적 구조	본사
제2수	애군2				
제3수	우국1	점층적 구조	본사2		
제4수	우국2				
제5수	애군(우국)의 정성1	점층적 구조	결사		결사
제6수	애군우국의 정성2				

이 표에서 보듯이, 전6수는 서사 없이 본사와 결사로 구성된 본결의
구조이다. 그것도 본사에 해당하는 4수는 두 개의 점층적 구조를 다시
병렬적 구조로 짜고, 결사에 해당하는 2수도 점층적 구조로 짠, 계층적
구조이다. 이렇게 이 전6수는 서사 없이 본사와 결사로만 구성된 파격의

복잡한 계층적 구조이다. 이 때문에 구조의 파악이 쉽지 않았던 것으로 판단한다. 그리고 논리적 구조에서 결사가 보여주는 주제는 이 전6수의 주제가 된다. 따라서 이 전6수의 주제는 '애군우국의 정성'이라고 정리할 수 있다. 이 주제는 물론 작가가 발문에서 제시한 '애군우국지성(愛君憂國之誠)'과 일치한다. 이 주제가 가지는 시대성은 이상원의 글로 돌린다.[6]

이상과 같이 전6수의 텍스트는 결속, 종결, 구조, 주제 등을 모두 가지고 있어, 독립된 텍스트로 분리되어 수용될 수도 있었다고 정리한다.

3. 후6수의 텍스트

이 장에서는 후6수의 텍스트가 보여주는 결속, 종결, 구조, 주제 등을 검토 정리하고자 한다.

3.1. 결속과 종결

이 절에서는 단락내의 결속, 단락간의 결속, 반복표현의 후미 전환에 의한 결속과 종결 등을 정리하고자 한다.

3.1.1. 단락내의 결속

후6수의 단락내 결속은 제1단락(제7, 8수), 제2단락(제9, 10수), 제3단락(제11, 12수) 등에서 보인다.

---

6 "중요한 것은 이 애군우국지성이 통상적이고 관념적인 의식에서 나온 것이 아니며, 선조대 후반~광해군 초반의 정국 흐름 속에서 권력의 중심에서 점차 소외되어 가고 있던 서인들의 상실감과 밀접한 관련이 있다는 점을 이해하는 것이다."(이상원 2008: 246)

尼丘에 일월이 불가 陋巷에 비최엿다.
欲沂春風에 氣像이 엇더턴고
千載예 喟然 歎息하시던 소리 귀예 ᄀ득 ᄒ여라. (제7수)

窓前에 풀이 프ᄅ고 池上에 고기 쒸다.
一般生意롤 아느 이 그 뉘런고
어즈버 光風霽月 坐上春風이 어졔로온 듯 ᄒ여라. (제8수)

이 제7, 8수는 밑줄 친 부분들을 보면, 세 종류의 반복표현을 보여준다. 초장의 경우에, "니구(尼丘)에 일월이 불가 누항(陋巷)에 비최엿다."(제7수)와 "창전(窓前)에 풀이 프ᄅ고 지상(池上)에 고기 쒸다."(제8수)에서 "–에 –이 … –에 –다"의 반복표현을 보여준다. 중장의 경우에, "엇더턴고"(제7수)와 "뉘런고"(제8수)에서 '–ㄴ고'의 반복표현을 보여준다. 종장의 경우에, "ᄒ여라"의 반복표현을 보여준다. 이 세 반복표현은 제1단락(제7, 8수)의 단락내 결속을 보여준다.

孔孟의 嫡統이 ᄂᆞ려 晦菴씨 다드ᄅ이
精微學文은 窮理正心 굶닐넌니
엇더타 江西議論은 그를 支離타 ᄒ던고? (제9수)

江西의 議論이 높고 茶飯은 蒲塞로다
菽粟의 맛슬 아던동 모르던동
술리 한바퀴 업스이 갈 길 몰나 ᄒ노라. (제10수)

제2단락인 제9수와 제10수의 초장을 보면, "공맹(孔孟)의 적통(嫡統)이 ᄂᆞ려 회암(晦菴)씨 다드ᄅ이"(제9수)와 "강서(江西)의 의론(議論)이 높고 다반(茶飯)은 포새(蒲塞)로다"(제10수)에서 "–의 –이"를 반복한다. 이 반복표현은 제2단락의 단락내 결속을 보여준다.

> 丈夫의 몸이 되어 飢寒을 둘리것가
> 一山 風月에 즐거움미 ᄀ이 업다
> 닌 마다 浮雲富貴을 똘을 줄리 이시랴? (제11수)

> 得君行道ᄂ 君子의 뜻디로딕
> 時節 곳 어긔면 考槃을 즐겨ᄒ니
> 疎淡흔 松風山月이사 나뿐인가 하노라. (제12수)

제3단락인 제11, 12수의 중장과 종장을 보면, 밑줄 친 부분에서 '즐거
-'와 'ᄂ/나'를 반복한다. 이 반복표현은 제3단락의 단락내 결속을 보여
준다.

3.1.2. 단락간의 결속

단락간의 결속은 제1, 2단락과 제2, 3단락에서 보인다.

> 窓前에 풀이 프르고 池上에 고기 쀠다.
> 一般生意롤 아ᄂ 이 그 뉘런고
> 어즈버 光風霽月 坐上春風이 어졔로온 듯 ᄒ여라. (제8수)

> 孔孟의 嫡統이 ᄂ려 晦菴씬 다ᄃᄅᆞ이
> 精微學文은 窮理正心 굷닐넌니
> 엇더타 江西議論은 그를 支離타 ᄒ던고? (제9수)

인용의 제8수는 제1단락의 끝수이고, 제9수는 제2단락의 첫수이다.
이 두 수의 초장들을 보면, 밑줄 친 부분에서, "… -이 … -에/이 …"의

구문을 반복한다. 이 반복표현은 제1단락과 제2단락의 단락간의 결속을
보여준다.

이번에는 제2단락과 제3단락의 단락간의 결속을 보기 위해 제2단락
의 끝수인 제10수와 제3단락의 첫수인 제11수를 보자.

> 江西의 議論이 높고 茶飯은 蒲塞로다
> 菽粟의 맛술 아던동 모르던동
> 술러 한바퀴 업스이 갈 길 몰나 ᄒ노라. (제10수)

> 丈夫의 몸이 되어 飢寒을 둘리것가
> 一山 風月에 즐거옴미 ᄀ이 업다
> 닉 마다 浮雲富貴을 쏠을 줄리 이시랴? (제11수)

이 두 수의 초장들을 보면, 밑줄 친 부분에서, "-의 -이 …"의 구문을
반복한다. 이 반복표현 역시 제2단락(제9, 10수)과 제3단락(제11, 12수)
의 결속을 보여준다.

3.1.3. 반복표현의 후미 전환에 의한 결속과 종결

제7~12수의 초장들에서는, 반복표현의 후미 전환이라는 결속과 종
결을 보여준다.

> 尼丘에 일월이 볼가 陋巷에 비최엿다. (제7수)
> 窓前에 풀이 프르고 池上에 고기 쒸다. (제8수)
> 孔孟의 嫡統이 느려 晦菴씨 다드르이 (제9수)
> 江西의 議論이 높고 茶飯은 蒲塞로다. (제10수)
> 丈夫의 몸이 되어 飢寒을 둘리것가. (제11수)
> 得君行道ᄂ 君子의 쯧디로더 (제12수)

이 초장들을 보면, 두 가지 차원에서 반복표현의 후미 전환에 의한 결속과 종결을 보여준다. 하나는 초장 첫시어를 '-에, -의' 등과 같이 'ㅣ'로 끝난 3음절의 시어를 제7~11수에서 보여주다가, 제12수에서는 이를 일탈하였다. 다른 하나는 명사와 주격어미로 구성된 주어들을 제7~11수에서 보여주다가, 제12수에서는 이를 주제격어미 '-는'으로 일탈하였다. 이 두 일탈은 반복표현의 후미 전환에 의한 결속과 종결을 보여준다.

3.2. 구조와 주제

후6수에서는 배경시간의 구조와 논리적 구조가 발견된다. 이를 차례로 보자.

3.2.1. 배경시간의 구조

김상진(2021:45)은 제7~10수의 배경시간이 순차적 구조, 즉 '시간적 차서'를 보여준다는 사실을 정리하였다. 이 배경시간의 순차적 구조와, 제10, 11, 12수에서 발견되는 배경시간의 병렬적 구조를 다시 정리하면 다음과 같다.

> 제07수: 공자와 증점의 시대
> 제08수: 주돈이와 정호의 시대
> 제09수: 주자와 육구연의 시대
> 제10수: 시적 화자의 시대(1: 주변 인물들의 시간)
> 제11수: 시적 화자의 시대(2: 시적 화자의 시간)
> 제12수: 시적 화자의 시대(3: 시적 화자의 시간)

이 정리에 알 수 있듯이, 제7~10수의 배경시간은 순차적 구조이다. 그리고 제10~12수의 배경시간은 같은 배경시간을 병렬시킨 병렬적 구조이다. 이는 병렬적 구조를 하위 구조로 포함한 순차적 구조로 정리할 수 있다.

3.2.2. 논리적 구조와 주제

각수별로 주제를 먼저 보고, 이어서 전체의 논리적 구조와 주제를 보려 한다. 먼저 제7수를 보자.

제7수의 초장에서는 공자가 니구(尼丘, 魯나라 鄒邑 昌平鄕, 곧 兗州 曲阜縣에 있는 산)에서 태어나 일월과 같이 누항의 세상 사람들을 깨우침을 노래하였다. 그리고 중장과 종장에서는 공자와 증점의 대화에서 증점이 보인 기상과 공자가 보인 탄식(찬탄)이 지금도 귀에 가득하다고 『논어』〈선진〉편을 인용하여 노래하였다. 이런 내용으로 보아, 제7수의 주제는 [욕기춘풍(浴沂春風)의 기상을 통해 보여준 공자와 증점의 성현]으로 정리할 수 있다.

제8수의 초장만을 보면, 창 앞에 풀이 푸르고 연못에 물고기가 뛴다고, 평화로운 자연을 노래한 것 같다. 그러나 중장("一般生意롤 아느 이 그 뉘런고")까지 읽고 나면, 초장이 평화로운 자연을 표현한 것이 아니라, 도의 발현을 노래할 것임을 알 수 있다. 왜냐하면, 중장의 '일반생의(一般生意)'는 '일반청의미'(一般淸意味, 하나 같이 맑은 의미로 도의 발현을 보여준다.)이기 때문이다. 물론 초장은 『시경』과 『중용』에서 도의 발현을 보이는 '어약연비(魚躍鳶飛)'와 같은 표현이다. 이런 일반생의(一般生意)를 아는 이 그 누구인가를 묻고, 이에 대한 대답으로 종장("어즈버 光風霽月 坐上春風이 어졔로온 듯 ᄒᆞ여라")을 노래하였다. 종장에 포함된 '광풍제월(光風霽月)'과 '좌상춘풍(坐上春風)'은 인품의 표현을 통해 인물을 표현한 환유법이다. 즉 『송서(宋書)』 〈주돈이전(周敦頤傳)〉에서 황정견(黃庭堅)이 주돈이의 인품을 예찬한 '광풍제월'을 통하여 주돈이를 표현한 것["庭堅稱 其人品甚高 胸懷灑落 如光風霽月"]이고, 『황조도학명신언행별록(皇朝道學名臣言行別錄)』(김용섭 1991:36)에서 정호(程顥)의 인품을 이른 '좌상춘풍(坐上春風)'을 통하여 정호를 표현한 것이다. 이 자연을 통하여 주돈이와 정호를 표현한 것은, 두 인물을 표현하는 동시에, '일반생의(一般生意)'와도 연결시키기 위한 것으로 판단한다.

이상과 같은 점들로 보아, 제8수의 주제는 [일반생의(一般生意)를 아는 이를 통해 보여준 주돈이와 정호의 성현]으로 정리할 수 있다. 그리고 이 제8수와 제7수는 성현을 노래하였다는 점에서는 같다. 그러나 무엇을 통해서 성현을 노래하였느냐를 검토하면, 제7수의 '욕기춘풍(浴沂春風)의 기상'보다 제8수의 '일반생의(一般生意)를 아는 이'가 성리학적인 입장에서 그 의미가 더 깊다. 이런 점에서 제7수와 제8수는 성현1과 성현2로 정리하고, 그 구조는 점층적 구조로 정리할 수 있다.

제9수에서는 공자와 맹자의 적통이 회암 주자(朱子)에 다다라, 정미학문(精微學文, 정밀하고 자세하게 사서 육경의 글을 배움)은 궁리(窮理)와 정심(正心)을 아울러 갈 것인데, 어떠하여 강서의론(江西議論)은 주자를 지리(支離)하다 하던고를 노래하였다. 이에 포함된 강서의론의 문자적 의미는 주희와 육구연이 강서에서 벌인 학문의 논쟁[7]을 의미하

---

7 이 논쟁은 이상원이 명료하게 정리한 것이 있다. "주희와 육구연은 공부 방법론의 측면에서 서로 다른 생각을 가지고 있었다. 이와 관련된 두 사람 간의 논쟁을 흔히 강서의논(江西 議論) 또는 아호 논쟁(鵝湖論爭)이라 한다. 주희는 육구연의 방법이 '지나치게 간단하다[太簡]'고 비판했으며, 육구연은 자신의 간이(簡易)한 방법에 비해 주희의 그것은 '지리(支離)하다'고 비판함으로써 논쟁은 촉발하였다. 여기에는 성즉리(性卽理)의 입장에서 도문학(道問學)을 중시한 이학(理學)과 심즉리(心卽理)의 입장에서 존덕성(尊德性)을 강조한 심학(心學)의 차이라는 철학적 문제가 개재해 있으며, 이런 철

며, 제유법적 의미는 육구연의 학문인 심학을 의미한다. 이런 제9수의 내용은 학문(學問, 배움과 물음)으로 볼 수도 있고, 존주척륙(尊朱斥陸)으로 볼 수도 있다. 종장인 "엇더타 강서의론(江西議論)은 그를 지리(支離)타 ᄒ던고"의 내용은, 구체적인 내용으로 보면 존주척륙(尊朱斥陸)이 되고, 좀더 범위를 넓혀서 보면 학문(學問)이 된다. 어느 하나만이 옳다고 주장할 일은 아닌 것 같다. 편의상 작가의 정리인 '학문(學問)'을 따른다. 이런 점들로 보아, 제9수의 주제는 [강서의론을 통해 보여준 (성현 주자의) 학문]으로 정리할 수 있다.

제10수의 초장과 중장에서는 육구연의 심학이 널리 받아들여졌고, 게다가 포새(蒲塞, 노름과 주사위)가 다반사(茶飯事)이어서, 성리학의 참맛을 아는지 모르겠다고 노래하였다. '강서(江西)의 의론(議論)'이 육구연의 학문인 심학을 의미하는 것은 제9수에서와 같이 제유법에 근거한다. 그리고 '숙율(菽栗)의 맛'은 "콩과 조처럼 매일 먹어도 느끼하지 않고 산뜻한 맛의 의미로, 성리학의 참맛을 비유적으로 표현"(이상원 2008: 249)한 것이다. 그리고 종장인 "술리 한바퀴 업스이 갈 길 몰나 ᄒ노라"는 육구연의 심학만으로는 온전한 공부가 될 수 없음을 보여준다.[8]

이상과 같은 점들로 보아, 제10수의 주제는 [당시의 심학과 도박에 빠짐을 통해 보여준 (성현 주자의) 학문]으로 정리할 수 있다. 물론 이

학적 입장의 차이는 결국 유학이 성리학(性理學)과 심학(心學) 또는 양명학(陽明學)으로 분기되는 계기로 작용하게 된다."(이상원 2008:248~249)

8 이 종장의 해석은 다음과 같이 이미 잘 정리되어 있다. "주희는 궁리(窮理)와 정심(正心) 또는 도문학(道問學)과 존덕성(尊德性)을 아울러야 한다고 하면서 이 양자를 수레의 두 바퀴와 같다고 하였는데(涵養窮索 二者不可廢一 如車兩輪 如鳥兩翼, 『朱子語錄』권9), 이를 근거로 도문학의 필요성을 인정치 않고 존덕성만을 강조하는 육구연의 방법론은 수레에 바퀴 하나가 없어 길을 갈 수 없는 것과 같아서 온전한 공부가 될 수 없다고 비판하고 있다."(이상원 2008:249~250)

경우에도 존주척륙을 주장할 수도 있으나, 학문과 존주척륙이 모두 가
능하여, 작가가 제시한 '학문'을 따랐다.

이렇게 제9, 10수는 모두가 학문을 노래하고 있어, 제9수는 학문1로
제10수는 학문2로 정리할 수 있다. 그리고 학문에 대한 질문의 정도에서
제10수의 것이 제9수의 것보다 훨씬 강하다는 점에서, 제9수(학문1)와
제10수(학문2)는 점층적 구조로 정리할 수 있다.

제11수의 초장과 중장에서는 장부(丈夫)의 몸이 되어 기한(飢寒)을
두려워하지 않고, 일산 풍월에 즐거움이 끝이 없다고 노래하였다. 그리
고 종장에서는 내가 마다한 부운부귀(浮雲富貴)를 따르지 않을 것이라
고 노래하였다. 이런 의미로만 보면, 제11수는 바로 앞의 제7~10수와는
단절된 것과 같이 보인다. 왜냐하면, 제11수에는 학문이나 존주척륙과
관련된 내용이 없는 것 같이 보이기 때문이다. 그러나 중장인 "일산(一
山) 풍월(風月)에 즐거옴미 ㄱ이 업다."의 '풍월'을 다시 해석하면 문제
가 풀린다. '풍월'은 '청풍명월(淸風明月)'을 의미하고, 이 '청풍명월'은
도우(道友)로 제8수에 나온 '일반생의(一般生意)'와 관계되어 있다. 특
히 은둔하여 산수간에서 도를 즐기는 것은, 성현의 학문을 바르게 하는
정도(正道)이다. 이를 계산하면, 제11수는 성현들이 즐기던 학문의 정도
를 가겠다는 의미를 보여준다. 이런 점들을 계산하면, 제11수의 주제를
[장부로서 은둔하여 안빈낙도 하려는 의지를 통해 보여준 성현학문의
정도]로 정리할 수 있다.

제12수의 초장과 중장에서는 득군행도(得君行道)는 군자의 뜻이지
만, 시절이 어기면 고반(考槃)을 즐겨 한다고 노래하고, 종장에서는 소
담한 송풍산월(松風山月)을 즐긴다고 노래하였다. 고반(考槃)은 은둔
하여 산수간을 거닐며 자연을 즐기는 일을 말한다. 『시경』의 위풍에 수
록된 〈고반〉을 보면, 考(고)는 '이룰 고(成)'이고, 槃(반)은 '즐거울 락

(樂)'이다. 그리고 송풍산월(松風山月)은 그 의미로 보면, 청풍명월(淸
風明月)과 같은 의미이다. 특히 은둔하여 산수간에서 도를 즐기는 것은,
성현의 학문을 바르게 하는 정도(正道)이다. 이런 점들로 보면, 제12수
의 주제는 [군자로서 은둔하여 낙도를 하려는 의지를 통해 보여준 성현
학문의 정도]로 정리할 수 있다.

　제11, 12수는 성현학문의 정도를 노래하였다. 이런 점에서 제11수는
성현학문의 정도1로, 제12수는 성현학문의 정도2로 정리할 수 있다. 그
리고 제11수는 장부의 입장에서, 제12수는 장부의 입장보다 점층된 군자
의 입장에서, 각각 성현학문의 정도를 노래하였다. 이런 점에서 제11,
12수는 점층적 구조로 정리할 수 있다.

　후6수의 전체 주제를 정리하기 위하여 지금까지 검토한 각수별 주제
를 다시 옮기면 다음과 같다.

　　　제07수: 욕기춘풍(浴沂春風)의 기상을 통해 보여준 공자와 증점의 성현
　　　제08수: 일반생의(一般生意)를 아는 이를 통해 보여준 주돈이와 정호의
　　　　　　　성현
　　　제09수: 강서의론을 통해 보여준 (성현 주자의) 학문
　　　제10수: 당시의 심학과 도박에 빠짐을 통해 보여준 (성현 주자의) 학문
　　　제11수: 장부로서 은둔하여 안빈낙도를 하려는 의지를 통해 보여준 성현
　　　　　　　학문의 정도
　　　제12수: 군자로서 은둔하여 낙도를 하려는 의지를 통해 보여준 성현학
　　　　　　　문의 정도

　이 각수별 주제들이 보여주는 논리적 구조는 다음의 표와 같이 정리
된다.

순서	각수별 주제	구조			
제7수	성현1	점층적 구조	본사1	병렬적 구조	본사
제8수	성현2				
제9수	(성현의) 학문1	점층적 구조	본사2		
제10수	(성현의) 학문2				
제11수	성현학문의 정도1	점층적 구조	결사		결사
제12수	성현학문의 정도2				

이 표에서 보듯이, 후6수는 서사 없이 본사와 결사로 구성된 본결의 구조이다. 그것도 본사에 해당하는 4수는 두 개의 점층적 구조를 다시 병렬적 구조로 짜고, 결사에 해당하는 2수도 점층적 구조로 짠, 계층적 구조이다. 이렇게 이 후6수는 서사 없이 본사와 결사로만 구성된 파격의 복잡한 계층적 구조이다. 그리고 논리적 구조에서 결사가 보여주는 주제는 이 후6수의 주제가 된다. 따라서 이 후6수의 주제는 '성현학문의 정도'라고 정리할 수 있다. 이 주제는 물론 작가가 발문에서 제시한 '성현학문지정(聖賢學問之正)'과 일치한다. 이 주제가 가지는 시대성은 이상원의 글로 돌린다.[9]

이상과 같이 후6수의 텍스트는 결속, 종결, 구조, 주제 등을 모두 가지고 있어, 독립된 텍스트로 분리되어 수용될 수도 있었다고 정리한다.

---

9 "주지하듯이 17세기 초반 지식 사회는 성리학의 한계를 인식한 지식인들이 심학을 비롯하여 노장과 불교 등 다양한 사상적 조류들을 흡수하여 성리학을 보완하려는 움직임이 일어나고 있었다. 특히 광해군 정권 하 북인들이 남명 조식(曹植, 1501~1572)의 영향을 받아 심학(또는 양명학)에 관심을 갖고 사회 변혁을 주도한 것은 이 작품 창작에 직접적인 영향을 미친 것이라 할 수 있다."(이상원 2008:250~251)

4. 12수의 텍스트

이 장에서는 12수의 텍스트가 보여주는 결속, 종결, 구조, 주제 등을 정리하고자 한다.

4.1. 결속과 종결

12수의 텍스트는 격구식으로 상응하는 반복표현에 의한 결속과, 반복 표현의 후미 전환에 의한 결속과 종결을 보여준다. 전자를 먼저 보자.

12수의 텍스트는 전6수의 표현들을 후6수에서 격구식으로 상응시킨 반복표현을 통하여 결속을 보여준다. 이를 개별적으로 보고, 이어서 종합해 보자.

제1수와 제7수에서는 두 종류의 상응하는 반복표현을 정리할 수 있다. 하나는 초장에서 보이는 "○○에 ○(○)(이) 붉-"의 상응이다. 이 반복표현은 "요공(瑤空)에 둘 붉거늘 일장금(一張琴) 빗기안고"(제1수 초장)와 "니구(尼丘)에 일월이 붉가 누항(陋巷)에 비최엿다."(제7수 초장)의 밑줄 친 부분에서 알 수 있다. 다른 하나는 중장에서 보이는 "-에 …"의 상응이다. 이 반복표현은 "난간(欄干)에 디혀 안자 고양춘(古陽春)을 틋온마리"(제1수 중장)와 "욕기춘풍(欲沂春風)에 기상(氣像)이 엇더턴고"(제7수 중장)의 밑줄 친 부분에서 알 수 있다.

제2수와 제8수에서는 한 종류의 상응하는 반복표현을 정리할 수 있다. 바로 초장에서 보이는 "○○에 ○(이) …"의 표현이다. 이 반복표현은 "홍진(紅塵)에 꿈 씨연디 이십(二十)년이 어제로다."(제2수 초장)와 "창전(窓前)에 풀이 프르고 지상(池上)에 고기 쒸다."(제8수 초장)의 밑줄 친 부분에서 알 수 있다.

제3수와 제9수에서는 한 종류의 상응하는 반복표현을 정리할 수 있다. 바로 초장에서 보이는 "○○이 (…) ○○의/이 …"의 표현이다. 이 반복표현은 "시겨리 하 슈상ᄒ이 ᄆ음의 둘듸 업다."(제3수 초장)와 "공맹(孔孟)의 적통(嫡統)이 ᄂ려 회암(晦菴)씨 다ᄃᄅ이"(제9수 초장)의 밑줄 친 부분에서 알 수 있다.

제4수와 제10수에서는 한 종류의 상응하는 반복표현을 정리할 수 있다. 바로 종장에서 보이는 "… −이 …(을) 몰/모르−"의 표현이다. 이 반복표현은 "머근 ᄆ음 다 숣노라 ᄒ이 날새는 줄 모르로다."(제4수 종장)와 "술리 한바쾨 업스이 갈 길 몰나 ᄒ노라."(제10수 종장)의 밑줄 친 부분에서 알 수 있다.

제5수와 제11수에서는 한 종류의 상응하는 반복표현을 정리할 수 있다. 바로 초장에서 보이는 "… −이 … "의 표현이다. 이 반복표현은 "한문(漢文)의 유도(有道) ᄒ이 가태부(賈太傳)를 내 운노라."(제5수 초장)와 "丈夫의 몸이 되어 기한(飢寒)을 둘리것가"(제11수 초장)의 밑줄 친 부분에서 알 수 있다.

제6수와 제12수에서는 한 종류의 상응하는 반복표현을 정리할 수 있다. 바로 종장에서 보이는 "… 나− … "의 표현이다. 이 반복표현은 "이 내의 ᄂ몬 져 근심은 봄 가을이 업서라."(제6수 종장)와 "소담(疎淡)ᄒ 송풍산월(松風山月)이사 나쑨인가 하노라."(제12수 종장)의 밑줄 친 부분에서 알 수 있다.

이상의 격구식으로 상응하는 반복표현을 다시 표로 정리하면 다음과 같다.

전6수	상응하는 반복표현	후6수
제1수	"○○에 ○(○)(이) ᄇᆞᆰ-" (초장)	제7수
	"-에 …" (중장)	
제2수	"○○에 ○(이) …" (초장)	제8수
제3수	"○○이 (…) ○○의/ᄋᆡ …" (초장)	제9수
제4수	"… -이 …(을) 몰/모르-" (종장)	제10수
제5수	"… -이 …" (초장)	제11수
제6수	"… 나- …" (종장)	제12수

이 표에서 보듯이 전6수와 후6수는 같은 표현을 격구식으로 반복하는 상응 표현을 보여준다. 이는 전6수와 후6수가 같은 표현의 틀을 가지고 있음을 통하여, 제6수와 후6수의 결속을 보여준다.

이번에는 반복표현의 후미 전환에 의한 결속과 종결을 보자. 후6수의 결속과 종결에서 검토한, 초장 첫시어에 나타난 반복표현의 후미 전환에 의한 결속과 종결은 12수의 텍스트에서도 확대 적용된다. 즉 반복표현이 제1~6수에도 적용된다. 이를 보기 위해 초장들을 보자.

瑤空에 ᄃᆞᆯ ᄇᆞᆰ거ᄂᆞᆯ 一張琴 빗기안고 (제1수의 초장)
紅塵에 ᄭᅮᆷᄭᅵ연디 二十년이 어제로다. (제2수의 초장)
시져리 하 슈상ᄒᆞ이 ᄆᆞ음이 둘듸 업다. (제3수의 초장)
엇그졔 ᄭᅮᆷ 가온대 廣寒殿의 올라가이 (제4수의 초장)
漢文이 有道ᄒᆞ이 賈太傅ᄅᆞᆯ 내 운노라. (제5수의 초장)
宋玉이 ᄀᆞ을홀 만나 ᄆᆞ스 이리 슬프던고? (제6수의 초장)
尼丘에 일월이 ᄇᆞᆰ가 陋巷에 비최엿다. (제7수의 초장)
窓前에 풀이 ᄑᆞᄅᆞ고 池上에 고기 ᄯᅱ다. (제8수의 초장)
孔孟의 嫡統이 ᄂᆞ려 晦菴ᄭᅴ 다ᄃᆞᄅᆞ이 (제9수의 초장)
江西의 議論이 높고 茶飯은 蒲塞로다. (제10수의 초장)

丈夫의 몸이 되어 飢寒을 둘리것가?　　(제11수의 초장)
得君行道 ᄂ 君子의 ᄯ디로디 .　　(제12수의 초장)

제1~11수의 초장 첫시어들을 보면, '-에, -ㅣ, -졔, -이, -에, -의'
등에서와 같이 'ㅣ'로 끝난 3음절의 시어들을 보여주면서, 규범을 형성
하였다. 그런데, 제12수를 보면, '-ᄂ'으로 끝난 5음절의 시어로 앞의
규범을 일탈하였다. 이 일탈은 반복표현의 후미 전환으로, 12수 텍스트
의 결속과 종결을 말해준다.

4.2. 구조와 주제

배경시간의 구조가 제7~12수에서 보이지만, 논리적 구조와 주제만
을 정리하고자 한다.

먼저 전6수와 후6수의 논리적 구조를 하나로 정리하면 다음과 같다.

순서	각수별 주제	구조			
제1수	애군1	점층적 구조	본사1	병렬적 구조	본사
제2수	애군2				
제3수	우국1	점층적 구조	본사2		
제4수	우국2				
제5수	애군우국의 정성1	점층적 구조	결사		결사
제6수	애군우국의 정성2				
제7수	성현1	점층적 구조	본사1	병렬적 구조	본사
제8수	성현2				
제9수	(성현의) 학문1	점층적 구조	본사2		
제10수	(성현의) 학문2				

| 제11수 | 성현학문의 정도1 | 점층적 구조 | 결사 | 결사 |
| 제12수 | 성현학문의 정도2 | | | |

이 정리에서 보듯이, 12수의 텍스트에서 그 논리적 구조는 일차로 [본사 – 결사 – 본사 – 결사]로 정리할 수 있으며, 이 [본사 – 결사 – 본사 – 결사]는 이차로 [본사 – 결사]와 [본사 – 결사]의 병렬적 구조이다. 그리고 이 텍스트의 주제는 [애군우국의 정성과 성현학문의 정도]로 정리할 수 있다.

5. 결론

지금까지 〈강호연군가〉의 결속, 종결, 구조, 주제 등을 정리하면서 탈착형 연시조의 가능성을 검토 정리해 보았다. 중요한 것들을 요약하는 것으로 결론을 대신하려 한다.

전6수의 텍스트가 보여준 결속, 종결, 구조, 주제 등은 다음과 같이 요약할 수 있다.

1) 단락내의 결속은 제1, 2, 3단락에서 각각 보여준다. 제1단락(제1, 2수)에서는 초장에서의 '-에'의 반복표현, 종장에서의 '님'의 반복표현 등에 의해 단락내의 결속을 보여준다. 제2단락(제3, 4수)에서는 중장에서의 "… -고 … -시되/데"의 반복표현, 종장에서의 "… ㅎ이 … -ㄹ 몰/모르-"의 반복표현 등에 의해 단락내의 결속을 보여준다. 제3단락(제5, 6수)에서는 초장의 '-이'의 반복표현, '-던고'의 반복표현 등에 의해 단락내의 결속을 보여준다.

2) 단락간의 결속은 제1, 2단락, 제2, 3단락, 제1~3단락 등에서 보여

준다. 제1, 2단락에서는 초장들의 '-이'의 반복표현을 통하여, 종장들의 '-노라'의 반복표현을 통하여, 제1단락(제1, 2수)과 제2단락(제3, 4수)의 결속을 보여준다. 제2, 3단락에서는 제2, 3단락의 첫수인 제3, 5수의 초장들이 보인 "○○이 (○) ○○ㅎㅣ"의 반복표현을 통하여, 단락간의 결속을 보여준다. 제1~3단락에서는 제1, 3단락의 첫수인 제1, 5수의 초장들이 보인, '엇더타'로 시작하는 의문형 문장의 대칭표현에 의해 제1, 2, 3단락의 결속을 보여주며, 제1단락과 제3단락의 대칭적 반복표현이 보이는 시종(始終)의 대칭표현에 의해 텍스트의 종결도 보여준다.

3) 전6수 텍스트는 서사 없이 본사와 결사로 구성된 본결의 구조를 보여준다. 본사에 해당하는 4수는 두 개의 점층적 구조를 다시 병렬적 구조로 짜고, 결사에 해당하는 2수를 점층적 구조로 짠, 계층적 구조이다.

4) 전6수의 주제는 '애군우국의 정성'으로 작가가 발문에서 제시한 '애군우국지성(愛君憂國之誠)'과 일치한다.

5) 1)~4)에서와 같이 전6수의 텍스트는 결속, 종결, 구조, 주제 등을 모두 가지고 있어, 독립된 텍스트로 분리되어 수용될 수도 있었다고 판단하였다.

후6수의 텍스트가 보여준 결속, 종결, 구조, 주제 등은 다음과 같이 요약할 수 있다.

1) 단락내의 결속은 제1단락(제7, 8수), 제2단락(제9, 10수), 제3단락(제11, 12수) 등에서 보여준다. 제1단락(제7, 8수)에서는 "-에 -이 … -에 -다", '-ㄴ고', "ㅎ여라" 등의 반복표현을 통하여 단락내 결속을 보여준다. 제2단락(제9, 10수)에서는 "-의 -이"의 반복표현을 통하여 단락내 결속을 보여준다. 제3단락(제11, 12수)에서는 '즐거-'의 반복표현과, 'ㄴ/나'의 반복표현을 통하여, 단락내 결속을 보여준다.

2) 단락간의 결속은 제1, 2단락과 제2, 3단락에서 보인다. 제1단락의

끝수인 제8수의 초장과 제2단락의 첫수인 제9수의 초장에서 반복하는 "… -이 … -에/이 …"의 반복표현은 제1단락과 제2단락의 단락간의 결속을 보여준다. 제2단락의 끝수인 제10수의 초장과 제3단락의 첫수인 제11수의 초장에서 반복하는 "-의 -이 …"의 반복표현은 제2단락과 제3단락의 결속을 보여준다.

3) 제7~11수의 초장들에서는 '-ㅣ'를 말음으로 포함한 3음절의 첫시어를 반복하다가 제12수의 첫시어에서는 이를 일탈하는 동시에, 명사와 주격어미로 구성된 주어들과 용언들을 반복하다가 제12수의 초장에서 이를 주제격어미 '-는'으로 일탈하였는데, 이 두 일탈들은 반복표현의 후미 전환에 의한 결속과 종결을 보여준다.

4) 후6수의 배경시간에서, 제7~10수의 배경시간은 순차적 구조이며, 제10~12수의 배경시간은 같은 배경시간을 병렬시킨 병렬적 구조이다. 후6수의 논리적 구조는 본결의 구조이며, 본사(4수)는 두 개의 점층적 구조가 다시 병렬된 병렬적 구조이다.

5) 후6수의 주제는 '성현학문의 정도'로, 작가가 발문에서 제시한 '성현학문지정(聖賢學問之正)'과 일치한다.

6) 1)~5)에서와 같이 후6수의 텍스트는 결속, 종결, 구조, 주제 등을 모두 가지고 있어, 독립된 텍스트로 분리되어 수용될 수도 있었다고 판단하였다.

12수의 텍스트가 보여준 결속, 종결, 구조, 주제 등은 다음과 같이 요약할 수 있다.

1) 전6수의 텍스트와 후6수의 텍스트에서 정리한 결속과 종결은 12수의 텍스트에서는 단락내의 결속과 종결이 된다.

2) 12수 텍스트의 결속은 전6수의 표현을 후6수에서 상응하는 반복표현의 형태로 보여준다. 제1, 7수에서의 반복표현은 초장의 "○○에 ○

(○)(이) 붉–"과 중장의 "–에 …"이다. 제2, 8수에서의 반복표현은 "○○에 ○(이) …"이다. 제3, 9수에서의 반복표현은 "○○이 (…) ○○의/익…"이다. 제4, 10수에서의 반복표현은 "… –이 …(을) 몰/모르–"이다. 제5, 11수에서의 반복표현은 초장의 "… –이 … "이다. 제6, 12수에서의 반복표현은 종장의 "… 나– … "이다.

3) 12수의 텍스트에서 결속과 종결은 반복표현의 후미 전환에 의해 조성된다. 제1~11수의 초장 첫시어들을 보면 '– ㅣ'를 말음으로 포함한 3음절을 반복하는 규범을 보여주는데, 이 규범을 제12수는 '–는'으로 끝난 5음절의 시어로 일탈시켰다.

4) 12수의 텍스트에서 논리적 구조는 [본사–결사–본사–결사]이며, 이는 [본사–결사]를 반복한 반복적 구조이며, 동시에 병렬적 구조이다.

5) 12수의 텍스트에서 주제는 [애군우국의 정성과 성현학문의 정도]이다.

이상과 같은 결론으로 보아, 〈강호연군가〉는 전6수의 텍스트, 후6수의 텍스트, 12수의 텍스트 등으로 탈착되어 수용되는 탈착형의 연시조라고 마무리를 할 수 있다.

신지의 〈영언십이장〉

1. 서론

이 글은 신지(申墀, 1706~1780)가 지은 〈영언십이장〉(일명, 〈화도산 십이곡〉)의 결속, 종결, 구조, 주제 등을 검토하여 탈착형 연시조의 가능성을 정리하는 데 연구의 목적이 있다.

〈영언십이장〉에 대한 연구는 권영철에 의해 시작되었다. 이 연구에서는 원전(체재, 문집의 편찬년대, 내용), 작자(가계, 생애 및 행장), 작품(원문, 작품비주), 〈도산십이곡〉의 계보 등을 다루었다. 이 중에서 작품론에 도움이 되는 부분만을 간단하게 인용하면서 정리해 보자.

신지의 호는 반구옹이고, 벼슬은 음사(蔭仕)의 통덕랑(通德郎, 정오품)이 전부이다. 1764년(59세)에 과거시험에 고배를 마셨고, 귀전(歸田)해서 1772년(67세)에 반구정(伴鷗亭)을 축성하였다. 반구정은 신지의 은둔지인 점촌읍 창리동(倉里洞) 동쪽에 남류(南流)하는 송호강(松湖江)의 절벽상에 축성되었었고, 송호강은 문경 조령에서 발원한 물로 영롱벽계수(玲瓏碧溪水)이며, 강반(江畔)에 용립(聳立)한 백척(百尺)이 넘는 절벽과 원근의 산들은 온아수려(溫雅秀麗)하여 유사에서도 빈번히 칭송된 기산영수(箕山潁水)의 절경처이다(권영철 1966:8~9).

『반구옹유사(伴鷗翁遺事)』(2권 1책)에 수록된 〈영언십이장〉은 반구

정을 축성한 1772년에 지은 것으로 추정되었다. 그리고 이 작품의 이해
에 도움을 주는, '가(歌)'조 '서(序)'의 일부("與二三子 擧酒亭上 歌以永
言十二章")와, 발문의 일부("右十二章 盖和陶山十二章遺意")도 정리하
였다(권영철 1966:14~15).

전6장의 구조는 요수(樂水, 제1, 2장), 요산(樂山, 제3, 4장), 요산유
수(樂山樂水, 제5, 6장)로 정리하고, 전6장의 주제를 반구망기(伴鷗忘
機)로 정리하였다. 그리고 후6장의 구조도 요수(제7, 8장), 요산(제9,
10장), 요산요수(제11, 12장)로 정리하고, 후6장의 주제를 격물궁리(格物
窮理)로 정리하였다(권영철 1966:16, 23, 30).

권영철의 연구 이후에 〈영언십이장〉을 간단하게 검토한 네 편의 글들
과 보다 구체적으로 연구한 한 편의 글이 나왔다. 최재남(1987:343)은
"자연에서 현실을 바라보며 헌신짝이라고 냉소하고 있다."는 점에서, "이
황(李滉)의 온유돈후의 태도와는 거리가 있는 이별(李鼈)의 풍자적인
목소리에 가깝다."고 보았다. 정혜원(1995:15)은 권영철의 연구를 참고
하면서 이 작품을 간단하게 검토하였다. 그 결과, "전기사대부의 강호시
조에서 볼 수 있었던 확고한 자기신념은 사라져 버리고, 그저 관습적인
강호시구들을 답습모방하며 향촌사족으로서 마지막 자존심을 지켜간 이
러한 노래에서 강호시가의 쇠퇴기의 모습을 발견할 수 있다."고 정리하
였다. 이현자(2002a:217)는 "육가계(六歌系) 작품의 마지막 작품으로
다른 육가에서 보이는 완세적 발상이 보이고 또 수기의 측면도 보이나
이미 환로에 나가기 어려운 18세기 재지사족으로서 선인들의 시구를 답
습하며 자족하는 모습을 엿볼 수 있다."고 정리하였다. 양희철(2016)은
이 작품이 〈도산십이곡〉을 모방한 탈착형 연시조라는 언급만을 하고 구
체적인 설명은 생략하면서 과제로 남겨 놓았다. 김성문(2016)은 시상의
흐름과 전환 양상에 초점을 맞춘 보다 구체적인 논의를 하였다.

이렇게 정리할 수 있는 기왕의 연구들은 〈영언십이장〉의 이해에 많은 도움을 주어 왔다. 그러나 이 글에서 다루려는 결속, 종결, 구조, 주제 등을 보면, 검토할 것들이 거의 그대로 남아 있다. 즉 결속과 종결은 말할 것도 없고, 구조와 주제는 비주(批注)의 차원을 넘어서 다시 한번 검토해 보아야 할 것 같다. 이에 이 글에서는 〈영언십이장〉의 결속, 종결, 구조, 주제 등을 통하여 탈착형 연시조의 면모를 검토 정리하고자 한다.[이 글은 「〈영언십이장〉의 세 텍스트 연구: 텍스트별 결속, 종결, 구조, 주제 등으로 본 탈착형 연시조의 가능성」(양희철 2018b)의 문맥을 다듬은 것임]

2. 전6장의 텍스트

이 장에서는 전6장 텍스트의 결속, 종결, 구조, 주제 등을 두 절로 나누어 설명하고자 한다.

2.1. 결속과 종결

이 절에서는 단락내의 결속, 단락간의 결속, 종결 등을 세 항으로 나누어 정리하려 한다.

2.1.1. 단락내의 결속

전6장은 제1단락(제1장), 제2단락(제2, 3장), 제3단락(제4, 5장), 제4단락(제6장) 등의 4단락으로 되어 있다. 단락내 결속은 제2단락과 제3단락에서 보인다.

제2단락을 이루는 제2, 3장을 보자.

白鷺洲 도라드러 伴鷗亭 돌나가니
長烟은 一空흔디 晧月은 千里로다.
아히야 風光이 이러흐니 아니 놀고 엇지 흐리? (제2장)

구버난 千尋綠水 仰對흐니 萬尺丹崖.
丹崖에 紅花發이오 綠水에 白鷗飛라.
紅花發 白鷗飛흐니 間興계워 흐노라. (제3장)

이 제2단락의 결속은 종장의 "… -흐니 … 흐-"의 구문에 의해 이루어진다. 제2장의 종장("아히야 風光이 이러흐니 아니 놀고 엇지 흐리.")과 제3장의 종장("紅花發 白鷗飛흐니 間興계워 흐노라.")을 보면, "… -흐니 … 흐-"의 구문을 반복한다. 이 반복표현은 제2단락의 단락내의 결속을 보여준다.

제3단락을 이루는 제4, 5장을 보자.

泛彼中流 鵁鵼之鳥 顧此亭 皓皓之翁이로다.
特心코 多情한이 우리둘 쑨이로쇠.
이제난 날 차자리 읍스니 널로 조차 늘그리라. (제4장)

李白은 詠詩於廬山흐고 巢父난 洗耳於穎水로다.
사람이 古今인들 志趣야 다를너냐.
우리도 穎水廬山에 한 무리 되오리라. (제5장)

이 제3단락의 결속은 초장의 '-로다'와 종장의 '-리라'에 의해 이루어진다. 제4장의 초장말("皓皓之翁이로다.")과 제5장의 초장말("洗耳於穎水로다.")을 보면, '-로다'를 반복한다. 그리고 제4장의 종장말("늘그리라.")과 제5장의 종장말("되오리라.")을 보면, '-리라'를 반복한다. 이 두 반복표현은 제3단락의 단락내의 결속을 보여준다.

2.1.2. 단락간의 결속

전6장을 이루는 4단락은 단락간의 순차적 결속을 보여준다. 먼저 제1
단락(제1장)과 제2단락(제2, 3장)의 결속을 보자.

淸溪上 伴鷗亭에 極目蕭灑 風景일다.
無心한 白鷗들은 自去自來 무삼 일고.
白鷗야 나지 마라 네 벗인 줄 모를소냐? (제1장)

白鷺洲 도라드러 伴鷗亭 돌나가니
長烟은 一空ᄒ듸 晧月은 千里로다.
아희야 風光이 이러ᄒ니 아니 놀고 엇지 ᄒ리? (제2장)
구버난 千尋綠水 仰對ᄒ니 萬尺丹崖.
丹崖에 紅花發이오 綠水에 白鷗飛라.
紅花發 白鷗飛ᄒ니 閒興계워 하노라. (제3장)

제1장 종장초의 '白鷗야'와 제2장 종장초의 '아희야'는 호격의 '-야'
의 반복표현을 통하여, 제1단락(제1장)과 제2단락(제2, 3장)의 결속을
보여준다.

제2단락과 제3단락의 단락간의 결속을 보자.

白鷺洲 도라드러 伴鷗亭 돌나가니
長烟은 一空ᄒ듸 晧月은 千里로다.
아희야 風光이 이러ᄒ니 아니 놀고 엇지 ᄒ리? (제2장)
구버난 千尋綠水 仰對ᄒ니 萬尺丹崖.
丹崖에 紅花發이오 綠水에 白鷗飛라.

紅花發 白鷗飛ᄒ<u>니</u> 閒興계워 ᄒ노<u>라</u>. (제3장)

泛彼中流 鵁鵁之鳥 顧此亭 皓皓之翁이로다.
特心코 多情한이 우리둘 쑌이로쇠.
이제난 날 차자리 읍스<u>니</u> 널로 조차 늘그리<u>라</u>. (제4장)
李白은 詠詩於廬山ᄒ고 巢父난 洗耳於潁水로다.
사람이 古今인들 志趣야 다를너냐.
우리도 潁水廬山에 한 무리 되오리라. (제5장)

제2단락과 제3단락은 제3, 4장 종장의 밑줄 친 부분에서 보이는 "…
-니 … -라"의 반복 구문을 통하여, 단락간의 결속을 보여준다.

泛彼中流 鵁鵁之鳥 顧此亭 皓皓之翁이로다.
特心코 多情한이 우리둘 쑌이로쇠.
이제난 날 차자리 읍스니 널로 조차 늘그리라. (제4장)
李白은 詠詩於廬山ᄒ고 巢父난 洗耳於潁水로다.
사람이 古今인들 志趣야 다를너냐.
우리도 潁水廬山에 한 무리 되오리<u>라</u>. (제5장)

煙霞로 집을 삼고 鷗鷺로 벗을 삼아
팔 베고 물 마시고 伴鷗亭에 누어시니
世上의 富貴功名은 헌신인가 ᄒ노<u>라</u>. (제6장)

제3단락과 제4단락은 제5, 6장의 종장말에서 보여주는 종결어미 '-
라'의 반복표현을 통하여 단락간의 결속을 보여준다.

이렇게 제1, 2단락, 제2, 3단락, 제3, 4단락 등은 차례로 반복표현에
의해 순차적 결속을 보여준다. 이런 점에서 전6장의 텍스트는 반복표현
에 의한 순차적 결속을 보여준다고 정리할 수 있다.

2.1.3. 종결

전6장의 종결은 제1~6장의 평시조가 한 문장이냐 복수의 문장이냐 하는 문체에서 밝혀진다. 제1~6장의 문장을 각수별로 정리하면 다음과 같다.

제1장: 세 문장(淸溪上 伴鷗亭에 極目蕭灑 風景일다. 無心한 白鷗들은 自去自來 무삼 일고. 白鷗야 나지 마라 네 벗인 줄 모를소냐.)

제2장: 두 문장(白鷺洲 도라드러 伴鷗亭 돌나가니, 長烟은 一空흔디 晧月은 千里로다. 아히야 風光이 이러흐니 아니 놀고 엇지 흐리.)

제3장: 세 문장(구버난 千尋綠水 仰對흐니 萬尺丹崖. 丹崖에 紅花發이오 綠水에 白鷗飛라. 紅花發 白鷗飛흐니 閒興계워 하노라.)

제4장: 세 문장(泛彼中流 鴉鴉之鳥 顧此亭 皓皓之翁이로다. 特心코 多情한이 우리둘 뿐이로쇠. 이제난 날 차자리 옵스니 널로 조차 늘 그리라.)

제5장: 세 문장(李白은 詠詩於廬山흐고 巢父난 洗耳於潁水로다. 사람이 古今인들 志趣야 다를너냐. 우리도 潁水廬山에 한 무리 되오리라.)

제6장: 한 문장(煙霞로 집을 삼고 鷗鷺로 벗을 삼아, 팔 베고 물 마시고 伴鷗亭에 누어시니, 世上의 富貴功名은 헌신인가 흐노라.)

이 정리에서 보듯이, 제1~5장은 두세 문장으로 되어 있다. 이 두세 문장으로 구성된 것이 이 텍스트의 규범이다. 그런데 제6장은 한 문장으로 앞의 규범을 일탈하였다. 이는 두세 문장의 반복표현을 한 문장으로 바꾼 것으로, 반복표현의 후미 전환에 의한 종결을 보여준다. 관점을 바꾸어 보면, 이는 연결어미를 사용하지 않거나 한 번 사용하는 규범을 두 번 사용한 것으로 일탈한 것이다. 반복표현의 후미 전환에 의한 종결을 보여준다.

2.2. 구조와 주제

전6장의 배경시공간에서는 특별한 구조를 보여주지 않으므로, 이 절에서는 논리적 구조와 주제만을 정리하고자 한다.

먼저 각장별로 주제를 정리하고, 이 각장별 주제를 바탕으로 전6장의 논리적 구조와 주제를 검토해 보자.

清溪上 伴鷗亭에 極目蕭灑 風景일다.
無心한 白鷗들은 自去自來 무삼 일고.
白鷗야 나지 마라 네 벗인 줄 모를소냐? (제1장)

이 제1장에서는 시적 화자가 멀리서 반구정을 보면서 반구(伴鷗)하는 자신을 노래하였다. 초장에서는, 청계상(清溪上) 반구정(伴鷗亭)에 눈으로 볼 수 있는 한계까지 보이는 소쇄(蕭灑)한 풍경을 노래하였다. 이는 멀리서 반구정을 보면서, 반구정의 맑고 깨끗한 풍경을 노래한 것이다. 그리고 중장과 종장에서는, 백구의 자유로움을 통한 은일자의 자유로움을 노래하면서, 자신이 백구의 벗임을 통하여, 자유로운 은일자가 되고 있음을 노래하였다. 이런 내용으로 보아, 제1장에서는 [소쇄(蕭灑)한 반구정을 멀리서 바라보면서, 반기는 백구(白鷗)와 짝이 됨]을 노래하였다고 정리할 수 있다. 이 제1장은 반구정에 드는 초입을 노래하였다는 점에서 '기'로 정리한다.

白鷺洲 도라드러 伴鷗亭 돌나가니(〉올라가니)[1]

---

[1] 원전을 보면 '돌나가니'로 되어 있다. 그런데 '돌아가니'는 '돌나가니'로 쓰지 않고, '돌아가니'나 '도라가니'로 쓴다는 점에서 '올나가니'의 오각으로 보인다. 특히 '올라가니'의 중세 표기는 '올나가니'라는 점에서, 원전의 '돌나가니'는 '올라가니'의 의미인 '올나

長烟은 一空흐디 晧月은 千里로다.
아희야 風光이 이러 흐니 아니 놀고 엇지 흐리? (제2장)

제2장에서는 반구정에 올라 바라본 하늘의 풍광이 아름다워 즐거움
을 노래하였다. 초장을 보면, 시적 화자가 백로주를 돌아들어 반구정에
들거나 올랐음을 보여준다. 그리고 중장에서는, 장연(長烟)의 일공(一
空)과 호월(晧月)의 천리(千里)를 노래하고, 종장("아희야 風光이 이러
흐니 아니 놀고 엇지 흐리.")에서는 풍광이 아니 놀고 어찌할 수 없이
아름다워 즐거움을 보여준다. 이런 점들로 보아, 제2장에서는 [반구정
에서 본 장연(長烟)의 일공(一空) 및 호월(晧月)의 천리(千里)와 그로
인한 즐거움]의 주제를 노래하였다고 정리할 수 있다. 이 주제는 제1장
의 '기'를 이은 '승'이라 할 수 있다. 제3장의 '승'과 구분하기 위하여 '승
1'로 정리한다.

구버난 千尋綠水 仰對흐니 萬尺丹崖.
丹崖에 紅花發이오 綠水에 白鷗飛라.
紅花發 白鷗飛흐니 閒興계워 하노라. (제3장)

제3장에서는 반구정에서 본 홍화발(紅花發)하는 단애(丹崖)와 백구
비(白鷗飛)하는 녹수(綠水)와 그로 인한 한흥을 노래하였다. 제3장에서
는 제2장에서 노래한 반구정의 하늘 아래 있는 단애와 녹수를 노래하였
다. 그것도 초장과 중장을 통하여, 홍화발하는 단애와 백구비하는 녹수
를 노래하고, 종장에서는 홍화발과 백구비에 따른 한흥(閒興)을 노래하

가니'의 오각으로 보인다. 또한 작품의 문맥으로 보아도, '돌아가니'보다는 '올라가니'
의 의미인 '올나가니'가 더 적합해 보인다.

였다. 이런 점에서, 제3장은 [반구정에서 본 홍화발(紅花發)하는 단애 (丹崖) 및 백구비(白鷗飛)하는 녹수(綠水)와 그로 인한 한흥(閑興)]을 주제로 노래하였다고 정리할 수 있다.

제2장이 정적(靜的)인 아름다움과 이에 따른 즐거움을 노래하였다면, 제3장은 동적(動的)인 아름다움과 이에 따른 한흥을 노래하였다. 특히 제3장은 초장("구버난 千尋綠水 仰對ᄒ니 萬尺丹崖.")과 중장("丹崖에 紅花發이오 綠水에 白鷗飛라.")의 대구들을 통하여 유려(流麗)한 아름다움을 더하고 있다. 이런 점에서 제2장은 '승1'로 제3장은 '승2'로 정리하고, '승1'과 '승2'는 점층적 구조로 정리한다.

泛彼中流 鷄鷄之鳥 顧此亭 皓皓之翁이로다.
特心코 多情한이 우리둘 뿐이로쇠.
이제난 날 차자리 옵스니 널로 조차 늘그리라. (제4장)

초장과 중장에서는, 저 중류에 떠서 나는 새(백구)가 이 반구정의 호호한 늙은이(시적 화자)를 바라보는데, 우리는 특히 다정하고, 이제 날 찾을 이 없으니, 너와 함께 늙겠다고 다짐한다. 이런 내용으로 보아, 제4장의 주제는 [이제 백구와 짝을 하여 살면서 늙겠다는 다짐]으로 정리할 수 있다.

이 제4장의 주제는 제1~3장에서 보인 아름다운 반구정의 풍경이나 풍광과 그에 따른 즐거움으로부터 전환한 것이다. 이에 따라 제4장은 '전'이라 할 수 있는데, 제5장의 '전'과 구별하기 위하여 '전1'로 정리한다.

李白은 詠詩於廬山ᄒ고 巢父난 洗耳於潁水로다.
사람이 古今인들 志趣야 다를너냐.
우리도 潁水廬山에 한 무리 되오리라. (제5장)

　초장에서는 이백과 소부의 고사를 노래하고, 이 이백과 소부의 지취
(志趣, 의지와 취향)는 시적 화자의 것과 다르지 않다고 노래하면서, 우
리도 이백 및 소부와 같은 지취를 가진 무리로 살겠다는 다짐을 보여주
고 있다. 이런 점에서 제5장에서는 [우리도 이백 및 소부와 같은 지취를
가진 무리로 살겠다는 다짐]을 주제로 노래했다고 볼 수 있다.

　이 제5장의 주제는 제4장과 더불어 망기(忘機, 俗世의 일이나 慾心
을 잊음)의 삶을 살겠다는 다짐은 같다. 이로 인해 제4, 5장은 '전'으로
정리할 수 있다. 그런데 제4장의 주제보다 제5장의 주제는 확대 점층되
어 있다. '백구와 시적 화자'가 '우리도'로 확대되어 있고, '백구와 함께
하는 삶'이 '이백의 영시어여산(詠詩於廬山)하는 삶'과 '소부(巢父)의
세이어영수(洗耳於潁水)하는 삶'으로 점층되어 있다. 이런 점에서, 제4
장은 '전1'로 제5장은 '전2'로 정리하고, 제4, 5장은 점층적 구조로 정리
할 수 있다.

> 煙霞로 집을 삼고 鷗鷺로 벗을 삼아
> 팔 베고 물 마시고 伴鷗亭에 누어시니
> 世上의 富貴功名은 헌신인가 ᄒ노라. (제6장)

　초장과 중장을 통하여, 반구정에서 안빈낙도하는 삶을 보여준다. 중장
의 "팔 베고 물 마시고"는 『논어』 〈술이(述而)〉편에 나온 "반소사음수
곡굉이침지 낙역재기중(飯蔬食飮水 曲肱而枕之 樂亦在其中)"의 부분
번역으로 안빈낙도를 보여준다. 그리고 종장에서는 안빈낙도의 삶을 사
니 세상의 부귀공명은 헌신인가 노래하고 있다. 이는 세상의 부귀공명의
추구로부터 벗어난 즐거움을 말해준다. 이런 점들로 보아, 제6장은 [반구
정에서 안빈낙도하는 삶의 즐거움]을 노래한 '결'로 정리할 수 있다.

지금까지 정리한 각장별 주제와 구조를 다시 정리하면 다음과 같다.

제1장: 기(瀟灑한 반구정을 멀리서 바라보면서, 반기는 白鷗와 짝이 됨)
제2장: 승1(반구정에서 본 長烟의 一空 및 晧月의 千里와 그로 인한 즐거움)
제3장: 승2(반구정에서 본 紅花發하는 丹崖 및 白鷗飛하는 綠水와 그로 인한 閑興)
제4장: 전1(이제 백구와 짝을 하여 살면서 늙겠다는 다짐)
제5장: 전2(우리도 이백 및 소부와 같은 지취를 가진 무리로 살겠다는 다짐)
제6장: 결(반구정에서 안빈낙도하는 삶의 즐거움)

이 정리에 알 수 있듯이, 전6장은 기승전결의 구조이며, 승1과 승2는 점층적 구조이고, 전1과 전2도 점층적 구조이다.

그리고 전6장이 보여준 각장별 주제로 보아, 전6장의 주제는 [반구정에서 안빈낙도하는 삶의 지향과 즐거움]으로 정리할 수 있다. 즉 제1~5장에서는 반구정에서 안빈낙도하는 삶의 지향을 보여주고, 제6장에서는 반구정에서 안빈낙도하는 삶의 즐거움을 보여준다는 점에서, 전6장의 주제는 [반구정에서 안빈낙도하는 삶의 지향과 즐거움]으로 정리할 수 있다.

이상과 같이 전6장은 독자적인 결속, 종결, 구조, 주제 등을 가지고 있어, 독립된 텍스트로 떼어서도 수용되었다고 판단한다.

3. 후6장의 텍스트

이 장에서는 후6장(제7~12장)의 결속, 종결, 구조, 주제 등을 정리하고자 한다.

3.1. 결속과 종결

이 절에서는 단락내 결속, 단락간 결속, 텍스트의 종결 등을 정리하고자 한다.

3.1.1. 단락내의 결속

후6장의 텍스트는 제1단락(제7장), 제2단락(제8, 9장), 제3단락(제10, 11장), 제4단락(제12장) 등의 네 단락으로 구성되어 있다. 제2단락과 제3단락의 단락내 결속을 보자.

> 人寂寂 夜深深ᄒ디 伴鷗亭에 누어시니
> 天心에 月到ᄒ고 水面에 風來ᄒ다.
> 아마도 一般淸意味를 어든이 나쑨인가 ᄒ노라. (제8장)

> 仰觀ᄒ니 鳶飛戾天 俯察ᄒ니 魚躍于淵
> 이제야 보아 하니 上下理도 分明하다.
> 하물며 光風霽月 雲影天光이야 어닉그지 잇스리? (제9장)

제8장과 제9장의 중장을 보면, 종결어미 '-다'를 반복한다. 이는 제2단락의 단락내 결속을 말해준다. 그리고 제8장과 제9장은 도체(道體)의 발현과 그 체험을 노래했다는 점에서, 제2단락의 단락내 결속을 보여준다. 즉 하늘에 나타난 솔개와 달, 수면의 풍래(風來)와 어약(魚躍) 등을

통하여, 제2단락의 단락내 결속을 보여준다. 이 단락내 결속은 구조와 주제에서 '승1'과 '승2'로 다시 구체적으로 설명할 것이다.

心事난 靑天白日 生涯난 明月淸風
立正位 行大道하니 그 아니 大丈夫ㅣ가.
이밧게 富貴貧賤 威武ㅣ달 이 마암 搖動ᄒ랴? (제10장)

靑山은 萬古靑이오 流水난 晝夜流라.
山靑靑 水流流 그지도 읍슬시고.
우리도 긋치지 마라 山水갓치 하오리라. (제11장)

이 제3단락은 표현과 내용의 측면에서 결속을 보인다. 먼저 표현의 측면을 보자. 제10장과 제11장의 초장들은 각각 두 문장으로, 각각 대구를 보여준다. 이 두 문장으로 구성된 대구는 결속을 보여준다. 다른 하나는 초장 후반부에 나온 주제격어미 '-난'의 반복이다. 즉 "생계(生涯)난"(제10장 초장)과 "유수(流水)난"(제11장 초장)에서 보이는 '-난'의 반복에 의한 결속이다.

이번에는 내용에서 보이는 결속을 보자. 이 제10장과 제11장은 제3단락으로 같은 성격을 보인다. 즉 제10장에서는 대도(大道)의 수행을 지속하겠다는 다짐을 보여준다. 즉 종장인 "이밧게 부귀빈천(富貴貧賤) 위무(威武)ㅣ달 이 마암 요동(搖動)ᄒ랴."를 통하여, 부귀빈천과 위무에도 대도를 수행하는 마음을 불변하겠다는 다짐을 보여준다. 즉 대도의 수행을 지속하겠다는 다짐을 보여준다. 그리고 제11장에서는 산수같이, 대도의 수행을 지속하겠다(그치지 않겠다)는 다짐을 보여준다. 이 두 다짐은 제3단락의 단락내 결속을 보여준다.

3.1.2. 단락간의 결속

후6장의 텍스트는 제1단락(제7장), 제2단락(제8, 9장), 제3단락(제10, 11장), 제4단락(제12장) 등의 네 단락으로 구성되어 있다. 단락간의 결속은 반복표현에 의해 잘 나타나 있다.

제1단락(제7장)과 제2단락(제8, 9장)의 단락간의 결속을 보자.

> 말그나말근 滄浪波에 太乙蓮葉 씌웟난뒤
> 濯纓歌 한 曲調에 잠든 날 씨오거든
> 孺子야 淸濁自取를 나난 몰나 ᄒ노라. (제7장)

> 人寂寂 夜深深ᄒᄃᆞ 伴鷗亭에 누어시니
> 天心에 月到ᄒ고 水面에 風來ᄒ다.
> 아마도 一般淸意味를 어든이 나쁜인가 ᄒ노라. (제8장)
> 仰觀ᄒ니 鳶飛戾天 俯察ᄒ니 魚躍于淵
> 이제야 보아 하니 上下理도 分明하다.
> 하물며 光風霽月 雲影天光이야 어니그지 잇스리? (제9장)

제1단락인 제7장과 제2단락인 제8장을 보면, 초장과 종장에서 반복표현을 통하여 제1단락과 제2단락의 단락간의 결속을 보여준다. 즉 초장에서는 '창랑파(滄浪波)에'(제7장)와 '반구정(伴鷗亭)에'(제8장)를 통하여 '–에'의 반복표현을 보여준다. 그리고 종장에서는 "청탁자취(淸濁自取)를 나난 몰나 ᄒ노라."(제7장)와 "일반청의미(一般淸意味)를 어든이 나쁜인가 ᄒ노라."(제8장)를 통하여 "–를 (…) 나… ᄒ노라"의 반복표현을 보여준다. 이 두 반복표현은 제1단락(제7장)과 제2단락(제8, 9장)의 단락간의 결속을 보여준다.

제2단락(제8, 9장)과 제3단락(제10, 11장)의 단락간의 결속을 보자.

人寂寂 夜深深ᄒ더 伴鷗亭에 누어시니
天心에 月到ᄒ고 水面에 風來ᄒ다.
아마도 一般淸意味를 어든이 나뿐인가 ᄒ노라. (제8장)
仰觀ᄒ니 鳶飛戾天 俯察ᄒ니 魚躍于淵
이제야 보아 하니 上下理도 分明하다.
하물며 光風霽月 雲影天光이야 어ᄂᆞ그지 잇스리? (제9장)

心事난 靑天白日 生涯난 明月淸風
立正位 行大道하니 그 아니 大丈夫ㄴ가.
이밧게 富貴貧賤 威武ㄴ달 이 마암 搖動ᄒ랴. (제10장)
靑山은 萬古靑이오 流水난 晝夜流라.
山靑靑 水流流 그지도 읍슬시고.
우리도 긋치지 마라 山水갓치 하오리라. (제11장)

제2단락(제8, 9장)의 제9장과 제3단락(제10, 11장)의 제10장을 보면,
중장에서 반복표현을 통하여 제2단락과 제3단락의 단락간의 결속을 보
여준다. 즉 중장의 '보아 하니'(제9장)와 '행대도(行大道)하니'(제10장)
를 통하여 연결어미 '–니'의 반복표현을 보여준다. 이 반복표현은 제2단
락(제8, 9장)과 제3단락(제10, 11장)의 단락간의 결속을 보여준다.
    제3단락(제10, 11장)과 제4단락(제12장)의 단락간의 결속을 보자.

心事난 靑天白日 生涯난 明月淸風
立正位 行大道하니 그 아니 大丈夫ㄴ가.
이밧게 富貴貧賤 威武ㄴ달 이 마암 搖動ᄒ랴? (제10장)
靑山은 萬古靑이오 流水난 晝夜流라.
山靑靑 水流流 그지도 읍슬시고.
우리도 긋치지 마라 山水갓치 하오리라. (제11장)

春水난 滿四澤이오 夏雲은 多奇峰이라.
秋月의 揚明輝요 冬嶺에 秀孤松이라.
아마도 四時佳興이 사람과 한 가진가 ㅎ노라. (제12장)

제3단락(제10, 11장)의 제11장과 제4단락(제12장)의 제12장을 보면, 초장에서 반복표현을 통하여 제3단락과 제4단락의 단락간의 결속을 보여준다. 즉 초장인 "청산(靑山)은 만고청(萬古靑)이오 유수(流水)난 주야류(晝夜流)라."(제11장)와 "춘수(春水)난 만사택(滿四澤)이오 하운(夏雲)은 다기봉(多奇峰)이라."(제12장)를 통하여 "○○은/난 ○○○이오 ○○난/은 ○○○라/이라"의 반복표현을 보여준다. 이 반복표현은 제3단락(제10, 11장)과 제4단락(제12장)의 단락간의 결속을 보여준다.

이상과 같이 후6장은 제1, 2단락, 제2, 3단락, 제3, 4단락 등이 차례로 순차적 결속을 보인다는 점에서, 후6장의 단락간의 결속은 순차적 결속이라고 정리할 수 있다.

3.1.3. 종결

후6장의 텍스트는 텍스트 후미의 반복표현에 의한 종결을 초장에서 보여준다. 후6장의 초장들을 인용하면 다음과 같다.

말그나말근 滄浪波에 太乙蓮葉 쯰윗난디   (제7장 초장)
人寂寂 夜深深ㅎ디 伴鷗亭에 누어시니   (제8장 초장)
仰觀ㅎ니 鳶飛戾天 俯察ㅎ니 魚躍于淵   (제9장 초장)
心事난 靑天白日 生涯난 明月淸風   (제10장 초장)
靑山은 萬古靑이오 流水난 晝夜流라.   (제11장 초장)
春水난 滿四澤이오 夏雲은 多奇峰이라.   (제12장 초장)

이 인용들을 보면, 제7~11장의 초장들은 바로 앞의 초장들이 보이는 문형을 반복하지 않는 것을 규범으로 한다. 이에 비해 제12장의 초장은 바로 앞의 제11장의 초장이 보인 문형을 반복한다. 즉 "○○은/난 ○○○이오 ○○난/은 ○○○라/이라"의 대구 문형을 반복하면서, 제7~11장의 초장들이 보인 규범을 일탈하고 있다. 이 일탈은 바로 앞에서 정리하였듯이, 제3단락(제10, 11장)과 제4단락(제12장)의 단락간의 결속을 보여준다. 동시에 이 일탈은 후6장 텍스트로 보면, 텍스트 후미에서의 반복표현에 의한 종결이다. 이 종결은 같은 문형을 반복하지 않는 반복표현을 전환한 종결이다.

3.2. 구조와 주제

배경시공간에서는 구조를 보여주지 않는다. 이에 논리적 구조와 주제만을 검토 정리하고자 한다. 먼저 후6장의 각장별로 주제와 기능을 먼저 정리하고, 이어서 전체의 구조와 주제를 정리하려 한다.

> 말그나말근 滄浪波에 太乙蓮葉 씌윗난더
> 濯纓歌 한 曲調에 잠든 날 씨오거든
> 孺子야 淸濁自取를 나난 몰나 ㅎ노라. (제7장)

이 제7장은 굴원의 〈어부사〉를 배경으로 하였다. 초장과 중장은 〈어부사〉의 어부가 배를 띄운 것과 그가 노래한 "창랑의 물이 맑거든 내 갓끈을 씻고(滄浪之水淸兮 可以濯吾纓) 창랑의 물이 흐리거든 내 발을 씻으리라(滄浪之水濁兮 可以濯吾足)"를 보여준다. 이 노래는 세상이 맑으면 맑게 맞춰 살고 세상이 흐리면 흐리게 살라는 말이다. 그런데 이 청탁을 스스로 취함을 나는 몰라 한다고 노래하였다. 이는 시적 화자가 굴원과 같이 청(淸)하게만 살고 있음을 노래한 것이다. 이런 점에서 제7장의 주제는 [세상의 청탁(淸濁)에 맞추지 않고 청하게만 사는 삶]으로 정리할 수 있다. 이 제7장은 시상을 처음으로 열고 있다는 점에서 '기'로 정리한다.

> 人寂寂 夜深深ᄒ딕 伴鷗亭에 누어시니
> 天心에 月到ᄒ고 水面에 風來ᄒ다.
> 아마도 一般淸意味를 어든이 나뿐인가 ᄒ노라. (제8장)

　초장에서는 사람들은 고요하고, 밤은 깊고 깊었는데, 반구정에 누어 있으니, 달이 하늘 한 가운데 이르고, 바람이 수면에 불어오는 풍경을 노래하고 있다. 이 중장의 풍경은 자연의 풍경이면서, 동시에 하늘이 부여한 본성을 따르는 도를 얻은 득도와 도의 실행을 보여주는 풍경이다. 그리고 시적 화자는 이 풍경에서 득도와 도의 실행이 보이는 맑음의 의미를 보여준다. 이런 사실은 종장 전반부의 '일반청의미(一般淸意味)'로 알 수 있다. 특히 이 중장과 종장의 전반부는 소옹(邵雍, 宋, 1011~1077, 시호는 康節)의 〈청야음(淸夜吟)〉을 용사한 것이다.

　〈청야음〉을 먼저 보자.

달이 하늘 한 가운데 이르고,	月到天心處
바람이 수면에 불어올 때,	風來水面時
한 모양의 맑은 의미를	一般淸意味
헤아려 얻음에 아는 사람이 적다.	料得少人知

　이 작품의 풍경과 이 풍경의 의미를 아는 사람이 적음은 이 작품의 표면적 의미이다. 그리고 이 풍경의 이면적 의미는 하늘이 부여한 본성

을 따르는 도를 얻고, 이 도를 행하는 풍경을 보여준다. 즉 달이 그 본성
을 따라 하늘 한 가운데 이르면, 온 세상이 밝고 맑다[明淸]. 그리고 바
람이 그 본성을 따라 수면에 불어오면, 청풍서래(淸風徐來)에서와 같
이, 그 주변이 맑다[淸]. 이 두 풍경은 한 모양의 맑음[一般淸]을 보여준
다. 그런데 이 한 모양의 맑음[一般淸]이 의미하는 것은 바로 득도와
도의 실행이다. 이런 득도와 도의 실행을 아는 사람이 적다는 이야기는
자신이 이 득도와 도의 실행을 알았다는 것으로 보인다.[2]

  이렇게 〈청야음〉에서 인용한 부분의 의미를 계산하면서 제8장의 의
미를 보면, 시적 화자가 깊은 밤에 반구정에 누어서, 달이 하늘 한 가운
데 이르고, 수면에 바람이 불어오는 풍경을 통하여, 같은 모양의 맑음의
의미[一般淸意味], 즉 득도와 도의 실행을 알았음을 노래하였다고 정리
할 수 있다. 이런 점에서 제8장의 주제는 [자연의 득도(得道)와 도의 실
행을 시적 화자가 인지함]으로 정리할 수 있다. 이 주제는 제9장의 주제
와 구별하기 위하여 '승1'로 부르려 한다.

  仰觀ᄒᆞ니 鳶飛戾天 俯察ᄒᆞ니 魚躍于淵
  이제야 보아 하니 上下理도 分明하다.
  하물며 光風霽月 雲影天光이야 어늬그지 잇스리? (제9장)

  이 제9장은 〈도산십이곡〉의 제6수를 바꾼 것으로 볼 수 있다. 〈도산
십이곡〉 제6수의 종장("ᄒᆞ믈며 魚躍鳶飛 雲影天光이ᄼᅡ 어늬 그지 이슬
고")을 "하물며 광풍제월(光風霽月) 운영천광(雲影天光)이야 어늬그지

---

2   이런 사실은 『性理大典』에서도 이 시를 싣고 평하기를 "경치를 빌어 聖人(성인)의 本體
   淸明(본체청명)함을 나타내고 인간의 욕심 같은 俗塵(속진)을 解脫(해탈)했다."고 했다
   (네이버 지식백과의 〈청야음〉조)는 사실에서도 알 수 있다.

잇스리”로 바꾸고, ‘광풍제월(光風霽月)’로 바꾼 ‘어약연비(魚躍鳶飛)’
를 초장과 중장인 “앙관(仰觀)ᄒ니 연비려천(鳶飛戻天) 부찰(俯察)ᄒ니
어약우연(魚躍于淵) / 이제야 보아 하니 상하리(上下理)도 분명(分明)
하다.”로 바꾸었다. 표현에서는 바뀜이 있지만, 같은 도의 발현태를 보
고 즐거워함을 노래하였다고 정리할 수 있다. 이는 말을 바꾸면 솔개,
물고기, 바람, 달, 구름, 하늘 등이 하늘이 부여한 본성을 따르면서 보여
준, 자연의 득도를 시적 화자가 즐기고 있는 것이다. 이런 점에서 제9장
의 주제는 [자연의 득도(得道)와 도의 실행을 시적 화자가 즐김]으로 정
리할 수 있다. 이 주제는 제8장의 주제와 함께 자연의 득도와 도의 실행
을 노래하되, 제8장에서는 그 득도와 도의 실행을 인지하고, 제9장에서
는 그 득도와 도의 실행을 즐긴다는 점에서, 제8장은 ‘승1’로, 제9장은
‘승2’로 부르고, 제8, 9장은 점층적 구조로 정리한다.

> 心事난 靑天白日 生涯난 明月淸風
> 立正位 行大道하니 그 아니 大丈夫ㄴ가.
> 이밧게 富貴貧賤 威武ㄴ달 이 마암 搖動ᄒ랴? (제10장)

초장에서는 “심사(心事)는 청천백일(靑天白日)이고 생애(生涯)는 도
우(道友)인 명월청풍(明月淸風)”임을 노래하였다. 중장에서 시적 화자
는 스스로 정위(正位)에서 대도(大道)를 행하였으므로 자신이 대장부임
을 자부하였다. 그리고 종장에서는 정위에서 대도를 행하는 대장부의
마음이 부귀빈천과 위무(威武)에도 요동하지 않을 것임을 노래하였다.
이는 제9장까지 보여준 득도와 (대)도를 실행하는 대장부의 마음을 흔들
리지 않고 지키겠다는 다짐을 보여준다. 이런 점에서 제9장의 주제는
[득도와 도를 실행하는 마음이 흔들리지 않겠다는 다짐]으로 정리할 수

있다. 이는 자연의 득도와 도의 실행을 인지하거나(제8장) 즐기는 것(제9장)으로부터의 전환이다. 이 전환은 제10장이 '전'임을 말해 주는데, 제11장의 '전'과 구별하기 위하여 '전1'로 정리한다.

> 靑山은 萬古靑이오 流水난 晝夜流라.
> 山靑靑 水流流 그지도 옵슬시고.
> 우리도 긋치지 마라 山水갓치 하오리라. (제11장)

이 제11장은 퇴계의 〈도산십이곡〉 제11수("靑山은 엇뎨ᄒ야 만고에 프르르며 / 流水는 엇뎨ᄒ야 긋디 아니는고 / 우리도 그치지 마라 萬古常靑 호리라")를 일부 바꾼 것이다. 이 제11장의 표면만을 읽으면, 무엇을 그치지 않고 산수와 같이 하겠다는 것인지를 알 수 없다. 그러나 청산의 만고청(萬古靑)과 유수의 주야류(晝夜流)가, 하늘이 산과 물에 부여한 본성을 따르는 도(道)라는 점을 계산하면, 이 작품은 득도와 도의 실행을 그치지 않고 지속하겠다는 다짐으로 읽을 수 있다. 이런 점에서 제11장의 주제는 [득도(得道)와 도(道)의 실행을 산수와 같이 그치지 않고 지속하겠다는 다짐]으로 정리할 수 있다. 득도와 도의 실행은 제10장과 제11장의 공통이다. 그러나 이 득도와 도의 실행을 흔들리지 않겠다는 다짐을 보이는 것이 제10장이고, 이 득도와 도의 실행을 산수와 같이 그치지 않겠다고 다짐하는 것이 제11장이다. 흔들리지 않겠다는 다짐에 비해, 산수와 같이 그치지 않겠다는 점층된 다짐이다. 이런 점에서 제10장은 '전1'로, 제11장은 '전2'로 정리하고, 전1(제10장)과 전2(제11장)는 점층적 구조로 정리할 수 있다.

春水난 滿四澤이오 夏雲은 多奇峰이라.
秋月의 揚明輝요 冬嶺에 秀孤松이라.
아마도 四時佳興이 사람과 한 가진가 ᄒ노라. (제12장)

　초장과 중장은 도연명(陶淵明, 365~427)의 〈사시(四時)〉에 현토한
것이다. 이로 인해 언뜻 보면, 전고인용에 불과한 것으로 볼 수도 있다.
그러나 종장과 함께 볼 때에 다른 의미를 읽을 수 있다. 즉 도연명의
전원시는 표면적 의미를 보여주고, 이에 사시의 자연이 득도하고 대도
를 수행하는 이면적 의미를 더하여 제시한 것이다. 종장의 사시가흥(四
時佳興)으로 보면, 초장과 중장은 사시의 가흥을 보여주는 것이다. 그것
도 사시의 자연들이 각각 본성을 따르면서 보여주는 득도와 대도를 수행
하면서 느끼는 가흥을 보여주는 것이다. 이 사시가흥을 종장에서는 "아
마도 사시가흥(四時佳興)이 사람과 한 가진가 ᄒ노라."로 노래하였다.
이 종장은 물론 정호(程顥)의 "사시가흥여인동(四時佳興與人同)"을 용
사한 것이다. 이런 점에서 제12장은 [반구정에서 시적 화자가 자연과
합일된 사시가흥의 즐거움]을 노래하였다고 정리할 수 있다. 이는 후6
장의 '결'에 해당한다.
　지금까지 정리한 각장별 주제와 구조를 다시 정리하면 다음과 같다.

제07장: 기(세상의 淸濁에 맞추지 않고 淸하게만 사는 삶)
제08장: 승1(자연의 得道와 도의 실행을 시적 화자가 인지함)
제09장: 승2(자연의 得道와 도의 실행을 시적 화자가 즐김)
제10장: 전1(득도와 도를 실행하는 마음이 흔들리지 않겠다는 다짐)
제11장: 전2(득도와 도의 실행을 산수와 같이 그치지 않고 지속하겠다는
　　　　　다짐)
제12장: 결(반구정에서 시적 화자가 자연과 합일된 사시가흥의 즐거움)

이 정리에서 알 수 있듯이, 후6장은 기승전결의 구조이며, 승1·2와 전1·2는 각각 점층적 구조이다. 그리고 후6장이 보여준 각장별 주제로 보아, 후6장의 주제는 [반구정에서 자연과 합일하는 삶의 지향과 사시가흥의 즐거움]으로 정리할 수 있다. 즉 제7~11장에서는 반구정에서 자연과 합일하는 삶의 지향을 보여주고, 제12장에서는 반구정에서 자연과 합일된 사시가흥의 즐거움을 보여준다는 점에서, 후6장의 주제는 [반구정에서 자연과 합일하는 삶의 지향과 사시가흥의 즐거움]으로 정리할 수 있다.

이상과 같이, 후6장의 텍스트는 독자적인 결속, 종결, 구조, 주제 등을 보여준다는 점에서, 후6수의 텍스트로도 분리되어 수용될 수 있었다고 판단한다.

4. 12장의 텍스트

이 장에서는 12장의 텍스트에서 결속, 종결, 구조, 주제 등을 검토 정리하고자 한다.

4.1. 결속과 종결

'2'장과 '3'장에서 검토한 전6장의 텍스트와 후6장의 텍스트에서 정리한 결속과 종결은, 12장의 텍스트에서는 전6장의 단락과 후6장의 단락에서 단락내의 결속과 종결이 된다. 이 결속과 종결 외에, 12장의 텍스트에서 새로 발견되는 결속과 종결은 세 종류이다.

먼저 전6장과 후6장을 결속하는 결속을 보기 위해, 제6장과 제7장을 보자.

煙霞로 집을 삼고 鷗鷺로 벗을 삼아
팔 베고 물 마시고 伴鷗亭에 누어시니
世上의 富貴功名은 헌신인가 ᄒᆞ노라. (제6장)

말그나말근 滄浪波에 太乙蓮葉 씌윗난듸
濯纓歌 한 曲調에 잠든 날 ᄭᅵ오거든
孺子야 淸濁自取를 나난 몰나 ᄒᆞ노라. (제7장)

인용의 밑줄 친 부분에서 보듯이, 제6, 7장의 종장에서는 'ᄒᆞ노라'의 반복표현을 보여준다. 이 반복표현은 제6장과 제7장의 결속을 보여주는 동시에, 전6장과 후6장의 결속을 보여준다.

결속은 전6장과 후6장에서 격구식으로 상응하는 반복표현에서도 나타난다. 이 상응하는 반복표현을 먼저 정리해 보자.

제1장과 제7장은 두 종류의 상응하는 반복표현을 보여준다. 하나는 초장에서 보이는 "… ―에 …"의 상응하는 반복표현이다. 이 반복표현은 "청계상(淸溪上) 반구정(伴鷗亭)에 극목소쇄(極目蕭灑) 풍경(風景)일다."(제1장 초장)와 "말그나말근 창랑파(滄浪波)에 태을련엽(太乙蓮葉) 씌윗난듸"(제7장 초장)에서 파악할 수 있다. 다른 하나는 종장에서 보이는 "―야 … 모르/몰―"의 상응하는 반복표현이다. 이 반복표현은 "백구(白鷗)야 나지 마라 네 벗인 줄 모를소냐."(제1장 종장)와 "유자(孺子)야 청탁자취(淸濁自取)를 나난 몰나 ᄒᆞ노라."(제7장 종장)에서 파악할 수 있다.

제2장과 제8장은 두 종류의 상응하는 반복표현을 보여준다. 하나는 초장에서 보이는 "… 반구정(伴鷗亭)(에) ―니"의 상응하는 반복표현이다. 이 반복표현은 "백로주(白鷺洲) 도라드러 반구정(伴鷗亭) 돌나가니"(제2장 초장)와 "인적적(人寂寂) 야심심(夜深深)ᄒᆞ듸 반구정(伴鷗

亭)에 누어시니"(제8장 초장)에서 알 수 있다. 다른 하나는 중장에서 보이는 "… (-)月- …"의 상응하는 반복표현이다. 이 반복표현은 "장연(長烟)은 일공(一空)ᄒᆞᆫ더 호월(晧月)은 천리(千里)로다."(제2장 중장)와 "천심(天心)에 월도(月到)ᄒᆞ고 수면(水面)에 풍래(風來)ᄒᆞᆫ다."(제8장 중장)에서 알 수 있다.

제3장과 제9장은 두 종류의 상응하는 반복표현을 보여준다. 하나는 초장에서 보이는 "굽어/앙(仰)- … 앙(仰)/부(俯)- …"의 상응 표현이고, 다른 하나는 "… -ᄒᆞ니 …"의 대응하는 반복표현이다. 이 반복표현은 "구버난 천심록수(千尋綠水) 앙대(仰對)ᄒᆞ니 만척단애(萬尺丹崖)."(제3장 초장)와 "앙관(仰觀)ᄒᆞ니 연비려천(鳶飛戾天) 부찰(俯察)ᄒᆞ니 어약우연(魚躍于淵)"(제9장)에서 알 수 있다.

제4장과 제10장은 두 종류의 상응하는 반복표현을 보여준다. 하나는 중장에서 보이는 "… -한이/하니 …"의 대응하는 반복표현이다. 이 반복표현은 "특심(特心)코 다정(多情)한이 우리둘 쑨이로쇠."(제4장 중장)와 "입정위(立正位) 행대도(行大道)하니 그 아니 대장부(大丈夫) ㄴ가."(제10장 중장)에서 알 수 있다. 다른 하나는 종장에서 보이는 "이- …"의 상응하는 반복표현이다. 이 반복표현은 "이제난 날 차자리 웁스니 널로 조차 늘그리라."(제4장 종장)와 "이밧게 부귀빈천(富貴貧賤) 위무(威武) ㄴ달 이 마암 요동(搖動)ᄒᆞ랴."(제10장 종장)에서 알 수 있다.

제5장과 제11장은 두 종류의 상응하는 반복표현을 보여준다. 하나는 초장에서 보이는 "-은 -고/오 -난 …"의 상응하는 반복표현이다. 이 반복표현은 "이백(李白)은 영시어려산(詠詩於廬山)ᄒᆞ고 소부(巢父)난 세이어영수(洗耳於潁水)로다."(제5장 초장)와 "청산(靑山)은 만고청(萬古靑)이오 유수(流水)난 주야류(晝夜流)라."(제5장 초장)에서 알 수 있다. 다른 하나는 종장에서 보이는 "우리도 … -오리라"의 상응하는 반복

표현이다. 이 반복표현은 "<u>우리도</u> 영수려산(潁水廬山)에 한 무리 되오
<u>리라.</u>"(제5장)와 "<u>우리도</u> 긋치지 마라 산수(山水)갓치 하<u>오리라.</u>"(제11
장)에서 알 수 있다.

제6장과 제12장은 한 종류의 상응하는 반복표현을 보여준다. 바로 종
장에서 보이는 "… ㅡㄴ가 ㅎ노라"의 상응하는 반복표현이다. 이 반복표
현은 "세상(世上)의 부귀공명(富貴功名)은 헌신<u>인가</u> ㅎ노라."(제6장 종
장)와 "아마도 사시가흥(四時佳興)이 사람과 한가<u>진가</u> ㅎ노라."(제12장
종장)에서 알 수 있다.

이상의 격구식으로 상응하는 반복표현을 표로 정리하면 다음과 같다.

전6장	상응하는 반복표현	후6장
제1장	"… ㅡ에 …"(초장)	제7장
	"ㅡ야 … 모르/몰ㅡ"(중장)	
제2장	"… 伴鷗亭(에) ㅡ니"(초장)	제8장
	"… (ㅡ)月ㅡ …"(중장)	
제3장	"굽어/仰ㅡ … 仰/俯ㅡ …"(초장)	제9장
	"… ㅡㅎ니 …"(초장)	
제4장	"… ㅡ한이/하니 …"(중장)	제10장
	"이ㅡ …"(종장)	
제5장	"ㅡ은 ㅡ고/오 ㅡ난 …"(초장)	제11장
	"우리도 … ㅡ오리라"(종장)	
제6장	"… ㅡㄴ가 ㅎ노라"(종장)	제12장

이 표에서 보듯이 전6장과 후6장은 같은 표현을 격구식으로 상응시킨
반복표현을 보여준다. 이는 전6장과 후6장이 같은 표현의 틀을 가지고
있음을 통하여, 전6장과 후6장의 결속을 보여준다.

이번에는 12장 텍스트의 종결을 보자. 후6장의 텍스트에서 검토하였 듯이, 후6장 텍스트의 후미(제11, 12장)에서 반복표현에 의한 종결을 정 리하였다. 이 종결은 후6장의 텍스트에서의 종결은 물론, 12장의 텍스 트에서의 종결도 보여준다. 이를 보기 위해 12장의 초장들을 인용하면 다음과 같다.

淸溪上 伴鷗亭에 極目蕭灑 風景일다.	(제1장 초장)
白鷺洲 도라드러 伴鷗亭 돌나가니	(제2장 초장)
구버난 千尋綠水 仰對ᄒᆞ니 萬尺丹崖	(제3장 초장)
泛彼中流 鴉鴉之鳥 顧此亭 皓皓之翁이로다.	(제4장 초장)
李白은 詠詩於廬山ᄒᆞ고 巢父난 洗耳於穎水로다.	(제5장 초장)
煙霞로 집을 삼고 鷗鷺로 벗을 삼아	(제6장 초장)
말그나말근 滄浪波에 太乙蓮葉 씌윗난더	(제7장 초장)
人寂寂 夜深深ᄒᆞ디 伴鷗亭에 누어시니	(제8장 초장)
仰觀ᄒᆞ니 鳶飛戾天 俯察ᄒᆞ니 魚躍于淵	(제9장 초장)
心事난 靑天白日 生涯난 明月淸風	(제10장 초장)
靑山은 萬古靑이오 流水난 晝夜流라.	(제11장 초장)
春水난 滿四澤이오 夏雲은 多奇峰이라.	(제12장 초장)

이 인용들을 보면, 제1~11장의 초장들은 바로 앞의 초장들이 보이는 문형을 반복하지 않는 것을 규범으로 한다. 이에 비해 제12장의 초장은 바로 앞의 제11장의 초장이 보인 문형을 반복한다. 즉 "○○은/난 ○○○ 이오 ○○난/은 ○○○라/이라"의 대구 문형을 반복하면서, 제1~11장의 초장들이 보인 규범을 일탈하고 있다. 이 일탈은 앞에서 정리하였듯이, 제3단락(제10, 11장)과 제4단락(제12장)의 단락간의 결속과, 후6장 텍 스트의 후미에서 반복표현에 의한 종결을 보여주었다. 동시에 이 종결 은 12장의 텍스트에서도 그대로 작용한다. 즉 12장 텍스트의 후미에서

반복표현에 의한 종결을 보여주는 것이다.

4.2. 논리적 구조와 주제

앞에서 정리한 전6장과 후6장의 논리적 구조를 다시 인용하면 다음과 같다.

제01장: 기(瀟灑한 반구정을 멀리서 바라보면서, 반기는 白鷗와 짝이 됨)

제02장: 승1(반구정에서 본 長烟의 一空 및 晧月의 千里와 그로 인한 즐거움)

제03장: 승2(반구정에서 본 紅花發하는 丹崖 및 白鷗飛하는 綠水와 그로 인한 閑興)

제04장: 전1(이제 백구와 짝을 하여 살면서 늙겠다는 다짐)

제05장: 전2(우리도 이백 및 소부와 같은 지취를 갖은 무리로 살겠다는 다짐)

제06장: 결(반구정에서 안빈낙도하는 삶의 즐거움)

제07장: 기(세상의 淸濁에 맞추지 않고 淸하게만 사는 삶)

제08장: 승1(자연의 得道와 도의 실행을 시적 화자가 인지함)

제09장: 승2(자연의 得道와 도의 실행을 시적 화자가 즐김)

제10장: 전1(득도와 도를 실행하는 마음이 흔들리지 않겠다는 다짐)

제11장: 전2(득도와 도의 실행을 산수와 같이 그치지 않고 지속하겠다는 다짐)

제12장: 결(반구정에서 시적 화자가 자연과 합일된 사시가흥의 즐거움)

이 정리에서 알 수 있듯이, 전6장과 후6장은 각각 기승전결의 구조이다. 그리고 두 기승전결에 포함된 승1과 승2는 점층적 구조이고, 전1과 전2도 점층적 구조이다. 결국 두 기승전결이 합쳐진 구조임을 정리할 수 있다. 물론 전6장의 기승전결보다 후6장의 기승전결이 점층된 것이다. 말을 바꾸면 전6장의 기승전결이 보인 안빈낙도하는 삶의 즐거움은 후6장의 기승전결이 보인 자연과 합일된 사시가흥의 즐거움으로 점층된 점층적 구조이다. 이 점층적 구조는 〈영언십이장〉(신지)이 모방한 〈도산십이곡〉(이황)의 전6곡('언지')과 후6곡('언학')이 보인 병렬적 구조나, 〈강호연군가〉(장경세)의 전6수('애군우국지성')와 후6수('성현학문지정')가 보인 병렬적 구조와는 구별되는 구조이다.

그리고 전6장의 주제는 [반구정에서 안빈낙도하는 삶의 지향과 즐거움]이고, 후6장의 주제는 [반구정에서 자연과 합일하는 삶의 지향과 사시가흥의 즐거움]이다. 이를 종합하면, 12장 텍스트의 주제는 [반구정에서 안빈낙도하고 자연과 합일하는 삶의 지향과 즐거움]으로 묶을 수 있다.

5. 결론

지금까지 〈영언십이장〉의 결속, 종결, 구조, 주제 등을 통해 탈착형 연시조의 면모를 검토 정리해 보았다. 그 중요한 것들을 요약하는 것으로 결론을 대신한다.

먼저 전6장 텍스트에서 얻은 바를 요약하면 다음과 같다.

1) 전6장의 텍스트는 제2단락(제2, 3장)과 제3단락(제4, 5장)에서 단락내 결속을 보여준다. 제2단락의 경우에는 제2장의 종장과 제3장의 종장에서 보인 "… -흐니 … 흐-"의 반복표현을 통하여 단락내 결속을 보여준다. 제3단락의 경우에는 제4장의 초장말과 제5장의 초장말에서 보인 '-로다'의 반복표현과, 제4장의 종장말과 제5장의 종장말에서 보인 '-리라'의 반복표현을 통하여 단락내 결속을 보여준다.

2) 전6장의 텍스트는 제1, 2단락, 제2, 3단락, 제3, 4단락 등의 단락

간의 순차적 결속을 보여준다. 제1단락(제1장)과 제2단락(제2, 3장)의 경우에는 제1장 종장과 제2장 종장에서 보인 호격 '-야'의 반복표현을 통하여, 단락간의 결속을 보여준다. 제2단락(제2, 3장)과 제3단락(제4, 5장)의 경우에는 제3장 종장과 제4장 종장에서 보인 "… -니 … -라"의 반복표현을 통하여, 단락간의 결속을 보여준다. 제3단락(제4, 5장)과 제4단락(제6장)의 경우에는 제5장 종장과 제6장 종장에서 보인 종결어미 '-라'의 반복표현을 통하여, 단락간의 결속을 보여준다.

3) 전6장은 두세 문장의 반복표현(제1~5장)을 한 문장(제6장)으로 바꾼, 반복표현의 후미 전환에 의한 종결을 보여준다.

4) 전6장은 [기(제1장)-승(승1:제2장, 승2:제3장)-전(전1:제4장, 전2:제5장)-결(제6장)]의 논리적 구조이며, 승1·2와 전1·2는 각각 점층적 구조이다.

5) 전6장의 주제는 [반구정에서 안빈낙도하는 삶의 지향과 즐거움]이다.

후6장의 텍스트에서 얻은 바를 요약하면 다음과 같다.

1) 후6장의 텍스트는 제2단락(제8, 9장)과 제3단락(제10, 11장)에서 단락내 결속을 보여준다. 제2단락(제8, 9장)의 경우에는 제8장과 제9장의 중장에서 보여주는 '-다'의 반복과, 제8장과 제9장이 보인 도체(道體)의 발현과 그 체험이라는 같은 내용을 통하여, 단락내 결속을 보여준다. 제3단락(제10, 11장)의 경우에는 제10장 초장과 제11장 초장에서 보인 '-난'의 반복표현과, 제10장과 제11장에서 반복하는 대도 수행의 지속을 통하여, 단락내 결속을 보여준다.

2) 후6장의 텍스트는 제1, 2단락, 제2, 3단락, 제3, 4단락 등의 단락간의 순차적 결속을 보여준다. 제1단락(제7장)과 제2단락(제8, 9장)의 경우에는 제7장 초장과 제8장 초장에서 보이는 '-에'의 반복표현과, 제7

장 종장과 제8장 종장에서 보인 "–를 (…) 나… ᄒ노라"의 반복표현을 통하여, 단락간의 결속을 보여준다. 제2단락(제8, 9장)과 제3단락(제 10, 11장)의 경우에는 제9장 중장과 제10장 중장에서 보인 연결어미 '–니'의 반복표현을 통하여 단락간의 결속을 보여준다. 제3단락(제10, 11 장)과 제4단락(제12장)의 경우는 제11장 초장과 제12장 초장에서 보인 "○○은/난 ○○○이오 ○○난/은 ○○○라/이라"의 반복표현을 통하여 단락간의 결속을 보여준다.

3) 후6장의 텍스트는 제7~11장의 초장들에서 보인, 바로 앞의 초장들 이 보이는 문형을 반복하지 않는 규범을 보이다가, 제12장의 초장에서 바로 앞의 제11장의 초장이 보인 문형인 "○○은/난 ○○○이오 ○○난/ 은 ○○○라/이라"의 대구 문형을 반복하면서, 텍스트 후미에서의 반복 표현에 의한 종결을 보여준다.

4) 후6장의 텍스트는 [기(제7장)–승(승1:제8장, 승2:제9장)–전(전1: 제10장, 전2:제11장)–결(제12장)]의 논리적 구조이며, 승1·2와 전1·2 는 각각 점층적 구조이다.

5) 후6장의 주제는 [반구정에서 자연과 합일하는 삶의 지향과 사시가 흥의 즐거움]이다.

12장의 텍스트에서 얻은 바를 요약하면 다음과 같다.

1) 전6장의 텍스트와 후6장의 텍스트에서 정리한 결속과 종결은, 12 장의 텍스트에서는 전6장의 단락과 후6장의 단락에서 단락내의 결속과 종결이 된다.

2) 전6장의 제6장과 후6장의 제7장은 종장에서 보여준 'ᄒ노라'의 반 복표현을 통하여, 제6장과 제7장의 결속과, 전6장과 후6장의 결속을 보 여준다. 전6장과 후6장의 상응하는 반복표현들을 통하여 12장 텍스트의 결속을 보여준다. 상응하는 반복표현은 다음과 같다. 제1장과 제7장은

"… -에 …"의 반복표현과, "-야 … 모르/몰-"의 반복표현을 보여준다. 제2장과 제8장은 "… 반구정(伴鷗亭)(에) -니"의 반복표현과, "… (-)월 (月)- …"의 반복표현을 보여준다. 제3장과 제9장은 "굽어/앙(仰)- … 앙(仰)/부(俯)- …"와 "… -호니 …"의 반복표현을 보여준다. 제4장과 제10장은 "… -한이/하니 …"의 반복표현과, "이- …"의 반복표현을 보여준다. 제5장과 제11장은 "-은 -고/오 -난 …"의 반복표현과, "우리도 … -오리라"의 반복표현을 보여준다. 제6장과 제12장은 "… -ㄴ가 ㅎ노라"의 반복표현을 보여준다.

3) 12장의 텍스트는 후미에서 반복표현에 의한 종결을 보여준다.

4) 12장의 텍스트는 [기(제1장)-승(승1:제2장, 승2:제3장)-전(전1:제4장, 전2:제5장)-결(제6장)]과 [기(제7장)-승(승1:제8장, 승2:제9장)-전(전1:제10장, 전2:제11장)-결(제12장)]이 점층적으로 결합된 점층적 구조이다.

5) 12장의 텍스트는 [반구정에서 안빈낙도하고 자연과 합일하는 삶의 지향과 즐거움]의 주제를 보인다.

이상과 같이, 〈영언십이장〉의 전6장의 텍스트, 후6장의 텍스트, 12장의 텍스트 등은 각각 결속, 종결, 구조, 주제 등을 보여준다는 점에서, 〈영언십이장〉은 세 텍스트로 탈착되어 수용되는 탈착형의 연시조라고 정리한다.

김득연의 〈영회잡곡〉

1. 서론

이 글은 갈봉 김득연(金得硏, 1555~1637)의 연시조 〈영회잡곡(咏懷雜曲)〉의 결속, 종결, 구조, 주제 등을 검토하여 탈착형 연시조의 가능성을 정리하는 데 연구의 목적이 있다.

김득연의 시조는 김용직(1972)이 『갈봉유고(葛峰遺稿)』에 수록된 작품들을 소개하면서 학계에 알려지기 시작했고, 이를 송정헌(1976)이 『갈봉선생유묵(葛峰先生遺墨)』에 수록된 작품들과의 비교를 통해 보완하였다. 그 후의 연구는 한 편에서는 시가사적 위치와 문학적 특성을 종합적으로 다루었고[1], 다른 한 편에서는 〈산중잡곡(山中雜曲)〉의 작품을 중심으로 다루었다.[2] 〈영회잡곡〉에 대한 연구는 상당히 부분적이며 소략하다. 이 작품에 대한 기왕의 연구를 간단하게 보자.

김용직(1972:122, 138~139)은 〈영회잡곡〉의 맨앞에 있는 〈다믄 흔간

---

1 시가사적 측면과 문학적 특성을 검토한 논문으로는 이상원(1992:143~170), 신영명(1997:1~12), 나정순(1999:251~273), 김창원(2000:167~191), 손태도(2002:119~143), 육민수(2004:5~32), 허왕욱(2012:451~477) 등의 7편이 있다.
2 〈산중잡곡〉을 중심으로 다룬 논문으로는 김상진(2004:189~217), 허왕욱(2012:451~477), 남동결(2015:123~148) 등의 3편이 있다.

초옥개 ……〉가 〈산중잡곡〉의 제34수와 겹친다는 사실을 정리하고, 이 〈다믄 흔간 초옥개 ……〉를 포함한 〈영회잡곡〉(6수)의 자료를 소개하였 다. 이 〈영회잡곡〉(6수)의 자료에는 〈늘거니 벗 업스믈 ……〉이 빠져 있다. 송정헌(1976:32, 38)은 맨앞에 있는 〈다믄 흔간 초옥개 ……〉가 〈산중잡곡〉의 35번째와 겹친다는 사실을 다시 한번 확인하면서, 〈늘거 니 벗 업스믈 ……〉이 포함된 7수의 〈영회잡곡〉을 소개하였다. 그리고 송정헌(1977:326~327)은 〈영회잡곡〉의 주제 및 내용을 "7首의 聯詩調 形으로 安貧(分)自足하는 心情과 思友 및 歎老의 情이 깃들인 詩興을 淡淡하게 노래했다."고 정리하고, 이 작품을 '연시조'라고 하기가 어렵다 면서, '연형체 시조'로 정리하였다.[3] 손태도(2002:137)는 〈영회잡곡〉의 〈늘론줄을 내 모르니 ……〉를 '안분'의 적절성을 얻은 작품으로 보았다.

이렇게 〈영회잡곡〉의 연구는 소략하고 단편적이며, 그 결속, 종결, 구조, 주제 등은 거의 밝혀져 있지 않다. 게다가 〈영회잡곡〉은 주제 차원 에서 연시조의 가능성이 부정되고 있으며, 이 작품은 제1수와 제4수를 뺄 것인가 포함할 것인가 하는 문제, 말을 바꾸면, 이 작품은 5수, 6수, 7수 중에서 어느 것으로 구성된 작품인가 하는 문제를 보여주고 있다.[4]

---

3 "… 다만 山中雜曲과 咏懷雜曲은 겉으로는 聯詩調이나 內容으로 보면 聯詩調라 하 기 어렵다. 聯詩調라면 한 題名下에 同一한 主題의 平時調가 모여 聯形을 이루고 있 어야 하며 또한 配列上으로도 主題를 統一하려는 作者의 意圖가 있어야 한다. 그러나 上記한 두 篇은 大主題의 單一性도 없을 뿐더러 小主題의 統一性도 없다. 題名이 明示하는 바처럼 雜曲일 뿐이다. 筆者가 上記 兩曲의(各 平時調의) 小主題를 分類해 본 結果, 山中雜曲은 ……. 또 咏懷雜曲은 安分(貧)樂道 3首, 風流閑情 3首, 修身 (學)養德 1首로 되어 있다. …… 이와 같은 用語가 可能할지 모르나 〈聯形體 時調〉라 부르고 싶다."(송정헌 1977:328)
4 김용직이 제시한 자료로 보면 6수로 구성된 작품이고, 송정헌이 제시한 자료로 보면 7수로 구성된 작품이며, 정신문화연구소에서 정리한『한국문화대백과사전』의 '영회잡 곡'조를 보면 5수로 구성된 작품이다.

이에 이 글에서는 〈영회잡곡〉의 결속, 종결, 구조, 주제 등을 검토하여, 탈착형 연시조의 가능성을 정리하고자 한다. 그리고 이 검토를 통하여, 6수로 구성된 〈영회잡곡〉의 원전도 확정하려 한다. 〈영회잡곡〉은 전3수의 텍스트, 후3수의 텍스트, 6수의 텍스트 등으로 탈착되는 탈착형의 연시조이다. 텍스트별로 정리한다.

2. 전3수의 텍스트

이 장에서는 전3수 텍스트의 결속, 종결, 구조, 주제 등을 정리하려 한다.

2.1. 결속과 종결

전3수의 결속과 종결을 보기 위해 전3수를 보자.

늘거 병든 모미 산정(山亭)에 누어 이셔
세간만사(世間萬事)을 다 이져 브렷노라
다믄당 브르는 일은 벗 오과다 호노라. (제1수)

내 몸이 병이 하니 어니 버디 즐겨 오리.
녜부터 그러호니 브라도 쇽졀업다
두어라 풍월(風月)이 버디어니 글로 노다 엇더료? (제2수)

산중(山中)에 버디 업서 풍월(風月)을 벗삼으니
일준주(一樽酒) 백편시(百篇詩) 이 내의 일이로다.
진실로 이 벗곳 아니면 쇼일 엇디 호리오. (제3수)

이 텍스트는 제1단락(제1수)과 제2단락(제2, 3수)의 2단락으로 구성되어 있다. 이런 사실은 내용상, 제1단락에서는 인간의 벗을 바라고, 제2단락에서는 풍월의 벗을 노래하였다는 점에서 알 수 있을 뿐만 아니라, 반복표현에서도 알 수 있다. 제2수와 제3수의 각장 끝단어들에서는, '오리'(제2수 초장)와 '벗삼으니'(제3수 초장)를 통한 '-이'의 반복표현, '속졀업다'(제2수 중장)와 '일이로다'(제3수 중장)를 통한 '-다'의 반복표현, '엇더료'(제2수 종장)와 'ᄒ리오'(제3수 종장)를 통한 '-오'의 반복표현 등을 보여준다. 이 반복표현들은 제2단락(제2, 3수)의 단락내 결속을 보여준다.

단락간의 결속은 느슨한 연쇄법과 대칭표현을 통하여 보여준다. 먼저 느슨한 연쇄법에 의한 결속을 보자. 제1수의 종장에 나온 "벗 오과다"를 제2수의 초장인 "어니 버디 즐겨 오리"로 느슨하게 연쇄하였다. 그리고 제2수의 종장에 나오는 "풍월(風月)이 버디어니"를 제3수의 종장에서 "풍월(風月)을 벗삼으니"로 느슨하게 연쇄하였다. 정확하게 일치하는 어휘로 연쇄하지 않고, 느슨하게 연쇄시킨 것이다. 이 느슨한 연쇄는 제1~3수의 느슨한 연쇄적 결속을 보여준다.

이번에는 대칭표현에 의한 결속과 종결을 보기 위해, 먼저 대칭표현들을 보자.

첫째로, [부사(제1수 종장)-감탄사(대칭축, 제2수 종장)-부사(제3수 종장)]의 대칭표현이다. 이 대칭표현은 제1수의 종장 첫시어인 부사 '다믄당'('다만'의 옛말), 제2수의 첫시어인 감탄사 '두어라', 제3수의 첫시어 부사 '진실로' 등에서 파악할 수 있다.

둘째로, ["산○에 ○○ ○어"(제1수 초장)-대칭축(제2수)-"산○에 ○○ ○어"(제3수 초장)]의 대칭표현이다. 이 대칭표현은 제1수의 초장인 "산정(山亭)에 누어 이셔"와 제3수의 초장인 "산중(山中)에 버디 업서"

에서 알 수 있다.

셋째로, ['ᄒ-'(제1수 종장)-대칭축(제2수)-'ᄒ-'(제3수 종장)]의 대칭표현이다. 이 대칭표현은 제1, 3수의 종장 끝어미인 'ᄒ노라'와 'ᄒ리오'에서 파악할 수 있다.

이 세 대칭표현은 제1~3수의 결속을 보여주면서, 시종의 대칭이란 점에서는 종결도 보여준다.

2.2. 구조와 주제

이 텍스트에서는 배경시간의 구조와 배경공간의 구조가 뚜렷하지 않다. 논리적 구조와 주제를 보자.

제1수에서는 늙어 병든 몸이 산정(山亭)에 누워 있어, 세간만사(世間萬事)를 다 잊어 버렸음을 노래한 다음에, 다만 바라는 일은 벗이 옴이라고 노래하였다. 이런 내용들로 보면, 제1수의 주제는 [늙어 병든 몸이 산정에 누어 망기(忘機)하고, 벗이 오기만을 바란다.]로 정리할 수 있다.

제2수에서는, 내 몸에 병이 많으니 어느 벗이 즐겨 오리(오). 옛날부터 그러하니(병이 많은 사람에게는 벗이 즐겨 오지 않으니), 속절없다(단념할 수밖에 달리 어찌할 도리가 없다.). 두어라 풍월(風月)이 벗이니 글로 놀다 어떠하겠냐고 설의하고 있다. 이 설의는 놀겠다는 의지의 표현으로 보인다. 이런 내용들로 보면, 제2수의 주제는 [옛날부터 몸에 병이 많으면 벗이 즐겨 오지 않은 것이기에 속절없으니 풍월로 벗을 삼아 놀겠다.]로 정리할 수 있다. 이 주제는 제1수의 주제인 [늙어 병든 몸이 산정에 누어 망기(忘機)하고, 벗이 오기만을 바란다.]와 비교하면, 점층적/순차적이다.

제3수에서는, 산중(山中)에 벗이 없어 풍월(風月)을 벗삼으니, 일준

주(一樽酒) 백편시(百篇詩)가 이 내의 일이라고 노래하고, 이어서 진실
로 이 벗이 아니면 소일할 수 없음을 노래하였다. 이런 제3수의 주제는,
[산중에 벗이 없어 풍월을 벗삼고 일준주(一樽酒) 백편시(百篇詩)로 소
일한다.]로 정리할 수 있다. 이 주제는 제2수의 주제인 [옛날부터 몸에
병이 많으면 벗이 즐겨 오지 않은 것이기에 속절없으니 풍월로 벗을 삼
아 놀겠다.]와 비교하면, 풍월로 벗을 삼아 노는 것은 제2수와 제3수가
공통이며, 첨가된 일준주와 백편시로 보면, 점층적/순차적이다.

　이상과 같은 점들로 보아, 이 텍스드의 제1단락과 제2단락은 점층적/
순차적 구조로, 제2단락에 포함된 제2수와 제3수도 점층적/순차적 구조
로 정리할 수 있다. 그리고 이 논리적 구조로 보아, 이 텍스트의 주제는
[늙어 병든 몸이 산중(山中)에서 망기(忘機)하고, 다만 벗이 오는 것을
기다리다가, 오지 않는 벗을 풍월의 벗으로 대신하고, 일준주(一樽酒)
백편시(百篇詩)로 소일한다.]로 정리할 수 있다.

3. 후3수의 텍스트

　이 장에서는 후3수의 텍스트에서 결속, 종결, 구조, 주제 등을 정리하
려 한다.

3.1. 결속과 종결

　후3수의 결속과 종결을 보기 위해 밑줄 친 부분을 보자.

　　늘거니 벗 업스믈 녜부터 니르더니
　　오늘날 혜여보니 그 진짓 올흔 마리

비로기 <u>버디 업서도</u> 나는 즐겨 ᄒᆞ노라. (제4수)

<u>버디 오리 업스니</u> 동문(洞門)이 줌겨잇다.
삼경(三逕) 송국죽(松菊竹)을 내 호온자 즐기노라.
미일에 이롤 즐거어니 <u>늘론 주롤 엇디 알리?</u> (제5수)

<u>늘론 줄을 내 모르니</u> 이 내모미 한가ᄒᆞ다.
시비(是非)인들 내 알며 영욕(榮辱)긴들 내 아더냐?
아마도 일단사(一簞食) 일표음(一瓢飮)이야 내 분인가 ᄒᆞ노라. (제6수)

이 텍스트는 제1단락(제4, 5수)과 제2단락(제6수)으로 이루어져 있다. 제1단락은 '벗(이) 없으-'의 반복표현을 통하여, 단락내 결속을 보여준다. 이 반복표현은 '벗 업스믈'(제4수 초장)과 '버디 오리 업스니'(제5수 초장)에서 파악할 수 있다.

이 텍스트는 단락간의 결속을 "… -니, -이(주격) ○○○다."의 반복표현에 의해서 보여준다. 이 반복표현은 제1단락의 끝수인 제5수의 초장인 "버디 오리 업스<u>니</u> 동문(洞門)<u>이</u> 줌겨잇<u>다</u>."와 제2단락인 제6수의 초장인 "늘론 줄을 내 모르<u>니</u> 이 내모<u>미</u> 한가ᄒᆞ<u>다</u>."에서 파악할 수 있다.

이 후3수의 텍스트 역시 느슨한 연쇄법에 의한 결속도 보여준다. 제4수의 종장에 나온 "버디 업서도"를 제5수의 초장에 나온 "버디 오리 업스니"로 느슨하게 연쇄시켰다. 그리고 제5수의 종장에 나온 "늘론 주롤 엇디 알리."를, 제6수의 초장에 나온 "늘론 줄을 내 모르니"로 연쇄시켰다. 이 두 연쇄법은 후3수의 텍스트를 하나의 텍스트로 결속시킨다.

이 텍스트는 두 종류의 대칭표현에 의한 결속과 종결도 보여준다.

첫째로, ['늙-'(제4수 초장)-대칭축(제5수)-'늙-'(제6수 초장)]의 대칭표현이다. 이 대칭표현은 제4수와 제6수의 초장 첫시어인 '늘거니'와

'늘론()늙론)'에서 파악할 수 있다.

둘째로, ['ᄒᆞ노라'(제4수 종장)-대칭축(제5수)-'ᄒᆞ노라'(제6수 초장)]의 대칭표현이다. 이 대칭표현은 제4수와 제6수의 종장 끝시어인 'ᄒᆞ노라'에서 파악할 수 있다.

이 두 종류의 대칭표현들은 결속을 보여주면서, 시종의 대칭이란 점에서 종결도 보여준다.

3.2. 구조와 주제

이 텍스트에서는 배경시간의 구조와 배경공간의 구조를 보여주지 않는다. 논리적 구조와 주제를 보기 위하여, 각수별로 주제를 보자.

제4수에서는 늙으면 벗이 없음을 예부터 이르더니, 오늘날 헤어보니 옳은 말이라고 노래한 다음에, 벗이 없어도 나는 즐겨 한다고 노래하였다. 이는 벗이 없이 즐기는 것을 노래한 것이다. 이런 내용으로 보면, 이 제4수의 주제는 [늙으면 벗이 없다는, 예로부터 전하는 말을 오늘에야 옳은 말임을 인식하고 벗이 없이도 즐기며 산다.]로 정리할 수 있다.

제5수에서는 벗이 올 리 없으니 동문이 잠겨 있고, 삼경(三逕) 송국죽(松菊竹)을 혼자 매일 즐기니, 늙을 줄을 모른다고 노래하였다. 이에 포함된 '삼경 송국죽'은 전고인용이다. 즉 한(漢)의 은사(隱士) 장후(張詡, 字 元卿)가 뜰에 작은 길 세 갈래를 내고, 송죽국(松竹菊)을 심어 친구 양중(羊仲), 구중(裘仲)과만 사귀고 세상에 나오지 않은 『삼보결록(三輔決錄)』의 고사이다. 이를 참고하면, 이 제5수의 주제는 [늙어 벗이 없이 장허와 같이 은거하여 삼경(三逕) 송국죽(松菊竹)을 즐기며 늙는 줄을 모른다.]로 정리할 수 있다. 이 주제는 제4수의 주제와 비교하면, 늙어서 벗이 없이도 즐긴다는 점이 같다는 점에서, 한 단락으로 묶임을

알 수 있으며, '즐김'(제4수)이 '즐기며 늙는 줄을 모름'(제5수)으로 점층
/순차되었음을 알 수 있다.

제6수에서는 늙을 줄 몰라 내 몸이 한가함을 노래하고, 시비와 영욕
을 모르며, 일단사(一簞食) 일표음(一瓢飮)이 내 분인가를 노래하였다.
이에 포함된 시비와 영욕을 모름은 망기(忘機)의 의미이고, '일단사 일
표음'은 『논어』의 〈옹야(雍也)〉("子曰 賢哉 回也 一簞食 一瓢飮 在陋巷
人不堪其憂 回也不改其樂 賢哉 回也")에 나온 말로, 안분지족을 의미
한다. 이를 계산하면, 제6수의 주제는 [늙는 줄을 모르면서 한가한 속에
망기하고 안분지족하며 산다.]로 정리할 수 있다. 이 주제는 제4, 5수의
주제와 비교하면, '벗이 없이도 즐김'(제4, 5수)을 '안분지족'(제6수)으
로 점층/순차시켰음을 알 수 있다.

이상과 같은 점들로 보아, 제1단락(제4수와 제5수, 점층적/순차적 구
조)과 제2단락(제6수)은 점층적/순차적 구조로 정리할 수 있다. 그리고
이 논리적 구조로 보아 이 텍스트의 주제는 [늙으면 벗이 없다는 옛말을
인식하고, 벗이 없이도 즐기면서 늙는 줄을 모르고, 그 후에 늙는 줄을
모르면서 안분지족하며 산다.]로 정리할 수 있다.

4. 6수의 텍스트

이 장에서는 6수의 텍스트에서 결속, 종결, 구조, 주제 등을 정리하려
한다.

4.1. 결속과 종결

6수의 결속과 종결을 정리하고, 바로 앞에 붙어 있는 단시조 〈다믄 혼간 초옥개 …〉가 이 연시조와는 무관한 작품이라는 사실을 보기 위하여 7수를 보자.

다믄 혼간 초옥개 셰간도 하고할샤.
나흐고 츽흐고 벼로부든 므스일고?
이 초옥 이 셰간 가지고 아니 즐기고 엇디흐리?

늘거 병든 모미 산정(山亭)에 누어 이셔
셰간만사(世間萬事)을 다 이져 브렷노라.
다믄당 브르는 일은 벗 오과다 흐노라. (제1수)

내 몸이 병이 하니 어니 버디 즐겨오리?
녜부터 그러흐니 브라도 쇽졀업다.
두어라 풍월(風月)이 버디어니 글로 노다 엇더료? (제2수)

산즁(山中)에 버디 업서 풍월(風月)을 벗삼으니
일준주(一樽酒) 백편시(百篇詩) 이 내의 일이로다.
진실로 이벗곳 아니면 쇼일 엇디 흐리오? (제3수)

늘거니 벗 업스믈 녜부터 니르더니
오늘날 혜여보니 긔 진짓 올흔 마리
비로기 버디 업서도 나는 즐겨 흐노라. (제4수)[5]

버디 오리 업스니 동문(洞門)이 줌겨 잇다.

5 　김용직이 소개한 『갈봉유고』에는 빠져 있다.

심경(三逕) 송국죽(松菊竹)을 내 호온자 즐기노라.
믹일에 이룰 즐기어니 늘론주룰 엇디 알리? (제5수)

늘론줄을 내 모르니 이 내모미 한가ᄒ다.
시비(是非)인둘 내 알며 영욕(榮辱)긴둘 내 아더냐?
아마도 일단사(一簞食) 일표음(一瓢飮)이야 내 분인가 ᄒ노라. (제6수)

제2단락(제2, 3수)과 제3단락(제4, 5수)에 포함된 단락내 결속은 전3
수의 텍스트와 후3수의 텍스트에서와 같다.

이 6수의 텍스트는 전3수와 후3수가 격구식으로 상응하는 반복표현
과, 대칭표현들을 통하여, 결속과 종결을 보여준다. 먼저 격구식으로
상응하는 반복표현을 보자.

제1수와 제4수에서 상응하는 반복표현은 둘이다. 하나는 "늘거 ……"
(제1수 초장)와 "늘거니 ……"(제4수 초장)에서 보이는 "늙어(-) ……"의
반복표현이다. 다른 하나는 제1수와 제4수의 종장끝에서 보이는 "……
ᄒ노라."의 반복표현이다.

제2수와 제5수에서 상응하는 반복표현도 둘이다. 하나는 "내 몸의 병
의 하니 어니 버디 즐겨 오리."(제2수 초장)와 "버디 오리 업스니 동문
(洞門)이 줍겨 잇다."(제5수 초장)의 밑줄 친 부분에서 보이는, "-이 -
이 -니 -이 -겨 …"의 반복표현이다. 다른 하나는 "두어라 풍월(風月)
이 버디어니 글로 노다 엇더료."(제2수 종장)와 "믹일에 이룰 즐기어니
늘론주룰 엇디 알리."(제5수 종장)의 밑줄 친 부분에서 보이는, "… -이
어니 … 엇-"의 반복표현이다.

제3수와 제6수에서 상응하는 반복표현은 하나이다. 즉 "일준주(一樽
酒) 백편시(百篇詩) 이 내의 일이로다."(제3장 중장)와, "시비(是非)인
둘 내 알며 영옥(榮辱)긴둘 내 아더냐."(제6수 중장)의 밑줄 친 부분에서

보이는 "… 내 …"의 반복표현이다.

이 격구식으로 상응하는 반복표현들을 표로 정리하면 다음과 같다.

제1~3수	상응하는 반복표현	제4~6수
제1수	"늙어(-) ……"(초장)	제4수
	"…… 호노라."(종장)	
제2수	"-이 -이 -니 -이 -겨 …"(초장)	제5수
	"… -이어니 … 엇-"(종장)	
제3수	"… 내 …"(중장)	제6수

위의 표에서 보듯이, 제4~6수는 제1~3수에서 보인 일부의 표현을 반복하는 형태를 취한다. 이 격구식으로 상응하는 반복표현은 제1~3수와 제4~6수의 결속을 보여주는 동시에, 제1~3수와 제4~6수가 각각 독립된 텍스트로 수용될 수 있음을 암시한다. 왜냐하면, 앞의 상응하는 반복표현은 제1~3수와 제4~6수의 결속과 분리를 동시에 보여주기 때문이다.

이번에는 대칭표현들을 통하여 보여준 결속과 종결을 보기 위하여, 대칭표현들을 먼저 보자.

첫째로, ["… 벗/버디 없- … -니"(제3수 초장)-대칭축-"… 벗/버디 없- … -니"(제4수 초장)]의 대칭표현이다. 이 대칭표현은 "산중(山中)에 <u>버디 업서</u> 풍월(風月)을 벗삼<u>으니</u>"(제3수 초장)와 "늘거니 <u>벗 업스믈</u> 녜부터 니<u>ᄅ더니</u>"(제4수 초장)의 밑줄 친 부분에서 알 수 있다.

둘째로, ["-이 -이 -니 -이 -겨 …"(제2수 초장)-대칭축-"-이 -이 -니 -이 -겨 …"(제5수 초장)]의 대칭표현이다. 이 대칭표현은 "내 몸<u>이</u> 병<u>이</u> 하<u>니</u> 어<u>니</u> 버<u>디</u> 즐<u>겨</u> 오리."(제2수 초장)와 "버<u>디</u> 오<u>리</u> 업스<u>니</u> 동문

(洞門)이 줌<u>겨</u> 잇다."(제5수 초장)의 밑줄 친 부분에서 알 수 있다.

셋째로 ["… -이어니 … 엇-"(제2수 종장)-대칭축-"… -이어니 … 엇-"(제5수 종장)]의 대칭표현이다. 이 대칭표현은 "두어라 풍월(風月)이 버<u>디어니</u> 글로 노다 <u>엇</u>더료."(제2수 종장)와 "민일에 이룰 즐<u>기어니</u> 늘론주룰 <u>엇</u>디 알리."(제5수 종장)의 밑줄 친 부분에서 알 수 있다.

넷째로, ["늙- …… ᄒ노라"(제1수)-대칭축-"늙- …… ᄒ노라"(제6수)]의 대칭표현이다. 이 대칭표현은 "<u>늘거</u> …… 오과다 <u>ᄒ노라</u>."(제1수 초장과 종장)와 "<u>늘론</u>(〉늙론) 줄을 …… 내 분인가 <u>ᄒ노라</u>."(제6수 초장과 종장)의 밑줄 친 부분에서 알 수 있다.

이 네 대칭표현에서 제1수와 제6수의 대칭표현을 A-A로, 제2수와 제5수의 대칭표현을 B-B로, 제3수와 제4수의 대칭표현을 C-C로, 대칭축을 X로 바꾸면, 이 텍스트는 [A(제1수)-B(제2수)-C(제3수)-X(대칭축)-C(제4수)-B(제5수)-A(제6수)]의 대칭표현을 보여주면서, 대칭표현에 의한 대칭적 결속을 보여준다. 그리고 시작 부분인 제1수에 대칭인 제6수가 종결임도 보여준다.

4.2. 구조와 주제

6수 텍스트는 배경시공간에서는 구조를 보여주지 않는다. 논리적 구조를 앞에서 정리한 전3수의 구조 및 후3수의 구조와 함께 표로 정리하면 다음과 같다.

순서	두 텍스트의 구조			6수 텍스트의 구조			
제1수	전3수의 텍스트	제1단락	점층적/ 순차적 구조	제1단락	점층적/ 순차적 구조	점층적/ 순차적 구조	
제2수		제2단락(점층적/ 순차적 구조)		제2단락(점층적/ 순차적 구조)			
제3수							
제4수	후3수의 텍스트	제1단락(점층적/ 순차적 구조)	점층적/ 순차적 구조	제3단락(점층적/ 순차적 구조)	점층적/ 순차적 구조		
제5수							
제6수		제2단락		제4단락			

이 표에서 보듯이, 전3수의 텍스트가 보인 2단락의 점층적/순차적 구조와 후3수의 텍스트가 보인 2단락의 점층적/순차적 구조는, 6수의 텍스트에서 4단락의 점층적/순차적 구조가 된다. 이 통합에서 설명이 필요한 부분은 제2단락과 제3단락이 점층적/순차적 구조라는 사실이다. 이를 설명하기 위하여, 앞에서 정리한 각수별 주제들을 옮겨 쓰면 다음과 같다.

> 제1수: 늙어 병든 몸이 산정에 누어 망기(忘機)하고, 벗이 오기만을 바란다.
> 제2수: 옛날부터 몸에 병이 많으면 벗이 즐겨 오지 않은 것이기에 속절없으니 풍월로 벗을 삼아 놀겠다.
> 제3수: 산중에 벗이 없어 풍월을 벗삼고 일준주(一樽酒) 백편시(百篇詩)로 소일한다.
> 제4수: 예로부터 전하는 늙으면 벗이 없다는 말을 오늘에야 옳은 말임을 인식하고 벗이 없이도 즐기며 산다.
> 제5수: 늙어 벗이 없이 장허와 같이 은거하여 삼경(三逕) 송국죽(松菊竹)을 즐기며 늙는 줄을 모른다.
> 제6수: 늙는 줄을 모르면서 한가한 속에 망기하고 안분지족하며 산다.

이 정리에서 보듯이, 제2단락인 제2, 3수에서는 산중에서 늙어 풍월을 벗을 삼아 놓고 있다. 이에 비해 제3단락인 제4, 5수에서는 산중에서 늙어 벗이 없이도 즐기고 있다. 이는 풍월을 벗삼아 노는 것에서 벗이 없이도 즐기는 것으로 점층/순차시킨 것이다. 이런 점들을 계산하면, 6수의 텍스트는 4단락으로 구성된 점층적/순차적 구조로 정리할 수 있다. 물론 제2단락과 제3단락의 내부도 각각 점층적/순차적 구조이다. 그리고 이런 논리적 구조로 보아, 이 텍스트의 주제는, [늙어 산중에서 안분지족(安分知足)에 이르는 4단계(벗이 오길 바라는 단계, 풍월을 벗삼아 노는 단계, 벗이 없이도 즐기는 단계, 안분지족의 단계 등)의 삶]으로 정리할 수 있다.

그리고 지금까지 정리한 결속, 종결, 구조, 주제 등으로 보아, 제1수 앞에 놓여 있는 단시조("다믄 흔간 초옥개 셰간도 하고할샤. / 나하고 칙하고 벼로부둔 므스일고 / 이 초옥 이 셰간 가지고 아니 즐기고 엇디하리")는 이 연시조와 무관하다는 사실과, 『갈봉유고』에 빠져 있는 제4수는 『갈봉선생유묵』에서와 같이 들어가야 한다는 사실도 정리할 수 있다. 왜냐하면, 제1수 앞에 있는 시조는 제1~6수와는 결속, 종결, 구조, 주제 등의 차원에서 연결되지 않으며, 제4수를 뺀 제1~3, 5, 6수는 통일된 결속, 종결, 구조 등을 보여주지 않기 때문이다.

5. 결론

지금까지 〈영회잡곡〉의 결속, 종결, 구조, 주제 등을 검토하여, 탈착형 연시조의 가능성을 정리하고, 6수로 구성된 〈영회잡곡〉의 원전을 확정하였다. 그 결과를 요약하여 결론을 대신하면 다음과 같다.

전3수의 텍스트에서 정리한 결속, 종결, 구조, 주제 등은 다음과 같다.

1) 제2단락(제2, 3수)의 단락내 결속은 '오리'(제2수 초장)와 '벗삼으니'(제3수 초장)를 통한 '-이'의 반복표현, '쇽졀업다'(제2수 중장)와 '일이로다'(제3수 중장)를 통한 '-다'의 반복표현, '엇더료'(제2수 종장)와 'ᄒ리오'(제3수 종장)를 통한 '-오'의 반복표현 등에 의해 이루어졌다. 단락간의 결속은 제1수의 종장에 나온 "벗 오과다"와 제2수의 초장인 "어닉 버디 즐겨 오리"의 느슨한 연쇄와, 제2수의 종장에 나오는 "풍월(風月)이 버디어니"와 제3수의 종장에 나오는 "풍월(風月)을 벗삼으니"의 느슨한 연쇄에 의해 이루어졌다.

2) 이 텍스트의 결속과 종결은 [부사(제1수 종장)-감탄사(대칭축, 제2수 종장)-부사(제3수 종장)]의 대칭표현, ["산ㅇ에 ㅇㅇ ㅇ어"(제1수 초장)-대칭축(제2수)-"산ㅇ에 ㅇㅇ ㅇ어"(제3수 초장)]의 대칭표현, ['ᄒ-'(제1수 종장)-대칭축(제2수)-'ᄒ-'(제3수 종장)]의 대칭표현 등에 의해 이루어졌다.

3) 이 텍스트의 논리적 구조는 제2단락의 단락내 점층적/순차적 구조를 포함한 제1, 2단락간의 점층적/순차적 구조이다.

4) 이 텍스트의 주제는 [늙어 병든 몸이 산중(山中)에서 망기(忘機)하고, 다만 벗이 오는 것을 기다리다가, 오지 않는 벗을 풍월의 벗으로 대신하고, 일준주(一樽酒) 백편시(百篇詩)로 소일한다.]이다.

후3수의 텍스트에서 정리한 결속, 종결, 구조, 주제 등은 다음과 같다.

1) 제1단락(제4, 5수)의 단락내 결속은 '벗 업스믈'(제4수 초장)과 '버디 오리 업스니'(제5수 초장)에서 보이는 '벗/벋 (…) 업스-'의 반복표현에 의해 이루어졌다. 단락간의 결속은 제1단락의 끝수인 제2수의 초장인 "버디 오리 업스니 동문(洞門)의 줌겨잇다."와 제2단락인 제3수의 초장인 "늘곤 줄을 내 모르니 이 내모미 한가ᄒ다."에서 보이는, "… -니,

-이(주격) ○○○다."의 반복표현에 의해 이루어졌다. 그리고 이 텍스트의 결속은 제4수의 종장에 나온 "버디 업서도"를 제5수의 초장에 나온 "버디 오리 업스니"로 느슨하게 연쇄시킨 연쇄와 제5수의 종장에 나온 "늘론 주를 엇디 알리."를, 제6수의 초장에 나온 "늘론 줄을 내 모르니"로 연쇄시킨 두 연쇄에 의해서도 이루어졌다.

2) 이 텍스트의 결속과 종결은 ['늙-'(제4수 초장)-대칭축(제5수)-'늙-'(제6수 초장)]의 대칭표현과, ['ㅎ노라'(제4수 종장)-대칭축(제5수)-'ㅎ노라'(제6수 초장)]의 대칭표현에 의해 이루어졌다.

3) 이 텍스트의 논리적 구조는 제1단락(제4수와 제5수, 점층적/순차적 구조)과 제2단락(제6수)에서 보이는 점층적/순차적 구조이다.

4) 이 텍스트의 주제는 [늙으면 벗이 없다는 옛말을 인식하고, 벗이 없이도 즐기면서 늙는 줄을 모르고, 그 후에 늙는 줄을 모르면서 안분지족하며 산다.]이다.

6수의 텍스트에서 정리한 결속, 종결, 구조, 주제 등은 다음과 같다.

1) 전3수의 텍스트와 후3수의 텍스트에서 정리한 단락내의 결속은 이 6수의 텍스트에서도 같은 단락내의 결속을 보여준다. 그리고 제1수와 제4수에서 상응하는 "늙어(-) ……"의 반복표현과 "…… ㅎ노라."의 반복표현, 제2수와 제5수에서 상응하는 "-이 -이 -니 -이 -겨 …"의 반복표현과 "… -이어니 … 엇-"의 반복표현, 제3수와 제6수에서 상응하는 "… 내 …"의 반복표현 등은, 제1~3수와 제4~6수의 결속을 보여준다.

2) 이 텍스트의 결속과 종결은 ["… 벗/버디 없- … -니"(제3수 초장)-대칭축-"… 벗/버디 없- … -니"(제4수 초장)]의 대칭표현, ["-이 -이 -니 -이 -겨 …"(제2수 초장)-대칭축-"-이 -이 -니 -이 -겨 …"(제5수 초장)]의 대칭표현, ["… -이어니 … 엇-"(제2수 종장)-대칭축-"… -이어니 … 엇-"(제5수 종장)]의 대칭표현, ["늙- …… ㅎ노라"(제1

수)-대칭축-"늙- …… ᄒ노라"(제6수)]의 대칭표현 등으로 이루어진, [A(제1수)-B(제2수)-C(제3수)-X(대칭축)-C(제4수)-B(제5수)-A(제6수)]의 대칭표현을 통하여 이루어졌다.

3) 이 텍스트의 논리적 구조는 4단락의 점충적/순차적 구조이며, 제2단락과 제3단락은 각각 단락내에서 점충적/순차적 구조를 보여준다.

4) 이 텍스트의 주제는 [늙어 산중에서 안분지족(安分知足)에 이르는 4단계(벗이 오길 바라는 단계, 풍월을 벗삼아 노는 단계, 벗이 없이도 즐기는 단계, 안분지족의 단계 등)의 삶]이다.

5) 1)~4)로 보아, 제1수 앞에 놓여 있는 단시조("다믄 흔간 초옥개 셰간도 하고할샤. / 나ᄒ고 칙ᄒ고 벼로부던 므ᄉ일고 / 이 초옥 이 셰간 가지고 아니 즐기고 엇디ᄒ리")는 이 연시조와 무관하고, 『갈봉유고』에 빠져 있는 제4수는 『갈봉선생유묵』에서와 같이 들어가야 한다.

이상과 같은 점들로 보아, 〈영회잡곡〉은 전3수의 텍스트, 후3수의 텍스트, 6수의 텍스트로 탈착되는 탈착형의 연시조이다.

김득연의 〈산정독영곡〉

1. 서론

이 글은 갈봉 김득연(金得研, 1555~1637)의 연시조 〈산정독영곡(山亭獨咏曲)〉의 결속, 종결, 구조, 주제 등을 검토하여 탈착형 연시조의 가능성을 정리하는 데 연구의 목적이 있다.

〈산정독영곡〉은 송정헌(1976:38)에 의해 처음으로 소개되었으며, 이 작품에 대한 그간의 연구들은 단편적이고 소략하다. 이를 간단하게 보자.

송정헌(1977:327)은 〈산정독영곡〉에 대하여, "〈遺墨〉에만 실려 있는 6수의 聯詩調이다. 山亭의 物外閑人이 自然을 玩賞하는 感興을 寫實的으로 노래한 傑作이다."라고 평가한 다음에, "靑山은 춤츠거늘 綠水은 놀애흔다. / 뎌 놀애 뎌 춤애 나도 조처 즐기노라."(제1수 초장과 중장)와 "山雨이 훗더딘 후에 蓮池을 구어보니 / 萬點 明珠이 碧玉盤의 담겨 잇다."(제5수 초장과 중장)를 인용하고, "등은 얼마나 산뜻한 表現인가. 詩想이 斬新하고 修辭가 的確하여 가히 葛峯時調의 代表作이라 하겠다."고 평하였다. 그 후에도 이 〈산정독영곡〉의 전체는 관심의 대상이 되지 못하고, 제1수만이 다양한 관심의 대상이 되었다. 즉 이 제1수에 나온 자연을 "개인적 풍류와 흥취를 북돋우는 자연"(이상원 1992),[1] "이념적 순수성이 몰각된 상태의 '놀애'와 '춤'의 풍류를 위한 대상"(신영명

1997),² "성정 수양이 전제된 그래서 절제되고 또 고아한 아취를 지향하는 풍류"의 대상(육민수 2004)³ 등으로 보기도 하였다. 그리고 이 제1수의 종장에 나오는 "아니 놀고 엇디 ᄒ리."는 전대 사대부의 시조에서보다는 후대 중인층(김천택, 무명씨)에서 흔히 나타나는 표현으로 정리(나정순 1999:267)되기도 했고, 이 제1수는 "아주 힘찬 호흡으로 화자가 자신의 존재를 파악하고 있다는 면을 주목할 때", "호흡이 힘차고 氣力이 아주 강하다."는 특질을 가진 작품으로 정리(김창원 2000:177)되기도 했으며, 이 제1수는 '승경과 강호가도'로 분류하고, "자연과 혼연일체가 되어 있어 자연과 노래하는 사람을 분리하기 어려운 작품"으로 보기도 했다(손태도 2002:136).

이렇게 〈산정독영곡〉의 연구는 소략하고 단편적이며, 그 결속, 종결, 구조, 주제 등은 거의 밝혀져 있지 않다. 이에 이 글에서는 〈산정독영곡〉의 결속, 종결, 구조, 주제 등을 검토하여, 탈착형 연시조의 가능성

---

1 "이 작품(〈산정독영곡〉 제1수, 필자 주)은 김득연이 강호자연을 인식한 태도를 가장 단적으로 드러내주는 것이다. …… 중장과 종장에서는 이런 청산과 녹수가 자아내는 흥겨움에 젖어 마음껏 풍류를 즐기고 있다. 여기서 자연은 우주의 이법이나 성리학적 질서를 지닌 그런 자연이 아니다. 그저 개인적 풍류와 흥취를 북돋우는 자연으로 나타나고 있다. 이처럼 강호자연을 '즐기고' 그 속에서 '놀겠다'는 표현은 전대에도 흔히 찾아볼 수 있는 것이지만, 그 성격에 있어서는 상당히 다른 것으로 나타난다. 즉 16세기 사림의 경우 강호의 삶과 樂은 성리학적 도의 발견과 긴밀히 연결된 것이라면, 17세기 김득연의 경우 강호의 삶과 樂은 개인적이고 일시적인 풍류의 성격이 짙다고 할 수 있다."(이상원 1992:153~154)

2 "[1](〈산정독영곡〉 제1수, 필자 주)에서 청산녹수의 자연은 이념적 순수성이 몰각된 상태의 '놀애'와 '춤'의 풍류를 위한 대상으로 전락해 있다."(신영명 1997:8)

3 "그러나 〈지수정가〉에서 사안석이나 죽림칠현의 자연인식은 경계해야 하며 대신 주돈이나 주자의 자연인식은 본받아야 할 것으로 언급하고 있다는 점에서 김득연이 추구한 遊樂의 성격은 기본적으로 성정 수양이 전제된 그래서 절제되고 또 고아한 아취를 지향하는 풍류라고 보는 것이 타당하리라 생각한다."(육민수 2004:23)

을 정리하고자 한다. 〈산정독영곡(山亭獨咏曲)〉도 전3수의 텍스트, 후 3수의 텍스트, 6수의 텍스트 등으로 탈착된다는 점에서 텍스트별로 정리한다.

2. 전3수의 텍스트

이 장에서는 전3수의 텍스트에서 결속, 종결, 구조, 주제 등을 정리하려 한다.

2.1. 결속과 종결

전3수의 결속과 종결을 보기 위해 전3수를 보자.

> 청산(靑山)은 춤츠거늘 녹수(綠水)은 놀애흔다.
> 뎌 놀애 뎌 춤애 나도 조쳐 즐기노라.
> 진실로 이 산수간(山水間)에 아니 놀고 엇디흐리? (제1수)

> 시비(柴扉) 나죄 닷고 죽창(竹窓)의 좀을 드니
> 기나긴 춘몽(春夢)을 뉘 와서 씨오리오.
> 송풍(松風)이 서늘히 부니 계수성(溪水聲)에 씨와라. (제2수)

> 유서(柳絮)이 다 는 후에 녹음(綠陰)이 더옥 됴타.
> 백전앵가(百囀鷪歌)은 소리마다 새로왜라.
> 지당(池塘)에 노는 고기도 조차 즐겨 흐느다. (제3수)

이 텍스트는 제1단락(제1수)과 제2단락(제2, 3수)의 2단락으로 되어 있다. 제2단락의 단락내 결속은 숲의 공간을 먼저 노래하고, 그 다음에 물의 공간을 노래하는 순서에서 찾을 수 있다. 제2수의 '송풍(松風)'과 제3수의 '녹음(綠陰)' 및 '백전앵가(百囀鶯歌)'는 숲의 공간이다. 그리고 그 다음에 노래한, 제2수의 '계수성(溪水聲)'과 제3수의 '지당(池塘)에 노는 고기'는 물의 공간이다. 이 숲의 공간을 먼저 노래하고 그 다음에 물의 공간을 노래하는 표현의 반복은 제2단락(제2, 3수)의 단락내 결속을 보여준다.

제1단락(제1수)과 제2단락(제2, 3수)의 단락간의 결속은 반복표현과 대칭표현에 의해 보여준다.

제1단락(제1수)과 제2단락(제2, 3수)의 종장들에서는 '-에'의 반복표현에 의해 단락간의 결속을 보여준다. 이 반복표현은 "진실로 이 산수간(山水間)에 아니 놀고 엇디ᄒ리."(제1수 종장), "송풍(松風)이 서늘히 부니 계수성(溪水聲)에 씨와라."(제2수 종장), "지당(池塘)에 노는 고기도 조차 즐겨 ᄒᆞᆫ다."(제3수 종장) 등에서 파악할 수 있다.

단락간의 결속을 보여주는 대칭표현은 둘이다.

첫째로, ["… -다. … -라."(제1수 초장과 중장)-대칭축(제2수)-"… -다. … -라."(제3수 초장과 중장)]의 대칭표현이다. 이 대칭표현은 "청산(靑山)은 춤츠거눌 녹수(綠水)은 놀애ᄒᆞᆫ다. / 뎌 놀애 뎌 춤애 나도 조쳐 즐기노라."(제1수 초장과 중장)와 "유서(柳絮)이 다 ᄂᆞᆫ 후에 녹음(綠陰)이 더옥 됴타. / 백전앵가(百囀鶯歌)은 소리마다 새로왜라."(제3수 초장과 중장)에서 파악할 수 있다.

둘째로, [대구(제1수 초장)-대칭축(제2수)-대구(제3수 초장)]의 대칭표현이다. 이 대칭표현은 "청산(靑山)은 춤츠거눌 녹수(綠水)은 놀애ᄒᆞᆫ다."(제1수 초장)와 "유서(柳絮)이 다 ᄂᆞᆫ 후에 녹음(綠陰)이 더옥 됴타."(제3수 초장)에서 파악할 수 있다.

이 두 대칭표현은 두 단락간의 결속을 보여준다. 동시에 시종의 대칭표현으로 시작인 제1수에 대칭인 제3수가 종결이란 사실도 보여준다.

2.2. 구조와 주제

이 텍스트의 구조는 서사(제1수)와 본사(제2, 3수)의 구조이다.

서사에 해당하는 제1수를 먼저 보자. 시적 화자는 청산의 춤과 녹수의 노래를 따라 즐기면서, 놀지 않을 수 없음을 노래하고 있다. 시적 화자가 청산의 춤과 녹수의 노래를 따라 즐김은 초장과 중장인 "청산(靑山)은 춤추거늘 녹수(綠水)은 노래한다. / 저 노래 저 춤에 나도 좋아 즐기노라."에서 알 수 있다. 그리고 놀지 않을 수 없음은 종장인 "진실로 이 산수간(山水間)에 아니 놀고 엇디ᄒ리."에서 알 수 있다. 이런 내용들로 보면, 제1수의 주제는 [청산의 춤과 녹수의 노래에 좋아 즐기면서, 이 산수간에서 놀 수밖에 없음.]으로 정리할 수 있다. 이 주제는 구체적으로 어떻게 놀 것인가를 제2, 3수에서 노래하기 위한 도입의 서사로 판단된다.

제2수에서는 소쇄(瀟灑, 기운이 맑고 깨끗함)한 자연에(서늘한 松風과 溪水聲에) 낮잠(/춘몽)을 깨어, 자연의 아름다움을 보고 즐길 수 있는 시적 화자의 정경을 노래하였다. 초장과 중장인 "시비(柴扉) 나죄 닷고 죽창(竹窓)의 줌을 드니 / 기나긴 춘몽(春夢)을 뉘 와서 찌오리오."에서는 몸과 마음을 깨끗하게 하여, 자연의 아름다움을 보고 즐길 수 있는, 시원한 죽창(竹窓) 아래서의 낮잠과 춘몽을 보여준다. 이어서 종장인 "송풍(松風)이 서늘히 부니 계수성(溪水聲)에 찌와라."에서는 소쇄한 정경(情景, 사람이 처하여 있는 모습이나 형편)을 잘 보여준다. 특히 이 정경은 시적 화자가 세속의 일로 인하여 보고 즐길 수 없던, 자연의 아름다움을 보고 즐길 수 있는 정경을 잘 보여준다. 이런 사실들로 보아, 제2수의 주제는 [소쇄(瀟灑)한 자연(서늘한 松風과 溪水聲)에 낮잠(/춘몽)이 깨여, 자연의 아름다움을 보고 즐길 수 있는 시적 화자의 정경]으로 정리할 수 있다.

이 제2수의 주제는 바로 제1수의 주제와 연결되지 않고, 제3수의 주제와 묶인 다음에, 제1수의 주제와 연결된다. 즉 제1수의 주제와 제2수의 주제가 바로 연결되는 것이 아니라, 제1단락(제1수)과 제2단락(제2, 3수)이 연결되는 것이다. 제2단락 안에서 제2수는 제3수의 주제를 노래할 수 있는 정경(분위기)을 노래하였다는 점에서, 이 제2수는 제2단락(제2, 3수) 내에서 정경(분위기)으로 노래를 시작한 서사가 된다.

제3수에서는 상자연(賞自然), 즉 자연을 완상(玩賞, 아름다움을 보고 즐김)하였다. 이 완상의 대상은 여름에 볼 수 있는 자연의 아름다움이다. 즉 초장인 "유서(柳絮)이 다 ᄂᆞᆫ 후에 녹음(綠陰)이 더옥 됴타."에서 보여주는, 버드나무의 솜꽃이 난 후에 점점 짙어지는 신록(新綠)의 아름다움, 중장인 "백전앵가(百囀鶯歌)은 소리마다 새로왜라."에서 보여주는, 꾀꼬리 소리의 굴리는 아름다움, 종장인 "지당(池塘)에 노는 고기도 조차 즐겨 ᄒᆞᄂᆞ다."에서 보여주는, 연못에서 물고기가 유유하게 즐겨 노는 아름다움 등이다. 이런 사실들로 보아, 제3수의 주제는 [자연의 아름다움(점점 짙어가는 신록, 백전앵가, 연못에서 물고기가 유유하게 즐겨 놀음)을 보고 즐김]으로 정리할 수 있다.

이상과 같은 사실들로 보아, 전3수 텍스트의 논리적 구조는 서사(제1단락: 제1수)와 본사(제2단락: 제2, 3수)로 구성된 서본의 구조이고, 본사는 서사(제2수)와 본사(제3수)로 구성된 서본의 구조이다. 그리고 이 전3수 텍스트의 주제는 [자연이 즐기는 아름다움을 보고 즐김]으로 정리할 수 있다.

3. 후3수의 텍스트

이 장에서는 후3수의 텍스트에서 결속, 종결, 구조, 주제 등을 정리하려 한다.

3.1. 결속과 종결

후3수의 결속과 종결을 보기 위해 후3수를 보자.

청풍(淸風)이 소술 부니 낫줌이 절로 씬다.
호온자 니러 안자 녯글와 마롤 ᄒᆞ니
어주어 북창희황(北窓羲皇)을 쭘에 (보))본 둣[4] ᄒᆞ야라. (제4수)

산우(山雨)이 ᄒᆞᆺ더딘 후에 연지(蓮池)을 구어 보니
만점(萬點) 명주(明珠)이 벽옥반(碧玉盤)의 담겨 잇다.
주부자(周夫子) 쇄락금회(洒落襟懷)을 고대 본 둣 ᄒᆞ야라. (제5수)

구름이 깁푼 고신 바희우희 자리 보니
술 시론 야인(野人)은 담소(談笑)로 져모논다.
이몸이 미일 한가ᄒᆞ니 ᄌᆞ조 온돌 엇더리? (제6수)

이 텍스트는 제1단락(제4, 5수)과 제2단락(제6수)으로 구성되어 있다. 제1단락의 단락내 결속은 "○○○ ○○○○을 ○○ 본 둣 ᄒᆞ야라."의 반복표현에 의해 이루어져 있다. 이 반복표현은 "어주어 북창희황(北窓

---

4 송정헌이 소개한 작품에는 '보둣'으로 되어 있으나, 이에 대응하는 제5수의 종장에서 '본 둣'을 보여주고, 이 '보둣'이 속한 제4수의 초장을 보면, 이 제4수는 낮잠을 깬 후의 정경을 노래하고 있다는 점에서, '본 둣'으로 수정하였다.

羲皇)을 꿈에 (보〉)본 듯 ᄒ야라."(제4수 종장)와 "주부자(周夫子) 쇄락
금회(洒落襟懷)을 고대 본 듯 ᄒ야라."(제5수 종장)에서 파악할 수 있다.

단락간의 결속은 제5수(제1단락의 끝수)와 제6수(제2단락의 첫수)에
서 발견되는 "○○이 … ─에/이 … 보니"의 반복표현에 의해 이루어져
있다. 이 반복표현은 "산우(山雨)이 홋더딘 후에 연지(蓮池)을 구어 보
니"(제5수 초장)와 "구름이 깁픈 고신 바희우희 자리 보니"(제6수 초장)
에서 파악할 수 있다.

이 텍스트의 결속과 종결은 반복표현의 후미 전환에 의해 이루어져
있다. 앞에서 정리하였듯이, 제4, 5수의 초장에서는 "어주어 북창희황
(北窓羲皇)을 꿈에 (보〉)본 듯 ᄒ야라."(제4수 종장)와 "주부자(周夫子)
쇄락금회(洒落襟懷)을 고대 본 듯 ᄒ야라."(제5수 종장)에서 파악할 수
있는, "○○○ ○○○○을 ○○ 보(ㄴ)듯 ᄒ야라."의 반복표현을 보여준
다. 그런데 제6수의 종장에서는 이 반복표현을 더 이상 반복하지 않고
전환하였다. 이는 이 텍스트의 결속과 종결이 반복표현의 후미 전환에
의해 이루어졌음을 말해준다.

3.2. 구조와 주제

후3수는 본사(제1단락, 제4, 5수)와 결사(제2단락, 제6수)로 구성된
본결의 논리적 구조를 보여준다. 이를 차례로 보자.

제4수에서는 소슬한 청풍에 낮잠이 깨어, 도학자의 즐김을 즐길 수
있는 시적 화자의 정경을 노래하였다. 초장인 "청풍(清風)이 소슬 부니
낫줌이 절로 씬다."에서는 소슬한 청풍에 낮잠이 깨었다는 내용을 보여
준다. 이에 포함된 '소슬한'은 제2수에서 정리한 '소쇄한'으로 바꿀 수
있고, 제2수의 주제에서 정리한 내용과 거의 같은 "소쇄한(瀟灑한, 기운
이 맑고 깨끗한) 자연에(清風에) 낮잠이 깨여,"를 정리할 수 있다. 그리

고 중장과 종장인 "호온자 니러 안자 녯글와 마롤 ᄒ니 / 어주어 북창희
황(北窓羲皇)을 ᄭᅮᆷ에 (보))본 ᄃᆞᆺ ᄒ야라."에서는, 도학자의 즐김을 즐길
수 있는 시적 화자의 정경을 보여주고 있다. 즉 제2수에서 볼 수 없는
"호온자 니러 안자 녯글와 마롤 ᄒ니"는, 어떤 종류의 옛글인지는 구체
적으로 알 수 없지만, 도학자의 즐김인 "주부자(周夫子) 쇄락금회(洒落
襟懷)"(제5수의 종장)를 노래할 수 있는 근거이며, 이의 준비를 의미한
다.[5] 그리고 이 옛글과 말을 하니 북창희황을 본 듯하다는 말은, '희황'이
"세상일을 잊고 한가로이 지내는 사람"을 비유한다는 점에서, 도학자의
즐김을 즐길 수 있는 정경을 말해준다. 이런 사실들로 보아 제5수의 주
제는, [소쇄(瀟灑)한 자연(淸風)에 낮잠이 깨여, 옛글과 말을 하여, 도학
자의 즐김을 즐길 수 있는 시적 화자의 정경]으로 정리할 수 있다.

　이 제4수의 주제는 제5수의 주제를 노래할 수 있는 정경(분위기)의
노래라는 점에서 서사에 해당한다.

　제5수에서는 쇄락(灑落, 洒落, 기분이나 몸이 상쾌하고 깨끗함)한 자
연의 아름다움과 이 쇄락한 아름다움을 즐기는 도학자의 쇄락한 금회의
즐김을 노래하였다. 초장과 중장인 "산우(山雨)이 ᄒᆞᆺ더딘 후에 연지(蓮
池)을 구어 보니 / 만점(萬點) 명주(明珠)이 벽옥반(碧玉盤)의 담겨 잇
다."는 산비가 흩어 떨어진 후에 연지(蓮池)를 보니, 많은 빗방울들이
연잎들 위에 방울져 있는 아름다움을 은유로 표현하였다. '만점(萬點)
명주(明珠)'는 '많은 빗방울'의 은유이고, '벽옥반(碧玉盤)'은 '연잎'의 은
유이다. 이 두 은유는 연잎들에 방울진 많은 빗방울의 아름다움을 벽옥

반의 많은 명주에 빗댄 아름다운 표현이다. 이 은유에서 우리는 쇄락한 자연의 아름다움을 느낄 수 있다. 이 쇄락한 자연의 아름다움을 종장에서는 "주부자(周夫子) 쇄락금회(洒落襟懷)을 고대 본 듯 ᄒᆞ야라."로 노래하였다. 이 "주부자(周夫子) 쇄락금회(洒落襟懷)"는 황정견(黃庭堅)이 주돈이(周敦頤)의 인물을 평한 글[6]과 연결되어 있다. 즉 '흉(胸)'을 '금(襟)'으로 바꾸고, 순서를 바꾸어, '흉회쇄락'[胸懷灑落, 마음의 생각이 상쾌(爽快, 시원하고 산뜻)하고 깨끗함]을 '쇄락금회'[洒落襟懷, 상쾌(爽快, 시원하고 산뜻함)하고 깨끗한 마음의 생각]로 바꾸었지만, 그 큰 의미는 같다. 이런 의미를 포함한 종장의 의미는 "주돈이의 상쾌(爽快, 시원하고 산뜻함)하고 깨끗한 마음의 생각을 고대(이제 막) 본 듯하구나"로 정리된다. 이 감탄은 도학자인 주돈이가 보였던 쇄락금회의 아름다움을 즐기는 것이다.[7] 이런 점들로 보아 제5수의 주제는 [쇄락한 자연의 아름다움과 이 쇄락한 아름다움을 즐기는 도학자(주돈이)의 쇄락금회의 아름다움을 즐김]으로 정리할 수 있다. 이 제5수는 후3수 텍스트의 본사이다.

　제6수에서는 자연의 즐김을 따라 즐기기 위하여 산정(山亭)에 자주 오는 것이 어떤가를 스스로에게 자문하였다. 이 제6수의 표현은 상당히 우회적이어서 그 해석이 쉽지 않다. 이를 차례로 보자.

　초장인 "구름이 깁푼 고시 바희우희 자리 보니"에 나오는 '바위 위의

6　"庭堅稱 其人品甚高 胸懷灑落 如光風霽月"(황정견이 칭찬하기를 그의 인품이 심히 고매하며 마음의 생각이 爽快(시원하고 산뜻함)하고 깨끗함이 마치 맑은 날의 바람과 비갠 날의 달과 같다.)(『송사(宋史)』「주돈이전(周敦頤傳)」)

7　이 쇄락금회의 아름다움은 구체적으로 노래하지 않고, 추상적으로 일반화를 하고 있어, 자세하게 구체적으로 알 수는 없다. 만약 제4수의 옛글이 주돈이의 『태극도설』이라면, 이 쇄락금회는 제5수의 자연에서 느끼는 것인 동시에, 『태극도설』에서 느끼는 것으로 추정된다.

자리'는 산정(山亭)의 다른 표현으로 추정된다. 그리고 중장인 "술 시론 야인(野人)은 담소(談笑, 웃고 즐기면서 이야기함)로 져모는다."는 제4, 5수의 시적 화자가 자연의 아름다움을 보고 즐기며, 옛글과 말을 하며 즐기는 것으로 날이 저무는 것을 노래한 것으로 추정된다. 이 두 추정으로 보면, 초장과 중장은 제4, 5수의 내용을 축약한 표현이다. 그리고 종장인 "이몸이 미일 한가ᄒ니 ᄌ조 온 둘 엇더리."는 산정에 자주 와서 자연의 아름다움을 보고 즐기고, 도학자의 아름다운 즐김을 즐기는 것이 어떠냐고 스스로에게 자문한 것으로 이해할 수 있다. 이상과 같은 내용으로 보아, 제6수의 주제는 [산정에서 자연의 아름다움을 보고 즐기고, 도학자의 아름다운 즐김을 즐기면서, 산정에 자주 와서 이 즐김을 지속하고 싶음.]으로 정리할 수 있다.

지금까지 검토한 각수별 주제로 보아, 후3수 텍스트의 논리적 구조는 서사(제4수), 본사(제5수), 결사(제6수) 등의 3단 구조로 볼 수도 있고, 본사(제4, 5수)와 결사(제6수)로 구성된 본결의 구조로 볼 수도 있다. 그러나 앞에서 살폈듯이, 제4, 5수는 단락내 결속을 보이고, 뒤에 보겠지만, 제2, 3수와 제4, 5수는 표현의 반복성을 보이고 있어, 이 후3수의 논리적 구조를 본사(제4, 5수, 서사+본사)와 결사(제6수)로 구성된 본결의 구조로 정리한다. 그리고 이 후3수의 주제는 이 텍스트의 결사에 해당하는 [산정에서 자연의 아름다움을 보고 즐기고, 도학자의 아름다운 즐김을 즐기면서, 산정에 자주 와서 이 즐김을 지속하고 싶음.]으로 정리할 수 있다.

4. 6수의 텍스트

이 장에서는 6수의 텍스트에서 결속, 종결, 구조, 주제 등을 두 항으로 나누어 정리하려 한다.

4.1. 결속과 종결

6수 텍스트의 결속과 종결을 보기 위하여, 밑줄 친 부분에 유의하면서 텍스트를 보자.

청산(靑山)은 춤츠거늘 녹수(綠水)은 놀애흔다.
며 놀애 며 춤애 나도 조쳐 즐기노라.
진실로 이 산수간(山水間)에 아니 놀고 엇디ᄒ리? (제1수)

시비(柴扉) 나죄 닷고 죽창(竹窓)의 좀을 드니
기나긴 춘몽(春夢)을 뉘 와서 씨오리오.
송풍(松風)이 서늘히 부니 계수성(溪水聲)에 씨오라. (제2수)

유서(柳絮)의 다 ᄂᆞᆫ 후에 녹음(綠陰)이 더욱 됴타.
백전앵가(百囀鶯歌)은 소리마다 새로왜라.
지당(池塘)에 노ᄂᆞᆫ 고기도 조차 즐겨 ᄒᆞᆫ다. (제3수)

청풍(淸風)이 소슬 부니 낫줌이 절로 씬다.
호온자 니러 안자 녯글와 마롤 ᄒᆞ니
어주어 북창희황(北窓羲皇)을 꿈에 (보ᄉ))본 듯 ᄒᆞ야라. (제4수)

산우(山雨)이 훗더딘 후에 연지(蓮池)을 구어보니
만점(萬點) 명주(明珠)이 벽옥반(碧玉盤)의 담겨 잇다.
주부자(周夫子) 쇄락금회(洒落襟懷)을 고대 본 듯 ᄒᆞ야라. (제5수)

구름이 깁푼 고시 바회우희 자리 보니
술 시론 야인(野人)은 담소(談笑)로 져모는다.
이몸이 미일 한가호니 즈조 온둘 엇더리? (제6수)

제2단락(제2, 3수)와 제3단락(제4, 5수)에 포함된 단락내 결속은 전3
수의 텍스트와 후3수의 텍스트에서와 같다.

제1~3수와 제4~6수는 격구식으로 상응하는 반복표현을 보여준다.
이를 차례로 보자.

제1수와 제4수에서 상응하는 반복표현은 종장의 "… –에 …"이다. 이
반복표현은 "진실로 이 산수간(山水間)에 아니 놀고 엇디ᄒ리."(제1수
종장)와 "어주어 북창희황(北窓羲皇)을 꿈에 (보〉)본 듯 ᄒ야라."(제4수
종장)의 밑줄 친 부분에서 알 수 있다.

제2수와 제5수에서 상응하는 반복표현은 초장의 "–(이) … –의/에
–을 –니"이다. 이 상응하는 반복표현은 "시비(柴扉)(이) 나죄 닷고 죽창
(竹窓)의 졈을 드니"(제2수 초장)와 "산우(山雨)이 홋더딘 후에 연지(蓮
池)을 구어보니"(제5수 초장)의 밑줄 친 부분에서 알 수 있다.

제3수와 제6수에서 상응하는 반복표현은 초장의 "○○이 … –에/이
…"이다. 이 상응하는 반복표현은 "유서(柳絮)의 다 는 후에 녹음(綠陰)
이 더옥 됴타."(제3수 초장)와 "구름이 깁푼 고시 바회우희 자리 보니"
(제6수 초장)의 밑줄 친 부분에서 알 수 있다.

이 세 종류의 상응하는 반복표현을 표로 정리하면 다음과 같다.

제1~3수	상응하는 반복표현	제4~6수
제1수	"… –에 …"(종장)	제4수
제2수	"–(이) … –의/에 –을 –니"(초장)	제5수
제3수	"○○이 … –에/이 …"(초장)	제6수

위의 표에서 보듯이, 제4~6수는 제1~3수에서 보인 일부의 표현을 반복하는 형태를 취한다. 이 격구식으로 상응하는 반복표현은 제1~3수와 제4~6수의 결속을 보여주는 동시에, 제1~3수와 제4~6수가 각각 독립된 텍스트로 수용될 수 있음을 암시한다. 왜냐하면, 앞의 격구식으로 상응하는 반복표현은 일부 탈착형 연시조가 보이는 특성이기 때문이다.

이번에는 대칭표현에 의한 결속과 종결을 정리하기 위해, 대칭표현을 먼저 보자.

첫째로, ["-이 … -이 … -다."(제3수 초장)-대칭축(제3수와 제4수의 중간)-"-이 … -이 … -다."(제4수 초장)]의 대칭표현이다. 이 대칭표현은 "유서(柳絮)이 다 눈 후에 녹음(綠陰)이 더욱 됴타."(제3수 초장)와 "청풍(淸風)이 소술 부니 낫줌이 절로 씬다."(제4수 초장)에서 파악할 수 있다. 이 대칭표현은 반복표현으로 볼 수도 있지만, 이하의 다른 대칭표현으로 보아, 대칭표현으로 처리하였다.

둘째로, ["… -니"(제2수 초장)-대칭축(제3수와 제4수의 중간)-"… -니"(제5수 초장)]의 대칭표현이다. 이 대칭표현은 "시비(柴扉) 나죄 닷고 죽창(竹窓)의 줌을 드니"(제2수 초장)와 "산우(山雨)이 훗더딘 후에 연지(蓮池)을 구어보니"(제5수 초장)에서 파악할 수 있다.

셋째로, ["… 엇-리"(제1수 종장)-대칭축(제3수와 제4수의 중간)-"… 엇-리"(제6수 종장)]의 대칭표현이다. 이 대칭표현은 "진실로 이 산수간(山水間)에 아니 놀고 엇디ᄒ리."(제1수 종장)와 "이몸이 미일 한가ᄒ니 ᄌᄌ조 온돌 엇더리."(제6수)에서 파악할 수 있다.

이 세 대칭표현에서, 제1수와 제6수의 대칭표현을 A-A로, 제2수와 제5수의 대칭표현을 B-B로, 제3수와 제4수의 대칭표현을 C-C로, 대칭축을 X로 바꾸어 정리하면, 이 텍스트는 [A(제1수)-B(제2수)-C(제3수)-X(제3수와 제4수의 중간)-C(제4수)-B(제5수)-A(제6수)]의 대칭

표현을 보여준다. 이는 이 작품의 결속과 종결이 대칭표현에 의한 대칭
적 결속과 종결에 의한 것임을 말해준다.

4.2. 구조와 주제

6수의 텍스트에서, 배경시공간의 구조는 보여주지 않고, 논리적 구조
만을 보여준다. 이 논리적 구조를 정리하기 위하여, 앞에서 정리한 전3
수의 텍스트와 후3수의 텍스트의 논리적 구조를 표로 정리하면 다음과
같다.

순서	두 텍스트의 구조				6수 텍스트의 구조		
제1수	전3수의 텍스트	제1단락		서사	서사	기	서사
제2수		제2 단락	서사	본사	본사1	승	본사 (점층적 구조)
제3수			본사				
제4수	후3수의 텍스트	제3 단락	서사	본사	본사2	전	
제5수			본사				
제6수		제4단락		결사	결사	결	결사

이 표에서 보듯이, 전3수 텍스트가 보인 2단락의 서본의 구조와 후3수
텍스트가 보인 2단락의 본결의 구조는 6수 텍스트에서 기승전결의 구조
또는 서본결의 구조로 묶인다. 이 정리에서 서사를 '기'로, 결사를 '결'로
바꾸는 데는 어떤 설명도 필요하지 않다. 문제는 본사1과 본사2를 '승'과
'전'으로 설명하거나, 점층적 구조의 본사로 설명하는 것이다. 이를 설명
하기 위하여 앞에서 정리한 각수별 주제를 옮겨 쓰면 다음과 같다.

제1수: 청산의 춤과 녹수의 노래에 좇아 즐기면서, 이 산수간에서 놀 수
　　　밖에 없음
제2수: 소쇄(瀟灑)한 자연(서늘한 松風과 溪水聲)에 낮잠(/춘몽)이 깨
　　　여, 자연의 아름다움을 보고 즐길 수 있는 시적 화자의 정경
제3수: 자연의 아름다움(점점 짙어가는 신록, 백전앵가. 연못에서 물고
　　　기가 유유하게 즐겨 놀음)을 보고 즐김
제4수: 소쇄(瀟灑)한 자연(淸風)에 낮잠이 깨여, 옛글과 말을 하여, 도
　　　학자의 즐김을 즐길 수 있는 시적 화자의 정경
제5수: 쇄락한 자연의 아름다움과 이 쇄락한 아름다움을 즐기는 도학자
　　　(주돈이)의 쇄락금회의 아름다움을 즐김
제6수: 산정에서 자연의 아름다움을 보고 즐기고, 도학자의 아름다운
　　　즐김을 즐기면서, 산정에 자주 와서 이 즐김을 지속하고 싶음

　　제2단락인 제2, 3수와 제3단락인 제4, 5수를 비교하면, 제4수[소쇄
(瀟灑)한 자연(淸風)에 낮잠이 깨여, 옛글과 말을 하여, 도학자의 즐김
을 즐길 수 있는 시적 화자의 정경]는 제2수[소쇄(瀟灑)한 자연(서늘한
松風과 溪水聲)에 낮잠(/춘몽)이 깨여, 자연의 아름다움을 보고 즐길
수 있는 시적 화자의 정경]의 점층이고, 제5수[쇄락한 자연의 아름다움
과 이 쇄락한 아름다움을 즐기는 도학자(주돈이)의 쇄락금회의 아름다
움을 즐김]는 제3수[자연의 아름다움(점점 짙어가는 신록, 백전앵가, 연
못에서 물고기가 유유하게 즐겨 놀음)을 보고 즐김]의 점층이란 사실을
바로 알 수 있다. 이 두 점층으로 보면, 제2단락(제2, 3수)과 제3단락(제
4, 5수)은 점층적 구조로 이루어진 본사로 정리할 수 있다. 동시에 이
점층적 구조는 소재를 점층적으로 바꾼 것이라는 점에서는 소재를 점층
적으로 바꾼 '승전'의 구조로 정리할 수도 있다. 이런 점들로 보아, 이
6수 텍스트의 논리적 구조는 기승전결의 구조, 또는 서본결(본사는 점
층적 구조)의 구조로 정리할 수 있다. 그리고 이런 구조로 보아 이 6수

텍스트의 주제는 이 텍스트의 결사인 제6수의 주제인 [산정에서 자연의 아름다움을 보고 즐기고, 도학자의 아름다운 즐김을 즐기면서, 산정에 자주 와서 이 즐김을 지속하고 싶음.]으로 정리할 수 있다.

5. 결론

지금까지 〈산정독영곡〉의 결속, 종결, 구조, 주제 등을 검토하여, 탈 착형 연시조의 가능성을 정리하였다. 그 결과를 요약하여 결론을 대신 하면 다음과 같다.

전3수의 텍스트에서 정리한 결속, 종결, 구조, 주제 등은 다음과 같다.

1) 제2단락(제2, 3수)의 단락내 결속은 숲의 공간[제2수의 '송풍(松 風)'과 제3수의 '녹음(綠陰)' 및 '백전앵가(百囀鸎歌)']을 먼저 노래하고, 그 다음에 물의 공간[제2수의 '계수성(溪水聲)'과 제3수의 '지당(池塘) 에 노는 고기']을 노래하는 순서에 의해 이루어졌다.

2) 단락간의 결속은 "진실로 이 산수간(山水間)에 아니 놀고 엇디ᄒ 리."(제1수 종장), "송풍(松風)이 서늘히 부니 계수성(溪水聲)에 씨와 라."(제2수 종장), "지당(池塘)에 노는 고기도 조차 즐겨 ᄒ느다."(제3수 종장) 등에서 보이는 '-에'의 반복표현에 의해 이루어지고, ["… -다. … -라."(제1수 초장과 중장)-대칭축(제2수)-"… -다. … -라."(제3수 초장과 중장)]의 대칭표현과, [대구(제1수 초장)-대칭축(제2수)-대구 (제3수 초장)]의 대칭표현에 의해 이루어졌다.

3) 이 텍스트의 구조는 서사(제1수)와 본사(제2, 3수)의 구조이며, 본 사는 서사(제2수)와 본사(제3수)의 구조이다.

4) 이 텍스트의 주제는 [자연이 즐기는 아름다움을 보고 즐김]이다.

후3수의 텍스트에서 정리한 결속, 종결, 구조, 주제 등은 다음과 같다.

1) 제1단락(제4, 5수)의 단락내 결속은 "어주어 북창희황(北窓羲皇)을 꿈에 (보))본 돗 ᄒᆞ야라."(제4수 종장)와 "주부자(周夫子) 쇄락금회(洒落襟懷)을 고대 본 돗 ᄒᆞ야라."(제5수 종장)에서 보이는 "○○○ ○○ ○○을 ○○ 본 돗 ᄒᆞ야라."의 반복표현에 의해 이루어졌다. 단락간의 결속은 "산우(山雨)이 훗더딘 후에 연지(蓮池)을 구어 보니"(제5수 초장)와 "구름이 깁푼 고신 바희우희 자리 보니"(제6수 초장)에서 파악할 수 있는 "○○이 … -에/이 … 보니"의 반복표현에 의해 이루어졌다.

2) 이 텍스트의 종결은 제4수와 제5수의 종장에서 보인 "○○○ ○○ ○○을 ○○ 보(ㄴ)돗 ᄒᆞ야라."의 반복표현을 제6수의 종장에서 반복하지 않는, 반복표현의 후미 전환에 의해 이루어졌다.

3) 이 텍스트의 논리적 구조는 본사(제4, 5수, 서사+본사)와 결사(제6수)로 구성된 본결의 구조이다.

4) 이 텍스트의 주제는 [산정에서 자연의 아름다움을 보고 즐기고, 도학자의 아름다운 즐김을 즐기면서, 산정에 자주 와서 이 즐김을 지속하고 싶음.]이다.

6수의 텍스트에서 정리한 결속, 종결, 구조, 주제 등은 다음과 같다.

1) 전3수의 텍스트와 후3수의 텍스트에서 정리한 단락내의 결속은 이 6수의 텍스트에서도 같은 단락내의 결속을 보여준다. 그리고 제1수와 제4수의 종장에서 상응하는 "… -에 …"의 반복표현, 제2수와 제5수의 초장에서 상응하는 "-(이) … -의/에 -을 -니"의 반복표현, 제3수와 제6수의 초장에서 상응하는 "○○이 … -에/이 …"의 반복표현 등은, 제1~3수와 제4~6수의 결속을 보여준다.

2) 이 텍스트의 결속과 종결은 ["-이 … -이 … -다."(제3수 초장)-대칭축(제3수와 제4수의 중간)-"-이 … -이 … -다."(제3수 초장)]의 대칭

표현, ["… −니"(제2수 초장)−대칭축(제3수와 제4수의 중간)−"… −니"(제5수 초장)]의 대칭표현, ["… 엇−리"(제1수 종장)−대칭축(제3수와 제4수의 중간)−"… 엇−리"(제6수 종장)]의 대칭표현 등에 의해 구성된 [A(제1수)−B(제2수)−C(제3수)−X(제3수와 제4수의 중간)−C(제4수)−B(제5수)−A(제6수)]의 대칭표현에 의해서도 이루어졌다.

3) 이 텍스트의 논리적 구조는 기승전결의 구조, 또는 서본결(본사1과 본사2는 점층적 구조)의 구조이다.

4) 이 텍스트의 주제는 [산정에서 자연의 아름다움을 보고 즐기고, 도학자의 아름다운 즐김을 즐기면서, 산정에 자주 와서 이 즐김을 지속하고 싶음.]이다.

이상과 같은 점들로 보아, 〈산정독영곡〉은 전3수의 텍스트, 후3수의 텍스트, 6수의 텍스트로 탈착되는 탈착형의 연시조이다.

제6부

기타의 탈착형 연시조

이신의의 〈사우가〉

1. 서론

이 글은 〈사우가〉(李愼儀, 1551~1627)의 결속, 종결, 구조, 주제 등을 검토하는 데 연구의 목적이 있다.

〈사우가〉는 1974년에 이상비와 권영철이 학계에 소개하면서 그 연구가 시작되었다. 그 후의 연구는 그렇게 활발하지 못하다. 그 내용은 소재 문헌, 작가의 생애, 창작배경, 조선조 후대인의 단평 소개, 〈오우가〉와의 관계 및 문학사적 의미, 작품 해설 및 감상 등으로 정리할 수 있다.

이상비(1974)는 〈사우가〉가 수록된 『석탄선생문집』(1801년, 和順 萬淵僧舍)의 내용, 석탄의 생애, 〈사우가〉 및 6수의 단가, 〈사우가〉에 대한 제평론(諸評論, 李宜哲, 金時粲, 尹植, 沈潮), 작품론 등을 소개하면서 연구하였다. 창작시기는 회령과 홍양의 유배기로 보았다.

권영철(1974)은 판본고, 작가고(가계, 생애, 위인), 작품고, 가치고 등을 다루었다. 창작시기에 대하여는 연보와 〈사우가후기〉가 다름을 보여준 다음에, 홍양에서 지은 것으로 정리를 하였다. 특히 연보에서는 회령에서 지었다고 되어 있지만, 〈사후가후기〉에서 네 분(李宜哲, 尹植, 沈潮, 金謙 등)이 홍양에 유배되었을 때에 지었다고 글을 썼고, 한 분(金時粲)만이 회령과 홍양 중에서 어느 곳에서 지었는지를 명확하게 하지 않았다는 사실을 정리하면서 홍양에서 지은 것으로 정리를 하였다.

이상비(1979)는 앞의 논문을 좀더 확대하여 글을 다시 썼다. 〈사우가〉 발견의 경위, 이신의의 연보, 『석탄선생문집』의 내용과 인간 이신의, 〈사우가〉와 그밖의 6수의 시조에 대한 평가, 〈사우가〉와 〈오우가〉에 관한 사견, 〈사우가〉의 문학사적 의의 등으로 확대하여 글을 썼다. 〈사우가〉와 그밖의 6수의 시조에 대한 평가에서는 필자의 해석과 평가는 물론 윤식의 해석과 평가도 소개하고 설명하면서, 창작 시기를 회령 유배시로 정리하였다.

이상비와 권영철의 연구를 이어서 이용숙(1988)과 윤영옥(1988)이 연구를 하였다. 그리고 많은 연구들(이상비, 이용숙, 윤영옥)이 사군자와의 관계를 간단하게 언급하였으나, 세한삼우(歲寒三友)와의 관계는 언급된 적이 없다.

이렇게 연구된 〈사우가〉의 연구를 결속, 종결, 구조 주제 등의 차원에서 다시 보면, 결속과 종결은 연구된 것이 거의 없다. 그리고 구조는 논리적 구조에 한하여, 열거식 또는 병렬적 구조로 정리할 수 있는 내용에 머물고, 주제는 대다수가 문집에서 보이는 '고고지취(孤高之趣)'와 '치심양성(治心養性)'[1]을 따르는 선에 머물고,[2] 일부만이 약간 다른 주제

1　이 단어들은 문집 연보의 '68세'조에 나온다. "萬曆四十六年 戊午 四月 栫棘 會寧……寄書 北闕 李鷄林守一請得小玄琴 先生素解琴律 至是請琴於鷄林 遂得松竹梅菊四友歌 被絃度曲以寓孤高之趣焉 及南遷 亦以琴自隨深味古人不輟琴瑟之義以之治心養性焉".

2　"五友歌는 四友歌와 根本에 있어서는 孤高之節을 노래한 것이며 다만 題材에 있어 약간의 相異点을 보일뿐이다."(이상비 1979:462)
　　"그러나 石灘이 그의 四友歌에서 松·菊·梅·竹을 통틀어 不變의 節介(松), 春光(榮華)을 피하여 홀로 서있는 淸高한 精神(菊), 눈속에 피어있는 香氣(梅), 迫害와 無道속에 淸節을 지켜 自足해하는 淸風(竹)을 노래하므로서 大義를 지키는 孤高之節을 反復하여 力說함에 比 하여 孤山은 그가 五友歌에서 석탄의 四君子를 題材에 있어서

를 정리하였다.[3] 이 구조와 주제는 〈사우가〉의 구조와 주제를 밝히는 데 많은 도움을 주는 것이 사실이지만, 〈사우가〉의 구조와 주제를 정확하게 보여주는 것은 아니다. 특히 제4수는 '고고지취(孤高之趣)'를 통해 '치심양성(治心養性)'의 수신을 하면서 천명을 기다림을 넘어서, 천명을 반겨 춤추는 상황까지를 보여준다. 게다가 제4수에 나온 시어 'ᄌᆞᆫ, 푸ᄅ러셰라, ᄒᆞᆫ 청풍' 등의 정확한 의미도 점검과 확인이 요청되고 있다.

이에 이 글에서는 기왕의 연구들이 거둔 업적들을 기반으로, 〈사우가〉의 결속, 종결, 구조, 주제 등을 검토 정리하고자 한다.

2. 결속과 종결

먼저 결속과 종결을 정리하기 위하여 작품을 보면 다음과 같다.

避하였을 뿐 아니라 대와 달을 끌어들여 守節의 限界밖으로 詩의 領域을 擴大하여 人生과 宇宙의 事象을 美化하고 意義있게 하였다."(이상비 1979:464)

"… 그가 〈四友歌〉에서 고칠 줄 모르는 不變의 節介(松), 春光 곧 榮華을 피하여 홀로 서있는 淸高한 精神(菊), 눈속에 피어있는 그윽한 香氣(梅), 迫害와 無道 속에 淸節을 自足해 하는 淸風(竹)을 노래하므로써 大義를 지키는 孤高之趣를 반복하면서 力說하고 있다."(이용숙 1988:239)

3 "… 그리하여 그는 松·菊·梅·竹에서 君子的 氣稟을 읽을 수 있었고, 그것을 人間化하여 벗으로 삼았던 것이다. 風霜을 겪어도 죽지 않고 언제나 봄빛을 가져 변할 줄 모르는 節槪를 가진 凜然한 솔, 남들이 다 좋아하는 春光을 마다하고 冷嚴한 霜風에 홀로 피는 傲霜孤節의 국화, 이것들에서는 다 높은 節槪를 取한 것이다. 白雪 가운데 꽃피어 그윽한 香氣를 내뿜는 白梅, 白雪 가운데서도 푸르럼을 잃지 않고 淸風을 반겨 흔덕흔덕하는 翠竹, 이들은 다 그들을 抹殺하려는 白雪 가운데서도 香氣와 빛을 發하여 生動感을 나타내 주는 希望的인 것들이다. 節槪와 生動感, 이것이 石灘이 追求하고자 한 人間像이라고 생각한다."(윤영옥 1988:205)

바회에 셧는 솔이 늠연(凜然)흔 줄 반가온뎌
풍상(風霜)을 격거도 여의는 줄 젼혜 업다.
얻디타 봄비츨 가져 고틸 줄 모르느니? (제1수, 松)

동리(東籬)의 심은 국화(菊花) 貴흔 줄을(ᄅᆞᆯ) 뉘 아느니
춘광(春光)을 번폐ᄒᆞ고 엄상(嚴霜)이 혼자 퓌니
어즈버 청고흔 내 버디 다만 넨가 ᄒᆞ노라. (제2수, 菊)

곧이 무한(無限)호되 매화(梅花)를 심근 뜻은
눈 속에 곧이 퓌여 흔 비틴 줄 貴ᄒᆞ도다.
ᄒᆞ믈며 그으흔 향기(香氣)롤 아니 귀(貴)코 어이리? (제3수, 梅)

백셜(白雪)이 ᄌᆞ즌 날에 대롤 보려 窓을 여니
온갓 곳 간듸 업고 대숩히 푸르러셰라.
엇디 흔 청풍(淸風)을 반겨 흔덕흔덕 ᄒᆞ느니? (제4수, 竹)

2.1. 3수 텍스트의 결속과 종결

3수의 텍스트는 제1, 2, 3수로 구성되는데, 그 결속과 종결은 대칭표현과 반복표현의 후미 전환에 의해 생성된다.

먼저 두 종류의 대칭표현을 보자. 하나는 ["… -ㄴ 줄 ○○○다."(제1수 중장)-대칭축(제2수)-"… -ㄴ 줄 ○○○다."(제3수 중장)]의 대칭표현이다. 이 대칭표현은 제1수의 중장["풍상(風霜)을 격거도 여의는 줄 젼혜 업다."]과 제3수의 중장["눈 속에 곧이 퓌여 흔비틴 줄 貴ᄒᆞ도다."]에서 확인할 수 있다. 다른 하나는 ["… -을/롤 … -이"(제1수 종장)-대칭축(제2수)-"… -을/롤 … -이"(제3수 종장)]의 대칭표현이다. 이 대칭표현은 제1수의 종장["얻디타 봄 비츨 가져 고틸 줄 모르느니."]과 제3수의 중장["ᄒᆞ믈며 그으흔 향기(香氣)롤 아니 귀(貴)코 어이리."]에서 확

인할 수 있다.

이 두 대칭표현은 제1, 2, 3수를 하나의 텍스트로 결속하고, 시종의 대칭표현이란 점에서 텍스트의 종결도 보여준다.

이번에는 두 반복표현의 후미 전환에 의한 결속과 종결을 보자. 하나는 초장이 보이는 반복표현의 후미 전환이다. 제1수의 초장["바회에 셧는 솔이 늠연(凜然)흔 줄 반가온뎌"]과 제2수의 초장["동리(東籬)의 심은 국화(菊花) 貴흔 줄를 뉘 아느니"]을 보면, "○○에/의 ○는/은 ○(○)이/∅ ○(○)흔 줄(○) ○○○○"의 문장을 반복적으로 보여주다가, 제3수의 초장["곧이 무한(無限)호되 매화(梅花)를 심근 뜻은"]에서는 "○○에/의 ○는/은 ○(○)이/∅ ○(○)흔 줄(○) ○○○○"의 문장을 반복하지 않는다. 이는 반복표현의 후미 전환을 말해준다. 다른 하나는 중장이 보여주는 반복표현의 후미 전환이다. 제1수의 중장["풍상(風霜)을 격거도 여의는 줄 전혜 업다."]과 제2수의 중장["춘광(春光)을 번폐호고 엄상(嚴霜)이 혼자 퓌니"]을 보면, "○○을 ……"의 문장을 반복적으로 보여주다가, 제3수의 중장["눈 속에 곧이 퓌여 흔비틴 줄 貴호도다."]에서는 "○○을 ……"의 문장을 반복하지 않는다. 이는 반복표현의 후미 전환을 말해준다.

이 두 반복표현의 후미 전환은 이 텍스트의 결속과 종결을 말해준다.

2.2. 4수 텍스트의 결속과 종결

4수 텍스트의 결속과 종결은 단락내의 것과 단락간의 것으로 나뉜다. 앞의 3수 텍스트에서 정리한 결속과 종결은 모두가 4수의 텍스트에서는 제1단락의 단락내의 결속과 종결로 바뀐다.

제1단락(제1, 2, 3수)과 제2단락(제4수)의 단락간의 결속과 종결은, 대칭표현에 의한 결속과 종결이다. ['얻디/엇디- ○○을 ○○ ○○○○

ㅇᄂ니'(제1수의 종장)-대칭축-'얻디/엇디- ㅇㅇ을 ㅇㅇ ㅇㅇㅇㅇㅇᄂ
니'(제4수의 종장)]의 대칭표현을 보자. 제1수의 종장["얻디타 봄비츨 가
져 고틸 줄 모르ᄂ니."]과 제4수의 종장["엇디 흔 청풍(淸風)을 반겨 흔
덕흔덕 ᄒᄂ니."]를 보면, "얻디/엇디- ㅇㅇ을 ㅇㅇ ㅇㅇㅇㅇㅇᄂ니"의
문장을 반복하고 있다. 이 반복표현은 시종의 대칭표현으로, 대칭표현
에 의한 제1~4수의 결속과 종결을 보여준다.

3. 배경과 창작의 시공간

이 장에서는 배경시간의 구조와 창작의 시공간을 두 절로 나누어 검
토 정리하고자 한다.

3.1. 배경시간의 구조

제1수의 배경시간은 첫서리가 내리는 가을이다. 이런 사실은 중장인
"풍상(風霜)을 격거도 여의는 줄 전혜 업다."와 종장인 "얻디타 봄비츨
가져 고틸 줄 모르ᄂ니."에서 추정할 수 있다. 중장의 '풍상(風霜)'으로
만 보면, 4계절을 모두 말하게 된다. 그러나 종장의 '봄빛'을 계산하면,
첫서리가 내리는 가을로 추정할 수 있다. 왜냐하면, "봄을 느낄 수 있는
경치나 분위기."를 의미하는 소나무의 봄빛은 첫서리가 내리는 가을까
지는 계속되지만, 엄상(嚴霜, 늦가을에 아주 되게 내리는 서리)을 맞은
소나무나 눈 속의 소나무는 윤기가 나는 봄빛의 푸른 빛이 아니라, 윤기
가 없는 푸른 빛을 보여주기 때문이다.

제2수의 배경시간은 된서리가 내리는 가을이다. 이런 사실은 중장인
"춘광(春光)을 번폐ᄒ고 엄상(嚴霜)이 혼자 뛰니"에서 알 수 있다.

이 제1, 2수의 배경시간을 중추(仲秋)나 만추(晩秋)로 정리하지 않은
것은 첫서리가 내리는 시기가 지역에 따라 큰 차이를 보이기 때문이다.
즉 회령의 경우에는 첫서리가 양력 9월 20~30일 사이에 내리고, 고흥의
경우에는 첫서리가 양력 11월 10~20일 사이에 내린다고 하기 때문이다.

제3수의 배경시간은 설중매가 피는 겨울로 추정된다. 이런 사실은 중
장인 "눈 속에 곧이 퓌여 흔 비틴 줄 貴ᄒ도다."에서 추정할 수 있다.
왜냐하면, 매화의 명칭은 꽃이 일찍 피기에 '조매(早梅)'라고도 하고, 추
운 날씨에 핀다고 '동매(冬梅)'라고도 하며, 눈 속에 핀다고 '설중매(雪
中梅)'라고도 하기 때문이다.

제4수의 배경시간을 파악하기 위하여, 우리는 'ᄌ즌, 푸ᄅ러셰라, 흔,
청풍' 등의 의미를 먼저 정리해야 한다. 그렇지 않으면, 배경시간을 전
혀 다르게 해석할 수도 있다.[4]

'ᄌ즌'의 'ᄌᆾ다'는 '빈번하다'의 의미로도 쓰이고, '점차로 줄어들어 없
어지다'의 의미로도 쓰이는 동음이의어이다. 이 중에서 후자의 의미로
판단된다. 이런 의미의 'ᄌᆾ다'는 "물 쉬이 ᄌᆽ는짜"(『譯語類解補』 4)와
"白雪이 ᄌ자진 골에(『靑丘永言(吳氏本)』 p.3)에서 보인다. '푸ᄅ러셰
라'는 '푸르렀도다'의 의미를 표기한 '푸ᄅ렀예라/푸ᄅ렀애라'이다. '흔
청풍'의 '흔'은 '첫'의 의미이다. 이런 사용은 "여듧 王子ᄅ 두겨샤디 흔
일후믄 有意오 둘찻 일후믄 善意오 세찻 일후믄 無量意오"(『석보상절』
十三 29)에서 보인다. '청풍(淸風)'의 일차적인 의미는 '부드럽고 맑은
바람'이다. 그리고 이차적인 의미로는 '맑은/깨끗한 풍문' 또는 '끝장을

---

4 "더구나 嚴冬雪寒의 바람을 淸風이라 表現하고 그 淸風을 반겨 춤추는 靑竹의 모습
은 謫北의 作者가 어떠한 思想의 사람인가를 잘 말해주는 것이라 할 것이다."(이상비
1979:456~457)

낸 풍문'의 의미를 갖는다. 이 이차적 의미는 한자 '淸'에 '맑다, 깨끗하다, 끝장을 내다' 등의 의미도 있고, 한자 '風'에는 '풍문, 소문' 등의 의미도 있기 때문이다.

위에서와 같이 'ᄌ즌, 푸ᄅ러셰라, 흔, 청풍' 등의 의미를 계산할 때에, 제4수의 배경시간은 백설이 잦고, 첫 청풍(淸風)이 부는 초봄으로 추정된다. 특히 중장의 '푸ᄅ러셰라' 즉 '푸르렀도다'는 다시 새롭게 맞는 푸르름으로, '흔 청풍(淸風)'은 '첫 청풍(부드럽고 맑게 부는 바람)'의 의미로, 봄기운을 조금씩 보이는 초봄을 보여준다는 점에서 초봄으로 정리할 수 있다.

이상의 배경시간들, 즉 첫서리가 내리는 가을(제1수), 된서리가 내리는 가을(제2수), 설중매가 피는 겨울(제3수), 백설이 잦고 첫 청풍(淸風)이 부는 초봄 등으로 보아, 이 작품의 배경시간은 3수의 텍스트와 4수의 텍스트 모두를 순차적 구조로 정리할 수 있다.

3.2. 창작의 시공간

이 절에서는 이 작품이 어느 시공간에서 지어졌는가에 대한 기왕의 네 주장을 정리하고, 이 서로 다른 네 주장을 하나로 통합할 수 있는 안을 하나 제시하고자 한다.

3.2.1. 기존 논의

이 작품이 지어진 창작의 시공간은 기왕의 주장에서는 넷으로 갈리고 있다.

첫째는 유배지인 회령과 홍양에서 지었다는 주장이다. 이 주장은 "短歌는 四友歌로 流配되던 해 3月에서 비롯하여 그 해 9月 興陽으로 移配

되어 五年의 謫居에서 完成되어 스스로 시름을 달랜 作品일 것이다."
(이상비 1974:171)에서 발견된다.

둘째는 이수일에게 청금(請琴)하기 이전, 또는 이수일이 소금(小琴)
을 구득(求得)하여 주기(1618년) 이전에 지었다는 주장이다. 이 주장은
이상비의 글에서 보인다. 이 글은 세 부분으로 나눌 수 있다. 초반부에서
는 1974년도의 글에서와 같이 회령과 홍양에서 지었을 가능성을 보여주
다가, 이어지는 중반부에서는 노래하는 계절과 노래된 계절이 다를 수
있고, 노래하는 장소와 노래된 장소가 다를 수 있다는 점에서, 초반부에
서 정리한 배경시공간을 부정하였다. 이어서 종반부에서는 다음과 같이
배경시공간을 이수일이 소금을 구득하여 주기 이전으로 추정하였다.

그래서 나는 四友歌의 製作時期의 起點을 李 守一에게 請琴하기 이전
으로 보고자 한다.
石灘은 光海의 亂政을 避하여 隱居하던 터였고, 廢母收議에 獨力으로
無道를 匡救할 수 있을 것이라는 생각은 아니하였을 것이나 世錄之臣으로
大義를 闡明하지 않을 수 없어서 投死極言을 敢行하였던 것이니 그로 인
하여 奸臣의 訴追를 받을 것을 짐작하였음이 사실이었다. 그러므로 비록
會寧에 加棘되지 않는다할지라도 遠方에 安置될 것은 覺悟한 일이라 오히
려 謫所에 닿자 平穩한 心懷에 있을 것은 뻔한 일이다.
그리하여 謫中의 무료를 달래느라 四友歌를 지어 그것을 唱和했던 것이
나 玄琴의 補가 없어 궁여지책으로 하다 못해 李 守一에게 囚中鼓琴古亦
有之라 辨明하면서 時急을 告하여 懇請한 것이라 믿는다. 四友歌는, 그러
므로 李 守一이 小琴을 求得하여 주기 以前에 이미 完成되었던 것이고 나
머지 時調는 그뒤 興陽에 와서도 많이 지어졌으리라고 생각된다.(이상비
1979:33)

이 인용에서 보면, 〈사우가〉는 이수일에게 청금(請琴)하기 이전, 또

는 이수일이 소금(小琴)을 구득(求得)하여 주기(1618년) 이전에 지었다
고 주장하고 있다. 이용숙(1988:230)은 이 주장을 따랐다. 그러나 "그리
하여 謫中의 무료를 달래느라 四友歌를 지어 그것을 唱和했던 것이나"
의 설명 정도로는 이수일에게 청금하기 이전, 또는 이수일이 소금을 구
득하여 주기(1618년) 이전에 지었다고 주장하는 데는 설득력이 미흡한
것으로 보인다.

셋째는 유배지인 흥양에서 1619~1622년에 지었다는 주장이다. 이 주
장은 권영철의 글에서 보인다. 이 글은 "石灘先生文集의 年譜와 四友後
記와는 若干의 差異가 있다."는 사실에 주목하고, 문집 연보의 '68세'조
를 인용한 후에 다음과 같이 설명하였다.

이와 같이 記錄되어 있다. 萬曆 46年은 우리의 光海 10年(1618.A.D)이
다. 이해 3月에 當時 咸境道 兵馬節度使인 李守一로부터 小玄琴을 얻어
〈四友歌〉를 創作하고, 被絃度曲하였다는 것이다. 그 後 公은 다시 北虜之
患으로 同年 9月에 全羅道 興陽으로 移配되었다는 것이니, 年譜記錄을 따
른다면, 創作時期는 光海 10年 3月에서 9月以前으로 될 것이며, 創作場
所는 會寧이 될 것이다.
그러나 同集 追附四友歌後記에 있는 諸大家의 記錄은 光海 10年 9月
以後 北端 會寧에서 南端 全羅道 興陽으로 移配된 後의 作品이라고 말하
고 있다. 會寧에 謫居하면서 지었다는 年譜記錄에도 首肯이 간다. 왜냐하
면 當時 그곳에서 北關 李守一로부터 小玄琴을 얻어 欣喜雀躍한 公의 手
記를 미루어 볼 때, 夏日長天의 謫居生活을 달래기 爲해서 時調 몇 首程
度는 能히 創作되었으리라고도 볼 수 있으나, 〈四友歌〉의 後記에서는 興
陽에서 지었다는 記錄이 頻繁함을 볼 때, 亦是 興陽에서 지었다고 봄이
妥當하다. 그렇다면 興陽에서의 公의 生活을 光海 10年(1618.A.D) 9月以
後 仁祖元年(1623.A.D)에 이르는 6年間이다. 이렇게 보면 〈四友歌〉를 비
롯한 時調 10首는 光海 11年(1619.A.D)에서 光海 14年(1622.A.D) 사이에

創作되었을 것이라고 推測할 수 있다. 왜냐하면 光海 10年은 9月에(서) 12月까지 不過 3, 4個月밖에는 되지 않으니까, 北端에서 南端까지 千里길 以上을 걸어서 갔을 것이니, 이동안에 모두 消費되었을 것이고, 仁祖元年 3月에 還朝하였으니, 이해도 亦是 計算에는 넣을 수가 없을 것으로 보기 때문이다.(권영철 1974:317~318)

이 인용에서 보면, 〈연보〉의 내용과 〈사우가후기〉의 내용이 다름을 검토하면서, 양자의 가능성이 모두 있으나, "〈四友歌〉의 後記에서는 興陽에서 지었다는 記錄이 頻繁함을 볼 때, 亦是 興陽에서 지었다고 봄이 妥當하다."고 보고, 그 시기를 "光海 11年(1619.A.D)에서 光海 14年(1622.A.D) 사이에 創作되었을 것이라고 推測할 수 있다."에서와 같이 좀더 좁혀서 주장하였다.

넷째는 해석을 보류한 주장이다. 윤영옥(1988:203)은 연보와 윤식의 기록을 모두 인용만 하였다.

3.2.2. 기존 논의의 보완

앞에서 정리한 기존 논의들을 보면, 네 종류이다. 하나는 적소인 회령과 홍양에서 지었다는 주장이다. 다른 하나는 회령에서 소금을 얻기 전에 지었다는 주장이다. 다른 하나는 홍양에서 지었다는 주장이다. 마지막 하나는 해석을 유보한 주장이다. 이 네 주장들은 연보와 〈사우가후기〉를 참고한 주장들인데도, 연보와 〈사우가후기〉의 내용에 부합하지 않는 주장들을 하거나, 서로 다른 내용을 정리하지 않고 있다.

앞의 네 주장들이 연보와 〈사우가후기〉의 기록이 다르다는 사실과 서로 다른 내용을 정리하지 않았다는 사실을 보기 위하여 연보와 〈사우가후기〉를 보자.

연보를 보면, 이수일에게 거문고를 부탁하여 얻은 후에, "마침내 송죽매국의 사우가를 얻고, 거문고에 맞추어 작곡하고 노래하여 고고(孤高)한 뜻을 부쳤다."(遂得松竹梅菊四友歌 被絃度曲 以寓孤高之趣焉)는 기록이 있다. 이 기록으로 보면, 일차로 〈사우가〉는 회령에서 거문고를 얻은 후에 지었다. 그리고 이 당시의 〈사우가〉는 송죽매국의 순서이다.

이번에는 〈사우가후기〉를 보자. 권영철(1974:321~323)이 정리한 내용을 보면 다음과 같다. 이선철(李宜哲)은 영조 25년(1749)에 쓴 후기("文貞公之遷於嶺表也 取於松竹梅菊 目之爲四友 作歌以寄意焉")에서, 〈사우가〉를 嶺表(재 바깥) 즉 홍양에서 지었고, 그 순서는 '송죽매국'이라고 하였다. 윤식(尹植)은 후기("先生 居興陽謫也 作松菊梅竹四歌 以遺牢騷")에서 〈사우가〉를 홍양에서 지었고, 그 순서는 '송국매죽'이라고 하였다. 심조(沈潮)는 후기("其謫居興陽時 以松菊梅竹爲四友 早晩相對 各賦短歌一章")에서 〈사우가〉를 홍양에서 지었고, 그 순서는 '송국매죽'이라고 하였다. 김겸(金謙)은 후기("今見石灘先生所著四友歌 取松菊梅竹 而寄意 ……六年嶺海 竟不能死 而嶺表俊應")에서 〈사우가〉를 홍양에서 지었고, 그 순서는 '송국매죽'이라고 하였다. 김시찬(金時燦)만은 영조 36년(1760)에 쓴 후기("石灘李先生謫中所作四友歌")에서 〈사우가〉를 적소에서 지었다고만 하고, 그 순서를 명시하지 않았다.

이렇게 기록되어 있는 내용들은 창작 장소와 작품의 순서로 보면 네 유형으로 나뉜다. 첫째는 '송죽매국'의 순서로 된 〈사우가〉를 회령에서 지었다는 유형이다. 이 유형은 연보에서 보인다. 둘째는 '송죽매국'의 순서로 된 〈사우가〉를 홍양에서 지었다는 유형이다. 이 유형은 이선철의 후기에서 보인다. 셋째는 '송국매죽'의 순서로 된 〈사우가〉를 홍양에서 지었다는 유형이다. 이 유형은 윤식, 심조, 김겸 등의 후기에서 보인다. 넷째는 작품의 순서를 제시하지 않은 〈사우가〉를 적소에서 지었다는 유형이다. 이 유형은 김시찬의 후기에서 보인다.

이 네 유형에서 주목되는 차이는 두 가지이다. 하나는 작품의 순서가 두 종류라는 것이다. 다른 하나는 창작의 시공간이 다르다는 것이다. 이 차이에서 일차로 주목되는 것은 작품의 순서를 바꿀 수 있는 소지이다. 연보와 이선철의 후기에서 보이는 '송죽매국'의 순서를, 윤식, 심조, 김겸 등의 후기에서 보이는 '송국매죽'의 순서로 바꿀 수 있는 소지를 보자.

송죽매국의 송죽매는 세한삼우(歲寒三友)로 잘 알려져 있다. 이런 삼우를 순서로 노래하면, 현재 전하는 작품과는 다른 성격을 보인다. 즉 송죽매의 배경시간이, 현재 우리가 보는 송, 매, 죽 등의 초상이 내린 가을, 백설이 내린 겨울, 백설이 잦고 첫 청풍이 부는 초봄 등이 아니라, 세한(歲寒)이 된다. 이런 점에서 회령에서 지은 〈사우가〉는 그 순서가 송죽매국이었는데, 이를 홍양으로 이배(移配)되어 부르면서, 현재의 송국매죽의 순서로 바꾸고, 동시에 그 내용도 현재의 작품으로 바꾸었다고 볼 수 있다.

이렇게 순서와 내용의 일부를 바꾸었을 가능성을 염두에 두고 보면, 앞에서 정리한 창작 장소의 네 유형의 정리를 하나의 문맥에서 이해할 수 있게 된다. 즉 회령에서 일차로 〈사우가〉를 지었는데, 그 순서는 '송죽매국'이라는 것이다. 이런 사실은 연보의 기록과 일치한다. 그리고 이 순서의 작품을 홍양으로 가지고 왔는데, 이 작품을 보고, 이선철이 이 〈사우가〉를 홍양에서 지었다고 후기에서 정리하였다고 볼 수 있다. 다음으로 이 '송죽매국'의 순서로 되어 있던 〈사우가〉를 홍양에서 '송국매죽'의 순서로 바꾸고 그 내용을 손질하였는데, 이 작품을 윤식, 심조, 김겸 등이 보고, 〈사우가〉는 홍양에서 지었다고 후기에서 정리하였다고 볼 수 있다. 그리고 이렇게 창작 장소와 작품의 순서가 다른 두 종류의 〈사우가〉를 보거나 알은 김시찬은 어느 한 쪽을 따라, 회령이나 홍양에서 지었고, 그 순서는 '송죽매국'이나 '송국매죽'이라고 하지 않고, 포괄적으로 〈사우가〉는 적소에서 지었다고만 정리한 것으로 판단할 수 있다.

이렇게 본다면, 현존 〈사우가〉는 일차로 '송죽매국'의 순서로 회령에서 지었고, 이차로 이 〈사우가〉의 순서를 '송국매죽'의 순서로 홍양에서 바꾸면서 내용의 일부도 바꾼 작품으로 정리할 수 있다.

4. 논리적 구조와 주제

이 장에서는 3수 텍스트와 4수 텍스트의 논리적 구조와 주제를 정리하고자 한다.

4.1. 3수 텍스트의 논리적 구조와 주제

이 절에서는 3수 텍스트의 논리적 구조와 주제를 정리하려 한다.

> 바회에 셧는 솔이 늠연(凜然)흔 줄 반가온뎌!
> 풍상(風霜)을 격거도 여의는 줄 젼혜 업다.
> 얻디타 봄비를 가져 고틸 줄 모르느니? (제1수, 松)

제1수에는 어려운 어휘가 거의 없다. 그런데도 초장을 보면 그 의미가 쉽게 들어오지 않는다. 이를 적당히 넘기면, 이 제1수를 지으면서 시적 화자가 처한 상황을 이해할 수 없다. 이를 보기 위해 초장을 차분하게 이해해 보자. '반갑다'는 "그리고 바라던 중 만나게 되거나 이루어져 마음이 흐뭇하다."의 의미이다. 이 의미를 고려하여 보면, 초장의 "바위에서 있는 솔이 늠연한 사실"은 시적 화자가 '그리고 바라던 중 만나게(또는 보게) 된 사실'이다. 이렇게 되면, "바위에 서 있는 솔이 늠연한 사실"을, 시적 화자가 어떻게 하여, 그리고 바라던 중 만나게(또는 보게) 되었을까? "바위에 서 있는 솔이 늠연한 사실"이 시적 화자에게 옮겨 올 수는 없다. 시적 화자가 장소를 이동하여, "바위에 서 있는 솔이 늠연한 사실"을, 그리고 바라던 중 만나게(또는 보게) 되었다고 할 수 있다. 이 이동의 장소는 유배지로 가는 중간의 장소로 볼 수도 있고, 유배지로 볼 수도 있다. 그러나 제1수에서 노래하는 송(松)이 유배지에서의 우(友), 즉 동지(同志)를 의미한다는 점에서, 이 이동의 장소는 유배지이며, 바위에 서 있는 늠연한(凜然한, 위엄이 있고 당당한) 솔은 유배지에 있는 솔이라고 할 수 있다. 이런 사실을 고려하면, 제1수의 초장에서는 시적 화자가 유배지(회령)로 이동하여, 또는 유배지(회령)에서 다른 유배지(흥양)로 이동하여, 그 곳에서 그리고 바라던 중 만나게(또는 보게) 된, "바위에 서 있는 솔이 늠연한 사실"을 만나게(또는 보게) 되어 반가움을 노래하였다고 할 수 있다.

중장인 "풍상(風霜)을 격거도 여의는 줄 전혜 업다."에서는 초장의 늠연한 모습이 바람과 서리를 겪어도 여위는 사실이 전혀 없음을 노래하였다. 이 '풍상'만을 보면, 이 작품은 사계절 푸른 소나무를 노래한 것으로 볼 수도 있다. 그러나 앞에서 '봄빛'을 검토하였듯이, 봄부터 초상까지로 한정된다.

그리고 종장인 "엇디타 봄비를 가져 고틸 줄 모르ᄂᆞ니?"에서는 우선 '봄빛'의 설명이 필요하다. 앞에서 설명하였지만, 다시 부연한다. '봄빛'의 사전적 의미는 "봄을 느낄 수 있는 경치나 분위기."이다. 그런데 이 의미를 종장의 문맥에 넣어보면, 그 문맥이 통하지 않는다. 즉 문맥이 비문법적이다. 이 문맥의 비문법성을 통하여, 지각을 지체시키고, 시어 자체에 초점을 맞추면서 '봄빛'의 의미를 읽게 한다. 이 봄빛의 문자적 의미는 '봄의 빛'이며, 이 '봄의 빛'은 봄이 보여주는 녹색을 에둘러 쓴 우언법이며, 동시에 바꾸어 부른 환칭법이다. 그리고 이 우언법 또는 환칭법은 '녹색'으로 표현하였을 때보다, 봄의 식물들이 보여주는 윤기 나는 (활기찬) 녹색을 강조한다. 이 '봄빛'은 첫서리, 즉 무서리까지는 계속된다. 그러나 엄상(嚴霜), 즉 된서리에는 견디지 못하고, 윤기 나는 (활기찬) 녹색이, 윤기 없는 녹색으로 변한다. 만약 작품에서 '녹색'으로 표현하였다면, 이 작품의 풍상은 엄상도 포함하게 된다. 그러나 '봄빛' 의 표현으로 보아, 이 작품의 '풍상'은 첫서리인 무서리만을 포함하게 된다. 이런 사실은 이 작가가 '솔[松]'의 소재를 윤선도와 같이 눈서리를 모르는 존재로 사용하지 않았고, 세한삼우(歲寒三友, 松, 竹, 梅)의 '솔 [松]'을 가져와서 바꾼, 즉 세한(歲寒)의 솔을 첫서리[初霜]의 솔로 바꾼 것이다. 이는 표면적으로는 솔이 초상까지 보여준 자태, 즉 늠연하게(凜 然하게, 위엄이 있고 당당하게) 봄빛을 바꾸지 않은 자태를 의미하며, 이면적으로는 시적 화자가 세상을 살아오면서 유배지에서 바위에 서 있 는 솔을 마주할 때까지 보여준 자태, 즉 늠연하게 지절(志節)을 바꾸지 않은 자태를 의미한다고 볼 수 있다. 그리고 종장의 "어찌하여 …… 모르 느니(모르느냐?)"는 '모른다'는 사실을 수사의문문 또는 설의법을 통하 여 의미를 강조하였다.

이상과 같은 점들로 보아, 시적 화자는 제1수에서 표면적으로는 소나 무가 초상까지 풍상을 겪으면서 보여준, 늠연하게 봄빛을 바꾸지 않은 자태를 찬양하였고, 이면적으로는 벗이 세상을 살아오면서 유배지에서 바위에 서 있는 솔을 마주할 때까지 보여준 자태, 즉 늠연하게 지절(志 節)을 바꾸지 않은 자태를 노래하였다고 정리할 수 있다. 이 이면적 의 미는 선인들이 지적한 '고고지취(孤高之趣)'를 벗어나는 것은 아니다.

선인들은 유배지에서의 고고지취만을 언급하였다면, 이 글에서는 유배지에서의 고고지취는 물론, 유배 이전의 삶에서 보여온 고고지취도 포함하는 차이를 보여준다. 그리고 이 고고지취는 그간의 삶은 물론 유배 생활에서 잃기 쉬운 치심양성(治心養性), 나아가 존심양성(存心養性)을 위한 것임은 두 말할 필요도 없다.

연보에서 〈사우가〉를 두고 평한 '치심양성(治心養性)'은 북송 여공저(呂公著, 1018~1089)의 글로 알려져 있다. 이 글은 조선조 유학자들이 즐겨 썼으며, 『맹자』의 존심양성(存心養性)에서 '존심'을 '치심'으로 바꾸었으나 큰 의미는 같다. 그 의미는 〈사우가〉의 이해에 매우 중요하여 인용하면 다음과 같다.

> 맹자 말하길 그 마음을 다하는 것은 그 본성을 아는 것이다. 그 본성을 알면 곧 하늘을 아는 것이다. 그 마음을 보존하고 그 본성을 기름은 하늘을 섬기는 방도이다. "일찍 죽거나 장수하거나 둘이 아니다."라 하고, 몸을 닦고 그것으로써 천명을 기다림은 천명을 세우는 방도이다.[孟子曰 盡其心者 知其性也 知其性 則知天矣 存其心 養其性 所以事天也 夭壽不貳 修身以俟之 所以立命也. 『맹자』〈진심장〉(상)]

이 글에서 보면, '존심양성'은 하늘을 섬기는 방도(방법과 도리)이고, 이 방도로 수신하고 천명을 기다림은 천명을 세우는 방도이다. 이 내용으로 보면, 유학자들이 왜 '치심양성' 또는 '존심양성'을 그렇게까지 추구하였는가를 잘 보여준다. 즉 '치심양성' 또는 '존심양성'은 하늘을 섬기는 방도이고, 나아가 수신하며 천명을 기다림은 천명을 세우는 방도이기 때문이다.

앞에서 정리한 '고고지취(孤高之趣)'를 통한 '치심양성/존심양성'으로 보면, 제1수는 '치심양성'을 하늘을 섬기는 방도로 이용하고, 나아가

이 방도로 수신하며 천명을 기다림을 천명을 세우는 방도로 사용한 것은
분명하다. 이 천명을 기다림이 바로 유배의 온갖 어려움을 극복하게 한
원천의 힘일 것이다. 그러나 천명을 세우는 방도로 사용한 천명을 기다
림이 제1수에서 이루어진 것은 아니다. 이 이루어짐은 제4수에서 비로
소 나타난다.

> 동리(東籬)의 심은 국화(菊花) 貴흔 줄을(〈를) 뉘 아ᄂ니?
> 춘광(春光)을 번폐ᄒ고 엄상(嚴霜)이 혼자 퓌니,
> 어즈버 청고흔 내 버디 다만 녠가 ᄒ노라. (제2수, 菊)

제2수에서는 도연명의 '국화'를 노래하고, 이어서 사군자의 국화에서
볼 수 있는 오상고절(傲霜孤節)을 노래한 다음에, 두 국화의 미덕을 묶
어 '청고'(淸高)한 내 벗은 다만 녠가 한다고 노래하였다.
초장인 "동리(東籬)의 심은 국화(菊花) 貴흔 줄를 뉘 아ᄂ니?"의 국화
는 도연명의 〈음주〉[5]에 나오는 국화이다. 이 시에 유래하여 도연명의
국화, 즉 "채국동리하 유연견남산(採菊東籬下 悠然見南山)"의 국화는,
세속적인 욕망을 떨쳐 버리고 자연과 더불어 살아가는 은자의 탈속한
심경을 비유한다. 이 국화를 사군자의 하나인 오상고절의 국화를 노래
하기에 앞서, "동리(東籬)의 심은 국화(菊花) 貴흔 줄을 뉘 아ᄂ니?"라
고 의문형으로 노래한 것은 너무도 당연하다. 이는 단순하게 오상고절
의 국화만을 노래하지 않고, 오상고절을 포함한, 종장의 '청고(淸高)'한
국화를 노래하기 위한 포석으로 보인다.

---

5 "結廬在人境 而無車馬喧 問君何能爾 心遠地自偏 採菊東籬下 悠然見南山 山氣日
   夕佳 飛鳥相與還 此中有眞意 欲辯已忘言"

제2수에서 도연명의 고사를 가져온 것은 자신의 은거도 제2수에 포함시키기 위한 것으로 보인다. 시적 화자는 유배를 가기 전까지 은거를 하였었다. 63세에 해주목사를 그만두고 고양으로 돌아와, 절충장군호책위부사과겸오위장을 제수하였으나 취임하지 않았고, 64세 10월에 다시 앞의 직을 내렸으나 취임하지 않았으며, 65세 7월에 절충장군첨지중추부사겸오위장을 내렸으나 취임하지 않으면서 유배를 갈 때까지 은거를 하였었다.

중장인 "춘광(春光)을 번폐ᄒ고 엄상(嚴霜)이 혼자 퓌니"는 흔히 보는 오상고절의 국화를 노래한 것으로 볼 수 있다.

종장인 "어즈버 청고ᄒᆫ 내 버디 다만 녠가 ᄒ노라."에서는 청고한 내 벗이 다만 네인가 하노라 선언하고 있다.

이상과 같은 점들로 보아, 제2수에서 시적 화자는 표면적으로는 동리 하에 심은 국화가 엄상에 홀로 핌을 사랑하여 자신이 사람처럼 사랑하는 존재임을 영탄하였고, 이면적으로는 도연명이 은거하여 동리 하의 국화를 통하여 보여준 탈속한 심경과, 엄상에 핀 국화를 통하여 보여준 오상고절을 결합한 청고(淸高)의 지절을 보여준다고 정리할 수 있다. 이 청고의 지절 역시 앞에서 언급한 '고고지취(孤高之趣)'이며, 이는 유배생활에서 잃기 쉬운 치심양성(治心養性), 나아가 존심양성(存心養性)을 위한 것임은 두 말할 필요도 없다.

이 제2수는 제1수의 초상까지의 풍상에도 늠연(凜然)하게 지절(志節)을 지키는 솔을, 엄상에서도 청고하게 지절을 지키는 국화로 점층시켰다는 점에서, 제1수와 제2수의 논리적 구조는 점층적이라고 정리할 수 있다. 그러나 제1수에서와 같이 이 제2수에서도 천명을 세우는 방도로 사용한 천명을 기다림이 이루어진 것은 아니다. 이 이루어짐은 제4수에서 비로소 나타난다.

곧이 무한(無限)호되 매화(梅花)를 심근 뜻은?

눈 속에 곧이 퓌여 흔 비틴 줄 貴ᄒ도다.

ᄒ물며 그윽흔 향기(香氣)를 아니 귀(貴)코 어이리? (제3수, 梅)

제3수의 주제는 백매가 눈 속에 피어 눈과 같은 빛을 보여줄 뿐만 아니라, 그윽한 향기를 보여주는 미덕이다. 이 미덕은 선비들이 매화나무를 좋아한 이유인, 추운 날씨에도 굳은 기개로 피는 하얀 꽃과 은은하게 배어 나는 향기를 크게 벗어나지 않는다. 그러나 제3수는 다음과 같은 특성도 보여준다. 주제 측면에서, 노골적으로 드러내놓고 진하게 보여주지 않고, 눈과 같은 빛으로 분간이 되지 않고, 그윽하게 보여주는 특성을 보인다. 그리고 표현의 측면에서는 의문법, 감탄법, 반어의문법 등을 사용하고 있다. 이 중에서 종장의 반어의문문인 '아니 귀코 어이리?'는 '아니 귀하게 여기고 어이리?'의 의미로 강한 의지를 나타내는 수사의문문, 즉 반어의문문이다. 이는 '귀하게 여긴다/여기겠다'는 평서문을 수사의문문 즉 반어의문문으로 바꾸어 의미를 강하게 보여준 것이다.

이런 점들로 보아, 제3수에서 시적 화자는 표면적으로는 눈 속에 피어 그윽한 향기를 보이는 매화를 귀하게 여기지 않을 수 없음을 노래하고, 이면적으로는 눈같이 차가운 세상에도 굴하지 않고 꽃을 피우고 그윽한 향기까지 보여주는 지절을 가진 인물을 귀히 여기고, 동시에 그 인물과 뜻을 같이한다는 점에서 시적 화자 자신도 그 인물과 같은 지절을 지향하고 있음을 보여준다. 이 설중매와 같은 지절 역시 앞에서 언급한 '고고지취(孤高之趣)'이며, 이는 유배생활에서 잃기 쉬운 치심양성(治心養性), 나아가 존심양성(存心養性)을 위한 것임은 두 말할 필요도 없다.

이 제3수는 제2수에 점층된 것이다. 즉 엄상의 환경을 좀더 가혹한 눈 속으로 점층시키고, 오상고절의 국화를 세한고절의 매화로 점층시켰

기 때문이다. 그러나 제1, 2수에서와 같이 이 제3수에서도 천명을 세우
는 방도로 사용한 천명을 기다림이 이루어진 것은 아니다. 이 이루어짐
은 제4수에서 비로소 나타난다. 결국 제1, 2, 3수는 점층적 구조로 되어
있다고 정리할 수 있다.

그리고, 이 구조로 보아, 3수 텍스트의 주제는 '고고지취(孤高之趣)'
를 통한 치심양성(治心養性) 또는 '존심양성(存心養性)'으로 정리할 수
있다. 이 주제는 앞의 연보에서 인용한 것과 일치한다.

4.2. 4수 텍스트의 논리적 구조와 주제

이 절에서는 4수 텍스트의 논리적 구조와 주제를 정리하려 한다. 제1,
2, 3수의 주제는 앞에서의 논의로 돌리고, 제4수의 주제를 보자.

> 백설(白雪)이 ᄌᆞᆫ 날에 대롤 보려 창(窓)을 여니,
> 온갓 곳 간ᄃᆡ 업고 대숩히 푸르러셰라.
> 엇디 ᄒᆞᆫ 청풍(淸風)을 반겨 흔덕흔덕 ᄒᆞᄂᆞ니? (제4수, 竹)

이 제4수의 대의를 파악하는 데는 어려움이 없는 것 같으면서도, 앞
에서 살핀 'ᄌᆞᆫ, 푸르러셰라, 흔, 청풍' 등의 의미들을 대충 넘어가면
제4수를 전혀 다르게 해석할 수도 있다. 앞에서 정리한 'ᄌᆞᆫ, 푸르러셰
라, 흔, 청풍' 등의 의미들을 염두에 두고 보면, 제4수에서 표면적으로는
한설(寒雪)이 녹아 잦은 봄날에, 온갓 꽃이 간데없고 대숲만이 홀로 푸
르렀음을 감탄하고, 이어서 어떤 이유로 첫 청풍을 반겨 흔덕흔덕 하는
가를 시적 청자에게 묻고 있다. 눈이 녹아 살아지고, 봄기운을 보이기
시작하는 대숲이 홀로 이미 푸르렀음을 노래한 다음에, 어떤 이유로 대
숲이 첫 청풍을 반겨 춤을 추는가를 묻고 있는 것이다.

그리고 제4수에서 이면적으로는 한설같이 지독한 어려움에도 志節을 굽히지 않고 고고지취(孤高之趣)를 지켜, 한설같이 지독한 어려움이 사라진 봄날에 고고지취(孤高之趣)가 더욱 새롭게 보임을 노래한 다음에, 어떤 이유로 첫 청풍(맑은/깨끗한/끝장을 낸 풍문)을 반겨 춤을 추는가를 시적 청자에게 묻고 있다. 제4수에서 잦은 백설과 지나간 추위는 광해군과 그를 따르던 정권의 전횡(專橫)으로, 대는 고절(孤節)을 지킨 사람들로, 이해할 수 있어, 초장인 "백설(白雪)이 즈즌 날에 대롤 보려 창(窓)을 여니"는, "광해군과 그를 따르던 정권의 전횡이 잦은 날에 고절을 지킨 사람들의 현재의 모습을 보려고 창을 여니"로 이해할 수 있다. 또한 '간 데 없는 온갖 꽃'은, 전횡에 고절을 지키지 못하고 시류를 따라 영화를 누리던 온갖 사람들로 이해할 수 있어, 중장인 "온갖 곳 간디 업고 대숩히 푸르러셰라."는, "광해군과 그를 따르던 정권의 전횡에 고절을 지키지 못한 온갖 사람들은 간 데 없고, 고절을 지킨 사람들만이 더욱 푸르렀도다"로 이해할 수 있다. 그리고 풍(風)에는 소식(消息), 풍문(風聞) 등의 뜻도 있어, 청풍(淸風)은 '맑은/깨끗한/끝장을 낸 풍문'의 의미로 볼 수도 있다. 이 의미로 보면, 종장인 "엇디 ᄒᆞᆫ 청풍(淸風)을 반겨 흔덕흔덕 ᄒᆞᄂᆞ니?"는 "어떤 이유로 첫 청풍(맑은/깨끗한/끝장을 낸 풍문)을 반겨 춤을 추느냐?"의 의미로, 하고 싶은 말을 돌리고 있다. 돌려서 노래하고 있지만, 이는 세상이 바뀌었다는 첫 풍문을 반겨 춤을 춘다는 사실을 설의법으로 돌려서 노래한 것으로 보인다. 그리고 이 설의법은 첫 풍문을 반겨 춤을 추는 이유를 직접 노래하지 않고 시적 청자가 스스로 판단하게 하면서, 말은 다하였으나 그 뜻은 다하지 않았다는 언진의부진(言盡意不盡)을 보여주는 측면도 포함하고 있다.

이렇게 대략 정리되는 제4수의 대의에서 우리는 두 가지를 확인해야 한다. 하나는 제4수의 대나무는 우리가 흔히 알고 있는 작품들의 대나무와 다른 점이고, 다른 하나는 고고지취를 통한 치심양성(治心養性), 즉 존심양성(存心養性)으로 끝나지 않고, 존심양성의 수신을 통하여 사천입명(事天立命)을 보여주고 있다는 점이다.

제4수의 대나무는 사군자에서 노래하는 대나무나 세한삼우(歲寒三友, 松, 竹, 梅)의 대나무와는 다른 점을 보여준다. 즉 세한(歲寒)에도 고절(孤節)을 지키는 세한고절(歲寒孤節)의 대나무만을 노래하지 않고, 세한에도 고절을 지킨 다음에, 눈이 잦은 봄날의 첫 청풍(淸風)을 반겨 춤을 추는 대나무를 노래하는 차이를 보여준다. 이렇게 대나무를 노래한 것은 이 작품이 처음인 것 같다.

이번에는 세한에도 고절을 지킨 다음에, 눈이 잦은 봄날에 첫 청풍(淸風, 맑은/깨끗한/끝장을 낸 풍문)을 반겨 춤을 추는 대나무가 의미하는 바를 보자. 제1, 2, 3수에서는 고고지절을 통한 치심양성(治心養性), 즉 존심양성(存心養性)의 수신(修身)과 천명을 기다림으로 끝난다. 그러나 제4수에서는 제1, 2, 3수가 보여준 존심양성의 수신과 천명을 기다린 결과, 첫 청풍(淸風, 맑은/깨끗한/끝장을 낸 풍문)이 전하는 천명(天命)을 반겨 춤을 추고 있다. 이 첫 청풍의 천명은, 이 작품의 창작시기를 어떻게 보느냐에 따라 그 해석이 달라진다. 인조반정 이전에 이 작품이 지어졌다면, 이 첫 청풍(淸風, 맑은/깨끗한 풍문)의 천명은 반정의 징후[6]로 해석되고, 인조반정 직후에 이 작품이 지어졌다면, 이 첫 청풍의

---

6 인조반정(1623년 음력 3월 12일)에 앞에서, 1620년 광해군의 조카인 능양군(綾陽君)과 가까웠던 이서(李曙)·신경진(申景禛)·구굉(具宏)·구인후(具仁垕) 등이 정변을 모의하고 준비하기 시작했다. 그리고 김류(金瑬)·이귀(李貴)·최명길(崔鳴吉)·장유(張維)·심기원(沈器遠)·김자점(金自點) 등이 모의에 참여하면서 더욱 본격적으로 추진되었다. 이들은 1622년(광해군 14) 가을에 이귀가 평산부사(平山府使)로 임명된 것을 계기로 군사를 일으키려 했으나 사전에 발각되었다. 하지만 대간(臺諫)이 이귀를 잡다 문초할 것을 청하였으나 심기원과 김자점이 후궁에 청탁을 넣어 사건은 흐지부지되었다.

천명은 해배는 물론, 인조반정으로 판단된다. 이 작품이 언제 지어졌든, 어느 경우에도 이 첫 청풍의 천명을 반겨 춤을 추는 논리는, 앞에서 인용한, 『맹자』〈진심장(盡心章)〉(상)에 나오는 존심양성(存心養性)의 사천입명(事天立命)에 입각한 것이라 할 수 있다.

이런 특성을 갖고 있는 제4수는 제1, 2, 3수가 보여준 치심양성, 즉 존심양성의 수신(修身)으로 천명을 기다림에서 더 나아가 천명을 반겨 춤을 춘다는 점에서, 제1, 2, 3수에 다시 점층된 것이다.

이상과 같은 점들로 보아, 이 4수 텍스트의 논리적 구조는 두 종류로 정리할 수 있다. 하나는 작가가 유배지에서 유배우(流配友)로 정한 사우(四友, 松菊梅竹)를 병렬로 노래하였다는 점에서는 열거식 구조나 병렬적 구조로 정리할 수 있다. 동시에 이 4수의 텍스트가 보여준 논리로 보면 점층적 구조로 볼 수 있다. 즉 고고지취를 통한 치심양성/존심양성의 수신과 천명을 기다림을 점층적으로 강하게 보여준 제1, 2, 3수의 점층적 구조에, 치심양성/존심양성의 수신을 하면서 천명을 기다리다가 천명을 반겨 춤춤을 보여준 제4수가 다시 점층된 점층적 구조이다.

그리고 이 논리적 구조로 보아, 이 4수 텍스트의 주제는 표면적 주제와 이면적 주제로 정리할 수 있다. 표면적 주제는 [유배지에서 사우(四友, 松菊梅竹)의 고고지취(孤高之趣)를 칭찬하고 감탄함]으로 정리할 수 있다. 이면적 주제는 [유배지에서 사우(四友, 松菊梅竹)의 고고지취(孤高之趣)를 통해 치심양성/존심양성의 수신을 하면서 천명(天命)을 기다리다가 천명을 반겨 춤춤]으로 정리할 수 있다.

그 뒤 반정 세력은 장단부사(長湍府使)로 있던 이서가 덕진(德津)에 산성을 쌓는 것을 감독하게 되자, 그곳에 군졸을 모아 훈련시키며 정변을 준비하였다.

5. 결론

지금까지 이신의의 〈사우가〉에 나타난 결속, 종결, 구조, 주제 등을 검토해 보았다. 그 결과를 요약하여 결론을 대신하면 다음과 같다.

1) 제1, 2, 3수로 구성된 3수 텍스트의 결속과 종결은 대칭표현과 반복표현의 후미 전환에 의해 생성된다. 대칭표현에 의한 결속과 종결은 ["… -ㄴ 줄 ○○○다."(제1수 중장)-대칭축(제2수)-"… -ㄴ 줄 ○○○다."(제3수 중장)]의 대칭표현과 ["… -을/룰 … -이"(제1수 종장)-대칭축(제2수)-"… -을/룰 … -이"(제3수 종장)]의 대칭표현에 의해 이루어졌다. 반복표현의 후미 전환에 의한 결속과 종결은 제1, 2수의 초장에서 반복한 "○○에/의 ○는/은 ○(○)이/∅ ○(○)흔 줄(○) ○○○○"의 문장을 제3수의 초장에서 전환한 사실과, 제1, 2수의 중장에서 반복한 "○○을 ……"의 문장을 제3수의 중장에서 전환한 사실에서 파악할 수 있다.

2) 제1, 2, 3, 4수로 구성된 4수 텍스트의 결속과 종결은 단락내의 것과 단락간의 것으로 나뉜다. 앞의 3수 텍스트에서 정리한 결속과 종결은 모두가 4수의 텍스트에서는 제1단락의 단락내의 결속과 종결로 바뀐다. 제1단락(제1, 2, 3수)과 제2단락(제4수)의 단락간의 결속과 종결은, ['얻디/엇디- ○○을 ○○ ○○○○○ㄴ니'(제1수의 종장)-대칭축-'얻디/엇디- ○○을 ○○ ○○○○○ㄴ니'(제4수의 종장)]의 대칭표현에서 파악할 수 있다.

3) 제1수는 첫서리가 내리는 가을을, 제2수는 된서리가 내리는 가을을, 제3수는 설중매가 피는 겨울을, 제4수는 백설이 잦고, 첫 청풍(淸風)이 부는 초봄을 각각 배경시간으로 하고 있다는 점에서, 3수의 텍스트와 4수의 텍스트 모두 배경시간에서 순차적 구조이다.

4) 연보와 〈사우가후기〉를 보면, 〈사우가〉의 순서와 창작 장소가 네

유형으로 나뉜다. 첫째는 '송죽매국'의 순서로 된 〈사우가〉를 회령에서 지었다는 유형이다. 이 유형은 연보에서 보인다. 둘째는 '송죽매국'의 순서로 된 〈사우가〉를 홍양에서 지었다는 유형이다. 이 유형은 이선철의 후기에서 보인다. 셋째는 '송국매죽'의 순서로 된 〈사우가〉를 홍양에서 지었다는 유형이다. 이 유형은 윤식, 심조, 김겸 등의 후기에서 보인다. 넷째는 작품의 순서를 제시하지 않은 〈사우가〉를 적소에서 지었다는 유형이다. 이 유형은 김시찬의 후기에서 보인다.

5) 4)의 네 유형이 발생한 이유는 다음과 같은 해석을 가능하게 한다. 현존 〈사우가〉는 일차로 '송죽매국'의 순서로 회령에서 지었고, 이차로 이 〈사우가〉의 순서를 '송국매죽'의 순서로 홍양에서 바꾸면서 내용의 일부도 바꾼 작품으로 정리할 수 있다.

6) 3수의 텍스트는 송국매가 무서리, 엄상, 엄동과 백설 등의 어려움에 고고지절을 지키는 사실을 점차적으로 칭찬하고 감탄한다는 점에서 점층적 구조로 정리할 수 있다.

7) 3수의 텍스트가 보인 점층적 구조로 보아, 이 텍스트의 표면적 주제는 [유배지에서 삼우(송국매)가 보인 고고지절를 칭찬하고 감탄함]으로, 이면적 주제는 [유배지에서 삼우(송국매)가 보인 고고지절을 통한 치심양성/존심양성의 수신과 천명을 기다림]으로 정리할 수 있다.

8) 4수의 텍스트는 송국매가 무서리, 엄상, 엄동과 백설 등의 어려움에 고고지절을 지키는 사실과 죽이 엄동과 백설의 어려움에 고고지절을 지키고 새봄에 첫 청풍을 반겨 춤춤을 점층적으로 칭찬하고 감탄한다는 점에서 점층적 구조로 정리할 수 있다.

9) 4수의 텍스트가 보인 점층적 구조로 보아, 이 텍스트의 표면적 주제는 [유배지에서 사우(四友, 松菊梅竹)의 고고지취(孤高之趣)를 칭찬하고 감탄함]으로, 이면적 주제는 [유배지에서 사우(四友, 松菊梅竹)의

고고지취(孤高之趣)를 통해 치심양성/존심양성의 수신을 하면서 천명(天命)을 기다리다가 천명을 반겨 춤춤]으로 정리할 수 있다.

이상과 같이 〈사우가〉는 3수의 텍스트와 4수의 텍스트에서 각각 결속, 종결, 구조, 주제 등을 모두 보여준다는 점에서, 3수의 텍스트와 4수의 텍스트로 탈착되는 탈착형 연시조로 정리할 수 있다.

안민영의 〈매화사〉(보)

1. 서론

이 글은 2016년도 글에서 다루지 못한, 우조 한바탕(編歌, 대가곡과 소가곡)의 측면, 기존 연구 2편(송원호 2000, 박연호 2020)의 연구사적 측면, 무시되거나 오해된 시어들의 해석을 변증하는 측면 등을 보완하는 데 연구의 목적이 있다.

〈매화사〉에 대한 연구는 대단히 많은데, 이 글에서 다루고 있는 결속, 종결, 구조, 주제 등에 대한 연구사만을 간략하게 정리하고, 나머지 영역의 연구사는 2016년도의 글로 돌린다.

〈매화사〉의 결속과 종결에 관한 연구는 양희철의 글(2016)에서만 보인다. 이 글에서는 앞의 글들(2010d, 2013)에서 정리한 대칭표현, 일탈표현, 반복표현 등을 결속과 종결의 차원에서 다시 정리하였다.

〈매화사〉의 구조에 관한 연구는 10여 편의 글들에서 보인다. 이 글들은 크게 보면 다섯 유형으로 정리할 수 있다.

첫째는 통일된 짜임을 보이지 않는다고 본 유형(류준필 1992)이다.

둘째는 제1수, 제2~5수, 제6수, 제7, 8수 등의 4단락으로 묶은 유형(성기옥 1998)이다. 이 유형의 글에서는 〈매화사〉의 구조를, 창곡의 특성상 원곡과 그 파생곡(/변주곡)이 한 단락으로 묶일 수 있다는 측면에서

〈초삭대엽〉-〈이삭대엽·중거·평거·두거〉-〈삼삭대엽〉-〈소용·우롱〉 등의 4단락으로 정리하고, 이에 기초하여 [원경/밖(제1수)-근경/안(제2~5수: 순환적 구조, 제6수: 시적 전환의 연결 고리)-원경/밖(제7, 8수)]의 구조를 정리하였다.

셋째는 제1수, 제2~5수, 제6, 7수, 제8수 등의 4단락으로 묶은 유형(송원호 2000, 양희찬 2012, 손정인 2012)이다. 송원호는 창곡의 특성상 〈초삭대엽〉(제1수), 〈이삭대엽〉〈중거〉〈평거〉〈두거〉(제2~5수), 〈삼삭대엽〉〈소용〉(제6, 7수), 〈우롱〉(제8수) 등의 4단락으로 나누고, 그 구성을 정리하였다. 양희찬은 양희철의 기승전결을 다소 다르게 [기(제1수)-승(제2~5수, 상승적 구조, 개화의 외면 현상)-전(제6·7수, 개화의 원천적 본능 내면)-결(제8수)]의 4단락으로 보려 하였다. 이 4단락은 송원호의 음악 중심의 분단을 단시조 중심으로 정리한 것과 일치한다. 손정인도 4단락을 주장하였는데, 송원호의 4단락과 같은 주장이다.

넷째는 제1수, 제2~5수, 제6수, 제7수, 제8수 등의 5단락으로 묶은 유형(김용찬 2006, 박연호 2020)이다. 김용찬은 성기옥의 구조 연구를 좀더 논리적으로 설명하려고 노력하면서, 제7, 8수를 두 단락으로 나누어, 5단락을 주장하였다. 박연호는 우조 한바탕이 대가곡(초삭대엽, 이삭대엽, 중거, 평거, 두거, 삼삭대엽, 제1~6수)과 소가곡(소용, 회계삭대엽, 제7, 8수)으로 구성된다는 매우 중요한 사실을 제시하면서도, 이를 살리지 못하고, 김용찬과 같은 5단락을 주장하였다.

다섯째는 작품 전제를 [기(서론, 제1수)-승(본론1:소재1, 제2~6수: 대칭적 구조)-전(본론2:소재2, 제7수)-결(결론, 제8수)]의 구조로 정리한 유형(양희철 2010d, 2013, 2016)이다. 이 유형의 주장은 앞에서 정리한 연구들이 제2~5수를 제2단락으로 묶은 것에 비해, 제2~6수를 제2단락으로 묶은 특성을 보인다. 양희철(2010d)은, 그 이전의 연구들이

시어들을 통한 구조를 찾지 못하고, 일단 음악적 특성에 기대여 구조를
정리한 다음에, 이 구조를 시어 측면에서 합리화하면서도, 문학적 구조
의 종류를 명확하게 하지 못하고, 음악적 구조의 연구에 기운 것과는
다르게, 언어 차원에서 〈매화사〉의 문학적인 세 구조(배경시간의 구조,
배경공간의 구조, 논리적 구조)를 정리하였다. 그 중에서 논리적 구조는
[기(서론, 제1수)-승(본론1:소재1, 제2~6수:대칭적 구조)-전(본론2:소
재2, 제7수)-결(결론, 제8수)]이다. 이 논리적 구조를 양희철(2013)은
표면적 텍스트와 이면적 텍스트에서 다시 한번 확인하면서, 원곡과 그
파생곡이 한 단락으로 묶일 수 없다는 사실을, 삼삭대엽(제6수)과 그
파생곡(/변주곡)인 소용(제7수)에서 설명한 기왕의 주장을 수용하고,
이삭대엽(제2수)과 그 파생곡(/변주곡)들인 중거·평거·두거(제3, 4, 5
수)를 같은 논리에서 한 단락으로 묶을 수 없다는 주장도 하였다. 그리
고 문학적 구조와 음악적 구조가 상응한다는 사실도 정리하였다. 양희
철(2016)은 앞의 글(2013)에서 정리한 내용을 다시 두 측면에서 보완하
고 확대하였다. 하나는 반복표현, 대칭표현, 일탈표현 등을 구조와 연결
된 결속과 종결의 차원에서 다시 정리한 것이고, 다른 하나는 표면적
텍스트와 이면적 텍스트를 다시 탈착형 연시조의 차원에서 전6수의 텍
스트와 8수의 텍스트로 나누어 논의를 좀더 확대한 것이다.

　〈매화사〉의 주제 내지 의미와 관련된 연구로는 6편의 글이 있다. 류
준필(1992:577)은 "〈매화사〉는 … 단일한 주제 아래 포섭되지 않아도
무방한 작품이라고 할 수 있다."에서, 단일한 주제가 없는 작품으로 보
았다. 성기옥(1998:135)은 "〈매화사〉의 시적 지향은 사대부 시가에서
중시하는 자아의 이념 표상이 아니라 시인과 청자가 함께 즐길 수 있는
정서적 상황의 구축이다."라고 하여, 이 작품의 시적 지향이 주제나 의
미가 아니고, [제1수(풍류적 분위기), 제2~5수{정서적 경이, 고아한 홍

취(또는 아취 어린 정취)}, 제6수(매화에 대한 애틋한 애정), 제7~8수 (풍류적 분위기)] 등으로 정리되는 정서적 상황의 구축이라고 보았다. 손정인(2012)은 〈매화사〉의 성격을 한 가지 개념으로 규정하여 말하기 어려운 것으로 보았다. 양희철(2013)은 표면적 주제를 [매화만의 (백설 양춘에 눈 기약을 지켜 피어 보여준) 고절(高節, 높은 절개)에 대한 칭찬]으로, 이면적 주제를 [가기 매화만의 (저속한 악곡의 세상에 기약을 지켜 고상한 악곡을 꽃피워 보여준) 고절(高節, 높은 절개)에 대한 칭찬]으로 정리를 하였다. 양희철(2016)은 2013년의 표면적 주제와 이면적 주제를 반복하면서, '매화만의'를 '매화(운애산방과 나부산의 매화)만의'으로 바꾸었다. 박연호(2020:96)는 이 작품의 주제를 "세속의 화려한 삶과의 대비를 통해 매화처럼 탈속하고 고결한 두 老大家의 삶을 찬양한 것"으로 보았다.

이렇게 〈매화사〉의 결속, 종결, 구조, 주제 등에 관한 연구는 다양하게 검토되면서 거의 모든 것이 밝혀진 것 같다. 그런데도 의견의 일치를 보이지 못하고 있다. 그 이유를 정리해 보면 다음과 같다.

첫째는 시어의 문자적 의미는 물론 비유적 의미를 무시하거나 오해하고 있다는 문제이다. 이 문제를 보이는 시어로는 '나부산의 광대등걸, 봄뜻, 東閣, 躑躅, 杜鵑花, 白雪陽春, 매화(제8수)' 등등이 있다. 이 시어들에 대한 기왕의 이해와 설명에서 드러나는 구체적인 문제는 본론에서 정리하겠지만, 심한 경우에는 이 주장이 과연 국어국문학 전공자가 쓴 글인가를 의심할 정도로, 사전에도 없는 의미를 부여하거나, 억지 해석을 한, 황당한 경우들도 적지 않다. 이는 음악적으로 〈매화사〉를 읽는다고 하면서, 음악 쪽에서는 인정되지 않는 자기모순적인 음악론을 문학 쪽에서 만들어 놓고, 이 자기모순적인 논리를 시어에서 합리화하는 과정에서 발생한 것으로, 깊은 자기반성이 요구된다.

둘째는 음악 쪽에서는 인정되지 않는 자기모순적인 음악론을 문학 쪽에서 만들어 놓고, 이 자기모순적인 논리에 빠져서 헤어나지 못하고 있다는 문제이다. 문학 쪽에서 만들어 놓은 자기모순적인 음악론은 원곡과 그 파생곡(/변주곡)은 한 단락으로 묶을 수 있다는 주장이다. 이 주장에 따라 이삭대엽(제2수)과 그 파생곡(/변주곡)들인 중거·평거·두거(제3, 4, 5수)를 한 단락으로 묶고, 삼삭대엽(제6수)과 그 파생곡(/변주곡)인 소용(제7수)을 한 단락으로 묶기도 했다. 이 둘 중에서 후자는 일차로 부정되었고(김용찬 2006, 양희철 2013, 2016, 박연호 2020), 전자는 이차로 부정되었다(양희철 2013, 2016). 이 주장들의 원천을 제공한 성기옥의 경우에는 애초부터 이 주장과 상반되는 주장을 동시에 하면서도 이 논리의 모순을 지각하지 못한 주장을 하였다. 즉 안민영이 지은 〈願祝〉 또는 〈祝願〉의 8수도 우조 한바탕으로 되어 있는데, 그 중에서 이삭대엽(제2수), 중거·평거·두거(제3, 4, 5수), 삼삭대엽(제6수) 등의 6수는 순종의 탄생을 축원하는 제2단락이라고 정리하였다. 이는 〈매화사〉에서 이삭대엽(제2수)과 중거·평거·두거(제3, 4, 5수)를 제2단락으로 묶고, 삼삭대엽(제6수)을 제3단락으로 정리한 것과 모순되는 논리이다. 게다가 최근에 밝혀진 우조 한바탕이 대가곡(초삭대엽, 이삭대엽, 중거, 평거, 두거, 삼삭대엽, 제1~6수)과 소가곡(소용, 회계삭대엽, 제7, 8수)으로 구성되었다는 사실을 알면서도, 이 사실을 부정하게 되는 주장, 즉 이삭대엽(제2수)과 그 파생곡(/변주곡)들인 중거·평거·두거(제3, 4, 5수)를 한 단락으로 묶고, 삼삭대엽(제6수)은 띄어야 한다는 주장은, 자기모순적인 논리에 빠져서, 아직도 헤어나지 못하고 있는 문제를 잘 보여준다. 만약 이 주장을 계속한다면, 이는 안민영이 우조 한바탕의 흐름에 반하는 작사(作詞)를 하였다는 이해하기 힘든 주장을 간접적으로 하는 것과 같다.

셋째는 시가의 구조론은 물론 글쓰기의 구조론에서도 거의 찾아볼
수 없이 생경하고 모호하며, 우조 한바탕의 구조인 대가곡(제1~6수)과
소가곡(제7, 8수)의 구조에도 맞지 않는 구조를 주장하고 있다는 문제이
다. 4단락을 주장한 글들은 거의 모두가 제1단락과 제4단락을 '기(또는
서사)'와 '결(또는 결사)'로 보면서도, 양희철의 기승전결을 제외하면,
제2단락과 제3단락을 형식 또는 구조의 용어인 '승'과 '전', 또는 본사1
과 본사2로 정리하지 못하고, 모호하게 내용을 제시하는 것으로 넘어가
는 문제를 보인다. 그리고 5단락을 주장한 글들도 거의 모두가 제1단락
과 제5단락을 '기(또는 서사)'와 '결(또는 결사)'로 보면서도, 제2, 3, 4단
락을 형식 또는 구조의 용어로 정리하지 못하고, 모호하게 내용을 제시
하는 것으로 넘어가는 문제를 보인다. 게다가 이 주장들은 우조 한바탕
이 대가곡(제1~6수)과 소가곡(제7, 8수)으로 나뉜다는 사실을 파괴하는
것들이다. 즉 제6, 7수를 한 단락으로 묶은 주장들은 제6수는 대가곡에
속하고 제7수는 소가곡에 속한다는 점에서 한 단락으로 묶을 수 없는
것들을 한 단락으로 묶은 결정적인 문제를 보인다. 그리고, 제2~5수와
제7수(또는 제7, 8수)의 사이에 있는 제6수를 '시상 전환의 중간(/매개)
고리'로 본 주장들은 우조 한바탕의 구성에 중간(/매개) 고리에 해당하
는 부분이 없을 뿐만 아니라, 우리가 알고 있는 연시(連詩, 고려가요,
연시조, 한시 등등)에서 시상 전환은 논리 전환이나 소재 전환만을 이용
하지 시상 전환의 중간(/매개) 고리를 사용하지 않는다는 문제도 보인
다. 이렇게 기왕의 거의 모든 주장들이, 시가의 구조론은 물론 글쓰기의
구조론에서도 거의 찾아볼 수 없이 생경하고 모호하며, 우조 한바탕의
구조인 대가곡(제1~6수)과 소가곡(제7, 8수)의 구조를 파괴하는 주장을
하고 있는데, 이는 반드시 수정되어야 할 주장들이다.

이에 이 글에서는, 〈매화사〉를 결속, 종결, 구조, 주제 등의 차원에서

전6수의 텍스트와 8수의 텍스트로 탈착되는 탈착형의 연시조로 정리한 2016년도의 글에, 앞에서 정리한 세 문제의 실상을 더하고, 그 해결책을 보완하고자 한다.

2. 무시·오해된 시어들의 해석 변증

기왕의 연구들을 보면, 거의 모든 연구들이, 시어를 무시하거나 시어의 의미를 오해한 문제를 보인다. 이런 현상은 '썩어 반만 남은 나부산의 광대등걸', '봄뜻', '동각', ('척촉', '두견화',) '백설양춘', '매화'(제8수 종장) 등의 시어들에서 보인다. 이 시어들의 해석을 변증하면 다음과 같다.

2.1. 나부산 광대등걸의 매화

나부산 광대등걸의 매화에 대하여, 별다른 설명이 없거나(송원호 2000), 제2~6수의 어리고 성긴 매화와 동일 대상으로 보기도(양희찬 2012) 하지만, 대다수의 연구들은 이 나부산 광대등걸의 매화를 조사웅(趙師雄, 또는 趙師雲) 설화의 전고로 보고 있다. 류준필(1992)은 제7수의 나부산 매화를 조사웅의 설화를 전고한 것으로 정리하였다. 이 전고의 매화를 두 노대가에 빗댄 것으로 해석한 것은 성기옥(1998:124~125)이다. 즉 제7수의 썩어 반만 남은 나부산의 늙은 매화를 박효관과 오기여에 빗댄 것으로 보고, 울퉁불퉁 공더등걸처럼 늙었지만, 그들의 예술과 풍류는 여전히 당대 일류의 가기(歌妓)들과 짝할 만큼 낭만적 기상이 남아 있음을 골계적으로 표현하였다고 보았다. 그리고 이 주장을 그대로 수용한 글은 김용찬(2006:68)과 박연호(2020:92~94)에서 보이며, 성기옥의 주장을 따르되, 노익장의 과시로 본 것은 손정인(2012)이다.

이 주장들은 세 가지 측면에서 거의 불가능한 주장을 하고 있다. 그 중에서 두 가지 측면은 이미 앞의 글에서 지적한 바가 있다. 즉 "그 하나는 자기 스승인 박효관이나 연장자인 오기여에 대하여, 대상을 희롱하거나 웃음거리로 만드는 희화나 골계의 표현법을 쓸 수 없다는 것이다. 다른 하나는 여기 있는 박효관과 오기여를 저 건너 있는 나부산의 매화로 표현할 수 없다는 것이다."(양희철 2013:73). 전자는 스승의 그림자도 밟지 않는다는 동양의 전통 윤리상 불가능한 것이고, 후자는 '저 건너'의 표현이 있는 한, 이 해석을 적용한 해당 문장은 비문이 된다. 나머지 하나는 나부산 매화의 고사에서 조사웅이 꿈에 만난 매화는 남성이 아니라 여성이다. 굳이 운애산방과 나부산을 연결짓는다면, 박효관과 오기여는 조사웅에 빗대고, 운애산방의 매화는 나부산의 매화에 빗대야 맞다. 어떻게 남녀의 성을 바꾸어, 나부산의 여성(광대등걸의 매화)을 운애산방의 남성(박효관, 오기여)에 빗댔다고 볼 수 있는지를 모르겠다. 이해하기 어렵다. 남녀의 성을 교차하여 빗댔다고 주장하는 것은 어려워 보인다. 이런 점들에서 광대등걸의 매화는, 표면적 텍스트에서는 조사웅의 설화를 전고한 것이며, 이면적 텍스트에서는 자기 은사(박효관)와 연장자(오기여)를 빗댄 것이 아니라, 늙은 가기(歌妓)의 희화로 보아야 한다.

2.2. 봄뜻

시어 '봄뜻'에 대한 기왕의 해석은, 설명이 없는 경우(송원호 2000), 어떤 설명도 없이 '陽春' 또는 '양춘'과 '풍류'의 의미로 본 경우[1], 문맥적

---

1 어떤 설명도 없이, '陽春' 또는 '양춘'과 '풍류'의 의미로 본 글은 성기옥, 김용찬, 양희찬, 박연호 등에서 보인다. 성기옥은 '봄뜻'의 의미를 언급하지 않았으나, "… '白雪陽春'이 '눈속의 봄뜻'을 의미하는 동시에 고아한 노래의 대명사로 알려진 '白雪曲'과 '陽春曲'

의미를 부여한 경우[2], 사전의 의미와 문맥적 의미를 함께 보여준 경우[3]

을 뜻하기도 한다는 …"(성기옥 1998:125)에서는 '白雪陽春'의 '陽春'을 아무런 설명도 없이 '봄뜻'으로 보면서, '봄뜻'을 '양춘'과 같은 의미로 보았다. 김용찬(2006) 역시 '봄뜻'의 의미를 명확하게 하지 않았다. 그러나 '백설양춘'을 "눈 속의 봄 뜻"의 의미로 읽은 성기옥의 해석을 주로 달면서, "'백설양춘'의 지취(志趣)"와 "매화의 기개"(김용찬 2006:69)를 언급하는 것으로 보면, 성기옥과 같이 '陽春'을 '봄뜻'의 의미로 보고, '봄뜻'의 '뜻'을 '의지'의 의미로 본 것 같다. 양희찬은 "제8수에서 '陽春'을 '봄뜻'과 같은 글감으로 다루었다. 그 까닭은 "白雪陽春"이 '겨울(白雪) 속의 봄기운(陽春=봄뜻)'이라고 풀이되기 때문이다."(양희찬 2012:128)에서와 같이, 양춘을 봄뜻의 의미로 보았다. 박연호는 "이 작품은 노년임에도 불구하고 식지 않은 풍류(봄뜻)에 대한 열정"(박연호 2020:93)과 "5장에 제시된 '白雪陽春'의 '白雪'은 눈을 의미하는 동시에 '白髮'을 의미하며, 陽春은 소용이에 제시된 늙은 매화의 '봄뜻'도 의미하기 때문이다."(박연호 2020:96)에서 보듯이, '봄뜻'의 의미를 '풍류'로 보기도 하고, 성기옥과 같이 '양춘'으로 보기도 하였다. 이렇게 이 해석들은 어떤 설명도 없이, '봄뜻'을 '陽春' 또는 '양춘'과 '풍류'의 의미로 보면서, 근거 없는 해석을 한 문제를 보인다.

2 문맥적 의미를 부여한 글은 양희찬과 손정인에서 보인다. 양희찬은 "이 표현에서의 "봄뜻"은 문면에서는 제6수의 자연이치를 가리키는 일상적인 의미로 읽는다 하더라도 속뜻은 '꽃을 피우려는 생명력'이라야 표현 내용에 알맞다."(양희찬 2012:147)에서 보듯이, 문면적 의미는 '자연이치'로 속뜻은 '꽃을 피우려는 생명력'으로 보았다. 손정인은 ['봄의 뜻'은 春意로서 "만물이 피어나려 하는 기운"을 뜻한다. …(중간 생략)… "이때 '눈'은 눈보라 몰아치는 겨울 추위를, '봄뜻'은 매화의 꽃 피움을 뜻한다."](손정인 2012: 360)에서 보듯이, '만물이 피어나려 하는 기운'과 '꽃 피움'으로 보고 있다.

3 사전의 의미와 문맥적 의미를 함께 보여준 글은 양희철에서 보인다. 양희철은 "15) '봄뜻'은 囹봄의 화창한 멋."(신기철·신용철 편, 『새우리말큰사전』, 삼성출판사)으로, '봄뜻'에 해당하는 '春意.'는 "이른 봄에 만물이 발생하려고 하는 기분"(장삼식 편, 『대한한사전』, 민중서림)으로 정리되어 있다. '뜻'의 의미에 '화창한 멋'이 없고, 이 '화창한 멋'과 '만물이 발생하려고 하는 기분'은 '意'의 한 의미인 '情趣'에 해당한다는 점에서, '뜻'은 한자 '意'(=情趣)의 번역으로 판단한다. 그리고 「매화사」의 '봄뜻'은 그 문맥인 "柯枝 돗쳐 곳조차 져리 피엿는다"(제6수)로 보아, 봄의 정취 중에서도, '봄(백설양춘)에 꽃이 피는 고아한 운치'로 해석된다."(양희철 2010d:330)에서는, '봄뜻'의 의미를 매화가 '봄(백설양춘)에 꽃이 피는 고아한 운치'로 보았다. 그 후에 표면적 텍스트에서는 "봄뜻(春意, 백설양춘에 꽃이 피는 情趣)"(양희철 2013:68, 71, 2016:637, 638)에서와 같이 '백설양춘에 꽃이 피는 情趣'로, 이면적 텍스트에서는 "봄뜻(春意, 고상한 악곡을 꽃피우려는 뜻)"(양희철 2013:87, 88, 2016:649, 650)에서와 같이 '고상한 악곡을 꽃피우려는 뜻'으로 보기도 하였다.

등으로 나눌 수 있다. 이 기왕의 연구들은 상당수가 사전에도 정리되어 있지 않은 해석을 하면서 문제를 보인다. 그리고 사전의 의미를 참고한 경우에도, 최근에 정리된 사전적 의미와 용례들로 보아, 사전의 의미 정리가 정확하지 않은 것 같다.

'봄뜻[春意]'의 의미는 얼마 전까지만 해도 사전에서 그렇게 잘 정리 되어 있지 않았으며, 이를 확인할 수 있는 용례도 그렇게 많이 발견되지 않았다. 이로 인해 '봄뜻'의 의미는 매우 다양하게 해석되었고, 그 의미 를 정확하게 정리하지 못해왔다. 그러나 지금은 상황이 많이 호전되었 다. '봄뜻'과 '春意'의 사전적 의미를 보자.

국어사전(『표준국어대사전』, 국립국어원, 1999, 『우리말샘』, 국립국 어원)을 보면, 단어 '봄뜻'의 의미를 "봄이 오는 기운"으로 풀고, 비슷한 말로는 "1. 이른 봄에 온갖 것이 피어나는 기분. 2. 남녀 간의 정욕."의 의미를 가진 '춘의(春意)'를 들었다. 이 정리에서 우리는 '봄뜻'이 한자 '春意'의 직역임을 알 수 있다. '봄뜻'이 한자 '春意'의 직역이란 점에서 보면, '춘의(春意)'는 '봄뜻'의 비슷한 말(좀더 정확하게 보면 번역어)이 다. 그러나 '봄뜻'을 풀이한 "봄이 오는 기운"과 '춘의(春意)'를 풀이한 "이른 봄에 온갖 것이 피어나는 기분"으로 보면, '봄뜻'과 '춘의(春意)'가 어떤 점에서 비슷한 말이 되는지를 알 수 없다.

이 문제를 해결하기 위하여, 한자사전과 중국어사전의 '春意'를 보자. 앞의 국어사전에서 정리한 '춘의(春意)'의 의미와 비슷하게 풀이한 것으 로, "이른 봄에 만물이 발생하려고 하는 기분"(장삼식 편, 『대한한사전』, 진현서관, 1981)과 "이른 봄에 만물(萬物)이 피어나는 기분(氣分)"[naver 한자사전(한국한자어사전 단국대학교 동양학연구원)]이 보인다. 이 두 풀이로 보면, '봄뜻'과 '춘의(春意)'는 비슷한 말이 아니다. 이에 비해 앞의 국어사전에서 정리한 '춘의(春意)'의 의미와 다르게 풀이한 것으로,

"봄기운, 봄기[春氣]"(『중한사전』, 고려대학교민족문화연구원, 2007, naver 중국어사전의 에듀월드 중중한사전, 에듀월드 한한중사전)가 보인다. 이 풀이를 따르면, '봄이 오는 기운'으로 풀이한 '봄뜻'과 '봄기운, 봄기'로 풀이한 '춘의(春意)'가 비슷한 말임을 알 수 있다. 그리고 "이른 봄에 온갖 것이 피어나는 기분", "이른 봄에 만물이 발생하려고 하는 기분", "이른 봄에 만물(萬物)이 피어나는 기분(氣分)" 등의 '기분'이 '기운'의 오자가 아닌가를 의심하게 한다.

'봄뜻'과 '춘의(春意)'가 '봄이 오는 기운' 또는 '이른 봄에 만물이 피어나는 기운'의 의미를 가진 비슷한 말이라는 사실을 확인하기 위하여, 단어 '봄뜻'과 '춘의(春意)'가 나온 글들을 보자. 특히 '봄뜻'과 '춘의(春意)'가 '봄기운' 또는 '이른 봄에 만물이 피어나는 기운'의 의미라는 점을 확인하기 위하여, '봄뜻'과 '춘의(春意)'의 단어에 괄호를 치고, '봄기운'과 '이른 봄에 만물이 피어나는 기운'의 의미를 넣어보았다.

* 푸른빛을 머금은 대지의 봄뜻(봄기운, 이른 봄에 만물이 피어나는 기운)이 그윽이 느껴진다.(출처 한설야, 『황혼』)
* 장독대 언저리엔 한참 봄뜻(봄기운, 이른 봄에 만물이 피어나는 기운)을 머금은 몇 그루의 냉이꽃이 하얗게 피어나건만….(출처 계용묵, 『신기루』)
* 절기가 경칩이 지나가고 춘분이 가까워 오는 때라 낮에는 봄뜻(봄기운, 이른 봄에 만물이 피어나는 기운)이 완구하되….(출처 홍명희, 『임꺽정』)
* 입춘이 지나고 우수가 가까운 때라 낮에는 봄뜻(봄기운, 이른 봄에 만물이 피어나는 기운)이 있으나 밤에는 여전히 쌀쌀했다.
* 六曲蒼屛繞碧灣 茅茨終日掩柴關 客來倚棹巖花落 猿鳥不驚春意閑(육곡은 푸른 병풍이 파란 물굽이로 둘렀는데, 띠 지붕이 온 종일 사립문을 가리네. 나그네 노 저어 오니 바위 꽃은 떨어지는데, 원숭이와 새 놀라지 않고 봄기운이 한가롭네. 〈무이구곡가〉 제7수)

　* 大枝小枝雪千堆 溫暖應知次第開 玉骨貞魂雖不語 南條春意最先胚
(큰 가지 작은 가지 눈속에 덮였는데, 따뜻한 기운 알아 차례로 피어나네.
옥골정혼이야 비록 말은 없지마는, 남쪽 가지 봄뜻(봄기운, 이른 봄에 만물
이 피어나는 기운) 따라 먼저 망울 맺는구나. 金時習, 〈探梅〉, 『매월당집』)

　* 春意無分別 人情有淺深(봄기운은 구별이 없는데, 사람의 정은 깊이
가 다르네. 『推句集』)

　* 花含春意無分別 物感人情有淺深[봄뜻(봄기운, 이른 봄에 만물이 피
어나는 기운)을 머금고 있는 꽃들은 분별하는 마음이 없는데, 경물을 느끼
는 사람의 감정에는 얕고 깊음이 있도다](백거이, 〈서성대화홀충주동파신
화수인기제동루〉, 『百聯抄解』)

　* 六曲潘亭一帶灣 白雲深處洞門關 琵山草綠紅花落 黃鳥綿蠻春意閒
(육곡이라 반정에 물굽이 둘러 있고, 흰 구름 깊은 곳에 동문이 닫혀 있네.
비파산 풀 푸르고 강가의 꽃 떨어지며, 황조가 우니 봄뜻(봄기운, 이른 봄
에 만물이 피어나는 기운)이 한가롭다. 蔡濟, 〈석문구곡〉)

　이 인용들에서 보듯이, '봄뜻'과 '춘의(春意)'에 '봄기운'과 '이른 봄에
만물이 피어나는 기운'의 의미를 대입해 보면, 문맥이 잘 통한다. 이런
사실에서 다음의 네 가지 사실을 정리할 수 있다.

　첫째로, '봄뜻'은 순수 한국어의 '봄'과 '뜻'이 결합된 단어가 아니라,
한자 '春意'를 번역한 단어로 보인다. 왜냐하면, 앞의 의미들에서 보이
는 '기운'은 한국어 '뜻'의 의미가 아니라 한자 '意'의 의미이기 때문이다.

　둘째로, 인용한 '春意'의 네 의미 중에서 '이른 봄에 만물이 발생하려
고 하는 기분', '이른 봄에 온갖 것이 피어나는 기분', '이른 봄에 만물(萬
物)이 피어나는 기분(氣分)' 등에 나온 '기분'은 '기운'의 오류로 판단된
다. 왜냐하면, 앞의 인용문에 나온 '봄뜻'이나 '춘의(春意)'에 '봄기운'이
나 '이른 봄에 만물이 피어나는 기운'을 대입하면 문맥이 잘 통하지만,
'봄뜻'이나 '춘의(春意)'에 '이른 봄에 만물이 피어나는 기분'을 대입하면

문맥이 잘 통하지 않기 때문이다.

셋째로, '봄뜻'은 '春意'의 직역이며, 그 뜻은 '봄기운' 또는 '이른 봄에 만물이 피어나는 기운'으로 정리된다.

넷째로, '봄기운/春氣'의 의미를 전달하기 위하여, 특히 문맥의 흐름 상 '봄기운/春氣'의 의미를 '봄기운/春氣'로 직접 표현하지 않고, 이 '봄기운/春氣'를 '봄뜻/春意'로 바꾸어서 표현하면, 이 표현은 직접 표현하지 않고 돌려서 표현한 우언법(迂言法, periphrasis)이 된다.

이 우언법은 글의 표현을 우아하고 풍부하게 만드는 기능을 한다. '봄뜻'은 '봄기운'의 동의어이다. 그러면 왜 '봄기운'이란 시어를 직접 쓰지 않고, 동의어인 '봄뜻'으로 표현하였느냐 하는 문제에도 대답을 하여야 한다. 우언법의 기능은 간결함과 단순함을 버리고, 우아함과 풍부함을 꾀하는 것이다. 만약 시어 '봄뜻'을 동의어인 '봄기운'으로 표현하였다면, 이 '봄기운'(따스한 기운)은 제6수 중장의 '찬 氣運'과 함께 '氣運'의 측면에서 대립적 의미를 간결하고 단순하게 파악할 수 있게 하면서 우아함과 풍부함을 상실하게 된다. 그리고 만약 시어 '봄뜻'을 동의어인 '봄기운'으로 표현하였다면, 이 '봄기운'의 '기운'은 '힘'의 의미로 제7수 중장의 '무슴 힘'과 함께 '힘'이란 의미를 간결하고 단순하게 파악할 수 있게 하면서 우아함과 풍부함을 상실하게 된다. 그러나 '봄기운'의 의미를 동의어인 '봄뜻'으로 표현하면, 표현을 단순하고 간결하게 하지 않고 우아하고 풍부하게 한다. 이 표현의 문체는 〈매화사〉의 제2~6수에서 운애산방의 어리고 성긴 매화를 다섯 번이나 우아하고 풍부하게 노래하는 문체와 같은 문체이다.

이상과 같이 정리된 시어 '봄뜻'의 의미와 수사는 이것으로 끝나지 않고, 〈매화사〉의 구조 연구에서 지대한 영향을 줄 것으로 판단한다.

2.3. 동각

'東閣'에 대한 기왕의 해석은, '동각' 자체를 언급하지 않은 경우(송원호 2000), 두보의 시에 나온 '동각'과 연결시킨 경우(류준필 1992:578), 두보의 시에 나온 '동각'과 연결시키면서도 현사와 빈객을 접대한 공손홍 (公孫弘)의 동각으로 본 경우(성기옥 1998:124~125, 김용찬 2006:69, 양희찬 2012:142), '봄의 집'(양희철 2013:77, 2016:639)과 '동쪽의 집/ 궁궐'(양희철 2013:89, 2016:651)로 본 경우, 운애산방과의 대조를 위해 사용된 것으로 본 경우(박연호 2020:95) 등으로 정리할 수 있다. 이렇게 정리되는 기왕의 연구들은 차례로 문제를 해결하려 하였지만, 문제를 완전하게 해결하지 못하고 있다. 이에 '東閣'의 전고적 의미와 '동각에'의 문맥적 의미를 좀더 검토하면 다음과 같다.

먼저 '東閣'의 전고를 좀더 검토해 보자. 우선 '東閣'을 전고로 본 기왕의 연구들은, 전고된 작품을 두보의 시 〈화배적등촉주동정송객봉조매상 억견기(和裴迪登蜀州東亭送客逢早梅相憶見寄)〉로 보았다. 이는 정확한 해석이다. 그러나 이 시에 나온 '東閣'을 공손홍(公孫弘)의 '東閣', 즉 현사와 빈객을 접대한 객관(客館)으로 해석한 것은 오해이다. '東閣'이 두보의 시에서 인용한 전고인용이란 사실은, 이 '東閣'이 두보의 시에 나온 "東閣官梅動詩興 還如何遜在揚州 …"[4]의 '東閣(官梅)'이란 점에 있다. 만약 이 '東閣'이 '東閣(官梅)'이란 사실을 인지하지 못하면, 이 '東閣'이 두보의 시에서 전고인용한 것임을 인지하지 못한 것이나 진배없다. 이 '東閣(官梅)'의 '東閣'은, 배적(裴迪)이 두보에게 보낸 시 〈등촉주동정

---

4 〈和裴迪登蜀州東亭送客逢早梅相憶見寄〉의 전문은 다음과 같다. "東閣官梅動詩興 還如何遜在揚州 此時對雪遙相憶 送客逢春可自由 幸不折來傷歲暮 若爲看去亂鄕愁 江邊一樹垂垂發 朝夕催人自白頭"

송객봉조매(登蜀州東亭送客逢早梅)〉를 지은 곳(四川省 崇慶縣)의 동쪽에 있는 '東亭'은 물론, 두보 시의 제2행에 나온 하손(何遜)이 양주에서 매화를 즐기던 '東軒'을 함축한다. 하손은 양주 동헌에서 〈영조매(咏早梅)〉[5](〈揚州法曹梅花盛開〉라고도 함)를 지었는데, 이 작품을 설손(偰遜, 고려말 귀화인)은 〈병중영병매(病中詠瓶梅)〉[6]의 제4행("何遜還成東閣詩")에서 '동각시'라고 하였다. 게다가 이 '東閣'은 '東閣' 자체가 아니라, 배적의 '東亭官梅'와 하손의 '東軒早梅'를 함축한 '東閣(官梅)'의 표현이다. 이 경우에 '東軒早梅'의 '早梅' 역시 '官梅'라는 점에서 '東閣(官梅)'로 묶인다. 이런 '東閣(官梅)'의 '東閣'을, 기왕의 해석들은 공손홍의 '東閣', 즉 객관(客館)'의 의미로 오해하였다.

이번에는 시어 '동각에'의 문맥적 의미를 보자. 우리는 '東閣'을 배적의 '東亭'과 하손의 '東軒'을 함축한 의미로 보아도, 이 의미만으로는 "東閣에 숨은 꽂치 …"의 문맥을 문법−의미적으로 이해할 수 없다는 문제를 보인다. 즉 "東閣(東亭, 東軒)에 숨은 꽃이 躑躅인가 杜鵑花인가"는 문맥이 통하지 않는다. 왜냐하면 척촉이나 두견화는 동각(동정, 동헌)에 숨을 수 있는 존재들이 아니기 때문이다.

이 문제는 '동각에'의 의미를 다시 검토하게 한다. 앞에서 언급하였듯이, '東閣'은 두보 시의 '東閣官梅'에서 보이는 '東閣'으로, '東亭官梅'(두보가 화답한 裵迪의 시에 나오는 東亭官梅)와 '東軒早梅'(두보의 시에 나오는 何遜의 揚州 東軒들의 早梅)를 모두 함축하기 위하여, '東亭'과 '東軒'을 '東閣'으로 통합하고, '官梅'와 '早梅'를 통합적으로 생략한

---

5 "兎園標物序 驚時最是梅 銜霜當路發 映雪擬寒開 枝橫却月觀 花繞凌風台 朝灑長門泣 夕駐臨邛杯 應知早飄落 故逐上春來"

6 "病愛仙人玉雪肌 愁無健步也能移 林逋逕有西湖樂 何遜還成東閣詩 小研虛屏供自照 疏燈斜月摠相宜 静中忽契先天畫 已被枝頭數葉知"

'東閣(官梅)'를 의미한다. 물론 이 '東閣(官梅)'의 표현은 전체('이른 봄에 피는 매화')를, 부분['이른 봄에 피는 매화'의 대명사(代名詞)인 '東閣(官梅)']으로 표현한 개별화의 제유법이다. 이에 포함된 축약은 제8수 초장의 자수 내지 음량을 계산한 것이다. 그리고 '東閣에'의 '-에'가 처격어미가 아니라 원인격어미라는 점에서, '東閣(官梅)에'는 '이른 봄에 피는 매화 때문에'의 의미로 정리된다. 이 의미를 제8수의 초장인, "東閣에 숨은 꽃이 躑躅인가 杜鵑花인가"에 넣어보면, "東閣(官梅)에(이른 봄에 피는 매화 때문에) 숨은 꽃이 躑躅인가 杜鵑花인가"가 되어 문맥이 잘 통한다. 이런 점들로 보아, '東閣에'는 '이른 봄에 피는 매화 때문에'의 의미로 파악한다. 그리고 '東閣(官梅)'의 개별화의 제유법이 보이는 기능은 뒤로 돌린다.

2.4. 양춘

시어 '양춘'에 대한 연구는 '백설양춘'의 의미를 직접 언급하지 않은 경우(송원호 2000), 중의적 의미의 하나로 먼저 '양춘곡'을 설명한 다음에, 어떤 설명도 없이 '봄뜻'(성기옥 1998:125, 김용찬 2006:69, 양희찬 2012:128, 손정인 2012:361) 또는 '봄뜻'과 '풍류'의 의미로 본 경우(박연호 2020:96), '정월' 또는 '따스한 봄'의 의미로 본 경우(양희철 2010d, 2013, 2016)로 나눌 수 있다.

이렇게 '陽春'은 '봄뜻'의 의미로 본 해석들이 주류를 이룬다. 이 해석들 중에서도 성기옥의 해석에 대해서는 일찍이 비판을 한 바가 있다. 즉 '白雪陽春'을 '눈속의 봄뜻'의 의미와 '白雪曲'과 '陽春曲'의 의미를 가진 중의로 보는 가운데, '양춘'을 아무런 설명도 없이 '봄뜻'으로 정리한 것은 오해라는 것이다. 이 오해는 자신의 주장을 합리화하기 위해 사전에도 없는 의미를 부여한 것에 불과하다. 그렇다고 '양춘'이 '봄뜻'

의 의미로 쓰인 예가 있는 것도 아니다. 성기옥은 제7수와 제8수를 음악적인 측면에서 한 단락으로 묶고, 이 단락을 문학적인 측면에서 합리화할 수 있는 근거를 찾지 못하자, 이를 합리화하기 위하여, 이해가 불가능한 '봄뜻'의 의미를 '陽春'에 부여한 것이다. '陽春'은 '따뜻한 봄'의 의미이거나 '정월의 다른 명칭'이지, '봄뜻'은 아니다. '봄뜻[春意]'의 의미를 보아도, '陽春'의 의미를 보아도, '陽春'이 '봄뜻'의 의미라는 사실을 이해할 수 없을 뿐만 아니라, 설명이나 논증을 할 수도 없다. 이 문제는 이미 두 번이나 지적한 바가 있다. 즉 "'陽春'은 '따뜻한 봄'의 의미이거나 '정월의 다른 명칭'이지 '봄뜻'을 의미하지 않는다."(양희철 2013: 77) "앞의 각주 22)에서 지적했듯이, '陽春'은 '봄뜻'의 의미가 아니라, '따뜻한 봄'을 의미하거나 '정월의 다른 이름'이라는 문제를 보인다."(양희철 2013:89, 2016:651). 이렇게 문제가 있는 해석을 무비판적으로 인용한 후대의 주장들 역시 문제를 갖고 있음에 틀림이 없다. 게다가 박연호는 '陽春'에 '봄뜻'의 의미는 물론 '풍류'의 의미까지 부여하고 있어 더 큰 문제를 보인다.

이렇게 문제를 지적한 글이 나왔는데도 왜 이 해석을 버리지 못할까를 생각해 보자. 이 '陽春'을 '봄뜻'으로 본 해석의 문제를 지적하고 제시한 해석은 '정월'과 '따스한 봄'이다. 이 두 의미를 문맥에 넣어보면, 어떻게 보면 의미가 통하는 것 같고, 어떻게 보면 의미가 통하지 않는 것 같다. 이렇게 어떻게 보면 의미가 통하는 것 같고, 어떻게 보면 의미가 통하지 않는 것 같은 경우는, 거의가 그 표현에 수사법이 사용되고 있다. 즉 수사적 측면에서 보면 직관적으로 문맥의 의미가 통하는 것 같이 보인다. 그러나 수사적 측면을 고려하지 않은 사고에서는 문맥이 통하지 않는 것 같이 보인다.

'양춘'을 문자적 의미인 '따스한 봄'으로 읽으면 문맥이 통하지 않는

다. 그러나 '꽃피는 봄'을 '따스한 봄'으로 표현한 우언법으로 읽으면 문
맥이 통한다. 즉 "흰 눈 속에 꽃피는 봄은 매화밖에 뉘 있으리"는 자연스
러운 문장이 된다. 이 우언법은 '봄기운' 또는 "이른 봄에 만물이 피어나
는 기운"을 '봄뜻'으로 돌려서 표현한 것과 같은 표현법이다. 물론 '꽃피
는 봄'을 '양춘(따스한 봄)'으로 표현한 것은 양춘을 통하여 '양춘곡'의
의미도 보여주는 중의법과 깊게 관련되어 있다.

그리고 '백설양춘'은 문자적 의미로는 '흰 눈 속(/白雪)의 정월'(/따스
한 봄, '따스한 봄'은 '꽃피는 봄'의 우언법)이고, 비유적 의미로는 중국
의 〈백설곡〉 및 〈양춘곡〉과 같이 고상한 악곡을 의미한다. 이 비유적
의미 역시 '고상한 악곡'의 대명사인 '백설양춘[백설(곡)과 양춘(곡)]'으
로 '고상한 악곡'을 표현한 제유법이다. 특히 고상한 악곡의 전체를 '백
설양춘'[백설(곡)과 양춘(곡)]의 부분으로 표현한, 개별화의 제유법이
다. 이렇게 전체를 부분으로 표현하는 개별화의 제유법을 사용하면서
그 일부의 어휘를 생략한 것은 '東閣'과 같다. 즉 '東閣'과 '白雪陽春'은
각각 '東閣(官梅)'과 '白雪(曲)陽春(曲)'의 축약이고, 이 '東閣(官梅)'과
'白雪(曲)陽春(曲)'이라는 부분은 '이른 봄에 피는 매화'와 '고상한 악곡'
이라는 전체를 표현한 개별화의 제유법이다.

2.5. 제8수의 매화

제8수의 매화는 두 측면에서 명확하게 정리해야 한다. 하나는 제8수
의 매화는 어디에 있는 어떤 매화인가 하는 측면이다. 다른 하나는 제
2~7수에 나온 매화와는 어떤 관계에 있는 매화인가 하는 측면이다. 이
중에서 전자는 이 절에서 다루고, 후자는 '5'장에서 정리하려 한다.

제8수의 매화는 어디에 있는 어떤 매화인가 하는 측면에서 기왕의
연구들을 보자. 기왕의 연구들은 '동각에 숨은 매화', 두 노대가를 빗댄

'동각에 숨은 매화', 제2~6수의 어린 매화와 제7수의 늙은 매화를 귀납한 매화, 제2~6수의 어린 매화는 물론 제7수의 늙은 매화와 같은 동일 매화, 제2~6수의 어린 매화(식물과 가기)와 제7수의 늙은 매화(식물과 가기)를 귀납한 매화(식물과 가기), 두 老大家(박효관과 오기여)의 은유 등으로 나뉜다.

　'동각에 숨은 매화'로 본 해석은 두 글에서 보인다. 하나는 제8수의 매화를 "東閣에 숨어 피는 매화"로 해석하면서, 두보의 시 〈화배적등촉주동정송객봉조매상억견기(和裴迪登蜀州東亭送客逢早梅相憶見寄)〉의 첫행을 각주로 달은 글(류준필 1992:578)이다. 이 글에서는 제8수의 매화를 "東閣에 숨어 피는 매화"로 보았다. 다른 하나는 "매화는 '숨은 꽃', '白雪陽春'으로 표현되고 있다."(송원호 2000:16)고 본 글이다. 이 글에서는 제8수의 매화를 초장의 표현과 관련지워 "(東閣에) 숨은 꽃"으로 보았다. 이 해석에서는 '동각'은 언급하지 않았다.

　두 노대가를 빗댄 '동각에 숨은 매화'로 본 해석은 여러 글에서 보인다. "8연의 동각에 숨은 매화 역시 수법은 마찬가지다. 운애산방에 드나드는 자신들을 동각에 드나드는 賢士에 빗대어 자신들의 예술을 동각 속에 숨은 매화의 고아함과 견줌으로써, 예술가로서의 은근한 자부심을 표현한 것으로 볼 수 있기 때문이다."(성기옥 1998:125)에서는, 제8수의 매화를 '동각에 숨은 매화'로 보면서, 자신들을 동각에 드나드는 賢士에 빗댄 대상으로 보았다. 이 매화는 제7수의 나부산 매화에 자신들을 빗댄 것과 같은 것이다. 김용찬(2006)은 제8수의 매화를 '방안의 매화'와 분명히 구분되는 '현사(賢士)와 빈객(賓客)을 접대하는 곳을 일컫는 동각(東閣)의 매화'(2006:69)로 보았다. 결국 이는 '동각에 숨은 매화'로 본 것과 같다. 손정인(2012)도 제8수의 매화를 '東閣에 숨은 꽃' 즉 '아름다운 매화'(2012:361)로 보았다. 이 해석들이 주장하는 '동각에 숨은 매화'

는 제8수 초장("東閣에 숨은 곳치 躑躅인가 杜鵑花 ㄴ가")과 중장("乾坤이 눈이어늘 졔 엇지 뛰리")의 문맥상 존재하지 않으며, '동각'의 해석도 '객관(客館)'의 동각으로 잘못 해석되어 있다.

제8수의 매화를 제2~6수의 어린 매화는 물론 제7수의 늙은 매화와 같은 동일 매화로 해석한 글(양희찬 2012:142)도 있다. 거의 불가능한 해석이다.

제8수의 매화를, 두 노대가(老大家, 박효관과 오기여)의 은유로 본 해석은 "한편 '梅花'는 소용이에서의 '광덕등걸'과 마찬가지로 풍류방 안에 있는 두 老大家(박효관과 오기여)의 은유로 해석된다."(박연호 2020:96)에서 보인다. 이 해석은 두 노대가를 빗댄 '동각에 숨은 매화'가 보여준 문제의 일부(제8수 초장과 중장의 문맥상 '동각에 숨은 매화'가 존재하지 않는 문제)를 피해 가지만, 제7수의 광덕등걸의 매화와 제8수의 "백설양춘은 매화밖에 뉘 있으리"의 매화를 '두 노대가'로 해석할 수 없는 문제를 보인다. 특히 제8수의 매화를 '두 노대가'의 은유로 해석할 수 있는 은유의 기반, 또는 원관념과 보조관념의 유사성을 제시하지 않은 문제를 보인다. 또한 매화를 '두 노대가'로 읽기 위하여, '양춘'을 그 의미에도 없는 '봄뜻' 나아가 '풍류'의 의미로 읽고, 그래도 문맥이 원만하지 못하자, '봄뜻'을 다시 "'봄뜻(陽春)'에 대한 열정"이나 "'봄뜻'을 향한 매화의 열정"으로 바꾼 문제를 보인다. 게다가 시조사에서 매화(梅花)는 가기(歌妓)의 이름(진주기 매화, 평양기 매화, 『대동풍아』의 매화, 윤영옥 1986:476~490)으로 쓰였지 남성의 창자나 예능인에 쓰인 적이 없다.

제8수의 매화를 제2~7수의 두 매화(어리고 성긴 운애산방의 매화, 늙어 반만 남은 나부산의 매화)를 귀납한 매화로 설명한 글은 "귀납된 백설양춘의 매화"(양희철 2010d:333)에서 보인다. 그리고 그 후에는 텍스트를 나누어 좀더 세분하였다. 즉 제8수의 매화를 표면적 텍스트에서는 "제2~6수의 어린 매화와 제7수의 늙은 매화를 귀납한 매화"(양희철 2013:77 2016:639)로 보고, 이면적 텍스트에서는 제2~6수의 어린 가기 (歌妓)의 매화와 제7수의 늙은 가기의 매화를 귀납하고 일반화한 매화 (양희철 2013:90 2016:653)로 보았다.[7] 여기에 하나를 더한다면, 제 2~6수의 어린 가기(歌妓)의 매화와 제7수의 늙은 가기의 매화는 물론, 제8수 초장의 '東閣(官梅)'에 함축된 '두보, 배적, 하손' 등의 매화도 귀 납하고 일반화한 매화로 정리할 수 있다. 매화는 시조사에서 가기(歌妓) 의 이름으로 쓰였고, 제8수에 함께 나온 '척촉(躑躅)'과 '두견화(杜鵑

---

7 이렇게 양희철(2013, 2016)은 제8수의 매화를 표면적 텍스트에서는 식물의 매화로, 이면적 텍스트에서는 가기(歌妓)의 매화로 보고, 각각 제2~6수의 어리고 성긴 식물의 매화 및 가기의 매화와, 제7수의 늙어 반만 남은 식물의 매화 및 가기의 매화가 귀납된 매화로 보았다. 그런데 이런 사실을 사실대로 이해하지 않은 글이 최근에 나왔다. 즉 "'梅花'에 대해서는 모든 논자들이 자연물로서의 매화로 보았다."고 주장하면서, "48) 梅花를 躑躅 및 杜鵑와 더불어 東閣에 있는 것으로 보거나(성기옥, 앞의 논문, 125면; 김용찬, 앞의 논문, 69면), 매화 일반을 지칭하는 것으로 보았다(양희철, 앞의 논문, 333면)."(ⓟⓨⓗ 2020:95)고 각주를 달면서 사실과 다르게 이해하기도 하고, 서론에서 "7,8연의 매화의 의미에 관한 해석 등은 재고의 여지가 있다."(ⓟⓨⓗ 2020:74)고 성실 하지 않은 비판을 하기도 하였다.

  이 글이 인용한 333면은 2010년도의 글이다. 이 글에서는 매화를 식물의 매화로만 보았었다. 그러나 2013년도 글과 2016년도 글에서는 이미 식물의 매화와 가기의 매화를 나누어 설명하였는데, 이를 무시하거나, 참고하지 않은 것 같이 각주를 단 것은 문제이 다. 특히 각주 34), 37), 41), 44) 등에 포함된 인용 페이지들(63~64면, 65면, 62~71면, 72면)은, 2010년도 글(「연시조 「매화사」의 세 구조 연구」)의 수록면인 317~342면(『한 국언어문학』 74)이 아니고, 2013년도 글(「「매화사」의 문학적/음악적 구조와 주제」)의 수록면인 55~104면(『인문과학논집』 46)이라는 점에서, 이를 무시하거나, 참고하지 않 은 것 같이 각주를 단 것은 문제이다.

  이렇게 글의 내용대로 이해하지 않거나 성실하지 않은 비판은 "기(서론, 제1수)-승 (본론:소재1, 제2~6수:대칭적 구조)-전(본론:소재2, 제7수)-결(결론, 제8수)"로 정리 한 내용을 "起(1)-承(2~6)-轉(7)-結(8)"(ⓟⓨⓗ 2020:74)로 정리했다고 바꾸어 놓으 면서, 소재1(어리고 성긴 운애산방의 매화)과 소재2(썩어 반만 남은 나부산의 매화)의 귀납이라는 사실을 은닉한 글쓰기와도 같은 맥락에 있다.

  성실한 글쓰기가 필요해 보인다.

花)'가 봄에 피는 꽃이면서 동시에 가기(歌妓)의 이름이란 점에서도, 이 해석이 가장 정확한 것으로 보인다.

3. 결속과 종결

이 장에서는 결속과 종결을 정리하고자 한다. 이 결속과 종결은 일탈 표현, 대칭표현, 반복표현 등에 의해 정리되므로, 이 일탈표현, 대칭표현, 반복표현 등을 정리하면서 결속과 종결을 정리하려 한다. 이를 검토하기 위하여, 아래의 작품을 보자. 자료는 〈매화사〉의 분석에 흔히 쓰인 『금옥총부』(가람본)의 〈매화사〉이다.

梅影이 부드친 窓에 玉人金釵 비겨신져
二三 白髮翁은 거문고와 노리로다
이윽고 盞 드러 勸하렬 졔 둘이 쏘한 오르더라. (제1수)

어리고 셩근 梅花 너를 밋지 안얏더니
눈 期約 能히 직켜 두세 송이 푸엿고나
燭 잡고 갓가이 사랑할 졔 暗香浮動 ᄒ더라. (제2수)

氷姿 玉質이여 눈 속에 네로구나
가만이 香氣 노아 黃昏月를 期約ᄒ니
아마도 雅致高節은 너섇인가 ᄒ노라. (제3수)

눈으로 期約터니 네 果然 푸엿고나
黃昏에 달이 오니 그림ᄌ도 셩긔거다
淸香이 盞에 쩟스니 醉코 놀녀 ᄒ노라. (제4수)

黃昏의 돗는 달이 너와 긔약 두엇더냐
闇裡의 즈든 솟치 향긔 노아 맛는고야
닉 엇지 梅月이 벗되는 쥴 몰낫던고 ㅎ노라. (제5수)

ㅂ람이 눈을 모라 山窓에 부딋치니
찬 氣運 시여드러 즈는 梅花를 침노허니
아무리 어루려 허인들 봄쯧이야 아슬소냐 (제6수)

저건너 羅浮山 눈 속에 검어 웃쑥 울퉁불퉁 광딕등걸아
네 무슴 힘으로 柯枝돗쳐 곳조츠 져리 피엿는다
아모리 셕은 비 半만 남아슬망졍 봄쯧즐 어이 ㅎ리오. (제7수)

東閣에 숨은 솟치 躑躅인가 杜鵑花, ㄴ가
乾坤이 눈이여늘 졔 엇지 감히 픠리
알꽤라 白雪陽春은 梅花밧게 뉘 이시리 (제8수)

이 작품에서 발견되는 일탈표현, 대칭표현, 반복표현 등은 상당히 많
다. 이를 전6수의 텍스트와 8수의 텍스트의 결속과 종결로 나누어서 차
례로 보자.

3.1. 전6수 텍스트의 결속과 종결

첫째로, 제1수에서 발견되는 '매영(梅影)'과 '운애산방 전경'의 일탈
표현이다. 제2~8수에서 매화의 표현은 '매화'와 '너'를 겸용하거나 어느
하나만을 사용한다. 이에 비해 제1수에서는 이 '매화'나 '너'를 전혀 사용
하지 않고, '매영(梅影)'만을 쓴다. 이런 점에서 '매영'은 일탈표현이다.
그리고 제2~8수에서는 운애산방의 전경(全景)을 노래하지 않는다. 단
지 흰 눈 속의 매화에 초점이 맞추어져 있다. 이에 비해 제1수에서는

'매영이 부딪친 창', '옥인금차', '이삼 백발옹', '거문고와 노래', '잔', '돋
는 달' 등으로 이루어진 운애산방의 전경을 보여준다. 이 운애산방 전경
의 표현은 제2~8수의 매화에 초점을 맞춘 표현을 일탈한 일탈표현이다.
이런 점들에서 제1수의 '매영(梅影)'과 '운애산방 전경'은 일탈표현이다.
이 일탈표현들은 이어서 볼 제2~6수의 단락과 구분되면서 단락성을 보
인다.

둘째로, 제2~6수에서 발견되는 일탈표현과 대칭표현이다. 이에 포
함된 대칭표현은 적지 않다. 이를 제2수와 제6수의 대칭표현, 제3수와
제5수의 대칭표현, 제4수의 일탈표현, 제6수의 일탈표현 등으로 나누어
정리하면 다음과 같다.

제2수와 제6수의 대칭표현은 ['-니, 매화'(제2수)-대칭축(제4수)-'-
니, 매화'(제6수)]이다. 제2수 초장의 끝과 제6수 초장의 끝을 보면, '안
앗더니'와 '부딪치니'가 있는데, 이에 포함된 '-니'는 대칭표현이다. 그
리고 제2~6수에서는 어리고 성긴 매화를 노래하되, 그 호칭에서 제2수
와 제6수에서만 '매화(梅花)'의 표현을 보여주는데, 이 두 매화 역시 대
칭표현이다.

제3수와 제5수의 대칭표현은 ['향기, 감탄 선언, 매화의 황혼월 기약'
(제3수)-대칭축(제4수)-'향기, 감탄 선언, 황혼월의 매화 기약'(제5수)]
이다.

먼저 [향기(제3수)─청향(제4수)-향기(제5수)]의 대칭표현을 보자. 제
3수의 '향기'는 "가만이 향기(香氣) 노아 황혼월(黃昏月)을 기약(期約)하
니"(중장)에서 보인다. 그리고 제4수의 '청향'은 "청향(淸香)이 잔(盞)에
쩟스니 취(醉)코 놀녀 ᄒ노라"(종장)에서 보인다. 제5수의 '향기'는 "합리
(閤裡)의 ᄌ든 곳치 향긔 노아 맛는고야"(중장)에서 보인다. 이 제3, 5수의
'향기'는 제4수의 일탈표현인 '청향'을 대칭축으로 한 대칭표현이다.

이번에는 [감탄 선언(제3수)-의도 선언(제4수, 대칭축)-감탄 선언(제5수)]의 대칭표현을 보자. 제3수의 종장 후미는 "너뿐인가 ᄒ노라"의 감탄 선언이고, 제4수의 종장 후미는 "놀려 ᄒ노라"의 의도 선언이며, 제5수의 종장 후미는 "몰낫던고 ᄒ노라"[8]의 감탄 선언이다. 이 감탄 선언들(제3, 5수)은 의도 선언(제4수)을 대칭축으로 한 대칭표현이다.

다시 [매화의 황혼월 기약(제3수)-대칭축(제4수)-황혼월의 매화 기약(제5수)]의 대칭표현을 보자. 제3수의 중장을 보면, "가만이 향기(香氣) 노아 황혼월(黃昏月)을 기약(期約)하니"에서, 매화가 황혼월을(/과) 기약한다. 이에 비해 제5수의 초장을 보면, "황혼(黃昏)의 돗는 달이 너와 긔약 두엇더냐"에서, 황혼월(黃昏의 돗는 달)이 너(매화)와(/를) 기약한 것으로 설의한다. 이 두 기약은, 기왕의 주장에서와 같이 '황혼월 기약'의 반복적 교체가 아니라, 황혼월과 매화가 서로 기약자와 피기약자의 위치를 바꾼 대칭표현이다. 이 제3, 5수의 두 기약은 제4수를 전후로 한 대칭표현이다.

제4수의 일탈표현은 초장 중장 종장 등에서 보이는 "… -니 …" 구문의 반복이다. 제4수의 초장["눈으로 기약(期約)터니 네 과연(果然) 푸엿고나"], 중장["황혼(黃昏)에 달이 오니 그림즈도 성긔거다"], 종장["청향(淸香)이 잔(盞)에 떳스니 취(醉)코 놀녀 ᄒ노라"] 등에서는 각각 "… -니 …"의 구문을 반복한다. 이는 작품 전체는 물론, 제2~6수에서 "… -니 … "가 아닌 다른 구문들을 쓰는 규범을 벗어난 일탈표현이다. 이 제4수의 일탈표현은 제2~6수의 대칭표현에서 대칭축이 된다.

이 제2수와 제6수의 대칭표현, 제3수와 제5수의 대칭표현, 제4수의

---

8 『가곡원류』(국립국악원본)에서는 '몰랏던가 ᄒ노라'로 되어 있어, 제3수에서와 같은 '-ㄴ가 ᄒ노라'의 반복을 보인다.

일탈표현 등은 제2~6수의 공통된 소재 '어리고 성긴 운애산방의 매화'
와 더불어 결속을 말해준다. 그런데 이 제2~6수는 한 단락을 이룬다는
점에서 단락내 결속을 보여주고, 동시에 단락내 시종(始終)의 대칭에
의해 단락의 종결을 말해준다.

제6수에서는 '향, 너, −라(종장)' 등을 사용하지 않은 일탈표현을 보
여준다.

제2~5수를 보면, '향, 너, −라(종장)' 등을 반복한다. 즉 '향'은 '암향
(暗香)'(제2수), '향기(香氣)'(제3수), '청향(淸香)'(제4수), '향긔'(제5수)
등을 통하여 반복한다. 이에 비해 제6수에서는 이 '향'을 쓰지 않은 일탈
표현을 보여준다. 종결어미 '−라'(종장)는 'ᄒ더라'(제2수)와 'ᄒ노라'(제
3, 4, 5)를 통하여 반복한다. 이에 비해 제6수에서는 이 '−라'(종장)을
쓰지 않고, '−냐(아슬소냐)'를 쓴 일탈표현을 보여준다. '너'는 '너를'(제2
수), '네로구나, 너뿐인가'(제3수), '네'(제4수), '너와'(제5수) 등을 통하
여 반복한다. 이에 비해 제6수에서는 이 '너'를 쓰지 않은 일탈표현을
보인다.

이 '향, 너, −라(종장)' 등을 사용하지 않은 일탈표현들은, 반복표현의
후미 전환형으로 이 단락의 종결을 보여주면서, 이 단락의 단락내 결속도
보여준다. 그리고 이 단락내 결속은 이 단락의 단락성을 통하여 이전의
제1수와 이후의 제7수(또는 제7, 8수)가 각각 단락임을 말해준다.

셋째로, 과거시제의 서술 구문의 반복에 의한 제1단락(제1수)과 제2
단락(제2~6수)의 결속이다. 제1, 2수는 각각 종장에서 "… −ㄹ 제 …
−더라"(과거시제의 서술 구문)의 반복을 보여준다. 이 반복은 제1단락
(제1수)과 제2단락(제2~6수)의 순차적 결속을 보여준다.

넷째로, 제1수 초장의 '부딪치−', '창(窓)' 등과 제6수 초장의 '(산)창
[(山)窓]', '부딪치−' 등은 시종(始終)의 대칭표현으로, 전6수(제1~6수)

텍스트의 종결을 보여준다. 제1수의 초장["매영(梅影)이 부드친 창(窓)에 옥인금차(玉人金釵) 비겨신져"]과 제6수 초장["ᄇ람이 눈을 모라 산창(山窓)에 부딧치니"]은 '창(窓)'과 '부딧치-'의 대칭표현을 보여준다. 이 대칭표현은 전6수 텍스트에서 시종의 대칭으로 전6수 텍스트의 종결을 보여준다.

이렇게 제1~6수는 두 단락으로 되어 있으며, 제2단락(제2~6수)에서는 단락내 결속을 보여 주고, 제1단락과 제2단락은 단락간의 결속을 보여주며, 대칭표현을 통하여 제1~6수의 결속과 종결도 보여준다. 이는 제1~6수가 전6수의 독립된 텍스트로 존재하기도 함을 말해준다. 특히 전6수가 독립된 텍스트로 존재함은 최근에 밝혀진 우조 8곡의 대가곡이 제1~6수(초삭대엽, 이삭대엽, 중거, 평거, 두거, 삼삭대엽)로 이루어졌다는 점과도 일치한다.

3.2. 8수 텍스트의 결속과 종결

8수 텍스트는 앞에서 정리한 전6수의 텍스트에 제7수와 제8수가 더해지면서 형성된다. 이로 인해 전6수에서 정리한 결속과 종결은, 8수의 텍스트에 들어오면서 그대로 쓰인 것도 있고, 바뀐 것도 있다. 전6수 텍스트의 제2단락(제2~6수)에서 정리한 결속과 종결은 8수의 텍스트에서도 같은 기능을 한다. 전6수 텍스트에서 '과거시제의 서술 구문'을 반복하면서 보여준 제1단락(제1수)과 제2단락(제2~6수)의 순차적 결속은 8수의 텍스트에서도 같은 기능을 한다. 전6수의 텍스트에서 텍스트의 결속과 종결을 보여주었던, '부딧치-, 창(窓)'의 대칭표현(제1수 초장과 제6수 초장의 대칭표현)은, 8수의 텍스트에서는 제1단락(제1수)와 제2단락(제2~6수)의 단락간의 결속과 종결로 그 기능을 바꾼다.

이제부터 제7수와 제8수를 더하면서 보여주는 결속과 종결을 보기 위하여, 제7수와 제8수의 일탈표현과 대칭표현을 보자.

다섯째로, 제7수에서 발견되는 장형시조의 일탈표현이다. 제1~6, 8수는 단형시조들이다. 제1~6, 8수의 초장들과 중장들은 16음절을, 종장들은 18음절을 넘지 않는다.[9] 이를 훨씬 벗어난 것이 제7수이다. 제7수의 초장인 "져 건너 나부산(羅浮山) 눈 속에 검어 웃쑥 울퉁불퉁 광디등 걸아"의 경우는 22음절로 앞의 16음절보다 6음절이 늘어나 있다. 제7수의 중장인 "네 무슴 힘으로 가지(柯枝) 돗쳐 곳조츠 져리 피엿눈다"의 경우는 19음절로 앞의 16음절보다 3음절이 늘어나 있다. 그리고 제7수의 종장인 "아모리 석은 비 반(半)만 남아슬망졍 봄뜻즐 어이 흐리오"의 경우는 21음절로 앞의 18음절보다 3음절이 늘어나 있다. 이런 점에서 이 제7수는 단형시조를 일탈한 장형시조로 정리할 수 있다. 이 장형시조의 일탈표현은 그 전후와 구별되면서 제3단락을 보여준다. 이 일탈표현은 결속과 종결의 기능을 하는데, 뒤에 다른 것들과 함께 정리하려 한다.

여섯째로, 제8수 종장의 끝시어 '이시리'의 일탈표현이다. 제8수를 제외한 나머지 7수들은 종장에서 동일 구문으로 짝을 이루면서 반복한다. 즉 제1, 2수는 각각 종장에서 "… -ㄹ 졔 … -더라"의 동일 구문을 반복한다. 제3, 4, 5수는 각각 종장에서 "… 흐노라"의 동일 구문을 반복한다. 제6, 7수는 각각 종장에서 "아(무/모)리 … 봄뜻- …"의 동일 구문을 반복한다. 이렇게 제1~7수는 그 종장에서 동일 구문의 반복을 보여주며, 이 반복이 이 작품의 규범이다. 이 규범을 제8수는 일탈하였다. 제8수 종장의 구문은 제1~7수에서 짝을 발견할 수 없다. 이런 점에서 이 제8수 종장

---

9 초장과 중장의 16음절은 제1수의 초장("梅影이 부드친 窓에 玉人金釵 비겨신져")과 제6수의 중장("찬 氣運 싀여 드러 즈는 梅花를 침노허니")에서만 보이고, 종장의 18음절은 제1수의 종장("이윽고 둘 드러 勸하랼 졔 돌이 쏘한 오르더라")에서만 보인다.

은 동일 구문의 비반복이라는 일탈표현을 보여준다. 게다가 "알쾌라 백설 양춘(白雪陽春)은 매화(梅花)밧게 뉘 이시리"의 '이시리'는 생략형으로, 그 이전에 나온 '오르더라'(제1수), 'ᄒᆞ더라'(제2수), 'ᄒᆞ노라'(제3~5수), '아슬소냐'(제6수), 'ᄒᆞ리오'(제7수) 등의 비생략형으로부터 일탈된 표현이다. 이 제8수의 일탈표현 역시 제8수가 하나의 단락임을 말해준다.

지금까지 정리한 일탈표현들과 대칭표현들을 종합하면, 이 작품의 8수의 텍스트는 네 단락으로 구성되어 있음을 파악할 수 있다. 이 네 단락은 다음과 같은 결속과 종결을 보여준다.

일곱째로, 제1~4단락의 결속이다. 이 결속은 제1, 2단락의 결속, 제2, 3단락의 결속, 제1~3단락과 제4단락의 결속으로 정리할 수 있다.

제1단락과 제2단락의 결속은 앞에서 정리하였듯이, 제1수(제1단락)의 종장과 제2수(제2단락의 첫수)의 종장에서 반복된 과거시제 서술 구문의 반복에 의해 이루어진다.

제2단락과 제3단락의 결속은 제6수(제2단락의 끝수)와 제7수(제3단락)의 종장에서 반복된 "아(무/모)리 … 봄뜻- (어이) 설의형(아슬소냐, ᄒᆞ리오)"(미래시제의 설의 구문)에 의해 이루어진다.

이 제1, 2단락의 단락간 결속과 제2, 3단락의 단락간 결속은, 결국 제1, 2, 3단락의 결속을 의미한다. 이 제1, 2, 3단락의 결속은 [과거시제의 서술 구문(제1, 2수)-현재시제의 선언 구문(제3, 4, 5수)-미래시제의 설의 구문(제6, 7수)]의 대칭표현으로 정리할 수도 있다. 이 대칭표현은 〈매화사〉 제1~7수의 종장들에서 드러난다. 제1, 2수는 각각 종장에서 "… -ㄹ 제 … -더라"(과거시제의 서술 구문)의 반복을 보여주고, 제6, 7수는 각각 종장에서 "아(무/모)리 … 봄뜻- (어이) 설의형(아슬소냐, ᄒᆞ리오)"(미래시제의 설의 구문)의 반복을 보여주며, 제3~5수는 "… ᄒᆞ노라"(현재시제의 선언 구문)의 반복을 보여준다. 이 '과거시제의 서술

구문'(제1, 2수)의 반복과 '미래시제의 설의 구문'(제6, 7수)의 반복은
구문의 반복이라는 차원에서 제4수, 나아가 제3~5수(현재시제의 선언
구문)를 대칭축으로 한 대칭표현이다. 그리고 이에 포함된 제1, 2수의
반복표현과 제6, 7수의 반복표현은 앞에서 정리했듯이, 제1, 2단락의
단락간 결속과 제2, 3단락의 단락간 결속을 보여주면서, 제1, 2, 3단락
의 결속을 보여준다.[10]

이번에는 제1, 2, 3단락과 제4단락의 결속을 보자. 이 결속은 앞에서
정리한 제7수의 일탈표현과 제8수의 일탈표현에 의해서 이루어지는데,
결속과 종결을 다음과 같이 함께 보여준다.

여덟째로, 제1~4단락의 종결이다. 이 종결은 단형시조의 일탈(제7
수)이 보인 반복표현의 후미 전환과 도치, '이시리'(제8수 종장)의 일탈
표현이 보인 반복표현의 후미 전환 등에 의해 이루어진다. 이 종결은
앞에서 미룬 결속도 함께 보여준다.

제7수의 장형시조는 단형시조(제1~6수)–장형시조(제7수)–단형시조
(제8수)의 연결에서 나온다. 이는 단형시조의 반복(제1~8수)에서 그 후
미인 제8수를 장형시조로 바꾸고, 다시 제7수의 단형시조와 제8수의 장
형시조를 도치시킨 형태이다. 이는 반복표현의 후미 전환을 다시 도치시
킨, 반복표현의 후미 전환·도치형의 종결 유형[11]이다. 이 종결은 종결뿐

---

10 이 단락간의 결속을 보이는 반복표현을 단락내의 결속으로 보아서는 안된다. 제6, 7수
의 종장에서는 "아(무/모)리 … 봄뜻– (어이) 설의형(아슬소냐, 흐리오)"의 구문이 반복
한다. 이 반복은 본문에서 보았듯이, 제2단락(제2~6수)과 제3단락(제7수)의 단락간의
결속을 보여준다. 그런데 만약 이 반복표현을 단락내의 결속을 위한 표현으로 보아,
제6, 7수를 한 단락으로 보면, 두 수를 한 의미로 묶을 수 있는 방법이 없으며, 소재1(어
리고 성긴 매화, 제2~6수)과 소재2(섞어 반만 남은 나부산의 매화, 제7수)의 경계를
설명할 수 없는 문제를 보인다.

11 이 작품은 '단형시조(제1~6수)–장형시조(제7수)–단형시조(제8수)'로 되어 있다. 이는

만 아니라, 네 단락(제1단락: 제1수, 제2단락: 제2~6수, 제3단락: 제7수, 제4단락: 제8수)의 결속도 보여준다.

제8수 종장의 끝시어 '이시리'는 일탈표현이다. 이 일탈은 제1, 2수, 제3~5수, 제6, 7수 등이 각각 동일 구문으로 짝을 이루면서 반복하는 규범을 벗어난 일탈이다. 이 일탈은 동일 구문을 짝으로 하는 반복표현을 후미에서 전환한 것으로, 반복표현의 후미 전환이라는 결속과 종결의 표현이다. 그리고 이 '이시리'의 생략형은 반복표현의 후미 전환이란 결속과 종결도 보여준다. 제1~7수에서는 '오르더라'(제1수), 'ᄒ더라'(제2수), 'ᄒ노라'(제3~5수), '아슬소냐'(제6수), 'ᄒ리오'(제7수) 등을 통하여 비생략형의 반복표현을 보여준다. 이 반복표현 다음에 생략형 '이시리'를 보여준다. 이는 반복표현의 후미 전환이란 종결표현이며, 이 종결표현은 제1~8수의 결속도 보여준다.

이상과 같이, 네 단락으로 구성된 8수 텍스트는 일탈표현, 대칭표현, 반복표현 등을 통하여, 단락내의 결속과 단락간의 결속을 보여주고, 동시에 반복표현의 후미 전환에 의한 결속과 종결, 반복표현의 후미 전환·도치형에 의한 결속과 종결 등을 보여준다.

'단형시조(제1~7수)-장형시조(제8수)'와 같이 작품의 후미를 일단 장형시조로 전환하고, 이것의 후미(제7, 8수)를 다시 '단형시조(제1~6수)-장형시조(제7수)-단형시조(제8수)'와 같이 도치시켜서 종결을 표현한 유형이다. 이런 유형은 〈방진산군수가〉(강복중)와 〈산정독영곡〉(김득연)에서도 보인다. 전자는 5수 중에서 제4수가, 후자는 6수 중에서 제5수가 각각 장형시조이다. 그리고 다른 표현들을 작품의 후미에서 전환하고 다시 도치시킨 전환·도치형의 종결의 표현은 〈사시가〉(황희), 〈병산육곡〉(권구), 〈감성은가〉(양주익) 등에서도 발견된다(양희철 2010d:156~157).

4. 문학적 구조와 주제

이 장에서는 〈매화사〉의 문학적 구조와 주제를 정리하고자 한다. 그런데 이 작품은 배경시간과 배경공간의 구조를 보여주고, 논리적 구조와 주제는 표면적 텍스트와 이면적 텍스트의 두 차원에서 모두 보여준다. 이를 감안하여, '4.1.'에서는 배경시공간의 구조를, '4.2.'에서는 '논리적 구조와 주제'를 정리하고자 한다.

4.1. 배경시공간의 구조

배경시공간을 배경시간과 배경공간으로 나누어 정리한다.

4.1.1. 배경시간의 구조

앞 장에서 정리한 일탈표현과 대칭표현은 〈매화사〉(제1~7수)의 배경시간이 순차적 대칭적 구조로 되어 있음을 파악하는 데 도움을 준다. 이 일탈표현들과 대칭표현들을 참고하면서, 〈매화사〉의 배경시간이 순차적 대칭적 구조를 이룬다는 점을 차례로 검토해 보자.

앞장에서 정리한 [과거시제의 서술 구문(제1, 2수)-현재시제의 선언 구문(제3, 4, 5수)-미래시제의 설의 구문(제6, 7수)]은 이미 이 자체가 배경시간의 순차적 대칭적 구조를 말해준다. 이 대칭표현을 시간에 한정하여 다시 쓰면, [과거(제1, 2수)-현재(제3, 4, 5수)-미래(제6, 7수)]가 된다. 이 [과거(제1, 2수)-현재(제3, 4, 5수)-미래(제6, 7수)]는 이미 시간에서 순차적 구조를 말해준다. 또한 현재를 중심으로 보면, 과거와 미래는 현재의 전후로 대칭적 구조가 된다. 이런 이 배경시간의 순차적 대칭적 구조는 이것으로 끝나지 않고 좀더 자세한 순차적 대칭적 구조를 작품에서 파악하게 한다. 이를 구체적으로 보자.

우선 현재시제의 선언 구문을 반복한 제3, 4, 5수에서, 시간의 순차적 구조를 좀더 구체적으로 파악할 수 있다. 전체 8수 중에서 이 3수(제3, 4, 5수)와 제1수만이 '황혼(월)'을 보여주고, 제3, 4, 5수의 배경 시간이 현재의 황혼임을 말해준다. 제3수는 "가만이 향기(香氣) 노아 황혼월(黃昏月)을 기약(期約)하니"로 보아, 황혼월을 기약하는 현재의 시간이다. 제4수는 "황혼(黃昏)에 달이 오니"로 보아, 황혼월이 오는 현재의 시간이다. 제5수는 "황혼에 돋는 달이"로 보아, 황혼월이 돋는 현재의 시간이다. 이렇게 제3, 4, 5수는 황혼월을 기약하는 현재의 시간, 황혼월이 오는 현재의 시간, 황혼월이 돋는 현재의 시간 등으로, 시간의 순차적 구조를 말해준다. 그리고 이 시간의 순차적 구조는 황혼으로 보면, 시간의 대칭적 구조도 말해준다. 제5수의 황혼월이 돋는 현재의 시간은 황혼으로 보면, 황혼의 종반이다. 왜냐하면, 황혼월이 돋으면 황혼이 차차 달밤으로 변하기 때문이다. 이 황혼의 종반을 기준으로 제4수를 보면, 제4수의 황혼월이 오는 현재의 시간은 황혼의 중반이다. 왜냐하면 황혼월이 돋기 위해 오는 현재의 시간은 황혼월이 돋는 현재 시간(황혼의 종반)의 바로 앞인 황혼의 중반이기 때문이다. 그리고 이 황혼의 종반과 중반을 기준으로 제3수를 보면, 제3수의 황혼월을 기약하는 현재의 시간은 황혼의 초반이다. 왜냐하면 황혼월이 오고 돋는 것은 황혼월을 기약하고 그 기약을 실천하는 시간이란 점에서, 황혼월을 기약하는 시간은 이 실천 시간(황혼의 중반과 종반)의 바로 앞인 황혼의 초반이기 때문이다. 이런 점에서 제3, 4, 5수에서 현재시제로 표현된 현재의 황혼은 다시 황혼의 초반-중반-종반의 순차적 대칭적 구조로 정리된다.

이 황혼의 초반-중반-종반의 순차적 대칭적 구조는 대칭표현인 [향기(제3수)-청향(제4수)-향기(제5수)]에서도 확인된다. 이 확인에는 우

리가 매화의 향기를 언제 어떻게 느끼는가가 도움을 준다. 매화의 향기
는 저녁 무렵에 은은한 향기[제2수의 '암향(暗香)']로 땅에 내려앉기 시
작하여, 황혼 초반에 점점 짙어지고, 황혼 중반에 절정에 이르며, 황혼
종반에 점점 흐려지어 마침내 사라진다. 황혼 초반의 짙은 향기와 황혼
종반의 짙은 향기는 그 짙기가 황혼 중반의 절정을 대칭축으로 하여 대
칭한다. 이 절정과 대칭을 앞의 대칭표현과 견주면, 양자의 대칭은 일치
한다. 즉 매화 향기의 절정은 '청향'(제4수)에, 절정 전후의 짙은 향기의
대칭은 '향기(제3, 5수)에 각각 일치한다. 이런 점에서 [향기(제3수)-청
향(제4수)-향기(제5수)]의 대칭표현도 제3, 4, 5수에서 황혼의 초반-
중반-종반의 순차적 대칭적 구조를 가늠하게 한다고 정리할 수 있다.

　이번에는 제2, 6수의 배경 시간을 보자. 제2수는 "촉(燭) 잡고 갓가이
사랑할 제 암향부동(暗香浮動) ᄒ더라"(종장)로 보아, 황혼 이전으로 파
악된다. '촉(燭) 잡고'로만 보면, 이 시간은 산방(山房)이 어두운 때이다.
산방은 평지의 방보다, 그리고 방안은 밖보다, 각각 먼저 어두워진다는
점에서, 이 시간은 해가 서쪽으로 기울기 시작하는 늦은 오후부터 밤까
지의 어느 한 시간이다. 그런데 해가 서쪽으로 기울고 온도가 내려가면
위로 휘발하던 향기가 밑으로 은은하게 내려앉기 시작한다. 이 은은하
게 내려앉기 시작하는 향기가 바로 작품의 '암향(暗香)'이다. 그리고 이
암향은 제3수의 짙은 '향기'에 앞서 땅에 내려앉는 은은한 향기이다. 이
런 점에서 이 암향의 시간은 황혼 이전의 시간으로 판단된다. 또한 이
제2수의 시간은 제3수에서 보이는 황혼월을 기약할 수 있는 시간이 아
니라는 점에서도 황혼 이전의 시간으로 판단된다.

　이에 비해 제6수의 시간은 황혼 이후로 판단된다. 제6수에는 제3, 4,
5수의 '황혼월'과 '향기'가 나오지 않는다는 점에서, 제5수까지의 시간과
는 무관하게 볼 수도 있다. 그러나 초장과 중장의 시어들을 검토하면,

제5수의 황혼 종반의 다음인 황혼 이후의 시간으로 판단된다. 제6수에서와 같이 찬 기운이 산방에 새어 들어오는 시간은 황혼 이후의 늦은 밤이다. 아무리 추운 날이라도 황혼에는 아궁이에 불을 때고, 그 불을 담은 화로가 방에 있기 때문에, 찬 기운이 새어들어 와도 거의 느끼지 못한다. 그러나 황혼을 지나 늦은 밤이 되면, 방이 식고 화로의 불이 죽어 찬 기운이 새어들어 온다. 이 새어들어 오는 찬 기운은 일차로 제6수의 시간이 황혼 이후임을 말해준다. 또한 황혼월과 향기가 등장하지 않는 것은 이차로 제6수의 시간이 황혼 이후임을 말해준다. 왜냐하면 황혼 이후의 찬 밤에는 매화의 향기가 거의 사라지고, 이 시각에는 달도 지각에서 거의 사라지기 때문이다. 이 향기가 거의 사라짐은 제5수의 "闇裡의 ᄌᆞ든 곳치 향긔 노아 맛는고야"에서 보이는 'ᄌᆞ든 곳(매화)'을 제6수의 "찬 氣運 싀여드러 ᄌᆞ는 梅花를 침노허니"에서 보이는 'ᄌᆞ는 梅花'로 바꾸었다는 점에서도 알 수 있다. 왜냐하면 제5수의 'ᄌᆞ든 매화가 향기를 놓는다.'는 말은 향기를 놓다가 그쳤다가 하는 행위에서 향기를 놓는 것을 그쳤다가 다시 놓는 것을 의미한다는 점에서, 제6수의 'ᄌᆞ는 매화'는 향기를 놓는 것을 그쳤다는 사실을 말해주기 때문이다. 이런 두 사실들로 보아, 제6수의 시간이 황혼 이후임을 알 수 있다. 이 황혼 이후(제6수)는 황혼 이전(제2수)의 대칭 시간이다.

이번에는 제1, 7수가 황혼 이전의 이전(제1수)과 황혼 이후의 이후(제7수)의 대칭 시간임을 보자. 이 대칭 시간은 쉽게 파악되지 않는다. 그러나 바로 직전까지 정리한 제2~6수가 [황혼 이전(제2수)-황혼 초반(제3수)-황혼 중반(제4수)-황혼 종반(제5수)-황혼 이후(제6수)]라는 시간의 순차적 대칭적 구조를 확대하면서 보면, 황혼 이전의 이전(제1수)과 황혼 이후의 이후(제7수)를 파악할 수 있다.

제1수 종장("둘이 ᄯᅩ한 오르더라")의 '달'은 황혼 종반을 보여준 "황혼

(黃昏)의 돗는 달이"(제5수)의 '달'과 같다. 이로 인해 제1수의 황혼 종반
은, 앞에서 정리한 제2~6수의 배경 시간의 순차적 대칭적 구조를 벗어
난 것으로 처리하기 쉽다. 그러나 제5수는 현재시제에 기반한 현재의
황혼 종반이고, 제1수는 '오르더라'의 과거시제에 기반한 과거의 황혼
종반이다. 이로 인해 이 제1수의 배경인 과거의 황혼 종반은, 앞의 배경
시간의 순차적 구조의 차원에서 생각할 수 있게 된다. 먼저 이 제1수의
황혼 종반은 제2수의 황혼 이전의 이후로 생각할 수도 있고, 제2수의
황혼 이전의 이전으로 생각할 수도 있다. 전자의 경우는 제1수(과거의
황혼 종반)와 제2수(과거의 황혼 이전)를 같은 날[同日, 當日]의 것으로
보기 때문에, 그 순서가 앞의 순차적 구조에 맞지 않다. 왜냐하면 황혼
이전(제2수) 다음에 황혼 종반(제1수)이 와야 하기 때문이다. 이에 비해
후자의 경우는 제1, 2수의 과거를 다른 날의 것들로 보기 때문에, 즉
제2수의 과거는 당일(當日)의 것으로, 제1수의 과거는 전일(前日)의 것
으로 보기 때문에, 앞의 순차적 구조에 맞다. 말을 바꾸면, 전일의 과거
(제1수의 황혼 종반)는 당일의 과거(제2수의 황혼 이전)보다 선행하기
때문에, 앞의 순차적 구조에 맞다. 이런 점에서 제1수의 배경 시간은
황혼 이전(제2수)의 이전이라고 정리할 수 있다.

　이에 비해 제7수의 시간은 황혼 이후(제6수)의 이후로 판단된다. 제7
수 초장은 "저 건너 나부산(羅浮山) 눈 속에 검어 웃쑥 울퉁불퉁 광디등
걸아"이다. 이렇게 눈 속의 매화를 지각하는 것으로 보아, 이 시간은 '낮'
으로 보인다. 그런데 이 제7수의 '낮'은 황혼 이후의 이후에 해당한다.
왜냐하면 황혼 이후는 밤(제6수, 당일)이고, 그 밤 이후는 후일(後日)의
낮이 된다는 점에서, 제7수의 '낮'은 황혼 이후(제6수, 당일)의 이후(제7
수, 후일)로 계산할 수 있다. 이 황혼 이후의 이후(제7수)는 황혼 이전의
이전(제1수)에 대칭되는 시간이다.

끝으로 제8수의 배경시간은 양춘이다. 이 양춘은 제8수의 '백설양춘(白雪陽春)'에서 직접 보여주고 있다. 이 양춘은 제1~7수에서 보여준 배경시간인 황혼(초반, 중반, 종반), 황혼 이전, 황혼 이후, 과거, 현재, 미래, 전일, 당일, 후일 등의 시간들이 속한 배경시간이다. 즉 앞의 제1~7수에서 정리한 황혼(초반, 중반, 종반), 황혼 이전, 황혼 이후, 과거, 현재, 미래, 전일, 당일, 후일 등의 시간들은 양춘(陽春), 즉 정월(正月) 또는 따스한 봄의 이 시간들이란 점에서, 양춘은 이 시간들을 통합한 시간이다. 이렇게 제1~7수에서 보여준 배경시간을 통합한 '양춘'은 논리적 구조의 '결'(결론)에 상응한다.

지금까지 정리한 배경시간의 구조를 표로 정리하면 다음과 같다.

〈표 1〉

황혼 이전의 이전	황혼 이전	황혼			황혼 이후	황혼 이후의 이후	양 춘
		초반	중반	종반			
과 거		현재			미래		
전일	당일					후일	
양춘							
제1수	제2수	제3수	제4수	제5수	제6수	제7수	제8수

이 〈표 1〉에서 제2~6수는 순차적이면서 동시에 대칭적이다. 이 제2~6수는 전6수의 텍스트에서는 뒤에 볼 '서본'의 논리적 구조에서 '본'에 해당하고, 8수의 텍스트에서는 뒤에 볼 '기승전결'의 논리적 구조에서 '승'에 해당한다.

4.1.2. 배경공간의 구조

이번에는 배경공간의 구조를 간단하게 보자. 제1~6수의 공간은 운애산방의 방안이다. 굳이 구분한다면, 제1수는 전경을 보여준 운애산방의 방안이고, 제2~6수는 매화에 초점을 맞춘 운애산방의 방안이다. 이에 비해 제7수의 공간은 나부산이다. 이 운애산방의 방안과 나부산의 공간은 열거식이다. 그리고 종장의 '매화'가 운애산방 방안의 매화와 나부산의 매화를 모두 통합한다는 점에서, 제8수의 공간은 운애산방의 방안과 나부산을 통합한 통합적 공간이다. 이런 점들에서, 이 작품의 배경공간의 구조는 [전경을 보여준 운애산방(제1수)–매화에 초점을 맞춘 운애산방(제2~6수)–나부산(제7수)–통합적 공간(운애산방의 방안과 나부산, 제8수)]으로 정리할 수 있다. 이 구조에서 제1~6수의 공간 구조는 전6수 텍스트의 공간 구조로, 운애산방의 통일된 공간을 보여준다. 그리고 제1~8수의 공간 구조는 8수 텍스트의 공간 구조인데, 제1~7수의 공간과 제8수의 공간은 열거와 통합의 관계이고, 통합적 공간은 논리적 구조의 결(결론)에 상응한다.

4.2. 논리적 구조와 주제

이 절에서는 논리적 구조와 주제를 표면적 텍스트와 이면적 텍스트로 항을 나누어 정리하고자 한다.

4.2.1. 표면적 텍스트

이 항에서는 표면적 텍스트에 나타난 논리적 구조와 주제를 목을 나누어 정리한다.

4.2.1.1. 표면적 텍스트의 논리적 구조

이 목에서는, 전6수의 텍스트에서 제2~6수의 대칭적 구조를 '본'으로 하는 [서(제1수)-본(제2~6수)]의 논리적 구조와, 8수의 텍스트에서 제2~6수의 대칭적 구조를 '승'으로 하는 [기(제1수)-승(소재1:본론1, 제2~6수)-전(소재2:본론2, 제7수)-결(제8수)]의 논리적 구조를 간단하게 확인하면서 보완하려 한다.

> 梅影이 부드친 窓에 玉人金釵 비겨 신져
> 二三 白髮翁은 거문고와 노리로다
> 이윽고 盞 드러 勸하랄 졔 둘이 또한 오르더라. (제1수)

제1수는 '기'(서론)에 해당한다. 제1수에서는 '매영(梅影)'과 운애산방의 전경(全景)을 보여주는데, 이는 제2~8수에서 흰 눈 속에 핀 매화에 초점을 맞춘 것과 대비된다. 이 '매영'은 제2수부터 운애산방 방안의 매화를 본격적으로 직접 노래하기에 앞서, 우선 창에 비친 그림자를 통해서 간접적으로, 예비적으로, 가볍게 윤곽만 보여주면서 호기심을 자극하는 도입의 '기'(서론)로 이해된다. 또한 풍류방인 운애산방의 전경은 그 속에 포함된 매화를 제2수에서부터 본격적으로 노래하기에 앞서, 그 매화가 포함된 풍류방의 전경을 노래하는 것으로 작품을 풀어내는 '기'(서론)에 해당한다. 이 운애산방의 전경(全景)은, "잔(盞) 드러 권(勸)하랄 졔"의 미세한 행동으로 보아, 밖에서 본 원경이 아니라, 안에서 본 근경(近景)이다.[12] 이런 점에서 매영과 운애산방의 전경을 보여준 제1수

12　이 글에서 쓰고 있는 '전경(全景)'과 '근경(近景)'은 이전에 쓴 글에서부터 써온 용어이다. '전경(全景)'은 앞의 글(양희철 2010d)에서 처음으로 쓰기를 시작했고, 이 용어를 12회(331면의 하5~1행에서 4회, 334면의 10행, 18행, 하6~1행 등에서 7회, 337면의

는 '기'(서론)로 정리한다.

제2~6수는 '승'(본론)에 해당한다. 이 제2~6수의 5수는 각각 어리고 성긴 운애산방의 매화를 공동의 소재로 하면서, 그 아담(雅淡)한 풍치 (風致)의 정도에서 점층적 구조와 점강적 구조가 결합된 대칭적 구조를 보인다. 이 논리적 구조는, 앞에서 정리했던, 운애산방의 배경공간과, 황혼 이전(제2수)–황혼 초반(제3수)–황혼 중반(제4수)–황혼 종반(제5 수)–황혼 이후(제6수)의 순차적/대칭적 구조의 배경시간을 배경으로 한 다. 이 논리적 구조를 차례로 인용 정리하되, 앞의 글(2010)에서 소홀하 게 처리한, '눈 기약(期約)을 지킴'과 관련된 '절개(節槪)', 주제의 명료 화 등등을 보완(2013, 2016)한 것이다.

어리고 셩근 梅花 너를 밋지 안얏더니
눈 期約 能히 직켜 두세 송이 푸엿고나
燭 잡고 갓가이 사랑할 졔 暗香浮動 ᄒ더라. (제2수)

제2수는 (정월의 봄기운에[13]) 눈 기약을 지켜 피어 높은 절개를 보이

하1행에서 1회)나 보여주었다.

그리고 '근경(近景)'이란 용어는 2013년도와 2016년도의 글인 다음의 인용에서 처음 으로 보여주었다. "이 운애산방의 전경은 물론 밖에서 본 원경[각주 6] … 이런 점들로 보아, 제1수는 방 안에서 노래한 근경(近景)이지, 방 밖에서 노래한 원경(遠景)이 아니 다. …]이 아니라, 안에서 본 근경이다."(양희철 2013:61~62), "이 운애산방의 전경(全 景)은, "잔(盞) 드러 권(勸)하랄 졔"의 미세한 행동으로 보아, 밖에서 본 원경이 아니라, 안에서 본 근경이다."(양희철 2016:632)

이렇게 사용된 '전경(全景)'과 '근경(近景)'은 그 뒤에 원용되고 있다. 특히 '근경(近 景)'은 다음의 인용에서 보인다. "한편 성기옥과 김용찬은 이 작품의 화자가 외부에서 내부를 관찰하고 있는 것으로 보고 인용문을 '遠景'으로 해석했다. … 따라서 인용문은 '遠景'이 아닌 '近景'이라 할 수 있다."(박연호 2020:82)

13 이 '정월의 봄기운에'와 이하에서 보이는 '(정월의 봄기운에)'는 '정월의 이른 봄에 만물

면서, (이어지는 제3수에서 보이는 매화가 황혼월을 기약하기 이전[14]인)
당일의 황혼 이전에 그 암향이 부동하는 매화/너를, 감탄과 과거시제의
서술로 칭찬(稱讚)하고 있다. '높은 절개'는 앞의 글에서는 언급하지 않
았다가 그 후의 글(2013, 2016)에서 보완한 것이다. 그 근거는 "눈 기약
(期約) 능(能)히 지켜"에서 신의(信義)를 지키는 것이, "신념, 신의 따위
를 굽히지 아니하고 굳게 지키는 꿋꿋한 태도"라는 '절개(節槪)'의 개념
과 일치한다는 점에 있다. 그리고 중장인 "눈 기약(期約) 능(能)히 직켜
두세 송이 푸엿고나"의 감탄은 기약을 지킨 높은 절개에 대한 칭찬(홀륭
한 일을 높이 평가함)으로 읽을 수도 있고, 정서적 경이로 읽을 수도
있다. 그러나 제2~6수, 나아가 제2~8수에서 보이는 칭찬의 통일성, 특
히 정서적 경이로 볼 수 없는 제3, 5~8수의 칭찬으로 보아, 전자의 칭찬
으로 정리한다.

> 氷姿 玉質이여 눈 속에 네로구나
> 가만이 香氣 노아 黃昏月을 期約ᄒ니
> 아마도 雅致高節은 너뿐인가 ᄒ노라. (제3수)

제3수는 (정월의 봄기운에) 눈 기약을 지켜 피어[15] 높은 절개를 보이

이 피어나는 기운'으로 쓸 수도 있는 표현이다. 이 표현은 앞의 글들(2010d, 2013, 2016)
에서 썼던 '정월에'를 이 글에서 문맥에 맞게 좀더 구체적으로 표현한 것이다. 그 구체적
인 이유는 제6, 7수의 나온 '봄뜻'의 의미('2'장)에서 설명한 것이다.

14 제2~5수를 한 제2단락으로 묶은 주장들은 여섯(성기옥, 송원호, 김용찬, 양희찬, 손정
   인, 박연호)이다. 이 주장들은 이 묶음을 합리화하기 위하여, 제2수, 제5수, 제2, 5수
   등의 어느 한 부분의 해석을 왜곡한다. 이 왜곡에 대한 구체적인 변증은 '5'장으로 돌린다.

15 제3수는 물론 제5, 6수 등의 문면에는 '눈 期約 지켜'의 표현이 없다. 그러나 이 제3수
   의 매화는 앞의 제2수에서, 그리고 제5, 6수 등의 매화는 그 앞의 제2, 4수 등에서,
   각각 '눈 期約을 지킨' 바로 그 매화라는 점에서, 이 제3, 5, 6수 등의 매화 역시 '눈

면서, 당일의 황혼 초반에 향기로 달을 기약하는 '아담한 풍치(風致)'를 보여주는 너(매화)를, 현재시제로 칭찬하면서, 제2수에 점층되어 있다. 제3수가 정서적 경이를 보여주지 않고 칭찬을 보여준다는 점은 종장인 "아마도 아치고절(雅致高節)은 너뿐인가 ᄒ노라"가 잘 보여준다. 이 선언을 통한 칭찬에는 어떤 정서적 경이도 없다.

그리고 제3수가 제2수에 점층된 사실은 '암향'(제2수)을 '향기'(제3수)로, 과거시제의 서술(제2수)을 현재시제의 선언(제3수)으로 각각 점층시키고, 제2수에 없는, 황혼월의 기약은 물론 매화와 황혼월이 이루는 아담한 풍치[16]를, 제3수에서 보여준 점들에서 알 수 있다.

> 눈으로 期約터니 네 果然 푸엿고나
> 黃昏에 달이 오니 그림즈도 셩긔거다
> 淸香이 盞에 썻스니 醉코 놀녀 ᄒ노라. (제4수)

제4수는 매화에 대한 직접 칭찬과, 그 매화의 청향에 취하고 놀려는 내용을 통한 간접 칭찬을 보여준다. 전자는 (정월의 봄기운에) 눈 기약을 지켜 피어 높은 절개를 보이면서, 당일의 황혼 중반에 오는 황혼월에 그림자도 성기고, 청향을 놓는 아담한 풍치의 너(매화)를 감탄으로 칭찬

期約을 지킨' 매화로 정리된다. 또한 만약 제3, 5, 6수 등의 매화를 '눈 期約을 지킨' 매화로 보지 않으면, 제2, 4수 등의 매화와 제3, 5, 6수 등의 매화는 서로 별개가 되어, 문맥이 통하지 않는다. 이런 점들에서, 제3, 5, 6수 등의 매화는 제2, 4수 등에서 '눈 期約을 지킨' 매화로 정리된다. 이런 사실은 시가를 읽으면서 행간에 생략된 시어 또는 내용도 세심하게 보아야 함을 잘 보여준다.

16 제3, 4, 5수 등의 3수에서 황혼월과 매화는 '아담한 풍치'를 보여준다. 즉 "가만이 香氣 노아 黃昏月을 期約ᄒ니"(제3수), "黃昏에 달이 오니 (매화의) 그림즈도 셩긔거다"(제4수), "꽂치 향긔 노아 (황혼월을) 맛는고야"(제5수) 등의 아담한 풍치를 보여주는데, 이런 아담한 풍치를 제2수와 제6수에서는 보여주지 않는다.

한 것이다. 이 칭찬은 초장과 중장의 감탄과 종장 전반부를 통하여 알수 있다. 그리고 후자의 간접 칭찬은 종장에서 알 수 있다. 이 매화의 청향에 취하고 놀려는 내용은 시적 화자가 취하고 싶을 만큼 매화의 아담한 풍치가 좋다는 것을 간접적으로 칭찬한 것이다. 그리고 이 종장은 "淸香이 盞에 썻스니 醉코 놀려 ᄒ노라"에서 보여주듯이 시적 정서가 최고조에 달했음을 보여준다.

이런 제4수는 제3수에 점층된 정점(頂點)이다. 이 점층과 정점의 사실은 '향기'(제3수)를 '청향'(제4수)으로, 매화의 아담한 풍치와 높은 절개를 가진 매화(제3수)를 그 매화에 취하고 놀려는 시적 화자 자신을 더한 것(제4수)으로, 각각 점층시킨 것들, 제3수에 없는 술[盞]과 그 청향을 제4수에 포함시킨 것, 제3수에 없는 정감의 강화("… −니 …" 구문을 초장 중장 종장에서 반복함에 의한 정감의 강화)를 제4수에 포함시킨 것 등에 의해 알 수 있다.

> 黃昏의 돗는 달이 너와 긔약 두엇더냐
> 闇裡의 ᄌ든 곳치 향긔 노아 맛는고야
> 닉 엇지 梅月이 벗되는 줄 몰낫던고 ᄒ노라. (제5수)

제5수는 (정월의 봄기운에) 눈 기약을 지켜 피어 높은 절개를 보이면서, 당일의 황혼 종반에 자다가 향기 놓아, 기약을 두고 돋는 황혼월을 맞는 아담한 풍치를 보여주는 매화/너를 직접 칭찬하고, 그 매화와 황혼월이 벗인 것을 '이제야 알게 되었음을 자책하고 아쉬워하는 탄식의 선언을'[17] 통하여 간접적으로 칭찬하고 있다.

---

17 이 "이제야 알게 되었음을 자책하고 아쉬워하는 탄식의 선언을"은 "이제야 알았음을"

이런 제5수의 내용을 이해하는 데는 ‘즈든’과 ‘벗’의 의미를 명확하게
하여 논리를 보강할 필요가 있다. 특히 이 제5수는 기왕의 연구들 대다
수가 오해하거나 왜곡한 부분으로 이 단어들의 의미를 먼저 보자.

‘즈든’은 식물의 매화와 가기의 매화로 나누어 설명할 수 있다. 표면
적 텍스트에서의 ‘자든 (식물의) 매화’는 ‘향기를 놓던 행위를 멈추었던
매화’의 의미를 보여준다. 그리고 이면적 텍스트에서의 ‘자든 (가기의)
매화’는 ‘향기로운 노래를 멈추었던 매화’의 의미를 보여준다.

‘벗’의 의미에는 여러 가지가 있다. Daum의 『한국어대사전』(고려대
학교 민족문화연구원)을 보면, 다음의 세 의미를 보여준다. 1. 마음이
서로 통하여 가깝게 사귀는 사람. 2. 어떤 일을 함께 하며 심심함을 덜
수 있는 상대. 3. 사람이 마치 친한 사람을 대하듯 늘 가까이하고 아껴
마음의 위안을 삼는 사물을 비유적으로 이르는 말. 이 중에서 ‘2’가 〈매
화사〉의 ‘벗’의 의미이다. 이 경우에 함께 하는 일이 무엇이냐 하는 문제
가 발생한다. 이 문제는 매화를 식물의 매화로 본 표면적 텍스트와 가기
의 매화로 본 이면적 텍스트가 다르다. 전자의 경우는 백매와 황혼월이
만들어내는 환상적인 정황이고, 후자의 경우는 백설곡이나 양춘곡과 같
은 고아한 음악과 황혼월이 만들어 내는 환상적인 정황으로 판단한다.

이상과 같은 시어 ‘즈든’과 ‘벗’ 등의 의미를 참고하면서 제5수의 의미
를 좀더 구체적으로 보자.

초장에서 보여주는 ‘황혼월의 매화와의 기약’은 ‘매화의 황혼월과의
기약’(제3수)과는 대칭적인 표현이다. 그리고 종장의 “닉 엇지 매월(梅
月)이 벗되는 줄 몰낫던고”는 [내 어찌 매월이 (나의/나와) 벗되는 줄을

(양희철 2013:65, 2016:635)로 그 의미를 다소 희미하게 해석했던 부분을 이 글에서
명료하게 보완한 것이다.

몰랐던고]로 읽을 수도 있다. 그러나 이렇게 읽으면 이 종장은 초장 및 중장과의 연결에서 일관성을 보여주지 못한다. 즉 초장에서 황혼월과 매화의 관계를 노래하고, 중장에서 매화와 황혼월의 관계를 노래한 다음에, 갑자기 매월과 나의 관계를 노래하는 것이 되어, 문맥의 연결이 잘되지 않는다. 이에 비해 [내 어찌 매월(매화 너와 달)이 벗되는 줄을 몰랐던고]로 해석하면, 이 종장에서 보인 매화와 달의 관계는, 초장에서 황혼월과 매화의 관계를 노래하고, 중장에서 매화와 황혼월의 관계를 노래한 다음에, 종장에서 초장과 중장을 종합하여 인식한 것이 되어 문맥이 잘 통한다. 이런 점에서 [내 어찌 매화 너와 달이 벗되는 줄을 몰랐던고]로 해석한다.

이 매화 너와 황혼월이 벗이 되는 것을 '이제야 알게 되었음을 자책하고 아쉬워하는 탄식을 선언하는'[18] 것은, 매화 너와 황혼월이 벗이 될 정도로, 잘 어우러짐을 이제야 알게 되었음을 자책하고 아쉬워하는 탄식을 선언하는 것으로, 이 선언은 매화의 아담한 풍치를 간접적으로 칭찬한 것이다.

이런 제5수는 제4수보다 점강되어 있다. 이 점강의 사실은 '청향(淸香)'(제4수)을 다시 제3수에서 보여주었던 '향기'(제5수)로, 매화의 아담한 풍치와 높은 절개의 매화에 취하고 놀려는 시적 화자(제4수)를 다시 제3수에서 보여주었던 매화의 아담한 풍치와 높은 절개의 매화(제5수)

---

18 이 "이제야 알게 되었음을 자책하고 아쉬워하는 탄식을 선언하는"은 "이제야 알았음을 선언하는"(양희철 2013:66, 2016:636)으로 그 의미를 다소 희미하게 해석했던 부분을 이 글에서 명료하게 보완한 것이다. 이와 같이 "이제야 알게 되었음을 자책하고 아쉬워하는 탄식을"을 "이제야 알았음을"의 의미로 다소 희미하게 읽고, 여기에서 더 나아가 '깨달음'(김용찬 2006:65)으로까지 읽으면서 제5수를 점층적 구조(제2~5수)의 정점으로 본 글도 있다. 이 글의 문제는 '5'장으로 돌린다.

로, 각각 점강시킨 것들과, 제4수의 술[盍]과 청향을 다시 제3수에서와 같이 제5수에서 제거한 점, 제4수의 정감의 강화를 다시 제3수에서와 같이 제5수에서 제거한 점 등에서 알 수 있다. 이 점강의 정도는 제3수가 제4수로 점층된 것에 거의 반비례한다.[19]

---

19 이 단락은 2013년도 글(66~67면)의 끝부분에 있던 "이렇게 제5수는 제4수보다 점강되어 있는데, 이를 그 반대인 점층(상승)으로 바꾸어 보려 한 주장은 쉽게 이해되지 않는다."(끝부분의 두 번째 문장)의 문장만을 빼버리고, 2016년에 옮겨 쓴 글이다. 그리고 이 단락과 연결된 문장으로 "⋯ 이런 점층적 구조(제2~4수)와 점강적 구조(제4~6수)는 둘이 결합되어 대칭적 구조를 보인다. ⋯.(양희철 2013:70)가 있다. 이렇게 제5수를 제4수와의 관계인 점강적 관계는 물론, 제3, 4수와의 관계인 대칭적 관계에서도 설명을 하였다. 그런데 아주 최근에 이 제5수를 설명한 부분을 부정하기 위하여, 이 부분을 인용하면서, 간접 인용법을 전략적으로 구사하여 대칭적 관계를 모두 빼어버린 글이 나왔다. 그 글은 다음과 같다.

  41) 양희철은 '이삭대엽-삼삭대엽'의 시적구조를 점층적 구조(이삭대엽-중거-평거)와 점강적 구조(평거-두거-삼삭대엽)의 결합으로 보았다. 그중 〈두거〉에는 '술'과 '청향'이라는 소재가 제거되었으며, 매화에 대한 정감이 제거되었다는 점에서 정서적으로 하강(漸降)한 것으로 보았다. 양희철, 앞의 논문, 62~71면.(ⓟⓨⓗ 2020:89)

이 인용문의 설명과 인용된 원문을 비교하지 않고, 간접 인용법을 전략적으로 구사한 앞의 인용만을 보면, 대칭적 관계에서 보여주는 점강적 내용들이 모두 빠져 있어, 이 부분의 설득력을 거의 인지할 수 없게 바꾸어 버렸다. 게다가 인용 페이지(62~71면)를 보면, 2010년도 글의 페이지(317~342면)가 아니라, 참고하지 않은 것으로 되어 있는 2013년도 글의 페이지(55~103면)이다.
이렇게 대칭표현과 대칭적 구조를 은닉시킨 인용과 비판은 서론에서도 보인다.

  한편 양희철은 〈매화사〉를 문학(문체론)적 측면에서 고찰하였으며, 전체 작품을 起(1)-承(2~6)-轉(7)-結(8)의 네 단락으로 나누었다. 그의 논의에서 주목되는 것은 작품의 구조를 반복성, 순차성, 점층성 등의 측면에서 고찰했다는 점이다. 그러나 그가 제시한 작품별 시간성의 기준(황혼)이나 시어(暗香-香氣-淸香)에 기반한 점층성, 시상 전개의 측면에서 4~6연을 漸降으로 본 것, 7,8연의 매화의 의미에 관한 해석 등은 재고의 여지가 있다.(ⓟⓨⓗ 2020:74)

이 인용과 앞에서 인용한 글만 보면, 양희철의 논문에서 매우 중요한 위치에 있는 대칭표현과 대칭적 구조를 전혀 파악할 수 없다. 이런 식으로 간접 인용법을 전략적으로 사용하여 남의 글의 핵심 논지를 모두 빼어버리고 비판하는 태도는, 본인은 물론 소속 집단의 명예에도 바람직해 보이지 않는다. 성실한 글쓰기가 요청된다. 인용의 나

ㅂ람이 눈을 모라 山窓에 부딋치니
찬 氣運 시여드러 주는 梅花를 침노허니
아무리 어루려 허인들 봄뜻이야 아슬소냐 (제6수)

제6수 역시 기왕의 연구에서 의견이 일치하지 않는데, 그 이유는 두 가지로 정리된다. 하나는 '주는'과 '봄뜻'의 의미가 명확하지 않다는 것이다. 다른 하나는 종장의 의미를 파악하지 않고, 종장에 포함된 '봄뜻'의 표현만을 가지고 주제 또는 의미를 논의하는 경우가 많다는 것이다. '봄뜻'의 의미는 '2'장에서 다루었으므로, '주든'의 의미만을 정리해 보자.

'주는'은 식물의 매화와 가기의 매화로 나누어 설명할 수 있다. 표면적 텍스트에서의 '자는 (식물의) 매화'는 '향기를 놓던 행위를 멈춘 매화'의 의미를 보여준다. 그리고 이면적 텍스트에서의 '자는 (가기의) 매화'는 '향기로운 노래를 멈춘 매화'의 의미를 보여준다.

이 '주든'의 의미와 '2'장에서 정리한 '봄뜻'의 의미를 참고하여 제6수의 의미를 정리하면 다음과 같다.

제6수는 (정월의 봄기운에) 눈 기약을 지켜 피어 높은 절개를 보이면서, 당일의 황혼 이후에 눈바람이 몰아오는 찬 기운의 침노에도 봄뜻(春意, 이른 봄에 만물이 피어나는 봄기운)을 빼앗기지 않고 피어 있으면서 높은 절개를 보여주는 매화를, 미래시제의 설의로 칭찬하면서, 제5수보다 점강되어 있다.

이를 좀더 구체적으로 보자. 바람이 눈을 몰아다가, (정월의 봄기운에 꽃이 피어 향기 놓는 매화가 있는 곳의) 산창에 부딋치어, 찬 기운이

먼지 부분에서 보인 비판 역시 매우 성실하지 않은 비판이다. 이 비판이 가지고 있는 문제는 각주 7)로 돌린다.

향기 놓는 것을 멈춘(자는) 매화를 침노하여 아무리 얼리려 하지만, 봄 뜻(=이른 봄에 만물이 피어나는 봄기운)을 빼앗지 못한다는 것이다. 이 는 바람이 찬 기운으로 자는 매화(=꽃은 피었지만 향기 놓는 것을 멈춘 매화)에게서 그 매화를 꽃피게 한 봄기운을 빼앗으려 하지만, 매화를 꽃피게 한 봄기운을 빼앗지 못한다는 사실을 설의법으로 강조하고 있 다. 이 강조는 정월 어느 날 황혼 이후에 눈바람이 몰아온 찬 기운에도, 매화가 향기 놓는 것은 멈출지라도 얼어 죽지 않고 빼앗기지 않는 봄기 운에 꽃핌만은 그대로 유지하는 풍치를 칭찬한 것이다. 이런 점들로 보 면, 제6수 역시 눈보라가 몰아온 찬 기운에 향기를 발하지 않을 뿐 눈 기약을 지켜 핀 매화의 고절을 노래한 것은 같으며, 그 정도가 점강되어 있다고 정리할 수 있다.

이 제6수가 보여주는 점강의 사실은 제5수의 '향기'와 '황혼월'을 제6 수에서 삭제한 점, 현재시제를 통한 아담한 풍치와 높은 절개를 가진 매화의 선언(제5수)을 미래시제를 통한 높은 절개를 가진 매화의 설의 (제6수)로 점강시킨 점, 제5수의 '자다가 향기를 놓아 달을 맞는 매화'를 제6수에서 '자는 매화'로 점강시킨 점 등에서 알 수 있다. 특히 제5수의 황혼월을 제6수에서 삭제한 것은 제2수에 없는 황혼월을 제3수에 등장 시킨 것과 대칭적이다. 이 점강은 크게 보면, 제2수에서 제3수로 점층된 것에 반비례한다.

이런 제6수의 점강성과 대칭성을 무시하고, 시상과 정서가 이삭대엽 계열과는 완전히 다르다고 주장하면서, 제6수를 '시상 전환의 중간 고 리' 또는 '앞뒤를 이어주는 중간적 역할'로 해석한 주장들을 이어서, '시 상 전환의 매개 고리'로 보려는 해석이 최근에 나오기도 했다.[20] 이 해석

---

20 "삼삭대엽은 소재(매화)적인 측면에서만 연계성이 있을 뿐, 시적 정황이나 초점, 주제,

과 같이 제6수의 시상과 정서가 이삭대엽 계열과 완전히 다른가는 이 해석과 작품의 제6수를 함께 읽어보면 알 수 있는데, 함께 읽어보면, 너무 편협한 해석임을 쉽게 알 수 있다. 그리고 이 해석과 같이 제6수의 시상과 정서가 이삭대엽 계열과 완전히 다르다면, 제6수는 이미 '시상 전환의 매개 고리'가 아니라, '시상 전환'이 된다. 그리고 나름대로 제6 수가 '시상 전환의 매개 고리'가 되는 이유를 두 측면에서 주장하고 있지 만, '2'장에서 정리한 바와 같이 무시하거나 오해한 시어의 해석을 기반 으로 하고 있어, 믿기 어렵다. 특히 이 주장자는 제6수가 대가곡에 속한 다는 사실을 알면서, 이런 자기모순적인 주장을 하였다. 이로 인해 이런 해석과 논리만으로는 제6수가 제2~6수에서 보여주는 점강성과 대칭성 을 부정할 수 없다.

이렇게 제2, 3, 4수는 (정월의 봄기운에) 매화가 눈 기약을 지켜 피어

정서 등 거의 모든 면에서 이삭대엽 계열과는 전혀 다르다. 시상과 정서가 완전히 바뀐 것이다. 격정성과 비장감으로 정서가 전환된 것은 편가인 〈매화사〉에서 이 부분과 삼삭 대엽이 배치되는 곳이기 때문이다.

그런데 三數大葉은 初·二數大葉과 더불어 본가곡에 속하기 때문에 음악적으로는 시 상이 전환될 필요가 없다. 그럼에도 불구하고 '매화와 달의 교유'에서 '매화의 봄뜻'으로 시상이 전환된 것이다. 그 이유는 무엇일까?

첫 번째 가능성은 頭擧에서 매화와 달을 중심으로 전개된 시적 정황이 마무리되었으 며, 화자의 인식 또한 최종단계인 깨달음에 이르렀다는 점이다.

두 번째는 〈매화사〉 전체의 지향에 맞춰 또 시상을 전환할 필요성이 있었을 가능성이 다. 이삭대엽 계열의 작품들은 앞서 初數大葉에 제시된 시적 정황 중 '매화'와 '달'만을 노래하였다. 그러나 初數大葉의 핵심은 3장에 제시된 바, '二三 白髮翁'의 '거문고와 노리', 즉 '풍류'이다. '매화'와 '달', '玉人金釵', '술' 등은 풍류방의 분위기를 조성하는 배경일 뿐이다. 다음에 이어지는 搔聳이의 내용으로 볼 때, 이 작품은 시상의 중심을 매화와 달에서 '二三 白髮翁'(의 풍류)으로 전환시키기 위한 노래로 볼 수 있다. 梅花라 는 소재의 계승을 통해 이삭대엽과의 연계성을 유지하면서 '봄뜻'을 통해 '이삼 백발옹' 으로 시상을 전환시키고 있다는 점에서 삼삭대엽은 시상전환의 매개고리라 할 수 있 다."(박연호 2020:91~92)

보이는 높은 절개와, 그 아담한 풍치의 정도를 당일의 황혼 이전, 황혼 초반, 황혼 중반 등에 따라 점층시키고 있어, 그 구조는 점층적 구조로 정리할 수 있다. 그리고 제4, 5, 6수는 (정월의 봄기운에) 매화가 눈 기약을 지켜 피어 보이는 높은 절개와, 그 아담한 풍치의 정도를 당일의 황혼 중반, 황혼 종반, 황혼 이후 등에 따라 점강시키고 있어, 그 구조는 점강적 구조로 판단한다. 이런 점층적 구조(제2~4수)와 점강적 구조(제4~6수)는 둘이 결합되어 대칭적 구조를 보인다. 이 대칭적 구조를 보인 제2~6수는, 배경시간과 아담한 풍치의 정도에서 대칭적이지만, 어리고 성긴 운애산방의 매화라는 소재와 그 매화가 (정월의 봄기운에) 눈 기약을 지켜 핀 높은 절개 등을 공통으로 한다는 점에서, 제1수의 '기'(서론)에 이어진 '승'(본론1 : 소재1, 대칭적 구조)으로 판단된다.

이 '기승'은 8수의 텍스트에서 보이는 기승전결의 '기승'이고, 전6수의 텍스트에서는 [서(서론, 제1수)-본(본론, 제2~6수 : 대칭적 구조)]의 논리적 구조에 해당한다.

> 저건너 羅浮山 눈 속에 검어 웃쑥 울퉁불퉁 광더등걸아
> 네 무슴 힘으로 柯枝돗쳐 곳조츠 져리 피엿는다
> 아모리 석은 비 半만 남아슬망정 봄뜻즐 어이 흐리오 (제7수)

제7수는 나부산 매화를 가상의 시적 청자로 한 독백체를 통하여 그에게 시적 화자가 혼자 묻고 혼자 대답하면서, (정월의 봄기운에) 눈 기약을 지켜 피어[21] 높은 절개를 보이면서, 썩어 반만 남았지만 봄뜻(春意, 이른

---

21 제7수의 문면에도 '눈 期約을 지켜'라는 표현이 없다. 그러나 중장의 "져건너 羅浮山 눈 속에 … 네 무슴 힘으로 柯枝돗쳐 곳조차 져리 피엿는다"의 '힘'을 '눈 期約'을 지키려는 '힘'으로 보면, 이 제7수에도 '눈 기약을 지켜'의 의미가 함축되었다고 판단하게 된다.

봄에 만물이 피어나는 기운)에 꽃이 피어 높은 절개를 계속 보여줄 수밖에 없는 매화를, 미래시제의 설의로 칭찬하고 있다. 특히 썩어 반만 남은 나부산의 매화에게 꽃이 피게 한 힘이 무슨 힘인가를 묻고, 그 답으로 '봄뜻'을 보여준다. 이 '봄뜻'은 우언법으로 그 의미는 '2'장에서 보았듯이 '봄기운' 내지 '이른 봄에 만물이 피어나는 기운'인데, 이에 나온 '기운' 곧 '힘'은 '무슨 힘'에 대한 대답이 된다. 그리고 종장에서 보여준 "아무리 썩은 바 반만 남았을망정 봄뜻을 어이 하리오"는 '아무리 썩어 반만 남았지만 봄뜻(이른 봄에 만물이 피어나는 기운)을 어찌할 수 없어 눈 속에 꽃이 피어 높은 절개를 계속 보여줄 수밖에 없음을 칭찬한 것이다.

이 칭찬의 내용은 (정월의 봄기운에) 눈 기약을 지켜 핀 높은 절개를 칭찬하는 제2~6수와 같다. 다른 점은 어리고 성긴 운애산방의 매화(소재1, 제2~6수)가 썩어 반만 남은 나부산의 매화(소재2, 제7수)로 바뀐 점, 시간대별로 아담한 풍치의 정도가 다른 점, 단형시조(제1~6수)가 장형시조(제7수)로 바뀐 점 등이다. 이런 차이는 제7수가 '전'(본론2:소재2)에 해당함을 말해준다. 그것도 본론을 본론1과 본론2로 나누고, 소재 차원에서는 그 소재를 '어리고 성긴 운애산방의 매화'(본론1:소재1)와 '썩어 반만 남은 나부산의 매화'(본론2:소재2)로 구분하여 분리한 구조에서의 '전'이다. 이런 점에서 이 제7수는 '전'으로 정리된다.

> 東閣에 숨은 꼿치 躑躅인가 杜鵑花ㄴ가
> 乾坤이 눈이여늘 졔 엇지 감히 픠리
> 알괘라 白雪陽春은 梅花밧게 뉘 이시리? (제8수)

이 제8수의 '동각(東閣)'은 '2'장에서 검토하였듯이, 두보의 시에서 보이는 '東閣官梅'의 '東閣'이다. 이 '東閣'은, '東亭官梅'(두보가 화답한 裵迪의 시에 나오는 東亭官梅)와 '東軒早梅'(두보의 시에 나오는 何遜의 揚州 東軒의 早梅)를 모두 함축하기 위하여, '東亭'과 '東軒'을 '東閣'으로 통합한 것이다. 그리고 '東閣官梅'에서 '官梅'를 생략한 것은, '官梅'와 '早梅'를 모두 함축하기 위한 것이다. 물론 '東軒早梅'도 '官梅'이다. 이 '東閣(官梅)'은 '이른 봄에 피는 매화'라는 전체를, '이른 봄에 피는 매화'의 대명사(代名詞)인 '東閣(官梅)'이라는 부분으로 표현한 개별화의 제유법이다. 이에 포함된 축약은 물론 제8수 초장의 자수 내지 음량을 계산한 것인데, 전고인용이 아닌 경우에는 견강부회라고 비판할 수 있지만, 이 '東閣'이 전고인용이란 점에서 '東閣(官梅)'으로 해석하는 데는 어떤 문제도 없다.

그리고 '東閣(官梅)에'의 '-에'는 처격어미가 아니라 원인격어미라는 점에서, '東閣(官梅)에'는 '이른 봄에 피는 매화 때문에'의 의미로 정리된다. 이 의미를 제8수의 초장에 넣어보면, "東閣(官梅)에(이른 봄에 피는 매화 때문에) 숨은 꽃이 躑躅인가 杜鵑花인가"가 되어 문맥이 잘 통한다. 이런 점들로 보아, '東閣(官梅)에'는 '이는 봄에 피는 매화 때문에'의 의미로 정리된다.

이 "東閣(官梅)에(이른 봄에 피는 매화 때문에) 숨은 꽃이 躑躅인가 杜鵑花인가"(초장)와 "乾坤이 눈이여늘 제 엇지 감히 퓌리"(중장)을 합쳐서 보면, "이른 봄에 피는 매화 때문에 숨은 꽃이 躑躅인가 杜鵑花인가"를 설의하고, 이어서 "乾坤이 눈이므로 이른 봄에 피는 매화만이 피고, 척촉이나 두견화는 감히 필 수 없다는 사실을 강하게 표현하고 있다. 이는 눈 속에서 꽃피는 것은 이른 봄에 피는 매화뿐이라는 사실을, 눈 속에서 척촉이나 두견화는 감히 피지 못한 사실을 통해서 보여준 반증(反證)이다.

이렇게 초장과 중장을 반증으로 해석하면, 그 큰 의미는 파악된 것 같다. 그러나 앞에서 정리한 개별화의 제유법을 왜 사용하였는가를 좀 더 검토해야 한다. '이른 봄에 피는 매화'를 제유법과 생략법을 구사하여, '東亭官梅'와 '東軒早梅'를 함축하는 '東閣(官梅)'으로 표현했다는 사실은, 두 가지의 의미를 보여준다. 하나는 '이른 봄에 피는 매화'라는 일반적이고 추상적인 것을 '東亭官梅'와 '東軒早梅'를 함축하는 '東閣(官梅)'의 개별적이고 구상적인 것으로 보여준다는 것이다. 이는 추상적인 것의 구상화를 의미한다. 다른 하나는 '이른 봄에 피는 매화'라는 일반적이고 추상적인 것을 보여주면서, 이 일반적이고 추상적인 것에 포함된 '東亭官梅'와 '東軒早梅'를 함축하는 '東閣(官梅)'의 개별적이고 구상적인 것도 보여준다는 것이다. 이는 매우 중요한 의미를 보인다. 즉 '이른 봄에 피는 매화'라는 표현만으로는 보여줄 수 없는 '東亭官梅'와 '東軒早梅'도 함축적으로 보여준다는 것이다. 이를 계산하면, 제8수의 초장과 중장에서 보여주는 '매화'는 눈 속의 '이른 봄에 피는 매화'로, 제2~6수의 어리고 성긴 운애산방의 매화와 제7수의 늙어 반만 남은 나부산의 매화는 물론, '東閣(官梅)'를 통하여, 두보, 배적, 하손 등의 매화들을 함축적으로 귀납하고 일반화한 것임을 보여준다. 이는 개별화의 제유법을 통하여 시어의 정보용량을 극대화한 표현으로 판단된다.

제8수의 종장은 "알쾌라 백설양춘(白雪陽春)은 매화(梅花)밧게 뉘 이시리"이다. 이 중의 '알쾌라(알겠구나)'는 그 이전의 어떤 사실들에서 무엇인가를 이해하여 알게 될 때에 쓰는 감탄사이다. 이를 검토해 보자. 먼저 알게 된 내용은 '알쾌라' 이후의 "백설양춘(白雪陽春)은 매화(梅花)밧게 뉘 이시리"이다. 이는 '백설양춘[눈 속의 꽃피는 봄, 양춘(따스한 봄)은 '꽃피는 봄'의 우언법]은 매화밖에 없다'는 것을 강하게 의미한다. 그러면 이 의미를 알게 된 어떤 사실들은 무엇인가? 그 사실들은 제2~7수와, 제8수의 초장과 중장에서 파악된다. 앞장에서 보았듯이, 제2~8수 각각은 매화의 아치고절의 정도와 노래하는 시간에서는 각각 개별적으로 다르지만, '(정월) 어느 날 한 때에 눈 속에 핀 고아한 풍치가 있는 매화'들을 노래하였다는 점에서는 일치점을 보인다. 이 제2~8수의 개별적인 매화들이 보인 공통의 이 일치점['(정월) 어느 날 한 때에 눈 속에 피어 고아한 풍치가 있는 매화']을 제8수에서 "알괘라 백설양춘(白雪陽春)은 매화(梅花)밧게 뉘 이시리"로 귀납한 것이다.

이렇게 정리된 제8수는 '결'(결론)에 해당한다. 이런 사실은, 동일 구문을 반복(제1, 2수: "… -ㄹ 졔 … -더라", 제3, 4, 5수: "… 호노라", 제6, 7수: "아무(/모)리 … 봄뜻 …")하는 규범의 일탈에 의한 지속의 중지, "東閣(官梅)에(이른 봄에 피는 매화 때문에) 숨은 곳치 척촉(躑躅)인가 두견화(杜鵑花) ㄴ가. 건곤(乾坤)이 눈이여늘 제 엇지 감히 퓌리"의 반증(反證), "알괘라 백설양춘에는 매화(梅花)밧게 뉘 이시리"를 통하여 개별적인 백설양춘의 매화들(제2~7수, 제8수의 초중장)을 귀납한 일반화, "백설양춘에는 매화(梅花)밧게 뉘 이시리"의 설의법(수사 의문문)을 통하여, "백설양춘에는 매화밖에 누구도 없다."는 강한 칭찬을 보인 점 등에서 알 수 있다. 이 제8수의 종장이 보여준 이 백설양춘에는 매화밖에 누구도 없다는 칭찬은 제2~7수의 개별적인 백설양춘의 매화[승(본론1:소재1), 전(본론2:소재2)]와 제8수의 초중장에서 개별화의 제유법을 통하여 함축한 두보, 배적, 하손 등의 매화들을 귀납하여 일반화한 것으로 '결'(결론)에 해당한다.

이상과 같은 정리들에서, 이 작품의 8수 텍스트의 논리적 구조는 [기(서론, 제1수)-승(본론1:소재1, 제2~6수:대칭적 구조)-전(본론2:소재2, 제7수)-결(결론, 제8수)]로 다시 한번 확인할 수 있다.

4.2.1.2. 표면적 텍스트의 주제

앞의 목에서 정리한, 전6수 텍스트의 [서(제1수)-본(제2~6수:대칭적 구조)]의 논리적 구조와, 8수 텍스트의 [기(서론, 제1수)-승(본론1:소재1, 제2~6수:대칭적 구조)-전(본론2:소재2, 제7수)-결(결론, 제8수)]의 논리적 구조는 이 작품의 표면적 주제를 말해준다.

제1수의 운애산방의 전경(全景)에 포함되었던 제2~6수의 어리고 성긴 매화가 백설양춘에 눈 기약을 지켜 피어 높은 절개를 보이면서, 각각 다른 시간대에 보이는 아담한 풍치의 정도를 칭찬한 전6수 텍스트의 주제는 [운애산방의 매화가 백설양춘에 눈 기약을 지켜 피어 고절(高節, 높은 節槪)을 보여준다.]는 칭찬으로 정리할 수 있다. 이 주제를 화제식으로 바꾸면, [운애산방 매화의 (백설양춘에 눈 기약을 지켜 피어 보여준) 고절(高節, 높은 節槪)에 대한 칭찬]으로 정리된다.

또한 8수의 텍스트는 제1수의 운애산방의 전경(全景)에 포함되었던 제2~6수의 어리고 성긴 매화와 제7수의 나부산의 썩어 반만 남은 매화가 각각 백설양춘에 눈 기약을 지켜 피어 높은 절개를 보이면서, 각각 다른 시간대에 보이는 아담한 풍치의 정도를 칭찬한 다음에, 제8수에서 개별화의 제유법을 통하여 두보, 배적, 하손 등의 매화들을 더하면서, 척촉과 두견화는 눈 속의 이른 봄에 필 수 없다는 반증, 귀납적 일반화, 설의법(수사 의문문) 등을 통하여, [백설양춘에는 매화(운애산방의 매화, 나부산의 매화, 두보, 배적, 하손 등의 매화들 등의 귀납적 일반화)밖에 누구도 없다.]는 칭찬의 결론을 내리고 있다. 이 칭찬의 결론은 이 8수 텍스트의 표면적 주제를 [매화(운애산방의 매화, 나부산의 매화, 두보, 배적, 하손 등의 매화들 등의 귀납적 일반화)만이 백설양춘에 눈 기약을 지켜 피어 고절(高節, 높은 節槪)을 보여준다.]는 칭찬(稱讚)으로 정리할 수 있게 한다. 이 주제를 화제식으로 바꾸면, [매화(운애산방의 매화, 나부

산의 매화, 두보, 배적, 하손 등의 매화들 등의 귀납적 일반화)만의 (백설
양춘에 눈 기약을 지켜 피어 보여준) 고절(高節, 높은 節槪)에 대한 칭찬]
으로 정리된다.

이 주제들에 포함된 '고절(高節)'은 주의를 요한다. 사대부들이 추구
했던 고절은 '세한고절(歲寒高節)'로, 추위 속에 핀 높은 절개이다. 이에
비해 안민영이 추구한 것은 '눈 기약을 지켜 핀 높은 절개'이다. "신념,
신의 따위를 굽히지 아니하고 굳게 지키는 꿋꿋한 태도"라는 '절개(節
槪)'의 개념으로 보면, 사대부들의 고절은 '굳게 믿는 마음'인 '신념(信
念)'을 굽히지 아니하고 굳게 지키는 꿋꿋한 태도이고, 안민영의 고절은
'눈 기약을 지키는' '신의'(信義)를 굽히지 아니하고 굳게 지키는 꿋꿋한
태도이다.

4.2.2. 이면적 텍스트

이 항에서는 〈매화사〉의 이면적 텍스트의 논리적 구조와 주제를 정리
하고자 한다.

4.2.2.1. 이면적 텍스트의 논리적 구조

〈매화사〉는 식물의 세계를 노래한 것이 전부인 것 같이 이해해 왔다.
그러나 우선 두 사실을 검토해 보면, 이 작품이 중의적 표현들을 통하여
인간 세계, 그 중에서 음악계도 노래하고 있다는 사실을 알 수 있다.
먼저 두 사실을 간단하게 보자.

하나는 발문과 제1수의 내용이다. 발문과 제1수에서는 이 작품의 소
재가 식물 매화의 꽃핌이면서, 동시에 가기를 상징한 매화의 노래임을
동시에 보여준다. 이런 사실은 발문인 "경오년에 운애 박경화 선생, 오
기여 선생, 평양기 순희 전주기 향춘 등과 함께 산방에서 노래하고 금을

탔다. 선생(박경화)이 매화를 매우 좋아하여 손수 새순을 심어 책상머리에 두었는데, 마침 그때 몇 가지가 반개하여 암향이 부동하므로, 〈매화사〉 우조 1편 8절을 지었다.(於庚午年 與雲崖朴先生景華 吳先生岐汝 平壤妓順姬 全州妓香春 歌琴於山房 先生癖於梅 手裁新筍 置諸案上 而方其時也 數朶半開 暗香浮動 因作梅花詞 羽調一扁八絶)"와, 제1수의 초장과 중장인 "매영(梅影)이 부드친 창(窓)에 옥인금차(玉人金釵) 비겨 신져 / 이삼(二三) 백발옹(白髮翁)은 거문고와 노리로다"가 말해준다. 좀더 자세한 설명은 제1수의 해석으로 돌린다.

다음으로 이 작품이 식물의 세계와 인간의 세계를 동시에 보여준다는 사실은 제8수의 종장인 "알괘라 백설양춘(白雪陽春)은 매화(梅花)밧게 뉘 이시리"에서 알 수 있다. 이 종장의 '백설양춘'과 '뉘'(누가)는 각각 식물과 인간의 세계를 보여준다. '뉘'는 '매화'의 의인화로 볼 때는, 표면적 텍스트에서와 같이 식물의 세계를 말한다. 이에 비해 '뉘'를 문자적 의미로 볼 때는, 이면적 텍스트에서와 같이 인간의 세계를 말한다. 그리고 '백설양춘'은 문자적 의미로는 '흰 눈 속(/白雪)의 정월(/따스한 봄, '따스한 봄'은 '꽃피는 봄'의 우언법)'이고, 비유적 의미로는 중국의 〈백설곡〉 및 〈양춘곡〉과 같이 고상한 악곡을 의미한다. 이 비유적 의미 역시 '고상한 악곡'의 대명사인 '백설양춘[백설(곡)과 양춘(곡)]'으로 '고상한 악곡'을 표현한 제유법이다. 특히 고상한 악곡의 전체를 '백설양춘'[백설(곡)과 양춘(곡)]의 부분으로 표현한, 개별화의 제유법이다. 전자는 식물의 세계를 보여주고, 후자는 인간의 세계를 보여준다. 그런데 전자만을 표현하려 했다면, '흰 눈 속의 정월에', '백설의 정월에', '백설의 양춘에' 등의 어느 하나로 명확하게 표현하였을 것이다. 그러나 이렇게 명확하게 표현하지 않고, 두 의미를 모두 가질 수 있도록 '백설양춘(白雪陽春)'으로 표현한 것은 식물의 세계와 인간의 세계를 동시에 노래하기 위한 것으로 보인다.

이런 두 사실은 다른 시어들에서도 중의적 표현들을 검토하여 이면적 텍스트를 검토하게 한다. 이런 중의적 표현들을 검토하면서 이면적 텍스트를 정리하고, 이 이면적 텍스트에서 논리적 구조와 주제를 정리해 보자.

제1수에서 발견되는 중의적 표현은 '매영(梅影)'의 '매(梅)'이다. 이 '매'는 운애산방에 있는 식물의 매화인 동시에, 이 '매'가 운애산방에 있는 가기(歌妓)를 상징할 수 있다는 점에서, 운애산방에 있는 가기이다. 이로 인해 '매영(梅影)'(매화의 그림자)'은 '식물의 그림자'인 '매영'과 '가기의 그림자'인 '매영'을 동시에 의미하는 중의적 표현이 된다. 전자는 앞장에서 살핀 표면적 텍스트에서의 의미이고, 후자는 이 항에서 다루는 이면적 텍스트에서의 의미이다.

이렇게 '매영'의 '매'가 이면적 텍스트에서 '가기'라는 사실은 중의적 표현을 통하여 알 수 있는 동시에, 연창상황과 제1수를 비교하여도 알 수 있다. 먼저 앞에서 인용한 연창상황을 보면, 운애산방에서 안민영은 박경화, 오기여, 순희(평양 기생), 향춘(전주 기생) 등과 더불어 노래하고 거문고를 탔다. 그런데 이 연창상황과 표면적 텍스트의 제1수를 비교하면, 기녀(가기) 2명 중에서 기녀 1명의 존재가 모호하다. 즉 '나(余), 박경화, 오기여' 등의 3명은 제1수를 노래한 시적 화자와 '이삼 백발옹'에서 보이는 남성 3명과 일치한다. 그러나 순희와 향춘의 기녀 2명은 제1수의 '옥인금채(玉人金釵)'에서 1명만 확인할 수 있고, 나머지 1명은 확인되지 않는다. 이로 인해 이 1명의 기녀는 어디로 갔을까 하는 의문을 갖게 되고, 연창상황과 제1수가 보여준 배경이 일치하지 않는다고 주장할 수도 있다. 그러나 앞에서 보았듯이, 이면적 텍스트에서 '매영'의 '매'를 가기로 해석하면, 순희와 향춘의 기녀 2명은 '옥인금채'와 '매영'의 2명과 일치한다. 이 일치로 보아도 이면적 텍스트에서 '매영'의 '매'는 '가기'로 해석할 수 있다.

이렇게 정리된 '가기의 그림자'를 제1수에 넣어, 제1수가 '기'(서론)라는 사실을 보자.

> 梅影(가기의 그림자)이 부드친 窓에 玉人金釵 비겨 신져
> 二三 白髮翁은 거문고와 노리로다
> 이윽고 盞 드러 勸하랼 졔 둘이 또한 오르더라. (제1수)

제1수는 가기의 그림자인 '매영'을 포함한 운애산방의 전경을 노래하고 있다. 이는 제2~8수에서 단지 흰 눈 속(저속한 악곡의 세상)에 핀 매화(고상한 악곡)[22]에 초점을 맞춘 것과 대비된다. 이 '매영'을 포함한 운애산방의 전경은 두 측면에서 제1수가 '기'(서론)에 해당함을 보여준다. 하나는 제2수부터 운애산방의 가기를 직접 노래하기 전에, 우선 창에 비친 그림자를 통해서 간접적으로, 예비적으로 윤곽만 보여주면서, 호기심을 자극한다는 점에서, 제1수가 도입의 '기'(서론)로 이해된다는 측면이다. 다른 하나는 운애산방의 전경(全景)은, 그 안에 포함된 가기를 제2수에서부터 본격적으로 노래하기에 앞서, 그 가기가 포함된 전경을 노래하는 것으로 작품을 풀어낸다는 측면에서, 제1수는 '기'(서론)로 정리된다.

제2~6수는 기승전결의 '승'(본론1:소재1)에 해당하며, 점층적 구조와 점강적 구조가 대칭하는 대칭적 구조로 되어 있다. 이를 보기 위해, 각

---

22 흰 눈은 가기의 고상한 악곡을 드러나게 한다는 점에서, 저속한 악곡을 의미하며, 가기의 매화가 고상한 악곡이란 사실은 '백설양춘'(제8수)의 비유적 의미가 말해준다.

수별로 중의적 표현과 이면적 텍스트를 정리하면서 구조를 정리하면 다음과 같다.

먼저 제2수에서 중의적 표현들을 간단하게 보자. '매화'는 운애산방에 있는 분재의 매화인 동시에, 운애산방의 풍류에 참여한 어리고 성긴 (어리고 나약한) 가기를 상징적으로 의미한다. '눈'은 자연의 눈인 동시에 저속한 악곡을 의미한다. 그리고 '두세 송이'는 매화꽃의 두세 송이인 동시에, 가기 매화가 부르는 고상한 두세 악곡을 의미한다. '푸엿고나'는 매화꽃 두세 송이가 '피엿구나'인 동시에, 고상한 두세 악곡이 '꽃피엇구나'이다. 이 '꽃피다'는 '피다'의 한 의미이다. '암향'은 매화향의 '암향(그윽한 향기:은근한 향기)'인 동시에 가기 매화가 부른 그윽한 악곡 (은근한 악곡)을 의미한다. 이런 중의적 표현들 중에서 이면적 텍스트에 쓰인 의미를 괄호 안에 넣어 정리하면 다음과 같다.

> 어리고 셩근 梅花(어리고 나약한 가기) 너를 밋지 안얏더니
> 눈(저속한 악곡) 期約 能히 직켜 두세 송이(악곡) 푸엿고나(꽃피엇구나)
> 燭 잡고 갓가이 사랑할 졔 暗香(그윽한 악곡)浮動 ᄒ더라. (제2수)

제2수는 눈 속(저속한 악곡의 세상)에 기약을 지켜 가기 매화가 고상한 두세 악곡을 꽃피운 높은 절개를 칭찬하고, 황혼 이전에 초를 잡고 매화를 사랑할 제, 가기 매화의 그윽한 악곡이 은은히 떠돎을 칭찬하고 있다. 높은 절개는 눈(저속한 악곡) 기약을 지켜 가기 매화가 고상한 두세 악곡을 꽃피운 "신의를 굽히지 아니하고 굳게 지키는 꿋꿋한 태도"에 근거한다.

제3수의 '빙자옥질(氷姿玉質)'은 식물의 매화인 동시에 가기의 매화를 의미한다. '향기'는 매화꽃의 향기인 동시에 가기 매화가 부른 향긋한

악곡을 의미한다. 이 중의적 표현들을 바탕으로 이면적 텍스트를 정리
하면 다음과 같다.

> 氷姿 玉質(가기 매화)이여 눈 속(저속한 악곡의 세상)에 네로구나
> 가만이 香氣(향긋한 악곡) 노아 黃昏月를 期約ᄒ니
> 아마도 雅致高節은 너쑨인가 ᄒ노라. (제3수)

제3수는 눈 속(저속한 악곡의 세상)에 기약을 지켜 가기 매화가 고상
한 두세 악곡을 꽃피워[23] 높은 절개를 보이고, 당일의 황혼 초반에 그
향긋한 악곡으로 달을 기약하는 '아담한 풍치'를 보여주는 매화/너를,
현재시제로 칭찬하면서, 제2수에 점층되어 있다. 특히 '아담한 풍치와
높은 절개'의 칭찬은 종장인 "아마도 아치고절(雅致高節)은 너쑨인가 ᄒ
노라"가 잘 보여준다. 이 '아치고절'(아담한 풍치와 높은 절개)의 '고절
(高節)'은 '고상한 악곡'으로 읽을 수도 있다. 그러나 이렇게 읽으면, '눈
속(저속한 악곡의 세상)에 기약을 지킨' 내용이 축소되어, '높은 절개'의
의미로 읽었다. 그리고 제3수가 제2수에 점층된 사실은 '암향'(그윽한
악곡, 제2수)을 '향기'(향긋한 악곡, 제3수)로, 과거시제의 서술(제2수)
을 현재시제의 선언(제3수)으로 각각 점층시키고, 제2수에 없는 황혼월
의 기약은 물론, 매화의 고상한 악곡과 황혼월이 이루는 아담한 풍치를
제3수에서 보여준 점들에서 알 수 있다.

제4수의 '청향(淸香)'은 매화꽃의 '맑고 깨끗한 향기'인 동시에 가기

---

[23] 문면에는 이런 표현이 없다. 그러나 이 제3수의 가기 매화는 제2수의 가기 매화와
같은 가기 매화이고, 제5, 6수의 가기 매화는 제2, 4수의 가기 매화와 같은 가기 매화로,
이미 제2수와 제4수에서 "눈(저속한 악곡) 기약을 지켜 가기 매화가 고상한 두세 악곡을
꽃피운"을 보여주었다는 점에서, 제3, 5, 6수의 가기 매화에도 이 내용이 적용된다.

매화가 부른 '맑고 깨끗한 악곡'을 의미한다. 이를 계산하여 이면적 텍스트를 정리하면 다음과 같다.

> 눈(저속한 악곡)으로 期約터니 네 果然 푸엿고나
> 黃昏에 달이 오니 그림즈도 성긔거다
> 淸香(맑고 깨끗한 악곡)이 盞에 썻스니 醉코 놀녀 ᄒ노라. (제4수)

제4수는 가기 매화가 눈(저속한 악곡)으로 기약하여 고상한 악곡을 꽃피운 높은 절개를 직접 칭찬하면서, 그 맑고 깨끗한 악곡에 취하고 놀려는 내용을 통하여 간접 칭찬을 보여준다. 전자는 눈(저속한 악곡) 속에 기약을 지켜 고상한 악곡을 꽃피운 것을 보이면서, 당일의 황혼 중반에 오는 황혼월에 그림자도 성기고, 그 맑고 깨끗한 악곡의 아담한 풍치의 너(매화)를 감탄으로 칭찬한 것이다. 이 칭찬은 초장과 중장의 감탄과 종장 전반부를 통하여 알 수 있다. 그리고 후자의 간접 칭찬은 종장에서 알 수 있다. 이 맑고 깨끗한 악곡에 취하고 놀려는 내용은, 시적 정서의 정점으로, 시적 화자가 취하고 싶을 만큼 그 악곡이 맑고 깨끗한 것을 간접적으로 칭찬한 것이다.

이런 제4수는 제3수에 점층된 정점이다. 이 점층과 정점의 사실은 '향기'(향긋한 악곡, 제3수)를 '청향'(맑고 깨끗한 악곡, 제4수)으로, 아담한 풍치와 고상한 악곡을 꽃피운 가기 매화(제3수)를 그 가기 매화의 맑고 깨끗한 악곡에 취하고 놀려는 시적 화자 자신을 더한 것(제4수)으로, 각각 점층시킨 것들, 제3수에 없는 술[盞]을 제4수에 포함시킨 것, 제3수에 없는 정감의 강화("… –니 …" 구문을 초장 중장 종장에서 반복함에 의한 정감의 강화)를 제4수에 포함시킨 것 등에 의해 알 수 있다.

제5수의 '꽃'은 '매화'로 운애산방에 있는 분재의 매화인 동시에 가기의 매화이다. 그리고 '향기'는 매화의 향기인 동시에 가기 매화의 '향긋한 악곡'이다.

> 黃昏의 돗는 달이 너와 긔약 두엇더냐
> 闇裡의 즌든 곳치(가기 매화가) 향긔(향긋한 악곡) 노아 맞는고야
> 너 엇지 梅月이(가기와 달이) 벗되는 줄 몰낫던고 ᄒ노라. (제5수)

　제5수는 눈 속(저속한 악곡의 세상)에 기약을 지켜 두세 고상한 악곡을 꽃피우고, 당일의 황혼 종반에 자다가 향긋한 악곡으로, 기약을 주고 돈는 황혼월을 맞는 아담한 풍치를 보여주는 가기 매화/너를 직접 칭찬하고, 그 가기 매화와 황혼월이 벗인 것을 이제야 알게 됨을 아쉬워하는 (/자책하는) 탄식을 통하여 간접적으로 칭찬한다.

　이런 제5수는 제4수보다 점강되어 있다. 이 점강의 사실은 '청향'(맑고 깨끗한 악곡, 제4수)을 다시 제3수에서 보여주었던 '향기'(향긋한 악곡, 제5수)로, 매화의 아담한 풍치와 높은 절개의 매화에 취하고 놀려는 시적 화자(제4수)를 다시 제3수에서 보여주었던 매화의 아담한 풍치와 고상한 악곡을 꽃피운 가기 매화(제5수)로, 각각 점강시킨 것들과, 제4수의 술[蜇]과 청향(맑고 깨끗한 악곡)을 다시 제3수에서와 같이 제5수에서 제거한 점, 제4수의 정감의 강화를 다시 제3수에서와 같이 제5수에서 제거한 점 등에서 알 수 있다. 이 점강의 정도는 제3수가 제4수로 점층된 것에 거의 반비례한다.

　제6수의 'ᄇ람'은 사전에서 다의어로, 겨울에 눈을 몰아오는 '바람'인 동시에, "사회적으로 일어나는 일시적인 유행이나 분위기"의 의미이다. '산창(山窓)'은 운애산방의 창을 의미하는 동시에, 운애산방의 풍류객들이 보인 고상한 악곡의 진영을 의미한다. '부딋치니'는 '부딪치니'를 의미하는 동시에 '공격하니'의 의미이다. '찬 기운'은 겨울의 찬 기운인 동시에, 차가운 냉대이다. '봄뜻'은 '봄기운' 내지 '이른 봄에 피어나는 기

운'인 동시에, '고상한 악곡이 피어나는 기운'이다. 이 중의적 표현을 바탕으로 이면적 텍스트를 정리하면 다음과 같다.

ㅂ람(일시적인 유행)이 눈(저속한 악곡)을 모라 山窓(고상한 악곡의 진영)에 부딋치니(공격하니)

찬 氣運(차가운 냉대) 싀여드러 ᄌᆞ는 梅花(어린 가기)를 침노허니

아무리 어루려 허인들 봄뜻(고상한 악곡이 피어나는 기운/힘)이야 아슬소냐? (제6수)

제6수는 눈 속(저속한 악곡의 세상)에 기약을 지켜 피켜 두세 고상한 악곡을 꽃피워 높은 절개를 보이고, 당일의 황혼 이후에 바람(일시적인 유행)이 몰아오는 공격과 찬 기운(차가운 냉대)의 침노에도 봄뜻(고상한 악곡이 피어나는 기운/힘)을 빼앗기지 않을 높은 절개의 가기 매화를, 미래시제의 설의로 칭찬하면서, 제5수보다 점강되어 있다.

이 점강의 사실은 제5수의 '향기(향긋한 악곡)'와 '황혼월'을 제6수에서 삭제한 점과, 현재시제를 통한 아담한 풍치와 고상한 악곡을 꽃피운 매화의 선언(제5수)을 미래시제를 통한 고상한 악곡이 피어나는 기운/힘을 빼앗기지 않을 것을 설의(제6수)로 점강시킨 점 등에서 알 수 있다. 특히 제5수의 황혼월을 제6수에서 삭제한 것은 제2수에 없는 황혼월을 제3수에 등장시킨 것과 대칭적이다. 이 점강은 크게 보면, 제2수에서 제3수로 점층된 것에 반비례한다.

이렇게 제2, 3, 4수는 눈 속(저속한 악곡의 세상)에 기약을 지켜 두세 고상한 악곡을 꽃피워 높은 절개를 보인 가기 매화를 칭찬하면서, 그 악곡의 고상한 정도와 가기 매화의 아담한 풍치의 정도를 당일의 황혼 이전, 황혼 초반, 황혼 중반 등에 따라 점층시키고 있어, 그 구조는 점층적 구조로 정리할 수 있다. 그리고 제4, 5, 6수는 눈 속(저속한 악곡의

세상)에 기약을 지켜 두세 고상한 악곡을 꽃피워 높은 절개를 보인 가기 매화를 칭찬하면서, 그 악곡의 고상한 정도와 가기 매화의 아담한 풍치의 정도를 당일의 황혼 중반, 황혼 종반, 황혼 이후 등에 따라 점강시키고 있어, 그 구조는 점강적 구조로 판단한다. 이런 점층적 구조(제2, 3, 4수)와 점강적 구조(제4, 5, 6수)는 둘이 결합되어 대칭적 구조를 보인다. 그런데 이 대칭적 구조를 보인 제2~6수는, 배경시간과 악곡의 고상한 정도와 아담한 풍치의 정도에서 대칭적이지만, 어리고 성긴 운애산방의 가기 매화라는 소재와 그 매화의 고상한 악곡을 공통으로 한다는 점에서, 제1수의 기(서론)에 이어진 승(본론1:소재1)으로 판단된다. 이 기승은 8수의 텍스트에서 보이는 기승전결의 기승이고, 전6수의 텍스트에서는 [서(서론, 제1수)-본(본론, 제2~6수:대칭적 구조)]의 논리적 구조에 해당한다.

제7수의 '나부산(羅浮山)'은 중국 광동성에 있는 산의 의미인 동시에, 늙은 가기가 거하는 '구름이나 안개가 비단 같이[羅] 뜬[浮] 산'을 의미한다. 물론 이 늙은 가기는, 안민영 주변의 가기들로 보아, 운애산방의 풍류객 또는 그들과 같은 부류이면서, 〈매화사〉를 노래하고 있는 이 시간에는, 운애산방의 풍류에 참여하지 못한 늙은 가기로 짐작된다. '검어 웃쑥 울퉁불퉁 광덩등걸'은 '고목의 매화'를 의미하는 동시에, 늙은 가기를 의미한다. 이 중의적 표현들을 바탕으로 이면적 텍스트를 정리하면 다음과 같다.

저건너 羅浮山(늙은 가기가 거하는 산) 눈 속(저속한 악곡의 세상)에 검어 웃쑥 울퉁불퉁 광덩등걸아(늙은 가기의 매화야)

네 무슴 힘으로 柯枝 돗쳐 곳조차(고상한 악곡조차) 져리 피엿는다(꽃피웠는다)

아모리 석은 비 半만 남아슬망경 봄뜻즐(고상한 악곡이 피어나는 기운/
힘을) 어이 흐리오? (제7수)

제7수는 눈 속(저속한 악곡의 세상)에 늙은 가기(歌妓)가 고상한 악곡
을 꽃피운 것을 감탄으로 칭찬하고, 이어서 반은 썩었지만 고상한 악곡
이 피어나는 기운/힘은 어쩔 수 없다고 늙은 가기를 칭찬하고 있다.

이런 제7수는 전(본론2:소재2)에 해당한다. 왜냐하면 이 제7수에서
저속한 악곡의 세상에 '고상한 악곡'을 꽃피우는 주제(본론2)는 '승'인
제2~6수의 주제(본론1)와 같으며, 늙은 가기(소재2)는 제2~6수의 어린
가기(소재1)와 구별되기 때문이다. 이 '승'과 '전'은 같은 주제를 노래하
되, 소재를 바꾼 구조이다.

제8수의 '東閣(官梅)'은 표면적 텍스트에서 '이른 봄에 피는 매화'를
개별화의 제유법으로 표현한 것이다. 이 '東閣(官梅)'은 이면적 텍스트에
서 '동각' 즉 '東亭'과 '東軒'에서 '고상한 악곡을 꽃피우는 가기 매화'의
의미로, '고상한 악곡을 꽃피우는 가기 매화'를 개별화의 제유법으로 표
현한 것이다. 즉 '고상한 악곡을 꽃피우는 가기 매화'라는 전체를, 그
대명사라 할 수 있는 '동정과 동헌에서 고상한 악곡을 꽃피우는 가기
매화'의 부분으로 표현한 것이다. 이 개별화의 제유법 역시 두 가지 기능
을 한다. 하나는 '고상한 악곡을 꽃피우는 가기 매화'를 구상적으로 표현
한 것이고, 다른 하나는 개별화의 제유법을 통하여 '고상한 악곡을 꽃피
우는 가기 매화' 전체를 의미하면서, 제2~6수의 어리고 가기 매화와 제7
수의 늙은 가기 매화에서 이어서, 東亭과 東軒에서 고상한 악곡을 꽃피
우는 가기 매화도 보여주는 것이다. 이 개별화의 제유법은 정보용량의
극대화를 보여준다. 그리고 '척촉'은 '식물의 척촉'을 의미하는 동시에
'가기의 척촉'을 의미한다. '두견화'도 '식물의 두견화'를 의미하는 동시

에 '가기의 두견화'를 의미한다. '백설양춘'은 '흰 눈 속의 양춘'(정월, 따스한 봄, '따스한 봄'은 '꽃피는 봄'의 우언법)을 의미하는 동시에, '고상한 악곡'을 의미한다. 이 표현 역시 '고상한 악곡'이란 전체를, 그 대명사라 할 수 있는 '白雪曲陽春曲'을 다시 '白雪(曲)陽春(曲)'으로 축약한 부분으로 표현한, 개별화의 제유법이다. 그리고 제8수 종장의 '매화'는 표면적 텍스트에서는 제1~6수의 어린 식물의 매화, 제7수의 고목의 매화, 제8수 초중장의 두보, 배적, 하손 등의 동정과 동헌의 매화들을 귀납적으로 일반화한 매화를 의미하고, 동시에 이면적 텍스트에서는 제1~6수의 어린 가기의 매화, 제7수의 늙은 가기의 매화, 제8수 초중장의 東亭과 東軒의 가기 매화들을 귀납적으로 일반화한 가기 매화를 의미한다. 이 중의적 표현들을 바탕으로 이면적 텍스트를 정리하면 다음과 같다.

東閣(官梅)에[東亭과 東軒에서 고상한 악곡을 꽃피우는 가기 매화 때문에] 숨은 꽃치(가기가) 躑躅(가기)인가 杜鵑花(가기)인가
乾坤이 눈(저속한 악곡)이여늘 제 엇지 감히 (고상한 악곡을) 퓌리(꽃피우리)
알괘라 白雪陽春(고상한 악곡)은 매화(제2~6수의 어린 가기 매화, 제7수의 늙은 가기 매화, 제8수 초중장의 동정과 동헌의 가기 매화 등의 귀납적 일반화)밖에 뉘 이시리? (제8수)

제8수는 저속한 악곡의 세상에 기약을 지켜 白雪陽春(고상한 악곡)을 꽃피우는 높은 절개는 매화(운애산방, 나부산, 동각, 동정, 동헌 등의 가기 매화를 귀납한 일반화)밖에 누구도 없다는 것을 두 측면에서 칭찬한다. 하나는 초장과 중장을 통하여 척촉이나 두견화 같은 가기들은 '고상한 악곡'을 꽃피울 수 없다는 반증을 통한 칭찬이다. 다른 하나는 제2~6수의 5수 각각에서 보여준 어린 가기가 '고상한 악곡'을 꽃피운 사

실, 제7수에서 보여준 늙은 가기가 '고상한 악곡'을 꽃피운 사실, 제8수 초중장에서 보인 가기 매화만이 고상한 악곡을 꽃피울 수 있고, 가기 척촉과 가기 두견화는 고상한 악곡을 꽃피울 수 없다는 반증 등을 귀납하고 일반화하여, 매화로 상징되는 가기만이 '고상한 악곡'을 꽃피울 뿐이라고 칭찬한 것이다. 이 반증과 귀납적인 일반화는 이 제8수가 결(결론)임을 잘 말해준다.

이렇게 이면적 텍스트에서도 표면적 텍스트에서와 같이, 이 작품의 8수 텍스트의 논리적 구조는 [기(서론, 제1수)-승(본론1:소재1, 제2~6수:대칭적 구조)-전(본론2:소재2, 제7수)-결(결론, 제8수)]임을 확인할 수 있다.

4.2.2.2. 이면적 텍스트의 주제

앞의 목에서 정리한, 전6수 텍스트의 [서(제1수)-본(제2~6수:대칭적 구조)]의 논리적 구조와, 8수 텍스트의 [기(서론, 제1수)-승(본론1:소재1, 제2~6수:대칭적 구조)-전(본론2:소재2, 제7수)-결(결론, 제8수)]의 논리적 구조는 이 작품의 이면적 주제를 말해준다.

제1수의 운애산방의 전경(全景)에 포함되었던 제2~6수의 가기 매화가 저속한 악곡의 세상에 기약을 지켜 '고상한 악곡'을 꽃피워 높은 절개를 보여주는 것을 칭찬한 전6수 텍스트의 주제를 정리하면, [운애산방의 가기 매화가 저속한 악곡의 세상에 기약을 지켜 '고상한 악곡'을 꽃피워 높은 절개를 보여준다.]는 칭찬으로 정리할 수 있다. 이 주제를 화제식으로 바꾸면, [운애산방의 가기 매화의 (저속한 악곡의 세상에 기약을 지켜 고상한 악곡을 꽃피워 보여준) 고절(高節, 높은 節槪)에 대한 칭찬]으로 정리된다.

8수 텍스트에서 이면적 구조의 결론은 [저속한 악곡의 세상에 기약을 지켜, '고상한 악곡'을 꽃피워 높은 절개를 보여주는 것은 가기 매화(운애산방, 나부산, 동정, 동헌 등의 가기 매화를 귀납한 일반화의 매화)밖에 누구도 없다.]는 칭찬이다. 이 결론은 8수 텍스트에서 이면적 텍스트의 주제를 [가기 매화(운애산방, 나부산, 동정, 동헌 등의 가기 매화를 귀납한 일반화의 매화)만이 저속한 악곡의 세상에 기약을 지켜 '고상한 악곡'을 꽃피워 높은 절개를 보여준다.]는 칭찬으로 정리할 수 있게 한다. 이 주제를 화제식으로 바꾸면, [가기 매화(운애산방, 나부산, 동정, 동헌 등의 가기 매화를 귀납한 일반화의 매화)만의 (저속한 악곡의 세상에 기약을 지켜 고상한 악곡을 꽃피워 보여준) 고절(高節, 높은 節槪)에 대한 칭찬]이 된다.[24]

이 두 주제에서 〈매화사〉의 매화는 소재사적 측면에서, 더 이상 사대부 시가에서 중시하는 자아의 이념 표상이 아니라, '고상한 악곡을 꽃피운 가기의 표상'으로 주제적 변용을 보인 것이다. 이런 사실은 다음의 주장과 비슷하나, 그 내용은 완전히 다르다.

비록 사대부적 서정의 이 거대한 흐름에 맞설 강력한 대안 확립의 차원은 아닐지라도, 〈매화사〉가 추구한 서정의 세계는 분명 18세기에 볼 수 없었던 새로운 차원의 서정적 패러다임으로 평가할 면모를 지니고 있다. 우선 안민영은 매화에 부착된 유서깊은 전통적 이미지에 얽매이지 않는, 시적 대상의 자유로운 형상화에 과감하다. 이는 지조 곧은 선비상으로서의 전통적 매화 이미지를 <u>고아한 풍류의 예술인상으로</u> 대치시킨 〈매화사〉의 과감한 이미지 변용을 염두에 두고 지목한 것은 아니다. 매화를 음악과 관련 시키는 이미지 변용은 金裕器, 金天澤 등 18세기 가객시인의 시조에서도 이미 시도되었기

---

24 이 주제를 "풍류의 주체인 두 老大家의 '봄뜻'에 대한 열정과 풍모를 찬양하는 것"으로 본 주장이 최근에 나왔다. 이 주장이 보여주는 문제는 '5'장으로 돌린다.

때문에 새로울 것도, 과감할 것도 없다.(성기옥 1998:133~134)(밑줄 필자)

이 인용의 밑줄 친 부분을 보면, "고아한 풍류의 예술인상"을 언급하고 있다. 이 표현과 '고상한 악곡을 꽃피운 가기의 표상'이 무엇이 다른가는 분명하게 하여야 한다. 인용의 "고아한 풍류의 예술인상"은 다음의 인용에서 이해할 수 있다.

> 나부산의 늙은 매화 모티프를 박효관·오기여 두 백발옹에 빗대어(①), 이들 老大家의 아취 있는 풍류를 회화적으로 드러내고 있다. … 8연의 동각에 숨은 매화 역시 수법은 마찬가지다. 운애산방에 드나드는 자신들을 동각에 드나드는 賢士에 빗대어 자신들의 예술을 동각 속에 숨은 매화의 고아함과 견줌으로써(②), 예술가로서의 은근한 자부심(③)을 표현한 것으로 볼 수 있기 때문이다. 이는 종장의 '白雪陽春'이 '눈 속의 봄뜻'을 의미하는 동시에 고아한 노래의 대명사로 알려진 '白雪曲'과 '陽春曲'을 뜻하기도 한다는 중의적 의미를 지닌 데서 짐작이 가능하다.(성기옥 1998:125) (밑줄 필자)

이 인용의 ①②에서와 같이, "나부산 늙은 매화를 박효관·오기여에 빗대고", "운애산방에 드나드는 자신들의 예술을 숨은 매화의 고아함과 견줌"을 통하여, "매화의 이미지를 고아한 풍류의 예술인상"으로 보여준다고 보고 있다. 이는 작품의 매화를 '고상한 악곡을 꽃피운 가기의 표상'으로 보는 것이 아니라, 자신들의 예술이 고아함을 빗대는 대상으로 쓰는 것에 불과하다. 이런 이 주장과 '고상한 악곡을 꽃피운 가기의 표상'은 명확하게 구분되는 주장이다.

그리고 이 가기 매화를 제1수에서 '자신들의 풍류집단에 속한' 인물로 노래하면서, 상징을 통해 간접적으로 노래하고, 제4수에서 시적 화자가 그 가기의 청향(맑고 깨끗한 악곡)에 취하여 놀려 하는 태도는, 주제는

아니지만, 자신들이 속한 풍류집단을 간접적으로 은근히 드러내는 의미
를 함축한다.

5. 두 텍스트의 구조와 우조 8곡 구조의 관계

〈매화사〉의 구조는 우조 한바탕의 측면에서 그 연구가 시작되었다고
해도 과언이 아니다. 그런데 〈매화사〉의 문학적 구조와 주제의 파악은
음악적 연구만으로는 거의 불가능하며, 문학적 연구가 반드시 필요하
다. 동시에 음악적 연구가 없어도, 문학적 연구는 〈매화사〉의 문학적
구조와 주제를 정리할 수 있다. 그러나 문학적 연구는 〈매화사〉의 구조
와 주제의 대부분을 밝힐 수 있지만, 문학과 음악이 결합된 〈매화사〉를
완벽하게 연구한 것이 되지는 못한다. 이에 기왕의 연구들에 의해 제시
된 〈매화사〉의 음악적 구조(우조 8곡의 구조)와 문학적 구조(두 텍스트
의 구조)를 먼저 변증하고, 이어서 〈매화사〉의 문학적 구조(두 텍스트의
구조)와 음악적 구조(우조 8곡의 구조)의 관계를 정리하려 한다.

5.1. 우조 8곡 구조의 변증

음악적 연구의 큰 과정을 변증하여, 음악적 연구에서 얻은 것이 무엇
인가를 정리해 보자.

〈매화사〉를 전체적으로 검토한 초기의 연구들에서는 문학적 구조와
주제를 찾지 못했다. 계속하여 문학적 구조와 주제를 찾지 못하는 가운
데, 〈매화사〉 8수의 곡붙임에서, 그 순서가 우조 8곡의 순서인 初數大
葉, 二數大葉, 中擧, 平擧, 頭擧, 三數大葉, 搔聳, 回界數大葉 등으로
되어 있음을 발견(류준필 1992:577[25], 성기옥 1998:115~116)하였다. 이

발견은 〈매화사〉의 음악적 구조가 '우조 8곡'의 순차적 구조임을 명확하게 보여준다. 〈매화사〉의 음악적 구조는 일단 이 글들에서 정리되었다. 그 다음에 이 8곡을 문학적 구조와 연결하기 위하여, 다시 8곡의 음악적 구조를 4단락, 5단락, 6단락 등으로 묶는 4유형의 구조가 검토되었다. 이 검토들 중에서 양희철의 검토를 제외한 나머지 글들은 〈매화사〉의 문학적 구조를 문학적 측면, 즉 시어(詩語)의 측면에서 찾지 못하자, 문학적 구조를 음악적 구조에서 찾으려는 시도로, 초기의 문학적인 구조 연구가 얼마나 열악한 처지에 있었는가를 보여주는 연구사를 보여준다. 이를 표로 정리하면 다음과 같다.

〈표 2〉

구분	제1수	제2수	제3수	제4수	제5수	제6수	제7수	제8수
음악적 구조1	초삭 대엽	이삭대엽과 파생곡 (중거, 평거, 두거)				삼삭 대엽	소용·우롱	
음악적 구조2	초삭 대엽	이삭대엽과 파생곡 (중거, 평거, 두거)				삼삭대엽과 파생곡(소용)		회계삭대엽
음악적 구조3	초삭 대엽	이삭대엽과 파생곡 (중거, 평거, 두거)				삼삭 대엽	소용	회계삭대엽
음악적 구조4	초삭 대엽	이삭 대엽	이삭대엽의 파생곡			삼삭 대엽	삼삭대엽의 파생곡 (소용)	회계삭대엽
			중거	평거	두거			
악곡	초삭 대엽	이삭 대엽	중거	평거	두거	삼삭 대엽	소용	회계삭대엽
	대가곡						소가곡	

---

25 류준필은 제8수도 '搔聳'으로 정리하였다.

음악적 구조1은 성기옥이 주장한 4단락이다. 이 구조에서는 이삭대엽과 그 파생곡(중거, 평거, 두거)을 제2단락으로 묶고, 소용과 우롱을 제4단락으로 묶었다. 제2~5수를 한 단락으로 묶은 이유는 원곡(이삭대엽)과 그 파생곡(중거, 평거, 두거)이란 점이고, 제7, 8수를 한 단락으로 묶은 이유는 소용(제7곡)이 초·이·삼삭의 정격성을 다소 이탈한 파격성의 악곡이고, 우롱(제8수)이 회계삭대엽의 변격형의 악곡으로, 파격성의 악곡과 변격형의 악곡은 상호 유사성을 지니기 때문이라고 주장하였다(성기옥 1998:117). 제7, 8수를 한 단락으로 묶을 수 없는 문제는 김용찬에 의해, 제2~5수를 한 단락으로 묶을 수 없은 문제는 양희철에 위해 각각 지적되었다. 구체적으로 지적된 문제는 뒤로 돌린다.

음악적 구조2는 4단락으로 묶은 송원호와 손정인의 글에서 보인다. 송원호는 성기옥이 제2수(이삭대엽)와 제3, 4, 5수(중거, 평거, 두거)를 한 단락으로 묶는 데 사용한 논리인, 원곡과 그 파생곡을 한 단락으로 묶는 논리를, 삼삭대엽(제6수)과 소용(제7수)을 한 단락으로 묶는 데도 적용하였다. 즉 이삭대엽(제2수)과 중거·평거·두거(제3, 4, 5수)를 원곡과 그 파생곡(파생한 변화곡)이라는 점에서 성기옥과 같이 한 단락으로 묶고, 이 논리를 삼삭대엽(제6수)과 삼삭대엽에서 변조된 곡(제7수)을 한 단락으로 묶는 데까지 확대하였다. 그 결과 제1단락(초삭대엽), 제2단락(이삭대엽, 중거, 평거, 두거), 제3단락(삼삭대엽, 소용), 제4단락(회계삭대엽) 등의 4단락으로 정리하면서, 서본종의 3단락도 암시하고 있다.[26] 즉 '서두부, 본편, 마무리 창곡' 등의 표현을 체계적으로 바꾸

---

26 "초삭대엽은 '가장 먼저 부르는 창곡이면서, 중용의 속도인 초삭대엽을 먼저 부르고 느린 속도의 이삭대엽으로부터 본격적으로 가곡이 시작된다'[각주 21) 장사훈, 『국악총론』, 세광음악출판사, 1985, 442면]는 점에서 서두부에 해당한다 하겠다. 그리고 〈중거〉〈평거〉〈두거〉는 〈이삭대엽〉에서 파생한 변화곡[각주 22) 장사훈, 같은 책, 432면]

면, 서곡(序曲), 본곡(本曲), 종곡(終曲) 등의 3단락이 된다. 이 4단락의
주장은 손정인(2012)으로 이어진다. 이 음악적 구조2가 보여준 논리의
문제는 음악적 구조3이 보여준 논리의 문제와 같으므로, 그 구체적인
문제의 지적은 뒤로 미룬다.

음악적 구조3은 5단락으로 묶은 김용찬과 박연호에서 보인다. 김용
찬은 성기옥이 한 단락으로 묶었던 제7, 8수를 분리하였다. 그 논거를
보면 다음과 같다.

> … 성기옥의 경우 '매화사 제7'과 '매화사 제8'을 하나로 묶어 4개의 단
> 락으로 구분된다고 보았는데, 반엽의 곡조가 '순 우조로만 부를 때는 우롱
> (羽弄)으로 노래한다'는 『가곡원류』(국악원본)의 기록에 근거를 두고 있
> 다. 만약 '우조 일편'으로 짜여진 〈매화사〉의 회계삭대엽 작품이 성기옥의
> 논의처럼 우롱의 곡조로 노래되었다는 것을 확인할 수 있다면, 전체를 4개
> 의 단락으로 구분하는 것이 마땅하다고 하겠다. 하지만 음악적으로 반엽이
> '계면조 초삭대엽으로 연결하지 않고 우락(羽樂)으로 띄어서 연결할 경우
> 에는 중여음에서 계면조로 변조하지 않고, 그대로 평조 가락에 의하여 5장
> 까지 끝마치는데, 이렇게 평조 가락에 의하여 부르는 곡을 우롱(羽弄)이라
> 고 한다'는 음악계의 논의를 참고할 필요가 있다.
> 또한 『금옥총부』의 회계삭대엽이 '우조 일편'으로 이루어진 〈매화사〉에
> 서 '우롱'으로 불려졌다면, 안민영은 당연히 해당 작품에 이러한 내용을 기
> 록해 두었을 것이다. ….
> … 그리고 가곡의 특성상 질러내는 소리가 계속되는 곡조들에는 다소
> 가사가 많은 작품들이 배분되는 경향이 있다고 하는데, 〈매화사〉 전체 8수

이며, 소용은 삼삭대엽에서 변조된 곡[각주 22) 장사훈, 같은 책, 439면]라는 점에서
서로간의 차이가 있지만 함께 묶어 본편으로 볼 수 있다. 〈회계삭대엽〉은 '율당삭대엽'
과 같은 뜻으로 앞서 언급한 것처럼, 계면조로 변조하지 않고 마무리하는 것으로 사용
되는 것인바, 우조 한 바탕의 마무리 창곡으로 볼 수 있겠다."(송원호 2000:12)

의 작품에서 소용인 '매화사 제7'만이 사설시조 형태를 보이는 것은 바로 이런 까닭에서 이해할 수 있겠다. 때문에 노래의 중간에 평조에서 계면조로 변조(變調)되는 반엽(회계삭대엽)과는 그 음악적 성격이 명백히 다르기에, 본고에서는 이 두 작품의 단락을 구분하여 음악적으로 5개의 단락으로 구분될 수 있다고 파악하였다.(김용찬 2006:58~60)

이 인용에서는 성기옥이 제7, 8수를 제4단락으로 묶은 것을 비판하면서 제4단락을 제4, 5단락으로 나누었다. 제7, 8수를 분리한 것은 비교적 논리적이지만, 제2~5수를 한 단락으로 묶은 것을 수용한 것에는 이어서 비판할 문제가 포함되어 있다.

박연호(2020)는 음악적으로는 삼삭대엽(제6수)이 대가곡에 속한다는 점에서 이삭대엽·중거·평거·두거(제2~5수)에서 떼어낼 수 없다는 사실을 알면서도, 제6수의 문학적인 측면을 애써 설명하면서, 대가곡과 소가곡의 논리에 맞지 않는, 자기모순적인 논리로 이 음악적 구조3을 주장하였다. 이 주장은 자기모순적이지만, 매우 주목되는 부분도 보여준다. 바로 우조 8곡은 '대가곡'(초삭대엽, 이삭대엽, 중거, 평거, 두거, 삼삭대엽)과 '소가곡'(소용, 회계삭대엽)으로 구성되었다는 정리이다. 이 정리는 〈매화사〉의 음악이 우조 8곡의 순서로 되어 있다는 것을 정리한 것에 버금가는 업적으로 판단된다. 그러나 '대가곡'에 속한 삼삭대엽(제6수)을 〈매화사〉의 설명에서 굳이 떼어서 분리한 것은 너무 아쉬운 점이다.

음악적 구조4는 6단락으로 묶은 양희철(2013, 2016)의 글에서 보인다. 이 두 글에서는 앞에서 정리한 음악적 구조1·2·3의 문제를 지적하면서, 음악적으로는 6단락을 정리하였다. 이 두 글은 음악적 연구에서 출발하지 않고, 문학적 연구에서 출발한 다음에, 문학적 구조와 음악적 구조를 비교하면서 정리한 음악적 구조이다. 그 논지는 원곡과 파생곡을 묶는 논리를 지키려면 철저하게 지키고, 무시하려면 통일되게 무시하여야 한다는 것이다. 기왕의 주장인 음악적 구조1·2·3은 하나의 공통성을 가지고 있다. 바로 이삭대엽(제2수)과 중거·평거·두거(제3, 4, 5수)를, 원곡(이삭대엽)과 그 파생곡(중거·평거·두거)이란 차원에서 제2단락으로 묶은 것이다. 이 묶음이 보이는 문제는 다음과 같이 정리되어 있다.

이 원곡과 그 파생곡을 한 단락으로 묶는 논리의 한계는, 삼삭대엽(제6수)과 소용(제7수)을 한 단락으로 묶을 수 없다는 점에서부터 찾아졌다. 소용(제7수)은 삼삭대엽의 파생곡(김용찬 2006:59)이다. 그리고 이 원곡과 파생곡의 관계는 "소용이 삼삭대엽에서 변조된 곡"(장사훈 1985: 439, 송원호 2000:12)이란 설명에서도 확인된다. 이렇게 삼삭대엽(제6수)과 소용(제7수)이 원곡과 그 파생곡이라고 할 때에, 원곡과 그 파생곡을 한 단락으로 묶는 논리를 주장하는 한, 우리는 삼삭대엽(제6수)과 소용(제7수)을 한 단락으로 묶어야 한다. 이 논리를 충실하게 이행한 것이 음악적 구조2이다. 그런데 음악적 구조2가 보인, 삼삭대엽(제6수)과 소용을 제3단락으로 묶은 논리는, 문학적 구조의 측면에서 부정되었다. 즉 어리고 성긴 운애산방의 매화(제6수)와 늙고 반만 남은 나부산의 매화(제7수)를 소재 차원에서 한 단락으로 묶을 수 없고, 단형시조인 제6수와 장형시조인 제7수를 한 단락으로 묶을 수 없다는 것이다. 이 비판은 삼삭대엽(제6수)과 소용(제7수)을 한 단락으로 묶을 수 없다는 선에 머물지 않고, 이삭대엽(제2수)과 중거·평거·두거(제3, 4, 5수)를, 한 단락으로 묶을 수 없다는 주장에까지 나아갔다(양희철 2013, 2016).

이렇게 이삭대엽(제2수)과 중거·평거·두거(제3, 4, 5수)를, 삼삭대엽(제6수)과 소용(제7수)을, 각각 한 단락으로 묶을 수 없다는 주장은, 원곡(이삭대엽, 삼삭대엽)과 그 파생곡(중거·평거·두거, 소용)을 한 단락으로 묶을 수 없다는 논리에 근거한다. 그런데 이 논리는 음악적 구조를 문학적 구조로 비판하였다는 점에서, 음악적 구조를 음악적 구조로 비판하지 못한 한계를 보였다. 그러나 이제는 이 한계를 두 측면에서 확고하게 보완할 수 있다. 한 측면은 우조 8곡이 '대가곡'과 '소가곡'으로 구성되었다는 것이고, 다른 측면은 '대가곡'과 '소가곡'의 2단락과, 서곡, 본곡, 종곡 등의 3단락으로 구성되었다는 것이다.

우조 8곡이 '대가곡'과 '소가곡'으로 구성되었다는 측면에서, 원곡(이삭대엽, 삼삭대엽)과 그 파생곡(중거·평거·두거, 소용)을 한 단락으로 묶을 수 없다는 사실을 먼저 구체적으로 보자. 이 구성으로 보면, 대가곡에 속한 삼삭대엽(제6수)과 소가곡에 속한 소용(제7수)을 음악적 구조 2에서와 같이 한 단락으로 묶을 수 없다. 이렇게 원곡과 그 파생곡을 한 단락으로 묶는 논리는, 삼삭대엽(제6수)과 소용(제7수)을 한 단락으로 묶을 수 없다는 점에서, 더 이상 주장될 수 없는 것이 되었다. 그리고 이로 인해 이삭대엽(제2수)과 중거·평거·두거(제3, 4, 5수)도 한 단락으로 묶을 수 없다는 논리와 논거를 얻게 된다. 동시에 대가곡에 속한 삼삭대엽(제6수)을 분리하여 시상 전환의 중간(/매개) 고리로 정리할 수도 없다. 왜냐하면 우조 8곡의 삼삭대엽(제6수)은 대가곡과 소가곡을 연결하는 중간(/매개) 고리가 아니기 때문이다.

이번에는 우조 8곡이 '대가곡'과 '소가곡'의 2단락과, 서곡, 본곡, 종곡 등의 3단락으로 구성되었다는 점에서, 원곡(이삭대엽, 삼삭대엽)과 그 파생곡(중거·평거·두거, 소용)을 한 단락으로 묶을 수 없다는 사실을 좀더 구체적으로 보자. 대가곡은 '초삭대엽, 이삭대엽, 중거, 평거, 두거, 삼삭대엽' 등이고, 소가곡은 '소용, 회계삭대엽' 등이다. 그리고 서곡은 '초삭대엽'이고, 본곡은 '이삭대엽, 중거, 평거, 두거, 삼삭대엽, 소용' 등이며, 종곡은 '회계삭대엽'이다. 이 두 구성을 합쳐서 보면, 서곡(초삭대엽, 제1수), 본곡1(이삭대엽, 중거, 평거, 두거, 삼삭대엽, 제2~6수),

본곡2(소용, 제7수), 종곡(회계삭대엽, 제8수) 등의 4단락을 정리할 수 있다. 이 4단락은 원곡(이삭대엽, 삼삭대엽)과 그 파생곡(중거·평거·두거, 소용)을 한 단락으로 묶을 수 없다는 사실을 보여준다. 말을 바꾸면, 우조 8곡은 '이삭대엽, 중거, 평거, 두거'(제2~5수) 등을 제2단락으로 묶으면서, '삼삭대엽'(제6수) 또는 '삼삭대엽, 소용'(제6, 7수)을 제3단락으로 묶을 수 없음을 보여준다.

이렇게 우조 8곡이 대가곡과 소가곡으로 구성되었다는 측면과, 우조 8곡이 '대가곡'과 '소가곡'의 2단락과, 서곡, 본곡, 종곡 등의 3단락으로 구성되었다는 측면에서 보아도, 원곡과 그 파생곡이 한 단락으로 묶인다는 주장은 무의미한 가설에 불과하였다는 점을 확인할 수 있다.

이상과 같은 점들로 보아, 우리가 음악적 구조에서 확실하게 할 수 있는 것은 다음의 다섯이다.

첫째로, 〈매화사〉의 음악인 우조 8곡은 초삭대엽, 이삭대엽, 중거, 평거, 두거, 삼삭대엽, 소용, 회계삭대엽 등의 순차적 구조이다.

둘째로, 〈매화사〉의 음악인 우조 8곡은 초삭대엽, 이삭대엽, 이삭대엽의 파생곡(중거, 평거, 두거), 삼삭대엽, 삼삭대엽의 파생곡(소용), 회계삭대엽 등의 6단락으로 묶인다.

셋째로, 〈매화사〉의 음악인 우조 8곡은 서곡(초삭대엽, 제1수), 본곡(이삭대엽, 중거, 평거, 두거, 삼삭대엽, 소용, 제2~7수), 종곡(회계삭대엽, 제8수) 등의 3단락으로 묶인다.

넷째로, 〈매화사〉의 음악인 우조 8곡은 대가곡[초삭대엽, 이삭대엽, 이삭대엽의 파생곡(중거, 평거, 두거), 삼삭대엽, 제1~6수]과 소가곡[삼삭대엽의 파생곡(소용), 회계삭대엽, 제7, 8수]의 2단락으로 묶인다.

다섯째로, 〈매화사〉의 음악인 우조 8곡은, 대가곡과 소가곡의 2단락과, 서곡, 본곡, 종곡의 3단락을 함께 볼 때에, 서곡(초삭대엽, 제1수),

본곡1(이삭대엽, 중거, 평거, 두거, 삼삭대엽), 본곡2(소용), 종곡(회계 삭대엽, 제8수) 등의 4단락으로 묶인다.

5.2. 두 텍스트의 구조 변증

이 절에서는 기왕의 연구들이 보인 문학적(두 텍스트의) 구조를 변증하고자 한다. 문학적 구조를 연구한 기왕의 연구들이 보여주는 문제점들을 정리하면, 다음의 다섯 가지이다. 문학적 구조론을 벗어난 문제, 제2~5수를 제2단락으로 볼 수 없는 문제, 제6수 또는 제6, 7수를 제3단락으로 볼 수 없는 문제, 세 매화의 관계 파악에 실패한 문제, 구조나 구성에 근거한 주제 파악에 실패한 문제 등이다. 이 문제들을 항을 나누어 정리하면 다음과 같다.

5.2.1. 문학적 구조론을 벗어난 문제

시를 포함한 문학에서 구조나 구성을 논의하는 것은 글의 구조나 구성을 이해하여, 그 글의 주제를 쉽게 파악하기 위한 것이다. 그리고 글쓰기에서 구조나 구성을 하는 것은 글의 주제를 체계적으로 논리적으로 쉽게 전달하기 위한 것이다. 이에 포함된 구조나 구성은 시간, 공간, 논리 등의 세 차원에서 논의된다. 그런데 기왕의 논의들을 보면, 거의가 문학적 구조론을 전체적으로 또는 부분적으로 벗어난 문제를 보인다. 이를 먼저 정리해 보자.

문학적 구조론을 전체적으로 벗어난 글들(성기옥, 손정인)을 보자. 성기옥(1998)은 시점론과 구조론을 혼용한 [원경/밖(제1수)-근경/안(제2~5수:순환적 구조, 제6수:시상 전환의 중간 고리)-원경/밖(제7, 8수)]의 설명과, 정서적 상황을 설명한 [제1수(풍류적 분위기), 제2~5수

{정서적 경이, 고아한 흥취(또는 아취 어린 정취)}, 제6수(매화에 대한 애틋한 애정), 제7~8수(풍류적 분위기)]만을 보여준다. 그 당시에는 시간, 공간, 논리 등의 어느 측면에서도 〈매화사〉의 문학적 구조를 발견할 수 없었다. 이로 인해 전통적인 문학적 구조와는 다른 문학적 구조로 앞의 두 구조를 정리하였다고 판단된다. 그리고 손정인(2012)은 문학적 구조는 물론, 구조나 형식에서 쓰는 용어들을 사용하지 않고, 음악적 구조 위에서 작품을 해석하고 해설하고 있어, 문학적 구조론에는 거의 나아가지 못하였다. 그러나 현재는 시간, 공간, 논리 등의 측면에서 〈매화사〉의 문학적 구조가 정리되었거나 정리되고 있어, 이 두 주장은 문학적 구조론을 완전히 벗어났다는 비판을 피하기 어렵다.

문학적 구조론을 부분적으로 벗어난 글들(송원호, 김용찬, 박연호 등)을 보자. 송원호(2000)는 제1단락(제1수)을 서두부로, 제4단락(제8수)을 완결로 정리하고, 제2단락(제2~5수)과 제3단락(제6, 7수)을 내용으로 정리하였다.[27] '서두부'를 서사로 '완결'을 결사로 보면, 이는 문학적 구조론이다. 이에 비해 내용으로 정리한 제2, 3단락은 엄격한 의미에서 구조론이 아니다. 김용찬(2006)과 박연호(2020)는 형식론이나 구조론의 입장에서 제1수(초삭대엽)를 '서사'로, 제8수(회계삭대엽)를 '결사' 또는 '마무리'로 설명하였다. 그러나 제2~5수(이삭대엽~두거)와 제7수(소용)의 설명에서는 내용이나 시상만을 제시하면서 형식론이나 구조론의 입장에서 설명을 하지 못하고 있다. 그리고 제6수(삼삭대엽)의 설명

---

27 "(가)부분(①)은 풍류공간의 모습을 스케치하면서 서두부의 역할을 수행하며, (나)부분(②, ③, ④, ⑤)에서는 '매화의 향기'와 '달'이 반복·변용되며, 후각적·시각적 이미지를 통해 구체적으로 그려지고, (다)부분(⑥, ⑦)에서 외부적 시련 속에서도 꽃을 피우고야 마는 매화의 모습이 부각된 다음, 마지막 (라)부분(⑧)에서 매화가 진정한 봄꽃임이 다른 꽃들과의 대비를 통해 강조되며 작품이 완결된다."(송원호 2000:17)

에서는 '앞뒤를 이어주는 중간적 역할' 또는 '시상 전환의 매개 고리'로 형식론이나 구조론을 벗어나 있다.

서사와 결사를 포함한 5단락에서 가운데 있는 3단락은 본사에 해당한다. 이 본사는 병렬적(/나열적) 구조, 점층적 구조, 점강적 구조, 대칭적 구조 등으로 나타난다. 그런데 앞의 두 주장은 이 구조들로 〈매화사〉의 논리적 구조를 설명하지 못하고 있다. 이런 사실은 이런 결과를 초래하게 한 음악적 구조, 즉 〈매화사〉를 음악적 측면에서 5단락으로 정리한 것이 올바른가를 다시 한번 검토하게 한다.

문학적 구조론을 벗어나지 않은 글들(양희철, 양희찬)을 보자. 양희철(2010d, 2013, 2016)은 배경시간의 구조, 배경공간의 구조, 논리적 구조 등을 정리하였다. 그 내용은 앞에서 정리한 '3'장과 같다. 그 중에서 논리적 구조는 [기(서론, 제1수)-승(본론1, 소재1, 제2~6수:대칭적 구조)-전(본론2, 소재2, 제7수)-결(결론, 제8수)]이다. 이 구조론은 문학적 구조론을 명확하게 보여준다. 그리고 양희찬(2012)은 양희철이 2010년에 정리한 논리적 구조를 [기(제1수)-승(제2~5수:상승적 구조)-전(제6, 7수)-결(제8수)]의 구조로 바꾸고자 하였다. 일단 문학적 구조론에 접근하였다. 그러나 제2단락(제2~5수)과 제3단락(제6, 7수)을 묶는 논리에서 문제를 보인다. 이 문제는 이어서 볼 것이다.

이렇게 기왕의 거의 모든 연구들은 문학적 구조론을 벗어난 문제를 보인다. 특히 이 연구들은 철저하게 문학적 구조론을 배경시간, 배경공간, 논리 등의 차원에서 검토하지 않은 문제를 보인다. 이 문제를 해결한 것은 '3'장과 '4'장에서 정리한, 배경시간, 배경공간, 논리 등의 세 구조(양희철 2010d, 2013, 2016)이다.

5.2.2. 제2~5수를 제2단락으로 볼 수 없는 문제

기왕의 거의 모든 연구들은 제2~5수를 제2단락으로 묶고 그 구조를 정리하였다. 그 구조는 순환적 구조로 본 경우, 그 구조 설명이 모호한 경우, 점층적 구조로 본 경우, 상승적 구조로 본 경우 등으로 나눌 수 있다. 이 글들의 문제를 목을 나누어 차례로 보자.

5.2.2.1. 순환적 구조의 문제

제2~5수를 한 단락으로 묶고, 순환적 구조로 본 글을 보자. "[눈 기약 (2연)-황혼월 기약(3연)]→[눈 기약(4연)-황혼월 기약(5연)]으로 두 자연 이미지의 반복적 교체에 의한 순환적 구조로 짜여져 있다."(성기옥 1998:121)고 설명한 글이, 제2~5수를 제2단락으로 묶은 첫 글이다. 그런데 제5수의 초장인 "黃昏의 돗는 달이 너와 긔약 두엇더냐"을 보면, '황혼월의 매화와의 기약'을 보여준다. 이 기약은 제3수의 '매화의 황혼월과의 기약'과 대칭적이다. 이런 두 기약을 '황혼월 기약'의 순환적 구조로 오해한 것은 문제이다(양희철 2013:66).

5.2.2.2. 모호한 구조의 문제

제2~5수를 한 단락으로 묶고, 그 구조의 설명이 모호한 글을 보자. 송원호는 제2~5수를 한 단락으로 묶고, 문학적 구조를 설명하였다.[28]

---

28 "이상 (나)에 해당하는 ②·③·④·⑤번 작품들의 공통점을 분석해 보면, 모두 밑줄 그은 바와 같이 매화의 향기가 표현되었다는 점, 그리고 ②번을 제외하고는 모두 달[月]이 등장하여 매화를 비춰 주는 조명 역할을 한다는 점이다. ②번 작품도 비록 달이 등장하지는 않았지만 '촛불'을 통하여 매화의 모습을 비춰 주는 역할을 하고 있다는 점에서 예외적 작품이라고 말할 수는 없다. '촛불'은 '달'의 변용 내지 치환된 모습인 것이다. 이와 같이 (나)에서는 향기와 달(혹은 촛불)이라는 詩語를 통해 후각적·시각적 이미지를 사용하여 그윽하고 은은한 미감을 창출하고 있다."(송원호 2000:15)

그런데 그 설명을 보면, 두 가지 문제를 보인다. 그 하나는 제2수에 '달'
이 나오지 않는다는 것이다. 이 '달'을 '촛불'로 보완하려 하고 있으나,
이는 설득력이 약해 보인다. 다른 하나는 이 설명만으로는 제2~5수의
구조를 알 수 없다는 것이다. 이런 두 문제는 음악 쪽에서는 언급되거나
주장되지도 않는 주장(즉, 이삭대엽과 그 파생곡이 한 단락으로 묶인다
는 주장)을, 문학 쪽에서 만들어 주장하고, 이 주장을 합리화하려는 과
정에서 발생한 것으로 보인다.

5.2.2.3. 점층적 구조의 문제

제2~5수를 한 단락으로 묶고, 점층적 구조로 본 글들(김용찬 2006,
손정인 2012, 박연호 2020)을 보자. 김용찬은 "매화가 피는 과정과 그에
어울리는 자연 환경의 조화로운 모습"이란 차원에서 제2~5수를 점층적
구조로 보았다. 이 글은 제5수가 아니라 제4수가 조화로운 모습의 고점
이 될 수 있다는 내용[29]을 보여주면서도, 두 측면에서 제5수를 점층적
구조의 정점으로 보았다. 하나는 "달과 조화를 이룬 매화"의 측면[30]이고,
다른 하나는 "'매월(梅月)이 벗'이 되는 존재라는 것을 깨닫게 된다."는

---

29 "평거삭대엽의 곡조인 '매화사 제4'에서는 다시 '눈으로 기약'하여 피어난 매화의 존재
를 상기시키며 작품이 시작된다. 중장에서는 마침내 그렇게도 기약했던 '황혼(黃昏)에
달'이 떠오르고, 그 달빛에 매화의 성긴 그림자가 드러난다. 하지만 종장에서는 매화의
존재가 사라지고, 갑자기 이러한 정경에 흥취를 느낀 화자의 감흥이 표출된다. 아마도
'청향(淸香)'이란 매화가 품어내는 향일 것이다. 이 삼자(三者)가 서로 어우러져 일체화
되는 듯한 경지라 할 것이다. 그리하여 그러한 흥취를 이기지 못하여 취흥을 돋우는
화자의 고조된 감정이 표출되고 있는 것이다."(김용찬 2006:65)

30 "또한 각각의 작품 속에서 중점적으로 드러내고자 하는 바는 '갓 핀 매화'(매화사 제2)
- '눈 속에 핀 매화의 고결한 자태'(매화사 제3) - '떠오른 달에 비친 매화의 그림자'(매
화사 제4) - '달과 조화를 이룬 매화'(매화사 제5) 등으로 모아지면서, 매화에 대한 화자
의 인식이 점차 심화되어 표현되고 있다."(김용찬 2006:64)

측면[31]이다. 손정인 역시 제2~5수를 한 단락으로 묶고, 문학적 구조를 "최고로 조화로운 상태에 들어서는 과정을 점차적으로 보여주고 있다." 고 점층적 구조로 설명하였다.[32] 이 경우에 '최고로 조화로운 상태'는 김용찬의 '달과 조화를 이룬 매화'와 같은 것이다. 박연호 역시 점층적 구조로 보았다. 즉 제2~5수를 "梅花와 黃昏月의 교유"로 정리하고, 제5수를 "시적 정서의 최고조"와 "시적 정황의 최고조"로 보면서, 점층적 구조의 정점으로 보았다. 이 정리에 나온 "시적 정서의 최고조"와 "시적 정황의 최고조"는 김용찬이 설명한 "달과 조화를 이룬 매화"의 측면과 "'매월(梅月)이 벗'이 되는 존재라는 것을 깨닫게 된다."는 측면의 다시 쓰기라고 할 수 있다.

이 세 주장들은 제4, 5수의 의미를 치밀하게 읽지 않고, 제4수가 점층적 구조의 정점이고 제5수는 제4수보다 점강되었다는 사실을 심하게 왜

---

31 "두거삭대엽인 '매화사 제5'는 다시 '황혼월(黃昏月)'과 매화의 교감이 전면에 부각되어 표현되어 있다. 황혼에 달이 떠오른 것이 매화와의 기약 때문이며, 달이 떠오르자 '합리(閤裡)'의 ᄌᄃᆫ 꽃'은 깨어 비로소 향기를 내뿜으며 그에 호응한다. 달과 매화가 어우러진 풍경을 바라보며, 화자는 비로소 '매월(梅月)이 벗'이 되는 존재라는 것을 깨닫게 된다. 매화가 방안에 피어있을 때는 단지 하나의 아름다운 대상에 지나지 않지만, 겨울밤의 달빛에 은은히 비추며 서로 어우러진 매화야말로 정말로 잘 어울리는 상대라는 것을 새삼 인식하게 된 것이다."(김용찬 2006:65)

32 "네 작품(제2수~제5수)의 사설에서 가장 핵심적인 어휘는 '향기'이다. 안민영이 〈매화사〉를 짓게 된 직접적인 동기는 운애산방 안 책상 위에 분매가 피어 그윽한 향기를 피워냄에 있다. 한 마디로 '暗香浮動'에 있다. 이에 따라 "暗香"(제2수), "香氣"(제3수), "淸香"(제4수), "향긔"(제5수) 등 매 작품에 '향기'는 빠짐없이 나타난다. 그 다음으로 많이 나타나는 어휘는 '달'이다. 즉 "黃昏月"(제3수), "黃昏에 달"(제4수), "黃昏의 돗는 달"(제5수)로 나타난다. 제2수에는 '개화', '암향부동'만 나타나 있다. '향기'와 '달'이 함께 나타나는 것은 제3수, 제4수, 제5수다. 그러므로 제2수~제5수는 '개화'와 '암향부동'에 의해 촉발된 정서가 "雅趣高節"(제3수)의 심미적 취향에 젖어 "醉코 놀"(제4수)면서 '아취 어린 풍류'를 즐기는 속에, "梅月이 벗"(제5수)되는, 최고로 조화로운 상태에 들어서는 과정을 점차적으로 보여주고 있다."(손정인 2012:358)

곡하고 있다. 그 단적인 증거는 세 가지이다. 첫째는 제4수의 '淸香'을 정점의 대칭축으로 제3수와 제5수의 '향기'가 대칭한다는 사실을 무시하였을 뿐만 아니라, 시적 정서의 정점에 해당하는 제4수의 종장("淸香이 盞에 썻스니 醉코 놀녀 ᄒᆞ노라")을 해석하면서 왜곡하고 있다는 점이다. 둘째는 제5수의 종장인 "니 엇지 梅月이 벗되는 줄 몰낫던고 ᄒᆞ노라"의 '자책' 내지 '아쉬움'을 '깨달음'으로 윤색하였다는 점이다. 셋째는 '자책'이나 '아쉬움'을 보이는 제5수를 "시적 정서의 최고조"와 "시적 정황의 최고조"로 오해하였다는 점이다. 심할 경우에는 작품의 일부 어휘만을 인용하고 나머지 어휘를 없애버리면서 해석을 하고 있다. 이런 오해와 왜곡은 최근의 글에서 절정에 이른다. 그 구체적인 문제를 보자.

최근의 글에서는 제2~5수를 "梅花와 黃昏月의 교유"로 정리하고, 제5수를 "시적 정서의 최고조"와 "시적 정황의 최고조"로 보면서, 점층적 구조의 정점으로 보았다. 이 해석은 두 가지 문제를 보인다. 하나는 제2수에는 '달'은 물론 '황혼월'이 등장하지 않아 제2~5수를 "梅花와 黃昏月의 교유"로 정리할 수 없다는 문제이다. 다른 하나는 제5수를 "시적 정서의 최고조"와 "시적 정황의 최고조"로 해석할 수 없다는 문제이다. 먼저 전자의 문제를 보자.

> 4장의 '燭 잡고'는 달빛이 창에 비친 어스름한 밤이기에 '성근 梅花'를 조금이라도 가까이에서 감상하려는 화자의 애틋한 마음(사랑)이 가장 응축된 시어일 뿐만 아니라, 가까이 다가가야만 '浮動'하는 '暗香'을 느낄 수 있었다는 점에서 전반부(1, 2, 3장)와 후반부(5장)의 시상을 결합시키는 역할을 한다.(박연호 2020:84)

이 인용에서는 매화와 황혼월의 어떤 고유도 설명한 적이 없다. 게다가 "달빛이 창에 비친"은 논자가 끼워 넣은 것이지, 작품에 나온 것이 아니며, 추정하는 것도 어렵다. 제1수의 '달'을 끌고 들어올 수 있으나, 제1수에서와 같이 달이 창에 비친 시간이면, 이미 향기는 암향이 아니라, 제4수의 '청향'이나 제5수의 '향기'가 되어야 한다. 그렇다고 제3수의 달을 끌고 들어올 수도 없다. 왜냐하면 제3수의 달은 겨우 기약하는 달이기 때문이다.

이런 점들로 보아, 제2수에 나오지도 않는 '달'을 끼워 넣은 해석들은 작품의 해석을 왜곡하였다고 할 수 있으며, 나아가 제2~5수를 한 단락으로 묶는 것도 어렵다고 판단한다.

이번에는 제5수를 "시적 정서의 최고조"와 "시적 정황의 최고조"로 해석할 수 없다는 문제를 보자. 이 문제는 제5수의 종장을 어떻게 해석할 것인가와 연결되어 있다.

5장 3,4음보에 제시된 작품의 주제는 '몰낫던고 ᄒ노라', 즉 무언가를 몰랐던 것에 대한 자책이다. 이는 이제야 알았다는 것, 즉 자신의 늦은 깨달음에 대한 탄식이다. 주제가 늦은 깨달음에 대한 탄식이라는 점에서 4장의 '니 엇지'는 화자의 정서가 가장 응축된 시어라 할 수 있다.

頭擧는 梅花와 黃昏月의 만남이 최종적으로 이루어졌다는 점에서 시적 정황이 최고조에 이르렀다고 할 수 있으며, 화자의 깨달음이라는 주제가 탄사로 표출되었다는 점에서 시적 정서가 최고조에 도달했다고 할 수 있다.

한편 梅花와 黃昏月이 '벗'이었다는 사실에 대한 화자의 깨달음은 이삭대엽부터 두거에 이르기까지 진행된 매화와 황혼월의 행위를 통해 이루어진 것이다. … (중간 생략) … 中擧에서는 황혼월과의 기약을 지키기 위해 향기를 놓는 것을 목도한 후, "雅致高節은 너ᄲᅵ"이라는 사실을 깨닫게 된다. 또한 平擧에서는 '淸香'에 의해 촉발된 醉興을 토로하고 있으며, 頭擧에서는 매화와 달을 중심으로 이루어진 일련의 과정을 통해 '벗'이라는 깨달음에 이르렀다는 점에서 이를 확인할 수 있다.

즉 이삭대엽 계열의 작품들은 매화와 달을 중심으로 시상이 진전되고,

그것을 기반으로 둘의 관계에 대한 화자의 인식과 정서가 고양되는 방향으로 시상이 전개되는 것이다.(박연호 2020:89~90, 밑줄 필자)

이 인용에서는 '기약'과 '맞는고야'의 '마중/맞음'을 '만남'으로 바꾸고, 제2~5수가 '매화와 황혼월의 교유'를 노래했다고 보면서 제5수를 정리하였다. 이 인용은 두 가지 문제를 보인다. 하나는 제2수에는 달이 나오지 않는다는 문제이다. 다른 하나는 제5수가 제2~5수의 정점, 즉 시적 정황과 시적 정서가 최고조가 아니라는 점이다. 전자는 바로 앞에서 다루었으므로, 후자만을 '시적 정황'의 측면과 '시적 정서'의 측면으로 나누어서 보자.

먼저 "화자의 깨달음이라는 주제가 탄사로 표출되었다는 점에서 시적 정서가 최고조에 도달했다고 할 수 있다."는 주장의 두 문제를 보자. 하나는 '화자의 깨달음이라는 주제가 탄사로 표출'되었다는 설명이 제5수(두거)뿐만 아니라 제3수(중거)에서도 보인다는 문제이다. 다른 하나는 제5수의 탄식을 깨달음의 탄사로 설명한 것은 왜곡이라는 문제이다.

'화자의 깨달음이라는 주제가 탄사로 표출'되었다는 설명이 제5수(두거)뿐만 아니라 제3수(중거)에서도 보인다는 문제를 보자. 앞에서 인용한 글의 셋째 문단의 끝부분을 보면, "中擧에서는 ……, "雅致高節은 너뿐"이라는 사실을 깨닫게 된다. …… 頭擧에서는 …… '벗'이라는 깨달음에 이르렀다는 점에서 이를 확인할 수 있다."에서 보듯이, 깨달음을 제3수(중거)와 제5수(두거)에서 두 번 보여준다. 전자는 "… 너뿐인가 ㅎ노라"를 해석한 것이고, 후자는 "…몰낫던고 ㅎ노라"를 해석한 것이다. 이렇게 두 부분에서 깨달음의 탄사를 설명하면서, 후자에서만 시적 정서가 최고조에 도달했다고 주장하는 것은 무리인 것 같다.

게다가 제5수의 종장을 "화자의 깨달음이라는 주제가 탄사로 표출되었다는 점에서 시적 정서가 최고조에 도달했다고 할 수 있다."는 해석은 왜곡이다. 이 문제는 인용의 첫째 문단에서 발견된다. "5장 3, 4음보에 제시된 작품의 주제는 '몰낫던고 ᄒ노라', 즉 무언가를 몰랐던 것에 대한 자책이다."의 설명이 나온다. 이 설명은 매우 온당하다. "닉 엇지 梅月이 벗되는 줄 몰낫던고 ᄒ노라"의 탄식 또는 감탄은, 아쉬움 또는 자책을 의미하며, 그 의미를 확대하면 놀라움의 의미로도 볼 수 있다.

이렇게 온당하게 파악된 의미는 일차로 "이는 이제야 알았다는 것, 즉 자신의 늦은 깨달음에 대한 탄식이다."로 다시 쓰면서 윤색이 시작된다. 즉 '자책'이나 '아쉬움'의 의미를 약화시키면서 이 의미를 '탄식'으로 바꾸어 버린다. 그 다음에 이 의미는 이차로 "화자의 깨달음이라는 주제가 탄사로 표출되었다."로 다시 바꾸어 쓰면서 윤색되었다. 즉 "자신의 늦은 깨달음에 대한 탄식이다."가 "화자의 깨달음이라는 주제가 탄사로 표출되었다."로 바뀌었다. 이렇게 글을 두 번 바꾸어 쓰면서, 매월이 벗이 되는 줄을 일찍 알지(/깨닫지) 못한 것에 대한 자책이나 아쉬움의 탄식을, 매월이 벗이 되는 줄을 화자가 깨달음을 표출한 탄사("화자의 깨달음이라는 주제가 탄사로 표출되었다.")로 바꾸어 버렸다. 지나친 논리의 비약을 범하였다.

이렇게 '아쉬움, 자책 또는 놀라움의 탄식'을 '화자가 깨달음을 표출한 탄사'("화자의 깨달음이라는 주제가 탄사로 표출되었다.")로 왜곡한 해석에 근거해, 둘째 문단의 후반부인 "화자의 깨달음이라는 주제가 탄사로 표출되었다는 점에서 시적 정서가 최고조에 도달했다고 할 수 있다."에서와 같이, 제5수에서 시적 정서가 최고조에 도달했다고 주장할 수는 없다. 왜냐하면 이 주장이 보인 '화자가 깨달음을 표출한 탄사'("화자의 깨달음이라는 주제가 탄사로 표출되었다.")는 '아쉬움, 자책 또는 놀라움의 탄식'을 왜곡한 것에 불과하기 때문이다. 그리고 이 왜곡에 근거해 제5수는 제2~5수의 시적 정서에서 최고조에 도달했다고 주장하는 것도 불가능하다.

이번에는 "梅花와 黃昏月의 만남이 최종적으로 이루어졌다(또는 마무리되었다)는 점에서 시적 정황이 최고조에 이르렀다고 할 수 있"다는 주장의 문제를 보자.

일반적으로 최종에 이루어지는(또는 마무리되는) 만남은 시적 정황에서 최고조에 이른다. 그러나 제5수에서 매화가 황혼월을 맞음은 앞의 주장과 같이 시적 정황의 최고조를 보여주지 않는다. 우리는 매화가 황혼월을 맞음이 시적 화자의 시적 정서에 어떤 효과를 가져왔는가를 질문해 보아야 한다. 매화가 황혼월을 맞음 그 자체는 시적 화자의 시적 정서에 별다른 의미가 없다. 앞에서 보았듯이, 아쉬움, 자책 또는 놀라움의 정서를 유발할 뿐이다. 게다가 매화가 황혼월을 맞는 과정에서 시적 화자의 시적 정서에 결정적인 영향을 주는 것은 백매(白梅)와 황혼월이 보여주는 두 가지의 정황이다. 하나는 황혼월을 맞는 과정에서 매화가 풍기는 향기의 농도이다. 다른 하나는 매화 특히 백매의 흰색과 황혼월의 적색 또는 적황색이 만들어내는 환상적인 정황이다. 이 두 가지는 제3, 4, 5수에서 모두 보여주는데, 그 중에서 어느 단시조에서 최고조의 시적 정황을 보여주는가를 판단해야 한다. 이 두 가지는 이미 밝혀져 있다. 즉 향기는 향기(제3수)-청향(제4수)-향기(제5수)의 대칭표현에서 보듯이, 제4수가 정점, 곧 최고조이다. 그리고 제3, 4, 5수가 보여주는 황혼월은 초반, 중반, 종반으로 정리된다(양희철 2010d:323, 2013:59, 2016: 626~627). 이 중에서 어느 단시조에 나타난 황혼월의 적색 또는 적황색이 매화의 흰색과 어울려 환상적인 정황을 만들어 낼 수 있을까? 이에 대한 대답은 황혼의 중반에 오는 제4수의 황혼월이다. 왜냐하면, 황혼 초반에 오는 달(제3수)은 아직 가까이 오지 않아 적색이나 적황색을 약하게 보여주고, 종반에 돋는 달(제5수)은 하늘로 돋으면서 밝아져서 적색이나 적황색의 퇴색을 보여주지만, 황혼 중반의 달(제4수)은 가장 짙은 적색 또는 적황색을 보여주면서 백매의 흰색과 환상적인 정황을 보여준다. 이렇게 향기의 가장 짙은 농도와, 백매의 흰색과 황혼월이 만들어내는 가장 짙은 적색 또는 적황색의 환상적인 정황이기에, "淸香이 盞에 썼으니 醉코 놀녀 흐노라"(제4수의 종장)에서, 시적 화자는 매화와 술이 보여주는 청향은 물론, 백매(白梅)의 흰색과 오고 있는 황혼월의 적색 또는 적황색이 만들어내는 환상적인 정황에 빠져, 취코 놀려 하는 최고조의 정서를 보여주게 된다. 이 정점은, 감탄 선언(제3수)–의지 선언(제4수)–감탄 선언(제5수)의 대칭표현(양희철 2010d:326~327, 2016:619)에서도 확인된다.

이런 점들로 보아, "梅花와 黃昏月의 만남이 최종적으로 이루어졌다는 점에서 시적 정황이 최고조에 이르렀다고" 주장할 수는 없다. 특히 시적 정황의 정점이 제4수라는 사실을 부정하기 위하여, 앞에서 정리한 제5수 종장의 왜곡에 앞서, "淸香이 盞에 썼으니 醉코 놀녀 흐노라"(제4수의 종장)를, 앞의 인용의 셋째 문단에서와 같이 "淸香'에 의해 촉발된 醉興을 토로하고 있으며"의 의미로 왜곡하는 해석은 상당한 주의를 요한다.

이상과 같이 시적 정황과 시적 정서로 본다면, 그 정점, 즉 최고조는 제5수가 아니라 제4수이며, 제5수는 제4수보다 점강된 부분이라고 정리할 수 있다.

5.2.2.4. 상승적 구조의 문제

제2~5수를 한 단락으로 묶고, 상승적 구조로 본 글을 보자. 양희찬(2012)은 제2~5수를 한 단락으로 묶고, 문학적 구조를 상승적 구조로 설명하였다.[33] 그런데 그 설명을 보면, 이미 다른 글에서 비판했듯이, 논리에 맞지 않는 문제 보인다. 즉 '맞는고야'를 '맡는고야'로 오해하고, 향기를 맡는 의미의 '맡는고야'를, 어떤 근거도 없이 "공간의 확장이나 매향 강도의 상승"으로 비약한 문제이다.[34]

이상과 같이 제2~5수를 제2단락으로 묶은 해석들은 한결같이 그 구조의 해석에서 문제를 보인다. 이는 음악적으로 한 단락으로 묶을 수 없는 제2~5수를 한 단락으로 묶어 놓고서, 이를 합리화하는 과정에서 발생한 문제로 보인다. 이 문제로부터 자유로운 해석은 결속, 종결, 소재, 구조 등의 차원에서 제2~6수를 제2단락으로 묶은 양희철의 구조론이다.

5.2.3. 제6수 또는 제6, 7수를 제3단락으로 볼 수 없는 문제

제6, 7수를 제3단락으로 본 경우(송원호 2006, 양희찬 2012, 손정인 2012)의 문제를 먼저 보고, 이어서 제6수를 제3단락으로 본 경우(성기

---

33 "이 ②-③-④의 전개에 ⑤"ᄌᆞ든곶치향긔노아맛는고야"의 '맛는고야'는 그 앞의 '暗香浮動'-'香氣노아'-'淸香이썻스니'에 대하여 화자가 향기를 맡는 행위를 노출시켜 그 흐름을 마무리하는 구실을 한다. 결국 이러한 공간의 확장과 매향 강도의 상승은 전개의 발전적 흐름을 보여주는 것이라고 지적할 수 있다."(양희찬 2013:135)

34 "이 시도는 논리에 맞지 않다. 인용에서와 같이 "'暗香浮動'-'香氣노아'-'淸香이썻스니'"의 선상에서 논의하려면, "ᄌᆞ든곶치향긔노아맛는고야"(제5수)의 '향긔노아'를 가져와서 '暗香浮動'-'香氣노아'-'淸香이썻스니'-'향긔노아'로 설명을 해야 한다. 그러나 이렇게 설명하면 상승적(점층적) 구조가 되지 않고 대칭적 구조가 되므로, 이를 무시하고, 문맥상 '(황혼의 돋는 달을) 맞는고야'의 의미인 '맞는고야'를 '맡는고야'로 오독하고, 공간의 확장과 매향 강도의 상승을 주장하였다. '향긔노아'를 설명에서 무시한 것은 물론 문제이다. 그리고 '맞는고야'를 '맡는고야'로 본 이 해독을 따라도, 앞의 주장은 인정되지 않는다. 왜냐하면, 오독된 '맡는고야'는 향기를 맡는 것이지, "공간의 확장이나 매향 강도의 상승"을 보여주지 않으며, 이를 보여줄 수 있는 시어나 시구가 없기 때문이다. …."(양희철 2013:67)

옥 1998, 김용찬 2006, 박연호 2020)의 문제를 보자.

송원호[35]와 손정인[36]은 거의 비슷한 측면에서 제6, 7수를 한 단락으로 묶었다. 이 두 글에서는 제6수(삼삭대엽)와 제7수(삼삭대엽의 파생곡 소용)를 원곡과 그 파생곡의 결합이란 차원에서 제3단락으로 묶은 다음에, 문학적인 차원에서 두 가지 공통점을 정리하였다. 하나는 종장에서 "아무리 ~라도, 봄뜻을 어이 하리요"를 공통점으로 한다는 것이다. 다른 하나는 '찬 기운'과 '눈[雪]'이, 혹은 '(바람이 몰아온) 눈'과 '봄뜻'이 공통점이라는 것이다. 그리고 양희찬 역시 이해하기 어려운 주장[37]으로 어리고 성긴 운애산방의 매화와 썩어 반만 남은 나부산의 매화를 동일 대상으로 보고, 제6, 7수가 '봄뜻'을 공통으로 한다는 점에서 기승전결의 '전'에 해당하는 제3단락으로 묶었다. 이 정리들이 포함한 문제들을 보자.

먼저 공통점으로 정리한 "아무리 ~라도, 봄뜻을 어이 하리요"의 문제이다. 이 정리는 제7수의 종장인 "아모리 석은 비 半만 남아슬망졍 봄뜻

---

35 "(삼)삭대엽과 소용에서는 종장의 '아무리 ~라도, 봄뜻을 … 하리요'의 강한 의지적 표현의 공통됨이 우선 눈에 띈다. 또한 '찬 기운'과 '눈[雪]'이라는 위협적 요소가 공통적으로 사용되었는데, 이것이 종장의 표현('아무리 ~라도, 봄뜻을 어찌 하리요')을 통해 부정적 상황을 이겨내는 모습이 더욱 부각되고 있다. …"(송원호 2000:16)

36 "제6수와 제7수를 함께 살펴야 하는 이유는 악곡적인 측면 외에도 있다. 두 작품은 '눈'과 '봄뜻'이라는 어휘가 공통적으로 나온다는 점에서 동질적이다. 이때 '눈'은 눈보라 몰아치는 겨울 추위를 '봄뜻'은 매화의 꽃 피움을 뜻한다. 매화는 그러한 눈보라를 꿋꿋이 견뎌내고 끝내 꽃을 피우고 만다. 또 제6수와 제7수는 그 종장에 '아무리 ~라도, 봄뜻을 어이 하리요'라는 설의 구문이 나온다는 점에서도 동질적이다. 안민영은 이 설의법을 통해 추운 겨울 한파를 이겨내는 매화의 모습을 효과적으로 표현하였다."(손정인 2012:360~361)

37 "… 덩치가 반이나 썩은 상태는 매화나무가 고목임을 뜻한다. 이 상태는 ②"어리고"와 전혀 어울리지 않는다. 따라서 이 "어리고"는 매화나무의 덩치가 작은 것을 형용하고. "석은비半만남아"는 분재로 가꾼 지 오래되었음을 형용한 표현이라고 풀이되어야 동일한 매화에 대하여 서로 다른 형용으로서 어울리게 된다."(양희찬 2012:147)

즐 어이 ᄒ리오"에서는 인정된다. 그러나 이 정리는 제6수의 종장인 "아
무리 어루려 허인들 봄뜻이야 아슬소냐"에서는 인정되지 않는다. 게다
가 제6수의 종장과 제7수의 종장에서 보이는 "아무리/아모리 ……(조건)
봄뜻– ……(의문형)"의 반복은 제3단락(제6, 7수)의 단락내 결속으로 해
석할 수도 있고, 제2단락(제2~6수)와 제3단락(제7수)의 단락간의 순차
적 결속으로 해석할 수도 있다. 그런데, 이어서 검토할 여러 정황상 후
자로 판단한다. 특히 제1단락(제1수)와 제2단락(제2~6수)의 단락간의
결속을, 제1수의 종장("이윽고 盞 드러 勸과하랼 제 돌이 쏘한 오르더
라")과 제2수의 종장("燭 잡고 갓가이 사랑할 제 暗香浮動 ᄒ더라")이
"…… –ㄹ 제 … –더라"의 공통 구문을 통하여 보여준다는 점에서 단락
간의 결속으로 판단한다.

　이번에는 '찬 기운'과 '눈[雪]'이, 혹은 '(바람이 몰아온) 눈'과 '봄뜻'이
공통점이라고 정리한 주장의 문제를 보자.

　'봄뜻'이 제6, 7수에만 나오는 것은 사실이다. 이 '봄뜻'의 수사법이
우언법이란 사실을 이해하지 못했을 때는, 이 '봄뜻'의 표현이 제6, 7수
를 한 단락으로 묶을 수 있는 근거가 된다. 그러나 이 우언법을 이해하고
나면, 이 '봄뜻'의 표현에 의해 제6, 7수를 한 단락으로 묶을 수 없다는
사실을 알게 된다. 두 번째 장인 '2'장에서 정리했듯이, 보조관념 '봄뜻'
은 간결함과 단순함을 버리고 우아함과 풍부함을 보여주기 위해 '봄기
운' 또는 '이른 봄에 만물이 피어나는 기운'을 '봄뜻'으로 우회하여 표현
한 우언법이다. 이 우언법으로 보면, 제2~7수에 나온 모든 매화는 '봄
뜻' 곧 '봄기운' 내지 '이른 봄에 만물이 피어나는 기운'에 꽃이 피는 것을
공통으로 하면서, 제6, 7수에 나온 '봄뜻'이란 표현이 의미 차원에서 제
6, 7수를 한 단락으로 묶게 하는 기능을 하지 못한다.

　그리고 '찬 기운'과 '(바람이 몰아온) 눈'이 제6, 7에서 공통으로 나타

난다고 정리하고 있지만, 실제 작품을 보면 그렇지 않다. '눈'은 제2~7
수에 공통으로 나온다. 이에 비해 '찬 기운'과 '(바람이 몰아온) 눈'은
제6수에만 나오고, 제7수인 "저건너 羅浮山 눈 속에 검어 울퉁불퉁 광더
등걸아 / 네 무슴 힘으로 柯枝돗처 곳조츠 져리 피엿는다 / 아모리 석은
비 半만 남아슬망졍 봄뜻즐 어이 ᄒ리오"에서 보듯이, 제7수에는 '찬 기
운'과 '(바람이 몰아온) 눈'이 나오지 않는다. 이런 점에서 제6수와 제7
수를 한 단락으로 묶을 수 없다.

이 제6수에 나온 '찬 기운', '(바람이 몰아온) 눈', '줌든 매화' 등은
제6수가 [… 황혼 중반(제4수)–황혼 종반(제5수)–황혼 이후(제6수)]의
선상에 위치함을 의미하고, 이 제6수의 배경시간은 제2~5수와 함께 금
일(今日)이지만, 제7수는 황혼 이후의 이후인 후일(後日)에 해당한다.
게다가 제6수의 배경공간은 제2~5수와 함께 운애산방이고, 제7수의 배
경공간은 나부산이다. 이렇게 제6수는 제2~5수와 함께 소재, 배경시간,
배경공간 등에서 동궤일 뿐만 아니라, 제2~6수는 한 단락으로 묶이는
결속과 종결을 보이면서, 논리적 구조에서 점층적 구조(제2, 3, 4수)와
점강적 구조(제4, 5, 6수)가 결합된 대칭적 구조를 보인다(양희철 2010d,
2013, 2016).

이런 문제들로 보아, 제6, 7수를 제3단락으로 볼 수 없다.

이번에는 제6수를 한 단락, 즉 시상 전환의 중간(/매개) 고리의 기능을
하는 한 단락으로 본 글들(성기옥, 김용찬, 박연호)의 문제를 보자. 제6수
를 '시상 전환의 중간 고리'(성기옥 1998)로 본 이래, 이와 비슷하게 '앞뒤
를 이어주는 중간적 역할'(김용찬 2006)과 '시상 전환의 매개 고리'(박연
호 2020)로 용어를 바꾼 해석도 나왔다. 처음에 이 주장은 〈매화사〉의
연구에서 문학적 구조를 발견하지 못하자, 〈매화사〉 8수에 붙인 우조
8곡의 곡명에서 음악적 구조를 찾으려고 노력하면서 세운 가설, 즉 원곡

과 파생곡은 한 단락으로 묶을 수 있다는 가설을 세운 다음에, 제2단락
(제2~5수)과 제4단락(제7, 8수)의 가운데 온 제3단락(제6수)을 합리화
하기 위하여 붙인 것과 이를 바꾼 명칭들이다. 이 명칭들이 얼마나 궁여
지책이었는가는 시가의 구조론상에서 보면 쉽게 알 수 있다.

시가 특히 서정시에서는 글을 단순하게 쓰지 않고 보다 풍부하게 쓰
기 위하여 시적 전환을 도모하기도 한다. 이럴 경우에 시적 전환은 소재
의 전환이나 논리의 전환으로 나타나며, 산문이 아닌 한, 시상(/시적)
전환의 중간 고리를 사용하지 않는다. 왜냐하면 이 시상(/시적) 전환의
중간 고리는 고도로 압축된 언어를 구사하는 서정시에서 부적합하기 때
문이다. 필자가 과문한 탓인지는 모르지만, 고려가요, 연시조, 한시 등
의 연시(連詩)에서 시상(/시적) 전환의 중간 고리를 연(聯)이나 단시(單
詩)로 구사한 예를 보지 못했다. 그런데 이 주장들에서는 제6수를 '시상
(/시적) 전환의 중간 고리'와 이를 바꾼, '앞뒤를 이어주는 중간적 역할'
과 '시상 전환의 매개 고리'로 보고 있다. 이는 음악적 구조에서 제2~5
수를 제2단락으로 묶고, 제7, 8수를 제4단락으로 묶은 다음에, 그 가운
데 있는 제6수를 논리적으로 설명할 수 없어 만들어낸 용어이다. 이 주
장이 가지고 있는 구체적인 문제는 앞의 글(양희철 2013)로 돌려도, 이
주장은 시가 구조론의 가장 보편적이고, 기본적인 원리를 벗어난 문제
를 보인다고 정리할 수 있다.

게다가 이 주장들은 '2'장에서 변증하였듯이, 중요한 시어를 무시하거
나 오해한 해석들로 믿기 어렵다. 뿐만 아니라 원곡과 그 파생곡을 한
단락으로 묶을 수 있다는 논리는, 우조 8곡이 대가곡과 소가곡으로 이루
어졌다는 사실이 밝혀진 이상 성립되지도 않는 가설에 불과하다. 이제는
원곡과 그 파생곡을 한 단락으로 묶을 수 있다는 논리에 빠져, 제2~5수
를 한 단락으로 보는 것은 물론, 이에 따라 제6수를 '시상(/시적) 전환의

중간 고리', '앞뒤를 이어주는 중간적 역할', '시상 전환의 매개 고리' 등으로 보려는 자승자박의 논리는 벗어나야 한다고 판단한다.

특히 성기옥의 경우에는, 제6수(삼삭대엽)를 '시상(/시적) 전환의 중간 고리'로 보는 동시에, 그렇게 볼 수 없는 설명도 보여준다. 즉 〈賀祝〉 또는 〈祝賀〉의 정리에서 제2~6수(이삭대엽, 중거, 평거, 두거, 삼삭대엽)는 왕세자(순종) 탄신을 축하한 시조로, 제7, 8수(소용, 회계삭대엽)는 왕세자의 8세 탄일을 축하한 시조로, 각각 정리하였다.[38] 이 정리에서 보면, 제6수(삼삭대엽)는 '시상(/시적) 전환의 중간 고리'가 아니라, 제2~5수(이삭대엽, 중거, 평거, 두거)와 한 단락으로 묶인다. 이런 사실에서도 제6수(삼삭대엽)를 '시상(/시적) 전환의 중간 고리'로 볼 수 없다.

---

38 "안민영은 1864년 고종의 즉위를 축하하는 시조 1수에다가, 1874년(고종11) 왕세자(순종) 탄신을 축하하는 시조 5수, 1881년(고종18) 왕세자의 8세 탄일을 축하하는 시조 2수를 합쳐서 8수로 된 '우조 한바탕'의 연시조 〈賀祝〉을 완성해 낸다.(각주 10))"(성기옥 1998:116~117)

"10)『금옥총부』1, 10, 35, 49, 69, 88, 95, 99번 참고. 이에는 1연(금옥)의 해설문에 '聖上卽祚元年 甲子之春 賀祝'이라 하고 나머지에는 '賀祝第二~賀祝第八'이라는 작품명과 순서만 부기하고 있을 뿐이다. 그러나 초삭대엽에서 회계삭대엽에 이르는 곡붙임의 순서가 〈매화사〉와 같아 우조 한바탕으로 짜 나아가는 동일한 연창방식임을 아는 데는 큰 어려움이 없다."(성기옥 1998:117)

송원호는 성기옥이 정리한 8수 중에서 작품1을 작품2로 정정하였다. 그리고 제2단락에 속한 다섯 작품은 다음과 같다. "麟在郊 鳳翔岐하니 이 어인 大吉祥고 / 甲戌二月 初八日의 聖世子ㅣ 誕降하사 / 億萬年 東方 氣數를 바다니어 계신져."(『金玉叢部』 작품10, 羽二數大葉 賀祝第2). "南山갓치 놉흔壽와 東海갓치 깁흔福을 / 世子ㅣ 誕降허오실 제 오로지 바드시니 / 아마도 壽福이 雙全허시기는 聖世子를 뫼온겨."(『金玉叢部』 작품35, 羽中擧數大葉 賀祝第三). "望之如雲 就之如日 聖世子의 氣像이라 / 堯舜之治를 蒼生이 미리 아도던지 / 康衢에 手舞足蹈허니 億萬歲를 부르더라."(『金玉叢部』 작품49, 平擧數大葉 賀祝第四). "壽添壽 福添福ᄒ니 壽福이 添添이요 / 子繼子 孫繼孫ᄒ니 子孫이 繼繼로다 / 至今의 壽福貴多男子는 聖世子끠 비긴져."(『金玉叢部』 작품69, 羽頭擧數大葉 賀祝第五). "龍樓에 祥雲이요 鳳閣에 瑞靄ㅣ로다 / 甘雨는 太液에 듯고 和風에 御柳에 둘넌져 /美哉라 祥雲瑞靄와 甘雨和風은 聖世子의 時節인져."(『金玉叢部』 작품88, 羽三數大葉 賀祝第六)

이렇게 제6수 또는 제6, 7수를 제3단락으로 본 주장들은 모두가 문제를 보인다. 이 문제에서 자유로운 해석은 결속, 종결, 구조, 주제 등에서 제2~6수를 제2단락으로 본 양희철의 주장이다. 이에 대한 정리는 앞에서 정리한 '3'장과 '4'장으로 돌린다.

단지 여기에 하나를 첨부한다면, 제1수와 제2~6수를 서사와 본사, 또는 기승전결의 '기승'으로 엮는 구조가 연시조의 전통이라는 점이다. 서사(제1수)와 본사(제2~6수)로 엮은 작품에는 〈오륜가〉(주세붕), 〈오우가〉(윤선도), 〈병산육곡〉(권구) 등이 있고, 서사(제1수)와 본사(제2~6수)의 텍스트로 탈착되는 작품에는, 이 글에서 논하고 있는 〈매화사〉(안민영)는 물론, 〈농가(구장)〉(위백규), 〈풍아별곡〉(권익륭) 등이 있다(양희철 2016:126, 553, 667). 이에 비해, 6수의 텍스트에서, 제1수를 서사로 하고, 제6수를 '시상(/시적) 전환의 중간(/매개) 고리'로 하는 연시조는 지금까지 밝혀진 것이 하나도 없다. 이런 전통으로 보아도, 제6수를 '시상(/시적) 전환의 중간(/매개) 고리'로 본 주장들의 한계를 잘 알 수 있으며, 〈매화사〉의 제1수와 제2~6수는 전6수의 텍스트에서는 서사와 본사로, 8수의 텍스트에서는 기승전결의 '기승'으로 정리된다고 어렵지 않게 주장할 수 있다.

5.2.4. 세 매화의 관계 파악에 실패한 문제

이번에는 제8수에 나온 매화가 제2~7수에 나온 매화와는 어떤 관계에 있는 매화인가 하는 측면에서 기왕의 연구들을 변증해 보자. 기왕의 연구들은 제2~6수, 제7수, 제8수 등에 나온 세 매화가 동일 대상이라는 주장과 세 매화가 모두 다른 대상이라는 주장으로 양분된다. 그리고 후자는 다시 관계가 없는 매화들로 본 경우, 그 관계를 언급하지 않은 경우, 제7수와 제8수의 매화가 두 노대가를 빗댔다는 점에서 동일하다고 본 경우, 제8수의 매화는 제2~6수의 매화와 제7수의 매화를 귀납한 매화로 본 경우 등으로 정리된다. 이를 좀더 구체적으로 보자.

세 매화를 동일 대상으로 본 경우를 보자. 양희찬(2012)은 제2~6수의 어리고 성긴 운애산방의 매화와 제7수의 썩어 반만 남은 나부산의 매화를 동일 대상으로 본 다음에, 제8수의 매화 역시 이 매화와 같은 동일 대상의 매화로 보았다. 제2~6수의 어리고 성긴 운애산방의 매화와 제7수의 썩어 반만 남은 나부산의 매화가 어떻게 동일의 매화가 되는지를 이해하기 어렵다.

세 매화를 각각 다른 대상으로 보면서, 서로 무관한 매화로 본 글을 보자. 류준필(1992:578)은 제8수의 매화, 즉 "東閣에 숨어 피는 매화"를 제6수의 어리고 성긴 운애산방의 매화나 제7수의 썩어 반만 남은 나부산의 매화와는 별개의 매화로 본 다음에, 시간, 공간, 논리 등의 차원에서 관계가 없다는 점에서, 〈매화사〉는 연시조를 의식하지 않은 상태에서 지은 작품으로 보았다.

세 매화를 각각 다른 대상으로 보면서, 제7수와 제8수의 매화를 두 노대가에 빗댄 매화로 본 글을 보자. 성기옥(1998:125)은 제8수의 매화를 '동각에 숨은 매화'로 보면서, 자신들을 동각에 드나드는 賢士에 빗댄 대상으로 보았다. 이 매화는 제7수의 나부산 매화에 자신들을 빗댄 것과 같은 것이다. 그러나 남성의 두 노대가를 여성의 두 매화(제7, 8수)와 연결지은 것은 무리로 판단된다. 게다가 제8수의 매화와 제2~6수에 나온 어리고 성긴 운애산방의 매화와의 관계는 언급하지 않았다.

이 성기옥의 논의를 좀더 확대한 글을 보자. 박연호(2020)는 제7수와 제8수의 매화를 두 노대가의 은유로 보면서, 제8수의 매화와 제2~7수의 두 매화(어린 매화, 늙은 매화)와의 관계를 설명하려 하였다. 그러나 남성의 두 노대가를 여성의 세 매화(제2~6수의 어린 매화, 제7수의 늙

은 매화, 제8수의 매화)와 연결지은 것은 무리로 판단된다. 특히 제2~6
수의 어린 매화를 두 노대가와 연결시키려는 태도는 성기옥도 유보한
것으로 너무 지나친 것 같다.

　세 매화를 각각 다른 대상으로 보면서, 세 매화의 관계를 논의하지
않은 글들(송원호, 김용찬, 손정인)도 있다. 송원호(2000:16~17)는 "진
정한 봄꽃은 '매화'임이 강조된다."와 "매화가 진정한 봄꽃임이 다른 꽃들
과의 대비를 통해 강조되며 작품이 완결된다."고 하면서, 제8수의 매화와
제2~7수에 나온 매화의 관계를 전혀 언급하지 않았다. 김용찬(2006)과
손정인(2012)도 제8수의 매화를 제2~7수에 나온 두 매화와는 다른 매화
로 보면서, 그 관계를 전혀 언급하지 않았다.

　이상과 같이 기왕의 거의 모든 해석들은, 제8수에 나온 매화와 제2~7
수에 나온 매화의 관계를 명확하게 설명하지 못하였다. 이 문제를 해결하
기 위하여, 제2~6수의 어리고 성긴 운애산방의 매화와 제7수의 썩어
반만 남은 나부산의 매화를 귀납한 것이 제8수의 매화라고 본 해석(양희
철 2010d, 2013, 2016)이 나왔다. 즉 이전에 앞에 나온 매화들을 결론에
서 귀납한 것으로 본 해석이다. 이 해석은 이 글에서 좀더 보완되었다.
즉 제8수의 매화는 운애산방의 매화(제2~6수)와 나부산의 매화(제7수)
뿐만 아니라, 동정과 동헌의 매화(제8수)를 함축적으로 귀납한 일반화의
매화라는 것이다.

　이 논지를 확인하고 강화하기 위하여, 〈매화사〉의 매화는 물론, 이
매화들과 관련된 매화와 그 수용자를 정리하면 다음과 같다.

　　　何遜　　　揚州 東軒의 早梅
　　　裴迪　　　蜀州 東亭의 官梅
　　　杜甫　　　東閣의 官梅(하손과 배적의 두 매화를 귀납한 매화)

박효관	운애산방의 梅花
안민영	〈매화사〉 제1수와 제2~6수의 어린 매화(운애산방의 梅花)
趙師雄	나부산의 매화
안민영	〈매화사〉 제7수의 늙은 매화(나부산의 매화)
안민영	〈매화사〉 제8수 초장에 함축된 東亭과 東軒의 매화
안민영	〈매화사〉 제8수 종장의 귀납된 매화
	(제1, 2~6수의 어린 매화, 제7수의 늙은 매화,
	제8수 초장에 함축된 동정과 동헌의 매화 등의 귀납)

이 정리에서 보듯이, 박효관과 안민영은 하손, 배적, 두보, 조사웅 등과 같이 매화를 사랑한 인물들이다. 이로 인해 매화의 소재사적 입장에서 보면, 박효관과 안민영은 하손, 배적, 두보, 조사웅 등에 비견된다고 할 수 있다. 그리고 〈매화사〉 제1, 2~6수에 나온 어리고 성긴 운애산방의 매화는, 제7수에서 수용한 조사웅의 나부산의 매화 및 제8수에서 수용한 두보, 배적, 하손 등의 '동각(관매)'에 비견되며, 〈매화사〉 제8수 종장의 매화는 제1, 2~6수의 어리고 성긴 매화, 제7수의 나부산의 매화, 제8수 초장의 '동각(관매)'의 매화 등을 귀납하고 일반화한 매화라고 할 수 있다. 이런 점들로 보아, 박효관과 오기여의 두 노대가를 제7, 8수의 매화에 빗댔다고 주장할 수는 없다. 굳이 빗댄 내용을 언급한다면, 아취고절의 매화를 칭찬하고, 그 매화와 같은 예능인 집단에 속한 자신들의 아취고절도 우회적으로 보여준다고 정리할 수 있다.

5.2.5. 구조나 구성에 근거한 주제 파악에 실패한 문제

류준필(1992:577)은 〈매화사〉가 "기본적으로 곡조를 중심으로 삼고 만들어진 작품"이고, "동일한 주제, 제약된 시간과 공간, 긴밀한 구성이라는 자질을 갖추고 있"지 않다는 점에서, "긴밀한 구성을 갖추고 단일한 주제 아래 포섭되지 않아도 무방한 작품"으로 보았다. 거의 30년이 지난 글이라 많은 문제를 보인다. 그 당시의 연시조 연구의 수준으로는 이 정도의 결론을 낼 수밖에 없었을 것이다. 그러나 배경시간의 구조, 배경공간의 구조, 논리적 구조 등은 물론 통일된 주제가 논의되고 있는 현재의 위치에서 보면, 〈매화사〉의 해석에서 너무 큰 오해를 한 것으로 판단된다.

성기옥은 "〈매화사〉의 구조적 통일성과 의미는 바로 이러한 가곡 연창의 향유 매커니즘 속에 숨겨져 있다."(성기옥 1998:126)고 보면서, 이미 시어를 통한 구조적 통일성의 파악을 포기하였다. 이로 인해 제8수의 종장인 "알쾌라 白雪陽春은 梅花밧게 뉘 이시리"의 해석에서, 제2~7수를 통합하는 차원에서 연구를 하지 않으면서, 작품의 구조나 구성에 근거한 주제의 파악에 실패한다. 이런 오해는 그 정도의 차이는 있지만, 김용찬, 손정인, 박연호 등의 글에서도 거의 그대로 반복되고 있다. 좀 더 구체적인 문제는 뒤에 다시 언급하려 한다.

송원호는 이 작품의 주제를 명확하게 정리하지 않았다. 주제에 가까운 언급이 "마지막 (라)부분(⑧)에서 매화가 진정한 봄꽃임이 다른 꽃들과의 대비를 통해 강조되며 작품이 완결된다."에서 보일 뿐이다. 그리고 앞에서 언급했듯이, 제2단락(제2~5수)의 구조와 주제가 명확하지 않으며, 이 부분을 포함한 구조적 통일성을 보여주지 못하면서, 구조나 구성에 근거한 주제 파악에 실패하였다.

김용찬(2006)은 광대등걸, 동각, 백설양춘 등의 해석에서 성기옥의 글을 인용하면서도, 성기옥이 취한 제7, 8수의 주제를 따르지 않았다. 구조나 구성에 근거한 주제를 보여주지 않는다.

양희찬(2012)은 제2~6수의 어리고 성긴 운애산방의 매화와 제7수의 썩어 반만 남은 나부산의 매화를 같은 대상으로 오해한 결과 구조적 통일성은 물론, 이에 근거한 주제의 파악에 실패하였다.

손정인(2012)은 처음부터 통일성의 규명을 비켜서서, 작품의 성격과 의미를 살피면서, 구조나 구성에 근거한 주제 파악에는 접근하지도 않았다.

박연호(2020)는 성기옥이 제7, 8수의 해석에서 보인 "이들 老大家의 아취 있는 풍류를 … 그들의 예술과 풍류는 여전히 당대 일류의 歌妓들과 짝할 낭만적 기상이 남아 있음을 … 자신들의 예술을 동각 속에 숨은 매화의 고아함과 견줌으로써, 예술가로서의 은근한 자부심을 표현한 것"(성기옥 1998:125)의 내용과 통하는 "풍류의 주체인 두 老大家의 '봄뜻'에 대한 열정과 풍모를 찬양하는 것"을 주제로 주장하였다.[39] 이 주장은 적지 않은 문제를 보인다. 첫째로, 앞에서 보았듯이, '매화'를 '두 노대가'로 읽을 수 없다. 특히 제8수의 '매화'는, 식물인 동시에 가기(歌妓)인 '척촉(躑躅)'이나 '두견화(杜鵑花)'와 비견된다는 점에서, 식물인 동시에 가기(歌妓)인 매화로 해석되지, 노대가로 해석되지 않는다. 둘째로, 앞

---

39 "한편 '梅花'는 소용이에서의 '광딩등걸'과 마찬가지로 풍류방 안에 있는 두 老大家(박효관과 오기여)의 은유로 해석된다. 5장에 제시된 '白雪陽春'의 '白雪'은 눈을 의미하는 동시에 '白髮'을 의미하며, 陽春은 소용이에 제시된 늙은 매화의 '봄뜻'도 의미하기 때문이다. 즉 5장은 노년(白雪)에도 '봄뜻(陽春)'에 대한 열정을 멈추지 않는 것은 '二三 白髮翁(梅花) 밧게' 없다는 뜻으로 해석된다.

따라서 이 작품은 세속의 화려한 삶과의 대비를 통해 매화처럼 탈속하고 고결한 두 老大家의 삶을 찬양한 것이라 할 수 있다. 즉 초삭대엽에서 풍류방의 전체적인 구성과 분위기를 제시하고, 회계삭대엽에서는 <u>풍류의 주체인 두 老大家의 '봄뜻'에 대한 열정과 풍모를 찬양하는 것</u>으로 마무리된 것이다. 이삭대엽 계열에서 노래한 진정한 벗사귐과 삼삭대엽 및 소용이에서 노래한 '봄뜻'을 향한 매화의 열정은 모두 회계삭대엽의 <u>두 老大家의 고결한 풍모와 열정</u>으로 수렴된다는 점에서 회계삭대엽은 앞서 전개된 시상을 수렴하면서 초삭대엽과 함께 〈매화사〉 8절 전체의 시상을 통합하는 것이다. 음악적으로는 우롱으로 가창 되는 전반부는 소용이의 분위기를 계승하고, 후반부는 차분하고 정적인 분위기로 편가 전체를 마무리한다고 볼 수 있다."(박연호 2020:96)

에서 보았듯이, '陽春'에는 '봄뜻'과 '풍류'의 의미가 없다. 셋째로, '陽春'의 뜻이라고 본 '봄뜻'을 다시 "'봄뜻(陽春)'에 대한 열정"이나 "'봄뜻'을 향한 매화의 열정"으로 확대하여 문맥을 설명하고 있는데, 이는 지나친 확대 해석이다. '봄뜻'은 '봄뜻'이지, "'봄뜻(陽春)'에 대한 열정"이나 "'봄뜻'을 향한 매화의 열정"의 의미는 아니다. 넷째로, 이삭대엽의 계열에서는 어리고 성긴 매화를 노래하였는데, 이 어리고 성긴 매화가 '두 노대가'로 수렴된다고 주장하는 것은 아무리 보아도 재고가 필요하다.

양희철(2013)은 표면적 텍스트와 이면적 텍스트의 주제를 기승전결의 구조에 기반하여 정리하였다. 그리고 이 주제를 2016년도 글에서는 표면적 텍스트에서 전6수 텍스트의 주제를 서본의 구조에 기반하여 정리하고, 8수 텍스트의 주제를 기승전결의 구조에 기반하여 정리하고, 이면적 텍스트에서도 전6수 텍스트의 주제를 서본의 구조에 기반하여 정리하고, 8수 텍스트의 주제를 기승전결의 구조에 기반하여 정리하였다. 이 주제는 '4'장에서 정리한 것들이다. 이 정리가 가장 논리적인 것으로 판단한다.

지금까지 다섯 항을 통하여, 〈매화사〉의 문학적 구조를 연구한 기왕의 연구들을 변증해 보았다. 그 결과 전6수의 텍스트를 [서(서론, 제1수)-본(본론, 제2~6수, 대칭적 구조)]의 구조로 보고, 8수의 텍스트를 [기(서론, 제1수)-승(본론1, 소재1, 제2~6수, 대칭적 구조)-전(본론2, 소재2, 제7수)-결(결론, 제6수)]의 구조로 보고, 각각 주제를 도출한 글만이 가장 원만한 해석으로 정리될 수 있다. 이 글 역시 시어 '봄뜻, 동각에, 양춘' 등의 해석에서는 앞에서 수정 보완하였듯이 문제를 가지고 있었다. 그러나 다행으로 이 잘못 읽은 세 시어의 오해는 작품의 구조와 주제에는 거의 영향을 주지 않았다.

5.3. 두 텍스트의 구조와 우조 8곡의 구조

이 절에서는 지금까지 검토한 내용을 바탕으로, 〈매화사〉의 문학적 두 텍스트의 구조(문학적 구조)와 우조 8곡의 구조(음악적 구조)의 관계를 두 항으로 나누어 정리하고자 한다.

5.3.1. 전6수의 텍스트와 대가곡

전6수의 텍스트와 대가곡의 관계를 정리하면 다음의 표와 같다.

〈표 3〉

구분		제1수	제2수	제3수	제4수	제5수	제6수
텍스트		전6수의 텍스트					
문학적 구조	소재	운애산방 매영	어리고 성긴 매화				
	논리	서사	본사(대칭적 구조)				
	배경 공간	전경의 운애산방	매화에 초점이 맞추어진 운애산방				
	배경 시간	전일	당일				
		황혼 이전의 이전	황혼 이전	황혼			황혼 이후
				초반	중반	종반	
음악적 구조4		초삭대엽	이삭대엽	이삭대엽의 파생곡			삼삭대엽
				중거	평거	두거	
악곡		초삭대엽	이삭대엽	중거	평거	두거	삼삭대엽
		서곡	본곡				
		대가곡					

이 표에서 보듯이, 문학적 측면의 전6수의 텍스트와 음악적 측면의 대가곡은 서로 상응한다. 이 전6수의 텍스트와 대가곡의 상응은 2단락의 차원에서 구체화 되어 있다. 즉 음악적 측면의 서곡(제1단락, 초삭대엽)-본곡(제2단락, 이삭대엽, 중거, 평거, 두거, 삼삭대엽)은 문학적 측면의 서사(제1단락, 제1수)-본사(제2단락, 제2~6수)와 상응한다.

문학적 측면의 제1단락과 제2단락에 포함된 내용을 좀더 구체적으로 정리하면 다음과 같다.

1) 소재 차원에서 매영(제1단락, 제1수)과 운애산방의 매화(제2단락, 제2~6수)가 2단락을 보여준다.

2) 배경시간의 차원에서 전일(제1단락, 제1수)과 당일(제2단락, 제2~6수)은 물론, 황혼 이전의 이전(제1단락, 제1수)과 황혼 이전부터 황혼 이후까지(제2단락, 제2~6수, 순차적 대칭적 구조)가 2단락을 보여준다.

3) 배경공간의 차원에서 전경(全景)의 운애산방(제1단락, 제1수)과 어리고 성긴 매화에 초점이 맞추어진 운애산방(제2단락, 제2~6수)이 2단락을 보여준다.

4) 논리의 차원에서 서사(제1단락, 제1수)와 본사(제2단락, 제2~6수, 점층적 구조와 점강적 구조가 대칭된 대칭적 구조)가 2단락을 보여준다.

이렇게 문학적 측면에서 전6수의 텍스트는 소재, 배경시간, 배경공간, 논리 등의 네 차원에서 제1단락(제1수)과 제2단락(제2~6수)이 결합된 2단락을 보여준다. 이 경우에 제2단락은 소재, 배경시간, 배경공간, 논리 등의 네 차원뿐만 아니라, 결속과 종결이라는 차원에서도 제2~6수가 제2단락으로 묶인다는 사실을 잘 보여준다. '3.1. 전6수 텍스트의 결속과 종결'에서 정리하였듯이, 제2~6수는 대칭표현에 의한 결속과 종결은 물론 반복표현의 후미 전환에 의한 결속과 종결을 잘 보여주는데, 이 결속과 종결은 제1부의 두 번째 논문인 「연시조 표현의 결속과 종결」에서 정리하였듯이, 가장 보편적인 결속과 종결의 두 유형이다.

이 결속과 종결은 물론, 소재, 배경시간, 배경공간, 논리 등의 차원에서 서사(제1단락, 제1수)와 본사(제2단락, 제2~6수, 대칭적 구조)를 보여주는 문학적 측면의 전6수의 텍스트는, 서곡(초삭대엽, 제1수)과 본곡(이삭대엽, 중거, 평거, 두거, 삼삭대엽, 제2~6수)[40]을 보여주는 음악적 측면의 대가곡과, 구조적인 측면에서 거의 철저하게 상응한다고 정리할 수 있다.

5.3.2. 8수의 텍스트와 우조 8곡(대가곡과 소가곡)

음악적 구조4와 '3'장에서 정리한 문학적 구조를 비교하면 〈표 4〉와 같다.

〈표 4〉

구분		제1수	제2수	제3수	제4수	제5수	제6수	제7수	제8수
문학적 구조	소재	매영	어리고 성긴 매화					늙은 매화	귀납된 매화
	논리	기	승(본사1, 소재1, 대칭적 구조)					전 (본사2, 소재2)	결
	배경 공간	전경의 운애 산방	매화에 초점이 맞추어진 운애산방					나부산	통합된 공간

---

40 이 제2~6수가 음악적 구조에서 한 단락이 된다는 사실에 참조할 만한 내용이 "삼삭대엽은 이삭대엽에서 파생한 곡으로, 3장 이하는 이삭대엽의 선율과 유사하다."(박연호 2020:78)에서 발견되기도 하였다.

문학적 구조	배경 시간	전일	당일				후일		통합된 양춘
		황혼 이전의 이전	황혼 이전	황혼			황혼 이후	황혼 이후의 이후	통합된 양춘
				초반	중반	종반			
음악적 구조4		초삭대엽	이삭대엽	이삭대엽의 파생곡			삼삭대엽	삼삭대엽의 파생곡: 소용	회계삭대엽
				중거	평거	두거			
악곡		초삭대엽	이삭대엽	중거	평거	두거	삼삭대엽	소용	회계삭대엽
		서곡	본곡1					본곡2	종곡
		대가곡						소가곡	
		우조 8곡							

제1~6수가 문학적 구조와 음악적 구조에서 상응한다는 사실은 앞항에서 정리하였다. 이 항에서 제1~8수가 문학적 구조와 음악적 구조에서 상응한다는 사실은 정리하려 한다. 앞항에서 정리한 부분의 설명을 생략하고 나머지 부분만을 설명하면서 정리하면 다음과 같다.

위의 표에서 보듯이, 문학적 측면의 8수의 텍스트와 음악적 측면의 우조 8곡은 서로 상응한다. 이 8수의 텍스트와 우조 8곡의 상응은 4단락의 차원에서 구체화 되어 있다. 즉 음악적 측면의 서곡(제1단락, 초삭대엽)-본곡1(제2단락, 이삭대엽, 중거, 평거, 두거, 삼삭대엽)-본곡2(제3단락, 소용)-종곡(제4단락, 회계삭대엽)은 문학적 측면의 기(제1단락, 제1수)-승(제2단락, 제2~6수, 본사1, 소재1)-전(제3단락, 제7수, 소재2)-결(제4단락, 제8수)과 상응한다. 문학적 측면의 제1단락, 제2단락, 제3단락, 제4단락 등에 포함된 내용을 좀더 구체적으로 정리하면 다음과 같다.

1) 소재 차원에서, 매영(제1단락, 제1수)-어리고 성긴 매화(제2단락, 제2~6수)-늙은 매화(제3단락, 제7수)-개별화의 제유법을 통하여 하손, 배적, 두보 등의 매화를 함축적으로 보여주는 초장의 귀납된 매화와 종장의 귀납된 매화(제8수) 등의 4단락을 보여준다.

2) 배경시간의 차원에서, 전일(제1단락, 제1수)-당일(제2단락, 제2~6수)-후일(제3단락, 제7수)-통합된 양춘(제4단락, 제8수) 등의 4단락과, 황혼 이전의 이전(제1단락, 제1수)-황혼 이전부터 황혼 이후까지(제2단락, 제2~6수)-황혼 이후의 이후(제3단락, 제7수)-통합된 양춘(제4단락, 제8수) 등의 4단락을 보여준다.

3) 배경공간의 차원에서, 전경의 운애산방(제1단락, 제1수)-매화에 초점이 맞추어진 운애산방(제2단락, 제2~6수)-나부산(제3단락, 제7수)-통합된 공간(제4단락, 제8수) 등의 4단락을 보여준다.

4) 논리 차원에서, 기(제1단락, 제1수)-승(제2단락, 제2~6수, 소재1: 운애산방의 매화, 대칭적 구조)-전(제3단락, 제7수, 소재2:나부산의 매화)-결(제4단락, 제8수) 등의 4단락을 보여준다.

이렇게 문학적 측면에서 8수의 텍스트는 소재, 배경시간, 배경공간, 논리 등의 네 차원에서 제1단락(제1수), 제2단락(제2~6수), 제3단락(제7수), 제4단락(제8수) 등의 4단락을 보여준다. 이 문학적 측면의 4단락은 음악적 측면에서 우조 8곡이 보여주는 4단락, 즉 서곡(제1단락, 초삭대엽)-본곡1(제2단락, 이삭대엽, 중거, 평거, 두거, 삼삭대엽)-본곡2(제3단락, 소용)-종곡(제4단락, 회계삭대엽) 등의 4단락과 상응한다. 이상과 같은 점들로 보아, 이 문학적 측면의 8수 텍스트와 음악적 측면의 우조 8곡이 그 4단락의 구조에서 서로 상응한다고 결론을 내릴 수 있다.

이렇게 〈매화사〉에서 음악적 구조와 문학적 구조를 상응시킨 안민영은, 음악은 물론 作歌에서도 매우 뛰어난 예능인으로 알려져 있다. 박노준(1998b:332~333)은 박효관의 "又善作歌 精通音律"과 장지연의 "皆合節調ᄒ니 蓋妙解天識也러라"를 통하여 안민영이 음악은 물론 作歌에도 매우 뛰어난 예능인임을 정리하였다.

6. 결론

지금까지 연시조 〈매화사〉를 전6수의 텍스트와 8수의 텍스트로 탈착되는 탈착형의 연시조로 보아, 먼저 무시되거나 오해된 시어들의 해석을 변증하고, 이어서 결속, 종결, 구조, 주제 등을 살피고, 마지막에 음악적 구조와 문학적 구조의 상응을 살펴보았다. 그 결과 중에서 중요한 것들을 요약하여 결론을 대신하려 한다.

'2'장에서 정리한 무시되거나 오해된 시어들의 해석을 변증한 결과는 다음과 같다.

1) '나부산 광대등걸의 매화'는 스승인 박효관과 연장자인 오기여에 빗댄 것으로 보기도 하나, 스승의 그림자도 밟지 않는다는 동양의 전통 윤리상, '저건너'의 표현이 있는 한, 조사웅의 매화는 여성이라는 점 등으로 보아, 표면적 텍스트에서는 조사웅의 설화를 전고한 것이며, 이면적 텍스트에서는 자기 은사(박효관)와 연장자(오기여)를 빗댄 것이 아니라, 늙은 가기(歌妓)의 회화로 보았다.

2) '봄뜻'은 '春意'의 직역이며, 그 뜻은 '봄기운' 또는 '이른 봄에 만물이 피어나는 기운'이다. '봄기운/春氣'의 의미를 전달하기 위하여, 특히 문맥의 흐름상 '봄기운/春氣'의 의미를 '봄기운/春氣'로 직접 표현하지 않고, 이 '봄기운/春氣'를 '봄뜻/春意'로 바꾸어서 표현한 것은, 직접 표현하지 않고 돌려서 표현한 우언법(迂言法, periphrasis)이다.

3) '東閣'은 공손홍(公孫弘)의 '東閣'(현사와 빈객을 접대한 客館)으로 오해하기도 하나, 배적(裵迪)의 '東亭官梅'와 하손(何遜)의 '東軒早梅'를 함축한 두보의 '東閣官梅'를 축약한 '東閣(官梅)'이다. 이 '東閣(官梅)'은 표면적 텍스트에서는 전체('이른 봄에 피는 매화')를, 부분['이른 봄에 피는 매화'의 대명사(代名詞)인 '東閣(官梅)']으로 표현한 개별화의 제유법이고, 이면적 텍스트에서는 전체('고상한 악곡을 노래하는 가기 매화')를, 부분['고상한 악곡을 노래하는 가기 매화'의 대명사인 '東閣(官梅)'(동정과 동헌의 가기 매화)]으로 표현한 개별화의 제유법이다. 그리고 '東閣에'의 '-에'가 처격어미가 아니라 원인격어미라는 점에서, '東閣(官梅)에'는 표면적 텍스트에서는 '이른 봄에 피는 매화 때문에'의 의미로 정리되고, 이면적 텍스트에서는 '고상한 악곡을 노래하는 가기 매화 때문에'의 의미로 정리된다.

4) '陽春'은 그 사전적 의미에도 없고 논증되지도 않는, '봄뜻' 또는 '봄뜻'과 '풍류'로 보는 해석이 주류를 이루면서 심각한 문제를 보인다. 이 '陽春'은 표면적 텍스트에서는 '꽃피는 봄'의 의미를 우언법으로 표현한 '따스한 봄'의 표현이고, 이면적 텍스트에서는 '양춘곡'의 표현이다. 물론 '東閣'과 '白雪陽春'은 각각 '東閣(官梅)'과 '白雪(曲)陽春(曲)'의 축약이고, 이 '東閣(官梅)'과 '白雪(曲)陽春(曲)'이라는 부분은 '이른 봄에 피는 매화'와 '고상한 악곡'이라는 전체를 표현한 개별화의 제유법이다.

5) '매화'(제8수) 역시 그 해석에서 많은 문제를 보이는데, 제1~6수의 운애산방의 매화, 제7수의 나부산의 매화, 제8수 초장에 함축된 '東閣(官梅)'의 매화 등이 귀납된 일반화의 매화이다. 이로 인해 표면적 텍스트에서는 운애산방의 어리고 성긴 매화, 나부산의 썩어 반만 남은 매화, 두보, 배적, 하손 등의 매화 등을 귀납적으로 일반화한 식물의 매화를 의미하고, 이면적 텍스트에서는 운애산방의 어린 가기의 매화, 나부산

의 늙은 가기의 매화, 동정과 동헌의 가기 매화 등을 귀납한 가기의 매화를 의미한다.

'3'장에서 정리한 전6수 텍스트의 결속과 종결은 다음과 같이 요약할 수 있다.

1) 제2~6수에서는 '… -니 …' 구문의 반복을 통하여 일탈표현을 보인 제4수를 대칭축으로 대칭하는 ['-니, 매화'(제2수)-대칭축(제4수)-'-니, 매화'(제6수)]와 ['향기, 감탄 선언, 매화의 황혼월 기약'(제3수)-대칭축(제4수)-'향기, 감탄 선언, 황혼월의 매화 기약'(제5수)]의 대칭표현들이 발견되는데, 이 대칭표현들은 제2~6수의 공통된 소재 '어리고 성긴 운애산방의 매화'와 더불어 제2~6수의 단락성을 보이면서, 단락내 결속을 보여주고, 동시에 단락내 시종의 대칭에 의해 단락의 종결을 보여준다.

2) 제2~6수의 제2~5수에서는 '향, 너, -라(종장)' 등을 각각 반복하고 제6수에서는 이 '향, 너, -라(종장)' 등을 사용하지 않는 일탈의 전환을 보이는데, 이는 반복표현의 후미 전환형으로 이 단락의 단락내 결속과 단락의 종결을 말해준다.

3) 제1, 2수에서 반복하는 '과거시제의 서술 구문'은 제1단락(제1수)과 제2단락(제2~6수)의 순차적 결속을 보여준다.

4) 제1수 초장의 '부딪치-', '창(窓)' 등과 제6수 초장의 '(산)창[(山)窓]', '부딪치-' 등은 시종(始終)의 대칭표현으로, 전6수 텍스트의 결속과 종결을 보여준다.

8수의 텍스트에서 정리한 결속과 종결은 다음과 같다.

1) 전6수 텍스트의 제2단락(제2~6수)에서 정리한 결속과 종결은 8수의 텍스트에서도 같은 기능을 한다.

2) 전6수 텍스트에서 '과거시제의 서술 구문'을 반복하면서 보여준

제1단락(제1수)과 제2단락(제2~6수)의 순차적 결속은 8수의 텍스트에
서도 같은 기능을 한다.

3) 전6수의 텍스트에서 텍스트의 결속과 종결을 보여주었던 제1수 초
장과 제6수 초장의 '부딪치-, 창(窓)'의 대칭표현은, 8수의 텍스트에서
는 제1단락(제1수)와 제2단락(제2~6수)의 단락간의 결속과 종결로 그
기능을 바꾼다.

4) 제2단락과 제3단락의 단락간의 결속은 제6수(제2단락의 끝수)와
제7수(제3단락)의 종장에서 반복된 "아(무/모)리 … 봄뜻- (어이) 설의
형(아슬소냐, ᄒ리오)"(미래시제의 설의 구문)에 의해 이루어진다.

5) 제1단락(제1수), 제2단락(제2~6수), 제3단락(제7수) 등의 단락간
의 결속은 [과거시제의 서술 구문(제1, 2수)-현재시제의 선언 구문(제3,
4, 5수)-미래시제의 설의 구문(제6, 7수)]의 대칭표현에 의해서 이루어
진다.

6) 8수 텍스트의 전체적인 결속과 종결은 두 유형으로 이루어진다.
하나는 제7수의 장형시조가 단형시조(제1~6수)-장형시조(제7수)-단
형시조(제8수)의 연결에서 보이는 일탈로, 이 일탈은 반복표현의 후미
전환을 다시 도치시킨, 반복표현의 후미 전환·도치형의 종결로, 종결과
제1~4단락의 결속을 보여준다. 다른 하나는 제8수 종장의 끝시어 '이시
리'의 일탈이 두 측면에서 보인 종결과 결속이다. 한 측면은 제1, 2수,
제3~5수, 제6, 7수 등이 각각 동일 구문으로 짝을 이루면서 반복하는
규범을 벗어난 일탈을 통하여 보여준, 반복표현의 후미 전환에 의한 결
속과 종결이다. 다른 한 측면은 '오르더라'(제1수), 'ᄒ더라'(제2수), 'ᄒ
노라'(제3~5수), '아슬소냐'(제6수), 'ᄒ리오'(제7수) 등의 비생략형의
반복표현을 후미에서 생략형 '이시리'로 전환한, 반복표현의 후미 전환
에 의한 결속과 종결이다.

'4'장에서 정리한 구조와 주제는 다음과 같다.

1) 〈매화사〉에서 발견되는 배경시간의 구조는 [황혼 이전의 이전(제1
수)-황혼 이전(제2수)-황혼{초반(제3수)-중반(제4수)-종반(제5수)}-황
혼 이후(제6수)-황혼 이후의 이후(제7수)-양춘(제8수)]인데, 이 중의 제
1~7수는 순차적 대칭적 구조이고, 제1~7수의 시간과 제8수의 시간은
순차적 대칭적 열거와 통합의 관계이다.

2) 〈매화사〉에서 발견되는 배경공간의 구조는 [전경을 보여준 운애산
방(제1수)-매화에 초점을 맞춘 운애산방(제2~6수)-나부산(제7수)-통
합적 공간(운애산방의 방안과 나부산, 제8수)]인데, 운애산방의 방안과
나부산의 공간은 열거의 관계이고, 제1~7의 공간과 제8수의 공간은 열
거와 통합의 관계이다.

3) 〈매화사〉의 표면적 텍스트에서, 전6수 텍스트의 논리적 구조는
[서(제1수)-본(제2~6수:대칭적 구조)]의 구조이고, 8수 텍스트의 논리
적 구조는 [기(서론, 제1수)-승(본론1:소재1, 제2~6수:대칭적 구조)-
전(본론2:소재2, 제7수)-결(결론, 제8수)]의 구조이다.

4) 〈매화사〉의 표면적 텍스트에서, 전6수 텍스트의 주제는 [운애산방
매화의 (백설양춘에 눈 기약을 지켜 피어 보여준) 고절(高節, 높은 節槪)
에 대한 칭찬]이고, 8수 텍스트의 주제는 [매화(운애산방과 나부산의 매
화와, 두보, 배적, 하손 등의 매화를 귀납한 매화)만의 (백설양춘에 눈
기약을 지켜 피어 보여준) 고절(高節, 높은 節槪)에 대한 칭찬]이다.

5) 이면적 텍스트의 논리적 구조와 주제를 가능하게 한 중의적 표현
들은 다음과 같다. '매영(梅影)'(식물 매화의 그림자, 가기 매화의 그림
자), '매화(梅花)'(분재의 매화, 어린 歌妓), '눈'(자연의 눈, 저속한 악
곡), '두세 송이'(매화꽃의 두세 송이, 고상한 두세 악곡), '푸엿고나'(피
였구나, 꽃피었구나), '암향'(그윽한 향기, 그윽한 악곡), '빙자옥질(氷

姿玉質)'(식물의 매화, 가기의 매화), '향기'(매화꽃의 향기, 가기 매화
의 향긋한 악곡), '청향(淸香)'(매화꽃의 맑고 깨끗한 향기, 가기 매화의
맑고 깨끗한 악곡), '꽃'(분재의 매화, 가기의 매화), 'ᄇ람'(눈을 몰아오
는 바람, 일시적인 유행), '산창(山窓)'(운애산방의 창, 운애산방의 풍류
객들이 보인 고상한 악곡의 진영), '부딪치니'(부딪치니, 공격하니), '찬
기운'(겨울의 찬 기운, 차가운 냉대), '봄뜻'(봄기운, 고상한 악곡이 피어
나는 기운), '나부산(羅浮山)'(중국 광동성의 산, 늙은 가기가 거하는 구
름이나 안개가 비단 같이[羅] 뜬[浮] 산), '검어 웃쑥 울퉁불퉁 광덕등
걸'(古木의 매화, 늙은 歌妓), '동각(東閣)'[東閣(東亭官梅, 東軒早梅),
東亭과 東軒의 歌妓 梅花], '척촉(躑躅)'(식물의 척촉, 가기의 척촉),
'두견화(杜鵑花)'(식물의 두견화, 가기의 두견화), '백설양춘(白雪陽春)'
[흰 눈 속의 양춘(정월/따스한 봄, '따스한 봄'은 '꽃피는 봄'의 우언법),
「백설곡」「양춘곡」 등과 같이 고상한 악곡), '매화(梅花)'(제8수, 어린
매화와 고목의 매화와 두보, 배적, 하손 등의 매화를 귀납적으로 일반화
한 매화, 어린 가기의 매화와 늙은 가기의 매화와 東亭과 東軒의 가기
매화를 귀납적으로 일반화한 가기의 매화) 등이다.

6) 5)의 중의적 표현들에 의해 생성된 이면적 텍스트에서, 전6수 텍스
트의 논리적 구조는 [서(제1수)-본(제2~6수:대칭적 구조)]의 구조이고,
8수 텍스트의 논리적 구조는 [기(서론, 제1수)-승(본론1:소재1, 제2~6
수:대칭적 구조)-전(본론2:소재2, 제7수)-결(결론, 제8수)]이다.

7) 〈매화사〉의 이면적 텍스트에서, 전6수 텍스트의 주제는 [운애산방
의 가기 매화의 (저속한 악곡의 세상에 기약을 지켜 고상한 악곡을 꽃피
워 보여준) 고절(高節, 높은 절개)에 대한 칭찬]이며, 8수 텍스트의 주제
는 [가기 매화(운애산방과 나부산의 가기 매화와 동정과 동헌의 가기
매화를 귀납한 가기 매화)만의 (저속한 악곡의 세상에 기약을 지켜 고상

한 악곡을 꽃피워 보여준) 고절(高節, 높은 節槪)에 대한 칭찬]이다.

8) 〈매화사〉의 매화는 소재사적 측면에서, 표면적으로는 눈 기약을 지켜 핀 고절(高節, 높은 절개)의 표상이며, 이면적으로는 고상한 악곡을 꽃피운 가기 매화의 표상이다. 이는 사대부 시가에서 중시하는 자아의 이념 표상인 세한고절(歲寒高節)의 표상으로부터 주제적 변용을 보인 것이다.

'5'장에서 정리한 문학적 구조와 음악적 구조의 관계는 다음과 같다.

1) 결속과 종결은 물론, 소재, 배경시간, 배경공간, 논리 등의 차원에서 서사(제1단락, 제1수)와 본사(제2단락, 제2~6수, 대칭적 구조)를 보여주는 문학적 측면의 전6수의 텍스트는, 서곡(초삭대엽, 제1수)과 본곡(이삭대엽, 중거, 평거, 두거, 삼삭대엽, 제2~6수)을 보여주는 음악적 측면의 대가곡과, 구조적인 측면에서 거의 철저하게 상응한다.

2) 문학적 측면에서 8수의 텍스트는 결속, 종결, 소재, 배경시간, 배경공간, 논리 등의 여섯 차원에서 기(제1단락, 제1수), 승(제2단락, 제2~6수, 소재1, 대칭적 구조), 전(제3단락, 제7수, 소재2), 결(제4단락, 제8수) 등의 4단락을 보여준다. 이 문학적 측면의 4단락은 음악적 측면에서 우조 8곡이 보여주는 4단락, 즉 서곡(제1단락, 초삭대엽), 본곡1(제2단락, 이삭대엽, 중거, 평거, 두거, 삼삭대엽), 본곡2(제3단락, 소용), 종곡(제4단락, 회계삭대엽) 등의 4단락과 거의 철저하게 상응한다.

이 글과 앞의 글(2016)을 통하여 필자는 그 동안 궁금했던 문제를 하나 해결하였다. 궁금했던 문제는 바로 왜 승(제2~6수)이 너무 커서 불균형한 기(제1수)-승(제2~6수)-전(제7수)-결(제8수)의 구조로 작품을 짰을까 하는 점이었다. 이 궁금했던 문제는, 이 작품이 전6수의 텍스트와 8수의 텍스트로 탈착되는 탈착형의 연시조라는 점을 이해하면서, 해결할 수 있었다. 즉 불균형한 기승전결의 '기승'은, 〈오륜가〉(주세붕),

〈오우가〉(윤선도), 〈병산육곡〉(권구) 등의 서(제1수)-본(제2-6수)의 구조와, 〈풍아별곡〉(권익륭)과 〈농가(구장)〉(위백규)에 포함된 서(제1수)-본(제2-6수)의 구조로 떼어서 이해하면, 앞의 문제가 해결된다. 동시에 불균형한 기승전결은, 〈오륜가〉(주세붕), 〈오우가〉(윤선도), 〈병산육곡〉(권구) 등의 서(제1수)-본(제2~6수)의 구조와, 〈풍아별곡〉(권익륭)과 〈농가(구장)〉(위백규)에 포함된 서(제1수)-본(제2~6수)의 구조를 '기승'으로 바꾸고, 이 '기승'에 '전결'을 붙인 구조라는 점을 이해하여도 앞의 문제가 해결된다. 이런 사실 때문에, 앞의 책에서는, 〈오우가〉(윤선도), 〈병산육곡〉(권구), 〈풍아별곡〉(권익륭), 〈농가(구장)〉(위백규), 〈매화사〉(안민영) 등을 제6부인 기타(1)로 묶었다.

끝으로 〈매화사〉의 연구를 통하여 필자가 얻은 두 가지의 교훈을 다른 연구자들과 공유하고 싶다. 첫째는 시어(詩語)의 의미를 모르면, 그 의미를 쉽게 또는 대충 견강부회(牽强附會)하지 말고, 그 의미를 사전, 어휘론, 의미론, 수사론 등의 측면에서 객관적으로 이해할 때까지 천착하자는 것이다. 둘째는 검증되지 않는 가설을 만들어 놓거나 그 가설을 따르면서, 그 가설을 합리화하기 위하여, 남의 글을 왜곡하지 말고, 시어의 의미와 작품의 구조 및 주제를 왜곡하지 말자는 것이다. 이 두 가지의 교훈은 모두가 논문 쓰기의 객관적인 논증과 설명의 문제이며, 연구자의 성실성의 문제이다. 아무쪼록 고전시가의 연구를 통하여, 나나 남이나 할 것 없이, 학자답게 성실한 학자들이 되었으면 하는 마음이다.

참고문헌

강미정(2000), 「《악장가사》 소재 〈어부가〉의 문학치료적 효과」, 『국어교육』 101, 한국어교육학회.

강석중(1998), 「「어부가」의 집구 소원 연구」, 『국문학연구』 2, 국문학회.

강재헌(2007), 「김천택의 시조관과 구현에 관한 연구」, 충남대학교 대학원 박사 논문.

강재헌(2012), 「여항 가객 작품에 나타난 경제 상황과 문화적 지향: 김천택과 김수장의 경우를 중심으로」, 『한국시가문화연구』 29, 한국시가문화학회.

강혜정(2010), 「김천택의 교유와 「청구영언」의 편찬 과정 검토」, 『고시가연구』 26, 한국시가문화학회.

고성환(1996), 「〈오우가〉의 어학적 분석」, 『문학과 어학의 만남』, 신구문화사.

고영근(1996), 「윤선도 〈오우가〉의 텍스트 분석」, 『이기문 교수 정년퇴임기념 논총』, 신구문화사.

고정옥(1949), 「국문학의 형태」, 우리어문학회 편, 『국문학개론』, 일성당서점.

고정희(1999), 「신흠 시조의 사상적 기반에 관한 연구」, 『고전문학과 교육』 1, 청관고전문학회.

권두환(1983a), 「김성기론」, 백영정병욱선생환갑기념론총 간행위원회 편, 『한국시가문학연구』, 신구문화사.

권두환(1983b), 「18세기의 가객과 시조문학」, 『진단학보』 55, 진단학회.

권영철(1966), 「반구옹시조와 도산십이곡의 계보」, 『연구논문집』 1, 효성여대.

권영철(1974), 「석탄 시조에 대하여」, 하성이선근박사고희기념논문집 간행위원회 편, 『한국학논총: 하성이선근박사고희기념논문집』, 형설출판사.

김기동(1976), 『국문학개론』, 진명문화사.

김대행(1986), 『시조유형론』, 이화여자대학교 출판부.

김동욱(1961), 『한국가요의 연구』, 을유문화사.

김동욱(1980), 『한국가요의 연구 속』, 이우출판사.

김동욱·임기중(1982), 『교합 아악부가집』, 태학사.

김동준(1974), 『시조문학론』, 진명문화사.

김민화(1999), 「최락당 이간의 시조 연구」, 고려대학교 대학원 석사논문.

김병국(1995), 「어부가와 한적」, 『성균어문연구』 31, 성균관대 성균어문학회.

김사엽(1956), 「「어부가」고」, 『이조시대의 가요 연구』, 대양출판사.

김상진(1996), 「조선 중기 연시조의 연구: 사시가계, 오륜가계, 육가계 작품을 중심으로」, 한양대학교 대학원 박사논문.

김상진(1997), 『조선중기 연시조의 연구』, 민속원.

김상진(2004), 「김득연의 〈산중잡곡〉 재조명: 연작시조의 가능성을 중심으로」, 『한국시가연구』 16, 한국시가학회.

김상진(2008), 「안서우의 〈유원십이곡〉 재조명」, 『온지논총』 19, 온지학회.

김상진(2012), 「장경세의 〈강호연군가〉의 법고 창신」, 『온지논총』 31, 온지학회.

김석회(1995), 『존재 위백규 문학 연구』, 이회문화사.

김석회(2001), 「상촌 시조 30수의 짜임에 관한 고찰」, 『고전문학연구』 19, 한국고전문학회.

김석회(2002), 「상촌 신흠 시조 연구」, 『국어교육』 109, 한국어교육학회.

김선기(1985), 「어부장가와 어부단가에 대하여」, 『어문연구』 14, 충남대학교 문리과대학 어문연구회.

김성문(2016), 「반구옹 신지의 〈영언십이장〉 일고: 시상의 전환 양상을 중심으로」, 『어문연구』 68, 중앙어문학회.

김수업(1993), 「김천택에 대하여」, 『배달말』 18, 배달말학회.

김승우(2018), 「이세보의 〈순창팔경가〉 연구」, 『한국시가연구』 44, 한국시가학회.

김열규(1983), 『한국문학사』, 탐구당.

김용섭(1991), 「강호연군가고」, 『논문집』 24-1, 삼척공전(강원대학교).

김용직(1972), 「갈봉 김득연의 작품과 생애」, 『창작과 비평』 23, 창작과비평사.

김용찬(1997), 「김성기와 그의 작품 세계에 대한 고찰」, 『한국시가연구』 2, 한국시가학회; 김용찬(2008), 「김성기와 그의 작품 세계에 대한 고찰」, 『조선후기 시조문학의 지평』, 월인.

김용찬(1999), 「김천택의 삶과 작품세계」, 『어문논집』 39, 민족어문학회; 김용찬(2008), 「김천택의 삶과 작품세계」, 『조선후기 시조문학의 지평』, 월인.

김용찬(2001), 「김유기의 작품세계와 18세기 가곡전승의 양상」, 『시조학논총』 17, 한국시조학회; 김용찬(2008), 「김유기의 작품세계와 18세기 가곡전승의 양상」, 『조선후기 시조문학의 지평』, 월인.

김용찬(2006), 「안민영 〈매화사〉의 연창환경과 작품 세계」, 『어문논집』 54, 민족어문학회.

김용찬(2016a), 「안서우의 생애와 시조창작 배경」, 『한국시가문화연구』 37, 한국시가문화학회.

김용찬(2016b), 「안서우 〈유원십이곡〉의 구조와 작품 세계」, 『한국시가연구』 41, 한국시가학회.

김용철(2005), 「숙종조 여항육인의 성립과 시조의 특성」, 『국제어문』 34, 국제어문학회.

김윤조(1998), 「가객 김성기와 그 주변」, 『문헌과 해석』 5, 문헌과 해석사.

김윤희(2015), 「19세기 중반의 사행 체험을 기억하는 문학적 방식: 이세보의 사행시조에 대한 재고찰」, 『온지논총』 43, 온지학회.

김정주(2000), 「〈어부가〉계 시가의 전승과 전개양상 연구」, 『문화연구』 4, 한국문화학회.

김창원(1999), 「신흠 시조의 특질과 그 의미」, 『고전문학연구』 16, 한국고전문학회.

김창원(2000), 「김득연의 국문시가: 17세기 한 재지사족의 역사적 초상」, 『어문논집』 41, 민족어문학회.

김학동(1972), 『한국문학의 비교문학적 연구』, 일조각.

김학성(2009), 『한국고전시가의 전통과 계승』, 성균관대학교 출판부.

김흥규 외(2012), 『고시조대전』, 고려대학교 민족문화연구원.

김흥규(1981), 「강호자연과 정치현실: 맹사성, 「강호사시가」와 이현보, 「어부가」의 정치현실 인식」, 『세계의 문학』 19, 민음사.

나정순(1999), 「김득연 시조의 문학성」, 『이화어문논집』 17, 이화여자대학교 한국어문학연구소.

남동걸(2015), 「김득연의 〈산중잡곡〉 연구: 지수정 경영과 관련하여」, 『시조학논총』 43, 한국시조학회.

류준필(1992), 「안민영의 〈매화사〉론」, 백영정병욱선생10주기추모논문집 간행위원회, 『한국고전시가작품론 2』, 집문당.

류해춘(2011), 「16세기 〈어부가〉와 〈오륜가〉, 그 표현의도와 수사학」, 『시조학논총』 34, 한국시조학회.

박규홍(1984), 「조선전기 연시조 연구」, 영남대학교 대학원 석사논문.

박규홍(1996), 『시조문학연구』, 형설출판사.

박규홍(2011), 『어부가의 변별적 자질과 전승 양상』, 보고사.

박노준(1998a), 「여항육인의 현실인식과 그 극복 양상」, 『조선후기 시가의 현실인식』, 고려대학교 민족문화연구원.

박노준(1998b), 「안민영의 삶과 시의 문제점」, 『조선후기 시가의 현실인식』, 고려대학교 민족문화연구원.

박상영(2007), 「신흠 시조의 이중 구조와 그 의미지향」, 『한국시가연구』 22, 한국시가학회.

박연호(2014), 「남창 가곡 우조 농·락의 선율과 노랫말의 상관성」, 『한국시가연구』 36, 한국시가학회.

박연호(2015), 「청구영언(진본) 소재 18C 시조의 삭대엽 한바탕 가능성」, 『한국시가연구』 39, 한국시가학회.

박연호(2017), 「한글박물관 소장 『청구영언』 무명씨 항목의 종합적 고찰」, 『한국시가연구』 43, 한국시가학회.

박연호(2020), 「안민영 〈매화사팔절〉의 편가 구성과 시적 구조」, 『한국시가연구』 50, 한국시가학회.

박완식(1996), 「〈어부사〉에 나타난 한시의 영향」, 『어문연구』 91, 한국어문교육연구회.

박을수(1978), 『한국시조문학전사』, 성문각.

박이정(2007), 「이중경의 노래에 대한 의식 및 시가 창작의 양상과 그 의미」, 『한국시가연구』 22, 한국시가학회.

박철희(1980), 『한국시사연구: 한국시의 구조와 배경』, 일조각.

박해남(2007), 「신흠의 시조 창작 배경과 작품 양상」, 『반교어문연구』 23, 반교어문학회.

박해남(2010), 「〈악장가사본 어부가〉 재고」, 『반교어문연구』 28, 반교어문학회.

방인태(1991), 『우리시문학연구』, 집문당.

서승옥(1986), 「어부가 서문과 발문에 나타난 시가관」, 『이화어문논집』 8, 이화여자대학교 한국어문학연구소.

서원섭(1979), 「평시조 주제 분류표」, 『시조문학연구』, 형설출판사.

서원섭(1979), 『시조문학연구』, 형설출판사.

성기옥(1996), 「신흠 시조의 해석 기반: 〈방옹시여〉의 연작 가능성」, 『진단학보』 81, 진단학회.

성기옥(1998), 「한국 고전시 해석의 과제와 전망: 안민영의 〈매화사〉 경우」, 『진단학보』 85, 진단학회.

손정인(2012), 「안민영 〈매화사〉의 성격과 의미」, 『한민족어문학』 62, 한민족어문학회.

손태도(2002), 「김득연의 강호가도」, 『고전문학과 교육』 4, 한국고전문학교육학회.

송원호(2000), 「가곡 한 바탕의 연행 효과에 대한 일고찰(2): 안민영의 우조한 바탕을 중심으로」, 『어문논집』 42, 민족어문학회.

송정숙(1989a), 「어부가의 사적 성격」, 『국어국문학』 26, 부산대학교.

송정숙(1989b), 「어부가의 운율과 심상」, 『사대논문집』 18, 부산대학교.

송정숙(1990), 「어부가계 시가연구」, 부산대학교 대학원 박사논문.

송정헌(1976), 「「갈봉선생유묵」고」, 『충북대학 논문집』 10, 충북대학교.

송정헌(1977), 「갈봉시조고」, 『조선전기의 언어와 문학』, 형설출판사.

신영명(1997), 「보수적 이상주의의 계승과 파탄: 김득연의 강호시가」, 『논문집』 18, 상지대학교.

심재완(1972a), 『시조의 문헌적 연구』, 세종문화사.

심재완(1972b), 『교본 역대시조전서』, 세종문화사.

양태순(2008), 「신흠의 시조와 한시의 관련 양상 연구: 연정을 주제로 한 시조를 중심으로」, 『고전문학연구』 33, 한국고전문학회.

양희찬(1992), 「「청구영언」 진본과 김천택 가집편찬의 성격」, 『민족문화연구』 25, 고려대학교 민족문화연구원.

양희찬(2003), 「이현보 〈어부가〉에 담긴 두 현실에 대한 인식구조」, 『시조학논총』 19, 한국시조학회.

양희찬(2012), 「안민영 〈매화사〉의 짜임새에 대한 고찰」, 『시조학논총』 36, 한국시조학회.

양희철(2008), 「「도산십이곡」의 네 구조와 의미」, 『어문논총』 22, 동서어문학회.

양희철(2009), 「연시조의 형식과 그 운용의 미학」, 『2009 시조학술세미나 발표자료집: 시조의 형식특징과 그 운용의 미학』, 성균관대학교 국어국문학과.

양희철(2010a), 「연시조 종결의 표현 유형」, 『인문과학논집』 41, 청주대학교 한국문화연구소.

양희철(2010b), 「〈고산구곡가〉식 대칭표현형 연시조들의 유형성과 개별성」, 『어문연구』 64, 어문연구학회.

양희철(2010c), 「대칭표현을 포함한 연시조들의 유형성: 〈도산육곡〉식과 〈방진산군수가〉식의 대칭표현형을 중심으로」, 『배달말』 46, 배달말학회.

양희철(2010d), 「연시조 〈매화사〉의 세 구조 연구」, 『한국언어문학』 74, 한국언어문학회.

양희철(2010e), 「연시조 교육의 한 문제: 연의 형식에서 구성 문제를 중심으로」, 『청대학술논집』 2009년도 특집호(4권), 청주대학교 학술연구소.

양희철(2013), 「『매화사』의 문학적/음악적 구조와 주제」, 『인문과학논집』 46, 청주대학교 한국문화연구소.

양희철(2016), 『연시조 작품론 일반: 결속, 종결, 구조, 주제 등을 중심으로』, 월인.

양희철(2017a), 「'유원십이곡'의 텍스트 연구: 텍스트별 결속, 종결, 구조, 주제 등으로 본 두 연시조의 합철 가능성」, 『청대학술논집(교육과학분과)』 28, 청주대학교 학술연구소.

양희철(2017b), 「신흠의 제목 없이 합철된 두 연시조: 텍스트별 결속, 종결, 구조, 주제 등으로 본 탈착형 연시조의 가능성」, 『청대학술논집』 2016년도 특집호(11권), 청주대학교 학술연구소.

양희철(2017c), 「제목 없이 합철된 두 연시조(김천택)의 연구: 텍스트별 결속, 종결, 구조, 주제 등으로 본 탈착형 연시조의 가능성」, 『어문연구』 147, 한국어문교육연구회.

양희철(2017d), 「김성기와 김유기의 연시조 연구: 진본 『청구영언』에 제목 없이 합철된 작품들을 중심으로」, 『청대학술논집 〈교육과학분과〉』 29, 청주대학교 학술연구소.

양희철(2017e), 「〈오대어부가〉(9곡)의 세 텍스트 연구: 텍스트별 결속, 종결, 구조, 주제 등으로 본 탈착형 연시조의 가능성」, 『한국고전연구』 39, 한국고전연구회.

양희철(2018a), 「〈강호연군가〉의 세 텍스트 연구: 텍스트별 결속, 종결, 구조, 주제 등으로 본 탈착형 연시조의 가능성」, 『청대학술논집』 2017년도 특집호-12권, 청주대학교 학술연구소.

양희철(2018b), 「〈영언십이장〉의 세 텍스트 연구: 텍스트별 결속, 종결, 구조, 주제 등으로 본 탈착형 연시조의 가능성」, 『인문과학논집』 56, 청주대학교 한국문화연구소.

양희철·김상태 공편역(2000), 『일탈문체론: 리파테르·레빈·리이치의 이론들』, 보고사.

여기현(1988), 「강호인식의 한 양상」, 『반교어문연구』 1, 반교어문연구회.

여기현(1989), 「어부가의 표상성 연구: 〈어부장가〉와 〈어부사시사〉를 중심으로」, 성균관대학교 대학원 박사논문.

여기현(1996), 「『원어부가』의 집구성」, 성균관대학교 인문과학연구소 편, 『고려가요연구의 현황과 전망』, 집문당.

여기현(1999), 「어부가계 시가의 표상성」, 『고전시가의 표상성』, 월인.

오선주(2008), 「이신의 시조에 나타난 '벗' 인식에 대한 고찰」, 『한국언어문학』 67, 한국언어문학회.

오종각(1999), 「이세보의 연시조 연구」, 『한국시가연구』 5, 한국시가학회.

육민수(2004), 「김득연 문학작품의 특성: 시조 작품을 중심으로」, 『반교어문연구』 17, 반교어문학회.

육민수(2010), 「낭원군 이간의 시조 연구」, 『반교어문연구』 28, 반교어문학회.

윤영옥(1982), 「『어부사』 연구」, 『민족문화논총』 2, 3집, 영남대 민족문화연구소.

윤영옥(1986), 『시조의 이해』, 영남대학교 출판부.

윤영옥(1988), 「고산의 오우가」, 『고산연구』 2, 고산연구회.

윤정화(1994), 「조선후기 시조에 나타난 자연의 의미와 그 변모: 김천택, 김수장, 안민영을 중심으로」, 『국어국문학지』 31, 문창어문학회.

윤정화(2001), 「18세기 향촌사대부의 '육가' 수용의 양상과 의미」, 『국어국문학지』 38, 문창어문학회.

이민홍(1987), 『사림파문학의 연구』, 형설출판사.

이병기(1932), 「시조는 혁신하자(9)」, 『동아일보』(2월 2일), 동아일보사.

이상동(2009), 「수헌 이중경의 시세계: 오대 은거와 『잡훼원집』을 중심으로」, 『대동한문학』 30, 대동한문학회.

이상비(1974), 「이신의의 사우가와 단가 육수」, 『월간 시문학』 32, 시문학사.

이상비(1979), 「사우가와 이신의에 관한 연구」, 『논문집』 13, 원광대학교.

이상원(1992), 「16세기말~17세기초 사회 동향과 김득연의 시조」, 『어문논집』

31, 고려대학교 국어국문학연구회.

이상원(1998), 「17세기 시조 연구」, 고려대학교 대학원 박사논문.

이상원(2000), 『17세기 시조사의 구도』, 월인.

이상원(2005), 「조선후기 예인론: 악사 김성기」, 『한국시가연구』 18, 한국시가학회.

이상원(2008), 「17세기 육가형 시조연구: 장경세의 〈강호연군가〉와 이중경의 〈어부별곡〉」, 『한국언어문학』 65, 한국언어문학회.

이상원(2016a), 「『청구영언』(진본) 소재 김천택 시조의 내용 분류와 그 특징」, 『국학연구론총』 17, 택민국학연구원.

이상원(2016b), 「김천택 시조 연구 2:『해동가요』 소재 작품의 내용 분류와 변모 양상」, 『국제어문』 69, 국제어문학회.

이소동(2014), 「《맹자 공손축상》 "지언(知言)"구의 의미연구」, 『중국문학연구』 57, 한국중문학회.

이시연(1984), 「연시조의 특성에 관한 연구」, 『국문학의 사적 조명1』, 계명문화사.

이용숙(1988), 「〈사우가〉와 〈오우가〉의 비교연구」, 『고산연구』 2, 고산연구회.

이우성(1964), 「고려말 이조초의 어부가」, 『성대논문집』 9, 성균관대학교.

이재수(1955), 『고산연구』, 학우사.

이종은(1996), 「어부가 연구: 한시를 중심으로」, 『동아시아 문화연구』 29, 한양대학교 동아시아문화연구소.

이중경(2008), 『잡훼원집(雜卉園集)』(계명대학교 동산도서관 고문헌총서 7), 계명대학교 출판부.

이창식(1990), 「김성기론」, 『속 고시조작가론』, 백산출판사.

이태극(1959;1974), 『시조개론』, 새글사.

이태극(1970), 「남파시조의 내용고」, 『국어국문학』 49·50, 국어국문학회.

이현자(2002a), 「육가계 연시조의 변이양상 연구」, 『시조학논총』 18, 한국시조학회.

이현자(2002b), 「조선조 연시조의 유형별 변이양상 연구」, 경희대학교 대학원 박사논문.

이형대(1997), 「어부형상의 시가사적 전개와 세계인식」, 고려대학교 대학원 박사논문.

이형대(1999), 「어부가의 변전과 〈화방재사〉의 세계인식」, 『민족문화연구』 32,

고려대학교 민족문화연구원.

이형대(2002a), 「〈오대어부가〉와 처사적 삶의 내면 풍경」, 신영명 · 우응순 외, 『조선중기 시가와 자연』, 태학사.

이형대(2002b), 『한국고전시가와 인물형상의 동아시아적 변전』, 소명출판.

임기중(1986), 「장사촌과 강호연군가」, 간행위원회, 『시원 김기동 박사 회갑기념 논문집』, 교학사.

임기중(1990), 「장경세론」, 한국시조학회, 『속 시조작가론』, 백산출판사.

임종찬(1986), 『시조문학의 본질』, 대방출판사.

임주탁(1990), 「연시조의 발생과 특성에 관한 연구: 〈어부가〉, 〈오륜가〉, 〈도산 육곡〉 계열 연시조를 중심으로」, 서울대학교 대학원 석사논문.

임형택(1994), 「17세기 전후 육가형식의 발전과 시조문학」, 『민족문학사연구』 6, 민족문학사연구소.

장사훈(1985), 『국악총론』, 세광음악출판사.

장선용(1988), 「이현보 어부가의 시사적 위치에 관한 연구」, 『논문집』 13, 광주 보건전문대.

장순하(1985), 『고시조선집』, 어문각.

장순하(1991), 「연형시조」, 『한국민족문화대백과사전』, 한국정신문화연구원.

장인진(1983), 「새로 발굴된 이중경의 오대어부가」, 『도서관학』 2 · 3, 한국도서 관학회.

전재강(1987), 「어부가계 시조의 구조」, 『문학과 언어』 8, 문학과언어연구회.

전재강(1993), 「어부가계 시조연구」, 경북대학교 대학원 석사논문.

정무룡(2003a), 「농암 이현보의 장 · 단 〈어부가〉 연구(1): 찬정과 갈래를 중심 으로」, 『한민족어문학』 42, 한민족어문학회.

정무룡(2003b), 「농암 이현보의 장 · 단 〈어부가〉 연구(II): 해석과 구조를 중심 으로」, 『한민족어문학』 43, 한민족어문학회.

정소연(2005), 「신흠 시조의 연작성 고구」, 『한국시가연구』 17, 한국시가학회.

정운채(1999), 「『악장가사』 소재 「어부가」의 한시 수용 양상」, 김병국 외 7인, 『장르교섭과 고전시가』, 월인.

정종진(2008), 「'여항육인' 시조의 전환기적 특성과 그 향방」, 『애산학보』 34, 애산학회.

정혜원(1995), 「18세기 강호시조 연구: 연시조 작품을 중심으로」, 『인문과학연 구』 4, 상명여대 인문과학연구소.

조규익(1994), 「여항육인의 노래」, 『가곡창사의 국문학적 본질』, 집문당.

조규익(2010), 「〈강호연군가〉와 시조사 전개의 한 단서」, 『시조학논총』 32, 한국시조학회.

조성래(1987), 「연시조의 구조에 관한 연구」, 청주대학교 대학원 석사논문.

조성래(1998), 『연시조의 문체론적 연구』, 보고사.

조성래(2002a), 「〈오대어부가〉의 서정 표현과 인식 구조」, 『어문연구』 40, 어문연구학회.

조성래(2002b), 「〈오대어부가〉의 연구: 〈어부별곡〉 전후육장의 문체」, 『인문과학논집』 25, 청주대학교 인문과학연구소.

조유영(2014), 「〈오대어부가구곡〉에 나타난 '오대'의 문학적 형상화와 그 의미」, 『시조학논총』 41, 한국시조학회.

조윤제(1937), 『조선시가사강』, 박문출판사.

조윤제(1948), 『한국시가의 연구』, 을유문화사.

조해숙(1997), 「「오우가」의 시적 구조와 의미 분석」, 『한국시가연구』 1, 한국시가학회.

진동혁(1976), 『고시조문학론』, 형설출판사.

진동혁(1981), 「이세보의 월령체시조고」, 『국문학논집』 10, 단국대학교.

최강현(1986), 「이간론」, 『고시조작가론』, 한국시조학회.

최동국(2004), 「도남의 연격 시조론에 대한 재의」, 『도남학보』 20, 도남학회.

최동원(1980), 『고시조론』, 삼영사.

최동원(1983), 「어부가고」, 『인문논총』 24, 부산대학교.

최동원(1984), 「어부가의 사적전개와 그 영향」, 『어문교육논집』 8, 부산대학교 국어교육과.

최승범(1985), 「시조」, 국문학신강편찬위원회 편, 『국문학신강』, 새문사.

최재남(1987), 「육가의 수용과 전승에 대한 고찰」, 『관악어문연구』 12, 서울대 국어국문학과.

최재남(1991), 「이황의 도산생활과 육가의 수용 및 전승」, 『사림의 향촌생활과 시가문학』, 국학자료원.

최호석(1997), 「〈오대어부가〉를 통해 본 17세기 강호시가의 한 양상」, 『어문논집』 36, 민족어문학회.

한국문학평론가협회(2006), 「지언양기」, 『문학비평용어사전』, 국학자료원.

허영진(2015), 「김천택 작품의 전승 양상과 수용 방식」, 『국제어문』 67, 국제어문학회.

허왕욱(2012), 「김득연의 〈산중잡곡〉에 나타난 문학적 사유와 그 시가사적 위상」, 『한어문교육』 27, 한국언어문학교육학회.

홍성란(2005), 「시조의 형식실험과 현대성의 모색양상 연구」, 성균관대학교 대학원 박사논문.

홍재휴(1992), 「이농암의 「어부단가」 궐구고」, 『안동문화』 13, 안동대학교 안동문화연구소.

황충기(1998), 「시조사론」, 『한국여항시조연구』, 국학자료원.

Leech. G. N.(1985), "STYLISTICS", Dijk. Van and Teun. A.(ed), *Discourse and Literature*, Amsterdam / Philadelphia : John Benjamins Publishing Company.

Levin. S. R.(1965), "Internal and External Deviation in Poetry", *Word* XXI, New York : the Linguistic Circle of New York.

Riffaterre. M.(1959), "Criteria for Style Analysis", *Word* XV, New York : the Linguistic Circle of New York.

Smith. B. H.(1974), *POETIC CLOSURE: A Study of How Poems End*, CHICAGO · LONDON : The University of Chicago Press.

Taylor. T. J.(1980), *Linguistic Theory and Structural Stylistics*, Oxford/ New York : Pergamon Press. 양희철 · 조성래 공역(1996), 『구조문체론』, 보고사.

찾아보기

양희철(楊熙喆)

1952년 충북 증평 출생
청주대학교 국어국문학과 졸업
서강대학교 대학원 석·박사과정 수료
경남대학교 국어교육과 전임강사
청주대학교 국어국문학과 국어교육과 교수 역임
현재 청주대학교 명예교수

저서

『고려향가연구』(1988), 『향찰문자학』(1995), 『삼국유사 향가연구』(1997),
『향기 꼼꼼히 읽기』(2000), 『시조 작품론 교정』(2005), 『표해가의 생략언어』(2005),
『향찰 연구 12제』(2008), 『향찰 연구 16제』(2013), 『향찰 연구 20제』(2015),
『연시조 작품론 일반』(2016), 『향가 문학론 일반』(2020).

연시조성 연구
제목 없이 합철된 연시조와 탈착형 연시조

2021년 8월 20일 초판 1쇄 펴냄
2022년 9월 30일 초판 2쇄 펴냄

지은이 양희철
펴낸이 김흥국
펴낸곳 도서출판 보고사

책임편집 이순민
표지디자인 손정자

등록 1990년 12월 13일 제6-0429호
주소 경기도 파주시 회동길 337-15 보고사
전화 031-955-9797(대표), 02-922-5120~1(편집), 02-922-2246(영업)
팩스 02-922-6990
메일 kanapub3@naver.com / bogosabooks@naver.com
http://www.bogosabooks.co.kr

ISBN 979-11-6587-211-3 93810
ⓒ 양희철, 2021

정가 38,000원